御製

佛光恩照　三千大千　隨緣徧滿

恒沙法界　普度衆生　悉證菩提

身心安泰　年時豐稔　風雨調順

日月升恒　乾坤清寧　百昌蕃熾

上下樂利　中外協和　庶物咸亨

萬善圓成　情與無情　同登正覺

大清雍正十三年四月初八日

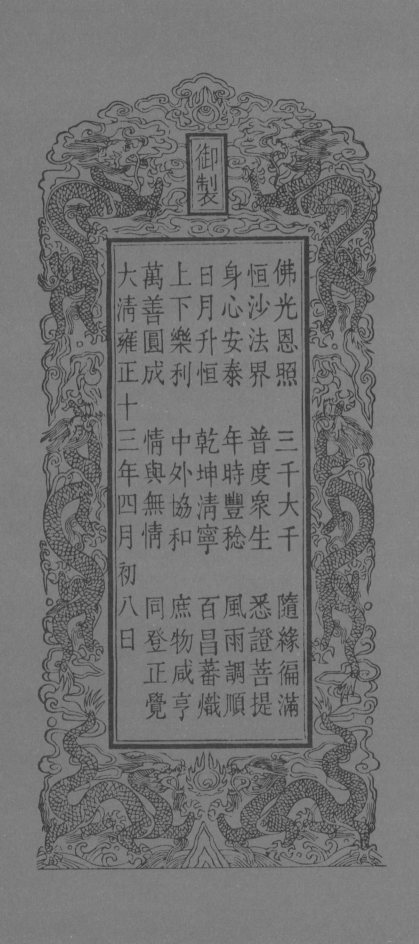

第一五八册　此土著述（四八）

密雲禪師語録

天童弘法寺住持門人弘覺禪師臣道忞上進

清刻龍藏佛說法變相圖

密雲禪師語録卷第五

天童弘法寺住持門人弘覺禪師臣道忞上進

問畣機緣

居士問心若不異萬法一如如何是不異之元師云汝是俗漢子

問古人道須參活句莫參死句如何是活句師云老僧舌破爲你說不得去僧出復入云和尚舌破用冬青葉好師云汝爲甚著死句連棒趁出

問離卻拄杖子請師別道一句師掌云不是拳頭定是巴掌僧禮拜師以脚趯去更有脚尖在

岳石帆居士參出自撰禪門口訣請正師接得即置云閒言語士云和尚看看師閱數行至實字指問云此字如何解說士擬議云卻

解説不出師云恁麼則是虚言了士無語良久又云和尚者裏有甚麼人護法師云貧道法也無護箇甚麼

問設有人問和尚如何是禪作麼對他師打云一棒打教髑髏穿更有問又如何師打云足方頭頂圓更有問又如何師打云口裏舌頭尖更有問又如何師打云你若喚作禪入地獄如箭射

問某甲生死不明師云者飯㭊子僧擬開口師便打又僧出禮拜擬問師云適纔你問甚麼僧罔措師推倒

居士問伎倆盡時如何師便打士擬議師云伎倆盡了

問死人難活時如何師云你且去僧擬議師打云眞箇死漢

問學人到已一月不見堂頭時如何師云者老漢甚處去也僧擬議師便打

問前念過去後念未生主人公在何處師云立地死漢僧云不會師云拖出死屍去

問劈面當鋒即不問如何是臨機一句師便打

問如何是佛身無爲不墮諸數師云合取狗口

問如何是學人自已師云我不識你

僧求開示師趯一足僧云一口氣不來時作麼生師彈足云但問取他

問如何是生死業師云即汝是如何是涅槃心師云即汝是僧禮拜起師以拄杖指云去僧喜躍而出

問疑情頓發因甚命根不斷師云只爲你疑

情命根不斷云斷後如何師打云教你沒處
藏身
問人人有箇本具底影子爲甚蹋不著師云
看脚下僧禮拜師與一蹋云卻是老僧蹋得
著
問即心是佛又要見性成佛作麼師云如何
是你底心云現問話者是師云不問時又作
麼生僧無語師云未夢見即心是佛在
問能爲萬象主不逐四時生時如何師云切
莫隨老僧來
問有佛出世作何供養師云老僧不受云請
師方便師打云與你一頓
問如何是清淨法身師云你會種田不云不
會師云我者裏用你不著
興化黄伯初居士參問弟子有條拄杖子見
佛殺佛見祖殺祖今日特來呈似師云放下
著云弟子連自已都殺卻了師云將甚麼來
士無語又問和尚入閩將甚麼來師云祇有
貧道
問某甲初出家求和尚開示師云出家來多
少時云去歲師云逢人但恁麼說不得錯舉
黄司李問風清月白時如何師云大家在者
裏又問弟子轉機不圓過在甚麼處師云過
在問人處云不問人時如何師云信口道將
來
問殺生是大戒爲甚麼南泉斬貓歸宗斬蛇
師云汝實恁麼問那云是師云汝當懺悔去
問和尚還有不爲人說底法麼師云我曾向
你道甚麼來僧無語師云元來
問如何是本來人師云我不可向汝道

錢相國入山問如何是如來大意師云居士今日從甚處來云從人行過底路來師云恁麼則不如來了國無語

問銕牛吞卻虛空時如何師云老僧在甚麼處僧無語

行者問如何是無上菩提道師云俗人頭戴僧官帽云畢竟有何方便師云自家摸取好

方侍御問和尚門下有多少大根器底人師云縱目所觀云也要龍天推出師云從來不假他人力

問如何得一口說盡世間法師云你還識兩片皮麼

問兩堂同喝臨濟云賓主歷然未審誰是賓誰是主師云賓則總賓主則總主僧云賓主歷然意旨又如何師打云還見麼僧禮拜

僧自徑山來參問如何是不動尊師云此去徑山五百里僧喜躍作禮而退

問併卻咽喉請道一句師曰老僧沒氣力

道者問如何是百草頭上祖師意師拈拄杖云者是百草頭打云如何是祖師意者擬議師喝退

問目前無一法時如何師云背後著眼

問如何是圓滿覺師打云你欠一著

問如何是新年最初行脚句師云去云如何是步步不錯句師云去

居士問世間以何爲尊師云唯汝爲尊士禮拜師云忽然霹靂打汝又作麼生士無語

問如何是急水行船師云山僧未做長年三老僧無語師打云崕上看取

問一口氣不來時如何師云眼閉脚直

問虛空破了將何補師云將你補

居士問弟子有病求和尚授記師云死云再請一語師云待汝活時向汝道

行者超智侍立次師問今日有新到麼者云無師便打

居士問弟子徼幸蒙和尚賜見再乞妙法幾句師云汝但識得相見妙法在其中士擬議師云一發爲汝註破若喚作相見則蹉過妙法若喚作妙法又蹉過相見畢竟喚作甚麼士無語

問如何是離鉤三寸句師云快走快走

問向上一路千聖不傳棒喝交馳合明何事師便打僧云明知生是不生之法因甚被生死所留師打云還知麼進云便恁麼去時如何師云賺殺闍黎

居士問者裏風境與嘉興風境如何師云處處白雲處處日

問某甲出山去忽有人問天童佛法聲未絕師便打僧禮拜師復打云逢人不得錯舉僧起云祇者是師云孟八郎漢

問不是心不是佛不是物師以手攔胸推倒階下云是甚麼僧罔措師便打

問大衆一齊上來未審和尚將何管待師打云只將者箇管待云恁麼則箇箇飽齁齁去也師云你自已分上作麼生僧無語師復打

問生死不明乞師指示師云正好消息僧禮拜師詰云你道好在甚麼處僧無語師便打

問某甲業識茫茫無本可據乞和尚指示師云你道扇子踍跳上三十三天觸著帝釋鼻孔又作麼生僧無語師便打

問火不能燒水不能溺作麽安身立命師云水裏火裏云水窮山盡時如何師云但恁麽看取
問如何是函盖乾坤句師云你眼在甚處進云如何是截斷衆流句師云合取狗口如何是隨波逐浪句師云放汝三十棒僧便喝師便打
居士問誦經持咒還了得生死不師云了不得士云作麽生了得師打云向者裏薦得方可了得士云和尚還有生死不師云你若有時我也有你若無時我亦無
問如何是清淨法身師云泥豬癩狗
問行住坐臥如何是學人本身師云行住坐臥
問盡力喫盡天童飯時如何師云直須吐卻

雲怡蔡居士問溷鹿趁發如何歇得師云摸取脚跟摩尼珠久埋沒塵土中如何急切覓得師云滿面慙惶不識羞一斬一切斷如何得此利劒師云照顧汝頭等是水味有品爲第一泉有品爲第二泉作何剖分師云飲者自生分別黑夜中認賊爲子認子爲賊作何判斷師云各打三十棒家親作祟如何處置師云家無二主的的主人翁如何得覿面一見師云攔顋與汝掌堪輿家羅經縱横移動鍼必指南是誰作主師云且向羅經後看又云刺破汝眼家宅是諸人生身活計見得甚麽便肯破家蕩宅師云春色滿園關不住一枝紅杏出墻來電光中良驥瞬息千里如何得一往追上攬轡入手師云好箇驢前馬後漢大慧云將八識一刀憑甚麽安身立命師

云還我刀子來胡來胡現漢來漢現是鏡體是鏡光師云打破鏡來好相見未開口已前爲甚便棒便喝師云爲汝不薦日昇月沉雷轟電掣山靜雲閒水流華開農謌牧唱婦誶兒嬉莫非是者箇迸現如何拈得向脚跟下要用便用師云魚行水濁修行人多怕去後黑湯湯地不知現前黑湯湯地更苦盡説生死事大不知現前剎那死死生生更切此際重關一擊如何下手師云好與汝三十棒高峰語大徹底人本脱生死爲甚命根不斷命根既未斷叫做大徹徹底何事師云汝喚甚作命根一句當天八萬門永絶生死者一句得恁有力師云坐斷乾坤

獅林問和尚不會打福州鄉談來作麼師云換汝眼睛東土人説話西天人領略是何曲調師云五音六律不相當和尚拄杖拂子燒卻了將何示人師云正示人和尚歸金粟有幾人相伴師云盡大地人

勘辨機緣

新到參方擬人事師云已相見了也速退速退云和尚因甚著忙師高聲云道甚麼云某甲博山來師便打僧云打錯了師云汝動足來時即錯了在者裏覓甚麼盌連棒打出

僧參師問甚處來云杭州師云杭州有幾多官員在任幾多官員不在任云不知師云你不從杭州來僧擬議師叱出

師問僧那裏來云蘇州來師云那裏人云金華人師云到蘇州作甚麼云一事也無師云恁麼則空去回也云長遠如此師云長遠如此箇甚麼云不知師打云還知麼僧無語師

云又道長遠如此

師採豆莢次有僧參師問那裏來云紹興來師云紹興還有豆莢也無云有師云既有來作甚麼云特來禮和尚師云喫茶去

僧求住師云汝尋常甚麼處住僧擬議師喝出

求如居士呈偈云水到渠成瓜熟蔕落盋盂無柄徒勞把捉大千沙界法王正覺若人會得是名絶學且云弟子有箇會處求和尚證明師未過手便云我已爲汝證明了也云此是會處還有箇行處先不得後不得正與麼時恁麼得咦老鼠見貓兒動也動不得師云你者獃子云和尚家風已盡知元來祇是者些兒若云更有玄和妙虛空穵孔總成癡師云一發獃了士拂袖便出次夕復入室師云今日又作麼生士就師刹一捏師云你試道看云和尚還要第二杓惡水那師云你試潑看士轉身作女人拜便出

師一晚與五峰話次驀伸脚云你作麼生峰以脚趯之師笑云未在未在云和尚道看師倒臥峰云也只是因師云你又與麼去也峰乃禮拜

石車參師問那裏來云雲門來師云幾時起身車打一圓相師云不可亂做云千里同風今日特來親領痛棒師云既是千里同風又來作麼車即提起左脚師云者還不是車又提起右脚師云錯也云風吹別調中師休去

新到參方禮拜師乃踢之僧擬開口師便打出

師問僧甚處來僧便喝師云三喝四喝後又

作麼生僧擬議師打云須是我打你始得
僧侍立次師問甚麼人來云無師外看云是
甚麼云擔水底師云又道無
僧纔禮拜師以杖抵云去去云某甲話也未
問師云設若問話堪作甚麼僧擬議師喝出
僧參自叙諸方相見機縁將畢師咳嗽一聲
啞地云你道道看僧罔措師連棒打出
僧呈偈師接得即搇破顛僧云今日多少泥
水匠云前三三與後三三師打云是多少僧
竪拳師直打出
河南僧參喫茶次師問曾到少林麼僧云曾
到師云堂頭和尚如何云提唱爲主師云提
唱箇甚麼僧無語師舉起茶盞云還提唱者
箇麼云拈來無不是師云錯認定盤星僧復
無語

師問僧甚處來云天目來師云高峰祖師安
麼僧無語師云想必你不從天目來
餅匌僧參呈一圓相後書偈云餅匌燒得破
砂盆不妨拈出衆人驚祖師一見攢眉哭後
來那有者兒孫師目覔即搇破顛僧云如何
解交僧罔措師趁出
師問僧甚處來云雲南幾時發足云在外十
七八年還記得雲南事麼云記得何不舉似
老僧僧無語
華山僧參師問華山道場做完也未云已畢
師云既畢又來做甚麼僧無語
僧參師問甚處來云河南師云臨濟大師道
不在河南定在河北即今在河南在河北云
在河南師云何不教他同來僧無語師云掠
虛漢出去

僧呈偈云未明心地印追究祖師關識破分明也前三三與後三三師云不前不後是多少僧擬議師打出

一僧入室云某甲有箇見處師云汝作麽見僧擬對師摇手云未見在僧云和尚道一句看師云待老僧别有箇見處即向汝道僧罔措師叱出

僧參語風信信問曾到金粟不云曾到曾問話不云不曾你怕打那僧即云某甲一向不曾置問頭請師處借轉問頭信乃開示僧不肯轉金粟述前話師云汝喫飯還問人借口麽僧云某甲實無問頭師打云你向甚處開口

僧參師問甚麽處來云揚州師云來作甚麽云生死不明來見和尚師曰他死了僧沉唫師以杖逐出復唤闍黎僧回首師曰虚生浪死漢

僧參師問那裏來云博山來師云住多少年云三年師云喫多少飯僧無語

揚州僧同居士參師云古人道腰纏十萬貫騎鶴上揚州且道是甚麽人士云古人師云古人在甚麽處士云古人與今人同體師云四大本空五蘊非有將甚麽作體士無語僧云此居士特來請問和尚無開口處師云你口向甚麽處開僧云向和尚脚跟下開師云向汝道甚麽僧亦無語

師問僧今日多少人撞樹僧云八十多師云多多少云八十一箇師曰那箇起頭那箇住僧無語

嘉興密印寺僧參師云當初高峰和尚亦是

密印寺裏出身僧云是師云即今在甚麽處僧茫然師云且坐喫茶

天竺二僧叅師問甚麽處來云海上來師曰海上觀音與天竺觀音如何云一樣師指僧曰與你一樣耶與者上座一樣耶二僧俱無語

二僧論大顛擯首座話一云令當行一云賊被狗齩爭之不已白師師云秖如賊被狗齩落在那箇分上一僧云首座分上師遂一齊擯出

師見僧穿草鞵去因問你穿常住草鞵去草鞵錢甚麽人還僧云明年送來師乃叱之

師問僧你今日作甚麽僧云擡樹師云擡放那裏僧云池中師云不怕浸殺他那僧無語

法語

示于道人

傳聞無論寒暑不間忙閑日持金剛經一卷坐香一炷世間事識得破看得輕孜孜矻矻以道爲念難得難得然雖如是欲超生死脫苦趣當豎起精進脊骨幢直下信取始得只者直下信處即超生死脫苦趣底去處故世尊云信爲道元功德母信能遠離生死苦信能必到如來地要會如來地亦直下信處是若未直下信得但執起心作意坐香看經識得破看得輕爲功課爲辦道時殊不知雜毒入心皆落第二念既落第二念欲超生死脫苦趣豈不難哉古人所謂放過一著落在第二若苟直下信得當二六時中念念不忘直下信處縱值坐香看經以至呼奴使婢料理家事時亦當直下信得不可見有坐香看經

呼奴使婢料理家事底事方爲勇猛精進爲道之士故經云應如是知如是見如是信解不生法相更舉箇古人因緣助汝生淨信者昔日芙蓉訓禪師問歸宗云如何是佛宗曰汝還信不訓云和尚誠言焉敢不信宗曰即汝便是訓云如何保任宗曰一翳在眼空華亂墜願道人於看經處坐香處呼奴使婢處料理家事處但信即汝便是如此行去日久月深忽然失脚跌破鼻頭汝自默默自見倒斷處則不待有意輕世事而世事自輕何以道之所在法如是故更示一偈若據大道因緣不論男女貴賤人人平等一如箇箇本來成現不能緣契無生即便四生流轉直須返照廻光悟徹本來之面能令念念不迷大事何憂不辦觸境不隨境流世事何須更厭若也別作別爲必也墮阬落塹晝夜坐臥忙閒全體要成一片真實如是修持斷然決不相賺

示純一上人

參禪正忌雜毒入心貴乎純一所以道舉一不得舉二放過一著落在第二須知參禪也是第二修玄門也是第二成僊也是第二作佛也是第二生也是第二死也是第二總之凡起一念皆是第二苟真實要會純一無雜但向一念未生前看行也看住也看坐也看臥也看一看看得行不知行住不知住坐不知坐臥不知臥不覺不知忽然覿面相逢始覺從前錯用心方知生也不可得死也不可得作佛也不可得成僊也不可得參禪也不可得修玄門也不可得一也不可得雖然如

是異日相見若作如是見一棒打折汝腰莫言不道

太虛藏禪人病中乞法語

凡人病苦生死到來作不得主者無他蓋爲看作生死病苦故也殊不知生死病苦即當人本地風光本非他物故維摩曰衆生有病吾乃有病眞歇曰老僧自有安閒法八苦交煎總不妨今時人多自不到者田地將謂八苦外別有箇安閒之法與不安閒底對敵是以越對敵越不安閒病苦外另有箇無病苦底强作主宰越要作主越作主不來然亦不可見恁麼說便謂既純是病苦將甚麼了生死而恐落空一發著忙則又錯了但不可看作兩橛自然就裏便得安閒亦非不是兩橛何也若不是兩橛則病苦無有歇時然且無病無苦安閒時亦不可作無病無苦安閒看若作無病無苦安閒看則與當人覿體相違差錯了也

示余道人

若據法語則貧道無啓口處無運筆處道人無看讀處無意解處無意解則內心無喘無看讀則外息諸緣既外息諸緣內心無喘則內外寂然既寂然已正好自看正自看時無有晝夜無有時際但行也自看住也自看坐也自看臥也自看看來看去看到不知不覺忽然兩眼大開更須知此兩眼落處則如人飲水冷暖自知面目分明然後可通箇消息貧道耳寫至此忽有僧來問如何是祖師西來意貧道擲筆向他道達磨來也其僧擬開口貧道直打出方丈外一并寫上道人並參

之

示時功林居士

祖師西來不立文字直指而已惟至德山臨濟以棒喝直指最爲明白切要所謂棒打石人頭𡀔𡀔論實事今人不薦棒頭指處而以知痛癢者是爲心殊不知乃識神耳古人云學道之人不識真只爲從前認識神無量劫來生死本癡人認作本來人所以貧道徵居士云祇如不痛不癢時如何居士如果要了生死透識神但看者一扇子落在甚麽處則自然知道者一扇初不曾打在痛上真果似棒打石人頭便見臨濟大師道我被黄檗先師打六十棒如蒿枝拂著相似彼豈以知痛癢者爲然哉

示林道人

祖師西來唯直指單提令人返本還源而已欲究其旨但向不睹不聞之先直下覷透便見分曉如黑漆桶處於黑夜初無二色即無二見既無二見則不見有男不見有女不見有纏縛有解脱不見有凡聖有凈穢亦不見有玄有妙有覺不覺亦不見有道不道不見有空不空不見有真不真亦不見有苦樂昏慧火宅清凉所以貧道生平但有來者便當頭一棒俾伊漆桶生光即無二色亦無二見所謂直截根源佛所印耳

示秦道人

修行無別修貴要識路頭路頭若識得生死一時休生死一時休即是安身立命之計安身立命之計不可爲道人説破須道人自參自悟自得真踐實履自到平怗怗地則生死

心生死相了無覔處矣

示淨虛禪人

此箇本分三世諸佛歷代祖師共證同傳直指人心見性成佛謂之教外單傳不立文字語句若涉言詮論量便起生滅之念非本分無生滅處所以孤負先聖真欲超生脫死須辦銕石心如枯木死灰聖念凡情俱無起滅於淨贏贏赤灑灑上洞然契證明見得徹諦信得及與從上佛祖握臂共行無有差忒更須一念萬年萬年一念純一無雜纔有纖豪起滅便是生死因緣無有超脫之期務使如鳥出籠無欲無依舉動施爲常在本分中真踐實履無虛弃工夫趙州二十年不雜用心涌泉四十年尚自走作香林四十年方成一片信知從上古人皆自尋常日用中密密體驗始能臨末稍頭不怕鑊中走鼈耳復云上來法語爲阿誰徽州休寧淨虛乞淨到無虛淨亦休覿體無依自寧帖指天指地笑呵呵上下四維圓洞徹以巳方人沒兩般一串穿來同箇鼻他年再見若如此一棒打教驢腰折㘞

示程弘業持經語

凡佛經無非令人省悟故黄梅教一切人但持金剛經即得見性而六祖一聞應無所住而生其心便悟入則豈可專以念爲事乎經云若言如來有所説法則爲謗佛苟省應無所住則終日念而未嘗誦一字在人不在經也所以秦國夫人省得竹篦子旨便謂終日誦經文如逢舊識人若此始可謂誦經人矣

書問

復求如沈居士

手教諄諄要老僧判斷下落或另行指示箇真休歇者若據老僧判斷只者打殺赤斑蛇㧞折蒼龍角虛空籠不住何物堪拘束便障汝轉機不得自在何以轉機最忌作意故曰損法財滅功德莫不由茲心意識若不作意則無打殺赤斑蛇㧞折蒼龍角虛空籠不住何物堪拘束之見故凡作意則不自在不自在則不迅捷不迅捷則拘滯拘滯則波瀾不廣不廣則作意作意則有倚有倚則命根不斷命根不斷則非真休歇非真休歇則大事到來定不得力既不得力安得無疑然既有疑不可謂到家到家即真休歇真休歇即本分事本分事非作意之可到非機語迅捷波瀾濶廣之可然故溈山謂香嚴曰吾聞汝在百丈先師處問一答十問十答百此是心意識著述得汝向父母未生前道一句來時香嚴盡平生學識欲道不能得故參禪人要在父母未生前一般門下若能如是無別大事到來既無別大事到來則自然得力得力則不驚不驚則無疑無疑則真休歇真休歇則自無意作無意作則無波瀾無波瀾則無迅捷無迅捷則覿體現前覿體現前即覿體用覿體用則無迅捷自成迅捷無波瀾自成波瀾若作意迅捷作意波瀾即覿體相違相違則全體作用不現前矣異日相見若守此見一棒打折你腰莫言不道

復清都史居士

手教云不知不覺有一種不自在隱隱胸次中者其病有四一者妄認為娘生鼻孔故未

得自在二者認得世間事重不覺逐境生心故不自在三者雖爲已事久向胸次中作活計不能卒去故不自在四者因此種種胸次中隱隱起滅不得自由赤條條蓋天蓋地而居士越要蓋天蓋地自由自在終不能得乃與隱隱陰魔對敵故有恁麼也不得不恁麼也不得恁麼不恁麼總不得直須堅豎脊梁全身翻轉猛著精彩把世出世間一口吞盡不用蓋天蓋地而自蓋天蓋地赤條條去也若胸次中一毫治不盡要了生死無有是處故曰毫氂繫念三途業因非虛語也

復子元劉居士

來書一發願二程途三醒悟四工夫足見居士立志真實胄器不凡聰明雰利異於常人然細玩之悟境未實現相非真現相急須撥採悟境著實參期若不期悟發願枉發程途枉行工夫枉爲何也未悟時期悟爲工夫不悟不休爲程途不悟不休爲發願如悟則乘其悟力以茲利已以茲利人則工夫程途發願皆在其間不假别發願别程途别工夫耳且果悟則一一不著問人而自明矣

又

前日奉復不悉恐門下生疑更爲葛藤大端蓮華蓮子教中取喻吾儕一念心華發明悟徹本來面目故云華開見佛悟無生豈非華開爲因見佛爲果喻如蓮華一開蓮子即露豈如餘果華收而後結子耶正如心華一開面目即顯華開爲因面目爲果面目本具豈待心開而後有耶如門下所謂華開纔得生蓮子華未開時子在麼與首謂華開元不墮

空華結子從教又種芽者首尾一氣皆謂華開而後結子結子而後種芽種芽而後成根苗根苗而後開華開華而後生子正如常人所見生死輪廻無常之見豈可謂華開見佛悟無生而無生無滅因果交徹真常之道正如蓮華一開而蓮子全體已成喻心華一開即本來面目元具豈可謂華開纔得生蓮子華未開時子在麽耶所以古云學道當須有悟由還如爭鬪快龍舟雖然舊閤閒田地一度贏來方始休門下還曾恁麽一回也未如未當須恁麽一回始得

又

來諭隨時探討期見本分一著又云當求進時欲貧道遥施喚醒以豁心華者然據本分一著無你進處無你退處若擬進則蹉過擬退則脚跟礙卻正當進不得退不得處忽若兩眼大開露出面孔時可與貧道相見也

又

來諭門下本參只一箇誰字貧道謂誰之一字亦能成人亦能誤人不可不審若認虚豁豁地一派好景爲誰字者已成兩箇了也試問門下者虚豁豁好景爲復作意有不作意有若作意有不作意無只者作意非情識而何又云目前作主死時作主死後作主者亦屬有意而見有生時死時後時更有箇虚豁豁地作主底則外道所見也古人謂離心意識參出聖凡路學正忌認著目前情識即凡情識及乎認虚豁豁地及一切纖豪好景即聖情識耳又云囫地一聲曠然休歇不知當屬何象當屬何時將心等悟難得悟日殊不

知此象此時你纔擬心早已蹉過落於情識俾你到驢年也不得囫地一聲曠然休歇耳更欲貧道轉語喚醒者真可憐憫大丈夫說話寧借他人口耶除非劉祖鍾親來相見爲汝道破

又

來諭進不得退不得處是門下礙處者且喜雖未得囫地一聲不妨一切世間塵勞煩惱已礙斷生死路頭相繼礙斷也二六時中念念但向進不得退不得處看是何景象是何面孔看來看去不知不覺囫地一聲自不作礙會也

又

昨承偈語足見居士病中精進欣羨欣羨釋迦老子云病乃衆生之良藥益信之矣何故居士若不得者番病爭得恁麼淨絶恁麼穩當耶然細玩之未出知解窠臼在殊不知眼見泥牛過海我道眼華不少鉄鎚踢著如緜我道猶有者箇在只可自知自解我道情知你在鬼堀裏作活計那堪更落言詮驢年未得出頭然則註已註破未識居士何以教我

密雲禪師語録卷第五

音釋

劈 匹歷切音霹破也
轡 兵臂切音秘馬轡也牽引拂戾以制馬也
癢 以兩切音養同痒膚欲搔也
怗 託協切音帖服也靜也
滯 直例切音彘凝也
𠠲 郎丁切音靈剖物也

密雲禪師語録卷第六

天童弘法寺住持門人弘覺禪師臣道忞上進

書問

復破山明上座

吾儕爲本分事行本分事是吾儕本分事也其他皆因行掉臂耳

復石車乘上座

凡爲一方化主事宜諦審不可自尊不自尊則上下稱美上下美則自不尊而人自尊之人自尊則化道行化道既行則叢林可卜矣

復紫垣程居士

來諭謂不離自性其他聰明智巧總用不著每每向心上求箇安穩者是知居士認識心識性爲本命元辰故於胸次中打攪弗安穩耳苟若要安穩但把心性二種情識掉向他方於汝分上了無交涉然後向自己脚跟下摸索看是心耶是性耶忽然摸著非心性底可來貧道手裏請棒喫

復象垣程居士

若果向不明白處會則無有真我假我亦無有曉得不曉得底人復無有惺惺不惺惺者何也惺惺不惺惺曉得不曉得真與不真皆屬想耳若果要了徹但向睡到無夢無想時一臥臥起來東摸西摸信手摸著鼻孔不覺失聲囫則了徹不了徹不著問人自知之矣

復性符錢居士

來教謂不能純一用功未明不思議處若貪道看時不思議即純一處若離了純一處别求不思議處不惟蹉過不思議處要且用功處即不純一如欲兩路歸一直向一念不生

回光自看看得鼻孔撩天囫地一聲便見古人所謂一念不生全體現即純一不純一思議不思議都來没干涉耳

復清漳東里王居士

教諭過稱貧道爲人不惜身命寧使罣身失命終不開第二門者令貧道益生慙愧葢緣貧道生無學識兼之口訥不善委曲接人故以一條白棒當頭直指耳然亦見門下迴出時人之表吾宗門下得一法幢共相建立必使祖道重光也欣羡欣羡書中一一門下自舉自斷貧道更復何云乃至云願垂頂門一鍼母曰五百里外棒頭不到者貧道謂門下已喫棒了也然細玩之自淺而深從始至末云祇是年來被問官錯看了賊負屈多時今得明白且莫匆匆認賊寧可空手歸家者貧道謂即者空手之見歸家住著之見便是見解入微最難透脫坐在無疑必死之地不能明大法發大機施大用須信有絶後再甦欺君不得百尺竿頭更進一步可也

復我萬陳居士

遠承惠寄信儀勝盡欲與貧道結後來之緣者貧道以爲不然君了千里同風尚無彼此之間豈有現在後來之分是則貧道已與居士相見了也居士直下見得透則與貧道有何異哉

復君馨葉居士

來諭不知佛性中有許直腸入者直腸但於世火造業緣故有正直爲神之説佛性須假悟明故有見性成佛之説且直腸與諂曲相對佛性出於對待故六祖云明佛性是佛法

佛法是不二之法故維摩談不二法時惟良久而已如是則門下但向言語道斷心行處滅處看是何景象是何面目看來看去向不知不覺處忽然惺得囫地一聲則不著問人自明了也

再復東里王居士

接教諭雖不若筍竹篾有先後三時之别而凍必徹底寒必徹骨方是放春時候祇管大死一番不怕不活者足見門下以寒春一時死活一致以爲全機大用其餘種種説話雖爲此箇端由亦似套頭語且前貧道謂門下空手歸家尚著不得況可容如許知見耶然可見門下真誠之意旦似貧道若從長簡點總不出解説形容未得心言路絶皆是未絶前事非絶後事也若據絶之一字正要絶人世出世間一切情解知見直至千聖不識自不能測就裏打𨍏轉來稍似絶後再甦寫至此時有僧云忽有問和尚絶後再甦又且如何貧道擲筆擒云速道速道僧擬議連掌掌出一併寫上何如何如

復元公黄居士

手教驀然撞倒鐵山纔開口時又覺有物爲礙者盍因台下祇知撞倒鐵山不解扶起鐵山苟扶起時則不妨信脚行信手揮信口道乃至東倒西擂無非箇座鐵山更有何物而作礙哉故龐公云日用事無别唯吾自偶諧頭頭非取舍處處沒張乖朱紫誰爲號邱山絶點埃神通并妙用運水及搬柴此偈雖八句日用不過只根於無别而已不識台下以爲何如承命永樂禪院固當從㬇無奈老病

纏身日久不能領衆固辭金粟但思自養待盡而已伏惟台照不悉

又

來諭根機遲鈍者事不如此也大都根機不在推託貴在承當若不承當則涉思量一涉思量則蹉過根機所以謂如擲劒揮空莫論及之不及則自然不觸犯耳

又

聞尊堂歸矣固當弔慰奈因生平不行其事恐從此啓例後有不周到處以此爲罪端耳然生死二事能迷卻天下人亦能悟卻天下人所以古人聞紅輪必定沈西去未審亡靈往那方而孝子哭哀哀古人便悟豈非悟者亡者哭者同歸無二無二分無別無斷故如是則與一切人生即同生死即同死喜即與母同喜哭即與母同哭慶即與一切人同慶弔則與一切人同弔何有間然如是可謂哭真哭喜真喜不然則母是母子是子哭是哭喜是喜慶是慶弔是弔不惟不知亡靈去處亦乃自已茫然哭亦無地即虛行故事與學道人乖矣

復爾赤馮居士

來諭當此西風徹骨政落葉歸根之候應自有不冷不熱處又謂戀著火宅未得出路要貧道方便開示者不覺一笑何也居士已上並是詣實供通方便亦在其中出路亦在其中不冷不熱亦在其中貧道除此外別無方便別無出路別無不冷不熱是以古人問善知識云寒暑到來如何迴避知識云何不向無寒暑處去云如何是無寒暑處云寒時寒

殺闍黎熱時熱殺闍黎如是則欲識不冷不熱底但向西風徹骨處識若識得西風徹骨便是落葉歸根底時候識得落葉歸根底時候便是出路識得出路便是方便所以貧道謂方便亦在其中出路亦在其中不冷不熱亦在其中既都在其中豈不是間不容髮既間不容髮正法華謂三界無安猶如火宅唯有一門而復狹小便是者箇道理也若離此外別立方便別有出路別有不寒不熱別有時候即沒交涉也故經云唯此一事實餘二則非真無方便中真方便無出路中真出路無時候中真時候寒熱中真無寒熱故貧道謂已上竝是詣實供通然異日相見守此見解劈脊一棒莫言不道

復趙居士 諱天香

來諭無生本無旨亦無指者是居士未悟故有此說何也不見道華開見佛悟無生豈可謂無生本無旨乎因次一偈貧道從來秉直指直指人人自悟耳自悟無生無不生直下何曾有彼此

復紀常陳居士

來諭展轉躊躇蒞無下手處如此沈迷將終無出頭日子欲貧道拯人於阬塹之中呼人於醉夢之際者貧道謂只因展轉躊躇便錯下手了也居士但以手摸頭自問頭看沈迷耶出頭耶阬塹之中耶醉夢之際耶若自摸不著問不明則真果沈迷真果無出頭處真果阬塹之中真果醉夢之際矣若摸得著問得明方知無沈迷中自作沈迷無出頭處自求出頭無阬塹中自作阬塹無醉夢際自作

醉夢耳雖然如此乃貧道說底不識居士本分處又且如何

又

來諭一切煩惱自造但平時雖見得如此而一涉境緣便不能自主者葢因無始時來於境緣習熟故也然學道當先期悟以悟力充至頭頭無間則無昧悟力而平時熟習自無地矣故經云理須頓悟習氣漸除乘悟併消因次第盡所以前問居士本分處又且如何若不知本分處即未有悟若未有悟即何有行止於路頭哉試問居士畢竟如何是本分處

復海槎鍾居士　諱鴻穎

來翰云上智人有上智人克巳下愚人有下愚人克巳者貧道謂此正未克巳復禮之言也若克巳復禮則不見有上智下愚之人故曰克巳復禮天下歸仁焉唯高明悉之

復元怙張居士　諱次仲

來諭墮落塵垢巳數十年營營擾擾了無住足又言此事非拋却世緣十年二十年死活數番無有是處者非門下真誠爲此事則不能發如是之言然亦不可執如是之見何也此事無乎不在若執如是之見則與此事覿體相違反成障矣且十年二十年之說非定式也因爲此事不明故或歷多年所耳如裴相國聞黄檗一言便乃知歸李太守聞藥山雲在青天水在缾亦乃自肯豈必拋卻世緣十年二十年死活數番纔得是處且死活二字非如門下預作意計底不見大慧杲聞圓悟禪師舉如何是諸佛出身處答熏風自南

來殿閣生微涼乃得瞥地盇瞥地者於此事明白相應也故圓悟印許曰難得你到者田地可惜死了不得活是爲死底意故知久近死活在人不在此事無定式也豈如門下謂抛卻世緣爲死乎盇與此事相應則世緣不待抛而自抛知見不待離而自離語言不待忘而自忘總之世出世間語言知見都來與道人分上無干涉者無他因與此事相應故也門下若到此地即見尊慈一切勤苦亦何曾勤苦祗因日用不與此事相應則爲世緣勤苦墮落塵垢矣

復仲堅李居士　諱爆

目來諭足見居士似有些力量故有些倔强所以謂寧可諸方哭笑不可令諸方贊誦獨超灑脫皆爲埋沒塗汚贊誦哭笑俱無干涉也但不知止説到獨超灑脫底影像耳若不得向上全提則正坐在理路中作活計葛藤窠裏藏頭及不得獨超灑脫在高明以爲何如

復似孫江居士

手諭認得言思路絶一著又云於古德言句有彼此乖迕不能無疑者總之未真證得言思路絶故也若果證得則自然一心不生一心不生則妄情不起妄情不起則無現業流識無現業流識則曠劫習氣頓淨矣然則試問居士如何是言思路絶底一著切莫學恁麼説便當了也

復孩未方居士

來諭謂此毛孔中虛無所有一切恩仇盡皆平等者似多生出一種知見不若普觀悉皆

毛孔則無虗無所有之情存雖然直饒實證到此田地只到死了不得活未能轉身吐氣古人所謂正知見障卻動是要說道理說工夫說實落說虛無說恩怨說平等說毛孔說痛棒須是造到無功用道即不墮此不識居士以爲何如

復爾赤馮居士

接尊諭知居士工夫見諦則不無而錯認錯判亦不少如引李卓吾曰人可死不可病判云天下焉有可死而不可病者抑知此老不善終職此一言爲之階乎復引憨憨子曰能病病者病奚從生以不能病病我故病焉旨哉是言蓋庶幾於道云者老僧謂卓吾與憨憨及居士正同阬無異土耳何則卓吾謂不可病正憨憨能病病者病奚從生耳亦居士不爲病所縛等爲卓吾之註脚故惟有不病者言卓吾爲人可死正居士冷啾啾作倚巖枯木必死之疾耳且居士謂終日死未嘗死此可死者居士何反見卓吾不善終職此者耶且貧道生平一味打也不管病者打不病者亦打能病病者亦打病奚從生者亦打不爲病所縛者亦打能縛病者亦打生亦打死亦打無生亦打無死亦打聾者亦打瞽者亦打跎者亦打嗅不知香者亦打食不辨味者亦打至於知香者亦打辨味者亦打直使一箇箇不作病看不作不病看不作能病病者看不作病奚從生看不作能縛病者看不作不爲病所縛者看不作足以縛病者看不作生看不作死看不作不生不死看不作無生看不作聾不聾看不作瞽不瞽看不作跎不

跎看不作知香不知香看不作辨味不辨味看乃至一棒不作一棒　一喝不作一喝看豈更可作參看苓看薑看桂看苓看連看作清涼散看若作棒喝至於清涼散等看則爲雜毒入心豈無暖氣耶直饒立地回春亦正好打然則居士作何伎倆

復敬身陸居士

來教述前歷訴諸苦而謂貧道云知苦本不是苦此言貧道已忘矣即如來教知有中邊絲障有深淺試問居士全身入塵者是知耶不知耶若不知則何以謂全身入塵若知則何以謂知有中邊障有深淺又塵若是障何以謂全身入塵若知有中邊則請居士分析以何爲中以何爲邊若知與塵爲中則塵與身了無干涉何爲障哉若知與身爲中則身與塵亦無干涉又何爲入哉如是則初無障入居士自作障入初無有苦居士自作是苦若如是知苦則苦本不是苦知非一隙之光矣

復留僊馮居士

適接尊教前後總不必論惟謂居士得一病險把性命拋却以維摩詰言從癡有愛則我病生未識者段本緣何所因起當云何滅欲貧道教導者而貧道別無他術祇以筆頭寄打居士三十棒若解棒頭落處則八萬四千身病心病毛病管教瓦解氷消求起滅本緣了不可得方許居士親來請棒喫

復黎眉郭居士

讀手翰總無他事盍未喫貧道棒耳不信但看棒頭打在甚麼處更看棒頭打處有此三

紙書中種種事也無若無但據棒頭指處於中行履則世出世一切知解道理不用置之度外自於居士分中了無干涉矣

復型塘徐居士

翰教歷叙尊家金粟五年之間如許顛倒者貧道敢謂門下所見所歷從本以來絲毫不動若門下親證不動之元則楞嚴金剛等經皆門下註疏矣今以門下註疏金剛心經豈不反成顛倒哉

復體心禪人

凡爲出家人必先修道德行化道化道行則不成居處而居處自成今汝未出頭行化道皆因自未修其德况出頭露面與人爭住處耶且既是施主買之請汝自有施主與之清理汝當先遠去可也今之法門不幸者皆因爾我出家人以居處爲急務不思化道不行而不修道德故也思之

復吳道婆

諸佛世尊唯爲一大事因緣故出現於世正要有大丈夫氣槩隻肩獨荷不被世出世間一切境界語言轉換始有獨立自由分則生死不用斷而自斷自成辦大事耳縱五宗差別之語言亦無非明人人本分一著若離人人本分一著別有差別之智則隨名相展轉生差別之情識依舊無自由分世尊所云清淨法眼涅槃妙心付囑摩訶迦葉廣流傳化無令斷絕金口所囑反成顛倒當知涅槃妙心是大海差別智是雨滴滴雖不同總歸大海自無差別所謂唯此一事實餘二則非真是正宗正旨若有差別之智勝過涅槃者是

爲魔說古云若有一法過於涅槃我說如夢如幻細觀來書於本分一著尚未親證當據實呈本分然後所疑五宗說話不妨開來貧道方好點化不則斷不敢細解註也

復蘭嶼吳居士

承諭要貧道法語以薦拔先亡者貧道若有法語則著我人衆生壽者若無法語亦著我人衆生壽者門下若見父母妻室可度亦著我人衆生壽者若不見有父母妻室可度亦著我人衆生壽者門下如是超脱此四轉語則父母妻室不求度而自度矣

復祈遠唐居士

祖師西來直指人心今居士不省直指之旨盍涉於委曲故也如曰求進步者是居士自生委曲也提話頭者諸方善知識委曲不直指居士故也貧道則不然居士擬求進步則蹉過居士蹉過居士則失祖師直指也擬提話頭亦失祖師直指蹉過居士也若居士分中則進步無門退步無地況可以提起爲勇猛放下爲懈怠哉若據提起則有放下則無正生滅之心豈無生無滅之體耶

復董居士

來諭自揣罪網交羅何處是出頭日子儻哀日暮之窮指示路頭不蹉者不知擬求指示路頭則已蹉過路頭蹉過路頭則無出頭日子正若以頭覓頭以路尋路豈知頭無二頭路無二路又豈知頭是出路之頭路乃出頭之路如是則路外無别頭頭外無别路又何處更容罪網交羅更哀日暮之窮哉然雖如是須眞踐實履念念不忘不然則依舊業識

茫茫無本可據與不求指示者無異也

復清伯黃居士 諱行英

來諭欲貧道法語於一言之下少有開發不知貧道若有一言加於居士分上即障居士非開發也居士但向不立一言時看覷忽然覷透本無一物一言遮障底即自開發矣不信則請看龐居士問馬大師云不與萬法爲侶者是甚麽人答云待汝一口吸盡西江水即向汝道能如是會則不特開發直自居士盍天盍地去也

舉古

舉世尊初生一手指天一手指地周行七步目顧四方云天上天下唯我獨尊雲門偃云我當時若見一棒打殺與狗子喫貴圖天下太平師云我不似雲門大驚小怪當時山僧若見但向前以手加額云猶看他面皮向甚處著

世尊因調達謗佛生身入地獄遂令阿難傳問你在地獄安不達云我雖在地獄如三禪天樂佛又令阿難傳問你還求出不達云我待世尊來便出阿難云佛是三界大師豈有入地獄分達云佛旣無入地獄分我豈有出地獄分翠嵓眞云親言出親口師云調達如世刁惡誣謗無罪之人平白陷人反自取陷不能取勝務須打箇平交然則翠嵓道親言出親口是點罰語是證明語

維摩會上三十二菩薩各説不二法門至文殊云我於一切法無言無説無示無識離諸問荅是爲菩薩入不二法門文殊問維摩摩黙然文殊歎云乃至無有語言文字是菩薩

眞入不二法門說是入不二法門時於此衆中五千菩薩皆入不二法門得無生法忍師云不二與黙然廣慧爲諸人拈過一邊還見維摩做處麽當堂慵正坐全體本無餘

菴提遮女問文殊云明知生是不生之理爲何郤被生死之所流轉殊云其力未充師云郤勞大士

舉洞山於扇上書佛字雲嵒見郤書不字山又改作非字雪峰見乃一時除却師云猶有扇遮羞在我若見和扇燒却看者三個老漢面向甚處著

趙州因僧問大耳三藏第三度不見國師未審國師在甚麽處州云在三藏鼻孔裏後僧問玄沙既在三藏鼻孔裏因甚不見沙云只爲太近白雲端云國師若在三藏鼻孔裏有甚難見殊不知在三藏眼睛裏師云即今若有道在三藏眼睛裏因甚不見廣慧向他道非汝境界

舉文殊令善財採藥云是藥者採將來善財徧採無不是藥却來白云無不是藥者文殊云是藥者採將來善財乃拈一莖草度與文殊殊拈起示衆云此藥亦能殺人亦能活人天童華云大小文殊被善財換郤眼睛師云天童只知其一不知其二殊不知善財腳不穩被文殊驅使打初待文殊教令採藥郤好向道大士且請息口

舉智者大師誦法華經至藥王品云是眞精進是名眞法供養如來於是悟法華三昧獲旋陀羅尼見靈山一會儼然未散師云大小智者大似開眼說夢

舉布袋和尚常將破袋并破席一領於通衢往來布袋内盛盃盂木屐魚飯菜肉瓦石土木諸般總有或於稠人處打開布袋内物撒下云看看師云少賣弄又一一將起問人云者箇喚作甚麼切莫換人眼睛或在通衢立有僧問和尚在此作麼問得也好袋云等箇人來答得也奇僧云來也隨他去也袋於懷中取一橘子度與僧擬接將謂將謂袋縮手云汝不是者箇人元來元來

舉昔有僧去覆船路逢一賣鹽翁僧問覆船路向甚處去翁良久僧又問翁云你患聾耶僧云你向我道甚麼翁云向你道覆船路僧云翁莫會禪麼翁云莫道會禪佛法也會盡僧云試說看翁挑起鹽僧云難翁云你喚作甚麼僧云鹽翁云有甚麼交涉僧云你作麼生翁云不可更向你道是鹽師云既不可更向道是鹽且向道是甚麼有爲翁作主者試出來與廣慧相見

舉南泉云王老師自小養一頭水牯牛擬向谿東牧不免食他國王水草向谿西牧亦不免食他國王水草如今不免隨分納些些總不見得師云南泉希圖本分不知翻成分外

舉大梅示徒云來莫可抑往莫可追從容聞鼯鼠聲乃云即此物非他物汝善護持吾當逝矣寶峰文云既非他物是甚麼物地藏恩云甚麼語話師云將謂無人證明

舉大隨因僧辭隨問甚處去僧云峨嵋禮普賢去隨豎拂子云文殊普賢總在者裏僧畫一圓相拋於背後隨云侍者將一帖茶與者僧師云者僧可謂出羣須是英靈漢敵勝還

他師子兒雖然如是將成九仞之山猶欠一簣之土何故待他喚侍者將一帖茶與者僧何不向他道也不消得

舉百靈和尚一日路見龐公乃問昔日南嶽得力句曾舉向人麽公云曾舉來百云舉向甚麽人公以手自指云龐公百云直是妙德空生也讚之不及公卻問百得力句是誰得知百便戴笠子而去公云善爲道路百去更不回首徑山杲云者箇話端若不是龐公幾乎錯舉似人雖然如是百靈輸他龐公一著何故當時若無破笠遮却髑髏有甚面目見他龐公師云百靈若無徑山直饒戴破笠子也無出頭分

舉臨濟問寺主甚麽處去來主云州中糶黄米來濟以拄杖畫一畫云還糴得者箇麽主便喝濟便打次典座至濟乃舉似典座座云寺主不會和尚意濟云你又作麽生座禮拜濟亦打師云臨濟大師謾他一點不得且甚麽處是謾不得處乃拈拄杖云棒頭有眼朗如日要識眞金火裏看遂擲下云看

舉臨濟半夏上黄檗問訊見檗看經云我將謂是箇人元來是箇淹黑豆老和尚住數日乃辭去檗云汝破夏來不終夏了去濟云某甲暫來禮拜和尚檗遂打趁令去濟行數里疑此事卻回終夏師云直令天下人疑殺

舉六祖謂門人云吾歸新州汝等速治舟楫門人云師從此去早晚却回祖云葉落歸根來時無口五祖演云祖師恁麽道猶欠悟在師云五祖恁麽道還端的也無

舉三聖道我逢人即出出即不爲人興化道

我逢人即不出出則更爲人師云古人拈提未有出他圈繢金栗路見不平各與二十棒更有二十棒待打箇人

舉藥山尋常不許人看經一日自將經看僧問和尚不許人看經爲甚却自看經藥云我只要遮眼僧云某甲學和尚看得麼藥云你若看牛皮也須穿師云藥山豈只遮眼直得通身裹却者僧若看豈只牛皮須穿直得撞破乾坤始得不被他謾

舉德山問龍潭久嚮龍潭到來潭又不見龍又不現潭云子親到龍潭山乃作禮師云既曰潭又不見龍又不現因甚道子親到龍潭恁麼大似方木逗圓竅諸仁者甚麼處是親到處試斷看

舉德山云今夜不答話問話者三十棒時有僧出禮拜山便打僧云某甲話也未問爲甚打某甲山云你是甚處人云新羅人山云未跨船舷好與三十棒師云古今拈提者極多錯會者不少殊不知德山出一計要尋知已者僧若是敵手待他打時但接棒輕輕推一推管取德山老漢必也全身遠害

拈古

舉世尊一日陞座大衆集定文殊白椎云諦觀法王法法王法如是世尊便下座師云文殊大似認影迷頭世尊也是脚跟不著地

舉阿難尊者問迦葉世尊傳金襴袈裟外別傳箇甚麼迦葉名阿難阿難應諾迦葉云倒却門前刹竿著師云阿難自討得箇忙

舉三祖商那和修問毱多尊者汝年幾耶云我年十七祖云汝身十七耶性十七耶者云

師髮已白爲髮白耶心白耶祖云我但髮白非心白爾者云我身十七非性十七師云大小祖師話作兩橛

舉大川和尚有江陵僧參川云幾時發江陵僧提起坐具川云謝子遠來下去僧便出川曰若不恁麽爭知眼目端的僧摵掌云若殺人幾錯判諸方老宿川肯僧舉似丹霞霞曰於大川法道即得於我者裏即不然云未審此間作麽生霞曰猶較大川三步僧禮拜霞曰錯判諸方甚多洞山聞曰不是丹霞難分玉石師云洞山老漢失却一隻眼須知者僧禮拜不是好心只是後來少一轉語前話不圓所以遭人簡點當時待丹霞曰錯判諸方底甚多但摵掌笑云者老漢大似不打自招如此則任是老丹霞也未免疑著

舉世尊因耆婆善别音響至一塚間見五髑髏乃敲一髑髏問耆婆此生何處云生人道又敲一云此生何處云生天道又别敲一云此生何處耆罔知生處師云世尊大似有先鋒無殿後耆婆罔知也好與他一敲何故不見道先以定動後以智拔

舉勝思惟梵天問不退轉天子云天子我常於此佛國土不曾見汝天子云梵天我亦不曾於此國土不曾見我師云者兩箇漢各自分彊立界各各不相見各各自稱尊殊不知旁觀者醜乃名大衆云金粟恁麽告報諸人還慙愧麽

舉潙山石上座仰山侍立次忽鴉銜一柹落在面前仰取柹拭過呈似潙潙云子甚處得來仰云此是和尚道德所感潙云汝也不得

無分即分半與仰玄沙云大小潙山被仰山一坐至今起不得師云玄沙秪知潙山被仰山一坐至今起不得竟不知仰山被潙山半箇柿子塞却咽喉至今轉氣不來

舉趙州云至道無難唯嫌揀擇纔有語言是揀擇是明白老僧不在明白裏諸人作麼生護惜時有僧問既不在明白裏護惜箇甚麼州云我亦不知云和尚既不知為甚道不在明白裏州云問事即得禮拜了退師云大小趙州大似推惡離已何不與他本分草料

密雲禪師語録卷第六

音釋

攪 古巧切音絞撓也亂也
篾 彌列切音蔑竹皮也
揣 楚委切音揣量度也
鼯 訛瑚切音吾鼠屬物也
糴 杜歷切音狄入米也
捬 方遇切音付同拊以手著

密雲禪師語録卷第七

天童弘法寺住持門人弘覺禪師法道忞上進

拈古

舉僧問趙州萬法歸一一歸何處州云我在青州做領布衫重七斤師云我不似趙州委曲如有問萬法歸一一歸何處劈脊便棒寧惟直截抑且免致伊向萬法歸一一歸何處躲根

舉茱萸示衆云你等諸人莫向虚空裏釘橛時有僧出云虚空是橛萸便打僧云莫錯打某甲萸便歸方丈師云茱萸當時打者僧果錯不錯若錯爲甚歸方丈若不錯爲甚歸方丈大衆試斷看復云疑殺人

舉溈山云老僧百年後向山下作一頭水牯牛右脇書五字云溈山僧某甲此時若喚作溈山僧又是水牯牛喚作水牯牛又是溈山僧且道喚作甚麽即得師云溈山大似不打自招復云還知金粟落處麽

舉黄檗示衆云汝等諸人盡是噇酒糟漢與麽何有今日還知大唐國裏無禪師麽時有僧云只如諸方匡徒領衆又作麽生檗云不道無禪只是無師師云黄檗大似龍頭蛇尾當時待者僧云只如諸方匡徒領衆又作麽生和聲便打更若擬議劈脊打出卻恁老婆可謂酒糟太多

舉溈山問仰山甚處來仰云田中來溈云田中多少人仰插鍬叉手而立溈云今日南山大有人刈茅仰曳鍬而去師云我若作仰山待溈山問田中多少人便乃出不惟截斷溈山後來老婆教伊許大溈山討頭鼻不著亦

作天下牓樣

舉仰山夢往彌勒内院居第二座有一尊者白椎云今當第二座說法仰起白椎云摩訶衍法離四句絶百非諦聽諦聽師云古今尊宿都向仰山白椎處拈提殊不知仰山當時刺腦入膠盆被尊者白椎云今當第二座說法腦門粉碎了也若拂袖便行直令一院聖衆疑著猶更白椎逐塊不少且當時聖衆散去是聽仰山散去不聽仰山散去且仰山入内院居第二位是夢耶不是夢耶若是夢爲山因甚道子已登聖位今日有爲古人作主者試出來與金粟相見

徵古

舉洛浦久爲臨濟侍者濟嘗稱臨濟門下一隻箭誰敢當鋒浦一日辭濟濟問甚處去浦云南方濟以拄杖畫一畫云過得者箇便去浦乃喝濟便打浦禮拜濟明日陞堂云臨濟門下有一赤梢鯉魚揺頭擺尾向南方去不知向誰家韲甕裏淹殺師云者便是第一箇學喝底牓樣且如臨濟以拄杖畫云過得者箇便去合作麼免得他打及免向人家韲瓮裏淹殺

舉世尊纔生一手指天一手指地周行七步目顧四方云天上天下唯我獨尊雲門偃云我當時若見一棒打殺與狗子喫貴圖天下太平師云諸仁者世尊還有過也無若有甚麼處是世尊過處若無雲門恁麼道意旨如何試簡點看

舉世尊因文殊至諸佛集處值諸佛各還本處唯有一女人近佛座入於三昧文殊白佛

云何此女得近佛坐而我不得佛告文殊汝但覺此女令從三昧起汝自問之文殊繞女三帀鳴指一下乃托至梵天盡其神力而不能出世尊云假使百千文殊亦出此女定不得下方過四十二恒河沙國土有罔明菩薩能出此女定須臾罔明大士從地涌出作禮世尊世尊敕罔明出罔明卻過女前鳴指一下女子於是從定而出師云出得出不得且置作麼生是底定

舉世尊因黑爪梵志運神力以左右手擎華兩株來供養佛佛名云仙人梵志應諾佛云放下著志遂放下左手一株華佛又名仙人放下著志又放下右手一株華佛又云仙人放下著志云世尊我今空身而住更教放下箇甚麼佛云善非教汝放舍其華汝當放舍外六塵內六根中六識一時舍却無可舍處是汝免生死處梵志於言下悟無生忍師云既舍六根六塵六識可謂俱舍甚麼處是無可舍處是免生死處又喚甚麼作無生忍而言悟乎

舉六祖因風颺剎旛動有二僧對論一云風動一云旛動往復未曾契理祖云不是風動不是旛動仁者心動二僧竦然師高聲呼大衆衆皆舉首遂舉拂子搖曳云且道風動耶拂動耶心動耶

舉六祖謂門人云吾歸新州汝等速治舟楫門人云師從此去早晚卻回祖云葉落歸根來時無口師云且道祖師爲門人答話耶說道理耶

舉世尊在尼拘律樹下坐次因二商人問世

尊還見車過不世尊云不見商人云還聞不世尊云不聞商云莫禪定不世尊云不禪定商云莫睡眠不世尊云不睡眠商云莫別去不世尊云不曾別去商人乃歎言善哉善哉世尊覺而不見遂獻白氎兩段師云商人如是問世尊如是答甚麼處是商人見世尊覺而不見處

舉阿難白佛言今日出城見一奇特事佛云見何奇特事難云入城見一攢樂人作舞出城總見無常佛云我昨日入亦見一奇特事難云未審見何奇特事佛云我入城時見一攢樂人作舞出城時亦見樂人作舞師云阿難與世尊所見還有優劣也無若無世尊與阿難所見不同若有利害在甚麼處

舉二祖云覓心了不可得三祖云今日始知罪性不在內外中間如其心然師云一人覓心不可得紹祖位一人一切如心紹祖位是同是別若別則不應相紹祖位若同爲甚一人有心一人無心諸人試簡點看喚甚麼是心喚甚麼是無心

舉鹽官會下有主事僧忽見鬼使來追僧告云某甲身充主事未暇修行乞容七日得不使云待爲白王若許七日後來不然須臾便至言訖不見至七日後復來竟覓其僧了不可得師云前頭鬼使因甚見後頭鬼使爲甚不見

舉南泉與杉山向火次乃云不用指東畫西本分事直下道將來杉以火箸插向爐內泉云直饒如是猶較王老師一線道又如前問趙州州遂畫一圓相中心點一點泉云直饒

如是猶較王老師一線道師云猶較王老師一線道且置衹如王老師又向甚麼處作活計

舉杉山因普請擇蕨次南泉提起一莖云者箇大好供養山云非但者箇百味珍饈他亦不顧泉云雖然如是箇箇須嘗過始得師云衹如南泉道箇箇須嘗過始得是肯杉山不肯杉山若肯杉山又道非但者箇百味珍饈他亦不顧若不肯爲甚道箇箇須嘗過始得

舉睦州喚僧云大德僧回首州云擔版漢師云且道睦州賞伊罰伊若道罰伊者僧喚既回首甚麼處是擔版處若道賞伊睦州因甚道擔版漢諸人也須簡點始得莫學矮子看戲好

舉水潦問馬祖如何是西來的的意祖乃當胸蹋倒潦大悟起來撫掌呵呵大笑云也大奇也大奇百千三昧無量妙義只向一毫頭上一時識得根源去住後示衆云自從一喫馬師蹋直至如今笑不休蔣山泉云忽然瞥地更是好笑師云只如蔣山道忽然瞥地更是好笑且道在那箇分上有人道得許伊瞥地好笑

別古

舉世尊與阿難行次見一古佛塔世尊便作禮難云此是甚麼人塔世尊云此是過去諸佛塔難云過去諸佛是甚麼人弟子佛云是吾弟子難云應當如是師云廣慧若作阿難待世尊道是吾弟子但問佛是甚麼人弟子待世尊擬開口時便乃作禮即休卻謂應當如是隨風倒舵豈是丈夫

舉昔有外道問一入定僧輪王衆生種非佛非羅漢不受後有身是甚麼義僧便入定問彌勒彌勒爲答了卻出定語外道云譬如陶師埏埴成器師云廣慧則不然見他道輪王衆生種非佛非羅漢不受後有身是甚麼義只向他道親言出親口

舉肅宗帝問忠國師百年後所須何物忠云與老僧造箇無縫塔云請師塔様忠良久云會麼云不會師云若是山僧但向道恁麼則不必更造也忠云吾有付法弟子耽源卻諳此事請詔問之帝後詔源問源乃頌云湘之南潭之北中有黃金充一國無影樹下合同船瑠璃殿上無知識保寧勇云非父不生其子師云殊不知養子不及父家門一世衰欲得不辱其父當時但展兩手云請陛下鑒尤較此子

舉忠國師問南泉甚處來云江西忠云還將得馬師眞來不云秖者是忠云背後底聻泉休去師云王老師尤少機關在當時待伊道還將得馬師眞來不徑轉身便行免得大小國師向面前背後作活計

舉忠國師問紫璘供奉大德所蘊何業云青龍疏國云是金剛經麼云是國云經文最初兩字喚作甚麼師云大小國師寐語作麼云如是國云是甚麼奉無語又問城南草作何色師又云大小國師寐語作麼云作黃色國乃問童子城南草作何色云作黃色國云秖者童子亦可簾前賜紫對御譚玄師云但與他震威一喝便行

舉雪竇云天得一以清地得一以寧衲僧得

一以無風浪與爾若辨得禍不入慎家之門師云者龍頭蛇尾漢錯下註脚乃云天得一以清地得一以寧衲僧得一以無風浪與以拄杖一時趁散

舉睦州因西峰長老至茶次問長老今夏在甚處安居云蘭谿州云有多少衆云七十來人州云時中將何示徒峰拈起柑子師別云老老大大猶問在州云著甚麼死急師代云眞善知識謾一點不得

舉臨濟侍德山次山云今日困濟云者老漢寐語作麼山便打濟掀倒禪牀師云臨濟拽倒禪牀大似不柰船何打破戽斗當時若作今時拽倒驀面擲豈不得人一牛還人一馬

舉僧問灌谿久響灌谿到來只見漚麻池谿云汝只見漚麻池要且不識灌谿僧云如何是灌谿谿云劈箭急師云灌谿雖拽轉人鼻孔爭柰惹人情見何不待伊問如何是灌谿劈脊便打

舉僧問石霜咫尺之間爲甚不睹師顏霜云我道徧界不曾藏僧後問雪峰徧界不曾藏意旨如何峰云甚麼處不是石霜僧回舉似霜霜云者老漢著甚麼死急師云雪峰石霜大似勞而無功若問山僧咫尺之間爲甚不睹師顏驀面便唾徧界不曾藏意旨如何劈脊便棒

舉僧問龍牙十二時中如何用力牙云如無手人行拳石門聰云道即太殺道只道得一半乃云如無舌人解唱歌始得師云石門也只道得一半直須通身如舌手始得

舉僧問乾峰十方薄伽梵一路涅槃門未審

路頭在甚麼處峰以拄杖畫一畫云在者裏
僧復請益雲門門拈起扇子云扇子跨跳上
三十三天築著帝釋鼻孔東海鯉魚打一棒
雨似盆傾會麼師云古今皆謂二老作家善
能通變殊不知弄巧成拙忽有問十方薄伽
梵一路涅槃門未審路頭在甚麼處只向道
看脚下

代古

舉維摩因須菩提持鉢到乃取鉢滿盛香飯
謂尊者曰若能於法等者於食亦等乃至入
諸邪見不到彼岸住於八難不得無難同於
煩惱離清淨法汝得無諍三昧一切衆生亦
得是定其施汝者不名福田供養汝者墮三
惡道爲與衆魔同一手作諸勞侶汝與衆魔
及諸塵勞等無有異於一切衆生而有怨心
謗於佛毀於法不入衆數終不滅度汝若如
是乃可取食須菩提聞此茫然不知以何答
置鉢欲去師云食送口邊而不能食廣慧若
作須菩提但擎鉢舞躍而出

舉大義禪師問諸碩德云行住坐卧畢竟以
何爲道有對曰知者是義云不可以智知不
可以識識何謂知者是有對曰無分别是義
云善能分别諸法相於第一義而不動安得
無分别是有對曰四禪八定是義云佛身無
爲不墮諸數安得四禪八定是耶時舉衆杜
口代云和尚面皮厚多少

舉僧謂趙州云某甲從長安來横一條拄杖
不曾撥著一人州云自是大德拄杖短僧無
語代云某甲罪過不意輕觸和尚

舉僧參趙州州問甚處來云南方州云佛法

盡在南方汝來作麽云佛法豈有南北州云饒汝從雪峰雲居來也只是箇擔版漢僧無語代云若不是其甲被和尚遮卻

舉仰山攜一杖子僧問甚處得來仰山拈向背後僧無語代以手鼓掌笑云今日識得和尚

舉洞山問德山侍者從何方來曰德山來洞云來作甚麽曰孝順和尚洞曰世間甚麽物最孝順者無對代云唯某最孝順或曰作麽孝順直道吾嘗於此切

舉乾峰問衆云輪迴六趣具甚麽眼衆無對代云具輪迴六趣眼

舉僧參聖壽嚴嚴補衲次提起示之曰山僧一衲衣展示衆人見雲水請兩條莫教露鍼線快道僧無對代云請和尚放下即道待伊放下卻自提衣而出

舉僧問招慶匡禪師如何是提宗一句慶云不得昧著招慶僧禮拜起慶云不得昧著招慶囑汝作麽生是提宗一句僧無對代云學人自領去

舉世尊將諸聖衆往第六天說大集經敕他方此土人間天上一切獰惡鬼神悉皆集會受佛付囑擁護正法設不赴者四天門王飛熱鐵輪追之令集既集會已無有不順佛敕者各發弘誓擁護正法唯一魔王謂世尊云瞿曇我待一切衆生成佛盡衆生界空無有衆生名字我乃發菩提心代世尊云唯汝款分明

舉世尊因耆婆善別音響至一塚間見五髑髏乃敲一髑髏問云此生何處耆云生人道

世尊又敲一云此生何處者云生天道世尊又别敲一髑髏云此生何處者婆罔知生處代者婆但云生佛處世尊若更擬議時便與震威一喝呵呵大笑而行

舉達磨初至梁因武帝問如何是聖諦第一義磨云廓然無聖云對朕者誰磨云不識帝不領悟代云不枉西來

舉忠國師因虞軍容問師住白崖山如何修行師喚童子以手摩頂云惺惺直言惺惺歷歷直言歷歷向後莫受人謾軍容無語代云不問那知

舉無著到五臺文殊陪喫茶次殊拈起玻璨盞問南方還有者箇麼云無殊云尋常將甚麼喫茶著無對代即以盞驀口擲云只將者箇

舉鶴林素禪師因僧敲門林問是甚麼人云是僧林云非但是僧佛來也不著云佛來爲甚不著林云無汝止泊處代當時打破門行

舉荷澤神會禪師到思和尚處思問甚麼處來會云曹谿思云曹谿意旨如何會振身立思云猶帶瓦礫在代但作噓噓聲會云和尚此間莫有眞金與人麼思云設有與汝向甚麼處著代云元來元來

舉西天大耳三藏到京云得他心通肅宗命忠國師試驗藏纔見忠乃禮拜立於右忠問汝得他心通耶藏云不敢忠云汝道老僧即今在甚麼處藏云和尚是一國之師何得去西川看競渡忠良久再問汝道老僧即今在甚麼處藏云和尚是一國之師何得向天津橋上看弄猢猻至第三次問三藏良久罔知

去處代云和尚是一國之師何得寐語忠叱云者野狐精他心通在甚麼處代云重言不當喫復云卻是和尚善他心通

舉昔有官人入鎮州天王院睹神象因問院主此是甚麼功德云護國天王官云只護此國徧護餘國云在秦爲秦在楚爲楚官云臘月二十九日打破鎮州城天王向甚處去主無對代云官人切莫造反復云今日得官人作證

舉昔有持鉢僧至長者家偶爲犬傷長者因問龍披一縷金翅不呑大師全披法服爲甚卻被狗齩代云卻是者畜生具眼

舉南泉典座辦兩分食詣園中管顧園頭食時展鉢次忽有念佛鳥鳴園頭乃敲鉢一下又鳴再敲一下鳴既住頭乃問典座會麼座云不會又敲一下代云敲即任你敲會即我不會

舉昔有僧還魂云冥中見地藏遂問某平生修何行業某云念法華經藏云止止不須說爲是說爲是不說代還魂僧云當時與一喝某無對師云且喜汝果得還魂

舉昔有老宿問座主疏鈔解義廣略如何主云鈔解疏疏解經宿云經解甚麼主無對代云和尚不得重加箋釋

舉南泉云王老師賣身去也還有人買麼時有僧出云某甲買泉云不作貴不作賤你作麼生買僧無對代云恰好

舉鹽官一日喚侍者將犀牛扇子來者云破也官云扇子既破還我犀牛兒來者無對代但向前數步云來也來也

舉鹽官問一座主蘊何經云華嚴經官云華嚴經有幾種法界云略言有四廣說則重重無盡官豎起拂云者是第幾種中收主無對代云卻請和尚收起

舉僧問趙州至道無難唯嫌揀擇如何得不揀擇州云天上天下唯我獨尊僧云此猶是揀擇州云田厙奴甚麼處是揀擇代云天上天下唯我獨尊齋者老漢更若擬議一喝便行

舉陸亘大夫因南泉遷化來弔慰院主問大夫何不哭云院主道得亘即哭主無對代云蒼天蒼天

舉仰山指雪師子云還有過得此色者麼衆無對代但騎卻雪師子

頌古

世尊初生一手指天一手指地云天上天下唯我獨尊

纔出胞胎脫體彰指天指地爲人揚引他無限癡男女天上人間沒處藏

世尊拈華

世尊脫體風流迦葉渾身賣俏當時百萬人天只見拈華微笑

女子出定

出得出不得無在無不在女子與瞿曇靈山元一隊君不見臺山路口驀直婆明州市裏憨布袋

七賢聖女遊屍陀林

陰陽不涉閒田地叫不應山何處所突然伸出箇拳頭無根樹子花朵朵

傅大士披衲頂冠靸履朝見梁武帝

道冠儒履佛袈裟無限平人被此遮三事問
來三指破至今猶有眼生華
傅大士見武帝不起
大小傅大士一款便成招雖然身不動爭奈
舌頭摇
布袋和尚
一箇破布袋袋盡大千界無奈渾身没處藏
卻向人前生捏怪
楞嚴經吾不見時何不見吾不見之處若
見不見自然非彼不見之相若不見吾不
見之地自然非物云何非汝
空山不見人但聞人語響返景入深林復照
青苔上
若能推者即是汝心則是認賊爲子修山
主云若能推者不是汝心則是認賊爲子

如今推也是子是賊度體裁衣短長自識
若能轉物即同如來
若能轉物即如來黄面瞿曇好掌題未舉巳
前先薦得翻身獨步上天台
圓覺經居一切時不起妄念於諸妄心亦
不息滅住妄想境不加了知於無了知不
辨眞實
明明見了非他見了了常知無别知山月如
銀牽老與閒行不覺過峰西
法華經假使滿世間皆如舍利弗盡思共
度量不能測佛智
如何是佛智共汝謾商量人貪覺智短馬瘦
見毛長咦嘻咄參
此經開方便門示眞實相深固幽遠無人
能到

你知我不知我到你不到彼此自分明咄哉
黄面老
　維摩默然
居士何曾是默然文殊不二妄加呈白雲影
裏恠石露只可惺惺不可名
　金剛經凡所有相皆是虛妄若見諸相非
　相即見如來
明明百草頭明明祖師意衲僧若恁麼何曾
摸著鼻
　經首題𠂇字
以字不成八字錯碧眼胡僧難註脚我土聰
名人强名天將夫子爲木鐸
　迦葉名阿難
金襴傳外別何傳驀名阿難似可堪倒卻門
前刹竿著阿難依舊被他謾

　達磨面壁
老胡九年冷坐爭奈無人勘破我若當時看
見劈脊一拳打倒
　五祖弘忍大師
誰是前身孰後身分明有口也難伸無端累
彼周家女疑殺世間多少人
　忠國師三喚侍者
國師三喚出枯腸侍者連聲舉廣長負汝負
吾重註脚至今天下亂摶量
　南嶽懷讓禪師
恁麼來兮甚麼物不似一物還似屈堂堂亶
下用無私後代兒孫施棒喝
　青原因僧問佛法大意曰盧陵米作麼價
青原老漢盧陵飯米價猶來似不知端的見
他何大意莫教孤負兩行眉

馬祖三十年不曾少鹽醬

馬祖說法足鹽醬盡十方人皆供養若是衲僧沾著脣一條窮命通身喪

百丈捲席

馬祖陞堂百丈卷席分明一貫兩箇五百

馬祖不安

日面月面晝夜常現孰信盲人卻自能見

百丈再參馬祖

馬師喝下意非常百丈聾時據有方堪笑而今效顰者誰知黃檗舌頭長

百丈野狐

不昧不落舌拄上腭一任諸人胡穿亂鑿不落不昧聲出皮袋百丈野狐兩箇一對

南泉牧牛

不如隨分納些些一種風流出當家兩角橫分開正眼騰騰任運自生涯

古德莊上喫油糍

偷喫油糍阿誰見你不說不知不識廉恥

盤山云光境俱忘復是何物洞山云光境未忘復是何物

忘未忘時境復何思量貧恨一身多可憐昔日王羲之卻寫黃庭換白鵝

東寺云心不是佛智不是道劒去久矣爾方刻舟

衝開碧落松千尺截斷紅塵水一谿飽食高眠人不識日從東畔又沈西

龐居士參馬祖問不與萬法爲侶者是甚麼人祖云待汝一口吸盡西江水即向汝道

一口吸盡西江水多少行人作道理野老年

來氣力頽只顧早眠并晏起

藥山石上坐次

不為不閑坐笑倒破竈墮有人來問我正好
驀面唾

藥山陞座衆纔集便下座歸方丈師著語
云看破了也院主問其故山云經有經師
律有律師爭怪得老僧師著語云看破了
也

一看破二看破人人鼻孔下頭大珍重諸人
摸取好若摸錯時休怪我

藥山看經

梵語唐言總一般言端端更語端端要知遮
得何人眼試把牛皮子細看

丹霞燒木佛

木佛燒來身體煥髭鬚墮落面皮光明明果
報無藏處堪笑時人亂度量

溈山趯倒淨缾

百丈舉起少火溈山直下看破翻身趯倒淨
缾壓倒華林首座

溈山見尼劉鐵磨來師曰老牸牛汝來也
磨曰來日臺山大會齋和尚還去麽山放
身作卧勢磨便出去

一似戲話一似相罵得人一牛還人一馬作
卧便行可知禮也

黄檗大唐國裏無禪師

參禪參見沒師禪鼻孔依然口上邊黄檗無
錢沽酒喫諸人嚔卻酒糟眠參

白馬曇照禪師

一生叫快活臨終卻叫苦拈起枕子時大蟲
元是虎珍重諸人切忌莽鹵擬議商量西泰

東魯
陸亘大夫問南泉肇法師也甚奇恠解道天地同根萬物一體泉指庭前牡丹曰大夫時人見此一株華如夢相似
天地同根物一體黄鸎啼在深華裏可憐大夢未惺人空聽好音迷自巳
夾山參船子
離鈎三寸如何道一橈打入洪波跳忽覺來時自點頭請續此句
李翺見藥山
雲在青天水在缾藥山無地可容身眞金自有眞金價終不和沙賣與人
南泉平常心是道
平常心是道南泉是王老日用事無餘全身入荒草

趙州四佛
泥佛不度水堪笑趙州賣口嘴金佛不度爐丈夫誰肯受糊塗木佛不度火覿面何曾孤負我眞佛内裏坐無限平人多蹉過
庭前柏樹子
趙州柏樹子撑天兼拄地頂門眼豁開我卻不是你
趙州因尼問如何是密密意州以指掐之尼曰和尚猶有者箇在
冷地分明事極精等閑觸著便生情閑時事著忙時用會處應教用處親
趙州喫茶去
逢人豈是閑開口堪笑都從語脈走留坐喫茶珍重去到底未聞師子吼
趙州洗鉢話

喫粥了也洗鉢去大似茫茫無本據有本據
其僧自是無藏處
趙州狗子無佛性
狗無佛性全提正令擬議思量蹉過窮命
臨濟三頓棒
連打三番不展眸更饒一撥始昂頭築拳鼓
掌威獰甚虎頭虎尾通併收
臨濟枉遭三頓棒累及兒孫恨不消一報到
頭還一報至今代代不相饒
最喜當仁不讓人築拳鼓掌絶踈親可憐千
百年前事直至如今有幾人
臨濟凡見僧入門便棒便喝
祖令全提繼後蹤示徒端不在從容棒頭擊
起隈𡵓虎霹靂轟騰卧海龍
臨濟兩堂首座同時下喝

一條拄杖兩人扶試問諸人會也無滿目堂
堂通是漢幾箇男兒是丈夫
僧問大隨劫火洞然大千俱壞未審者箇
壞不壞隨曰壞曰恁麼則隨他去也隨曰
隨他去僧不肯後到投子舉前話子裝香
遥禮曰西川古佛出世謂其僧曰汝速回
去懺悔僧回大隨隨已遷化僧再至投子
子亦遷化
壞亦壞兮隨亦隨行人於此轉猜疑山僧爲
汝分明說壞壞隨隨箇是誰
陳操尚書與僚屬登樓次見數僧行來一
官人曰來者總是行脚僧公曰不是曰焉
知不是公曰待來勘過須臾僧至樓前公
驀喚上座僧皆舉首公謂諸官曰不信道
羅籠不住喚無回猶是憨憨强主哉拶著返

身驀頭擲衲僧行脚眼方開

俱胝和尚

俱胝指頭禪突出向人前一生用不盡直至
到黄泉

德山參龍潭

潭不見龍不現親到龍潭遭一箭紙燈吹滅
眼方開棒上縱横光焰焰

洞山解制

不出門草出門草大丈夫見通踢倒隨流任
運本來身徧界莫非無價寶

令遵禪師因僧問如何是大乘遵曰井索
曰如何是小乘遵曰錢貫又問如何是有
漏遵曰笊籬曰如何是無漏遵曰木杓
笊籬木杓錢貫井索靈利衲僧都來抛卻丈
夫自有衝天志萬里天邊飛一鶚

密雲禪師語録卷第七

音釋

颺 移章切音陽風所飛揚也 蕨 居月切音厥菜也初生無葉可食 厙 式夜切音舍姓也 顋 桑才切音鰓頰顋一作揌 腭 逆各切音咢齒齗也 鶚 五各切音咢雕鶚也

密雲禪師語錄卷第八

天童弘法寺住持門人弘覺禪師臣道忞上進

頌古

投子大同禪師因僧問月未圓時如何子曰吞却三箇四箇曰圓後如何子曰吐却七箇八箇

要吞便吞要吐便吐投子投子圓前圓後

投子因雪峰侍立次指菴前一塊石曰三世諸佛總在裏許峰曰須知有不在裏許者子乃歸菴中坐

投子布出漫天網雪峰走入伊圈套當時一徑轉身行却使投子也疑我

仰山見雪師子乃指曰還有過得此色者麽衆無對

揑聚成形人競觀仰山指示有來端要知逾過此色者普請諸人試自看

米胡和尚令僧問仰山今時人還假悟也無仰曰悟卽不無爭奈落第二頭米胡深肯之

迷悟都來第二頭箇中惟悟可爲儔若還一息不縣悟觸境依前隨事流

三聖云我逢人卽出出則不爲人興化云我逢人卽不出出則便爲人

興化與三聖一出一不出君不見寒山拾得無處藏只爲豐干太饒舌

前三三後三三話

無著當年去五臺偶遇文殊接話陪前後三三多少數算來忽覺笑顔開

疎山冬至夜有僧問如何是冬來意山曰京中出大黄

有問冬來意京中出大黃若人吞下肚屙淨
一條腸
南院上堂赤肉團上壁立千仞僧問赤肉
團上壁立千仞豈不是和尚道院曰是僧
便掀倒禪牀院曰者瞎驢亂做僧擬議院
便打
壁立千仞赤肉團作家相見面相看分明太
殺分明甚不是其人吐氣難
首山因僧問如何是佛法大意山曰楚王
城畔汝水東流
楚王城畔水東流逐色隨聲那得休若也英
靈出類者腰纏騎鶴上揚州
雪峰低頭歸菴
托出門來是甚麽低頭歸去重註脚末後句
別無奇指點師僧不識伊同條生也不同死
彼此雙雙奉不知奉不知爲不當頭劈脊揮
鹽官因僧問如何是本身盧舍那官云與
我過淨缾來僧移淨缾至官曰却安舊處
著僧送至本處復來問官曰古佛過去久
矣
日用無非是本身隨聲逐色不相親覿面指
呼猶不薦今古何嘗有二人
百丈惟政禪師有老宿見日影透牕問政
爲復牕就日日就牕政曰長老房中有客
歸去好
牕就日日就牕不認物便認光覿面喚醒無
別事頓然獨脫好歸房
雪峰因入山採得一枝木其形似虵於背
上題曰本自天然不假雕琢寄長慶安禪
師安曰本色住山人且無刀斧痕

本無名與狀雕琢便成文直下猛提取用去自超羣

雲門日日是好日

日日是好日何處辨端的曝得老韶陽是甚乾屎橛

雲門因僧問如何是祖師西來意門曰日裏看山

日裏看山夜間打眠西來祖意十萬八千

雲門因僧問如何是超佛越祖之譚門曰餬餅

相罵饒你接嘴相唾饒你潑水若是雲門餬餅切忌皷他滋味

雲居膺禪師因僧在房内念經居隔牕問闍黎念者是甚麽經曰維摩經居曰不問維摩經念者是甚麽經其僧從此悟入

不問維摩念甚經雲居徹底老婆心其間些子誵譌處多少行人認識神

雲居示衆云老僧二十年前住三峰菴時魏府有興化長老來問云權借一問以爲影草時如何老僧當時機思遲鈍道不得爲伊置得箇問頭奇特不敢孤他伊云想菴主𡚒者話不得不如禮拜了退而今思量當時不消道箇何必後因化主到魏府化乃借問山中和尚住菴時老僧曾問伊話抵對不得而今道得也未主遂舉前話化云雲居二十年只道得箇何必興化即不然爭如道箇不必

何必不必兩人平出覿面當機攔顋劈脊

曹山問強上座曰佛眞法身猶若虚空應物現形如水中月作麽生說箇應底道理

曰如驢覷井師曰道則太殺道祗道得八成曰和尚又如何曰如井覷驢

井覷驢驢覷井珍重行人休認影龎公忝見馬大師一口吸却西江盡

曹山因僧問子歸就父爲甚麼父全不顧山曰理合如是曰父子之恩何在山曰始成父子之恩曰如何是父子之恩山曰刀斧斫不開

子歸就父父全不顧彼此兩忘浩然獨步

潙山有句無句

有句無句如藤倚樹雙手劈開全身獨露樹倒藤枯句歸何處大笑呵呵正好面唾

雲門須彌山

不生一念還有過焦尾大蟲當面坐問著韶陽老古錐須彌山子來遮我

雲門露

殺佛殺祖雲門露機輪絶處難回互文殊握劍逼如來盡法無民誰解顧

香林遠禪師因僧問如何是祖師西來意遠云坐久成勞

西來祖意坐久成勞神光不會立雪齊腰

洞山麻三斤

如何是佛麻三斤洞山渾是一團筋説與世間人不信無言童子笑欣欣

法眼因僧問如何是曹源一滴水曰是曹源一滴水韶國師聞巳豁然

滴水還將滴水疇分明非馬亦非牛可憐逐浪隨流者不見天台暗點頭

風穴因僧問如何是佛穴云杖林山下竹筋鞭

杖林山下竹筋鞭拈起元來手指尖放下莫
嫌無覓處通身枝節自天然
五祖戒禪師因僧問如何是佛祖曰跼著
秤鎚硬似鐵
跼著秤鎚硬似鐵啞子得夢向誰說淨名杜
口於毘耶釋迦掩室於摩竭
智門祚禪師因僧問蓮華未出水時如何
門曰蓮華云出水後時如何門曰荷葉
未出已出當面不識直指曲譚蓮華荷葉
汾陽因僧問如何是西來意曰青絹扇子
足風涼
青絹扇子足風涼汾州用處不尋常龍袖拂
開全體現萬象明明絕覆藏
石霜圓禪師因僧問如何是佛曰水出高
源
水出高源迴異流五湖四海不同儔滔滔流
向人間去罕遇親曾到地頭
瑯瑘覺長水話
長水如是問瑯瑘如是覺清淨本然云何忽
生山河大地
大愚芝禪師因僧問如何是佛曰鋸解秤
鎚
鋸解秤鎚直截單提若人不會別喚沙彌
楊岐問僧金剛圈作麼跳栗棘蓬作麼吞
巨海垂香餌漫天布網羅從他吞跳者我只
笑呵呵
五祖演禪師問僧倩女離魂那箇是眞底
不用求眞唯須息見如何若何攔顋劈面
五祖舉昔日有秀才著無鬼論一日鬼現
身云你道無我聻秀才無語祖曰當時只

舉手作鵓鳩嘴云谷孤孤
說有道無徒費力現身無語較些些鵓鳩嘴
也鵓鳩嘑百怪千妖總一家
五祖展手問僧曰因何喚作手
因何喚作手舉起便知有若也自顢頇徒勞
開嘴口
佛果勤禪師凡垂問學者擬議則一拳
從來佛法無多盡力當胷一拳頓令凡胎俗
骨便成大覺金僊
應菴示衆
盡力道不得底句不在天台定南嶽蹋穿草
履歸來自笑錯下註脚
應菴問密菴如何是正法眼密曰破砂盆
正法眼藏破砂盆盖覆乾坤海嶽昏從上家
私狠籍下代代兒孫一口吞

荆叟因癡鈍室中舉如何是佛師曰爛東
瓜
如何是佛爛東瓜笑倒叢林老作家白鷺下
田千點雪黄鸝上樹一枝花
婆子燒菴
正當與麼時驗賊不驗贓可憐者漢子將謂
別商量
答頌
因侍者問洞山偏正五位偈旨師曰逐
位念將來者朗誦云正中偏三更初夜
月明前莫怪相逢不相識師打云還識
麼偏中正失曉老婆逢古鏡分明覿面
更無眞師打云還見麼正中來無中有
路出塵埃但能不觸當今諱師打云合
取口兼中至兩刃交鋒要迴避好手還

同火裏蓮師打云還知落處麼兼中到不落有無誰敢和師打云落在甚麼處祇如人人盡欲出常流折合還歸炭裏坐又作麼生師打云又恁麼去也者云
請和尚各爲頌出師頌曰

正中偏一棒當頭絶謂言直指分明人不會
逐語生情墮正偏
偏中正一棒當頭全正令若人不會更尋思
蹉過自家窮性命
正中來棒下無生擊處開離相離名全體現
縱横任運出塵埃
兼中至一棒當頭没迴避自古當仁不讓人
臨機各各全意氣
兼中到一棒當頭絶素皂任運相將只麼行
誰更昏昏炭裏坐

師因閲大慧頌汾陽十智同眞云兔角龜毛眼裏栽鐵山當面勢崔嵬東西南北無門入曠劫無明當下灰師曰此頌只有當面二字間隔似乎兩橛不若壁立二字妥貼復閲覺範頌乃述一頌曰

十智同眞面目全行人不薦可生憐故將條
棒當頭打直指同眞與要玄

因衆禪者頌洞山尊貴話并著語呈師
師乃著語云氣格生成復頌曰

從來氣格自生然無位眞人面目全若也有
人來問我當胷劈脊祇麤拳

擧潙山云老僧百年後山下檀越家作一頭水牯牛左脇書五字曰潙山僧某甲當恁麼時喚作潙山僧又是水牯牛喚作水牯牛又是潙山僧自古至今荅

者不少老僧亦答云分身兩處看復頌曰
分身兩處看圓通無畔岓縱設萬般名難離者箇漢

潘吴二道人以海底泥牛四句偈乞註解師云余智識暗短不能詮釋但有六十棒在二十棒打高峰和尚四十棒打二道人然後爲汝下箇註脚若作棒會入地獄如箭躭不作棒會入地獄如箭

躭更試問二道人合作麽生
海底泥牛銜月走空中木馬怒雷吼驀然跳上脊梁騎拍手呵呵笑破口

嵒前石虎抱兒眠日炙風吹知幾年忽覺囫然聲振地翻身直過九重天

鐵蛇鑽入金剛眼一念回光卽便見見得分明没兩人依舊從前本來面

崑崙騎象鷺鷥牽約不後兮推不前直下須明無異旨莫隨言語亂鑽研

佛祖贊

接引佛
東土西方本無窠臼安住其中號無量壽爲引衆生伸出隻手誰知倒致人生情竇爭似老僧攔顋劈口

釋迦出山相
六年苦行畢竟何爲打失兩眼拾得雙眉若人欲識山中事觀着容顔應好知

文殊大士
文殊大智利師兒親踞地過去七佛師卽今誰弟子輩輩大丈夫自有衝天志

出山大士寶印禪人請

菩薩曾有言無刹不現身入山與出山何曾
有兩人須知三十二彼此總同倫但肯回光
看實印本無文

大悲菩薩

大悲菩薩眞大悲所以現出多雙手非爲圖
自顯神通只要諸人各知有

達磨渡江

聞道單傳直指風自家不識復何宗祗爲渡
江乘一葦至今人錯道神通

玉芝禪師像有序

芝初叅金陵碧峰居問如何是不落人

圜繢居與一掌芝遂大悟

當頭一掌永絶伎倆跳出圜繢天下牓樣師
子將兒絶後隨一任横行於海上

抱璞師摹禹門和尚眞懇師云求師兄寫
得七八句師云一句也没有云就將一句
没有爲題師乃書云

老和尚没窠臼贊莫及罵奚醜所以不肖兒
一句也没有

復寫七八句

藹藹株松堆堆塊石端坐蒲團人天莫測爾
我皆承嗣豈堪爲法則那箇男兒不丈夫阿
誰賴者秃老賊咄

雲門湛和尚

湛然湛然講經説禪誰知此老初未嘗言欲
識眞實面目儼然

自贊

破山明請

不識好惡不分皂白人若問著當頭便楔無
法與人那來朕迹如是爲人何有知識且道

阿誰密雲老賊

又費隱容請

描不成兮畫不就贊何益兮毀何及從來千聖不能識一切時人妄擬測一條白棒唯直指所以千古爲標格

又朝宗忍請

要我寫兩句誰知一字無有眼解睜眎有口却盧都手握骨律棒問著打頭顱爲甚如此千峰勢到嶽邉止萬派聲歸海上除

又萬如微請

者箇阿獃不辨是非拈條白棒不分彼此恁麼爲人惡聲滿地萬如萬如描他爭底一火焚之免及相累

又木陳忞請

者箇阿獃眞阿獃一味一生自勉強據箇單傳直指人徹骨徹髓一條棒天下那有者等善知識不顧諸方嫌與謗咄

又牧雲門請

者老漢只可看不可判拈條棒子當頭打一一鼻頭穿一貫正眼從來廓頂門歷歷緜緜續不亂

又林野奇請

咄哉者秃有眼如盲有口若啞手拈條棒問著便打不知落處問取林野

又禹門大衆請

咄哉者秃漢處處没留戀只者也須送火中兎占禹門古禪院

又金如玉居士請

居士寫我像乞我還自題毀且自不肯贊亦豈自宜言語道自斷心行亦無爲故拈一條

棒當頭直指伊

又 一生禪人請

有身自有住處有口自解說話是乃人之膀樣不必老僧張挂

又 淳甫程居士請

咄哉郵僧覿面無情一條白棒打人自惺

又 敬橋張居士請

朝朝禮拜夜夜燒香正當日中影短形長忽若會得覿體全彰

又 治堂孫居士請

可憐者箇癡和尚不見人我是非相故據條棒直指人問來一味當頭杖孫居士高著眼面上無瞋眞供養將此深心奉塵刹滿目看時誰異樣

又 定甫萬居士請

者老癡子不願上堂豈肯上紙君不見龐居士不與萬法以爲侶馬大師一口吸盡西江水

又

自家面目自家題自家意思自家知自家書在自頭上不知人道我何爲

自題行樂

高山流水長松下倒茗吹爐誰不樂默想世間人罕知唯有青天紅日爍

偈

示明極禪人極號元闇

明極看來無實法闇元識盡少人知驀然明暗都翻轉脫體全身奮振威

龍池和尚送天隱禪師掩關偈云老衲於今不坐關既無住也幸無閒何曾進又何

曾出只在尋常天地間池命師和

某甲分明没敀關通身無處覓忙閒也無門

進無門出只麽堂堂任運閒

水西門菴示息機上人

未悟頭頭欲息機悟來息息露全機有人來

問菴中主向道門開對水西

天隱和尚病中以二偈求正師因復之

生也如是死也如是死死生生如是如是

來是誰來去是誰去吾與正之非是言句

示聞園居士

聞去聞聲聞是妄返聞聞性也爲權豁然聲

性都翻却兩耳門開向兩邊

登會稽海口大峰山頂兼似墨池王居士

行到山窮水際時偶然句得半聯詩滿口向

人言不盡謾將東海作書池

別石簣陶太史

華事紛紛春盡頭杖藜隨意且悠遊謝辭檀

越何方去萬里天涯一步收

示出塵上人

莫徐妄想莫求眞凡聖都盧祇一塵信脚便

行輕趯破了然無事自繇人

次盡我居士韻

野老欲吟詩偶得天機趣忽聞簷雨聲滴滴

驚人句

靜中偶成

自得忘機趣詩成不假言松風宣雅韻澗水

吐清聯我本無心聽伊何到耳傳只因吾獨

惺物物皆靈然

次同叅慧轂輪韻

千里同風事何緣歎别離道人行履處了了

當如斯月落樹無影風清雲不馳去來一片
地任運復誰之
同史省菴登山頂爲示
扶筇直上到峰巔破衲和雲就石眠睡到不
知紅日落醒來搔首問青天
過戒珠菴
策杖出幽行興來身也輕虎哮山欲動鳥起
樹猶驚菊兠新霜艶秋深古木清殷勤末後
句衲破戒珠呈
贈雲堂師
世間何物更堪憐惟有白雲在處閒來去高
低曾不礙了無痕迹落谿山
山中四威儀
山中行没途程常獨步了無生
山中住無來去莫動著中心樹
山中坐淨羸羸微風吹白雲裏
山中卧非懶墮有人問拳打倒
山居
乾坤一箇故茅廬極目寥寥四壁虛但識此
身爲住計了無歸路自如如
一卷經看曾未了不知日巳墜西冥悠然獨
坐無人會掀起松牕待月明
擬寒山三首
野老棲遲處烟嵐作布裟雲開嶽露頂風鼓
樹摇頭徑僻苔封砌谿深草覆流年無客訪
道日與鹿爲儔
策杖乘幽興穿雲入碧山不聞樵子語祇見
鳥關關日久石生蘚年多人起斑臨流清覽
照自覺也蒼顔
嗟見世間輩唯思積累多心猿忙似箭意馬

走如波勸爾不肯歇教吾爭奈何到頭將不去空手見閻羅

杖意

拄杖拈持力荷全條條絶後與光前堂堂直下堂吾用打發其人續正傳

偶成

青山疊疊萬重雲無事幽人不解文自拭一雙清白眼笑看明月破黄昏

示醫者

靈山會上大醫王濟世全憑没病方但指世間俱藥草了無熱惱與清涼

叅禪偈九首

叅禪莫妄想亦莫著除妄一念未生前試看底模樣

叅禪一著子不假異方便須著自回光悟取本來面

叅禪叅直指毋遭岐路使豎起鋑脊梁直下超生死

叅禪直叅直莫著心意識千差萬别來直下當頭截

叅禪叅自繇撒手復何求赤身如白刃誰敢犯當頭

叅禪欲吐氣須叅轉身趣轉身吐氣時語語無賸句

叅禪節要處切莫顧危亾當機擒虎兕信手捉獰龍

叅禪叅眞實莫叅口頭弄終不哄他人到頭終自哄

叅禪貴正因弗用記時辰佛法無多子久長難得人

遊廬山東林寺次壁間韻

萬物本吾元一體誰云塵復亦塵開男兒自到心空處踢破乾坤孰去來

霞標管居士述無用書謂復禮法師問偈爲眞妄二字所縛不出理障清凉圭峰所荅亦爲眞妄二字没溺未見超方句寂音所擬戰勝二老然無明全妄情二句亦未免詞病拙偈雖不工然跳出諸公之網偈曰立眞取淨性妄卽從玆起若了眞非眞妄亦何須止法法不曾生心心勿終始明暗兩無功取舍懵玆理佛不入涅槃我不出生死師曰無用句調雖工似莽蕩欠諦當因次韻

本來法本淨因昧分別起念念不昧時心心從此止本來非末初那得有終始示語条玄人應叅本來底吾今本本來一口吞生死

黄檗山觀葉相國壁間詩以偈次韻

及第心空選佛塲箇中無地列隅方一豪透體豁惺眼十界通身現法王迷去妄分人與我悟來了却短和長回頭直下情無倚便是高登彼岸航

貧僧偏愛破家窮赤體條條露骨風歷歷我人皆實相明明心鏡總眞空月明虛白連天碧日照雲霞暎水紅聲色摩尼不墮數祗因逐物著西東

本心地不涉陽陰迥出乾坤覆衆岑萬法馬師都吸盡一人龐老絶追尋全身用去頭頭現覿體行時物物沈外境內神無見處須知憑悟本來心

示定觀禪人

返照回光直下觀無干東北與西南十方世界全身現一切人天正眼看

示時默上人

未悟已前時薦得方堪默契本來人若將紙墨認爲法誤賺闍黎非老僧

誕生禪人乞策進語

進在其中退亦中當人無路可通風擬心更欲期精進不若回光省舊容

示雪浦琮禪人

利如錐疾如箭若能行超方便

送修密禪人省覲

母想子歸因遠遠子思省母亦迢迢母子本來眞面目歷然覿體没途遥

示咸濟禪人

自濟濟人須假悟若還無悟總徒然男兒當發丈夫志動靜忙閒緊著鞭

紙炮

頂門一竅透靈機滿肚無明火發揮聲振十方人盡覺囫然喜躍動容威

復方侍御震孺

日炙風吹雨打明明直指原繇處處全體獨露超過世出世頭

示聚我居士

萬聚叢中我獨尊獨尊那怕聚紛紜頭頭邑邑非他物大地乾坤一口吞

示徹源禪人

隨流生死故無窮悟徹源頭返本宗箇裏不容人我相從來千里乃同風

傳法偈

本法豈繇傳繇傳本法傳今傳傳本法本法

本誰傳

示靈根荷講主

世出世間不二法一身通荷無餘事阿誰不是丈夫兒秖恐未堪如來使

無心用禪人乞偈

祖師西來直指人心多少行人錯認識神通身覓心不可得身外無心用本人

師夢中得染深青牯牛之句乃自聯云

染深青牯牛那肯更回頭通體蒼煙色明明迥類流

化緣偈

爲僧一味無他事要化檀那契已躬箇事人人皆具足信手拈來用不窮

明道崔居士乞偈薦親

若惺自已安身處河沙父母同箇面但將此

語縣高堂一度看時一度薦

居士五旬乞偈

夕陽西去水東流人老何曾見白頭能向箇中高著眼普觀法界共同儔

荅朱居士

非僧非俗者箇漢兩處圓通無畔岸翻身直踢上頭關入佛入魔只一貫

示沈大司寇演

山僧無別示白棒當頭指頂門眼豁開自證衡天旨

覺圓敏禪人病中乞偈

維摩居士病非病禪者反爲作病看忽覺病身身本覺始於法法自然安

示張大司憲瑋

一切二邊俱坐斷本無中道可須安掀翻海

嶽無人會白棒當頭爲指南

示李孝廉僧

箇事從來本呈露認著名言却遮護剔起眉毛著眼看腦後見顋方契悟

居士乞偈薦親

生亦如兮死亦如如如之外盡皆虚欲知父母安身處忉利天宫亦不居

題冶堂孫居士像

本分本來豈從造化而成非俗非僧亦因假飾以立一念不生全體見脚蹋芒鞵頭頂笠獨行獨步迥堂堂自在自繇唯自適咄盡力跳不出

題聖緣唐居士像

請居士自珍重莫捨凡緣取聖緣取捨之情生死本情無取捨獨趒然咄

佛事

爲亡僧舉龕來無一物去無罣礙信脚便行管取自在舉火光焰焰淨羸羸南北東西無可不可以火苣打圓相云會則徧界分身不會與你把火

爲守元師入塔以杖指塔云盡十方世界是箇無縫塔復敲塔門云且道者一縫作麼合殺以手舉靈骨送入云請師兄塞却

爲豁然師煆骨縱然皮膚脫盡白骨也須火煆惟我師弟豁然却具者般體段以火苣打圓相云大衆會麼擲火苣云看

爲通亮舉龕通亮通亮對我曾呈伎倆卽今恐汝忘之助汝三下拄杖以拄杖擊三下云直須信脚而行莫管人間天上

爲迴泉講主舉火隅牆見角便知是牛隅山

見煙已知是火而今對衆相舉且道是箇甚
麼眞實告報諸人切莫當面蹉過
爲景西起龕葉落歸根仰手覆手木馬翻身
泥牛解走舉火般若大智如大火聚舉似諸
人急著眼覷擲下火苣撫掌云還見麼
爲乘白舉火乘白燒化密雲舉火呈示大衆
無可話墮擲火苣云雖然如是直令徹骨透
光明十方世界無處躲
爲青州佛實舉火鄭州梨青州棗萬物無過
出處好實禪人還知麽若知出處便解當處
出生隨處滅盡則不見生死去來之相從來
寸步未嘗移那涉山東與山西實禪還會麼
若猶未會擲火苣云老僧助汝一把火照徹
面門離處所
爲超聞下火千做萬做不離者箇南北東西
信脚行地獄天堂如梭過
爲無拘起龕無拘無拘生死俱虛自領而去
頓證無餘
爲正聞化主下火生時爲衆竭力死却要老
僧燒全體光明自圓照十方國土任逍遥

雜著

五家語錄序

五家語者自達磨西來至六傳再四世法徧
中華禪備衆體機語不一無心而分自成五
家故謂溈仰臨濟曹洞雲門法眼然機用雖
似五家無非直指之旨黎眉居士刻兹語錄
可謂承上啟下先後包含閱是語者可盡五
家差別之元以明自己差別之智總歸當人
本地風光全機大用出於文字之表則誰見
有五家兒孫空王佛田庫奴以至狐狼野干

到來總與三十棒爲甚如此者裏放過卽不可

教外別傳序

老僧向讀大慧語見拈水潦和尚因緣謂潦纔舉揚便賣弄者一蹋云自從一喫馬師蹋直至如今笑不休渠又何曾有峰巒疊翠澗水潺湲岍柳含烟庭華笑日鸎啼喬木蜨舞芳藂底說話來古今洪詞便利無過此老看他恁麼舉示則不專在言句尖新唯貴提其至要而已云何至要不見他室中問僧德山見僧入門便棒臨濟見僧入門便喝雪峰見僧便道是甚麼睦州見僧便道見成公案放汝三十棒者四箇老漢還有爲人處也無僧云有大慧曰劄僧擬議大慧便喝出遵璞聞之忽然脫去從前惡知惡解遂成箇灑灑地衲僧又問需入室大慧問曰內不放出外不放入正當恁麼時如何需擬對大慧以竹篦打三下需忽大悟又大悲閒長老入室大慧問不與萬法爲侶者是甚麼人閒曰扶不起大慧云扶不起是甚麼人速道速道閒擬對大慧便打忽然大悟可見棒喝急切要啟開人正眼脫人情解無過此也所以老僧生平不解打之遶唯以條棒一味從頭棒將去直要人向棒頭拂著處豁開正眼徹見自家境界不從他得迥出教內教外名言則方知黎眉居士所集從上佛祖機語決定不是文字方能撩起便行羅籠不住呼喚不回直饒如是只堪自了若論戰也各各力在轉處不滯玄妙理致一味活捉生擒向上全提本分一著超佛越祖獨脫單行縱奪自繇殺活自在

能治一切名言不坐死地不瞎人眼方堪利巳利人其或未然且向者册子上東覷西覷忽然覷著劫來老僧手裏請棒喫既是覷著因甚劫要喫棒還有緇素得底麼若緇素不得且莫輕擬棒喝著

日睿程君乞題小象

夫題者名之也名者名其形也名其形者形不能形也形不能形者其形虛也况其名哉矧曰小象又曰影象皆非本質之謂也若夫題其影而不題其本可謂影之有影轉轉逐末而莫之反余不能影上生題而復題其形形也者於父母生之也且夫未出母胎男也女也俱弗得而知弗得而知者名弗得而立也若反至夫父母未孕之前又何狀哉君若向父母未孕之先狀其象來余亦向父母未孕之先為君題

密雲禪師語錄卷第八

音釋

獃魚開切音嘊癡也　栻設職切音識技栻揩也　苣其呂切音巨東葦燒也　攛取亂切音爨擲也　伎倆上巨錡切音芰下里養切音兩伎倆巧也　鸎於莖切音罌黃鸝也　矧失忍切音哂况也

密雲禪師語録卷第九 行狀附

再住天童嗣法門人道忞撰述

師諱圓悟號密雲荆谿蔣氏子四歲有成人之度坐若禪思八歲知念佛每至春三二月輒動世間無常之想念尤猛切二十六歲因閱壇經發心參究討明大事因緣二十七歲負薪過山彎突見堆柴有省三十歲弃妻孥從幻有傳和尚脱白執爨負舂身任衆務不以爲勞獨念己事未明歲月飄忽爲之積憂成疾三十三歲納僧服矢明此事告傳掩關千日傳雖屢變徵師師固未嘗爽厥玄旨然傳獨不肯師師亦終不自肯以目前昭昭靈靈一似有物如是者復六載一日偶城歸過銅棺山頂豁然大悟覺情與無情煥然等現覓纖豪過患不可得師固常論剗限所悟即有向上向下最初末後如世尊覩明星初祖契拈華還有向上事也無還有末後句也無諸方謂埽除悟迹取東坡手忘筆筆忘心爲喻老僧直不謂然嘗有頌云迷悟都來第二頭箇中唯悟可爲儔若還一息不由悟觸境依前隨事流五祖師翁靠此一著子如座須彌山圓悟道暫時不在即不堪良有以也其悟處尌的如此時傳和尚已先入燕都四十歲偕報恩修特往省覲傳見便問老僧離你輩三載還有新會處也無師即出曰有傳曰何不呈似老僧師曰一人有慶萬民樂業傳曰你又作麼生師曰某甲特特來省覲和尚傳曰念子遠來放你三十棒師珍重便出一晚同衆侍立次傳曰如人落水坐觀成敗不救一救師即推攙衆兄弟出衆不從師曰爭

怪得某甲又一晚問是大盡小盡有者道是小盡有者道莫是大盡師曰敢保不在曆本上論量嗣是傳故爲師示以師王迷子之法師亦爲傳縱以狻猊返擲之威門外人見方心魂欲死而傳與師師資相契已超然情謂之表矣四十二歲告傳還南上天台探禹穴爲周海門陶石簣王墨池所賞識三公皆海內人望復留神空宗有素師與之本色相見脫略窠臼益敬服師師後道化闡於海東由三公始也四十六歲傳返龍池師因歸省傳問你到諸方曾見什麼人師以脚打地以手拍厀傳曰你許多時一些氣息也無師曰和尚疑則別參傳乃撾鼓集衆付師衣拂師堅辭不受傳詰其故師曰待師天年然後行止聽缘耳復命師及修入室囑累扶持佛法師

即呈偈曰若據某甲扶佛法任他〇〇〇〇〇都來總與三十棒莫道分明爲賞罰傳由是默喜以爲可倚以支臨濟也四十九歲傳没師心喪席苫枕由如喪所生者三年五十二歲心喪畢衆請繼傳開法乃陞座舉揚號令森然至若提唱本有指蹤極則皆前此諸方所未見聞者葢禪宗自宋元以還寖少之庭久已流爲傳習即江西湖南別有商量浩浩匪緜在工夫即密在話頭列聖綱宗至爲繩墨死盡不道無禪只是無師天葢假師一掀翻露布洞示真元後三十年來說法之式駸駸復返正始者師實啓之自此出世六坐道場祇以一棒接人如大火聚觸著便燒如太阿劍血不濡縷如金翅鳥劈海直取龍吞使學人言語道斷心行處滅琉璃餅攧落粉

碎摩尼珠驀面白拈唯餘條條赤手又遭截去升天伎倆枯竭無餘擲地金聲不假回顧直饒乾坤大地草木叢林盡爲衲僧異口同聲各置百千問難棒頭一指靡不結舌亡鋒三賢未曉十聖罔通等玅二覺曝顋龍門更饒佛來祖來不可放過超佛越祖放過不可大矣哉一切衆生之平等寂滅光明幢也住五年百廢具修以故山行道意殊不樂一日因事上堂舉話畢良久曰者裏無人證明且向別處尋討下座便行五十七歲遊匡廬將之衡嶽矣天台諸山削牘迎住古通玄寺茅堂草座山衲十數輩師爲朝參暮請一如坐大寶坊儼臨萬衆無異也五十九歲復還金粟廣慧寺破屋敗椽始或饘粥不繼居六年遠邇來學如赴名師無作無爲而大廈崇成

食堂幾滿萬指初師出龍池夢至一處見巨井足飲千人適盖亭其上有偉衣冠者進曰此師住處也金粟故有千人井盖前定云六十五歲復徇閩人之請闡法斷際故山曰黄檗者僅五閱月返度嶺而甘露霑濡羣萌甲折有男子盲無所見嚮師求示師爲開覺其來也扶杖而至其往也掉臂而行矣清漳王大司憲志道亦致書通所得曰法錫南來遂令黄檗千年道場儼然未散衹此道場非古非今然不因師來爭知非古今也大師爲人不惜身命寧使器身失命終不爲開第二門徹骨徹髓獨超千七百則而遠近傳者多作棒頭商量或言可度有智人不可度無智人或曰止可度未悟人不可度巳悟人如此等見蒼天蒼天敝漳近有僧歸述六月一日上

堂若汗淋淋時是乾爆爆時如何若乾爆爆時是汗淋淋時如何此是向茫茫無可據中抉出人人眼睛令他自見其法施之惠及四衆皆此類六十六歲又應鄮山阿育王寺先是明州黄司李端伯久參壽昌不契因赴春闈小憇匡廬夜坐有省然開口則礙雖屢激博山莫去膺至是赴官見師語大驚異因多方請師具道所以顧見之意師乃就之故開堂日指法座者便是司李大護法於廬山開先寺撞倒底鐵山今對人天衆前扶起去也還見麼遂陞一衆譁言善司李亦脫然首肯故爲師作真贊曰菩薩面夜叉心惡聲流散滿叢林禹門浪急龍騰處翻轉山河大地沈佛也打祖也打眼光爍破四天下阿師大似敗家婆教得孩兒會相罵牛頭没馬頭回往

風驟雨滿天來四方八面相追逼縱有神通掣不開行脚僧會不會斷後一椎百雜碎沙界衆生結大冤仇奴忒殺無慚媿風顛漢老成魔諸方那箇奈伊何巖頭獨現大人相直向德山頭上屙然師殊無肯可司李之意一回相見必深錐痛撥不以檀越作從官少爲假借微獨李也方侍御震孺謁師天童語及工夫不切實師劈面便掌方矍然汗下遂呈偈曰倚牆靠壁多生迷賺海偷天似也無劈面元來真箇熱更從何處説糢糊與王大司憲之言前薦得一皆要津把斷寧使生身陷地獄不將佛法當人情師之絶情離識第一相爲人爲若此也住鄮山三月復爲紳士與司李請住太白名山當是時師臘既日高寺規模又極宏大建炎之殿上干雲日一朝從

草萊中欲斬新扶起師固謙讓未遑也乃不數年而幻出寶坊飛樓涌殿萬礎千楹崇宏壯麗冠絶一時然猶不足以居來學計袂連踵接而至者極衣冠之國達羈縻之邦公卿貴人接足頂禮魋結編髮之君長多自重譯函書問道由是名聞九重將葺長于大報恩寺纘成祖文皇之緒俾師唱道留都師以老疾願終林麓再辭不赴識者猶爲歎服葢師生性剛直壁立萬仞意有不可撩起便行門弟子有持某宰輔書住某院者師深痛絶之嘗語學者貞觀嚮道欲瞻風彩上表遜謝往返三四引頸就刃神色儼然吾敬道信大師茅茨石室累煩聖主且請前行吾從別道澡身淨髮結跏趺逝吾敬汾陽無業休心息念斷絶攀援賜紫及號力陳昔誓收付有司恬然受刑吾敬芙蓉道楷牢著草鞵腰包住院去就之間輕同學子不爲蚖蛇戀彼窟穴吾敬應菴華祖魏國弘基欲爲龍池標師一牌直峻辭謝卻他可知矣故師住天童十又一年拂衣者三皆爲緇素強留而止至辛巳季秋幡然出門萬衆輓之不可將比雲鶴遨遊海天矣爲祁大中丞彪佳與兄駿佳要止別業故棧絶往來省師酬應然四方問道者日户屨晨滿如市莫能禁也七十七歲明州宋海憲特遣使迎師還山且託中丞勸駕不得已過甬水以天童囑累宋公徑取道入天台仍住通玄寺通玄山紆路僻澗肅林寒又積廢久師旋爲葺理而學者力作攻苦加諸毆逐有僕隸所不堪者益親依犇赴而至至孟秋七日師以衰頓之故竟爾趨寂焉世壽七

十七僧臘四十四六坐道場說法二十六年化溢支那言滿天下以至日南景慕海外欽風且祠奉爲中興臨濟之祖矣乃晚年愍世說法者多陷牛迹著說纍數萬言極論之不已若是其齦齦何也師固曰與之直辯到底待他開口不得枯竭無餘無可奈何彼自心折而休矣故彼曰身見則以身見激揚之曰一橛頭則以一橛頭發揮之曰極麤一棒則以極麤一棒整頓之或援古德機緣即折之以古德機緣或攀從上綱宗即讞之以從上綱宗或流爲世諦言譚紙說繆論即斷之以世諦言譚紙說繆論唐子元竑有言彼示與師軋者其人大都負大力深智鳴鐘鼓撼山嶽以相加遺而師晏然踞坐張空拳而八面應之攻者屢變應者不變無不給也即無不摧也使後來聰明辯智之夫知此道果不借他力廢然失其增上慢心頫首以入爐韝其知言哉卒之師說出而風聞寰海江湖閩粤之人雖厭飫保社操鉏斧而山邊水邊者莫不憮然自失願就弟子之列其與師軋者至爲狂詈爲凶短折爲吐光紅爛盡眞枯竭無餘無可奈何而大慈攝受之心師終無間也師凡缾錫所到萬衆喧闐瞻禮恐後晚居太白奔走天下如一佛出現室中未嘗以顔色假人語言文字羅籠學者當門踞坐如西河師子人與非人驀頭生按又普請頻重廿里河干不時輸運土木之役半出學人玲瓏巖負薪鳥道嶔崎動致頭破足傷而衆等堪忍依止辛苦都忘一時英靈畢集號曰僧海焉其嗣法弟子受師記莂者自大溈如學鄧尉

法藏以下一十二人過此以往若招手橫趨闕鞭即去凭雲漢以高蹤入西山而不還者未之或知也蓋師生平以眞實心行眞實行悟眞實道説眞實法化眞實衆方其始貧食力也耕稼陶漁無不備嘗繼而出家苦爲生死事大歷一十三載窮神極慮心力俱疲然後打失從前唯覺情與無情煥然等現當其煥然等現之時無復情與無情差別等相矣所以折旋俯仰咳唾掉臂乃至垂手爲人策諸學者搬甎運泥挑土拽石或喊或罵與人詰與物諍固無事而非眞實法門者也復不以言教而以躬親名利睎若浮雲金帛等諸糞土故凡在及門非甚不才未有不孤芳自樹開鑿人天者今一十二人外如四明智遠白雲悟西臯亭智藴武林寂然雙林海懐桐城音可翠巖通喆董其選也然則師承鳳智悲爲法舟航又奚俟神告朱君上申而始定其爲慈受深禪師後身哉崇禎十六年癸未門弟子建塔天童迎師全身歸窆幻智菴之右隴適霖雨經旬泥濘没骭而道俗哀哀奔送者萬人非師化育之深曷由臻此叢林公論師以責薪出家遂傳衣盂有類瞽谿求道猛切深徹法源有類高峯以一宗鏡照空萬法有類永明聖凡彼我等心一睎有類元珪豪貴當前臨機贈掌有類三角至於力爭祖命靡愛厥身旋嵐偃嶽弗震弗懾其黃龍大慧之流亞與崛起尋常中興濟北傾企窮八表芳躅暎千秋夫豈偶然者年月日門人道忞謹狀

天童密雲禪師年譜

繼住明州天童寺嗣法門人道忞編

世宗皇帝嘉靖四十五年丙寅

師常州宜興人姓蔣氏其先世顯著子姓蕃延諸州郡故諺稱江南無二蔣云父名曦母潘氏師其季子也生於是年十一月十六日丑時按師誕日衆請上堂云今年十一月十六日也是者箇時節去年十一月十六日也是者箇時節乃至從無始十一月十六日總是者箇時節來年十一月十六日也是者箇時節後年十一月十六日也是者箇時節乃至盡未來際十一月十六日也是者箇時節既都是者箇時節喚作過去不得喚作未來不得喚作現在不得既都不得喚作生得麼喚作滅得麼喚作不生不滅得麼所以道欲識佛性義當觀時節因緣時節若至如迷忽悟如忘忽憶正當恁麼時依時及節一句作麼生道良久云仲冬嚴寒衆慈伏唯珍重又按彌陀誕日師爲僧本光陞座云老僧昨日是生日彌陀今日是生日我比彌陀先一日三世諸佛從此出既從此出可謂諸佛老僧兒老僧諸佛父諸佛父法爾迴超凡聖路我見燈明佛本光瑞如此之句云

穆宗皇帝隆慶元年丁卯

師二歲是年過嗣張氏葢張與師爲王母族艱嗣息愛師岐嶷故乞繼承之

二年戊辰

三年己巳

師四歲甫離襁褓而氣度凝重殊無孩穉

之意終日掴石間堆堆坐地若憶持者久之中泠涇成腫疾家人搗藥汁飲之稍愈而兀坐如故

四年庚午

五年辛未

師六歲入鄉校不樂章句讀誦唯喜書遇便輒大書之畫蕩不顧也嗣王父猷之然亦以是奇師

六年壬申

神宗皇帝萬曆元年癸酉

師八歲不由他教自然發意念佛按師行實云我幼性頑乃至不肖之事靡所不爲但於歲歲二三月間忽動世間無常之想便欲修行念佛念過三日覺得夢中無念非佛過三月後此念漸輕

二年甲戌

三年乙亥

四年丙子

師十一歲與羣兒牧西沈澤中鄰牛附師牧者日供一錢師得錢輒貿紙筆以羣牛授諸兒自詣鄰齋學字晚則荷蓑笠號呂諸兒麾肱畢升而已故師嘗語其侍者曰我那時已作羣頭長老了

五年丁丑

六年戊寅

七年已卯

八年庚辰

師年十五躬耕樵且陶於澗北按師禹門上堂云悟上座出身本非他鄉異土之人現前衆兄弟共知共見即本邑南嶽山中

一箇樵夫耳又按師荅漢月首座云老僧漁也漁過樵也樵過耕也耕過牧也牧過祇爲不知本命元辰立地處故入佛門來

九年辛巳

師十六歲內室吳氏先是新安吳某者商陽羨善師嗣父飲酒驩甚以女適師是歲內之

十年壬午

十一年癸未

十二年甲申

師十九歲是年歸宗復蔣氏之族以張有子堪承紹故

十三年乙酉

十四年丙戌

師二十一歲嘗語其侍者我萬曆十四年染傷寒甚劇初爲數晦田放不下闔卻眼便在耕耘上亂自念我且要死管他甚盌於是一意念佛念過數日夢一神人縞衣素裳夌空而過鬚髮巾輿雪映梁屋間聲言施藥我呼云某正病此何不施我神人轉手與我一丸醒來徧體汗流霍然病已

十五年丁亥

十六年戊子

十七年巳丑

十八年庚寅

十九年辛卯

師二十六歲閱六祖壇經始慕宗門向上事耕槈之暇負薪入市貨賣晚歸織屨而壇經旁置玩繹不休

二十年壬辰

師二十七歲按師行實云乃至二十七歲上山作務有省得管帶拘心意日用常令昭昭然即穿城入市做買做賣不肯放過每繼日以夜胸中作痛猶加照顧又按夏通鐙源流荅頌云師在俗挑柴過一山彎忽見一堆柴突露面前有省

二十一年癸巳

二十二年甲午

師二十九歲嘗語侍僧我二十九歲決志出家是年十二月區分家事安置妻室竟乃縱觀川原遊歷城市覺步履輕鬆如人放下百二十斤擔子相似聞先師在顯親寺徑往瞻禮此時遂矢歸依之願焉又按行實云向緣家貧縈繫不能純一修行至二十九歲纔得弃室然追想來解脫世間羈絆似有時節我弃室當夜夢著新鞵一綳於行路次一時脫落鞵底遂因先父引見先師

二十三年乙未

師三十歲正月詣顯親禮幻有傳和尚爲師傳以師學道勇鋭志期徹悟故以圓悟命師名是春傳住龍池師爲荷橐而往至則操井臼司樵爨身任衆務以至鬻薪陶器負米百里之外雖刻苦事衆如此而參究益力安行實云三十歲乃出家祇覺生死到來畢竟不穩當於前境界愈加照顧愈加不穩當二六時中看得心境兩立古人道天地同根萬物一體越看越成兩箇

二十四年丙申

師三十一歲傳和尚命師薙染而師願終

身苦行供僧役故傳上下舟車師一巾服以隨有類厮養然常正色語禪和子老僧三十一上侍先師參禪學道都在務作裏辦汝輩要安坐修行邪老僧不願叢林遺此法式按爲衆普請上堂云百丈大智禪師剏叢林立規矩有普請例所謂作則均其勞飯則同其食自今觀之似乎不然作者應當作閒者應當閒致使古風彫瘁法門澹泊無他葢主者不舉之故也乃云要且者般事無處得藏竄所以爲大道所以爲公案擔荷者般事須是者般漢若畏刀避箭躱懶偷閒不足爲伴故師住天童日有十數禪和子普請不赴隨喜寺西之玲瓏嵒師立擯之時嘯雪聞公亦在其數而擯牘偶遺其名公述偈自結束去云大家同上玲瓏嵒人逐忙令我獨閒掚臆此心欺不得不如自擯出松關師義之解其擯爲牓僧堂規諭禪和子云

二十五年丁酉

師三十二歲念已事不明歲月飄忽於是積憂成疾按行實云因侍師入城舟次請益本師云你若到者田地便乃放身倒卧更無別語我只得禮拜昏懵益甚又一晚侍師上榻復請本師本師良久見我不領便云可憐可憐亦只得禮拜退嗣是周旋師側唯加罵詈我慙悶交感至大病汗流二七日方穌按昌侍者記聞師於是冬侍傳和尚至常州途中遘病先回其父與良師伯者以爲祟焉設位辦食轉諸經呪禳之正念誦間師忽至前二人相顧躊躇師

詬罵曰汝者鬼子心經念不出要索食耶遂一時踢翻傳和尚聞得歎曰此子機用若此他日吾宗不寂寥矣

二十六年戊戌

師三十三歲是年四月八日始内僧服按禹門上堂在俗家寒未嘗讀儒書經史脫塵年晚又不曾備歷講筵按爲世菴法姪普説云老僧出家年晚爲生死事急無暇及於教乘又按昌侍者記聞師既披剃傳和尚顧師喟然僧亦是箇僧不知因甚捱到者箇時節則師生平堅勇策進斯道葢亦以流光之故不覺兼程而至矣

二十七年已亥

師三十四歲掩關本山以千日爲期按行實云遂稟本師掩關時已虛度三十有四矣則師掩關在巳亥之春而昌侍者記聞師於是歲祝髮即於是冬進關初師欲掩關慮費常住乃自備材木小搆關房數楹及千日之需然後進關令以歲紀考之師辛丑冬啓關壬寅領院務遡至戊戌冬而千日始滿則掩關在三十三歲明矣作掩關偈及荅轉林講主法華偈問有散亂順顛倒權爲古塔廟一念未生前誰心誰佛道之句與同參輩多所詶唱一日覺宇修（即報恩和尚）與覺安念者於師關房話間念云宇師兄你在家殺幾多羊來索命時如何修面熱不能荅師代云者畜生更要甚麼命

二十八年庚子

師三十五歲關中因袖破有感呈傳和尚

云袖破露出手臂破赤脚走驀撞富家郎他醜我不醜傳正以偈有若要賭猜枚大家出隻手之句又與山陰王靜虛徵詰雲門問陳操尚書非非想天幾人退位話師云大家在者裏士爲大喜與師締方外之交云葢是歲之冬十一月也按傳和尚龍池晚參靜虛王茂士從萬曆庚子冬渡江遠來訪老僧於荆谿龍池山中同衆藜羮藿飯不親文字唯事蒲團竹椅以至廢寢忘食期於徹證而後已一連住了八箇月

二十九年辛丑

師三十六歲傳和尚爲師按驗往還訓荅雖當機不讓傳不許可以限周千日冬遂啓關按行實云一日本師過關前話及有心無心之旨本師曰你既有心把將心來我呈偈云自心本自心心不自自心心不非自心心心即自心本師曰心不自心自心非心有無既非無自心耶復呈偈云心心即自心有無皆自心有無皆自心無心無自心本師曰今日張渚買兩把青菜來無箇大蘆菔頭我曰某在關房不知謝和尚三拜本師曰終未大悟在又一日本師同兄弟至關前竚立有問曰佛法二字雖不是偶然亦非特意會得但有箇悟入處不妨信意拈來自然貼體隨分道得自然恰好所以大丈夫爲道迥别纔趠得源頭到手撩起便行不問如何若何老僧憶昔居臺山有一僧問三賢尚未明斯旨十聖那能達此宗未審如何是斯旨老僧即鳴指一下曰會麼僧云不會又鳴指一下曰

知麼僧云不知老僧但向伊道具足凡夫法凡夫不知具足聖人法聖人不會聖人若會即同凡夫凡夫若知即同聖人其僧矍然致敬倒身三拜直趨而去更不回顧俊哉汝等且道者僧如此去還曾悟得也未若道未悟他卻恁麼去道他悟又悟箇什麼來汝等試道看我即起身一拜曰夜深天寒請和尚歸方丈本師曰不是者等儱侗推開去便了的本師乃舒一手曰我手卻不是驢蹄我曰恁麼道又爭得乃亦豎一指本師曰也當不得又按荅孝廉劉墨僊貧道若不得我幻有老人道未曾大悟在者又爭得到銅棺山頂忽自覺情與無情煥然等現則又爭怎得人我相得失是非者又爭敢道大地分明一箇爐看來渾是火柴頭老僧信手輕挑撥便解翻身動地流者耶

三十年壬寅

師三十七歲傳和尚移錫燕都命師監院務按行實云我三十七歲本師將北往以院事付管當晚室中擬舉話問大衆我即向前云和尚恁麼擬舉話正好劈口大巴掌便出雖然如是只是恍恍惚惚昭昭靈靈也未得箇安穩

三十一年癸卯

師三十八歲是年秋因過銅棺山豁然大悟按行實一日自城歸過銅棺山頂忽覺情與無情煥然等現覓纖豪過患不可得大端說似人不得正所謂大地平沈底境界爾時恍恍惚惚昭昭靈靈底要起起不

來欲覓覓不得不知甚麼處去了又自密密舉前所見所會古人因縁究爾不同亦自不疑道是與不是按荅漢月首座老僧於有箇小省發始覺得昭昭靈靈之光景雖不從前塵之所起而有者但於舉念則有不舉則無故於生死中未免看作兩橛㧞得一體故㧞安穩歷一十三載於銅棺山頂不覺昭昭靈靈之一念故覺自情與無情煥然等現者則不見有男名女字等差別之名相又云於銅棺山頂忽覺情與無情煥然等見故唯以一條棒直指一切含靈本命元辰立地處

三十二年甲辰

師三十九歲按行實至三十九歲同覺宇三藐二師弟到京省覲本師以昌侍者記聞放之則師是歲實居龍池益師啓關之明年報恩修踵師關亦訂千日之期師以修故傳和尚留神京僅十八甲子而師始往省今約修掩關之歲月旬日至乙巳之孟夏周三稔則昌侍者之記聞爲實録焉

三十三年乙巳

師四十歲是年四月偕報恩修取道漕河入燕京省覲傳和尚冬十月始達京師時傳住普照禪寺聞師來先使人待之國門及至便問老僧離汝等三年汝等有新會處麼師即出云有傳云有什麼新會處師云一人有慶萬民樂業傳云汝又作麼生師即問訊云某甲得得來省覲和尚傳云念子遠來放汝三十棒師抽身便出又一日傳問近日又如何師即舉起右脚傳云

驢腳馬腳師便舉起左腳傳云馬腳驢腳時修禪師在旁師以手指修復顧傳和尚修便出師云不消一指亦出又一晚同衆入室傳問寂然不動感而遂通師便出傳云此子如傷弓之鳥見弓影便行又一晚同衆侍立次傳云如人落水坐觀成敗不救一救師即推攙衆兄弟出衆不從師云爭怪得某甲又一晚問是大盡小盡有者道小盡有者道莫是大盡師曰敢保不在曆本上論量便出一早侍傳室中語話了出喫粥衆問說什麼話師把飯桌一攙和盤盌粥菜俱打翻一衆不得喫一日侍立次傳云忽有人問汝如何祇對師向前豎出拳傳亦豎拳云老僧不曉得者箇是什麼意思師云莫道和尚不曉得三世諸佛也不曉得傳云汝又作麼師即喝傳云三喝四喝後又如何師即連喝退身傳云究有古人之作師復喝又一早上方丈問訊傳云汝只恁胡統亂統師便起單他往修等執留傳云不要留他一言相契即住一言不契即去師直蹋步便走傳云將謂汝出一頭地元來是箇無明塊子師云鈞背筋蠻子（蓋溧陽方語以傳溧陽人也）誰不識你你作無明會那傳即轉身歸方丈師亦被衆兄弟留住傳云汝恁麼罵了老僧如何掩得別人過汝還在者裏住師即大書云謾人不好事好事不謾人有人謂我罵師父我即向伊道莫謗山僧好傳亦大判云此是闍老前供招無諱也一日淩晨傳和尚以大棒靠佛堂前喚云圜悟我要打汝汝跪了

佛我與汝説説佛法了打師走云有佛法與别人説傳趁上便打師當時直倒觸上去傳放棒云汝恁麼觸殺老僧師以棒擬打上云豈不幸哉

三十四年丙午

師四十一歲居普照傳和尚既任緣住持師亦無煩綜理泮奐優游故多題詠之語寄怡泉照日偏遊清澗泝瀨走濁谿濵忽睹水中影方知厓上人舉頭望明月明月照吾身南北兩兄弟了然不隔塵自勉偈曰光陰瞬息莫虚删時節因緣豈等閒一念萬年終不改任他滄海變青山歩報恩修曰中秋明月照長安處處笙謌和賞觀獨有野人清徹處爲緣玩久覺身寒一欲得不孤檀信施直須盡卻我師恩赤手條條無一物横拈竹棒打兒孫〻又中秋呈傳和尚曰爲愛中秋夜月精與人同樂稱人情億萬州都皆普照一人舉首一輪明傳和尚印云不多不少復書一紙云檀越送得月餅兩箇師徒侍者五人一箇分作四分臏底付與老僧師掇一箇便行

三十五年丁未

師四十二歲還南傳和尚示師法語云汝離我此去但適意處斷不可住不適意處作急走過恁麼行去不要記歲數須待十字路口有箇跛足阿師與汝印證了不要汝來見我彼時我自相見汝也空悉之時益二月中旬留别修禪師有同來不同去愧我獨行南之句三月過維揚登金山留題曰波中卓出始昂頭裂破長江兩道流

隔岸紅塵飛不到三三兩兩渡人舟夏居龍池示徒有人生何所貴所貴持大志志大不吾欺浩然塞天地之句秋八月上雙徑陟臨安之天目山撥草瞻風闃其無人乃截江過天台因訪海門周居士士以道學人望隆一世稱門庭高峻者師與之本色相見脱畧箕臼士爲手舞足蹈按機縁師訪周居士坐次士問何處師曰南直隸遊天台特訪老居士問尊號師一喝問下在甚處師曰昨在居士書院旁菴歇士曰我有果在莫要偷來喫麽師與一掌曰者老賊頭便行乃館師别業日夕質證恨相見之晩及師辭去與師訂出世之期師以住山告之士曰知命以上行且道風徧界安能深自祕惜耶至紹與邂逅王静虚虚素奉師奨藉在昔一時留神空宗之士有若陶宗伯望齡王司空舜鼎咸知名焉至則假館願留憧憧咨詢無虚日故師與之醻醋最多具見全録中

三十六年戊申

師四十三歲居石篢山房亦名護生菴或曰非也護生菴去石篢山房半牛哣地乃陶宗伯家世植福地蓋哣山云按昌侍者記聞師居哣山日有貴人至菴見師閲論孟貴人問看什麽師呈起示之貴人云不是你家茶飯師便掌貴人大怒適宗伯外至諭之曰和尚與你佛法相見乃惡發耶貴人唯唯遜謝而去天台有無擇者徧見諸方尊宿以機辯盛氣蓋人時流憚之嚮師名直趨謁師適師路次栽松遽爾問曰

聞咕山有師子特來一弄師舉起钁頭便打擇擬議師直打趂由是道聲譪著宿衲因之就正者亦户屨滿矣作達磨渡江贊爲宗伯作初祖象贊燈前偈示護生菴主有笑裏有刀關得破光明越格始爲僧之句

三十七年巳酉

師四十四歲聞檇李楞嚴備諸禪典乃自往贖之故宿楞嚴有夜央轉臥緣張臂觸省鄰單安睡人者此也過武原留秦山度夏秦山者葢始皇三十七年遊會稽還駐蹕此山以望蓬萊僊人之屬故其下有始皇廟師有句曰行到水窮山盡頭秦皇計絶始心休誰知別有通方路大海何曾止浪遊病目景西上人以圓覺知是空華即無輪轉爲問師以偈荅曰曾聞病眼見空華我病眼中不見他忽覺淚珠垂面下方知病眼見無差按金粟爲景西忌辰上堂云伊於三十五年在紹興護生菴黄昏時屋角頭裏見老僧而有親意三十七年老僧行脚來秦山積善菴同住一夏亦未有省發直至甲子年老僧住金粟伊來同住遂於室中每每與伊痛棒一日謂老僧某甲思和尚者條棒正是大總持云云秦山抵金粟僅三十里歷一十五年而師建法此方道遂顯著於天下至今鹽官秀水之民不問僧俗男女上至簪紱下及屠沽不敢名號師而獨稱爲金粟和尚云磨勘歲月是秋仍寄護生卒歲

三十八年庚戌

師四十五歲佩傳和尚南來之語乃辭别宗伯云華事紛紛春盡頭杖藜隨意且悠游謝辭檀越何方去萬里天涯一步收宗伯勉留之以師欲觀南海爲津送之普陀且密令寺主玉堂款師故登菩薩頂望日有登巔四顧景幽長水色天光碧玉堂之句訝主人禮意殷勤信宿而還過水西門菴示息機上人偈曰未悟頭頭欲息機悟來息息露全機有人來問菴中主向道門開對水西爲石梁陶居士静室留題荅章居士請問念佛因緣偈辭謝宛委見勉掩關偈自以中歲出家貌言拙樸雖爲諸公見重以世識眞者寡乃痛自韜晦作偈見意翩翩野老僧匡徒竟不能若問西來意拳頭劈面掄不圖嫌我拙且欲得人憎義斷情忘處諸人會未曾與黄檗無念有禪師會於陶宗伯府第有一見遂若得師於驪黄之外不敢以毛色睞師欣然問嗣法爲誰師以龍池告之復問龍池爲誰氏子耶師曰本師親見笑巖來有愴然曰吾行腳燕京時笑巖和尚猶無恙正欲參禮爲人所阻恨不及見之今三十年未聞門下有大行其道者其在公乎是年秋傳和尚回自燕京

三十九年辛亥

師四十六歲還龍池昌侍者云師還龍池盖在庚戌之歲杪以師還山只住八箇月日至八月初呈偈辭云辭别三年方外遊歸從八月山中住也接行實往回四載本師以帖書云大事未完更可前進毋來後

也命通壽至紹興護生菴喚歸問云汝幾年曾見什麼人我以脚打地以手拍胷便出本師云汝外幾年一此氣息也無我云和尚疑則別參一日本師陞座喚我向前舉拂問諸方還有者箇麼我震威一喝本師云好一喝我連喝兩喝歸位本師顧云更喝一喝看我即出法堂本師下座我隨入方丈作禮云適來某甲觸忤和尚便出本師即安西堂位次一日撾鼓上堂付我衣拂我辭再三本師云汝是什麼意思我云直待和尚天年某甲守塔三載然後可行則行當止則止時年四十八歲後至八月初呈偈辭云辭別三年方外遊歸從八月山中住悟甘做箇無緣地乘箇無緣地辭去本師云與大衆無緣與老僧無緣我云只是某甲更與阿誰本師苦留云汝若去了我直操到底我不得已住之又按禹門上堂於辛亥春二月三日擊鼓集衆於此堂上付與悟上座當時堅執不受此則歲月有徵參驗無差若四十八歲則癸丑年矣癸丑望丁未七稔付拂與辭去又同歲則何以云三年方外往還四載耶然則行實雖師自宣而録則出白雲體心二十餘人之手故當以辛亥二月爲是

四十年壬子

師四十七歲刻傳和尚閒譚晚話就踀足武林乞弁首之語於雲棲蓮大士其畧曰予昔參笑巖和尚於京師幻有兄侍焉無何予以病附餉船南還而幻有兄侍和尚最久已而徧歷諸方歸老於龍池顧予衰

耄卧疾深谷沾沾自濡不足幻有兄方慨然以建法幢立宗旨爲已任嶮師往矣門庭有人予何幸樂覩其盛過山陰爲傳和尚訊王司空并乞序言以司空素問道於傳故也登會稽海口之大峰山兼似王司空有滿口向人言不得謾將東海作書池之句益司空號墨池云

四十一年癸丑

師四十八歲居龍池是年始闢睹史内院基蕃傳和尚欲建寢殿於山之麓以奉安補處菩薩時儕輩甚衆而經始命師且語師曰除卻釋迦老子福慧兩足有幾人哉但於本領有實證則龍天必不相負吾日莫矣汝見其成師終以受業之地不欲自獨有爲退讓益甚復語師曰汝尋常竪出

拳頭老僧亦竪出拳頭正要汝自拳自立爾師不謂然一日侍傳山行因石攞擬側師向前扶之傳顧曰汝扶持我耶師云是何言與又一日日色將沈之際傳喚師及報恩修入室云老僧昨夜起來走一回把柄都在手裏了汝等爲我扶持佛法師便出復呈偈云若據某甲扶佛法任他〇〇〇〇〇都來總與三十棒莫道分明爲賞罰傳目之大笑師接來付火按行實云此癸丑季冬時話也雪中送報恩修掩關北隖有誰人知此意白日掩柴扉之句傳和尚亦以偈送命師和作師和曰某甲分明没啓關通身無處著忙閒也無門進無門出只麼堂堂任運閒復命師代示明極上人極號元闇師代曰明極看來無實法闇

元識盡少人知驀然明闇都翻轉脫體全彰奮振威

四十二年甲寅

師四十九歲春日因觀落梅偶賦曰寒梅初放雪添肥無那春風送爾歸枝上已離空不住飄飄一瓣不沾泥至二月十二日傳和尚告寂矣當彌留時適師城出命促之歸而奔赴不及故無末後相見之語恣嘗采見聞爲作傳曰師於神宗萬曆四十二年甲寅示寂先一日有僧自臺山來師欣然與之劇譚山中宿昔抵莫索浴浴出而示微疾衆環擁知師猒世因請遺訓師舉所著帽者三衆無對師乃拍膝奄然而逝蓋二月十二日子夜也按行實甲寅二月十二日本師圓逝我爲伴柩三載在昔如來當二月十五日中夜示寂於娑羅雙樹間爰有金棺白氎之文衆議循故事復以哀慕停之寢室三年師爲伴柩故也夏居山寺偈曰古寺團團盡竹林娑羅樹下更陰深山僧盤膝蒲團坐堪笑人來解問心龍池葢有雙樹娑羅巳近數百年其西偏大根軸解者中安木榻可坐數人故師復有偈曰佛號娑羅大樹王爲緣垂世作津梁葢以此云

四十三年乙卯

師五十歲心喪伴柩龍池山頂高寒焚香卻坐日無餘事乃簡古公案近二百則爲之頌以明佛祖大意今集中所見自世尊初生至婆子燒菴皆此時作也因友人論主退步作偈進之人生於世莫徒勞進步

何如退步高進退兩關如達破了然隨步任逍遥和楊居士捕魚調野老貧無舟可繫饒伊日月乾坤麗天堂佛國通不棲世出世間了無寄無可求安可利悲喜現前奚有意不生一念正全提信步程途誰有里没絲牽爭有住赤手條條任來去騰騰運用轉無功放曠逍遥渾大費不扣頭不踹尾縱逸遨遊囫圇底翻身驀過太虚空大地山河都踢碎野人自不識行蹤一任閒人言所佇

四十四年丙辰

師五十一歲伴柩苕溪潘吳二道人海底泥牛四句之問復以四頌明之冬十二月奉傳和尚骨身入塔時海内名公卿若蘇雲浦若孫淇澳若李孟白若越之陶王皆從傳問道稱門下見知者卒未有以銘其塔以師謙讓未遑故也越十三年住金粟方敢申狀於周少常伯汝登爲之撰文文相國震孟爲之書丹焉銘之畧曰五臺隱迹闡法荆岑開大爐鞴點鐵成金誰其承嗣密雲等森陶王二士昔聞訂音曾可度與鴛鴦繡鍼急須著眼幻有難尋難尋幻有有光少林閱師語録超越功勛貴其無比千古傳唫

四十五年丁巳

師五十二歲偶觀龍池有最憐影落澄潭浸反笑頭陀白髮侵之句是歲傳和尚示寂三年矣師心喪既畢衆請開堂乃於四月望日陞座按行實至丁巳年五十二歲結制本山時同門俱在初若易師未肯相

下一聞提唱莫不屈服由是一衆爲之改觀秋寄石梁陶居士月到中秋滴露濃巖前石菊正華紅山僧盡日茅堂睡長夢毘耶多口翁次澹孺楊居士登龍池韻相逢不必論高深覿面何須更用尋君有勝情並玄度我無名理況支林一盂香積維摩供萬法唯吾獨露裎自覺箇中無一字客來譚笑嬾言心

四十六年戊午

師五十三歲始建睹史內院繼先志也魏國徐公弘基微服過陽羡通名謁師與師登說法之堂仰睞無頷乃酌以雨華之名且欲自書以贈師曰先師在日唐太常諱鶴徵且命之矣先師戲之曰公爲我籌計如何使我他日得擔負去見閻羅老子不然我亦無用此爲也徐不覺有慙色益敬畏師焉于道人乞開示書法語與之更示以偈若據大道因緣不論男女貴賤人人平等一如箇箇本來成現不能緣契無生即便四生流轉自須返照回光悟徹本來之面能令念念不迷大事何憂不辦觸境不隨境流世事何須更猒若也別作別爲必也墮阬落塹晝夜坐卧忙閒全體要成一片眞實如是修持斷然決不相賺

四十七年己未

師五十四歲師嚴將順世疾聞師躬自往睞語師曰和尚度我師曰父子上山各自努力嚴爲稽首致謝促師還山師曰我爲報生身之恩耳嚴曰你在此我不安且汝出家爲善知識吾爲汝父又因汝得聞極

則事吾何恨哉卻謝不已越二日告終過善權寺留題三生堂曰乘兹善力了前因要顯三生只一人來到三生堂上客此生應好悟無生次予坦鄧居士放生偈韻擬寒山子詩六章山中四威儀偈居山四詠杖意次報恩修韻有高提祖印佩單傳之句復以故里行道先哲所難為辭衆説偈曰自知住處我無因一盋風流物外人蹋破乾坤誰是伴草鞵藜杖逞閒身衆勉留乃止

四十八年庚申即

光宗皇帝泰昌元年

師五十五歲睹史内院落成按為衆入堂舉仰山夢陞彌勒内院話蓋是年季秋事也冬臘月八日本山啓千日閲藏之期上堂開示有期悟為本閲藏為末及畧舉從上世尊至此無不以悟為期等語作行住坐卧四偈示不二禪人偈

熹宗皇帝天啓元年辛酉

師五十六歲愍諸學者參禪不得力作偈九首為示入道之要冬十二月因事上堂舉話畢良久云者裏無人證明且向别處尋討下座便行一衆輓之不可故次韻荅滁塵慧有此時難定約終道與終林之句報恩修復以偈請次韻荅之我無錫插記秋冬只麼相將任運中固死窮途終道路奚拘所住辱先宗達磨不占嵩山地不肖思追隻履蹤歷盡天涯誰近遠一身雲水似飄蓬閒匡廬衡嶽之勝飄然曳杖遂往焉

二年壬戌

師五十七歲正月初三日登匡廬留題東林有信步何憂不見前蹋破乾坤孰去來之句閒步三笑堂讀壁間王陽明先生詩忽聞迅雷因爲次韻中云不愛聖學不援儒不求佛道不入社山僧與俗及朝官同是乾坤無避者大夢爲憐惺者寡吾悲痛兮淚欲瀉忽感天雷震法雷驚起龍蛇若翻瓦以雨阻爲留東林七日摧頹老衲衆無識知獨寺主大梆（僧爲興建東林擊鐸募衆聲聞數里故俗號大梆云）遇之甚隆其山前後刹皆且過而已至歸宗復留半月日乃過衡嶽取道宜春因度夏袁之泗洲寺袁於洪都最爲僻壤山深寺老僧行寥寥有居士數輩時從問道爲奉晨夕故寄袁州詩曰諸君義氣越常情愧我無能報此心可思也秋有僧自天台迹師至袁爲萬年諸山請住通玄之意初以投身空閒不欲就繼念先人付託之重卒翻然就之八月離袁州次廣信寄復澹孺石田二居士曰野老乘與幽味深那拘朝市與山林密雲彌布大千界一月孤明何處陰頑石醒時唯點首維摩露處莫爲心行來廣信傳千里回首相看報此音九月至紹興暫憇護生菴冬十二月抵天台通玄寺

三年癸亥

師五十八歲住通玄開堂演法有通玄峰頂别是人間之語蓋别開山第一代韶國師偈也韶爲吳越忠懿王刺台時所奉去師近七百載未有屬和者一旦嗣響其間

故今二偈諸方咸傳誦不休焉夏六月始定九旬安居之制深山曠野相依衲子十數輩皆正因行腳之士而茅堂草榻靜處無爲師得不倦竪拂寅夕與之提策遂往往有開發者秋日聞雁寄示契如智禪人忽聞雲外鴻聲叫寄語禪人智者裁欲證本來無一物須知觸處契如來復費隱容通法嗣書復求如沈文學問道書別法華無用上人擬荅復禮法師偈復華頂弘上人四問偈

四年甲子

師五十九歲三月檀越蔡聯璧字子轂請住嘉興海鹽金粟山廣慧寺寺即吳之赤烏中康居沙門僧會所達當吳之時佛法雖至中國大江以南無有也會以求獲釋迦文佛眞身舍利始刱三寺其二則金陵之保寧太平之化城其一即金粟金粟爲東吳首建而放之禪典則從未有宗門師匠光揚第一義天者故子轂力爲輓致諸老咸未克終至是請師焉初師在袁夢至一處見巨井足飲千人方甃亭其上有偉衣冠者進曰此師住處也及詢之金粟信然蓋由夙定云四月受請同衆赴上堂有九萬里鵬纔展翼百千年鶴便翱翔之語過會稽師凡三至護生菴衆謂不可吝法力請之爲一陞座五月六日入院時本寺龍山爲貴人所圖子轂方鳴諸當事求直不已師告之曰在道與德耳爾若爲法門則我住若爲山門則我還天台去矣事遂寢一郡聞之咸服師之高義初至之日天

王寢殿以外皆編户所居破屋敗垣饘粥或不繼師處之裕如也冬十月開爐衆盈千指四方麟鳳多集座下而漢月藏爲衆首焉復史明復史清都陶愚谿問道書示茂林禪德胡行昭居士書

五年乙丑

師六十歳鄰虛禪人上雙徑化茶作偈送之示雙徑智光禪人偈復陳則梁問道書陳益奉天主教者中多泰西利瑪竇語師爲荅之最詳與劉子元往復論心華發明之喻皆合雜華大典有偈云華開始顯中心子華未開特子巳中果徹因源因該果方堪頓契抄蓮宗足例也謝郡丞青蓮居士自以拘文不得豫參請之列思一睹顏色慮無以致師者特陶石梁廣文餘杭矣乃爲轉囑具道所以願見之意師得書遂往謝喜出望外率闔郡士紳會於武林之昭慶寺一衆皆獲法施歎未曾有秋九月過紹興爲空華法姪下火冬舉瑞白雪爲第二座是歳座下三千指多軒昂騰躍不可羈縻之士故金粟宗風日浩浩聞湖海矣爲金如王朝式題初祖贊自題象贊初武原朱君上申於師懷信疑因未見師一日中夜夢中見人持巨軸展示曰汝識此人不朱諦眎之則神儀挺特踞胡牀衣紫僧伽黎衣類古圖画高僧者曰吾未識面也其人曰君拜之此宋慈受深禪師象也瞻禮未竟而覺昱日過坊間見所裱象與夢初無有異審其款識則師自題真贊也故朱於衆信中皈向尤篤云

六年丙寅

師六十一歲示頓越居士法語示普度尚禪人住山法語復王金如史子復半眼居士問道書過武原爲朱侍御泰禎父對靈小參跋孤明上人血書法華經後題日睿程君小象題釋迦文佛出山象贊爲煇宗禪人題接引佛贊以古人著草鞵住院凡百任縁故諸如錢穀之需皆不計晨夕是歲歎秋成廩庚告匱師分命結束竟乃倒橐而炊之曰食畢吾與衆齊走耳時門外則已有馱負而至者問其故曰昨宵夢金甲神人告我齋僧功德利益事由是遠近相傳遂有韋馱湜供之説出於齊民之口矣冬衆盈五百乃舉五峰學破山明分攝兩堂始有前後第二座焉

七年丁卯

師六十二歲春日送道生禪人歸秀水掩關偈曰上人歸去把門封坐卧經行祇此中打破靈雲關捩子桃華依舊笑春風時十方來學雲趨水赴屋不能容至有露坐檐宿者乃闢法堂之左廡建通堂五間十三架牀榻户牖深明嚴潔坐卧經行超遥容與以爲三條椽下七尺單前之地更以餘才夾殿之翼輔以周廊皆不發化士不告檀越其榱礎梁楹一出師衣盂及衆願樂助者其運斤墁堊則方服自爲之故經始之日師撾鼓上堂有眼望青天起大屋之語是歲衆滿七百矣題金碧峰禪師象贊示純一上人法語復紫垣居士問道書荅存義上人曹洞五位君臣問題菩提心

戒儀序

密雲禪師語録卷第九

音釋

弃去冀切音器棄同捐也 拏農都切音奴子也 濡汝朱切音儒鮮澤也

葺七入切音緝修補也 齦卩很切音懇齦齦齧也 骭居案切音幹脚脛也

驩呼官切音歡與歡同

密雲禪師語錄卷第十 年譜附

繼住明州天童寺嗣法門人道忞編

毅宗烈皇帝崇禎元年戊辰

師六十三歲以謝事告諸檀越將爲拂衣之舉時徐中丞從治朱侍御泰禎曹侍御谷皆再輓莫回而鍾孝廉鴻穎載言曰師爲子穀住四春秋矣屈千日爲穎自效犬馬之地遂不哀憐穎乎師惻然爲留之岳大司馬元聲以嘗見紫栢尊者亦獵三教遺言遂自撰禪門口訣詣師就正藉一言以流通焉師展卷見一實字即指問曰此字如何解說岳擬議云卻解說不出師曰恁麼則虛言了岳面熱不能答去後復致書云一見和尚心甚念世出世法還須落草盤桓頌古見教師答偈曰須知一念未生前世出世法不可得祇憑者箇老源頭世出世法通貫徹聞師拂衣復致書云此時宜靜不宜動家中人不打鄉談和尚自理會師答曰老僧從來不見有動靜居士既有宜靜不宜動取捨情存此是門外漢未夢見在陽羨吳問卿居士亦以書上聞禪師於嘉禾大倡宗風海內法侶泉涌雲集非具大神力曷以臻此但古尊宿有識超三界而終日悶悶不立一宗不豎一椽不蓄一徒如趙州八十猶行脚者盛名之下猶望禪師韜光內歛收跡退聽又云古人接引後學機權不等有不下禪牀接者有至三門外接者隨其根器各有淺深若徒以庭前栢樹子爲題禪師之頓即後學之鈍尤祈吾師巧譬曲喻無以一棒一喝

塞責可也師復云讀手敎見門下愛我深矣至矣第貧道固是個不識好惡漢故不知有可禪林上接者有可三門外接者故亦不見有一人可爲徒者也故有眼亦如盲者也有耳亦如聾者也如是則不見有眎可以收者也亦不見有聽可以返者也亦烏有光可以韜者也若見有可以禪牀上接者有可以三門外接者即見有可以爲徒者人相未空我見未忘分别念存造種種業弗敢爲也又云心無分别則無取舍無取舍則無憎愛無憎愛則無業識無業識則從心所欲不踰矩焉題玉芝禪師象贊爲抱朴蓮禪師題禹門傳和尚真贊二復錢性符問道書示太虛藏禪人病中法語答蔡大中丞懋德十七問一時傳散諸方遂各有答頌焉秋建護世四神王寢殿與齋庫泡湢之屬一撤而新之冬過秦谿爲鍾海槎父對靈小叅

二年己巳

師六十四歲正月於法堂之右方鑿山開址覆屋五間爲函丈之室遂有僧問師和尚造方丈向甚處下柱脚師云向汝頭頂心下完後向甚處開門師云一棒打開門開令學人如何入師云看脚下初師正寢止三楹而康僧象設分其半故席前之地不盈尺衆以自居廣廈而師處湫隘不自安乃各出衣盂爲建造之二月命門弟子王朝式及昌侍者申狀於周少常伯乞傳和尚塔上之銘三月與萬峰漢月藏東塔破山明書多規誨法門大體事四月丈室

告厥成功衆擇日請師居之八月受福建黄檗山萬福禪寺之請九月歸受業埽傳和尚塔還禮先塋舉族來觀其老者語少者曰吾上世之卜此地也得師之貞利見千丁今五世以來吾戶不加增而斯人繞萬指受地之靈乃夫夫也邪咨嗟不已至善權埽樂菴祖塔曹琅玕居士等迎請說法於城中萬壽法藏禪寺有山僧出家將及四十載別也無成得什麼事秖明得祖師西來一著子等語還過姑蘇鄧尉山天壽聖恩禪寺埽萬峰寶藏兩祖塔嗣法漢月藏護法趙大中丞士諤周孝廉永年等迎就本山陞座說偈曰今日不肖兒孫高陞遠祖之堂不必重說偈言覿面爲衆舉揚急著眼莫思量違得便行真漢子人間天上更無雙時郡之士紳若汪給諫國柱胡度支子浩劉憲副錫玄徐内史容等皆齋候於城東之瑞光寺而僧俗男女聞師之來萬衆喧闐街衢巷陌爲之不通乃登塔之絶級一受瞻禮焉過虎卭埽隆祖塔闔寺辦嚴而譁逐愈甚遂不及舉匕而還過松陵舟人不敢維舟近岸僅於中流受熊明府開元一齋過秀水爲孝子金善鎔對靈說偈秀水年年秀青山歲歲青秖因人不覺剛自見還更以拄杖擊靈几云擊碎蟠桃核方見舊時仁急薦取好惺惺頓證無生地高登安樂城崇成無漏業端坐寶蓮心十月結冬制舉費隱容爲第二座時衆滿萬指矣

三年庚午

師六十五歳正月過武原郡丞湯道衡迎於官衙齋畢就請天寧千佛寶閣基陞座二月過武林衆請説法於報國禪院赴閩川黄檗請也黄檗爲運禪師脫白之地故至三門有昔日遠祖斷際禪師從此出今日不肖兒孫從此入雖然出入不同要且同爲標格之語三月廿七日入院四月十五日開堂垂示云一葉扁舟泛海中乘風來到福城東洪波浩渺無餘事只作拋綸擲釣翁因觀葉相國文忠公詩嘉念之次韻四首以寺爲文忠題請

朝命所復也今録其一及第心空選佛場箇中無地列隅方一豪透體豁醒眼十界通身見法王迷去妄分人與我悟來了却短和長回頭直下情無倚便是高登彼岸航

五月受香城圓初上人齋需偈爲題云暫爲黄檗主請作香城客齋罷索予言予言絕標格研磨半錠墨汚却一張白舉筆盡力揮○字不著畫欲會西來意問取門前栢靚面豁然惺撞破乾坤窄六月示定觀時黙誕生三禪人偈復棊山彌陳我萬葉内史益蕃問道書清漳王大司憲志道幼歳得省發以就正無人每致生晚之歎因見師垂示語不覺身心踊躍遣使走福唐致書與師曰法錫南來遂令黄檗千年道場儼然未散秖此道場非古非今然不因師來爭知非古今也大師爲人不惜身命寧使喪身失命終不爲開第二門此是徹骨徹髓獨超千七百則宗門而遠近傳者多作棒頭商量或言可度有智人不可度

無智人或曰止可度未悟人不可度已悟人如此等見蒼天蒼天儆滰近有僧定觀者歸述六月一日上堂法語云若汗淋淋時是乾爆爆時如何若乾爆爆時是汗淋淋時如何此是向茫茫無可據中抉出人人眼睛令他自見又云人世易度大法難逢一番蹉過百劫千生願垂頂門一鍼毋曰五百里外棒頭不到也七月復遣使致書曰讀教札身心踊躍歡喜無量學人季來捨身捨命祇爲絶後再穌一著來教直拈出此句真棒著了也知痛了也疑於此疑信亦於此信了也又云亦爲前來紛紛起惡知見者皆爲不知棒頭是何物不敢不强生分䟽亦欲令後來有真痛痒者稍知十方三世四生十地總在拄杖子裏一握一掌一棒一條不作暗糢糊亂猜也師之所荅備見語録時檇李諸檀督師還浙甚嚴僧俗聞之奔走攀留如失依怙如薛君秉鉉書云聞象駕不日言旋遂使黄檗道場復作雲封古刹奈何奈何衆情若此八月離黄檗葉文忠公孫晟與暹迎師至府第爲先君對靈小叅留九日過侯官衆姓請於西禪陞座爲留三日九月達武林僧俗迎至鳳林説法因於昭慶受齋時岳司馬在焉相見之際師以佛法真實相爲遂至秪牾十月師還金粟撾鼓告衆以清規估唱式分祴衣盂竟飄然拂衣而去道過呉門以舟車勞頓腹疾旋作門弟子乃迎歸北禪調侍故冬月誕日衆勉請陞座説偈云山僧六十有五素來不涉迷悟無

端痢疾三年累得通身骨露若人如是證明管取超佛越祖日用二六時中直敎更無差互若能如是行持定證金剛堅固試看碓坊蹋碓人終日未嘗移一步蘇州城有六座門門門有路通人路可惜無人箇點知其數臘月明州黄司李端伯嚮師之久聞退院正欲迎詔會慈之永樂禪院成覬得師主之乃致書曰往歳獲侍壽昌始知宗門别有長處然客塵煩惱纏累不休丁卯季秋偶過開先小憇坐參踰月驀然撞倒銕山然纔開口時又覺有物爲礙雖屢承博山提誨猶抱疑情静地思量須到古人大休歇地不應得少爲足以自昧生平也客冬偶到武林小菴得睹大師語録雷轟電掣儼然臨濟兒孫庶幾一覲威光以領吾師熱棒耳永樂禪院荒廢幾數十年近蒙蕭道臺盡力護持故物漸復然播揚大教正須金粟如來也伏望慈悲憫念速賜光臨俾博地凡夫頓斷多生結習耳師畣書既悉來機復以自養待盡不能領衆爲辭而司李與祁大中丞彪佳必欲致師遂復有鄮山阿育王廣利禪寺之命焉

四年辛未

師六十六歳元日受阿育王寺請爲玄津上人書偈於船子和尚推蓬室記之後人日發蔡垣如問道書上元日别呉門登舟解維二月一日抵明州駐天寧受衆姓齋三日入院十五日司李就請本寺開堂指法座者便是大司李大護法於丁卯秋廬山開先寺撞倒底銕山今對人天衆前扶

起去也還見麼遂陞一衆雜然稱善舉達澄㣲爲第二座題雲門湛然禪師真贊爲海昌黎眉居士制先覺宗乘序三月過天童景德禪寺埽應菴密菴兩祖塔時寺僧明貫巳白郡司李王邑侯章士紳李侍御遵徐侍御之垣檀越徐有杞等請主太白名山而檇李吳太常伯中偉徐大中丞從治虞給諫廷陞請再主金粟兩郡交迎幾致違言師乃集衆告曰老僧住院唯汝之故今日去止亦唯汝之故汝等其自裁之聲問衆曰住天童耶住金粟耶舉衆譁天童師意遂定然猶不忍絶故知更與檇李諸檀訂一期相見之盟焉四月三日入院至佛殿基有虛空作殿日月爲燈之語葢天童自晉義興開山宋宏智中興以來號江南第一寶坊故宋舒王安石有句曰二十里松行欲盡青山捧出梵王宮可想見之而滄桑代變晉殿唐宮不能與丹崖翠壁磨歲月强半湮沒僅餘甲乙相傳之子院者五然皆苔蘚生房荊榛滿院古先列宿之風陵夷至此極矣師乃爲作興修偈曰太白山下天童寺洪水漂流殿如洗普告四衆諸檀那大家出手共扶起司李亦次以偈偈曰太白峰高禪林牓樣一朝平地起風濤推倒黃金瑞相而今重整舊家風安住十方龍象面面玲瓏全無遮障要明者段因緣問取堂頭和尚五月至金粟八月還天童過明州司李迎歸公署乞留再信師一宿而别故有官衙扣擊及請益盛公因緣之語葢師入閩時有盛上座者

不自來見乃致書於師有濫付非人之譏故師復云盡大地誰是非人者請上人指出看若指不出秖可懸涤縊死夢筆山中而司李疑爲太甚師哂之别後乃疏導其意云云司李大爲愧服以書與師曰承示盛公一段公案乃知大師直截爲人抑逼瞎驢使他無轉身通氣處正宗門所謂殺人刀也盛公孟八郎漢帶累天下明眼作家正不妨存者段葛藤俾渠有出身之路耳每服大師手段辛辣與諸方說老婆禪者迥殊要使大地衆生箇箇阬陷非僅爲盛公一人也仍爲作真賛曰菩薩面夜叉心惡聲流徧滿叢林禹門浪急龍騰處翻轉山河大地沈佛也打祖也打眼光爍破四天下阿師大似敗家婆敎得孩兒會相罵牛頭沒馬頭回狂風驟雨滿天來四方八面相追逼縱有神通掣不開行脚僧會不會惱後一槌百雜碎沙界衆生結大寃秃奴忒殺無慚愧風顛漢老成魔諸方那箇奈伊何巉頭獨見大人相直向德山頭上屙咄九月復爲黎眘居士制五家語録序時道聲益振王公大人皆自遠趨風至忘位貌之崇如錢相國龍錫之入山問道方侍御震孺之虛往實歸駸駸與歲月增長方通所得於師曰謁大師語及工夫不切實棠師劈面作掌矍然汗下敢呈短偈兼以爲别倚牆靠壁多生謎賺海偷天似也無劈面原來真箇熱更從何處說糢糊百城烟水阿誰邊一宿天童大有緣歸去千山盡紅葉誰云渡口有江船至小白嶺

再呈偈曰說去一直便去那怕雨泣風愁爲甚不生猶豫被師捏過鼻頭十月爲還源本其侍者題自真贊十一月作慰司李書有生死二字能迷卻天下人亦能悟卻天下人所以古人聞紅輪必定沈西去未審亡靈往那方而孝子哭哀哀古人便悟豈非悟者亡者哭者同歸無二無二無二分無別無斷故等語以司李丁太夫人艱扶櫬歸豫章也十二月復爾赤馮居士問道書爲破山明道生本題自真贊

五年壬申

師六十七歲四海雲從人人步道履德規繩不東而嚴其久侍籌室相與紀綱翼贊者則有若石奇雲唯一潤鹽梅鼎牧雲門佛音智空林遠林野奇山幢懷古津用高原普南源融肇心啟法海訓一拙立雪浦琮梅菴宜之輩皆莪林老成故師次衆韻有曰從今一日不離山肅肅雍雍雲水環獅象潛藏一隊裏龍蛇混雜衆群間老僧棒棒棒誰意衲子惺惺惺孰顏記取他年出林去莫教放過上頭關示若愚廣雪浦琮二禪人偈作天童即景十三首傳法偈一首荅鍾海槎張元岵李仲堅周君謨四殿元問道書爲王金如題自真贊實印禪人題出山大士贊復黃司李偈著據評說發難訓詁共萬有餘言以明肇公物不遷義蓋

神廟時有法師空印者惑性各住於一世之說作正量論非之自傳和尚之論出印已毀版以謝矣近復有僧左袒空印作爲證

語師恐大義微言卒晦於世乃著是說云
六年癸酉
師六十八歲荅江似孫陳紀常馮爾赤陸
内史寶問道書荅報恩修禪師書荅方侍
御書制旉殊大士贊題童子南詢觀音贊
爲萬如微題自真贊取忞自强之義題自
頂相示忞曰者箇阿獃真阿獃一味一生
自勉强據箇單傳直指人徹骨徹髓一條
棒天下那有者等善知識不顧諸方嫌與
謗咄偈贈同參慧轂輪曰本是同根生誰
重復誰輕堂堂全體用正令要須行夏四
月建通堂九楹深六十尺延袤一百四十
尺於大雄寶殿之西偏前容方軏内受千
人應供與遶廊半分之復以基搆雄尊上
公應迹首冠南國之精廬而廟貌庭除委
諸蓁莽無以祝
皇圖而壽
國集龍天而庇民乃遣僧三十輩航海入閩
伐山市木於建甌髙陽之虛復嗣法漢月
藏泊瑞光弘徹書徵蓋藏之嗣也爲夏通
鐙作曹谿源流荅頌自南嶽至禹門共三
十有三世焉
七年甲戌
師六十九歲春建諸寮十九楹於方丈後
山之麓復於善法堂之西偏建屋一十四
楹眎前九楹者淺十尺修倍六十尺級高
下而三授之前均後殺正與應共之堂聯
翩共列焉因居士乞壽五旬偈爲題曰夕
陽西去水東流人老何曾見白頭能向箇
中高著眼普觀法界共同儔示靈根荷講

主偈爲本梵禪人題血書華嚴經後爲衆禪者作洞山尊貴頌爲黄檗費隱容題自真贊爲雲棲蓮大士作真贊復朝宗忍書復劉孝廉道貞論宗旨書萬言書出而風聞寰海江湖閩粤之人雖猷鉄保社擽鈯斧而山邊水邊者莫不憮然自失願就弟子之列夏雨甚時西澗湮夷無復故岍山水暴漲嚙及平原師默計曰千里金隄潰於蟻壞况環山之水瀉以一道無隄岍而防之萬一玄冥夜作吾輩不其魚乎乃躬率徒役日持畚鍤築長隄首起盋盂峰下尾屬外萬工池通計一千三百五十尺皆用巨石壘砌隄高水下唯聞凄凄烏咽聲遠近來觀疑登雉堞俯城濠焉秋殿材至自閩挾六舶泛鯨波浮江塞港而入已進

關過閘矣府上佐以私意糾察師曰寺明州寺耳豈爲吾修哉徑拂衣而去時李侍御追輓不可過慈谿適馮大中丞與大司馬皆休沐居第聞師過要諸郵亭力爲攀留乃率邑之士紳與侍御船送還山上堂說偈道人行履處幽然意不蒙檀那雖送入不可把雲封試看紅輪日任運轉西東古今常顯露䌛來無定蹤冬黄司李服闋補武林司李省師山中爲上堂昨晚無舌說今朝呈醜拙耳聞兼目睹不間僧與俗選佛與選官同體不同服不以服飾觀便見真面目復馮大司馬問道書爲黎眉居士制教外别傳序卻杭州靈隱之命

八年乙亥

師七十歲制高峰大師真贊題法師三際

真贊爲定水禪人題自真贊爲李孝廉燦題自真贊作慰鍾孝廉書著辯天説爲泰西教也與藏公書復萬言有奇即今之後録也秋建天人師殿於殿之址高百尺縱廣如故建殿九楹爲演法之堂高六十尺廣如殿之百三十尺縱如殿之九十九尺而殺其十建閣而藏佛菩薩之語於善法堂西廡之右高五十六尺廣如殿之縱縱殺殿之三十尺皆同時建立焉故師撾鼓上堂有不用材木殿閣成現不勞斧斤法堂本彰不動舌頭只向青天白日下要轉便轉之語葢初秋之四日也冬於朝元寶閣之基復建護世四神王殿高㴱壯麗傑立其前正與文人師殿相雄峙更於明樓疊翠（其樓久燬）間俯善法寶藏之闕建寢堂一十三楹中五爲丈室西五爲樓爲燕閒其三之在東者則儼設開山與説法本寺者之位號而祠奉之未幾天供廚復成左達西澗右抱九楹若回瞻遥禮於法藏寶閣之前中奉異僧所識之監厨使者葢寺初嚴是相時有異僧過見之囑曰他後當有數萬指從此君受食故寺僧奉之猶敬虔云爲爾保程居士題自真贊制説法堂之銘荅唐孝廉元竑問道書書復黃司李偈示錢廷尉士貴是歳之冬爲師七袠衆踰三萬指殿堂履滿諸名碩問候者晝夜絡繹於道不休而寺無恒産歳用十千一出於傾廪倒橐唯恐其後者先是殿之左有古栢枯且死至是復重榮焉

九年丙子

師七十一歲上元日黃司李入山省䀡復爲上堂令朝正是正月半家家辦賞上元節都隨浮世恣情歡誰省茫茫忘本確祗有居士黃元公獨入淡山無别樂不若維摩但默然互相唱和妙獨覺爲佛音智一拙立題自真贊示淨虛禪人法語示佘總戎偈示沈大司寇演偈示唐孝廉偈送其侍者住雪竇上峰偈與瑞光弘徹書與劉孝廉道貞書合二萬言即今之三録也是歲東建左序修廊與前九楹十四楹者森然夾殿而立如臣如僕奉君公焉西建兩司於法寶藏天供廚之間堂司後庫司前或廣博而靖深或謍嚴而詳至皆廊要縵回檐牙高啄妙極梵宇之崇復於護世四神王殿之右覆屋四周通二十楹爲涅槃之居以處有疾僧伽名曰有喜者從雲間錢廷尉之所命也先是廷尉有子及冠而卒於疾大慚時自曰天童天童復曰我念天童則病苦無矣後復夢告曰我今天童披染三年還復歸來故廷尉入山求所以似續之者師爲勸修是堂堂成而熊羆叶兆繼生一子廷尉以爲有後之祥遂以今名命焉又自天供廚之西循澗而北隆者屋之窪者樓之延聯至於盔盂峰下外復繚以周垣而寺西之地盡矣

十年丁丑

師七十二歲天臘日制先覺堂碑文復自書丹木令日制皋亭中塔院與修偈有當年屋塔護全身一夕火光真歇了之句以院燬於火故也次韻示李彎菴四首復南

嶽霜輪講主書更示以偈示覺圓敏禪人偈爲恒證據張敬橋張通伯題自真贊爲衆禪者作溈山水牯牛頌爲祁驤趨居士書醒菴二字更跋其後二月爲忞書正覺靈光四字於南海梵音菴舍利記贊之前撾鼓上堂舉黃檗費隱容爲座元時容解院事歸省自閩川也三月遠近閧傳以師將赴大溈之請闔郡士紳偕入山中計留其市井往往偶語儻師果行吾輩將磨礪以須與楚人從事師笑曰客秋有湖南僧至此偶言之耳諸君曷爲哉衆乃止然臨淮甌越之民猶犇走竭蹷恐後不及見焉爲洞如覺制傳和尚真贊偈示天鈞徐居士題法師靈鑑真贊復嘉魚曹居士書更示以偈爲是空表自瑞峰三禪人題自真贊爲清菴澄題自真贊六月卻弁山圓證之命七月發慰馮大中丞左遷書八月跋振伯周居士血書金剛經更示以偈九月其侍者乞山居之顏爲書端嚴一室四字授之十月立朝宗忍爲第二座復馬大中丞問道書復佘周生胡彥彝二居士問道書十一月爲林野奇朝宗忍題自真贊十二月卻荊谿禹門之命是歲建屋於寢堂之前及先覺司香之室以樓計者十有三楹以室計者則四十有四楹以明堂計者則前後左右有五以大小計者則大一中二小又二焉猶以伽藍祖師未有寧宇乃於殿之左右翼建堂二區而奉安之復摶土而肖三世如來百福千光之相於殿之正中刻木而肖當來慈氏與廣陵所輦至

護法天大將軍相皆礲石爲牀座前後妥寘於四神王殿之內莊嚴妙麗如紫金山聚焉

十一年戊寅

師七十三歲道風益皷無遠不居雖下里窮荒之域身形拘礙之人莫不想望風裁而咨決心疑者師皆無忝哀慕一以慈光攝授之是夏遂有復韶陽劉曰相陳明欽二居士問道書復閩漳尼寂煇問道書復五羊葉行證袁行成二道婆問道書復內監車天祥蘇若霖問道書復鹽官朱通頂問道書復毘陵王登之王觀方問道書復秀水孫弘基徐廣客問道書春建下院於古攔路菴之前殿堂齋庫凡叢林所宜有者咸備焉三月荆谿闔邑士紳以師季臘尊高宜歸根桑梓復有法藏之命狀曰禪師爲法門龍象海內瞻依當此佛法傾穨而師硬豎脊骨肩此重任所謂拌卻一條窮性命刀山劍樹也須登非師而誰大慧云此大丈夫之事非公矦將相之所能爲與言及此吾輩真當愧死然度盡海內衆生而於桑梓反恝然無情冥然不顧則法門所言平等者果安在乎此某某所以不能已於今日之請也吾里中富貴者如油入麪永無解脫貧賤者如北行南轅愈趨愈遠顒望法錫光臨一爲指迷謹此合詞以請師以衰病力卻之履卿戈居士乞偈以玄沙頌通意次韻爲示有踢翻天地無家業笑出蘆華恰正圜之句冬濤外萬工池師親自鳩工鑿澗置隄以殺壅閼之災

按天童志曰裏外兩區昔人費多工鑿成故名萬工又名雙鏡各深數十尺一道橫分澄碧可鑑上峙七塔寺徑緣此入先是外池壞於洪水裏尚無恙崇禎辛未忽徧生朱藻波紋斕然而密雲老人適至比殿工告成念外池湍決緣內水直瀉無旁殺其勢者乃別爲一澗引西澗水曲折出清關橋下皆聳致巨石堅築圍岍鳩工亦且萬計云示程泰華顧德祥鮑元之三居士偈持經法語示程弘業葉行如崔明道二居士乞語薦親書偈示之

十二年己卯

師七十四歲正月修天童列祖藏骨之塔奉衣盂貲爲龍池傳和尚營歲祀之田善卷樂菴祖田如之爲驥趨祁居士制宗門崇行録序臺山梅菴宜新搆梵守成請領爲大書獨露堂付額使更次以偈二月遣唯一潤率諸禪復航海入閩市材集公孫居士摹師小影勒石請贊自書授之張大司憲瑋入山叅謁乞開發爲示偈曰一切二邊俱坐斷本無中道可須安掀翻海嶽無人會白棒當頭爲指南四月爲古南牧雲門題自真贊復孝廉張立廉問道書丹陽湯應冠者常遊禪肆因自集刻相見諸老語附狀呈師師目其說多紕繆恐誤人乃荅曰承翰刻中載貧道機語總之有無不必論如謂貧道一棒的的清而有力則知居士未諳貧道棒頭指處故未得如龎居士之唯吾自偶諧故見有偶有老聃有孔丘及知斯事無止法如七層塔一層又

有一層者正居士眼華也豈不聞古云當何所務即不落階級請居士細思之八月寺鄰徐氏之族以師所修祖山爲己塋兆嘖有煩言師徑曳杖去按梅谿語録荅諸郡縣留行書其略曰貧道濫主天童法席誠非其人但既身處此地不得不任其責山中一切宜問況歷代祖師之塔法道有今日者以有歷代祖師也有歷代祖師故天童斯有今日飲水尚當知源學道人可以忘本乎然則貧道初入天童即當以修塔爲第一義所以遲遲至今者於中良有不得已也一則念久弊不可頓革一則念己於天童無絲髮之功驟舉難行之事人必不諒一則念徐宅萬一不能以道義自持或有煩言則貧道唯有一去如此則天童有再興之機而某宅實敗之上孤諸檀信下陷某宅以無量罪過非利生本願也今辛苦九年百廢麤張自揣於諸檀相與初心稍可無愧故敢以是舉然自知無德不足以化人又不忍坐眎祖塔終於毀壞其勢亦唯有一去而已過虎林錢太史洪中丞與孝廉王元建方孑凡輩咸執弟子問道留供養卻之卒至孑凡園居浹旬會明州護法諸公輓留繼至而杭之四衆瞻禮者且日以萬數師益厭因夜發將之荆楚抵吳門問道弟子諸千如要迎爲一過鹿城以次受葉縣侯張孝廉顧宗伯齊遂得明州王海道應華書且浼宗伯力輓不聽前師益堅去志取道虎邱禮隆祖塔出貲囑累申汪二方伯楊解元爲修葺之時

四方風聞師將遠去留葢力於是暫還檇李作退休計一時富有力者聞之爭得師供養莫適從乃止孫集公園問道者如市語載梅谿録中而越諸檀護使者日相望於道不得已聽還天童九月晦嗣法費隱容迎至金粟大集武原諸舊人檀越侍齋留七日十月入山故陞座有驀拈拄杖云爭如者箇木上座生平不近人情之語偈示顧宗伯孫集公方子凡持經法語示別駕曹茹眞爲宗伯封翁書知非閣三字立林野奇爲第二座師出凡五旬過郡五縣十六所至無僧俗男女空邑傾都甚而追隨不獲見者若干數士紳之輩舟車之勞不與焉按天童志曰己卯秋老人曳杖渡江爲修塔也其事不具論心葦凡三致書

苦心備至歐陽廬陵云初匪其艱在其終之徐侍御之護天童可謂有始卒矣寧波慈谿餘姚諸薦紳先生或合詞或顓簡或轉囑輓留不遺餘力王海道園長書一再至且託謝侍御象三致請教饑溺之懷即裴丞相之於黄檗白侍郎之於鳥窠諦信不是過焉時卓錫梅谿菴孫居士集公梓語録以行文司李鐙嵒爲之序曰有敬日月肅江河者即有躲日月詛江河者道明而聖或時可毀法著而佛或時可攻聖未來毀毀聖道愈明佛豈致攻攻佛法愈著云云是行也追隨杖屨則有黄大參履素顧宗伯瑞屏張大司憲二無王居士金如祁居士驥超周孝廉君謨而往返山中不避嫌怨益宗伯之力居多

十三年庚辰
師七十五歲春又正月再御雪竇之命先是丙子冬僧發光凡三請師弗赴至是復以宗伯之狀來其略曰今春有僧靈雲同徐樊二居士從雪竇來若乞大師住錫彼山大師如鑒其誠而許之錫疇至秋不難再渡錢塘親送大師之雪竇疇亦擬搆數椽於徐息巖與大師之鐘鼓相聞亦浮生一愉快事也望大師決焉師力御之偈示見雲余內監爲黃介子柳昇宇龔侍者題自真贊復東魯武岷源問道書從沈給諫因仲請爲尹山隆菩薩書
聖朝首表奉和
高廟御製賜隆菩薩詩有無影樹頭身出表不萌枝上覺華從之句蓋隆樊身顯化事詳兵中聖蹟記三月復立梅菴宜爲都監寺御用王弘龍內監嚮師道化復聞師有辯天主教說慨然誓作法城衛塹且切皈依之志師爲答曰來諭求老僧記獲菩提老僧自不見有一人受記者果知此意即欲逃老僧而不可得何用求耶只因人不知此所以說天說地老僧因不得已辯之非多事也題聖緣唐居士像十月因事至石頭城一時諸常問道者如張大司憲方趙二侍御錢太常阮少司馬咸驚喜出非意留齋三日離都還山示趙侍御偈蘇慈引李妙光王實相三內監偈砯崖徐居士偈書答倪太史太史之與師書其略曰元璐根器薄然讀和尚書微見鞭影一我亦有性骨只是拗耳和尚治拗應有法何不

偶與之華鬘三尸蟲著身不得脫立當乞哀還望和尚終悲憐之一我者諱觀復爲太史同門友所謂太平獨往子也曾見師天童於師言句不契因自著逢渠解等書非諸方故師與辯折亦幾萬言見直說中復木麗江問道書是歲山中建置告厥成功按天童志曰昔宏智覺欲新天童寺有以形家言獻曰此寺所以未大顯者山川宏大而棟宇未備師能爲層樓傑閣以發越淑靈之氣則此山且震燿於時我老人自辛未入山乙亥歲始建佛殿天王殿藏閣法堂先覺堂大小方丈前此僅一應供堂耳後此丙子則建雲水堂延壽堂丁丑則建禪堂東西客堂戊寅則建下院庚辰則又建東禪堂新新堂鐘樓囘光閣返照樓餘寮房泡湢次第稱是肰宏智覺經始於壬子冬畢工於甲寅春一年所而精藍涌出誠遜其神速且層樓傑閣炳煥亦謙弗如然而礎布楹列梁橫桷攢所云上棟下宇葢略備矣老人以無功用行任運荏嚴凡梓人圬人匋人冶人殆半四方參學者日用事無別如是如是豈僅曰其發謀也審其行志也斷其使下率衆也惠且勤世諦流布而已哉

十四年辛巳

師七十六歲次韻答璞川曾居士偈復陳靖江木叔書吏步來韻復東魯武張聯問道書四月立石奇雲爲座元制笑巘寶和尚真贊募塚初祖達磨偈五月

毅廟承乾宮皇貴妃

國戚田弘遇奉
旨進香齋紫衣入山命陞座爲演法奉祝
皇圖更明佛祖信衣授受之旨爲石奇雲元
真德題自真贊嗣宗吳居士乞語祈嗣書
偈示之八月辭南都報恩之命先是正月
二十日前軍都督府太子太傅左都督田
弘遇題奏稱南京大報恩寺係朝廷家佛
堂高皇高后聖碑在焉梵刹志載有文皇
敕書始知額名報恩乃統承大寶之後修
此以報高皇高后之恩者近厄於劫火八
十三年祖宗孝思勝蹟一旦委諸瓦礫臣
實惆然今鄉紳士民久欲捐修天童山七
十六歲高僧圓悟大闡宗風凡人見之無
不樂施但未奉明旨不敢擅舉仰乞皇上
俯鑒臣言敕下該管衙門奉行督理與修

以祝延萬壽庇佑生民云云三月二十六
日奉
聖旨特賜俞允繇是國戚與都下士紳合詞
敦請師力卻弗赴九月常住務殷衆益繁
師忘盈滿乃因事出山僧俗遮留不止遂
曳杖渡江過紹興問道弟子祁驥超與弟
大中丞彪止別業爲棲絕往來省師訓應
然四方問道者日戶屨晨滿如市莫能禁
也居凡四閱月爲祁德公父夷度翁毋王
氏題贊一陰一陽化育無窮唯惺惺者不
住其中法語示惠王府王選侍復吳嗣宗
王元泰吳培之三居士問道書曰至詹居
士乞薦先慈書法語示之示報恩玉林法
姪書
十五年壬午

師七十七歲明州宋海憲特遣使迎師還山且託中丞勸駕師不得已乃親過甬水以天童囑累宋公徑拂衣入天台正月二十四日至通玄山紆路僻澗肅林寒人迹罕登涉而學者日益親依雖任勞苦服役雜傭作加諸敺逐弗去繇是復成叢席焉二月示槃文金内監偈三月復詹曰至張太素二居士問道書爲奉階謝居士題自眞贊四月復朝宗忍書有欲汝細思深想一行一步當爲後人牓樣是老僧本誓願之語再示惠府王選侍法語五月武張聯居士乞語薦親書偈示之復台州蔣司李鳴玉問道書六月初六日再卻田國戚報恩之命二十四日與期生吳居士如貧道再撞到居士面前了但不能爲居士吐一字云云七月天台縣百里内居民咸見通玄峰四山變白夜有流光如火照燿巗谷初三日師示微疾初五日手書復龔趨祁居士初六日嗣法靈鷲石奇雲以問疾至師顰蹙曰汝忝爲一方化主奈何以我故頻頻往來騷擾諸山哉不懌者久之初七日晨興巡閲工作院務如故日午歸方丈語侍僧倦甚因登寢榻卧少頃起坐跏趺未竟奄然示寂是月明州天台兩處僧俗咸欲起塔廟奉全身相持莫決乃於龕前枚卜三之太白九月門弟子率勤舊六十餘人執紼擁幢歸師天童塔建本寺前山幻智菴之右隴僧俗四衆送者以萬計哀聲震山谷更以居恒收藏髮爪建窣堵波於玲瓏巗上峰先是青烏家爲師

覓地蹋徧群峰莫知向諳偶憇足青豁之陰忽一總角童子前笑曰汝等爲老和尚擇地耶汝常住自有地何用他覓不見道青龍脚下眠買盡世間田遂遥指烏桕樹云此下是也果如言而得吉壤及訊之數里內曾無是童云師凡六建法幢其陞堂語要開示小參機緣法語書問拈頌偈贊雜著忞自金粟黃蘗育王天童恒日隨聞抄録自丙子後則山幢海懷古雪通喆所記今總禹門通玄編成二十卷集公孫弘基離爲四册刊入嘉禾楞嚴藏室流通其闢妄據評辯天判語諸說亦忞與白山布季牙璜録出介子黃毓祺編爲十卷離五册與闢救說共刊行以壽於世其支本别部如夏通鐙所集源流答頌之類則簇林

學者包藏袱挾不啻百千部散諸人間矣鬀度弟子自通壽等凡三百餘人嗣法自大溈如學萬峰法藏東塔海明金粟通容金粟通乘寳華通忍禹門通微雪竇通雲鶴林通門報恩通賢通玄通奇一十二人各各入廛垂手分化一方復有光相通普等數十餘人則皆室中密印未及付授者其或負正知見有聲蘩肆如鹽梅鼎佛音智淑之賢天峰景西無聲古峰之輩則先師入寂者也若夫掐手横趨闖鞭即去睞雲漢以高舉入西山而不還者又殆與王臣國士摳衣問道之流同一濟濟不可殫述焉必若投身爐鞴親見指歸則大司憲王公志道侍御方公震孺居士沈求如通華王金如朝式孝廉李公燦閩人王介子

甄祺其最著者自此以還如陶宗伯石簣周少常伯海門唐太常凝之陶郡丞石梁馮大中丞留僊大司馬鄭僊李侍御漸鴻徐侍御心韋王侍御芳洲顧宗伯瑞屏王督學園長黃大參履素祁大中丞世培周侍御衷玄謙侍御象三陳侍御平若陸內史敬身劉郡丞九霞錢太常元沖張大司憲二無趙侍御二瞻張廣文客卿吳憲副輿則金太史正希孝廉唐祁遠周君謨鍾海槎張元岵方子凡張冰菴居士管霞標蔡子穀馮爾赤祁驤超徐型塘輩則皆確誠諦信所謂弘護無斁者也師以海山容納之量誘掖方來凡聖一目之懷等觀大地說法不帶枝葉為人絕諸廉纖操惡辣鉗鎚單提持向上碎粹蕩二見之窠堀剪

差宗異目之稠林徵祀必呵纖情不順所以士大夫中往往有聞時富貴見後貧窮者多矣況諸學子一以從上綱宗內諸海印三昧苟有差互痛與排斥昔人稱佛印元牽牛蹊人之田而奪之牛元希惜雖師亦有焉力爭祖命靡愛厥身卒俾少室重光濟河復漲三十年間風行草偃馳走天下宿衲嚮往一世鴻儒道滿神州名傳紫閣愚頑咸慕德率土盡欽風故過化則埽邑空都來施則傾廪倒橐坐立之際千指圍繞顧盼之餘蜃樓幻出雖晚年謝迹名藍投身絕壑而蠅趨蟻附奔輳愈殷及夫慧日停輝慈雲掩彩四方聞赴如聚所生千里哭臨有同孺慕山川為之變色通玄峰四山變太白猶然效靈化現童子指點吉壤則皆師生

平敎澤所普被至行所感通如斯之類葢久矣落江湖之口碑矣若其約衆持身之法紹先啟後之謨動必合章程語必該典則津梁百世標表人天者則雖費日糜年莫可殫紀今謹採䕺林耆宿平昔記聞與忝所親知目見者參諸往録定之歲月撮略而編次之庶幾傳布將來使後之人師有所規鑒云爾

天童密雲禪師年譜終

大覺普濟能仁玉琳琇國師語録

嗣法門人行岳編

清刻龍藏佛說法變相圖

大覺普濟能仁玉琳琇國師語録目録

大覺普濟能仁玉琳琇國師語録卷第一

嗣法門人行岳編

上堂一

順治十六年巳亥閏三月初一日萬善殿
奉
御旨上堂師至座前召衆云會麽若也會得山僧未離江南陞座説法已竟如或未然看向第二門頭施展去也便登座拈香云此一瓣香親受靈山記莂焫向爐中祝嚴
佛心天子成等正覺次拈香云此一瓣香華藏海會早已敷宣焫向爐中祝嚴
佛母太后百福具備保助
皇躬大揚法化上首白椎竟問百福叢中選佛場海衆側聆求法要如何是賓中賓師云一盋千家飯進云箇中好消息剎剎塵塵現如何是賓中主師云青目覩人少進云一人有慶兆民頼之如何是主中賓師云庭前古栢蔭人天進云天高羣象正海濶百川朝如何是主中主師云當堂不正坐進云賓主歴然承指示當陽一句又如何師打云有功者賞問仁皇好道啓大會於重元祖令當行建法幢於今日從上宗猷如何展演師云進前來與汝道進云金輪頂上無生曲唱徹皇都調更新師云一句聾人進云恁麽則萬善殿中爲雨露五龍亭上起清風師云共願如是進云只如仰答聖明一句又作麽生道師云天台華頂萬年藤報德酬恩心鐵石問即今萬善堂中頂禮萬佛寶號但知其名未審居何國土師云上座醉那進云其甲則不然師

便打僧喝師又打進云不勞重舉師復打
問如何是十方薄伽梵師云處處撞着進
云如何是一路涅槃門師云看脚下進云
如何是選佛塲師云棒頭有眼明如日進
云如何是心空及第歸師便打進云恁麽
則天上有星皆拱北人間無水不朝東師
又打問五祖門下有一神秀大師因什麽
不得衣盋師云爲他通身是佛法進云盧
行者因什麽却得衣盋師云爲他不會禪
道進云恁麽可謂伶俐不妨隨處有癡愚
端的世間稀師便打是日名德頗多師復
左右顧眎云世尊拈花迦葉微笑百萬人
天次第成佛
聖駕儼臨命登萬善寶座揭露正法眼藏涅
槃妙心作家禪侶盡出相見還更有麽乃
云九年面壁計較未成立雪齊腰苦勞徒
爾三拜依位立可知禮也懺罪解縛鞭影
高飛無性性空松風聒耳本無一物追金
琢玉両枝嫩桂五葉芬敷異口同音千山
一月乃至笑巖老祖挺生神京建立臨濟
宗旨禹門浪濶突兀孤危事是恁麽事人
須恁麽人但得恁麽人何愁恁麽事且道
如何是恁麽事舉袈裟云如天普葢似地
普擎好風齊着力盡向此中吹
上堂上首白椎竟問仙客乘雲泛紫鐵欣
逢聖主話玄微五旬金殿垂恩重又許扁
舟渡雪谿未審其中祕密還得大家知也
無師云天高地厚進云雷音已震青霄外
四海咸聞第一機師云日光月華問當今
天子聖明君隆興三寶剔禪燈特請和尚

登寶座御駕親臨轉法輪如何是轉法輪師云山僧慚愧進云本來大道無言説未審如何又有言師云聖恩難報進云一顆明珠在海中光焰虛空作慧燈師卓柱杖云念汝老實問舌無十字關脚斷五色線請問和尚如何是舌頭上無十字關師云恁麼的人來與他茶喫進云如何是脚跟下斷五色線師云恁麼的人來教他地下坐著進云打破十字關掃斷五色線師打云你替他各喫三十棒乃云釋迦文佛降生之月朔旦良辰奉

旨重陞寶座舉揚大法通琇打點些佛法出來供養大衆及乎陞到座上觀諸大衆通身是法一一毛孔出無量口一一口出無量音聲一一音聲宣無量妙義人人爾法法爾盈虛空徧法界無有一毫虧欠處無有一毫空缺處通琇更作麼擔水河頭賣直如河伯見海若恍然自失耳伏惟大衆各自珍重下座

巳亥春詔迎入京命住西苑

世祖問心在七處不在七處師云覓心了不可得

世祖問悟道的人還有喜怒哀樂也無師云喚什麼作喜怒哀樂

世祖問山河大地從妄念而生妄念若息山河大地還有也無師云如人睡醒夢中之事是有是無

世祖問如何用工師云端拱無爲

世祖問如何是大師云光被四表格于上下

世祖問本來面目如何叅師云如六祖所言

叅云六祖如何説師云祖言不思善不思惡正恁麼時如何是本來面目

世祖問思善思惡時如何師云好善但好善惡惡但惡惡正好善惡惡時即叅者好善惡惡的是箇什麼所謂要一切處叅第一要動裏叅動中得力靜中愈勝古人所謂從緣薦得相應捷也

世祖退命近侍傳語云恨相見之晚

庚子秋

世祖馬上有省連

詔敦請至京

世祖就見西苑丈室相視而笑曰窮元奥

世祖見一矮戒子指問師師云長者長法身短者短法身

世祖喜謝

旨進頌　奉

深殿焚香永心齋笑坐忘大圓鏡智淨應物妙無方

又

慈幃色養適侍坐快談玄法界塵塵佛同光照大千

雨夜奉

旨書

僧問趙州如何得不蹉路州云識自本心見自本性即不蹉路

心同虛空界示等虛空法證得虛空時無是無非法且道虛空作麼生證

心隨萬境轉轉處實能幽隨流認得性無喜亦無憂見聞覺知是流且道性作麼生

認

一念不生全體現六根纔動被雲遮且道全體現時如何畧彴不是趙州橋明月清風安可比

世祖賓天拈香

師云報身如夢幻世界若空華唯過量大人去來無礙進如意云此是

皇上生生用不盡的現前大衆專精持念究竟堅固大陀羅尼執事舉楞嚴大悲藥師往生等神咒並遶誦普門大士名懺悔發願回向

元旦上堂問答不録師云追金琢玉繡口文心自有當行作者轉身掉臂努目撐眉一任逞俊禪流兩眼對兩眼真金不博鍮未舉先知早已屬二屬三當陽薦取豈止落七落八諸佛不出世祖師不西來目前無闍黎此間無老僧但有言說都無實義擲拂子云踏着故鄉田地容人人鼓腹樂昇平下座

端陽上堂白椎竟舉天龍爲玄沙侍者侍沙山行遇虎龍曰和尚虎沙云是汝虎師召衆云衲僧行處如火消氷萬法本閒惟人自鬧六祖大師云非風旛動仁者心動將謂説心性禪承言者喪滯句者迷舍多尊者云非風鈴鳴我心鳴耳多少人面牆而立心復誰乎俱寂靜故大衆還會麼一物寂靜多物寂靜一身寂靜多身寂靜一世界寂靜多世界寂靜先師天隱老和尚如是龍池幻翁老和尚如是濟宗上下諸祖如是東土二三西天四七如是卓柱杖

云柱杖如是山僧如是大衆如是顧左右云堂中喫欑子如是下座

幻有大和尚誕日設供師指真云兀坐嘴盧都教人没奈何箇老漢慣得其便者裏透得過的如龍得水似虎靠山有意氣時添意氣不風流處也風流而今大明國裏稱爲師翁後裔者不啻百千萬億究竟得大機顯大用堪爲的骨兒孫者能有幾人其上座初閱龍池語録見師翁云世間多少不平之輩務要別尋一箇人與我老釋迦比勝負較優劣還知我釋迦如來是何等一箇面目麽其上座便於此喪身失命將謂師翁面目只如是後來呈似先師和尚受他許多惡辣鉗鎚方知見與翁齊減翁半德見過於翁方堪嗣續從此脚跟下自解作活計雖與師翁同條生不與師翁同條死師翁善爲隱語云人還知我釋迦如來是何等一箇面目令其小瞎禿最初祇見師翁殺人刀未見師翁活人劍今日其上座不妨顯示令見者聞者知我祖師門下亦有殺人刀亦有活人劍顧視左右云若有問如何是我師翁真面目拈香云急著眼

佛誕度僧上堂師云報恩新長老今年纔廿四黄面老瞿曇是吾最小子古往今來多少居曲彔牀的大善知識凡於四月八日播弄瞿曇小老的矢臭氣則有分還曾夢見瞿曇的師麽若向者裏緇素得則不論鬅髮不鬅髮不虛親到報恩來若者裏緇素不得直饒新報恩親手爲他剗草也

未免對面白雲千萬里驀喝一喝下座
秋中行化上堂師拈柱杖召衆云終日與
山僧同居共處還識得山僧立地處也未
時常見山僧揺唇鼓舌還會得山僧眞實
相爲處也未若識得山僧立地處則於此
深山窮谷卧月披雲却在十字街頭拖泥
帶水而十字街頭拖泥帶水却在此深山
窮谷卧月披雲若識得山僧眞實相爲處
則與大衆耳提面命却千里萬里而千里
萬里未嘗不與大衆耳提面命還會麽卓
柱杖云頂上一輪滿清光何處無
元旦上堂衆問話畢師乃云忝禪流聽我
說此事非常休倉卒登山須到絶頂頭入
水須至最深窟乾坤寛廣實難知滄海淵
深豈易識不識不知且止透頂透底一句
作麽生道草樹盡非前度色藍田日暖玉
生光
便舟化主領崑山衆居士請上堂師顧左
右云毀形易服作世外之士直須不惜身
命饑寒困苦置之度外顓究大事圖報佛
恩所以古德示衆云夫既出家如囚脫獄
於佛法中萬死一生更莫棄捨蓋慮後學
遇境界艱難一時打不過故爾苦口叮嚀
殊不知清苦僧家本分不獨今時如此自
古皆然昔日大愚芝和尚常住澹薄想與
報恩差不多而芝老和尚窮酸直是窮酸
到底幾株宿菜也不令人好喫嘗上堂云
大家相聚喫莖虀喚作一莖虀入地獄如
箭射報恩者裏雖云澹薄然山僧素願有
食有法令衆安止近因饑饉安衆無方直

是食不下咽坐卧不寧幸有化主發心在外漸領信心檀越入山且不要學他古人見識度量與麽小口門與麽窄大家相聚在此澹薄時澹薄喫齋時喫齋喚作喫齋我等與施主皆共成佛道問如何是函蓋乾坤句師云滿院梅花香噴鼻進云如何是截斷衆流句師云近日厨房幾斷烟進云如何是隨波逐浪句師云禮拜著復舉雪竇禪師云客從遠方來贈我徑寸璧中有四個字字字無人識報恩亦有一偈化主崑山歸獻我數塊石通身渾是口有眼誰不識下座

行化過清谿明道蔡封翁就開封寺請上堂師云本是真實人共譚真實話欲明真實事須辨真實心會中辨心真實的出來互相酬唱問臨濟問黄檗佛法大意黄檗便打某甲問和尚佛法大意和尚如何師云化長生米師廼云佛祖出世爲一大事因緣人人悟自妙心得自寶藏虛空不足以喻其久宇宙不足以喻其寛岱嶽未可以爲高滄海未可以爲深取之不竭用之無窮明道老居士深受靈山付囑欲爲有情揭開迷封悟自妙心得自寶藏特重建此開封古刹玉琳道人到來特爲舉揚驀召衆云我不輕於大衆大衆皆當作佛下座蔡居士作禮云弟子每對神佛前發願護持蔡鐸正念禁止蔡鐸邪思惟願臨欲命終時淨除一切諸障礙等是否師云即此誓願真實皆成佛道士再禮謝

誕日上堂衆僧問話畢師乃云白雲千頃

老屋數間一榻高眠令土木瓦石爲大衆轉大法輪者是先師和尚向日家風唐存翁合諸檀越建大禪堂十方聚會應時及節請山僧說法者是新報恩今日行履且道先和尚向日家風是新報恩今日行履是竪柱杖云若也會得釋迦不在前彌勒不在後大衆與諸佛同證一相三昧山僧與大衆壽量無殊若也不會父少而子老舉世所不信擲柱杖下座

出坡上堂問歲將終期已半當人脚下事請師相爲師云三十棒一棒也較不得師乃云報恩寺裏禪畫在衲僧邊搬柴及運土終日擔横肩下座

上堂師云馬祖道一口吸盡西江水慈悲之故而有落草之譚世尊道十方虚空生汝心中猶如片雲黙太清裏與麽會得正好捉來朝打三千暮打八百有般漢迷頭認影棄本逐末以守箇昭昭靈靈爲悟主人公把舉足動步摇唇鼓舌的爲常住心體認六塵緣影爲自心相譬如病眼見空中華及第二月百千澄清大海棄之惟認一浮漚迷中倍人佛所深愍世尊又示阿難云如汝今者承聽我法此則因聲而有分別縱離一切見聞覺知内守幽閒猶爲法塵分別影事今時外道好笑殺人既以曉得走路問話的爲悟自心更以識神空主人公也不可得爲末後無疑誰知數千年前盡被世尊痛呵明叱有如斯舉凡學者可弗見不善如探湯猛看破浮幻身心向一念未生前當下證得廣大心體連證

之一字亦不可得便識得一切佛祖廣大心體方可出生出死方可入死入生事是恁麼事人須恁麼人苟不如斯生死到來便驗真僞復舉古德云毫釐有差天地懸隔師驀竪如意召大衆云還會麼良久擲如意云萬古碧潭空界月再三撈摝始應知

元旦上堂師云有一句子河沙剎土三世諸佛不能說西乾東震歷代祖師不能說天下善知識不能說先師和尚亦未曾說某上座今日既居此位爲衆分明舉似也

元正啓祚萬象咸亨下座

燈節上堂師舉杖示衆云我見燈明佛本光瑞如此衆仰視師擲柱杖下座

行化上堂師云西天佛祖多行化而不與道場東土知識多與道場而不行化雖是殊方合天仔細簡點將來也是各守一隅不善通變新報恩則不然與道場不妨隨時行化隨時行化原爲與道場且道新報恩是什麼人有恁麼力量惟憑一點報恩心身命全將奉塵剎拈杖竟行

鄉友臨訪上堂舉僧問雲門大師云如何是諸佛出身處門云東山水上行又有人問龍池幻有師翁云如何是諸佛出身處翁云西河火裏坐師云某上座則不然今日若有問如何是諸佛出身處但向道我是蓉城楊四郎下座

上堂白椎云法筵龍象衆當觀第一義師拈柱杖云第一第二熱盌鳴聲龍象之衆莫如是觀具得臨濟小厮兒眼的出來與

報恩柱杖子相見有麼良久云當今之世頗多唱導之師到處聚三百五百商量佛法浩浩地不論自己誕日與他人生辰便唱無生曲調聲震寰區新報恩不是時流爲甚檀越弟兄也攀條例各與三十棒趁出三門外還怪得也無然而事無一向既承設齋辦供請陞此座不妨吐露古今人所夢不見說不到的祕密法門去也且道如何是人所夢不見說不到的眉毛生眼上鼻孔長口邊擲柱杖下座

上堂師云從上來真實爲法者不論院之大小衆之寡多無時無處肯置此事所以有同居止四五人而亦上堂入室小參示衆宛然如領千衆一些不肯苟簡更有行脚僧無一個而亦開爐結制令一力撾鼓與十八緘口大士互相醻唱甚至有一力也無竪石爲徒與之說法今報恩者裏共住常有百十人又非邠汾苦寒廼罷晚叅不恒陞座難免少叢林之號然而某上座內省不疚未嘗孤負於人今日借六湛不二二師鼻孔出氣要令大衆一處通則千處萬處一齊通一節了則千節萬節一齊了顧左右云各各落堂喫齋下座

聲谷師請上堂師拈杖云叢林安好先師說法竟大衆還會麼堂中勝他趙州第一座也有第二座也有庫司得人厨房安帖內外苦行無不忻然某更說個末後句擊香案云莫動着動着則三十棒下座

六月十九上堂師以杖擊案僧出師云敲波驚鯨鯢驚出個蝦蟆僧擬議師便打師

廼云先師開法磬山飛錫烏峯及住此報恩數十年如大富長者打開寶藏拯濟貧乏奇珍異寶靡不悉具隨人知見隨人力量一任取足得先師重器者固是知恩不少即得先師根折釵脚的也道見過磬山和尚曾受益來蓋先師天覆地載海納山容之量自然如此而某上座雖是他兒孫撑立他法門卻迥不相似一雙窮相手兩個鬼眼睛握根柱杖莫道者裏無一物與人直饒他處得奇珍異寶而來也與他徹底掀翻一棒打死直須未跨嶺門便識得某上座爲人處若來此仰觀進益那有語話分說到此香爐跨跳起來云和尚與麼道則觀音菩薩於是日從耳根證圓通亦從門而入不是家珍師復擊案云洎放過

者個不唧𠺕漢擲柱杖下座

叔芳居士請上堂師至灋座前居士呈祖衣師云佛制比丘著壞色服用瓦鐵鉢當初宋朝仁祖作殊勝福業特賜瑪瑙鉢與大覺璉禪師大覺老人感君厚德説真實義爲使者言此鉢不合佛制因對衆焚之仁祖聞之大喜正所謂打鼓弄琵琶相逢兩會家然而丈夫志氣衝天豈可踐人剩迹今日叔芳居士作如意佛事施紅羅大衣報恩又且如何施設臵人正目不附合古今廼舉衣搭云金剛正體昭然著喚作袈裟被眼瞞搭衣畢召大衆云高著眼有意氣時添意氣看他高步上頭闗便陞座西堂白椎云法筵龍象衆當觀第一義師云直饒無憂樹下右脇降生九龍噴水沐

其軀地湧金蓮而捧足一手指天一手指地現大人相周行七步作獅子吼曰天上天下惟吾獨尊與麼播弄早落第二更説甚麼拈華微笑直指單傳至於衆生前生後非止錯七錯八直是被人捺在矢窖中稍知氣息的豈甘與麼現前大衆都是英靈男子奇特丈夫有解觀第一義的麼問四月初八釋迦降生八月初一沈居士初度是同是別師云識取居士與你道師卓拄杖云一向舉揚大法直教一個個荷包遙遁何故各人閨閣中物甚難放捨到者裏不是其人識甚好惡果向報恩拄杖頭知得落處卻如作大檀那把平日所愛惜所寶重的物傾心布施而亦不作布施之想然後卻令幽谷現瑞枯木放華展淨名手截取妙喜世界如轉陶家輪滿盛香飯普供一切珍衣妙供集而爲雲結而爲蓋奇香異燭一一同妙高聚論其壽福非筭數譬喻之所能及論其智慧非心思意解之所能測延片時爲長劫貫一念於萬年有如是力量有如是神用濟世也生成萬物同地同天出世也扶竪綱宗超佛越祖殊勝中現殊勝奇特中顯奇特豈不慶快平生衲僧家若不如是非但難作人天福田受檀那供養未免轉見笑檀那到者裏有人出來道今日沈居士四十大誕與和尚賓主交衆財法二施等無差別更有末後句望和尚一齊布施卻師以拄杖畫一畫云小長老八字打開大施門去也驀喝一喝下座

祈遠唐居士京中回請上堂白椎竟師拈拂子云留書别我去半載而有餘今日重到來聞見共歡愉先師穩坐暗解頣囑託得人何所虞更要玉琳小阿師當陽指示第一義憶昔梁王著有爲初遇達磨殊不契羡君般若宿因深輾展不忘此大事舉拂子云顯爲此大事也則布施亦是第一義持戒亦是第一義念佛亦是第一義放生戒殺亦是第一義齋僧建造亦是第一義唤甚麼作人天小果有漏之因若不爲此大事則布施秖是布施持戒秖是持戒念佛秖是念佛放生戒殺秖是放生戒殺齋僧建造秖是齋僧建造未明正法眼藏焉得涅槃妙心唐居士問惟憑一點報恩心身命全將奉塵刹還許學人發此心麼師云許進云既發心矣如何奉行師云善始善終大衆競出問話師以拂子畫一畫云有問有荅總落今時説迷説悟盡涉程途且不涉程途一句作麼生道歸家盡是兒孫事祖父從來不出門下座

上堂師拈柱杖云新報恩柱杖子有時踔跳梵天有時翱翔大地有時立辯龍蛇有時千眼難覷且道作麼生與報恩柱杖子相見以柱杖旋風打散

行化上堂師云六祖大師云無相爲體無念爲宗無住爲本者三句中有一句如千雷並吼千日並照有縱有奪有殺有活若人會得許你雙眼圓明後來白雲端禪師有一偈云他人住處我不住他人行處我不行不是與人難共合大都緇素要分明

只者一偈不虛爲祖師之後今日新報恩亦有一偈說似大衆他人難住我獨住他人難行我獨行不是生平多力量秖緣深受我師恩且報恩功圓一句作麽生道待行化囬更與大衆吐露

過烏戍祈遠唐居士就石佛寺請上堂師拈柱杖云奇特因緣須奇特人拈出鷲羣句子於鷲羣處舉揚今日既遇奇特人有奇特緣眞是鷲羣處且道鷲羣句作麽生舉驀召大衆云吳中石佛大復舉僧問龍池師翁云如何是如來禪師翁豎起拳如何是祖師禪師翁豎起拳如來禪與祖師禪是同是別師翁復豎拳云不是拳頭便是巴掌今日設有問新報恩如何是如來禪以杖指前云前邊是三門如何是祖師禪以杖指殿云中間是佛殿如來禪與祖師禪是同是別但向他道明眼人難瞞伏惟僧俗衆知識久立珍重下座

唐存翁總憲及顧長白唐遠生顧英甫顧晉徵唐聲伯等衆居士啓請爲古山寺伽藍神說戒上堂時設神位於座下師先對神云索靖明王你久作我家裏人我今與你說家裏話廼爲說三歸五戒說戒畢師云既受淨戒方可借座燈王爲汝揭露本因廼陞座師拈拂子云大衆當知此索靖明王數千年前早受靈山記莂今日於古山門下受其上座戒法統同眷屬侍從幷供獻所殺衆生齊成正覺斯會檀護悉秉願輪保安人物廼以拂子擊案云但願天風齊着力一時吹入此門來

容印寺衆請上堂師拈柱杖顧視左右云大衆我今分明示汝汝等本來是佛卓柱杖下座

歸院元旦衆請上堂師云昔日香嚴禪師云去年貧未是貧今年貧始是貧去年貧尚有卓錐之地今年貧連錐也無後來真淨文和尚云去年富未是富今年富始是富去年富一領黑黲布褊衫今年富添得一條百衲山水袈裟歲朝抖擻呈禪衆實為風流出當家二大老雖是頂門具眼各出好手扶豎宗乘驀豎拂子云若到報恩門下還敢高聲也無打一拂云嶽邊頓落千山勢海上全消萬派聲下座

衆坐七畢內外職事請上堂師云敲鐘擂鼓早已惡水潑人禮拜焚香倍爲互相鈍置旋風打散落第二機重形言語堪作甚麼然而法無定執不妨放一線道與大衆葛藤貼案問如何是見性成佛師云廚房辛苦進云佛法現前爲甚不會師云勞而無功師廼云纔見新報恩墮座便拽下地去痛打一頓猶較些子今既不能任我打模畫樣去也以柱杖打圓相云者個真空性體本自圓滿本自靈明本自廣大本自神妙惜乎多少人當面蹉過多少人望崖而退若果能懸崖撒手自肯承當如日麗天如鏡照像漢來漢形胡來胡現變化自在應用無方道有也得道無也得若未能證此道有也要喫人痛棒道無也要喫人痛棒所以道不是山僧逞人我恐人墮落斷常坑驀拍案云雪後始知松栢操事難

方見丈夫心下座

二月十九上堂師拈柱杖云今日是普門大士脱珍御服著敝垢衣的時節多少年來盡向棚頭看傀儡阿誰覷破帳中人山僧若據令而行纔見大衆道觀音生日啓請陞座各與一頓痛棒直教血濺梵天未爲分外然而柱杖子有殺有活有縱有奪有放有収置杖案上云今且放過令大衆通氣問答畢師迺云雲門大師道聞聲悟道見色明心擡起手云觀音菩薩將錢買胡餅放下手云元來是饅頭師云雲門老漢奇特甚是奇特仔細簡點將來未免起起倒倒翻翻覆覆報恩者裏則不然今日行顯出家做饅頭供養大衆尋尋常常百味具足大家喫得飽齁齁地饒他千手千眼觀音到來那敢變換一絲毫變換則管教頭破腦裂復卓柱杖云長安風月貫今昔那個兒童摸壁行擲柱杖下座

佛誕上堂師卓柱杖云今日老瞿曇在柱杖頭上一任山僧扶起放倒還有作家禪客麽向前來共出隻手問答不錄師迺云有一人佛之一字素不樂聞念佛一聲漱口三日有一人見佛歡喜禮拜讚歎種種供養一人恁麽一人不恁麽同到報恩來且道留那一箇即是有般漢便道功德天黑暗女有智主人二俱不受是者般的正好捉來朝打三千暮打八百何故大海若不納百川應倒流

誕日衆請上堂問世尊纔出母胎便道天上天下惟吾獨尊爲甚又要六年雪山師

云不是個中人不知進云今日和尚誕辰報父母恩一句乞垂指示師云終不教壞人家男女師乃云某甲生來愚執了無一德亦無一能只是尋常饑餐渴飲倦則坐眠健則行道今日諸道友請陞此座且道有何法可說合掌云謝種種供養下座

上堂師云昨日初一山僧擬欲上堂爲大衆舉揚個事反覆看來無有少法可說至晚到此殿上簡點一回見個中少人不容坐觀寥落今日爲大衆說誠實言令各各共繇斯道亦不顯爲現前衆等並令天下衲僧齊開正眼不墮狂蹊邪徑克明從上綱宗徧一切處乃高聲召云大衆諦聽二時課誦切莫蹉過

中元上堂師拈柱杖云佛歡喜僧自恣設盂蘭盆羅列盡世甘美普供一切教有明文是名報恩某上座者裏則不然剛剛一味柱杖子佛也祖也僧也俗也凡也聖也遠也近也舉凡恒河沙界一切有情盡教一個個飽齁齁地秪是目前大衆無下口處何故卓柱杖云只爲分明極翻令所得遲復舉長沙岑大師因一秀才看千佛名經問云三千諸佛秪聞其名未審居何國土還化物也無沙云黃鶴樓崔顥題後秀才還曾題否才云不曾題沙云得閒題取一篇好師云欲會恁麼事須是個中人有麼聽取山僧一頌碧眼頭陀坐石牀古梅繞屋冷飄香遊人熱鬧尋朱紫咫尺千山難共堂下座

上堂舉睦州陳尊宿因僧問高揖釋迦不

拜彌勒時如何州云昨日有人問趁出了也僧云和尚恐其甲不實那州云柱杖不在箬帚柄聊與三十師云提持個事須是恁麼人始得雖然如是未免勞而無功報恩則不然若有問髙揖釋迦不拜彌勒時如何便向他道請落堂喫齋他若果是個人直是令人讚歎不及大衆還會麼揮拂云選佛若無真正眼宗門那得到如今下座

祈遠居士請上堂問雲門大師爲甚要一棒打殺釋迦老子師云莫謗雲門好僧唱師便打師廼云英靈漢子切忌剃頭入膠盆世諦纒擾是剃頭入膠盆佛法支離是剃頭入膠盆衆話頭起疑情是剃頭入膠盆躭空滯寂是剃頭入膠盆懺罪安心是剃頭入膠盆絶學無爲是剃頭入膠盆還有不剃頭入膠盆的麼正好出來喫山僧痛棒且道既是不剃頭入膠盆爲甚又要喫棒驀卓杖喝一喝云果向山僧棒下瞥爾知差得個大休大歇頂後光圓面前路闢方知本自瀟灑本自超越本自清淨本自解脱逆順卷舒縱横無礙佛祖不能親鬼神焉可測等閒哮吼似震雷音如擣毒鼓黄檗臨濟管教聞風吐舌其餘淺鮮一任似鴨聞雷顧左右云阿呵呵好大哥畢竟誰人不丈夫下座

至金陵慈引蘇居士就一華庵請上堂白椎云法筵龍象衆當觀第一義師云若論第一義釋迦老子因衆生根鈍不可直捷指示只得四十九年權巧方便提奬嬰孩

横説竪説委曲垂慈實不得已根機漸熟迺於法華會上略露一斑直至涅槃時到迺把一生千説萬説説不到千諭萬喻喻不及的舉起一枝華分明剖示博得識者一笑謂之正法眼藏的付飲光方遂本懷隨復殷勤付囑國王大臣今日者一枝華在慈引居士手中當陽拈出建梵刹竟一切天人莫不稱譽居士大智大力新報恩到來亦是讚歎不及更有忍俊不禁的麽出來大家鋪華錦上問第一義諦即不問報恩的付事如何師指案上華云秋桂更清香進云猶是門前之逺師云誰人教汝門前逺何不擡眸向上看進云看個甚麽師云好與三十棒僧喝師拈杖打云再犯不容僧禮拜師迺卓柱杖云報恩新長老

本來無住握根柱杖倒用横拈把個斗笠遮卻一切人眼孔東西南北少有識者到者裏遇着同門老道兄瞞他不得被推向人前要某舉揚先師現成句子召衆云擲個蒲團説法隨處驀喝一喝卓杖一下復倚杖云今日陞座於彌勒殿中更爲大衆舉則古話當初布袋和尚亦與新報恩一般行脚常自述行餘一鉢千家飯孤身萬里遊後來慈悲之故更有落草之譚云彌勒真彌勒分身千百億時時示時人時人自不識咄哉者阿師慈則大慈恪亦少恪新報恩今日既與大衆有緣同此一會一發打開布袋更不露頭藏尾去也大衆諦聽彌勒真彌勒分身千百億額横兩道眉面竪一個鼻阿呵呵笑不輟掀起嘴唇片

片皮露出牙齒許多骨展手云大家施我一文錢更有一句爲君説十箇指頭八箇了誰人平易誰奇特擲柱杖下座

建禪堂衆請上堂頭首白椎云法筵龍象衆當觀第一義師云當今海内居位設化者頗多若論舉揚第一義不謂全無敢道希有承虛接響作隊成羣動著便道那一句向上那一句向下那一句平常那一句奇特那一句現成那一句靈妙滯句承言迷宗失旨要個解觀第一義的非但希有惟恐全無今日新報恩舉揚第一義也須大衆具眼始得乃云崇禎十有一年九月十五日報恩建左右禪堂竟拈杖便起問如何是臨濟宗師云耀古騰今進云如何是雲門宗師云普天匝地進云如何是曹洞宗師云家風綿密進云如何是潙仰宗師云父子作家進云如何是法眼宗師云進前來與汝道進云打破沙盆透底去師云放汝三十棒師廼顧左右云大衆久立下座

無僞老衲請上堂師拈柱杖云趙州八十猶行脚只爲心頭未悄然直至到頭無一字始知虛費草鞋錢有知得趙老立地處的麼出來互相酬唱問正當古稀時如何師云大衆爲無僞師祝壽師廼云大凡學道須一切放下若一事放不下則去道遠矣富貴放不下則受富貴累才能放不下則受才能累盛德放不下則受盛德累高年放不下則受高年累今者無僞老衲世緣早已周備因信向者箇法門卻能一齊

放下富貴固非所慕謙和不逞才能忘年忘德在此深山舊院决欲究竟此道茲遇古稀大誕請新報恩陞座說法且道新報恩說個甚麼一念萬年常不易何愁古佛不齊肩驀卓柱杖下座

臘八上堂師云事是過量事人須過量人不是過量人怎明過量事有麼有麼衆問話畢師迺云昔日釋迦文佛初生下地一手指天一手指地周行七步目顧四方道天上天下惟吾獨尊將謂奇特早入膠盆十九逾城歷外道處受種種勞煩復深入雪山苦行六載臘八明星出時悟道歎曰奇哉一切衆生具有如來智慧德相但以妄想執着而不證得惜當時不令報恩小長老見小長老若見取把火炤看者老子面皮厚多少且道小長老有甚長處敢恁麼道自具一雙窮相手不曾輕揖等閒人

元宵上堂師云我有一燈無暗無明通身是眼遍界分形不繇造作豈屬生成天不能葢地不能載無幽不徹無遠不存個中磨日月隨處立乾坤阿呵呵笑倒人社舞村歌未了音惱得金剛忍不住擲碎虛空火燄增燒斷西江萬丈聲跳起顛狂龎老子臨風高叫道有口如啞眼如盲下座

楊家塢靜主同衆道友請上堂問如何是報恩旨師拍案一下進云還有向上事也無師云有進云如何是向上事師云打你頭破腦裂師迺云欲識報恩人須到報恩境既到報恩境須識報恩人諸人到者裏還識得山僧也未須知未離德清與山僧

相見已竟未上船來請山僧陞座已竟山僧未離卧室與諸人說法已竟且道未離卧室說法已竟如今又出來叨咀作麼豎柱杖云錦上鋪華是山僧尋常用處驀喝一喝卓柱杖下座

到楊家塢阿蘭若衆請上堂師云神光獨耀萬古嶶猷入此門來莫存知解不存知解的出來相見問臨濟大師道沿流不止問如何真炤無邊說似他師云恰進云離相離名人不禀吹毛用了急須磨師云恰恰問如何是楊塢境師云四面青山遶進云如何是境中人師云長的長短的短問如何是第一玄師云日頭進云如何是第二玄師云亮月進云如何是第三玄師云鐃鈸問向未讀書文字不明師打云者是什麼所在說明不明師遂云山僧叅學幾年成得一道祕密真言不曾輕易吐露今日本庵行進得度在家弟子沈行豐七十諸上善人俱會一處便遂布施大衆令於我此法門未信者信已信者深入未證者證已證者不墮窠落臼遂高聲云趙錢孫李周吳鄭王馮陳褚衛蔣沈韓楊下座

行化歸孫熈室居士請上堂師云求人不如求已驀擲拂子下座

入新方丈德清明道蔡封翁暨遠近諸檀護請上堂問四衆駢臻請揚法要師云今日入新方丈師遂云把住也法堂前草深一丈放行也盡大地是圓覺伽藍且道把住爲人好放行爲人好卓柱杖云知音不用頻頻舉達者應知暗點頭

上堂師拈柱杖云先聖道有時奪人不奪境有時奪境不奪人有時人境兩俱奪有時人境俱不奪高聲召衆云者是什麽所在驀擲柱杖下座

臘八上堂師云遠山青近水碧氣歛天空濶庭寛得日多境僻來蹤别晚節馨香骨傲梅卒歳堅持苔裹石白雲閒澹挂松梢古道坦平堆竹葉山僧一榻坐還眠何期四衆同時集敲鐘撾鼓請陞堂香煙透徹諸人鼻立久合休即便休大衆有言向前説問答畢師廼云周穆王三年癸未臘八釋迦文佛睹見明星豁然悟道歎曰奇哉一切衆生具有如來智慧德相但以妄想執着不能證得崇禎十二年已卯臘八玉琳道人望見青山不覺好笑顧左右云汝等各躡毘盧頂上行誰能拈些子妄想智慧詐謔山僧看拍案云阿呵呵好大哥上來也恁麽散去也恁麽今日行端行鎮鬚度有齋供養大衆大家落堂喫了飽齁齁地要行便行要坐便坐下座

元旦上堂維那白椎云法筵龍象衆當觀第一義師驀喝一喝下座

良渚安谿衆居士請上堂問風調雨順五穀豐登請和尚提唱一句師云常願如是進云皇圖鞏固帝道遐昌願和尚祝讃一句師云天長地久進云闡揚祖道佛日增輝今日上堂以何示衆師云杲日當空師廼云雪後梅增勁霜餘栢倍青到來詢祖意分明舉似君召大衆云還會麽若也會得便見臨濟大師道大凡演唱宗乘一句

中具三玄一玄中具三要有權有實有照有用放下拂子云選佛若無真正眼宗門那得到如今

雪文師同盛澤衆居士請上堂師拈柱杖云久病扶藜連上堂也緣檀信至誠叅誰人直下知休去更不遲疑乞指南問如何是報恩境師云主山高案山低進云如何是報恩人師云眉横眼上鼻竪嘴邊進云如何是報恩事師云檀信遠來山僧上堂進云滿座春風吹不竭梅花纔吐暗香來師云一絲界破青江色釣得鯨鯢方始休問梅花未發時如何師云鐵骨撑天進云發後如何師云清香噴鼻問如何是常住佛師云殿裏的進云如何是常住法師云藏裏的進云如何是常住僧師云堂裏的師廼云舉起便知猶爲遲鈍若更未能山僧屈曲垂慈去也昔日大慧禪師住雲門時嘗拈竹篦問人曰喚作竹篦則觸不喚作竹篦則背喚作什麼開口便打少有契其機者一僧入室請益慧復示以偈曰雲門舉起竹篦開口知君話墮上方香積不餐甘伏食人涕唾師驀竪起柱杖云大衆畢竟喚作什麼擲柱杖云各落堂喫齋

上堂師竪柱杖云明眼禪人出衆相見二僧競出師以柱杖畫一畫云領取鈎頭意莫認定盤星下座

振陵太老師忌日上堂師云山僧昔日芟染棠先磬山老和尚執刀三鬄口占有云一子出家九族昇天若不昇天佛有妄言山僧出家來業已多載且道先師今日何

在識得落處的出衆相見衆問話畢師迺云沙界通紅一團火個中毫髮不容存森嚴明淨先翁面普示人間子若孫

誕日上堂師按柱杖云放光現瑞鼓舞小兒動地雨華助揚末技止止不須説欺侮殺人數數請敷宣顛狂慕外青蓮華下笑顔開奴見婢般勤積雪巖前斷臂舉人逢鬼迷悶現前大衆十二時中各各蹋佛祖頂顙行有不受惑的出來相見問答不録師迺云山僧未出母胎已爲諸人作大佛事舉揚大法汝等諸人早已如實知如實見如實證如實行如實説爲甚今日卻受人處分只爲忘脚下卻見別山高下座

歸院上堂師顧左右云一總都是家裏人出來同説家裏話問報恩佛灋最希奇一下雷轟天下知莫道學人無骨氣請師指示向上機師云霜打香毬滿樹金問蹋破乾坤事若何師云江上蘆華頻白頭進云還許學人進步麼師云青山個個低頭看問兩邊不立中道不安請問和尚向甚處行脚師直視云君家若是僊陀客不用求人更下椎進云恁麼山河無隔礙世界掌中擎師云且過一邊師迺云先師縱我無拘束収放自繇誰可度大家同蹋上頭關方顯吾宗未寥落召衆云珍重下座

大覺普濟能仁玉琳琇國師語録卷第一

音釋

鬄 他計切音替削髮也　齁 呼侯切吼平鼻聲氣急也　篦 邊迷切音錍

侮 罔古切音武侵也

大覺普濟能仁玉琳琇國師語録卷第二

嗣法門人　行岳　編

上堂二

閏正月旦上堂師拈柱杖云一不成隻兩不成雙今朝正是奇特月日還有奇特人出來共明奇特事麼問答畢師迺云茲者好日多同化主自遠歸來施主入山設供山僧也趁閙熱供養大衆一上幸諸大衆各各現大人相赴山僧齋山僧將無邊世界一切地土爲米一切河海爲湯一切森羅萬象爲奇餚美饌一任大衆放開肚皮展開大口飲之不竭食之有餘飽齁齁地乘風徐行片時遊徧諸佛國土向虛空裏打箇翻筋斗下來山僧再呈第二番供養把無邊世界依舊撒開以一世界爲一齋一任大衆樂一味者即向一味世界應供樂多味者即向多味世界應供隨大衆種種所樂即向種種世界應供齋畢旋歸然後山僧將無邊世界仍前還他無邊世界一切地土仍前還他地土一切河海仍前還他河海米還是米湯還是湯餚還是餚饌還是饌殷勤請山僧陞座畢然後落堂喫齋令諸檀信求福者福集懺罪者罪滅薦亡者亡人高昇生安死利靡不如意顧左右云且慢散去三番供養大衆了更要總散大衆一大分儭錢迺舉百丈上堂云我有一句子百味具足大衆還會麼慈悲之故而有落草之譚下座

新市覺海寺緇白道侶請上堂問請和尚直指西來意師云久雨今日晴問弟子年

老求和尚開示師竪柱杖進云不會師云高着眼師廼云天地成人物立有美有惡有是有非有邪有正有曲有直有宜有不宜有可有不可從而分别指畫去取戒勉令修令治使知使行扶持世道匡正人心此儒教治世之理也譚無破有推小至大求精棄麤輕外重内此道教出世之道也道有也而不立一塵道無也而不撥一物有時恁麽有時不恁麽有時恁麽也得不恁麽也得有時恁麽也不得不恁麽也不得有權有實有照有用有縱有奪有殺有活可以意會難以言傳承言者喪滯句者迷此釋教入世出世之法也方便指迷之謂教直下傳心之謂宗漸者縣博而至約頓者一了而百通把住黄金失色放行瓦礫增輝且道把住爲人好放行爲人好卓柱杖云人歸大國方知貴水到瀟湘一樣清

上堂師拈柱杖云自慚少福住幽林澹薄辛勤歲月深散衆欲眠峯頂石捐身助道是何心仔細看來竭誠爲衆的也有肯心檀護也有只要我輩纇精學道古德云學道如鑽火逢煙未可休直待金星現歸家始到頭又有云歸家盡是兒孫事祖父從來不出門你看先聖與麽激揚可知學道非同小可若不一聞千悟直須一切放下忘苦忘樂忘死忘生歷盡艱難方能透脱顧左右云有踢著上頭關的出來通個消息師廼云世出世法非憑一點真心不能成就故有此真心也可以自利有此真心

也可以利人有此真心也可以自利而利人有此真心也可以利人而自利徹此心源便見瑞林面目清勝化儀自在報體淨滿金方伯與潯谿衆信凡受瑞林所化生一念淨信所作佛事皆成佛道驀卓柱杖下座

上堂舉五祖演和尚云四五百石麥二三千石稻好個休糧方耆婆不得妙千巖長禪師云管取有錢常住不無演祖若是將無作有拔貧作富須還無明始得米不蓄一粒菜不栽一莖任渠來往者喫得飽彭亨師召衆云用四五百石麥二三千石稻如何喚作休糧方米不蓄一粒菜不栽一莖如何喫得飽彭亨阿呵呵大海納流寒巖發燄二大老不無些小巧妙簡點將來未見大人體態報恩者裏則是直心道場不用蛇足有米喫三餐無米喫兩度也有時恰好也有時忍餓擲拂子下座

瑞安禪人請上堂師拈柱杖云過去已過去未來猶未來佛法付在報恩明眼禪流出衆相見問答不録師卓柱杖云一棒分賓主炤用一時行會得個中意日午打三更且道會得個中意如何日午打三更擲柱杖云不是苦心人不知下座

檀越請上堂衆僧問話畢師廼云深固幽遠無人能到大家在者裏其中事合知青蘿夤緣直上寒松之頂白雲澹泞出没太虛之中隨緣灑落者皆已成佛道百千法門同歸方寸河沙功德總屬心源一念純真者皆已成佛道實際理地不受一塵佛

事門頭不捨一灋勤勤懇懇力行衆行者皆已成佛道終日著衣不挂一縷絲終日喫飯不齩一粒米孤迥峭巍者皆已成佛道逢茶喫茶逢飯喫飯和泥合水者皆已成佛道事事無礙七縱八横者皆已成佛道矜矜自守重因果罪福者皆已成佛道驚羣動衆激揚醻唱者皆已成佛道入林不動草入水不動波者皆已成佛道擊香案云但願春風齊著力一時吹入此中來驀卓柱杖喝一喝下座

佛誕上堂問報恩門下如何設施師云菖蒲谿水西流碧師廼云第一義如何舉梁王殿上道不識老達磨也只道得一半者一半報恩爲衆竭力驀拈香云今辰是我始祖釋迦文佛降誕之期遠孫通琇敬拈片香用醻法乳下座

檀越請上堂上首白椎云法筵龍象衆當觀第一義師拈柱杖云道個第一早落第二了也然而屈曲垂慈不妨左之右之靈利衲僧出來醻唱問話畢師卓柱杖云大解脱門同證同入僧俗長幼男女貴賤富貧智愚靡不俱在個裏平等一味設齋也在個裏喫齋也在個裏修福也在個裏修慧也在個裏求壽也在個裏求貴也在個裏一一殊勝一一圓滿一一不退一一無漏寒巖枯木華如錦六月炎炎滿市霜連卓柱杖下座

結制了悟禪人率湖城衆居士請上堂師拈香云此瓣香從大衆實地中拈出爇向爐中伏冀法界普熏四恩總報歛衣就座

白椎竟問祖上門庭即不問重整家風事若何師云一條白棒驗龍蛇進云正令當行不存軌則更借一問時如何師云要第二杓惡水那進云千古模範從今立萬派青山展笑顔師云爲衆竭力師迺云山僧質直無文從來如實爲衆以盡虛空徧法界爲清淨伽藍令無邊國土情與無情平等安居無内無外何逸何勞喝一喝云普利羣機一句作麼生道薰風自南來殿閣生微凉

癸未誕日檀越請上堂師至座前潞凡劉居士同凉禪等呈祖衣師云兩年福薄勉爲人糠麥爲糜草作羹時節漸佳慚未輟此衣珍重至誠心便搭衣顧左右云先聖有言此衣表法舉衣云者個是衣喚什麼作法復舉衣云者個是法喚什麼作衣向者裏千眼頓開何事不辦如或未然更爲當陽揭露陞座白椎竟問如來和尚同月同年如何是無量壽師云山僧今年三十師迺云圓陀陀七華八裂錦攢攢絶點純清明中有暗黄金失色暗中有明瓦礫生光擬議承當白雲萬里愁眉退避凉飈滿目取不得捨不得事是恁麼事人須恁麼人得在此失在此但得恁麼人何愁恁麼事且超羣越格一句作麼生道良久云普下座

九日姚均仁居士請上堂師云見離斷常道無明昧斷常之見非真見明昧在人不在道直饒戴角擘頭未是當家種草一種平懷悠然自得的衲僧出來道個應時及

節的句看問如何是無生話師云池無擊雨緑庭有傲霜黄問應供一句如何道師云端坐受施主樂師迺云金華布地玉蕊承天今正是時杲日當空乾坤朗耀古今無異闍黎老僧面目現在悟人瞎人誠諦之言一句明明該萬象攡邊斜插驗人杖驀喝一喝下座

上堂師卓柱杖云彩雲影裏仙人現手把紅羅扇遮面急須著眼看仙人莫看仙人手中扇具眼衲僧出衆相見問話畢師迺云大凡叅學之士直須絶情絶解親證親悟向一念不生前透脱本地風光方可任運穿衣喫飯健則行道倦則打眠青青翠竹總是真如鬱鬱黄華無非般若於古人言句自然舉一明三通此達彼𢌞來逐塊外道妄認摇唇鼓舌舉足動步的識神爲主人公爲本來面目自不知非更引佛祖相似言句謬解妄會欺愚瞞瞽所與真實爲生死者力叅涅槃堂裏禪於臘月三十關頭不可自悮豈肯爲邪外所惑復卓杖云不是與人難共合大都緇素要分明

解制上堂師左右顧視云山僧與諸大衆恒處普光三昧直是如天普葢似地普擎住者朕跡不留去者迴避無計恒沙國土情與無情同一受用同一自在同一解脱在迷不減在悟無增數千年前有多口阿師命之曰大圓覺場曰真如性海種種彊爲名目無非當人有恁麽事故爲當人説恁麽話如是知者名爲正知如是行者名爲正行有何長期短期復何結制解制然

而其上座有時現無邊身說無邊身法有時現七尺比丘身說七尺比丘身法有時與大衆遊大寂滅海上無佛祖下無衆生中無自已正報既爾依報亦然有時隨順衆生七顛八倒向無修學中說修學無迷悟中說迷悟便乃無制無期中立期立制無解無結中立解立結結也高挂鉢囊解也緊峭草鞵結也如是解也如是阿呵呵好大哥大抵還他肌骨好風流不在着衣多

檀越請上堂僧擬出問師左右卓柱杖云知恩報恩的衲僧方許相見進云祖道凌夷法門衰替如何是和尚拯一緜九鼎之危的句師和聲打一柱杖進云恁麽則三玄開正道一句破邪宗也師云向上道將來僧喝師連喝兩喝問當機一句是如何師卓杖云一棒一條痕一掌一握血師廼云昔日世尊有四弘誓願衆生無邊誓願度煩惱無盡誓願斷法門無量誓願學佛道無上誓願成白雲端和尚有四弘誓願饑來要喫飯寒來要添衣困來伸脚睡熱處要風吹山僧也有四弘誓願識得柱杖子許他有喫棒分識不得柱杖子許他有喫棒分識得不識許他有喫棒分不識識得許他有喫棒分高聲柱杖云看看盡山河大地明暗色空幷汝等諸人周身上下毛孔骨節盡成山僧柱杖子諸人還知麽卓柱杖云知得也三十柱杖知不得也三十柱杖且道柱杖子因甚麽有如是威力蕩蕩一條官驛路晨昏曾不禁人行下座

開爐上堂師拈柱杖云一椎便就未是性燥不假一椎潒桶不快入得從上爐韛的衲僧出衆相見一僧出禮拜師云欲釣鯨鯢澄巨浸却嗟蛙步驟泥沙僧擬議師打出又僧出師震威一喝僧擬議師亦打出又僧出師云當場相見須是作家僧喝師云胡喝亂喝作麼僧又喝師又打出師迺卓柱杖云莫道法王得自在緇素不得不分明擲柱杖下座

臘八上堂師云從門入者不是家珍過量衲僧出衆相見問世尊睹星悟道悟個甚麼師云好狗不齩枯骨進云四十九年說法說個甚麼師云誑謼愚朦進云拈華示衆示個甚麼師云轉見不堪師迺高聲召衆云大衆能仁是汝之奴下座

大雪檀越請上堂師拈柱杖云第一句薦得鶴有九臯難翥翼馬無千里謾追風第二句薦得左右逢源珠回玉轉第三句薦得眼睛烏豆換鼻孔草繩穿秪如昨日慕津居士率衆信士請山僧上堂山僧高聲應云今日好大雪諸人作麼生薦取問金車千古重覿面勢崔嵬箭鋒相柱者誰不犯鋒鋩師云千鈞之弩不爲鼷鼠發機進云恁麼則大地終成白業千谿萬派同源師云請過一邊慕津居士問如何是諸佛出身處師云天寒人事簡雪重鼓聲盈師迺舉龎道玄居士至藥山山命十禪客相送至門首士迺指空中雪曰好雪片片不落別處有全禪客曰落在甚處士遂與一掌全曰也不得草草士曰恁麼稱禪客閻

羅老子未放汝在全曰居士作麼生士又掌曰眼見如盲口說如啞師云老大龎居士暴富欺貧全禪客當斷不斷反招其亂若是龎老向山僧道好雪片片不落别處便劈面與他一拳云俗氣不除當時龎居士若喫得者一拳管教安家樂業更不播弄唇皮下座

大雪設禹門幻有老和尚供師云師翁面目雪滿千山先師儀表春回大地先師春回大地也雪滿千山非當年久侍者不知師翁雪滿千山也春回大地三十年後有人共見今日某孫應時獻一杯茗罪過彌天何故不合當面觸犯

解制空明師同滁凡劉檀越請上堂問荅畢師迺云盡大地是解脱門把手牽不入盡大地是涅槃路倩人行不得入得解脱門行得涅槃路便迺動若行雲止猶谷神既無心於彼此豈有象於去來南贍部洲坐禪北鬱單越脚麻東弗于逮持鉢西瞿耶尼手酸大洋海底翻身打倒兜率天宫觸着閻羅老子鼻孔帶累四大天王齊聲噴嚏天人捧華無路神鬼窺覷何及如或不然出門便是草脚下好生看下座

化士歸上堂問高高山頂住持深深海底行化者個是什麼人師云進前來向汝道僧佇思師便打師迺云昔日金牛和尚每齋時自捧飯上堂云菩薩子喫飯來師召衆云人莫不飲食也後來雲峯悦禪師叅大愚芝和尚入室請益芝云法輪未轉食輪先轉後生趁色力健何不為衆乞食我

忍饑不暇何暇爲汝説禪師召化主云觀禪人且道大愚老漢是什麽心行横按柱杖云三通鼓罷大衆雲臻一堂風冷澹千古意分明擲柱杖下座

結制上堂舉退庵重閣黎領衆問答不録師拈拂子云今朝四月十五金輪峰笑緗谿舞草木土石盡翻身蚊蟲猲蚤騎佛祖更有一般奇特事欄中兩頭鹿吞却千山萬山虎顧視左右云釋迦彌勒是汝之奴朝蹋昆盧南嶽遊暮挾舍那天台卧重閣黎莫放過下座

乙酉季夏十有一日塔天隱老和尚全身於報恩本寺之左上供拈香師云通琇事師旬有四載無彼無此無近無遠無動無静無藏無顯豈云旬有四載實惟終身如是雖云終身如是亦猶淺而論之嗚呼吾師如虚空同壽通琇事師似日月長年惟師永安大衆永安法屬永安檀護永安且漏洩吾師末後一句萬峰深處一龕開

上堂上首白椎竟師拈柱杖云第一句中薦得堪與佛祖爲師第二句中薦得堪與人天爲師第三句中薦得自救不了臨濟大師昔日被人進前一劄云如何是第一句當下氷消瓦解直饒盡力道箇三要印開朱點窄未容擬議主賓分未免欺秦瞞漢顧視左右云衆中有不受人惑的麽洪義問世尊陞座文殊白椎和尚陞座上首白椎且道與黄面老子是同是别師云落二落三進云忽有箇漢掀倒禪牀喝散大衆又作麽生師云未有喫棒分在進云直

得禮拜去也師云亦然頡庵與問第一句薦得堪與佛祖爲師如何是第一句師便喝進云第二句薦得堪與人天爲師如何是第二句師云重言不當喫進云第三句薦得自救不了如何是第三句師云轉見不堪進云若無舉鼎拔山力千里烏騅不易騎師云且放過你自譙問有言皆成謗無言又落空即今法華經作麼生道師云念汝維那辛苦進云恁麼則人人坐大白牛車去也師云急走過學閙問不問新奇特不打舊葛藤向上宗乘請師速道師云外面兩大德笑你進云此猶是向下畢竟如何是向上事師喝一喝閙良乆師云向上問將來進云學人則不然師便打閙喝師連棒打退玄定問一不成一五不成五師云洞山在你脚下進云一花五葉果熟香飄師云你那裏學得來進云恁麼則西天祖意元無意東土傳心豈有心師云自領去海亮問如何是父母未生前面目師云你曾喫朝飯麼進云一時頓覺日見世尊師云饅酸氣性義問風行草偃葉落歸根草偃葉落即不問水到渠成事若何師云針劄不入去進云當今

御勅和尚遐臨以何爲範師卓柱杖云知痛癢好進云秖如總不恁麼來和尚又且如何下手師云晴乾不肯走便打義禮拜起云杖頭點破歸家路石聽西江水倒流師云皮下無血如德問千劫難逢今朝幸遇請師指示師竪柱杖云一句了然超百億進云弟子不會師云伶俐衲僧寂慧問低

頭不見地仰面不知天踏着關棙子全身忽獨露師舉柱杖云穿却你鼻孔刺着你眼睛進云過現未來即不問豎窮三際事如何師云痴獃漢界成問百帀千重關不住縱横遍界自昂然師云還喫棒麼成喝云千里特來呈舊面慇懃末後請師宣師云不知痛癢師遡云你有拄杖子我與你柱杖子你無柱杖子我奪你柱杖子召大衆云一種是聲誰會得有堪聽有不堪聽云白下座椎

臘月旦上堂僧問今朝臘月一其甲得箇消息欲向和尚吐露和尚還允否師云允僧擬議師打退僧問人天瞻仰龍象開顔萬善消息事如何師竪柱杖云天得一以清僧競出問話師以柱杖揮退卓柱杖顧

衆云千鈞之弩不爲鼷鼠發機又二僧出師各打退又一僧出師云千鈞之弩不爲鼷鼠發機爲甚麼又打者二僧又一老僧問父母未生前請和尚指示師云念汝年老進云還有不老的師云再犯不容洪義問臨濟三頓棒意旨如何師云多少人怕喫棒進云黄檗未舉已前又作麼生師怒目視之進云者老漢向者裏躲跟師便喝進云好喝師便打進云賊過後張弓便走師劈脊痛棒云如今打你還疼麼行咨問棒下無生忍行咨知恩報恩作麼生是臨機不見師師便打咨掀香案師連棒打退行與問昔日臨濟大師一日謂普化克符云我欲於此建立黄檗宗旨汝且承襯我二人珍重下去意旨如何師云兩眼對兩

眼進云明眼人難瞞師云放汝三十棒師乃云昨夜老趙州與跛雲門打做一團分身無數遍一切處直令盡大地若緇若俗開眼也着合眼也着大衆會麼普大衆不會麼庭前栢樹子驀卓柱杖喝一喝下座歸方丈召行咨云汝喫棒不知痛癢進云復要掀翻在師更與三十棒

示衆

示衆舉法眼禪師指凳子云識得凳子周匝有餘雲門偃云識得凳子天地懸殊天衣懷云識得凳子榆楠木做大慧杲云識得凳子好驀頭洗脚師云諸大老與麼各出好手放過則盡可居寶華王座仔細檢點將來合各與三十矮凳脚

因課誦示衆師云邇來魔彊法弱亦以上無嚴師故容邪謬之徒挿足宗門多是學宗旨論宗旨虛擬宗旨一味妄穿妄鑿妄卜妄度從上綱宗面目儼然何嘗夢見所以言言會旨步步迷宗即如一等無慚愧漢妄稱自已亦是臨濟兒孫開口便道垂慈必有法無法不垂慈臨濟宗有玄有要有權有實有照有用有主有賓而竟把叢林正務及兩堂課誦皆曰此只是應點故事可將就些必當少念佛方像祖師門下客吁嗟乎我不知此等人面皮厚多少若道是泛常故事有礙祖道則直當不念何得云少念及將就些若如此隨順俗套將就故事豈是大丈夫作人天眼目與佛祖爲師者之所爲耶我今誠實指示此輩暗短流俗阿師且莫誇是祖師門下客莫虛

稱會宗旨莫別求所以爲人既欲明宗旨且莫當面蹉過莫拈一放一好教你知報恩者裏即兩堂課誦便有玄有要有權有實有照有用其上座有時一聲佛如金剛王寶劍有時一聲佛如踞地獅子有時一聲佛如探竿影草有時一聲佛不作一聲佛用亦有殺亦有活亦有縱亦有奪亦有主亦有賓亦如清凉池亦如大火聚背之則受諸苦惱觸之則燒却面門饒人左之右之時進時退或邪或正或是或非或行解相應不相應或見地透脱不透脱不消別施勘驗只者兩堂課誦都料簡詳悉也凡在報恩者切莫以課誦出坡等爲虛應故事須知無不是佛祖之祕密法無不是佛祖之總持門無不是佛祖之不傳心要無不是佛祖之自利利人捷徑若道別有宗旨別有佛法別有好知解更欲假借古德念佛潄口之説以圖避懶妄擬議人則先謗他古德爲不要人念佛又以報恩念佛作念佛會則真可憐生你若果是箇人能各出手眼別樣設施爲人去其上座自識得你不要你類我若你等道必要恁麼我又不恁麼也祇如我恁麼事無不具玄要權實照用主賓縱奪你作麼生會敢妄擬議耶凡爲魔所攝毒氣深入者一任你別去學佛法學宗旨多生分別異樣揀擇他日眼開自知負墮如我同志真實學道者切須立定脚跟努力行持莫爲魔惑其或獅子蟲定不輕縱以亂清規

羯磨夜示衆師云毀犯者墮諸苦趣執持

者報在人天且道既不毀犯又不執持的當生何處良久云自是不歸歸便得故園風月有誰爭便歸方丈

示衆舉僧問慈明鬧中取静時如何明曰頭枕布袋師云山僧若在座下管教先南源不只恁麽休去何不進云和尚莫丗諦流布且道先南源又且如何

示衆師云汝等諸人須信本來是佛各須識取本來面目蹋著本地風光若識得本來面目黄金世界白玉爲身栴檀叢林栴檀圍繞不然草木叢林時時凋喪衆禮拜

示衆舉佛眼禪師上堂云世人盡道路行難本分真金入火看煉去煉來金體淨一槌打作玉欄杆師云古德恁麽道應有聞之踴躍者應有聞之竦惕者

示衆舉淨覺本禪師僧問同聲相應時如何淨云鵓鳩樹上啼師云可惜者僧浪問不知落處見淨老云鵓鳩樹上啼何不遙空掌云打落枝頭時如何儻淨老再云作家禪客天然有在何不進云某甲點茶來請和尚儻淨老再云果然作家便禮拜而出豈不話不虚行雖然鵓鳩樹上啼汝諸大衆作麽生會

死關千丈巖囬示衆云者一百二十日老僧日日在兩序諸公肚裏走三轉諸公知麽衆進語畢師又云者一百二十日老僧日日在各堂寮苦行諸禪肚裏走三轉諸禪知麽衆進語畢師又云者一百二十日老僧日日在内外大衆肚裏走三轉大衆知麽衆乂立師左右顧視下座

示衆師云透脱末後牢關雲菴所罵洞達歷祖綱宗妙喜猶呵汝等諸人趣向者個法門大須仔細前谿水急魚行澀後嶺風高鳥泊難

示衆舉道吾禪師每執木劍作舞僧問手中劍甚處得來吾遂擲於地僧取置吾手中吾云甚處得來僧無對吾云容汝三日下取一轉語僧亦無對吾廼横劍肩上作舞云恁麼始得師拈云吠虚逐塊韓盧皷著半醒半醉漢子終不免大家草裏輥道吾若於者僧纔欲取劍便一脚踢翻儻其知非不惟令彼頓易皮毛自亦頭正尾正那堪不示本分草料木劍竟成戲具

示衆舉雲門道直得觸目無滯達得名身句身一切法空山河大地是名名亦不可得喚作三昧性海俱備猶是無風帀帀之波直得亡知於覺覺即佛性矣喚作無事人更須知有向上一竅在大慧禪師云潑油救火渾閒事雪上加霜愁殺人師云智者見之謂之智仁者見之謂之仁

住吳興報恩示衆舉密菴禪師上堂舉婆子燒菴話云者個公案叢林中少有拈提者傑上座裂破面皮不免納敗一上也要諸方簡點廼召大衆云者婆子洞房穩密水洩不通偏向枯木上糝華寒巖中發燄個僧孤孤迥迥慣入洪波等閒坐斷潑天潮到底身無涓滴水仔細簡點將來敲枷打鎖則不無二人若是佛法未夢見在烏臼與麼提持意歸何處良久云一把柳絲收不得和煙搭在玉闌干師云風流婆子

本分衲僧一個高高山頂立一個深深海底行被寂菴禪師路見不平把來束作一團擲在糞掃堆頭一場狼藉雖然寂禪師也該喫三十莕帚柄何故他家各有通霄路那可鼓是生非尊已慢人乃呵呵大笑云三足香爐一脚踢翻了還有扶起者麽設若有人出手但輕輕與他道死貓頭那許你正眼覷着

示衆舉陸亘大夫問南泉云肇法師也甚奇怪解道天地與我同根萬物與我一體泉指庭前牡丹花云大夫時人見此一株花如夢相似師云田地廓徹許他大夫觸事知歸須還王老䖏而也要招人簡點何故兩個老作家盡在座主網裏跱跳在若是出格錦鱗必不看窠守窟天但言天地但言地我但言我萬物但言萬物與時人逐色隨聲何容有異偏與麽譚根論體寐語轉深設有弗甘的云恁麽說話不見超羣但向他道有理不在高聲

示衆舉法眼禪師問僧甚處來曰泗州禮拜大聖來眼曰今年大聖出塔否曰出眼卻問旁僧曰汝道伊到泗州不到浮山遠云者僧到即到泗州只是不見大聖道場全云者僧見即見大聖不曾識法眼東禪觀云者僧到也到泗州見也見大聖識也識法眼秖是自討頭不見師云者一隊老秃奴病在膏肓只顧道那僧不見誰知卻是自不識那僧有人出來道和尚恁麽道也是扶弱不扶彊新報恩隨聲便打且道是肯他是不肯他

示衆舉金峯和尚云老僧二十年前有老婆心二十年後無老婆心僧問如何是二十年前有老婆心峯云問凡答凡問聖答聖曰如何是二十年後無老婆心峯云問凡不答凡問聖不答聖師云個老漢全提正令獨握綱宗左右逢源前後無睽可謂得向上鉗錘不落時人窠窟然簡點將來也是自起自倒

示衆舉翠巖真禪師上堂云臨陣抗敵不懼生死者將軍之勇也入山不懼虎兕者獵人之勇也入水不懼蛟龍者漁人之勇也作麽生是衲僧之勇拈柱杖曰者個是柱杖子拈得把得動得三千大千世界一時摇動若拈不得把不得動不得文殊自文殊解脱自解脱黍師云翠巖老人恁麽舉揚雖然竭力提撕未免傷神費氣新報恩則不然坐致太平者仁主之大勇也道高虎遠德重龍馴者至人之大勇也袖手凭几云衲僧之大勇又作麽生竹户松龕濃睡穩花開花落聽東風從他伎倆有時盡我此平懷何所窮若更有多才能思逞英豪的一任踍跳

示衆舉曹山行脚到烏石山靈觀禪師處問如何是毘盧師法身主觀曰我若向汝道即别有也曹山舉似洞山山曰好個話頭秖欠進語何不問爲什麽不道曹又去進前語觀曰若言我道即啞卻我口若言我不道即塞卻我舌曹山歸舉似洞山山深肯之師云觀老與麽答話好則好矣然而也是君子善知識若待曹山再來云爲

什麼不道便打落渠嘴非惟洞山聞之不敢正視亦使曹山脱落見聞不只個般傳言送語

示衆舉大慧杲禪師歳旦上堂去年今日也只是者個前年今日也只是者個先前年今日也只是者個外前年今日也只是者個明年今日也只是者個後年今日也只是者個外後年今日也只是者個更後年今日也只是者個且道者個是甚麼元旦啓祚萬物咸新應時納祐慶無不宜喝一喝云俗氣不除師云作賊心虚

示衆舉僧問睦州如何是展演之言州云量才補職如何是不展演之言州云伏惟尚饗大慧禪師云睦州古佛善應來機雖然如是只得八成或有人問徑山如何是展演之言即向他道問十答百有甚麼難如何是不展演之言喝一喝云且莫矢窖沸師云大慧老人土上加泥直饒道得十成是猶五十歩而笑百歩也若有問新報恩如何是展演之言不説一字如何是不展演之言其聲如雷

起不卧七示衆師拈拄杖云古者道大事未明如喪考妣大事已明如喪考妣你看大事已明尚是如喪考妣况大事未明者乎所以云參須實參悟須實悟直須廢寢忘餐向一念未生前識取自已廣大心體豈容魔外家亂承當個昭昭靈靈識神為主人公大事未明如喪考妣人共曉得你道大事已明為甚亦如喪考妣若透過者關方見過佛祖可與佛祖為師如或不然

直饒大徹大悟如雲開月朗夜暗燈明識自本心見自本性未免見齊佛祖減他佛祖半德悟境不忘礙正知見如雪巖高峯等於白日空閒廓忘知見之處中夜睡着泯無夢想之時依舊打作兩橛剗地又透不過既透不過生死岸頭便是樣子所以從上來目爲向上一路末後牢關到者裏豈許魔外家誵扯虛空粉碎大地平沉初悟境界來扭捏顧左右云山僧恁麼舉揚合喫三十柱杖今日倒行此令去也以柱杖旋風打散

解制示衆師云端居一室含裹十虛諸人若向含裹十虛處會得不妨一室端居若向端居一室處透脫本來十虛含裹恁麼則何長期短期復何結制解制所以道住也如孤鶴冷翹松頂行也似片雲忽過人間要行便行佛祖不能知要住便住鬼神不能覷現前大衆百二十日聚首還曾夢見山僧也未未論見山僧與否還各各識得自已麼咄出頭天外看誰是個中人

住古杭良渚大雄山示衆舉世尊纔生下一手指天一手指地周行七步目顧四方云天上天下惟我獨尊雲門偃云我當時若見一棒打殺與狗子喫貴圖天下太平雪竇顯云便與掀倒禪牀瑯琊覺云雲門可謂將此深心奉塵刹是則名爲報佛恩天童華云雲門此話雖行未免落他陷穽黃面老子末上賣俏正是依草附木二俱不了以左手拍禪床云過者邊着汝諸人還知明果落處麼珊瑚枕上兩行淚半是

思君半恨君師云激揚醻唱須是其人高山流水老釋迦何期得知音於異世雲門如百轉靈丹若非雪竇瑯琊誰能著價然而一椎百當須還應菴好手古人評書云如華嶽三峯卓立參昴雖造化之爐錘不自知其妙也此言雖俗可以喻道

示衆舉唐朝因禪師運椎擊土次見一大塊猛擊之應椎而碎豁然大悟有老宿聞云盡山河大地被因禪師一擊百雜碎應菴華禪師上堂舉云老宿恁麼道縱知因禪師落處銜鐵負鞍有日在者裏著得眼去也是徐六擔板師呵呵大笑云直是好笑笑須三十年若人云更有一個好笑的在也許是個知音欲重宣此義而說偈曰氷雪峯前吐白蓮胡僧作梵禮金仙德雲别嶺慇懃和笑破百泉鼻半邊

示衆舉石室見僧來拈起柱杖云過去諸佛也恁麼現在諸佛也恁麼未來諸佛也恁麼長沙云放下柱杖子别通個消息來圓悟禪師云石室置個問端不妨孤峻若非長沙爭得投機雖然只知恁麼不知不恁麼遂舉柱杖云過去諸佛不恁麼現在諸佛不恁麼未來諸佛不恁麼或若總道放下柱杖子我也知你只是學語之流生機處道將一句來師云一個綿包特石一個鐵裹泥丸放行則在廟之珪璋把住乃處堂之燕雀拈柱杖云恁麼也不是不恁麼也不是放下也不是不放下也不是卓柱杖云倚天長劍逼人寒是山僧尋常用處有能向者裏如龍得水似虎逢山便乃

分付柱杖子
示衆舉傅大士云終日焚香擇火不知身是道塲玄沙和尚云終日焚香擇火不知眞個道塲圓悟禪師云終日焚香擇火不知焚香擇火龍池幻祖云老僧年來無事一味焚香擇火師云昔人問客緣不如竹竹不如肉客云漸近自然知言哉似則似鄉人有言曰千語千當不如一默
示衆師云諸方説些佛法消施主茶謂之茶話古時亦有家風冷澹的或説小叅作供大雄者裏一總不然尋常喫了粥飯便與諸人説些佛法迺云挑磚的挑磚盤尾的盤尾
示衆師云古人親承記莂後或十年二十年不離左右深恐離師太早未盡其妙即索居別處者皆茅茨石室大忘人世天子不得而臣君相不得而友或形影相弔或混俗和光或八請不赴或終身死關非種種成就及迫於萬不得已安肯輕爲人師哉山僧因梁木其頽勉以鷄肋之力支持大厦之危深自愧悔凡吾付授諸子非托主持本寺或克本院頭首不倦不厭自利利人儻馳情利養注懷名位學短販自鬻者聚集數十不如已人誑惑愚聾南面自尊妄稱長老小叅示衆如同兒戲甚至濫交褻巳惟圖門庭熱鬧種種不遵山僧常住規約者定行追拂嚴擯遠近咸知
示衆舉先報恩老和尚示衆云今朝四月半農家秧好看堪笑懶禪和一事無可斷開了兩片皮只是粥飯鑵道眼不能明闇

羅要打算師云先師與麼道堪與人天爲師若要與佛祖爲師須其上座共出隻手始得看看七月半田家稻好看笑我懶禪和一事無可斷開了兩片皮只是粥飯鑵道眼不能明說甚閻羅漢

示衆舉有僧持鉢至長者家偶爲犬傷長者因問龍披一縷金翅不吞大師全披法服爲甚卻被狗齩禹門幻翁禪師代云如長者者問無差師拈柱杖云師翁此一轉語非荊棘林中横身直度逆行順行天不能知神不能測鑊湯爐炭中成等正覺刀山劍樹上轉大法輪者未許如水合水似空合空在卓柱杖下座

示衆舉南泉至莊莊主預備迎奉師云法會因緣第一泉云老僧居常出入不與他知何夙排辦至於如是師云放過不可主云昨夜土地神報師云布袋盛錐泉云王老師修行無力被鬼神覷見師云無智人前莫說侍者便問既是大善知識爲甚却被鬼神覷見師云韓盧逐塊泉云土地前更下一分飯着師云獅子搏兒不露爪

落堂示衆師云古人道立地構去坐地構去大衆叅究多日還搆得麼僧禮拜云搆個甚麼師便打僧擬議師云似即似是即不是問僧你爲甚不扛木子進云某甲今日扛的師云扛木子的站過一邊一僧笑師拈棒云你見甚道理笑僧禮拜師連打兩棒云一棒打你笑一棒打你拜問僧喫得棒未僧擬議師打云眼睛頭專也照管不來問僧向父母未生前道來僧擬議師

便打師卓柱杖云大家莫作等閒看擲杖歸方丈

結夏晚落堂示衆師拈柱杖云千尺寒潭抛直鉤清風白月炤絲浮有時得意歌聲發笑見魚龍一網收顧左右云炎炎六月一團氷今夏教衆兄弟一個個凍得骨出卓柱杖云切忌動着動著則三十柱杖便乃定單而出

示衆師云一椎便就時如何未是性燥漢不假一椎時如何不快漆桶汝衆人還用打三不用打三衆無對師良久云誰人知此意令我憶南泉

先磬山八十大誕影堂示衆師云昨夜夢見先老爺作大力善知識輕輕一彈指直教盡大地情與無情一時百雜碎汝等諸人作麼生禮拜供養岳都寺云應如是供養一僧云恩大難酬師乃云何不道恁麼則與先老爺一箇鼻孔出氣去也衆作禮退

陸山示衆大衆跪求開示師云汝等既爾慇懃啓請應當日日如見我時聽說偈言惟石有玉惟泉有珠得之則智舍之則迷潤山輝淵念茲在茲

示衆舉百丈野狐公案暨黃檗溈山問答機緣師自頌云畫虎成狸竹成柳龍睛點出挐雲走舉一明三有好兒當場齊作師子吼有智主人俱不受大冶精金誰解剖當聞一喝三日聾盧公擊破唾壺口示畢召衆云一一識得古人落處麼識得百丈易要識黃檗難識得黃檗易要識溈山難

若識得溈山便識得黄檗識得黄檗便識得百丈秖如溈山三摵其門大衆作麽生會良久師自代云識法者懼

師落堂坐香示衆云坐香不許叅禪叅禪者三十棒坐香畢大衆作禮師云適來虗空撲落地諸人還聞得刮剌剌一聲響麽僧作禮師云且道兩京十三省磕破多少禪和子額角衆佇立無語師云叅禪底也三十棒瞌睡底也三十棒以柱杖左右打散出堂

示衆師云汝等到者裏須踏着本地風光莫爲幻妄身心所惑還知各各身子秖得百年受用麽若不踏着本地風光百年後渾無着落

示衆舉雲門云盡十方世界乾坤大地以柱杖一畫百雜碎三乘十二分教達磨西來放過即不可若不放過不消一喝師云用許多氣力作麽

示衆師云諸賢同居天目不忘開山六問甚善甚善新天目當爲開山作主先透新天目關方許過開山關第一問上座大徹未第二問上座于佛祖公案幾則明幾則不明第三問上座是大修行人否上座守毘尼否第四問片雲遮日不遮日第五問踏着影子踏不着第六問如何盡大地是火坑山川人物作麽生

晚叅罷示衆師云不負溈山不説破打鳳屠龍羅網大若人拚得學癡獃力盡和衣横寶座横寶座風轉摶空入角磨叅時舉上樹話

示衆師云時當晚末邪法難扶盲引衆盲

相牽淪墜實心學道久住叢林者應知好惡師子齩人韓盧逐塊南泉斬猫作麼生會衆久立師云識法者懼

示衆舉真淨上堂摩尼珠人不識如來藏裏親收得既收得不護惜也要衆人見驀拈柱杖擲下云還識麼若識燒沉水香供養諸禪德明月炤見夜行人艮繇不是他家事衆師云大小雲菴向小兒前拍喔喔

師又云透過百丈三句須是者尊宿

示衆舉天真上堂道火被火燒道水被水溺會禪被禪縛以手指左右云却被者僧勘破師云真老與麼施展天然作家雖然如是未免手忙脚亂

示衆舉唐州大乘遵禪師上堂云上來又不問下去又不疑不知是不是是即也大奇師云其時無量大衆一時成道

冬節示衆師拈柱杖云祖師關欲透難行努力行吾今明指示冬至一陽生卓杖休去

示衆舉濮華舉禪師示衆云夫第一義諦非智辯所詮非心機所測教外别傳不立文字既到者裏復且如何直須坐斷毘盧不存凡聖還能如是麼若也未能山僧重說偈言去也不結毘盧印那弘古佛心明月照幽谷寒濤助夜砧諸人委悉麼各希發問衆問話畢舉乃云夫叅學須具擇濮眼不得顢頇若得正眼精明一切無滯不見古人道一句語中須具三玄一玄中須具三要古人恁麼道意在於何鵞王擇乳素非鴨類師云此古德第二門頭垂手試

看何等意句俱到

大覺普濟能仁玉琳琇國師語録卷第二

音釋

屩 吉岳切音覺草履也

翥 陟慮切音註飛舉也

鼷 弦雞切音奚小鼠也

騅 朱惟切音追馬也

陷穽 上乎鑑切咸去聲下疾正切音淨坑坎也

鬻 余六切音欲賣也

大覺普濟能仁玉琳琇國師語録卷第三

嗣法門人行岳編

小叅一

晚叅師拈柱杖云我此山中一物也無石頭大的大小的小内外諸人每日出坡三兩度驀有個漢出來道和尚前言不應後語但向他道非汝境界顧左右云若也會得許你不皷一粒米大盌喫飯不挂一縷絲終日著衣若也不會不是逐色隨聲即落解脱深坑大衆到者裏切須仔細良久卓柱杖云叅

晚叅師拈柱杖云當初龎居士到百尺竿頭將謂見過於人開口便道不與萬法爲侶者是什麽人幸而其時諸方有人若遇如今狐狼野干之屬盲引衆盲見有百尺竿頭坐的便道你已死了須透祖師機縁方是死中得活便教人胡穿亂鑿今日透者一則明日透那一則若恁麽豈不見笑一時遺臭萬世討甚蓋天蓋地好龎老耶然而也是當人肯入作家爐鞴肯求大手眼人鍜鍊始得你看龎居士見石頭問不與萬法爲侶者是什麽人頭驀掩其口於此有個會處慚惶不少未到大休大歇田地到江西馬大師處仍舊問云不與萬法爲侶者是什麽人馬大師蹋向前一步云待汝一口吸盡西江水方與汝道龎居士到者裏方纔命根子卒地折爆地斷放開窮肚皮海納百川七縱八横千通萬達高步大方發一言令人不敢正耳聽著立一行令人不敢正眼視著師召衆云馬大師

進那一步諸人還見到也未若也見到方可與山僧柱杖子相見若未見到豈可衲子不如他俗人有麼有麼驀竪柱杖云吸盡西江且止只如山僧柱杖子作麼生吞良又卓杖云劍爲不平離寶匣藥因救病出金鉼擲杖出堂

十五夜小叅舉僧問趙州如何是祖師西來意州云庭前栢樹子師云報恩則不然有人問如何是祖師西來意但向道今夜一輪滿清光何處無

小叅師云山僧不指路頭一任諸人瞎闖諸人若也瞎闖得勇猛不顧危亡得失盡力闖將去驀然撞著峭壁巉巖磕破腦殼則一回知痛癢也未可知問諸人瞎闖則不問磕破腦殼時如何師云又慚惶又好笑問磕破腦殼則不問爲甚又慚惶又好笑師云非汝境界

小叅舉眉州黃龍禪師僧問如何是密室龍曰斫不開曰如何是密室中人龍曰非男女相師云古人恁麼道山僧則不然如何是密室七通八達如何是密室中人長的長矮的矮且道與古人是同是別喝一喝卓柱杖一下

仲春晚叅師云古者道靈雲見處不在桃華上且道他見處作麼生衆無語師云正所謂如將名品果子殼也去了核也去了送人口邊人不解喫

舉峰西堂秉拂師云昔日趙州云我在南方火爐邊有個無賓主話至今無人舉著嗯直饒道閉門打睡接上上機也未若如

斯提持今時人聞舉著向上一路末後牢
關未嘗不商量浩浩地如說藥人真藥現
前都不能識淵明云平疇交遠風良苗亦
懷新東坡云非古之耦耕植杖者不能道
非吾世農不知此語之妙吾於趙州亦云
少間煩峰西堂對衆拈出
晚叅問答不録師云早間森首座領衆請
法山僧道鐘動喫齋召衆云木包方外細
徹毫端帆正晴湘衡開九面出家兒造次
顛沛不離衣鉢之側端能與露柱同披一
領袈裟與山僧同一鉢盂烹饗也未此間
一草一木同證圓明胡爲有人自疑自别
損法財滅功德莫不繇兹心意識誠哉是
言也台山南岱宗北殊天異域之實咸與
山僧晨香暮燈共分寥寂胡爲有人咫尺
關山只爲分明極翻令所得遲不大可哀
乎昔日少林面壁二祖趨風寒庭立雪没
膝齊腰何等心骨鼻祖尚訶爲輕心慢心
徒勞無益斷臂安心出羣得髓瞻彼前修
豈同裨販打一拂云精金百鍊自光瑩藥
汞從教誇耀冶
晚叅問某甲閲楞嚴至七處徵心有個會
處師云咄此非汝心作麼生會進云某甲
無心師云蔽人矢橛不是好狗問光陰如
箭日月如梭如何了生脱死師云莫厚顛
師乃云莫謂無心云是道無心猶隔一重
關又有道說甚一重直是千重萬重既然
如是畢竟如何明心見性良久云山僧昨
在報恩示衆云古之天地日月猶今之天
地日月天地日月無古今之異禪道佛法

亦不應有古今之分爲甚麼古之知識千百世之下凛凛常在人目前後之知識當世現在每淹淹如九泉下人古之學者一面瞥地耀古輝今今之學者今日有此會處明日有此會處及乎生死到來依舊手忙脚亂葢道無同異同異在人今之發心未嘗不如古人參究未嘗不如古人刻苦未嘗不如古人用心到無用心處亦未嘗不如古人但古人到無用心處决不望崖而退百尺竿頭更能進步所以道懸崖撒手自肯承當絶後再甦欺君不得今人到千峰絶頂不惟不進步反退轉身來云吾已死而得活了以了不可得爲究竟以擎拳竪指爲透祖師關盡是懸崖縮脚種種自欺去他古人遠之遠矣卓拄杖云有志之士自知好惡

晚參師云明道者多行道者少大小祖師話作兩橛明而不能行明的事向那裏去也諸人十二時中行的事作麼生良久云遠菴一水聲常住擁榻千峰勢欲翔

早參師云古者道莫被天下老和尚舌頭瞞山僧道莫被天下善知識行履瞞祖師門下客須確實爲生死口不嚼一粒米身不挂一縷絲方可隨意穿衣喫飯眼中不見一畫一竪耳中不聞一語一言方可隨時寫字看書否則大事未明如喪考妣大事已明如喪考妣如或生死心不切慎勿出家縱出家慎勿來宗門何以故目下雖未爲生死儻不輕易出家不輕易來宗門尚知有出家事在尚知有宗門事在有等

造次出家來此宗門隨羣逐隊發意做工夫如撞采的一般做幾時撞不著便一日悠忽一日一時怠惰一時自已既然將謂他人亦是如此謗大般若苦報無量有志之士務須確實

晚叅師云同居在此不論久叅初學須各各退步到真實不欺之地

晚叅師云龍淵今冬與大衆約法三章第一飲水不得打濕口第二喫飯不得齩著米第三經行不得撞著露柱

元旦知浴領檀越請小叅師云大衆知麼汝等成佛以來已經無量阿僧祇劫舉足下足其地堅固金剛所成上妙寶輪以爲嚴餙寶池瓊閣奇樹珍禽樂具充溢無有苦縁壽命無量光明無量法親無量如或未知則不矜久脩不薄初學一念回光即同諸聖若也根思遲鈍便請一念不生去如或多知解多愚癡便請淨念相繼去但辦肯心決不相賺雖然如是且道善財入樓閣門爲甚入已還閉所以道如來不出世祖師不西來汝等成佛已經無量阿僧祇劫

晚叅師云昨夜行者通大衆晚叅山僧傳語云大好月你諸人作麽生會僧云砍却月中桂清光應更多師云失上加尖衆久立師云山僧自領三十棒

知浴古淵領海寧衆居士請解制紹興范居士求釋僽同請小叅問答畢師揮拂云人人殊勝箇箇淨明似鳥行空而昧空如魚在水而忘水無瑕翳中自生瑕翳無障

緣處自生障緣結空花於無明樹頭有何實果撈水月於昏沉海上徒見勞心既能物外逍遥必須眞源頓達苟知空門皈向定應覺性洞明覺性明眞源達方知罪垢本空而無罪不懺法道本超而無法不成大衆我不輕於汝等汝等皆當作佛下座

小叅師云昨日大衆晚叅山僧道洗清昔日擔泉處斫出當年面壁巖汝諸大衆各各領悟也否聞斯提舉若能正眼洞開則忙閑動靜一語一默著著有出身之路用得十二時不爲十二時用轉得一切物不爲一切物轉攪長河爲酥酪變大地作黃金供養大衆不爲分外如或不然二時粥飯皶須彌山子唇齒之間太費支持七尺形骸挂氷稜鐵甲俯仰之際大有不便卓柱杖

結夏檀越請小叅師云圓陀陀光爍爍淨躶躶赤灑灑三頭六臂千手千眼而本無一物純眞一如無臭無聲而萬象縱横開門打坐遍界不藏鬧市横身孤巍巖㗫諸作紛紜而非動一物不爲而非寂違之者自暴求之者愈失千賢萬聖趨向無門千佛萬祖退身有分師以拂子打一下云誰叅勝熱婆羅門六月霜花凝枕席下座

晚叅師云去聖時遥言高志下欲明格外旨須盡域中情顧左右云大衆看脚下

晚叅師云劫火洞然大千俱壞未審者箇壞不壞壞恁麼則隨他去也隨他去大隨恁麼答話有甚長處投子望山禮拜衆無語師云古之學者爲已以竹篦拍香案便

歸寢室

晚叅師云祖師時時在水桶上出現剛見人挑水走入水桶裏去也祖師時時在火燄上出現剛見人燒火走入火燄裏去也祖師時時在木魚上出現剛見人打木魚走入木魚裏去也祖師時時在鐘鼓上出現剛見人打鐘鼓走入鐘鼓裏去也良久云有人出來道和尚何得壓良爲賤山僧只要你恁麼道

小叅師云理無事外之理事無理外之事理外之事則愚事外之理則狂狂則爲魔所攝愚則爲佛所悲寧爲佛悲莫爲魔攝大衆來此祖庭必須立深誓願正知正見正路修行庶幾同證圓滿菩提

晚叅師云昔年大慧禪師因一禪子叅公案不透乞求方便慧云你是福建人我爲汝說箇譬喻如將名品荔枝皮也去了核也去了送在汝口邊只是汝不解喫師召衆云當初大慧爲此一人設個譬喻此人當下齩破舌頭山僧因衆叅上樹公案重重相爲云緊夾藩籬寬闢道如何衆中未見有脚頭點地的乃云但辦肯心必不相賺更與汝等一個安心丸子三文大光錢買得個油餈喫向肚裏了當下便不饑

晚叅師顧左右云今日晚叅不許問話不問話者三十棒衆擬議師云自從立雪人歸後幾片白雲護翠岑

結制古淵知浴領海寧衆禮越請小叅問爐鞲大開不留鈍鐵金鎚揮擲萬竅通明還許學人立地成佛也無師云進前來喫

棒進云與麼則滾入紅爐大冶中直得通身無縫罅師云許汝胆大問得祖宗之髓登祖宗之堂敢問和尚昔日僧問臨濟如何是奪人不奪境濟云煦日發生鋪地錦嬰兒垂髮白如絲爲甚本山中祖道錯師云一對無孔鐵鎚進云與麼則二大老料揀一齊蒙和尚指示去也師云與汝六十棒問如何是法王正令師云千鈞之弩進云與麼則人人沾恩個個得力師云已放過居士問不侶萬法不取凡聖事如何師云佛子受佛戒即入諸佛位師乃云天目山下無寸土天目山頭無片雲脚跟跐著寸土有寒暑兮促君壽有鬼神兮妒君福眼中見有片雲風力所轉終成敗壞且道住此天目山如何行履即得虛空拍手呵呵笑報汝人人淨法身聞斯告報直下承當如來禪許汝會更須知有祖師禪始得且道如何是祖師禪驀喝一喝隨聲以竹篦撫案一下

晚叅師云祖師示現全身向汝諸人毛孔中念普字真言汝等盡見盡聞麼一僧喝師云胡喝亂喝乃云分明指出平川路却奈忠言逆耳何

除夕晚叅師拈柱杖召衆云識得柱杖子麼一日不爲少千載不成多小則蟭螟眼裏橫眠大則乾坤西傾東闕出息不隨衆緣入息不居陰界試看先宗是何標格你有柱杖子與你柱杖子你無柱杖子奪你柱杖子

晚叅師召大衆云莫瞌睡

石庭晚衆師以杖指一碎石云者石版如何没一些縫良久又指一完石云者石版若爲有許多縫一僧云謝師指示師便打乃云今時學者有兩種錯路一種錯路的問著便道喚什麽作燈籠一種錯路的問著便道露柱没一點縫是者兩般錯路便掩蔽却人人本地風光若不蹋著本地風光終不能免此兩種錯路今日不惜眉毛説似諸人竪柱杖云山僧柱杖子有九千九百九十九隻眼顧睞左右云更有一隻不與你們説盡何故若教容易得便作等閒看

晚衆師云吾觀大衆盡與佛祖無二無别但存人我自生間隔所以祖師示衆誦金剛般若經上根者一聞千悟後來祖師教人衆死了燒了話父母未生前話便是將一卷般若經括作一句教人持念汝諸大衆須在佛祖路上行方到佛祖田地若四相未空徒勞無益各宜珍重

晚衆師云山僧説得一篇佛法懸在雨華橋上大衆各去看取良久云伯樂曾三顧千金誰解增贈君君不納完璧倚枯藤

晚衆舉傅大士道空手把鋤頭步行騎水牛人從橋上過橋流水不流師云天目則不然生鐵打鋤頭披簑叔水牛人從橋上過水流橋不流且道傅大士的是山僧的是良久云朝衆暮請緣何事應須立透祖師關

早衆舉六祖云本來無一物長慶云萬象之中獨露身師云孫必類祖大衆會麽拈

柱杖旋風打散

晩叅師云汝諸大衆多有廣遊人間世徧禮諸名山的多有叅遍諸方久親知識的多有諸方許可記莂的我不問汝别樣佛法只有一句極平常最要緊的話問你且道者一時香在什麼所在坐良久云衲僧在處如火消氷終不却成氷若道有香可坐有坐的人有坐的所在莫道你廣遊博禮叅方受記直饒你向世尊肚中轉一過來也只是箇能仁的矢橛各各自揣摩道箇驚人句看顧視左右震威一喝

小叅舉世尊九十日在忉利天爲母說法及辭天界下時四衆八部俱住空界迎有蓮華色比丘尼作念云我是尼身必居大僧後見佛不如用神力變作轉輪聖王千子圍繞最初見佛果滿其願世尊纔見乃訶云蓮華色比丘尼汝何得越大僧見我汝雖見我色身且不見我法身須菩提巖中宴坐却見我法身師云大小世尊抑强爲劣山僧若見蓮華色比丘尼但云汝真能現大人相般勤見我若須菩提巖中宴坐乃是閉門作活豈能見我全身驀拈柱杖云還有爲世尊作主的麼有則出來各出人一頭地卓柱杖云好手豈容無妙拍三臺須是大家推

小叅舉趙州問南泉知有的人向甚處去泉云山前檀越家作一頭水牯牛去師云長帬新婦拖泥走州云謝師答話師云帆隨湘轉望衡九面泉云昨夜三更月到牕師云向上一路千聖不傳

晚叅舉僧問趙州如何是佛州云殿裏的師云古佛恁麼道可謂眼空四海

晚叅師云解制來走動的走動各執少人久住者未免辛苦汝諸大衆如何得不為境轉一僧云心如木石師笑云說到行到吾為汝保任此事終不虛也

早叅師云有一人日勤衆務一物不為有一人一物不為日勤衆務且道那箇作家一僧出師打退又一僧作禮師亦喝出師廼云有叟情相似日香夜夜燈

晚叅師云如淨琉璃内外明徹凡見道者若身心世界果如淨琉璃内外明徹方是真見本來面目的人不然徒自欺耳生死到來悔將何及不見道吾心似燈籠點火内外紅雖非依樣畫描却是一鼻出氣

晚叅師云秋來好坐禪賢衲莫亂走各得坐具地他年大開口且得地一句作麼生道丈母所生口終不為人說

燈節知浴同王檀越請小叅師云如淨琉璃内外明徹光逾日月量裹太虛探之不見其初避之莫究其極山河大地即之靡不消鎔明暗色空捨之無以建立神鬼不能覰賢聖不能知潔之不新垢之不故蠉動不滅佛祖不增謂之為微普天帀地謂之為顯朕蹟不留指為智珠闇然日著目為福嶽坦然日尊召大衆云我見燈明佛本光瑞如此

戒私看文書晚叅師云上三畫長下二畫短天左旋地右轉日月照臨乎其上龍象奔走乎其下高出無頂天深逾香水海無

論智愚賢不肖識得者個字宣聖孟夫子拱手讃歎釋迦不在前彌勒不在後奔軼絶塵今之古之誰敢與偶好大哥直截根源尚迂曲尋枝摘葉復何如

小叅問話畢師云一片清凉地安閒絶比倫往來及住衆舉步莫迷津衆久立師震威一喝下座

小叅師云有一無事人終日忙鹿鹿有一精進漢長年訥且木如是二人中有一人堪與人爲師汝諸大衆出入好看良久云寂光眞境何嘗遠同在琉璃國土行下座

立春因事小叅師云春風吹春雨潤忽地園林秀且媚無根樹子也開華試問禪家會不會顧左右云若也會得佛法叢林時時茂盛若也未會禪林秋晩卒風暴雨頗多衆兄弟善自護持莫被風力所轉卓柱杖出堂

元宵小叅師拈柱杖云衆兄弟一年又過了半個月矣流光易度幻質非堅生死到來如何抵敵閒恁麽道拽下地去痛打一頓方拂著其癢處然而實具個般手眼始得若有一毫虛妄則其上座緩緩地走起來向你道個囙見你眼目定動連棒打折你驢腰也未肯放在苟不自欺簡點眼光落地時未親見不變不遷無晦無明的眞面目生不知來處眞個生大死不知去處眞個死大把此生死大事切切在念叅究一個無意味話頭孜孜不捨叅而不透生死未了當入室中喫其上座痛棒叅而透生死已了當入室中喫其上座痛棒爲甚

如此高聳柱杖云棒頭有眼明如日要識真金火裏看拽杖出堂

小叅舉僧問睦州如何是急州云通你一問進云如何是急中急州云朝向西瞿耶尼暮向北鬱單越師云者老漢恁麼答話非但頂門具金剛正眼抑且脚下有通天活路然而說佛法各有時節因緣新報恩則不然若有人問如何是急但向道近日厨中少油沒醬更問如何是急中急但向道鹺糧既難處户役更難何且道新報恩恁麼答話與古人是同是別有知得落處的出來道看顧左右云若知落處則便知得大法的人無時無處不可扶竪佛祖綱宗叢林富足也好叢林澹薄也好住現成叢林有遺米遺銀也好住苦難叢林有遺債遺累也好初復叢林要壂土掘地搬石運木也好叢林完備安閒樂道也好若未知落處便廼汨沒塵勞㩐攘中住富足叢林色色週全前人有遺米遺銀也苦住苦難叢林事事虧欠前人有遺債遺累也苦衆兄弟大家在者裏撑老漢難撑之門行老漢難行之事切須甘澹薄忘勞苦必要究明大法一朝力竭工圓便見無油菜裏也走出老漢來亂石堆裏也走出老漢來土木堆裏也走出老漢來便見老漢說誠實言向衆兄弟道正月廿二早某上座把如來正法眼藏分明揭示大衆了也且道如何是今早分明揭示的正法眼藏卓柱杖云心不負人面無慚色

衆禮千佛懺小叅師云昨晚丈室坐久展

手剔燈忽見三千諸佛在指甲中揚聲大叫小長老謂之曰你者等不情漢大衆連夜在殿禮你何得隱在者裏亂叫喚諸佛復高聲曰阿哪阿哪你還不知大衆道禮我等懺罪誰知止增益罪過小長老驚視之曰因甚如此諸佛曰你莫驚異試問禮佛大衆還見我等是怎様面孔是那様身相若總未見而云禮佛豈不造大妄語應墮地獄佛語未竟護法韋馱尊神擎山持杵從腮眼走入白諸佛曰諸佛世尊莫作是說近有一等狂禪和開口便道無佛無祖撥無因果招殃惹禍今佛更道禮佛者增益罪過未免爲豁達空者張本永造無間業去也諸佛曰咄我等各分身萬億在一切人八萬四千毛孔中横入豎出又豈可道無佛若作是解更入地獄如箭射兩相理論不已小長老夜深欲睡嗚指一下一齊逐退今日不可不對衆决斷召衆云若道禮佛還曾見佛也未若道無佛可禮如何說無佛的道理於此透去一任你道有佛可禮也得無佛可禮也得小長老敢保你禮佛諸佛不敢正眼視著說無佛諸佛不敢正耳聽著不然盡是造大妄語當墮地獄的漢子莫言無人說過驀拈杖云者兩種人喫得痛棒皆可因邪打正更有一等知有佛而甘心不見佛懶惰不禮佛正如焦芽敗種那有喫棒分擲下柱杖

小叅師拈柱杖云千日竝熖那有一毫隱晦處虛空通達那有一毫隔礙處其上座在母腹中便轉大法輪出頭斯世阿誰謾

得到磬山見先師和尚亦有甚奇特處敢誑謼人諸方珍重傳受辛苦參討的五家宗旨一齊勘破縱顛縱狂輕佛慢祖自號無師子不意先師肯我是狂竟付生平不輕付之拂子拜違荆谷掩室江干因蓉城請先和尚先師不赴請寄書某上座言有末後付囑某上座呵呵大笑因破關來見先師乂手問云狂兒國土父不容過者個峯頭還是老漢住處麼先師云且站下脚與你道某便掀倒香案而出先師高聲云將柱杖來某遙聽得笑云劍去久矣室中復理論多端一日先師上堂維那揚白椎某便喝住云待我問了話白椎問云昔日黃蘗道大唐國裏無禪師如今大明國裏還有麼先師拈柱杖作打勢云看棒某便喝先師亦喝某復喝一喝轉身云不是狂兒多意氣秪因曾透上頭關便出先師又喝某亦喝遙聞維那重白椎某廼高聲云歎死氣吁嗟乎仰山道的誰是知音先師示寂便欲縛屋萬峯誰意有此不了公案衆居士等堅請爲先師了郤某上座既到者裏必欲衆兄弟洞明大法不向他人行處行若不奮大人志氣不知道出常情向瞎老秃口角邊覓涕唾喫聽他說黃道黑只管記憶思惟日久月深多成異解或認穿衣喫飯舉足動步的爲自性或以暫歇塵勞爲究竟直饒得見法身竿頭進步那邊會得者邊行履見與師齊減師半德要透末後牢關未在未在且道知有末後一著如兜率悅張無盡時如何咄雲菴老人

在你脚下且置是事昔日白雲端禪師已肯五祖演悟處迺未幾時忽語之曰有數禪客自廬山來皆有悟入處教伊說亦說得有來繇舉因緣問伊亦明得教伊下語亦下得秖是未在祖於是大疑私自計曰既悟了說亦說得明亦明得如何卻未在遂叅究累日忽然省悟從前寶惜一時放下走見白雲雲爲手舞足蹈祖亦一笑而已如今妄爲師範的老禿奴還有個般手眼鍛鍊人麼奔南走北漫稱叅學的無慚愧漢還受得明眼作家如是鉗錘麼若不識古人者個作畧則馬祖喝黄檗棒與化罸攢一槩意思閒放過爲師者見人畧有些見處便與他一個冬瓜印子學者無大人志氣要人許可便入邪師圈繢豈不大可哀哉盲引衆盲解說五家宗旨分而不分不分而分面皮厚多少本子上念將去口傳耳受去欲扶持從上綱宗真可憐生還曾夢見古人汗臭氣麼一僧出衆云和尚又作麼生道師云若有所道何異邪解僧禮拜師連棒打云切忌謗我迺顧左右云纔見某上座欲提持此事便推翻香案拗折柱杖令某上座無開口處猶較些子若如此總受人謾了也更討甚麼鉏攫杖歸方丈

小叅師拈柱杖云千鈞之弩不爲鼷鼠發機萬丈之絲顧爲鯨鯢設釣有麼良久云大丈夫莫自遲疑莫自間隔似鳥飛空何東何西而不空如魚在水何順何逆而非水某上座者裏竝無實法與人亦無定法

限人不起期結制畫地爲牢不做樣粧模誑謼愚瞽行的一任行坐的一任坐其上座敢保諸人坐也釋迦彌勒左右侍立行也飲光達磨前後追隨無人無時不向毘盧頂上行有甚禪可叅有甚道可學秖是諸人亦有自巳放不過的還知病根在甚處麼竪柱杖云人既自放不過柱杖子亦不放過看取打草驚蛇舉僧問乾峯十方薄伽梵一路涅槃門未審路頭在甚麼處峯以柱杖畫一畫云在者裏僧又問雲門門迺拈起扇子云扇子踍跳上三十三天築著帝釋鼻孔東海鯉魚打一棒雨似盆傾師云者則因縁議論的類牛毛判斷的同兔角其上座不怕諸方簡點分明判斷去也者僧終日長安更向旁人問路所謂道在邇而求諸遠事在易而求諸難忒殺癡狂那堪乾峯雲門不與本分草料雖各是一等爲人未免轉轉鈍置若報恩門下有人出來問十方薄伽梵一路涅槃門未審路頭在甚麼處便劈脊打出或其忽爾瞥地自合知羞驀喝一喝以柱杖拍香案一下歸方丈

懸板小叅師云虗空雖久此板彌堅天地雖弘此板彌大徧法界無内無外亘古今不變不遷晝夜六時出微妙音成殊勝事聾者聆之耳根圓聞瞽者睹之目根圓見病者繇之得瘥苦者繇之停酸一切縛著者莫不繇之解脱然而全憑有福慧人一念信心一念肯心彰著如是不思議事當知錢居士鑄此報恩禪寺香積堂大板頓

令十方世界齊成大板恒沙佛土舉凡香積堂大板一時成就新報恩擊此大板而此板無刻無地不鳴如斯見徹方顯我宗檀越迥異尋常我宗眞個道出常情不同流俗見解不是粥飯師僧且道既是十方世界都成大板喚甚作十方世界既是十方世界又如何說個都成大板的道理到者裏須是舉一明三目機銖兩所以道事是過量事人須過量人但得過量人自明過量事鳴板云知音不用頻頻舉識者應知暗點頭

懸鐘板小叅師指鐘板云倩二上座爲大衆早晚發機普願若遠若近見者聞者同露柱知音共槃盤唱和喝一喝休去

早叅師云臨濟大師道有時奪人不奪境有時奪境不奪人有時人境兩俱奪有時人境俱不奪今時學者大法不明開眼作夢一味依樣畫貓何異韓盧逐塊召衆云切莫見說奪人不奪境但向境上粧點兩句見說奪境不奪人但向人上粧點兩句要明濟上綱宗須識取有時二字始得有時奪人不奪境你作麼生領覽有時奪境不奪人你作麼生擔承有時人境兩俱奪你作麼生當抵有時人境俱不奪你作麼生步趨山僧不惜眉毛更爲諸人頌出奪人不奪境滿栽華柳風醉遊人踈影横斜逋客獨醒奪境不奪人脫帽忘鋤羅敷有夫五馬踟躇使君何愚人境俱奪破楚鞭屍逆行倒施我必復之秦爲出師人境俱不奪桃華夾岸雞黍延賓洞口遥窄人誰

問津顧左右云久立珍重

晚叅師云僧問趙州如何是不蹉路州云識心見性是不蹉路師左右顧視云心作麼生識性作麼生見良久拈柱杖云敢來者裏瞌睡旋風打散

小叅師云昔日香嚴禪師垂語云若論此事如人上樹口銜樹枝脚不蹋枝手不攀枝樹下忽有人問如何是祖師西來意不對他又違他所問若對他又喪身失命當恁麼時作麼生即得如今人盡道達磨大師無當門齒殊不知香嚴老子倍甚有人識得先聖赤心片片山僧當將山河大地捏作一個大饅頭以為供養高聲召大衆驀歸方丈

晚叅師云昔日達磨大師到東土來指示人云心如墻壁可以入道如今許多大衆在者裏有幾個心如墻壁的如何得入道若有透得過的出來與柱杖子相見我也不敢鈍置你若透不過也不得孤負達磨大師來者一番良久師云久立珍重

長至日舉勇首座立僧小叅師廼云如何是正法眼破砂盆只者一轉語三玄五位縱橫父子體用殊特目前包裹天長地久日月齊明一鏃破三關雲從龍風從虎恁麼會得可與建法幢立宗旨然而未明向上一竅在且道如何是向上一竅問取堂中首座勇

小叅師拍香案云山僧等閒一拍山河大地明暗色空情與無情一時百雜碎秖有一個頑禪和打不死無如之何衆中有高

明的出來爲我設個方便拈柱杖云木上座出來道其甲有個方便罸他向飯籮邊餓死大海裏渴死師呵呵大笑云上座你者様説話慈悲耶惡毒耶擲柱杖云從教彼禪和自已簡點

元旦小叅問證得虛空時無是無非法請問虛空作麼生證師云梅清滿谷問新年頭佛法古人道有道無和尚者裏又如何師云前谿水急後嶺風高師迺云昨日法座已爲諸人說法了也諸人還信得及麼若信得及則普天同慶若信不及未免堆華錦上起身云新春兩序頭首合寺大衆起居萬福

晦日晚叅師顧左右云三冬一月去水牯尚顢頇坐香人瞌睡露柱腿生酸諸上座好生觀青山踍跳谿聲住柴牀木枕語喃喃

望日早叅師云禪林秋晚學道之士貴乎一切眞實顯爲生死不爭人我是發心眞實切問近思不學虛頭是叅問眞實一一從胸襟流出葢天葢地是譱唱眞實好賢樂善成人道業是領衆眞實省虛文務誠敬是禮貌眞實誡浮華崇節儉是日用眞實遠奸佞近仁厚是交接眞實明因果識罪福去害除弊是任事眞實甘澹泊恥謀求是家風眞實更有一處眞實一發與諸人道破大抵還他肌骨好不搽紅粉也風流

舉森首座立僧小叅師拈柱杖云山僧有時一句子在諸人日用中諸人若向日用

處會未免觸途成滯山僧有時一句子無你諸人用心處諸人若向無用心處會未免當面蹉卻山僧有時一句子八角磨盤空裏走諸人若作八角磨盤空裏走會轉見白雲萬里所以道一句中具三玄一玄中具三要有權有實有照有用千日竝照不足喻其明千雷竝吼不足喻其威第一句中薦得方可與佛祖爲師且道如何是第一句卓拄杖云問取堂中森首座

晚參師云今時學者每易自足少有久長親師擇友的即親近人亦少朝參暮究日臻玄奧的自足之患最爲法門大禍山僧午夜時零風穴之淚惟恐穿鑿顢頇順朱塡墨三種獘病復見於將來佛祖大法眞有絲懸九鼎之危此間兄弟深造極詣者亦豈能多得然耐長忍苦未嘗無人秖如臨濟大師道大凡演唱宗乘一句須具三玄門一玄門須具三要有權有實有照有用汝等作麼生會還有人看破臨濟大師也未聽取山僧頌出舉尾知頭南泉趙州月來昨夜去矣君候敲空作響遐哉溈仰不負耽源燒卻圓相回互不互石頭滑路弗會佛法東西寄付人來面壁手眼通身高山流水別有知音輥出木球爍破髑髏收來舊處把櫓看鉤吸盡西江全生全殺奔逸絕塵鞭影一蹋直饒山僧恁麼道要夢見臨濟大師汗臭氣也未在驀卓拄杖喝一喝

晚參問世尊拈華迦葉微笑笑個甚麼師云齩人矢橛不是好狗師迺云盡十虛渾

成一塊頑鐵多少人自生穿鑿自生喫跌屈千里郤同風對面不相識
解冬小叅問答不録師廼云盡大地撮來粟米大不會打入普請看古人恁麼道如將百二十斤擔子加在諸人肩上若是承當得的各各安家樂業如或未然一任東觸西觸
檀越請小叅問共聞無量壽佛名未審無量壽佛在何處安身立命師云堦下五湖源師拈柱杖云濶濶秋空遠海山凸峙青裏糧明祖意拈出萬年藤卓柱杖喝一喝下座
冬至晚叅師云學道者學至無可學說法者說至無可說何故聻學道者求了生死殊不知本無生死了甚生死若言有道可學有生死可了斯人未在說法者因人迷妄執有生死爲說悟法示了生死殊不知本無迷悟何法可說若言有法可說有生可利斯人未在雖然如是直饒山僧恁麼道合喫三十柱杖汝等諸人上來下去好不丈夫以柱杖旋風打散
晚叅師云拈華微笑肇祖開宗數千年來源深流遠青出於藍代不乏人或拈或頌或抑或揚日月光天德山河著地靈殊不知清光萬古穿鑿浮雲讃歎也讃歎不及評論也評論不及抑之如打水平江揚之如負土足嶽師廼豎拂召衆云大衆道看良久云一絲寒撒千江外漠漠魚龍動地雷
元旦小叅師云雲鋤雪築氷卧風餐忙忙

百十僧個個無一事壬辰正月一山僧普爲大衆一切授記長者長法身短者短法身佛子住此地則是佛受用經行及坐卧常在於其中

結制小叅師云十方無壁四面無門一念萬年古今不異有甚堂内堂外説甚結制解制諸禪客丘壑人須自有一盂靜撥煙霞

晚叅舉趙州勘婆話師云僧問臺山路如何云驀直去僧便去如何云好個師僧又恁麼去也前來師僧也恁麼後來趙州也恁麼那裏是看破處一僧作禮云打鼓普請看師云儱侗禪和如麻似粟一僧云昨日晴今日雨師云三十棒且待别時一僧云車不横推理無曲斷師云多少人恁麼道打出去也師廼云聽取山僧重説頌言十五日前用錐便十五日後用鉤提正當十五日鉤錐一齊歇一個失錢遭罪一個弄巧成拙是他過量人荒草深深入

晚叅衆問話畢師良久顧左右云南閻浮提石頭大的大成佛小的小成佛汝等諸人爲甚在此粧村以柱杖旋風打散

解制小叅知浴問今日小叅事如何師云念汝辛勤進云某甲一口吞盡山河大地諸佛還有站身處也無師云恁麼施主得安樂師廼云道人降世無非與人作同事攝麤衣薇體糲食充饑此外復有何事毫釐繫念三塗業因憎爾情生萬劫羈鎖如人飲水冷煖自知前日同衆坐三因僧舉鳶飛戾天魚躍於淵山僧徵云作麼生説

察的道理如今有人下得語麼衆答話畢師云山僧自道取黒

住緗谿扣氷小衆師拈柱杖云百草頭釋迦努目鬧市裏彌勒攢眉三家邨裏廖胡子惡發衝破三十三天琉璃殿角壓碎南海波斯大拇指且道什麼人解救得良久卓柱杖云衆

晚衆師云昨日齋主請小衆山僧云端坐受供養施主常安樂大衆還會麼若也會得十方薄伽梵一路涅槃門釋迦不在前彌勒不在後如或未然喫水防噎喫醬防渴

草菴晚衆師高聲召大衆衆無語師乃云點即不到衆僧競出問話師左右顧視云入户巳知來見解何須更舉轢中泥拈杖打散

江上鼓山菴小衆師云今時人學道如在洪波大海中中有呑舟之魚旁有羅刹鬼國岸有罔人修羅天際眞人遺下鐵葉方寸許有智之士穩坐飛渡始得如或捕影撈空難免羅刹鬼國等難古德云禪乃無文字之教教乃有文字之禪端能明教定許會禪若不會禪焉能明教何以言之教乃佛語禪乃佛心不明佛心而會佛語有是理乎秪如圓覺經云居一切時不起妄念於諸妄心亦不息滅住妄想境不加了知於無了知不辯眞實如今人於此等言句容易看得過殊不知醍醐毒藥毫釐有差天地懸隔未入道者居一切時如何不起妄念旣不起妄念如何於諸妄心亦不

息滅此如茫茫大海中渾無著落者是也有等一知半解得少爲足者便道逢飯喫飯要困便困淫坊酒肆不礙菩提逆行順行一切不管所謂豁達空撥因果莽莽蕩蕩招殃禍此如不墊吞舟之腹即墮羅刹修羅之手山僧不惜眉毛爲人頌出竹露團光漾碧湍幽人琴罷倚闌干隅溪風轉茗花白對對青蟲撲水寒

晚叅師云天氣漸寒與大衆每人一箇大火爐還各各受用得著麽良久云莫將閑意解埋没祖師心

晚叅師云汝等諸人莫好高務奇莫趨難行險但把身心世界一齊放却正恁麽時看是甚麽境界驀喝一喝云道明上座騎大庾嶺向諸人八萬四千毛孔中横入竪出見有多人不薦却向曹谿禮拜六祖大師全身去也

晚叅師云看看山僧一口吞却諸上座了也諸上座還聞得山僧矢臭氣麽良久驀掩却室門

丙申佛誕小叅師拈拄杖云三年不事事强起答羣賢未了先師案塔根卧冷煙衆問話畢師云告汝大衆同此荒寒岑寂叅禪莫作叅禪會行行莫作行行會行行若作行行會未免隨邪逐惡觸途成滯叅禪若作叅禪會未免眼中著釘面門塗炭直饒雲門道釋迦老子初生一手指天一手指地週行七步目顧四方云天上天下唯吾獨尊山僧若見一棒打殺與狗子喫貴圖天下太平切忌承虚接響何故我王庫

内無如是刀高聲召云大衆驀卓拄杖一時打散

結制夜小叅師云告汝内外大衆普請無動無静絶情絶解各各圓證自已本來面目從上佛祖是汝兒孫三乘十二分教是甚拭不淨紙自是不歸歸便得故園風月有誰爭

晚叅師云古德見人入門便棒我者裏爲甚麼容許多人住衆無語師驀喝一喝云把住直教龍象畏放行且與烏禽鬧

晚叅師拈拄杖云汝諸大衆各住不思議之地爲甚自討許多生受不能得大解脱衆擬議師震威一喝云散去

晚叅師云一日三飡把施主好茶飯盡成渣滓一月六叅把先宗標格盡成世諦流布蒼天蒼天

晚叅師云趙州老漢面目現在且道作麼生與他相見驀喝一喝乃云聽取重説頌言道有道無心甜口苦告汝諸人莫莽鹵仔細隄防大雄山下虎

歸報恩晚叅師云有人走到拄杖子下來不與他拄杖子喫有人迴避拄杖子卻與他拄杖喫且道喫拄杖子的是不喫拄杖子的是後堂云知音不必頻頻舉達者須知暗點頭師休去

檀越請小叅問答畢師卓拄杖云大衆會麼若會則靈山一會儼然未散如或未然則金剛圈栗棘蓬作麼生吞作麼生透舉拄杖云看看汾陽祖師來也一句明明該萬象重陽九日菊花新擲拄杖喝一喝下

座

檀越請小叅問答畢師拈拄杖云學般若菩薩須識取真子真孫識得真子孫便識得真父母識得真父母便識得真自已識得真自已方知無死無生無聚無散無苦無樂方知本無自已本無父母本無子孫本無天地本無萬物本無佛祖本無衆生不妨於此中示有佛祖示有衆生示有天地示有萬物示有自已示有父母示有子孫示有生死示有聚散示有苦樂方知示有苦樂本無苦樂示有聚散本無聚散示有生死本無生死示有自已本無自已示有父母本無父母示有子孫本無子孫示有萬物本無萬物示有天地本無天地示有衆生本無衆生示有佛祖本無佛祖夫是之謂真佛祖夫是之謂真自已夫是之謂真父母夫是之謂真子孫竪拄杖云以此舉揚般若之力回向法界有情齊圓種智卓拄杖喝一喝下座

開山老和尚忌日早叅師云清淨法身本無出没大悲願力示有去來古人恁麼道山僧則不然大悲願力本無去來清淨法身示有出没

初八晚請小叅師云彌勒真彌勒分身千百億時時示時人時人自不識現前諸賢還識得大肚皮老漢麼若識得布施一句子與大衆結縁如無人道山僧自道去也中旭上座到處作齋不曽供養一人山中大衆兩度喫饅頭不曽咬著一些麪師復云結制在邇更有一事白汝大衆本山半

月半月誓神務在清衆同居各須戒行清楚因果分明若或未然未結制前速自起單羯磨證戒非同兒戲

丙申冬過大雄晚叅師驀喝一喝衆禮拜師云半得半失

師歸報恩檀越請小叅師云祖師西來別無奇特秖要當人信得自已是佛見自本來面目祖師門下客若不離心意識絶聖凡路如何得見本來面目所以祖師又示人向未生前薦取堪笑堪嗟十箇五雙口說未生前秖向生後着倒上等外道以了不可得爲究竟無面目爲真面目此在生後着倒了也下等外道以運轉施爲爲本來面目此在生後着倒了也中等外道以覔時則無用時則有爲本來面目此在生後着倒了也不見臺山婆子他雖是箇婦人宛有丈夫之作僧問臺山路向甚處去婆云驀直去僧便去婆云好箇師僧又恁麼去也趙州老漢不肯孤負他謂衆云臺山婆子我與汝勘破了也此如千年古鏡經磨而愈見光明百鍊精金遇煆而彌呈光彩多少隨邪逐惡依語生解者胡拈妄舉還知錯下一轉語墮五百生野狐身麼所以道識法者懼

晚叅師云僧問雲門一念不生還有過也無門云須彌山大衆還知好惡麼後來雪竇顯禪師問智門一念不生爲甚麼有過門召近前竇近前門便打竇擬開口門又打大衆還知棒頭落處麼良久云龍躍桃花浪癡人戽夜塘

晚叅師顧視左右云大家在者裏各各不得自暴自棄良久云看脚下

大覺普濟能仁玉琳琇國師語録卷第三

音釋

闖 丑禁切琛去聲 汞 胡孔切洪上聲水銀 莽鹵 上母黨切茫上聲下郎古切音魯莽鹵輕脫苟且也 戽 荒故切呼去聲扜水器

大覺普濟能仁玉琳琇國師語録卷第四

嗣法門人行岳編

小叅二

檀越請小叅田單問如何是出身句師云堂外禪坐堂内坐禪值牲問生死到來如何抵敵師云三世諸佛不知有進云目前一着子不得縱横過在甚處師云狸奴白牯卻知有問以大圓覺爲我伽藍如何是大圓覺師云近前來與汝道僧擬開口師便喝僧又申問師便打問凡所有相皆是虚妄爲甚有山河大地聲未絶師便打又僧出師亦打僧退師乃云山僧未出方丈早已知歸猶是不唧𠺕漢更待向前喫棒得與麽不知痛癢然而既到者裏且聽山僧說夢山僧閉門打睡夢坐一道場彷佛浴佛前後薰風天氣遠近緇素設供甚盛山僧因齋慶讃訖閒行殿際歸坐法堂走出一巍巍堂堂副寺來禮拜起出廣長舌相吐舌覆面次滿十方高至梵天漸漸收轉摺作七十二疊還復納口舌相纔隱眉間放白毫淨光光中出大音聲云啟白和尚太子殿殿主偷供佛菓子山僧云如何偷供佛菓子進云早間取去五碗晚間送來五碗山僧不覺驚起蓋此上人實難酬對若道殿主偷菓子取去五碗送還五碗如何是偷菓子若道副寺妄語安有如是廣長舌相人而肯誑言不實不惟山僧不能對偏問各寮頭首皆不肯對山僧次日坐睡乃見前來副寺重理前話露柱中忽然走箇一般巍巍堂堂的殿主出來高聲

喝住云副寺莫謗人他云如何謗人乃云早來未嘗取菓子晚來何從還菓子於是空王佛歡喜踴躍通身毛孔皆笑直得六種震動山河大地明暗色空情與無情齊入如來大寂滅海召衆云會麼若也會得管教夢覺俱空若也不會須知一囬喫水一囬噎驀卓拄杖喝一喝下座

五日雲禪薦親請小叅僧問請師直道妙玄機師竪拄杖云烏藤七尺進云恁麼大悲千手眼原來只箇身師云千鈞之弩不爲鼷鼠發機進云龍承點眼歸東海虎得抽牙出杏林師云急走過問寂寂惺惺時了無巴鼻未審者着子作麼生定當師云毒蛇横脚下進云正與麼時主人公在甚麼處師云站過一邊進云恁麼則知音總在閙忙裏不待安居結制期師云直要頭破腦裂問舍利弗入城月上女出城是甚麼人分中事師云進前來與汝道進云和尚現大人相師打云捉兎亦全其力進云有時恁麼便恁麼有時恁麼即不恁麼師復打云還要第二杓進云不知三世諸佛有此病麼師云得恁皮下無血師乃云人如楚大夫國無叛臣家無逆子忠屈一時義申千古此是千佛會中一數出家兒莫莽鹵精白一心視乃祖身世遠且大何近欺聾瞽人稱大覺璉誰見狖生虎驀卓拄杖喝一喝復舉西天九祖密多尊者生提伽國年五十口未曾言足未曾履八祖遊化見其舍有白光乞侍者於其父尊者遽起禮拜而説偈曰父母非我親誰是最親

者諸佛非我道誰是最道者八祖曰汝言與心親父母非可比汝行與道合諸佛心即是外求有相佛與汝不相似欲識汝本心非合亦非離且道如何是非合亦非離不見道虗空無內外心法亦如此若了虗空故是達真如理聽取山僧報以木桃父母爲我親誰非最親者諸佛爲我道誰非最道者若有耳食者出來云和尚前言不應後語適來辨魔揀異而今又作恁麽話驀喝一喝云癡人面前莫説打你頭破腦裂不知坐斷十方剛見逢人即揖下座

晚叅師問維那云千鈞之弩不爲鼷鼠發機爲甚古德見僧入門便喝進云車不横推理無曲斷師云我爲甚麽容人在者裏立進云大家有分師云還是與你棒喫不與你棒喫進云一任和尚師云自領去進云知恩有地僧問如何是學人本來面目師云三箇眼睛四箇鼻孔問那乇太子析骨還父析肉還母現本來身爲父母説法如何是本來身師云露進云萬古碧潭空界月再三撈摝始應知師以扇子東西畫數畫云前三三後三三是甚麽字進云禮拜和尚師便喝柴頭問撥草瞻風祇圖見性如何是性師云兩捆柴一担挑進云棠師指出金剛眼照見父母未生前師云日日三担莫嚲懶進云如人飲水冷煖自知師云好生著力問馬祖一喝百丈三日耳聾意旨如何師云非汝所言進云黄檗吐舌又作麽生師云兩重公案問不慕諸聖不重巳靈還有向上事也無師云有進云

如何是向上事師云東司頭去撒進云恁麼則直截去也師云莫惹人掩鼻問大智文殊因甚出女子定不得師云那裏學得來進云即今問和尚師云一人傳虛千人傳實進云因甚罔明出得師云一處不通兩處失功進云春色無高下花枝有短長師云學語之流師乃顧視左右云諸大衆大有生滅不停底在努力今生須了却莫教累劫受餘殃衆擬議師以拄杖一時打散

晚參師云石礫斫破你諸人腦殼露柱走入你諸人鼻孔裏僧出作禮云連朝天雨不扇自凉師云急走過師良久顧左右云禍不入慎家之門各請歸寮衆作禮一僧云如水乳合師云將謂停因長智

晚參僧問不慕諸聖不重己靈時如何師云利刃有蜜不須舐蠱毒之家水莫嘗問脫體無依倚猶自立邊疆請問和尚過在甚麼處師云急走過進云撒手千峰外渠儂得自繇又作麼生師云近前來喫棒進云與麼則分明一點乾坤露誰識其中有活龍師云須是皮下有血問天地未分日月未明本來面目在甚麼處師云荷葉團團團似鏡菱角尖尖尖似錐師乃云世尊四十九年說法秖接得箇飲光山僧二十年來無法可說一味痛呵毒棒若是知好惡的管教一箇箇超佛越祖去情義盡從貧處斷世人偏向有錢家驀喝一喝卓拄杖下座

戊戌上巳荆溪衆檀越請師入主磬山小

叅師竪拂云龜毛拂子利如錐舉出離情作者知生平不輕全許可拈香須將虎鬚兒拈香云此一瓣香供養即此磬山堂上得度得法本師開山老和尚用報無恳之恳斂衣就座云阿呵呵自具一雙瘦冷脚未曾輕踐等閒山乃指香案云先師建立者箇公案經十餘載佛祖不敢正眼覰著昔年却被某上座徹底翻轉先師直得吼聲如雷數十年來要人代他雪屈今日剛得衆檀護出手扶起所謂佛法付與王臣于今見之某上座于此座上顯現先師全身去也驀拈拄杖卓一卓喝一喝下座

晚叅師云汝諸大衆未出母胎已與山僧相見了也已受山僧究竟了也還信得及麼一僧禮拜而出師云似則似是則不是師乃云各各信得及則堂上先老人刻刻與汝諸人耳提面命若信不及則三八晚叅盡須腦門着地一僧出禮拜大衆久立師云大衆等你答話進云與和尚同鼻孔出氣師云急走過

晚叅師云如何是無寒暑處寒時寒殺闍黎熱時熱殺闍黎大衆還會麼衆無語師云同是山中人應識山中語

結制早叅師云開山老和尚甲戌冬此日開爐茆茨草榻築雪烹雲指點磚頭土塊爲諸人發上上機直教寒谷春回花開石筍接待三十年來今戊戌冬亦于此日開爐殿堂寮舍具體而微知浴盡誠檀護一德香齋次第燈燭煇煌法法頭頭點發一切人四楞著地直教紅爐涌雪月冷風高

獨露磬山面目且道開山老人乍住爲人心切久住爲人心切喝一喝云粉骨碎身未足酬到此了然超百億

晚叅師舉扇子云扇子踍跳上三十三天築著帝釋鼻孔東海鯉魚打一棒雨似盆傾有一上座雲門大師踏在脚底進堂出寮撞著露柱且道是那一箇衆久立師呵呵大笑歸寢室

晚叅僧問月白風清未是衲僧極則未審如何即是師云巡照鳴椎催坐香進云恁麽則頂門有眼還同瞽句裏無私用最親師云何不向下薦取進云秖如下載清風者拽耙牽犂説向誰師云依稀似曲進云謝師答話師云且過一邉僧禮拜師良久舉如意顧衆云看看大千世界總被如意吞却了也會得的近前來喫棒會不得的歸堂坐香

晚叅僧問敗子成家不許東拋西擲者箇公案還是和尚建立麽師微笑進云草賊大敗師云已放過進云轉見不堪師呵呵大笑云却使山僧笑轉新問出頭天外誰能委任運無私作者知秖如不涉程途如何接待師云近前來與汝棒喫僧便喝師云好一喝遲了八刻進云和尚領取一半師云再犯不容又僧出纔伸問師云踏步已知來見解何勞更舉轢中泥僧復進語師不顧悦衆鳴引磬大衆仍久立師云大衆三十棒悦衆三十棒

早叅衆問話畢師云向上一路千聖不傳過去佛祖如是説現在佛祖如是説未來

佛祖如是説有者又道千聖不然又道熱盌鳴聲競欲接竹點天未免影響之徒視同兒戲不見大梅道惑亂人未有了日在任他非心非佛我只管即心即佛鳳毛麟趾好生取則驀休去
晚叅僧問承師示誨露柱成佛覺性難酬重乞證據師云放汝三十棒進云還丹一粒須加點木石同源鐵謂金師云識痛癢好問踢翻滄海大地塵飛喝散白雲虗空粉碎語未竟師云放汝三十棒進云棒頭有眼明如日要識真金火裏看師云更要第二杓僧喝師云急走過問法無上下高低因甚天上一輪滿月人間盡稱月半師云放汝三十棒進云徧界寒光即不問月輪落後又如何師便喝良久顧視左右云雲月是同溪山各異
早叅僧問馬大師道即心即佛南泉道不是心不是佛不是物未審和尚作麽生道師云即心即佛不是心不是佛不是物僧擬議師便喝問今日深秋寒入骨庭前霜履菊花新且道明甚麽邉事師便喝進云恁麽則露柱成佛已竟請和尚爲衆説法師云三十棒待别時進云和尚説法已竟争奈知恩者少師云且過一邉問如何是空手把鋤頭師便喝如何是步行騎水牛師云急走過如何是人從橋上過師云傳大士在汝脚底如何是橋流水不流師云更要第二杓惡水問水無筋骨因甚長流不斷師便喝進云恁麽則四面青山擎日月一湖碧水浴乾坤師連喝兩喝良久乃

顧左右云清寒久立大衆珍重
結制小參僧問天得一以清地得一以寧
聖人得一而天下和平法王無上超出一
切其有所得而然耶其無所得而然耶師
云近前來與汝道進云有水皆含月無山
不帶雲師云放汝三十棒進云拂拂清風
生法座定教海晏與河清師云過問釋迦
過去彌勒未來正當此日請師舉唱師云
倚天長劍逼人寒進云如何是第一玄師
云知音不用頻頻舉進云如何是第二玄
師云漚和争負截流機進云如何是第三
玄師云一條拄杖兩人舁問結夏安居即
不問請轉法輪事如何師云薰風自南來
殿閣生微凉師乃云山僧積勞久病窀穸
先親志惟廬墓因編集先録暫稽舊山居

此報恩西序頭首當專治佛法凡自利利
他常住事與堂中無涉者不必干預問住
執事當專究本分不可閒議閒管别事東
序頭首及一切執事事事處處當以助衆
成道爲心不可舉用好事喜功之人有悮
修行研究佛法如登山須到頂入海須到
底登山不到頂不知宇宙之寛廣入海不
到底不知滄溟之淵深顧左右云今日結
制之辰何不舉揚大法提掇宗乘乃作如
斯尋常語話驀喝一喝云不見道大凡演
唱宗乘一句語須具三玄門一玄門須具
三要路有權有實有照有用又不聞曹洞
五位回互雲門一字三関潙仰父子投機
法眼三界唯心若能洞明大法了悟宗乘
山僧恁麽告報端不尋常驀卓拄杖喝一

喝下座

晚叅師云盡十方虚空是箇火爐四生九有盡向冷地裏坐不知以何法遮掩衆競出答話師云師子齩人韓盧逐塊

庚子夏過大雄端陽日檀越請小叅師乃横按拄杖云身心水月世界鏡花十方寂寂萬法閒閒說甚海寛地厚有何鳬短鶴長舉手攀南斗回身倚北辰出頭天外看盡是我般人卓拄杖下座

晚叅師拈拄杖云山僧拄杖子吞却山河大地汝諸大衆向何處安身立命衆無語師云不是宼家不聚頭

晚叅師拈拄杖僧問如何是一切聖賢如電拂師云棒打石人頭嚗嚗論實事進云見性成佛事如何師云兩重公案進云一亘晴空淨寒光絶是非師云再犯不容師乃云清虚之理畢竟無身如理如事官不容針觸瞎千聖頂額眼曹山潦倒強惺惺驀卓拄杖喝一喝

禮塔歸晚叅師云若人識得心大地無寸土天目代出明心見性祖師因甚郤有許多奇松怪石衆良久師以禪板拍案云人歸大國方知貴水到瀟湘一樣清

晚叅師云敲空作響擊石無聲大衆黙坐時成得什麼章句課誦時能有幾人不動口衆無語師云放下衲僧鐵面皮切莫隨羣與逐隊

即事晚叅師云適來坐睡作得一夢夢見露柱害病請醫診脈却請著箇良醫把他從頭至足診了一徧告他道你本無病却

是自生顛倒自討苦喫露柱恍然大悟通身踊躍從無始至盡未來際覓病起處了不可得頓入塵塵三昧與盡虚空徧法界情與無情一時同證大安樂法門直教山河大地明暗色空異口同音一唱三歎慶幸希有剛被門邊立著箇央庠禪和子掉頭不信摩挲露柱云你分明是箇立地死漢惹得襆盤開口喝云你恁麽正是撞着露柱的瞎漢山僧聞他者喝不覺歡喜便廼驚醒問汝大衆露柱害病醫他好不醫他好若道醫他則无妄之藥不可試也若道不醫豈可覺時佛法與夢時一般到者裏如何決擇良久顧左右云夜深歇去

晚叅師云晱夜有僧問無夢無想主人公在什麽處聲未絶山僧以手掩其口有透得過的代進一語庶不孤負山僧良久云兩華亭騎寀山入佛殿去也入夜堂中坐叅復令透此話夜深師云却得露柱透過了告山僧云兩華亭騎寀山入佛殿是真語者實語者直令闔天目山内外大衆一箇箇毛孔中著得幾座佛殿既有此本上座道了葢覆得大衆過向下文長付在來日

月庭小叅師云古人道石頭大的大小的小明什麽邊事又云翫月還是陰處好明處好衆競進語師廼云昔日有書生來叅山僧問他道鳶飛戾天魚躍於淵言其上下察也如何是察的道理士答不契山僧自代云黑諸人會得者一語要透適來兩問也不難

七月朔日早叅師云三秋今日始一夏事如何萬里無寸草淨地奈先局好大哥還他肌骨好不用著衣多

晚叅師握竹篦作撫琴勢僧出問作麽生得四稜蹋地師云擬釣鯨鯢師廼云昨晚香巖禪師入室告報山僧道堂中大有人會得老僧上樹話且道是那一箇衆無語師連聲咄云盤山會裏翻筋斗到此方知普化顛

中元小叅師拈拄杖僧問如何是奪人不奪境師竪起拄杖進云如何是奪境不奪人師云禮拜著進云如何是人境兩俱奪師云今日且放過進云如何是人境俱不奪師云謝汝齋進云料揀已蒙師指示即今臨濟大師是何面目師便打僧云噫師又打幾擊著琉璃又僧問西來大意則不問如何是正法眼藏師云琉璃代汝喫棒了也進云與麽則當頭炤燿師云得恁知痛癢問一子出家九族升天目連神通爲甚救母不得師云汝是大不孝人進云父子上山各自努力玄沙悟道爲甚其父生天師云汝是大修行人進云只如和尚權衡祖令師範人天未審尊人居何地位師震威一喝進云如是則幽顯普利萬彙沾恩師云前谿水急後嶺風高師廼云祖庭乍住頗荒凉準擬秋來絶稻糧每日雲堂共危坐晚叅人道似汾陽召大衆云西河有當門師子來者即便齩殺若爲入得汾陽門見得汾陽人驀喝一喝和聲卓拄杖云我不可作汾陽兒孫不得然雖如是事

無一向今日𨚫值佛歡喜僧自恣之辰十方雲集香飯飽餐且道西峰師子與西河師子同聲相應耶超宗異目耶直立拄杖云看取汾陽祖師在山僧拄杖頭上坐寳蓮華之座出廣長舌相徧覆三千大千世界地搖六震草木瓦礫悉演法音琅琅說頌云三玄三要事難分得意忘言道易親一句明明該萬象寳盆珍饌供三尊下座

晚衆師握拄杖坐良久𢌞云我觀坐禪瞌睡者大都是不善用心我今不要你們用心一箇箇令汝等見性去願麽一僧作禮云和尚慈悲師指云大家禮取露柱卓拄杖云待𤚬盤教往來向山僧手中喫棒

晚衆師云僧問古德學人乍入叢林乞師指箇入處古德云還聞偃谿水聲麽僧云聞德云向者裏入汝等諸人作麽生會一僧云仰止巖前師子吼雨華橋上牧童歸師云三級浪高魚化龍癡人猶戽夜塘水一僧云從門入者不是家珍師云自領三十棒𢌞顧左右云歸堂喫茶

晚衆師云堂中四箇露柱一時成佛去也召衆云且道成佛的事作麽生𢌞云直得現大人相爍破山河大地令古之今之瞻仰他不及迴避他不及汝輩何得堆堆守故轍以竹篦旋風打散

晚衆師舉竹篦子云大衆喚者箇作什麽良久師𢌞云夜來虛空落地大衆眉毛無恙逢人靦面提持未免觸途成滯所謂百千澄清大海棄之而惟認一浮漚以竹篦向地一畫

豎前殿桐鄉公李護法送齋僧大鍋等進山同遜予鋖上座體淨常禪人請小參師云我有一間殿無外亦無内廣蔭幾多人問著難理會我有供衆鍋不少亦不多到來盡飽餐飯罷任摩挲我有二三子非勤亦非惰語默絶思惟動靜無虚過下座

燈節晚參師云龍池石磬報恩大雄天目每年新正半月禮祖正當禮拜時且道祖師對大衆説什麽法衆答話畢師左右顧視云各各頂門著地始得

晚參師拈拄杖云汝諸大衆各各會得大地無寸土麽一僧喝師云昨日有人胡喝亂喝三十棒趁出去也師廼云主山高案山低

佛涅槃日晚參師召大衆云今日是什麽日子衆答話畢師廼云三春今已半箇事合如何全身示現日瞴眼細摩挲

大悲誕晚參師杖空一下召大衆云敲空作響擊木無聲會麽

晚參師云若人識得心大地無寸土釋迦文佛睹明星時天目山大轉法輪阿誰得聞衆各進語師云若不藍田射石虎如何識得李將軍

小參師云今日是開山高祖誕辰舉則公案供養大衆昔日高祖住此西峰上堂云盡十方世界是箇盋盂汝等諸人喫粥喫飯也在裏許屙矢放溺也在裏許行住坐臥廼至一動一靜總在裏許若也識得達磨大師只與你作箇洗脚奴子若也不識二時粥飯將什麽喫參師云高祖恁麽告

報却似俯憐幼子提獎嬰兒新天目却要問取久叅衲子盡大地是箇瓮盂喚什麽作穿衣喫飯喚什麽作扃矢放溺喚什麽作行住坐臥語默動靜若也識得更有什麽達磨大師若也不識便見有穿衣喫飯便見有扃矢放溺便見有行住坐臥語默動靜二時過堂喚他作飯袋子豈爲分外召大衆云且道高祖説得是新天目説得是若高祖説得是佛法豈有兩般若新天目説得是山僧却是高祖兒孫大凡叅學須是透頂透底明緇素識好惡始得若也半青半黄顢頇穿鑿未免觸途成滯驀喝一喝云劒爲不平離寶匣藥因救病出金瓶

結夏小叅師云天目今年結制以盡虗空徧法界爲禪堂來者一任來去者一任去若還偷心不死情知門外立地

早叅師示衆云同居此西峯祖庭務須福慧兩嚴事理出就方堪與開山祖師同瓮盂喫飯

晚叅師握拄杖云不思善不思惡如何是本來面目垂絲千尺意在深潭不與萬法爲侶的是什麽人躡足龍門清風徧界今時人聞舉著本來面目不侶萬法的人便道葢天葢地惟我獨尊殊不知正是客作漢馬大師云待汝一口吸盡西江水與汝道也須是箇人始得切莫輕接嘴

晚叅師舉扇子云雲門大師忍俊不禁在扇子頭上揚聲大吽云大衆莫瞌睡衆作禮師云各與三十棒

晚叅師云經行及坐卧常在於其中且道是什麽人分上事良久云莫道天目説如來禪好

天雨早叅師示衆云諸人專爲生死入山辦道晴天須動中用心天陰須靜中加工靜中加工方知動中打失不打失顧左右云三祖時時在汝諸人毛孔出入知麽各各卽却皮囊子相見

堂中晚叅師示衆云來此深山祖庭須叅了生死的禪欲了生死須空四相不見金剛經説令一切衆生入無餘涅槃而實無一衆生得滅度者如是無人我衆生壽者之相方到父毋未生前到得父毋未生前自然證取本來面目所以五祖每令人誦金剛般若不知者以般若爲空宗殊不知佛説之空未有空而不圓者若空而不圓卽是外道空臨濟大師道一句中具三玄一玄中具三要法林秋晚有志之士須共努力

晚叅師云天目今年過分辛苦有箇不動尊古如來秉本願輪作不請友時時爲大衆説法大衆共見共聞麽衆擬議師便喝

晚叅師云白雲不動青山走

堂中小叅是晚免巡香開小靜一老衲大展九禮師云年多識廣師廼云饑則飽餐香飯倦便垂頭黑甜好大哥樂也麽要瞌的各與箇枕子鐵磬大良久拈拄杖旋風打衆伏地師驀擲拄杖出堂

晚叅問話畢師廼云我祖昭覺老人有箇瞌睡歌歌中有云睡著更綿密山僧是他

兒孫衆中有解聽者各與一箇鐵磬大的枕子昨晚散與堂中大衆衆見枕子太大承當不得盡嚇倒了今晚散與各堂寮大衆承當得的各請領取驀拈拄杖衆皆走散師以杖拍案云鍊得通紅打一鎚周遭無數火星飛十成好箇金剛鑽攤向門前賣與誰

坐七完晚叅問話畢師廼云衲子不叅禪山僧不答話此衆無枝葉惟有一真實

檀越請小叅師拈香云者一炷香從遜予鉉上座等領淮海道祖檀越信心中拈出將來焫向爐中成如意寳輪滿足殊勝雲供養盡虗空徧法界常住三寳靈山會上本師釋迦牟尼尊佛尊法賢聖衆西天東土歷代祖師南嶽直下諸祖臨濟本宗歷代諸祖本寺開山諸祖荊谿石磬山先老和尚伏願檀越福慧兩嚴上座輩自他俱利現前大衆同成正覺同利衆生師就座廼云不思善不思惡正恁麼時本來面目葢天葢地露柱頓開十萬八千金剛正眼千峯萬峯奇松怪石化作金毛師子王踔跳上三十三天虗空片片爲瑞爲祥滿落人間呵呵呵好大哥風流不在着衣多

早叅擧僧問趙州栢樹子幾時成佛州云虗空落地時成佛僧云虗空幾時落地州云栢樹子成佛時落地師云古佛與麼老婆心切大衆知麼良久云趙州與諸人隔江

佛成道日小叅問答不録師召大衆云世尊於數千年前與天下古今人同證智慧

德相奈何數千年後尚有開眼瞌睡的五祖示人念取金剛般若便把人人驀頭一杓冷水洒僅聞老盧一人知非顧視左右云庭栢蕭踈日卓午莫覓寒棲鼓翅聲草堂得月峯晚叅師云盡大地是沙門一隻眼千松萬竹向甚處著一僧出師便喝除夕晚叅師云古德烹露地白牛分歲老僧與人人一面古鏡良久云受用得的各希鑒納如或不然未免完璧

元旦小叅師云先天地而生後天地而不老又有道惟有拄杖子無舊亦無新此皆陳年曆日束而置之高閣可也老僧與大衆説些應時及節的佛法洒云苟日新日日新又日新

春朝報恩堂小叅師云新春無可供諸大衆指諸大衆叅取箇真善知識洒以如意西指云者林竹得恁清復以如意東指云者林松得恁古

起期晚叅師云與大衆約法三章一不許坐禪二不許經行三不許喫粥喫飯衆擬議師震威一喝

晚叅衆集師趁令退衆立不散師云大衆既竪立不去豈可空過有生平不輕説的佛法今日説與大衆驀休去

晚叅師云有箇絶勝境界爲甚人不肯到良久云都縁太近

解制小叅僧問羅籠不住呼喚不回成什麽邊事師打云打出你頂門眼進云如是則信步蹋翻華藏海堂堂徧界任縱横師以拄杖擲云刺瞎你眼中睛師洒横按拄

杖云千人萬人中得一人半人得一人半人方知一切衆生皆具如來智慧德相但以妄想執著不能證得一冬來有不空過的麽有則須向人前吐露莫只背地裏半吞半吐胷次中不青不黄爲山九仞功虧一簣逗到結角羅紋處噬臍何及驀喝一喝卓拄杖云把住也黄金失色放行也瓦礫生光黄金失色必藥汞非真精金百鍊愈見光輝瓦礫生光豈燕石爲寶魚目作珠彌增怪笑今日正當解制之日有最親切的末後句分付大衆雪後始知松栢操事難方見丈夫心

晚參師云不將境示人庭前栢樹子堆堆老趙州石橋滑如水大衆作麽生與祖師相見衆久立師云長帬新婦拖泥走端的知恩解報恩

晚參舉世尊示隨色摩尼珠問五方天王云此珠作何色時五方天王互説異色世尊藏珠入袖却擡手云此珠作何色時五方天王云佛手中無珠何處有色世尊歎云汝何迷倒之甚吾將世珠示之便各强説有青黄赤白色吾將真珠示之便總不知時五方天王皆悉悟去先磬山云世尊奇特俾天王一一悟道千古之下令人樂聞磬山不肯遠孫也要效顰不識大衆信得及末驀伸出拳云是什麽色若云是拳非珠老僧喚他近前來你恁麽道天王不如且道是賞伊是罰伊師云山僧聞此直得帆隨湘轉望衡九面還有與新天目同參的麽良久云法如大海須將大海來傾

結夏知浴同武林檀越請小叅師拈拄杖僧問千年祖席重興萬古宗風再振除却語黙棒喝請師别通消息師云進前來與汝道進云如是則銜月白牛露地走追風天馬帶雲飛師云急走過問九旬禁足即不問不涉功勲事若何師云放汝三十棒僧禮拜師云得恁知痛癢師廼云山僧出世三十餘年所有佛法盡皆説却了也今來天目住箇破院子領衆作務時作務坐禪時坐禪卓拄杖云切忌動著動著則三十棒靠拄杖云同入此門來熏風好著力

塔院晚叅師左右顧視云汝諸大衆各須使得一切時莫爲一切時使轉得一切境莫爲一切境轉良久震威一喝

普請栽秧晚叅師云古者道大衆爲老僧取大海去

晚叅師示衆云凡看公案須研窮佛祖落處不可在語脉裏轉嫫母效顰邯鄲學步見笑大方取識識者今將晚叅所舉隨色摩尼因緣逐一徵示且道天王悟去在擡手處不在擡手處是拳非珠是超宗異目語是觸途成滯語若道超宗異目爲甚先磬山云是賞伊是罰伊若道觸途成滯爲甚云你恁麼道天王不如承言者喪滯句者迷言無展事語不投機

晚叅師云晚來山行問僧百骸潰散時如何進云徧界不曾藏山僧指面前石云喚者箇作甚麼僧無語有人代他進得一語麽良久云從緣薦得相應疾就體消停得力遲

開田老僧爲大衆說大義天目則不然大衆未嘗栽田老僧却爲說大義衆作禮師云維那何不道與麽則大衆一箇箇閙閙地去也

盛暑晚叅師云鑊湯爐炭裏迴避無寒暑處迴避且道那箇眼青那箇眼白衆荅話畢師云謹白叅玄人寒暑莫虚度

晚叅師舉扇云有見得雲門大師的麽維那進云今晚定雨師云大衆幾人打溼袈裟角那率衆作禮師云雷聲甚大

謝雨晚叅師云雲門大師本擬向扇子裏長伸兩脚安穩打眠剛被維那鳴椎竭力驚他出定直得雨似盆傾澤被萬物大衆有賴如今若爲復請雲門大師向扇子裏入定去良久云轉扇子歸雲門大師復云既易轉扇子歸雲門轉大師歸扇子何難

祖堂晚叅師云大衆在祖師毛孔中作禮祖師在大衆眉毛上趺坐

早叅師云夜來露柱子入室報道到處走一遭審知今時叅學人一箇箇銅頭鐵額老大虚空整片掉將下來墻壁瓦礫悉百雜碎惟有叅學人依舊眉端目正全没星子事山僧向他道臘月三十日快到各自打掃門前管甚東家杓柄長西家杓柄短露柱子聞即冲舉山僧一夜半疑半信適來侍者云大衆早叅山僧不覺踊躍者件疑事有箇雪處問諸大衆各各有甚護身符子衆答不契師拈拄杖旋風打散衆作禮師擲拄杖云一日復一日年從頭上增

除夕晚叅師云今日未悟道者不合睡凡

未悟道者如爲客未到家一般不見古人云旅館寒燈獨不眠客心何事轉悽然故鄉今夜思千里霜鬢明朝又一年已悟道者亦不合睡凡悟道者如生西方一般所謂如蓮華開似大夢覺從此應無寒暑無晝夜久悟道者亦不合睡凡久悟道者應般若清楚如所謂夢中說六波羅蜜與醒時說六波羅蜜是同是別此等葛藤應趁殘年討箇倒斷何俟當來問取彌勒是爲天目三不睡昔人家風澹泊每說小參以爲供養天目今日報恩堂佛事完遲說此三不睡以爲晚參

早參問話畢師云天目有三訣一訣一鐵橛若人吹得通佛祖下風列會得的對衆激揚如或未能山僧自爲頌出第一訣虛空著地擲壓倒萬萬人阿哪阿哪泣第二訣龍女解成佛大海徹底乾紅爐片片雪第三訣門有當行客各自買與賣不費主人力衆作禮師左右顧視云將此深心奉塵刹是則名爲報佛恩

早參師云向上向下熱盌鳴聲別有生機鏤冰琢玉不是龍門客切忌遭點額驀拈拄杖大衆一齊趨退師擲下拄杖

早參師云一則公案不透即是本參不透古人參學片語未通廢寢忘餐決定討箇分曉豈肯此間一期那間一期寄籬因熱舐指將柱窮年積歲半飽半饑眼光落地恍惚憧惶前路渺茫噬臍無及汝諸大衆會得夜來三訣頌便許會濟上三玄更有三要語在切莫造次然而者件事一了百

了一處通千處萬處通一節了千節萬節了果能契悟本來舉一明三自然明逾杲日威迅雷霆直教人藏身無地掩耳不及所以道三玄三要事難分得意忘言道易親一句明明該萬象驀喝一喝和聲將竹篦子拍案一下

上開山祖塔供師拈香云虚空粉碎地平沉真叅實悟眼中金枕子落地安邦國管見狂奴害底評師繞塔畢復作禮云透脱重關代有聞死關終世更何人沐猴畫錦氣葢世姬馬噬臍懊惱深

上中祖塔供師拈香云透脱重關句法雲拈出新生平不曾悟霹靂鴨能聞師繞塔畢復作禮云有道惟頻退身世如浮雲叅禪無秘訣承言生怒瘿

結秋小叅師云皮膚脱落盡惟有一真實大衆會麼迺云汾陽化紙禹門普椰天目者裏前谿水急後嶺風高且道那箇在前那箇在後良久云歸堂喫茶

友石静主領寧國衆檀越請小叅衆問話畢師云昔有政禪師每騎牛出入人呼之爲政黄牛住錦里功臣寺數十餘年未嘗說法有問之者曰吾倩萬象開演我說有盡此之開演無窮今日友石上座同諸檀越啟請說法又作麼生須知萬象開演我說無窮無言頂其聲如雷玉柱峯通身是眼雨華橋橋流水峙旭日翠微和合高歌諸上善人來時好道去時亦如來時一香一果充塞寰區一米一豆十方普供且道佛法極則一句是如何衝開碧落松千尺

截斷紅塵水一谿

東山祖忌拈香師云透白雲重關行少室正令有昭覺如龍得水似虎生翼唐虞之際於斯爲盛𦍒者著子如須彌山至簡至要至易至直萬般存此道一味信前緣言而世爲天下法行而世爲天下則天目拈一片香直是仰望不及

小衆舉黄檗接臨濟公案師示頌云生成鐵壁銅墻能禁雨傾風撼平地壁倒墻坍受敵驚羣八面寒光百鍊千鎚真金色變不變要識師子搏兒不露爪牙難辨

小衆舉趙州十二時歌師示頌云識心見性不蹉路廓然太虚露露露平常心道擬即乖知與不知二俱墮南泉終日口吧吧問著無言忙下座超宗異目克家兒勘徧諸方鬭門户向北天空日月寛石橋平滑人難度砒霜鴆毒滿把攎虎狼蛇蝎供坐卧不下繩牀接趙王敲扉排户鳴饑餓步行騎馬亦騎羊眼青無佛亦無祖教會婆婆轉藏經臺山有路親勘破嘻笑怒駡震如雷倒雪高聲墮雲霧知音緘口静焚香等閒寄取鍬子去

九月朔檀越請小衆師云天得一以清地得一以寧君得一以明父得一以慈子得一以孝友得一以恒且道道者得一又作麽生師拈拂子云釋迦文佛以至孝成無上正等正覺達磨大師以至孝鼻祖支那六祖大師以至孝傳法開宗先磬山老和尚以至孝得龍池正印今日武林魏檀越母難之辰同諸善友得得入山設齋請法

是爲大孝之大孝且華果同時自利利親一句作麽生道火裏金蓮高十丈披風拂月長精神下座

四月八日晚叅師云凡在天目住者辛苦真辛苦澹薄真澹薄然須各各檢點爲甚來受此澹薄爲甚來受此辛苦果能究竟則著衣不挂一縷絲喫飯不嚼一粒米走路不動步作務不動手澹薄不澹薄辛苦不辛苦有入處的如此行持愈退愈進愈晦愈明未有入處的如此行持自然工夫成片管教定有入處大衆作禮師復云肯信者幾句老實告報便見釋迦老子時時出生在在成道

結冬請小叅師拈拄杖云真叅實悟人多是名佛出世真叅實悟人少是名佛涅槃今日正當結制之始却值三祖尊者涅槃之辰有識得祖師面目現在者出衆相見一僧云徧界不曾藏一僧喝師云各與三十棒師乃云江之南江之北六六三十六淵之深天之遠兩眼對兩眼春花秋月夏雲冬雪東涌西没西涌東没顧視左右云從上來不可按牛頭喫草如世良馬見鞭影而高飛驀喝一喝和聲卓拄杖下座

除夕晚叅師云汝諸大衆同此天目度歲還知有奇特事麽良久云日日香煙夜夜燈

千丈巖早叅師示衆云祖師鼻孔長大衆鼻孔長知客進云將謂和尚忘却師云腦後惺惺

早叅問話畢師乃云叅禪無秘訣只要生

死切絶思惟處道將來吸盡西江口門潤若還勢處不能忘追逐波旬遠彌勒棄諸所重學無生記取夜行莫履白驀喝一喝云鵞王擇乳龍象蹴蹋下座

佛成道日早𠫭副寺問一句當天永絶八萬門生死未審是那一句師云細磨豆粞供午爨旋挑脫粟接朝炊師乃云本師釋迦文佛云一切衆生皆具如來智慧德相但以妄想執著不能證得汝諸大衆還知智慧德相麽内不見有身心外不見有世界發真歸源十虛消殞妄想寂滅執著淨盡情與無情同成正覺且道塵塵三昧一句作麽生道良久云盌裏粥碟裏菜下座

晦日晚𠫭師云本山大衆固是精勤苦行但解制以來不無減舊增新更爲申示自後久居大衆須以尋常家範說與初進諸賢第一須敦尚戒德已圓大戒者貴乎身心俱淨方受具戒十戒者即須嚴束身口初出家者須精持五戒五戒爲衆戒根本爲一切法之根本也凡半月半月誦戒證戒各須依時齊集執事者尋常見人持戒不嚴即行舉退不可留一敗羣者於中儻有證戒誦戒違約不到即行舉罰助衆精嚴不可失舉致滋懈怠如是方爲清衆同居第二要福慧兩嚴來此祖庭須求入祖師閫奥出生死絶輪廻閙忙動靜須似木人坐卧木人行動時時觀看此身如死屍一般如何解飲食解作爲切切看破念頭起處則一切處是你成正覺處一切時是你成正覺時所以十方世界無鍼鋒許非

佛菩薩捨身命辦道證道處不相信者毋勞共住第三自利利他須發願迴向仰三尊之力懺其已往悔其將來二時課誦務用精勤時至執事者尤當以領衆爲心散衆不到盡執舉罰各執不到互相舉察自然人人精進至於饔餐稍繼須念世之饑寒困苦凡遇普請念誦務須勇往直前四恩總報三有齊資顧視左右云前三約終身可行後勸勉及時濟物所以行之者一也是故君子誠之爲貴召大衆云久立珍重

檀越請小參師云一切有爲法如夢幻泡影如露亦如電應作如是觀者釋迦文佛普利有情將安養世界瓊樓寶閣化食化衣八功德池七重行樹微風衆樂異鳥同音種種殊勝掇在人人目前直令過現未來學般若菩薩空男女等老稚忘緇素同一眼見同一耳聞同一身證光明無量壽命無量眷屬無量與諸上善人俱會一處飯食之頃盛衆妙華徧供十方無量諸佛如是自利是爲大利如是益人是爲大益且離幻大覺一句作麽生道虛空撲落地栢樹子成佛震威一喝和聲擊如意下座

解制小參師云壬子年閏七月結夏一百二十日天目亦隨例留得諸禪多澹泊一月多辛苦一月今年田稻熟去住飽禪悦古路鐵蛇横拄杖笑不輟衆中有一天人獻花無路鬼神窺覷無門的與大衆同坐眠同作息且道是誰識得咄咄咄截路豁豁水潔明標雲樹樹松奇出下座

科司馬祈嗣請小叅師云瀴界洪寬聖凡靡間道源深密智巧何施得意忘言盡塵沙國土是當人一隻眼返聞識性總十二類生爲如來千億身高不可踰卑而彌厚爭之無我讓之匪他放行白鶴鸚鵡生輝把住照乗連城失色承先則本端而流遠開後則根固而葉蕃其入世也百花林裏坐一葉不沾身其超世也古佛殿前行千燈競發𢌿且道是什麽人能行恁麽事眼中著得須彌山指端傾出滄溟水下座

晚叅師左右顧視云結制來一月也金剛圈作麽生栗棘蓬作麽生衆競答話師云道得的也三十棒道不得的也三十棒衆作禮師云識法者懼

晚叅師云盡大地是箇火阬得何三昧不被焼却因甚道玩人喪德一僧云三十年後大有人恁麽問師云何不道驚人之句千古罕聞師顧視左右云山僧爲甚昨日不肯今日却肯衆聳然拱默師云我不輕於汝等汝等本來是佛

佛成道日知浴領檀越請小叅僧問如何是趙州關師云五九四十五窮漢街頭舞問古人道盡大地無纖毫過患猶爲轉句不見一法始是半提更須知有向上全提時節如何是向上全提的時節師云許你膽大進云恁麽則雪滿長安衆盈鞔座師云知痛癢好進云末後一言更望布施師云識法者懼問度盡衆生方成佛道如何度衆生師云世尊成道日檀越送衣來進云如何成道師云庭無立雪人馬明覩星

事師乃云有一道真言病者得瘥貧者得寶苦者得樂夭者得壽富者愈富貴者愈貴長年者長年中尊安樂者安樂中尊是大神咒是大明咒是無上咒是無等等咒能除一切苦真實不虚且道是那一道真言一切衆生具有如來智慧德相但以妄想執著不能證得師震威一喝云若也直下透得何須六年苦行夜半明星如或未然試看先宗是何標格下座

晚參僧出問現前即不問聲未絶師便打又僧出纔作禮師亦打師乃云老僧數十年來與人婆婆和和今日索性婆和到底隨聲以拄杖旋風打散

解夏結秋清谿檀越請小參侍者報衆集久立師云向道老和尚與大衆說法竟衆聞踴躍作禮而退

癸丑九月朔小參僧問如何是實相義師云進前來與汝道僧擬議師便喝師乃云水懸山立雲外高標雙塔峻風恬月滿林中古刹一川平坦坦夷夷處突突兀兀突突兀兀處坦坦夷夷有時重關深掩有時徧界分身欲從重關深掩處相見却也徧界分身欲從徧界分身處相見却也重關深掩得意忘言千里同風迷封滯殼覿面萬里傾蓋如故白首如新十室忠信一賢好學把住驚龍象放行馴鹿鷗師視左右云久立珍重下座

小參問話畢師云空花千朶目翳自欺些子金剛穢軀裂出出門問道好惡須知發步研宗邪正莫混形端影直響順聲和煮

砂終不成糜種豆焉能得穀久叅上士揀魔辨異明析是非庶可自利利他若也菽麥不分奴郎不辨四恩難報枉厠僧倫不是與人難共合大都緇素要分明下座

小叅師云山僧日來端居丈室許久不與大衆相見汝諸大衆各成枯木之侶頗不犯人苗稼拄杖子踍跳上三十三天揚聲大叫云東西南北四維上下普皆吹大法螺擊大法鼓建大法幢如日普照如雷普震驚得閻羅大帝眉毛火發燒得東海龍王手忙脚亂波騰浪涌奔走赴訴剛遇前三門老巡照在枇杷樹下曝背坐瞌㿜牛𩑶作師子吼驚得拄杖子退身三步潛身歸來依舊靠在山僧繩床角頭穿却内外大衆一切人鼻孔汝諸大衆十二時中語默動靜好生隄防木蛇橫古路切忌觸著觸著則禍生衆久立師震威一喝下座

小叅侍者報衆集師云向道老和尚在大衆鼻孔裏

大覺普濟能仁玉琳琇國師語録卷第四

音釋

噎於歇切音謁食窒氣不通也

窀穸上朱倫切音肫下祥亦切音席窀穸墓穴幽堂也

效顰下皮賓切音貧眉蹙也又強學人曰效顰

嫫莫胡切音模醜嫗

大覺普濟能仁玉琳琇國師語録卷第五

嗣法門人行岳編

法語

示全菴進上座

進上座事我十年不動竿頭毎爲敲破擲指夏初入大雄室聞舉一歸何處話直下透脱須念自利易利人難深心大心終身誓居學地所謂證無量聖身猶未是泊頭處也

示嵿侍司

衲僧家不爲小毀小譽所動方是具正見行正行的一切去其計功謀利之心方許一切真實無時無事不快樂

示巘侍司

在堂中不要學佛學法辯古明今當毒眼孤撐無佛無祖無人無已放出蓋天蓋地志氣來東弗于逮横身西瞿耶尼展脚南贍部洲喫飯北鬱單越撒溺語默超越常情動止迥殊舊習天神捧華無路人鬼覷捕無門果能如是不變不雜等閒舉起鈍刀子也能殺也能活也能照人肝膽也能禰人伎倆把從上千七百老古錐遺下一言半句或是作家相見或是出格提持或嚴密或危險或泥中有刺或沙裏無油或人目爲譎詭或人目爲奇特千岐萬别駭狀奇音逢著箇鈍刀子自然如庖丁之解牛由基之繞樹豈他穿窬擔板亂統支離者可同年而語哉然猶未也并知山僧與麼庭訓亦是憐兒不覺醜方是有氣性衲子祖師云行解相應名之曰祖又曰明道

者多行道者少如斯料簡豈是等閒今時有等無忌憚者擬爲佛祖苗裔得些見地全不修省難免道力不勝業力又安望其透末後句向上關哉戒之勉之

示岳書狀

余生平無甚長處秪不記古今隻言片字生平亦有自負處不學他諸方佛法噫安得不記人言句者聆我斯言乎書付行岳以示千百年知音者

示嶺侍司

禪和家善用心難善用心的得正悟難得正悟的打脱見地難打脱見地的不走作難翻此四難爲四易則自利利他一切了辦

古人道數十年尚有走作或云我數十年方打成一片成片者無論矣未成片者但把曹谿云什麽物恁麽來隨時覺察管教衲僧行處如火消氷

示峰首座

長沙岑禪師因秀才看千佛名經問曰首千諸佛但見其名未審居何國土還化物也無岑曰黄鶴樓崔顥題後秀才還曾題也未曰未曾曰得閒題取一篇好如斯荅話非大有福慧人不能

示慰我望維那

有意味處切忌貪戀絶依倚時努力進步能如是行必慰我之所望也

示祈遠唐居士

工夫做到疑情發不起則已到門頭此時不用性急不得回顧不得貪戀須連那得

知疑情發不起的念頭亦不起只恁麼去冷眼忽開入得門轉得身根性果利便會開大口吸盡五湖水從前透不過的諸訛公案管教七通八達到者田地切須時刻親近正知正見大人受得他惡辣鉗鎚透過末後牢關方得大受用大自在大解脫大如意超古超今越佛越祖見過於師端可傳受爲法門大樹蔭覆一切人去不然總無實用

示不妄是知山

三家邨裏走出來別無長處一身呆剃髮未經八十日秖合鋤山與斫柴何事隨堂學坐究驀然撞釆笑開口此事本來太易易打七得來未啣嚠重喫烏藤動萬千最難學是報恩禪要令山僧滿口許須教佛祖無住處超宗異目亦非難好把身心同鐵鑄

示松水禪人

凡有所重即成窠臼此學者萬古之龜鑑汝今痛念生死須猛著精彩親見含裏十方廣大心體不可在一念不生時執方便爲究竟尊宿指示人叅父母未生前話逦真屈曲垂慈耳核實而論直饒借未生前爲入路即見本來面目正好朝打三千暮打八百況佇思停機乎戒之勉之

示寂菴洽徒

須會古人無背面句一而不一異而不異穿鑿顢頇時流大弊言須可行行須可言見說兩到行解相應無愧屋漏媿媺古人

衲僧家行事當直遂已志如此自利如此利人難忍能忍難爲能爲應緣接物不隨波上下有愧獨知是非毁譽付之何有

示誠先洸居士

四大各歸妄身本空前境不來妄心本無且道居士面目何在咄莫謂無心云是道無心正隔萬重關若向者裏見得透吐得氣便可與雲門老子把臂同行將三門來燈籠上是甚熱盌鳴聲如或不然跛脚阿師跳在居士眼皮上呈十八變還見麽

示超黙

後生可畏既信向法門須先識因果明罪福視世味若嚼蠟觀身相等空華諸惡不作衆善奉行然後遇明眼人一指一撥自然情盡光圓多見世人通身墮在五欲坑内人天路上尚是站脚不穩妄欲插入佛祖位中可發一笑信筆書此惟自重自勉

示茚谿森上座

茚谿森上座一見投機結制後十日偶閲宗門統要出公案十則令上座拈頌端能不負先聖有益後賢因説偈證之偈曰青竿一擲碧潭渾再擲千峰雷雨腥寄語南山白額虎我欲推蓬最上層

示韞荊壁上座

壁上座多年衆學真切爲已不肯輕發躁露迫衆我大雄一見得之累呼入室因命尅期取證不一日捉敗趙州驚人之句皆從實地中流出舉古人公案驗之悉能不爲語縛且志願遠大惟視人如已豁達大度當爲佛祖出氣可耳

示徤禪人

古德削骨還父削肉還母方現全身爲親說法此間學者須是削骨還父削肉還母克現全身方能聞我說法

爲行燭剗草

寸絲墨墨隱全形兩眼清清水浪行今日一刀齊斷取本來空廓好分明驀喝一喝

示求摩頂

檀越求摩頂授記師云你見本來面目麽檀越應諾師展手摩空云我與你摩頂竟

示超源芟染

信爲道元功德母篤信好學超佛祖看取千絲頓斷時大丈夫兒我真我名汝曰超源字汝曰洞悟

示復行者

清淨三業讀誦大乘讀而無讀誦而無誦見思路絕言語道斷盡十方世界是沙門一隻眼雪峰多口不得趙州揷足不入祇愁活不得死不怕死不得活

示西塢古樵謹塔主

住在塔院當時時見祖師一草一木皆演法音一動一靜無非佛事轉一切境勿爲一切境轉用一切時勿爲一切時用斯真大丈夫不忝爲佛祖兒孫也

自勵四誓

一誓不與本分間隅作一佛事乃至一稱一禮一誓不與本分間隅爲一人乃至交一言一誓不與本分間隅閱一書作一字一誓不與本分間隔一坐立一譚笑

丙申三誓

重佛祖慧命故立此三誓一非透向上關者即精明教理誓不獎借一非透向上關者即精通文學誓不獎借一非透向上關者即富有福德誓不獎借

客問

客問學道如何不蹉路曰善哉問世之不叅涅槃堂裏禪者難乎其不蹉路矣雖然當今傳法者徧界方行等慈不擇淨穢開闡無遮度諸疑謗先進者以廣接爲心後進者以易入爲事知名盛而實衰辯名似而實非者難道全無敢謂罕有吾言之安足爲人重而可與子深言之也哉客固請曰如子之不以人廢言吾姑與子漫言之學道欲無首越之燕之歎第一須發心諦當或志小見近圖作世間善人只消讀治世聖賢之書行治世聖賢之事或遵行如來權教法門助其修省亦有益無損若欲究竟出世無上妙道當顓爲生死始得顓爲生死則博聞強記如慶喜一問十荅如香嚴百鳥銜華如牛頭千指遶座如夾山尚須捨巳從人況降斯而下者乎不爲生死必尚知見此道不屬知見不爲生死必務功能此道不屬功能不爲生死必慕豪放此道不屬豪放一尚知見務功能慕豪放則非愚即狂成魔落外善因而招惡果多自不顓爲生死學道者而成豈不一蹉永蹉哉第二須工夫諦當既爲生死發心學道可不返躬自省果能具大根器一聞千悟也未若也未能須叅一句話頭一日不透一日叅一月不透一月叅一年不透

一年叅一生不透一生叅今生不透來生叅永無退失永無改變方謂之諦當工夫叅定一句話頭便是斬知見稠林之利刃度生死苦海之慈航解雜毒入心之聖藥指萬古迷津之導師不集善而自集不斷惡而自斷不持戒而自戒不習定而自定不修慧而自慧不課佛而自課不誦經而即誦不求生勝處而自生勝處不求多善友而自多善友本不求譽亦莫可毀如是顢一如是精進如是久遠縱未發明亦現在可爲後學規模將來必得佛祖心髓倘名色爲生死學道而起傍疑求别助生異見多外驁憚艱辛喜快便管教百妄交集其蹉可勝言哉第三須悟處諦當既顢爲生死純一叅究必待工窮力極時至理彰命根斷本來面目現不疑生死不疑古今不墮坑落塹不彊作主宰不認識神不陷空豁不涉矯亂不入邪師圈繢不犯明眼料簡儻魚目爲珠瞌睡當死以鹵莽承當爲有力量以硬差排爲不疑以麤放狂亂爲大機大用以顢頇爲透脫無餘竿頭宜進而不進言句應叅而不叅不煩穿鑿而穿鑿不可抹殺而抹殺入門一蹉異解雜陳所謂可痛哭流涕長太息者非此類乎第四須師承諦當非但無真傳杜撰阿師不可承虛接響即沿流不斷者亦須察其行實不擔條斷貫索謬自主張蹉過師家相爲處否不孤負師家腦後深錐否洞明從上綱宗否不施爲偏重瞎人眼目否若無真正作家宗師爲之打瞎頂門眼奪却

肘後符則雖有實悟自了則可爲人則禍生儻若已見既偏投人又謬自方空豁復向瞎棒瞎喝下似水合水如空合空謬執金剛寶劍斬盡一切爲實不知我王庫内無如是刀盲引衆盲江河日下或自入處廉纖沾著邪知惡解家滋味邪毒入心如油入麪更或不知錯認漫云自肯不受人究竟謂之不被他轉却又或云我見處是的只要行履了此等何足挂之齒頰第五須末後諦當末後一句始到牢關靈龜負圖自取喪身之兆不透末後牢關而言得大機大用不透末後牢關而言具本分草料其不爲麤惡狂徒者鮮矣不透此關有正悟者猶可爲一時唱導之師如無正悟不知有此關者其於古人叅悟與悟後重

疑不移前作後指悟爲迷者鮮矣謗先聖誤後人皆繇不知向上一關可不畏懼乎自利不全利人不足皆繇不透向上一關可不惕厲乎第六須修道諦當雖發心諦當工夫諦當悟處諦當師承諦當末後透脱諦當更須自已覺察是頓悟頓修根器否是果地善知識否打成一片速於香林否不走作過涌泉否現業流識净盡否事事無礙否行解相應名之爲祖試看先宗是何標格第七須爲人諦當不可有實法與人不可騙人云有方便助汝易入不可教人不叅死話頭决要人真叅决要人實悟决要人悟後達向上關棙决以見性謂之悟不可輕意牢籠人於人認識之謬哄云有省於人向念未生時認妄爲真印云

有入圖一時門庭熱鬧不顧展轉誤賺邪法縱横病發於此寧絶嗣不亂傳方謂之爲人諦當前六種不諦當則自錯後一種不諦當則錯人良藥苦口忠言逆耳憐子請之誠而示之甚弗輕以語人

客問士大夫可學道乎曰噫難言之矣士大夫不可學道乎曰噫是何言歟客曰師半肯半不肯何也曰吾明語子世之言道者不一教子問道於我豈非以了生脫死見性成佛之道乎此道不可以有心得不可以無心求離婁無以用其明師曠無以用其聰公輸子無以用其巧甯武子無以用其愚不能忘身不可以學道不能忘心不可以學道不能忘世不可以學道名不能忘不可以學道利不能忘不可以學道妻孥眷屬不忘不可以學道家園事業不忘不可以學道知見不忘不可以學道記習不忘不可以學道喜有靠傍不可以學道貪易畏難不可以學道而士大夫果能如是乎儻把智慧不向他處唐喪猛看破此身虛幻一息不來即便敗壞此身尚爾無可把捉身外更有何可留戀努力向天地未成人物未立自己身心亦無之前一回證自廣大性體方知自性本自清淨本自具足本自不生滅自天子以至於庶人無一不宜爲無一不可到豈士大夫而云不可學道耶

機緣一

僧問如何是函蓋乾坤句師鼓腹云我容得你者些人萬萬千進云如何是截斷衆

流句師云趕得你無脚跑進云如何是隨波逐浪句師云容你在者裏立片時

師問僧玄沙是汝虎話你如何會僧舒五指云牙爪齊露師便打復示偈云生平不出嶺一語古今傳明眼人難會君須向上看

師問僧云向父母未生前道將一句來進云八角磨盤空裏走師指香盒云者是什麼僧擬議師便打僧無語師云真誠莫作小兒嬉

問行堂云飯桶裏多少達磨眼睛堂罔措問火頭三世諸佛向火燄裏說法還端的也未頭亦罔措師指傍立一僧云惟有者箇師僧解荅話便歸方丈

園頭問和尚病好了麽師云我從來不病有何好不好進云某甲不能親近得和尚師云我日日在你園中

退菴呈世尊拈花頌云倚天長劒露鋒鋩拈出何人敢近傍濺倒飲光輕觸著面門血濺太郎當師云只見錐頭利不見鑿頭方進云却被和尚看破師面壁云誰人知此意令我憶龎公

僧問如何是有拄杖子與拄杖子師云長安風月貫今昔那箇兒童摸壁行進云如何是無拄杖子奪却柱杖子師云多少人飯籮邊餓死

師還江上度親張静涵老居士過訪十方菴話次伸問塵勞中如何得本師云居士者一問從那裏來士無語師云昔雲棲大師雖不主持宗門指示人叅究却甚諦當

嘗盛稱人著述之妙末後提撕有云須看者段光明從何處流出於此著眼便是得本之捷徑士云如何用力師云者箇代居士不得

師一日入庫房指園子問庫頭吸盡西江即不問你試吞却者兩籮園子看進云吞却了也師云大衆喫箇什麽頭答不契師自代云樂則同歡

僧問不與萬法爲侶的是誰師云桌子板凳

韞荆璧入精進三次日上方丈云某有箇見處師云狗子爲甚無佛性韞拳師肋下云一向在趙州處落節今日在和尚處拔本師便推出次日復入師云盡大地火發得何三昧不被燒却進云特來度夏師便喝璧呈頌云圓似滿月圓寬同大虛寬歴劫無姓氏從來絶躋攀聖凡由此出刹海在伊安始終無變異觸處善隨緣師云還會適來一喝麽璧便出

師從龍淵歸問侍司云你十二時中還見念頭起處麽進云念頭了不可得更覓什麽起處師云我適來見一塊石有九十九條縫

修殿公務作禮師云釋迦老子向灰瓦上轉大法輪什麽人得聞衆無語師云好生看取璧侍司作禮云請和尚荅一轉語師云問將來進云聞的事作麽生師云逼塞虛空無縫殿東西南北月輪紅

江上歸師問衆云大地無寸土是什麽人境界一僧進云和尚家風師云如何大地

無寸土是山僧家風僧不能荅師代云常州湖州杭州

僧問大地山河即不問一毛頭上事如何師云吞取七箇八箇進云不會師云吐却兩箇三箇

僧問如何是萬法歸一師云天圓地方進云一歸何處師云地方天圓

僧問百千法門無量妙義如何是第一義師云橫七豎八

問如何是本來面目師舉扇示云不得喚作扇僧禮拜師云伶俐衲僧

問前不得後不得時如何是出身處師云前去佛殿後去東司爲甚不得

問僧父母未生前道來僧以手外拱云遍界不曾藏師云遍界不曾藏因甚偏向那邊僧無語師云何不道某甲指東畫西

僧參師云承你遠來無可供養將五間禪堂與你一口吞却進云大地無寸土吞箇什麼師云多少人恁麼道苕箒柄各打三十了也

僧問一塵透脫千界光輝爲甚十聖三賢不明斯旨師云你莫管他十聖三賢且道虛空作麼生證進云覔虛空了不可得師云恰是進云和尚是大善知識師云正要你檢點僧擬議師云直透萬重關莫住青霄裏

師問圓證堂寮主云香爐幾時成佛進云成佛久矣師云昨夜被虛空壓碎你還知麼僧擬議師云脫空妄語漢

師雲覆菴歸侍司中路接師云你來得遲

將前面遠山與你作點心侍擬議師以拄杖驀面劃一劃云再加一分贓錢進云也不得將別人家物作人情師云不但贓錢點心也消受不起

師在磬山爲侍者夜則隨堂坐香一夕未開靜即進方丈老和尚見云今日香完何早師云自是我不去坐也尚云見甚道理不去坐師云即今亦無不坐尚驀拈案上石屋録問云者個是甚麼師云却請和尚道尚云你不道教老僧道師云情知和尚不敢道尚云石屋録我爲甚不敢道師云隨他去也尚云賦誣老僧師者裏透不過直得大淚如雨一晚目不交睫立尚單側竟忘入寮至五鼓尚呼云不用急我爲你舉則古話昔日龎居士初見人時也似你一般孤孤迥迥開口便問人不與萬法爲侶者是誰馬祖當時爲甚蹋向前一步云待汝一口吸盡西江水即與汝道師云某有一頌尚云汝頌云何師呈頌云不侶萬法的爲誰誰亦不立始親渠有意馳求轉睽隔無心識得不相違尚云不問你不侶萬法要你會一口吸盡西江水師於言下大悟迺拂袖而出尚後凡有徵詰師皆當機不讓尚迺深肯有再來之稱

師歸報恩衆絫師拈拄杖云先師和尚今日在山僧拄杖頭上示現全身舉揚大法還有共見共聞的麽出來互相激揚僧出師便打又僧請益臨濟照用師卓拄杖云喚作拄杖子又是先師和尚喚作先師和尚又是拄杖子汝作麽生分析僧喝師便

打僧又喝師直打出法堂

茶頭作禮師舉杖問云趙州茶報恩棒你試皺嚼看孰苦孰甜頭擬議師以杖趁出

僧述從前工夫師隱几而卧僧述畢師云我適來困你說甚麽僧無語師趁出

師在古山禪院因侍者還山自持裹脚布往洗一僧迎拜求開示師云洗裹脚去僧接得喜躍而去師大笑僧洗淨持來師接云會麽僧云是教學人淨除垢汚師云恁麽汝只會洗裹脚

俗士跪求開示師云起來了與你道士起師便出

僧胡跪云求和尚慈悲師云我無慈悲進云和尚不慈悲教某甲如何師云教你横又横不得竪又竪不得

僧號無字師問旁僧云如何號無字進云因參無字故以爲號師笑云參乾矢橛時如何

僧甫出家即掩關寄偈求開示師批遠云汝病甚拙速來猶可救僧破關來求救師云我救汝已竟

問囫地一聲時如何師云慚惶殺人

師問慧遠進堂幾日了成得什麽事遠舉脚云草鞵破也師云昨日有人與麽道三十棒趁去也遠作掩耳勢師喝出

問如何是學人安身立命處師云者裏無你安身處進云教某甲畢竟作麽生師云教你進又進不得退又退不得

普慧問某甲得箇惡夢師低頭休去慧在方丈前叫唤師唤入云是你叫唤麽進云

是師便打

師問僧多少年紀了進云三十二師云那裏人進云長興師展兩指云者個指頭爲甚短者個指頭爲甚長僧無語師云適來一一荅得問你兩個指頭便荅不得拈杖便打

僧問某甲生死不明求和尚開示師云青頭白臉禪和子對人說鬼話進云不會師云得與麽没廉恥

僧問學人大事不明求和尚開示師云十二時中如死人作活去

無塵問如何是定師云顛顛倒倒進云如何是慧師云愚愚癡癡進云如何是定慧總持師云又顛倒又愚癡

僧叅師問云那裏來進云淮安師竪拳云淮安有者個麽進云某甲初出門師云家裏事也不知

僧問如何是本來面目師云兩眼一鼻

僧問如何是奪人不奪境師云洪武門前紅檣中進云如何是奪境不奪人師云踢破漁門樊噲怒進云如何是人境兩俱奪師云推倒須彌山捏殺恒沙佛進云如何是人境俱不奪師云一華一國土一葉一釋迦進云四句已蒙師指示末後一句事如何師便喝

打七次師徵僧云如何是本來面目進云拄天拄地師舉杖云者個是什麽進云識破不值半文錢師便喝翌日呈頌云本來面目真奇特古今千聖難捉得血氣丈夫看破了含容沙界無得失師示之云本來

面目無奇特黧奴白牯何得失衲僧漫言看破了青藜拄杖打一百知痛癢蓋不輟二祖當年依位立

師指庭梅問僧云古人若爲道時人見此一株華如夢相似進云某甲不見師云不得在者裏妝盲作聾便趁出又僧請益師云會得同根兼一體方好前來喫蒺藜僧擬議師便打

師洗手次僧問某數千里來特求開示師云却值山僧洗手

守塔次僧參師云還見先老和尚麽進云何得當面諱却師云作家禪客僧作禮云謝和尚慈悲師云得個驢兒便喜歡又僧參師云如何是沙門眼進云不會師云挑土去

師問白車黑豆未生芽時如何進云葉徧十方師云已生後如何進云寂寂地師云生與未生相去幾何進云一串穿却師便喝車禮拜

僧請益臨濟三玄三要話師云臨濟無此語莫謗臨濟好

僧問如何是終日焚香擇火不知身是道場師云近進云如何是終日焚香擇火不知真個道場師云普進云如何是終日焚香擇火不知焚香擇火師云别進云如何是老僧年來無事一味焚香擇火師云收進云如何是千語千當不如一默師云毒

師問雲居百丈有省如何是他省處進云十字街頭遇父親師云你何不道打失鼻頭張大口進云有理不在高聲師云捲却

拜單呢進云俊鷂撲天飛師云又道有理不在高聲師又問百丈云即此用離此用馬祖挂拂舊處馬祖云即此用離此用百丈亦挂拂舊處爲甚却與他一喝進云虎頭虎尾一時收師云百丈已有省解捲席解挂拂如何又道於此三日耳聾進云不是個中人不知師云雪竇云大冶精金應無變色呢進云千峰勢倒嶽邊止萬派聲歸海上消師云張無盡如何不肯他進云情知他是個俗人師云大慧爲甚却肯無盡進云偶爾成文師云你若作大慧時如何進云居士更須喫棒始得師云我道許他各具一隻眼居禮拜師云你作無盡時如何進云某甲今日耳聾師云何不道下官造次

衆僧新進堂叅師云此間禪堂如百沸鑊湯諸上座於中須自知冷煖衆無語師云久立珍重

茆谿森入室師令頌本來面目茆進頌云茖谿寂寂水潺潺萬疊層巒一境閒乍雨乍晴雲散合滿天風月到人間師云與汝三十棒

森知客入室師云古人道悟則不無怎奈落第二頭既是悟了因甚落第二頭進云爲有悟在師便喝

緯書記作禮師指庭前石云他叅得禪麽進云叅得師云你叅得麽緯擬議師云分明無彼此擬議便誵訛

僧叅問兩度大雄門庭高峻聲未絶師便云爲什麼當面蹉過

師指露柱問僧者柱有九千九百九十九隻眼睛你曾數過麼進云不會師云你進堂幾時了進云半月師云念汝未久

師問僧蟭螟蟲吞却南山白額盡大地人寒毛卓朔阿誰解得者塲鬧僧擬議師云幾人於此茫然

僧經行次師一拳打倒云髑髏粉碎時如何僧擬議師復與一拳

收飯僧乞開示師云三年後爲汝劈破髑髏僧作禮師云十字路口莫蹉過周顛僊廼説偈云大好周顛僊死有大人作打破一桶箍一桶報太平

師問僧山僧手中香板穿却常住七個禪和子鼻孔遶四天下三匝爲甚一個不知進云和尚得恁老婆心師休去

師問僧庭前梅樹穿却兩個禪和子鼻孔遶四天下七匝爲什麼没有人知進云謝和尚指示師云山僧罪過

僧問見性成佛如何是性師云江上祥雲滿

師問京書記昔日那吒太子析骨還父析肉還母然後現全身爲父母説法大雄今日開爐上座入爐全身鍛過荅得一語我便肯你進云今日好雨師云衆生顛倒迷已逐物進云者是什麼所在説已説物師云天帝與東海龍王同時設供上座赴阿誰請進云一口吞却師云饒嘴禪和又云天供龍供許你一齊吞禪堂許多大衆向那裏撒溺京良久師喝云者鈍漢

師問僧證得虚空時無是無非法你作麼

生會進云全體獨露師喝云墮坑落塹小
闍黎笑倒山僧麤竹篦
師問僧錢塘江火發燒得東嶽齊天大帝
額頭汗出北海龍王替他打醮直令西嶽
華山觀裏一百二十個道士手忙脚亂且
道甚人解得者場熱鬧進云大家在者裏
師云放汝三十棒

大覺普濟能仁玉琳琇國師語録卷第五

音釋

鶩 無暮切 音務　繢 胡對切 音會　睫 即涉切 音接　賺 牀陷切

大覺普濟能仁玉琳琇國師語録卷第六

嗣法門人行岳編

機縁二

衆僧叅師顧左立大衆云春雨連綿炊煙欲斷行脚須具行脚眼來此苦寒所在作甚麽一僧進云久仰和尚得得而來伏望大開甘露門慈悲攝受師云恁麽則饑時饑殺闍黎渴時渴殺闍黎師復顧右立大衆云不惟柴米艱辛而且出坡辛苦你們又來作麽衆無語師云既到者裏大家挑幾擔石頭

師與一秀才話次謂云你合會得天地同根萬物一體進云某甲何嘗不會師云爲甚殺生食肉

二僧叅師竪拄杖云是什麽一僧仰視師打云蠻大拄杖也不識一僧云荼毒鼓師打云皮下有血麽

師洗手次問侍司云瓦盆走入你鼻孔你鼻孔在我手巾裏打坐荅云恩大難醻師云只恐不是玉是玉也大奇進云和尚也須著眼始得師笑云山僧如千里之駒未免一蹶

師指露柱問僧云兩個露柱三千三百九十九個眼睛且道那邊多一隻那邊少一隻僧無語師云水寒魚不食滿船空月明

師在報恩客寮問僧你道我者裏將甚麽請客僧荅不契師自代云監監烈火

知屋問如何是佛師云枋是匾的柱是圓的進云如何是法師云牕是亮的門是暗的進云如何是僧師云頭是光的脚是赤

的
師拈扇示侍者云古人道青絹扇子足風凉你作麼會進云以實供通師云如何是以實供通的事進云青絹扇子足風凉師云是你以實供通進云和尚又作麼生師袖扇云會麼
徑山僧叅師云在徑山多少時進云若干時師云山上有鯉魚麼進云初學不會師云國一禪師在汝脚底
七僧入室久立師云難難難七石油蔴樹上攤衆無語一僧問如何是西來大意師云橄欖兩頭尖問萬里無雲時如何師云青天也須喫棒進云朗月當空又作麼生師云階下漢問如何是須彌山師云腰纏日月頂住諸天問狗子還有佛性也無師云有進云趙州爲甚道無師云趙州道無山僧道有問一念未生前如何是本來面目師云描也描不成畫也畫不就衆擬退師云且住良久云難難難七石油蔴樹上攤驀歸寢室
丙申夏過大雄師落藥師堂柴頭問生死不明求和尚開示師云你走路不要動脚砍柴不要動手說話不要動口
茶頭問生死不明乞和尚開示師云三口茶鍋兩口破頭擬議師掌云打濕眉毛也不知
僧問叅話頭直下空豁豁地爲甚麼不識本來面目師云我近日牙疼鈍置許多人
問某甲昨夜得一夢凡聖都在者裏師云開眼夢語僧無語又僧出作禮師云適纔

那僧道凡聖都在者裏你道者裏是甚麽所在進云莫不是方丈師云你也開眼作夢僧無語師云與那僧一阬埋却

山西僧問祖師西來直指人心如何是學人自心師云五臺山頂浪滔天

問已事未明如何用心得徹悟去師舉扇云扇子十六根骨進云離心意識作麽生

叅師指鑪云此是奇南香鑪進云向上還有事也無師云穿却你鼻孔刺瞎你眼睛

衆叅師云諸人從實道看是有眉毛的是沒眉毛的一僧云有眉毛的師云快須拈却一僧云眉毛穿却鼻孔師云矢上加尖衆擬議師旋風打散

衆僧叅師竪柱杖一僧跪求細開示師云舉不顧即差互一僧云是拄杖子師云點汙了也一僧云謝和尚證明師云順朱塡墨一僧云不會師云刺破汝眼睛一僧佇立師云幾人於此茫然一僧禮拜師云一箭射一羣

師問僧十二時中如何用心進云學人不會師云我正要箇不會的與露柱作伴僧禮拜立師云一對木頭

道信江居士求開示師云你還信得自巳是佛麽進云信得師云信得無眼耳鼻舌身意麽進云信得師竪拳云喚者箇作什麽士無語師云了得一切信得自巳

火頭問柴盡燄絶時如何師云直歳打普請梆進云大地無寸土向什麽處斫師云摸摸眉毛看頭擬議師便喝

僧呈香嚴上樹頌末云枝頭盡是忠腸血

莫認楊花當紫羢師徵云你那見他忠腸血進云看破了也師云又認楊花當紫羢

師至圓證堂問東單是甚執事進云起造公務又問西單呢進云日用公務師指中云三尊佛呢衆無語

師至大義堂問田寮今日作什麽進云戽水問柴寮上山麽進云上山又問園寮今日作什麽進云鋤地師指中云觀音菩薩呢衆無語師良久云我道田寮也不曾戽水柴寮也不曾上山園寮也不曾鋤地惟有觀音菩薩忙碌碌地

師謂僧云我有一方濟世大黃八兩水二碗濃煎頓服你肯喫麽進云某甲無病師云再加四兩一居士作禮云且喜醫王出世師云服後如何進云作風作顛師良久云我不荅是肯你不肯你進云待肯堪作甚麽師云渣再煎進云請師珍重師大笑

師到大雄問觀堂僧那裏人進云温州人師云你認得永嘉大師麽僧無語師云永嘉大師在你脚底又問一僧那裏人進云温州人師云你道永嘉大師爲甚在你鄉里脚底僧亦無語師云又是一箇瞎漢又問衆僧云昔有人問雲門樹凋葉落時如何門云體露金風汝等作麽生會衆無語師云樵柴時鋤山時種園時打飯時不要蹉過雲門老子衆作禮起師云將謂吾辜負汝便出堂

師一晚落堂云古者道上上等人閉門打睡接中等的人要開了門接下下等人要下堦去接我却道上上等人落堂來接衆

無語師顧侍者云你何不道請和尚閑門打睡去

僧叅師問那裏人進云宜興人師云銅棺山高多少進云不曉得師云你不是宜興人

僧叅師問潑面春風還有吹不著者麽進云謝師垂問師云面皮厚多少僧拂袖出師云恰是

檀越問如何是本來面目師云喫茶不濕口

癸卯秋舟次荆溪梁溪間見一菴門聯云有水皆含月無山不帶雲師顧船頭煎茶行者云此妄言綺語行者曰何也師指茶具云銚中有月否行者揭開銚蓋師云太費力生一北來行者從旁作禮云無水有月否師以手作月勢云凉生生爍汝面門者作禮師云汝只知箇作禮進云禮拜無不是道師云熱饅頭不喫却想冷餑餑

藏堂大衆叅師云箇藏若見有一字即墮地獄如箭射衆作禮師云金輪峰下不是人間

師舉破塵出經卷乃竪起扇子問僧云者箇是塵作麽生破一僧云正是學人疑處師云何不道某甲秖見經卷不見扇子又喫茶次舉起茶鍾問僧云者箇是塵作麽生破僧無語師云何不道某甲終不敢向四威儀中見和尚又有僧進云虛空粉碎大地平沉師云你祖翁墳墓呢

僧作禮師云祖師在你眉毛上僧無語師云却在你脚底下

關中僧參師云佛法長安有

僧問大通智勝佛十刼坐道場爲甚佛法不現前師云瞌睡進云秖如現前大衆安禪打坐與古人是同是別師云大開兩眼進云如是則千古意分明去也師云自領去

問僧昨者有居士請益曾向他道請與露柱同參汝代進語看進云小出大遇師云何不道直透萬重關不住青霄内

問菜頭菜藍裏多少祖師頭無語師云鈍置祖師

問僧如何道鐵蛇鑽入海撞倒須彌山進云棒打石人頭嚗嚗論實事師云怎見得是實僧作禮師云何不道開山祖師面目現在

千丈巖僧參師問如何是祖師西來意僧無語師云石頭古怪松奇特

衆僧參師云鐵蛇橫古路僧無語師云識法者懼

僧問和尚云切虛空爲細末攝大地入一毫學人向何處安身立命師云一莖兩莖斜僧無語師云何爲竹拍不響

大智寮僧問看未生前逼撥到身心不可得如何行持師云露柱前觸目菩提進云和尚工夫說中道妄認四大爲自身相見聞覺知爲自心相除此二途向何處著落師云山牆後圓光萬丈

全知藏收米回師指紗燈上牧牛圖問云燈上爲甚麽有許多牛藏禮拜云總不出者一頭師笑云者樣辛苦又喫此一鞭

師喫茶次顧侍僧云兩箇圓眼核誰賓誰主侍云賓則總賓主則總主師云如何總賓侍荅不契師代云明似鏡又問如何總主荅亦不契師代云黑似漆

僧叅師云欲識永明旨門前一湖水日照光明生風吹波浪起明甚麽邊事進云永明大師一時方便師云何不道面目現在問火頭火燄上誰轉法輪頭禮拜師云三世諸佛在汝脚底

僧呈偈有踢翻須彌語師云只如旭日峰作麽生翻轉進云拋却旭日峰請和尚鑑師云何不道喚什麽作旭日峰僧禮拜師云佛法世法一齊放却去眼空四海去并眼亦擱瞎去

四僧叅師問一僧云如何是道僧禮拜師云何不道步步蹋著實地來問第二僧你試道看僧云初叅師云何不道同行不同步又問僧如何是禪二僧同作禮師云何不道此去禹航一百二

僧問古人為何立雪齊腰進云不入虎穴焉得虎子師云笑倒嵩山數十峰

頌古

舉趙州問南泉知有的人向甚處去泉云山前檀越家作一頭水牯牛去州作禮云謝師指示泉云昨夜三更月到牕

雪中春色梅梢見黃鳥聲聞意氣新意氣新誰知黃鳥笑聲頻說與風流明敏者眼從今日碧華自去年馨

舉歸宗常禪師素與南泉同行忽一日相別煎茶次南泉問曰從來與師兄商量語

句彼此已知或後有人問畢竟事作麽生
宗曰者一片地大好築菴泉曰築菴且置
畢竟事作麽生宗打翻茶銚便起泉曰師
兄喫茶了普願未喫宗曰作者箇說話滴
水也難消
賓則始終賓主則始終主金鎚各逞藏鋒
技父子不傳兄弟同氣和烟搭在玉欄干
上苑垂楊無深處
舉陸亘大夫向南泉云肇法師也甚奇怪
解道天地與我同根萬物與我一體泉指
牡丹華云大夫時人見此一株華如夢相
似
一枝華發十分春覷徹根源把玩新堪羨
大夫打失鼻共來笑傲古今人
舉僧問疎山禪師如何是法身山云枯樁
如何是法身向上事山云非枯樁
一拳拳倒黃鶴樓一踢踢翻鸚鵡洲有意
氣時添意氣不風流處也風流
舉慈明祖師僧問鬧中取靜時如何云頭
枕布袋
悟入汾陽鞋穿足裂塞却口門出廣長舌
如鐘在簴小大徐疾有扣斯應渾身金石
三玄彈指四看語默易知難會易見難識
蓮棹洛伽雲開兜率
舉溈山有句無句公案
二八嬌姝閨閤中錦帳珠簾隱玉容癡郎
把玩簾和帳秪堪一笑動悲風至今遂塊
韓盧隊怎識高居赤眼龍
舉本來面目話
者個本來面光明處處徧却之無可却蓆

之無可薦如月麗中天光照滿林澗漢來漢來形胡來胡來現知即不能知見即不能見放下便相親趣湊轉成間千七百葛藤總是個方便

舉僧問乾峰十方薄伽梵一路涅槃門未審路頭在什麽處峰拈拄杖畫一畫云在者裏僧又問雲門門拈扇子云扇子𨁝跳上三十三天築著帝釋鼻孔東海鯉魚打一棒雨似盆傾

桃源住在避秦先覔個漁郎問渡船雞犬桑麻爭笑舞笑人撈摝水中天

舉趙州至一菴主處云有麽有麽主竪起拳州曰水淺不是泊船處便去又至一菴主處曰有麽有麽主亦竪起拳州曰有殺有活有縱有奪便作禮

短棹輕帆狎怒濤東行西止任逍遥去留不出蘆華岸陸地追尋人自勞

舉玄沙禪師普請砍柴次見一虎天龍曰和尚虎沙云是汝虎

青天白日遇個怪好心告人成自壞從來賊不入貧家玄沙獨步千峰外

舉鄧隱峰禪師推車次馬祖展脚在路上坐峰云請師收足祖云已展不縮峰云已進不退廼推車碾損祖脚祖歸法堂執斧子曰適來碾損老僧脚的出來峰便出於祖前引頸祖廼置斧

清風拂白月白月照清風千古徹人吟嗟人春夢濃

舉芭蕉山慧清禪師上堂拈拄杖云你有拄杖子我與你拄杖子你無拄杖子我奪

却你拄杖子靠拄杖下座

蕩蕩一條官驛路晨昏曾不禁人行渾家不是不進步無奈當門荆棘生

舉馬祖令人馳書併醬三甕送與百丈丈令排向法堂前迺上堂衆纔集百丈以拄杖指醬甕云道得即不打破道不得即打破衆無語百丈便打破歸方丈磬山先老和尚云老僧當時若在衆中管取大衆沾恩亦不使百丈失利待他道道得即不打破道不得即打破但出衆抗聲云喚典座來快擡將去雖然也作死馬醫也老僧更爲諸人須出堪嗟一衆是疑團打破從教仔細看若得磬山當座下林間怗怗地相安

粥飯禪和萬萬千費人鹽醬若爲言馬祖寄來只三甕百丈傾廚倒庫添倒庫添也徒然一言九鼎能扶起疎鐘高擊冷雲邊

和普明禪師牧牛頌

未牧

湘之南潭之北頭角分明東觸西觸少獲頭多捕尾月下風前盛溺掃矢

初調

面月白蹄墨黑有索有鉤忍饑受渴

受制

遠邪蹊趣正道步步登高山長路杳

回首

戴寒鴉履芳草毛骨馨香見者道好

馴伏

寒暑安忙閒得故鄉寬廓任出任入

無礙

任運

朝隴畝暮茅簷隨時水草明月同閒

相忘

刀砍水珠斷貫滄泊寧靜明志致遠

獨照

失却牛撞破壁一箇閒身赤灑灑立

雙泯

拋靈符瞎正目函乾葢坤火寒雪毒

書問

復岵瞻戴廷丞

在在是居士菩提場物物是居士正法眼事事是居士菩薩行步步是居士那伽定使十二時不爲十二時使轉一切境不爲一切境轉斯爲道人若一處光不透脫一時光不透脫即本分不透脫須刻刻向父母未生前絶思惟無依倚既恒且寄時至道成冷眼圓明方知在在是菩提場物物是正法眼事事是菩薩行步步是那伽定使十二時不爲十二時使轉一切境不爲一切境轉此言不欺人也居士心光時注天目居士慧性不昧古今居士至行大建法幢奉復不覺縷縷

荅王泰卿居士三問

問爲人容易做人難敢問爲人之道師云己所不欲勿施於人問何爲知生何爲知死師云知所從來爲知生知所從去爲知死問臨去時心不顛倒意不散亂在何處捉摸師云驗在目前師復云居士真爲生死須知制心一處無事不辦但勤持藥師如來萬德洪名持到持而無持徹見念未

生前本來面目則率性而行頭頭是道所謂發而皆中節天下之達道也如是方能了生脫死方可出死入生何謂了生脫死如太虛空先天地而生後天地而不老何謂出死入生譬如大海日照光明生風來波浪起到此則去來自在夭壽不二又臨去時作得主有二種徹見本來面目則了知生死不相干如上所云若未見本來面目勤持藥師如來則臨命終時八大菩薩接引上生極樂世界入不退地見佛明心因切問處請不覺縷縷

與胡彥遠居士

尋常在稠人廣衆中人人自以爲見山僧山僧直云猶隔千山在日來干戈徧界百里之間如隔千山山僧却云與居士刻刻相睹居士以爲然否雖然刻刻相睹恐蹤迹愈疎居士其何以自處夢幻空華更莫把捉須向一念未生前證取自巳廣大心體與太虛空同量包裹一切而非一切生滅一切而非生滅方是居士放身命處不盡

荆山旅堂寄上大慈老人

師太年高當一切莫管惟向父母未生前看取如何是自巳本來面目見得本來面目便見得佛祖面目便見得一切真子真孫面目無生無死無苦無樂方是個大自在老人名之曰佛名之曰祖名之曰圓通大士名之曰清淨法身名之曰本源自性自利也足利人也足不虛來閻浮世界作一番佛事如不見本來面目則莫道子孫

眷屬冤親好惡便是自已一個身子縱保養到百二十歲一息不來便要敗壞四大各分還看得經歷還念得佛歷還顧得子孫歷還簡點得冤親歷越簡點越顛倒越顧念越諳訛便謂之流浪生死輪廻苦海豈不虚來世上喫一番苦豈不虚出家虛辨道有至性老人决不肯如此果能向未生前看得身心世界一切不可得不可得亦不可得本來面目當自見工夫得力或白松豊或不退勇或退菴重或骨巖峰皆可召而示之此四子當能體我意助師太入道也丁亥十月辛卯比丘男某百拜上

師太老人慈目

荅鑑融上人

玄沙白紙周遮上座毛錐顯露雄情舒展各吐胸襟山僧則云一兩別忽經歲望中雲海賒且道與雪峰是一是二他日覿面當別有以報我

與洽西堂

刻刻自爲廼真爲人切弗忙披獎垢向第二門頭與人婆和但整肅堂規俾人光陰不虚度多隨衆坐幾枝香則利已利他兩得之矣莊周云觀德人之容使人意消不其然乎寮中倍宜嚴静古人見有入房即起立焚香不以絶物爲嫌有志之士直須具如是體裁方不同今時圖熱鬧裨販之客餘想深知不贅

荅木如上人

向從天行叔侄略聞道槩眉衲歸并得手書知公真不自欺人也既知生死寤寐不

能一如須把生死岸頭用不得的知見盡情放下嘗令熟睡無夢無想死了燒了身心俱空境界時刻現前亦不立無夢無想身心俱空見解不住不退無動無靜打成一片時節若至其理自彰叅須真叅悟須實悟端不虛也學道不悟斷不能斷命根工夫不成一片斷不能悟公能悟去方可喫過量人痛棒且道既悟爲甚又要喫棒今時稱長老者十個有五雙分疏不下公能始終不自欺當不以此言爲過也

與豊首座

每日夜可將四炷香面壁簡點本分端能至虛至靈至寂至妙無絲毫間斷隔礙執著虧損等否次可以四炷香領衆直教無人無已無動無靜所謂衲僧行處如火消氷許誰近傍容誰違背再以四炷香博覽簡點於古人正說反說遠說近說死說活說麤說細說一一不受瞞一一舉一明三不死人句下一一秪用遮眼否餘時方可放叅否則大事未明如喪考妣大事已明如喪考妣當自立志若悠悠忽忽焉能爲有焉能爲無真與草木同腐人也孟子曰恥之於人大矣念之

與夾山六解恒長老

吾徒既擔荷此事須時時臨深履薄獨居則閒閒地應機則似火消氷無動無靜靡不常光現前壁立千仞自利利人庶可無悔日來閉關叕雪羮不多及

復許叔度

所謂了生死者正了徹之了叅透生從何

來死從何往則親見本來面目方爲了生死人所謂明德新民止至善位天地育萬物費而隱隱而費尚何偏空偏有種種邪僻之擬哉若不親見本來了生脫死則妄認七尺之軀爲身見聞覺知爲心譬如百千澄清大海棄之而惟認一浮漚目爲全潮窮盡瀛渤則有生有死無苦不生無苦不死安而不安堪忍而已是可忍也孰不可忍也奉寄楞嚴一部熟讀此經方知身心真妄了生死者生而無生死而無死否則認識爲心認妄爲真則不惟錯會釋家本來面目常住真心等語于儒門明德中和皆正說亦邪耳深望一生死齊壽夭下問不敢不詳荅幸下學上達近思力行他日天地同根萬物一體今日從放生護生始

復戴岵瞻廷丞

全力提持如桶子脫甚爲希有方念別來動靜不二寤寐如一否得書知不自放過慰慰所謂如箭離弦無返廻勢正公今日事也老龐不侶萬法深入遠詣故經人一掩口即撒手承當一進步即西江吸盡人徒見其收功大而左右逢源不知其入處深而用工遠耳別諭感刻荷法護法厚望有在不盡

復友蘭陶居士

向從先磬山得聞吼山主人石簣老檀越潛珹密證向往有年幾欲一過其里今日何幸得公下交每逢姓陶人使我心依然况篤信真叅實爲生死如公者乎但公信

道雖篤叅究雖切而研窮未有其方凡叅一念未生話須從有念時叅去動靜不可打作兩橛葢未見本來面目時則動靜皆不離念也時應酬酢不妨酬酢時欲靜坐不妨靜坐乃至喜怒哀樂人所不免亦不必免須有感時即叅我有感時諸念紛紜念未生前是何境界到一念不生即看今知無念此亦念也縱無無念亦無無無念前念猶淺後念愈深須如剝笋層層剝盡如木如石木石知見亦不立行住坐卧悉皆如是方是工夫成片工夫到得成片則時節若至其理自彰尋常示人到一念不生時定見本來面目見本來面目方一念不生不是說食可止饑也病從身生身從妄念生念未生前身尚不可得何病之有如是則向一念未生前去縱未見本來面目亦身病頓空豈能爲話頭作難知公叅究未省力叅究未省力則與一念未生前話不相應所謂研窮未有其方也退步向念未生前去自然省力何如何如餘問條復于左

所言靜坐久忽一日心大開朗無物我無古今無一切種種差别惟見一片虚明曠無涯際惜不久遂失之此乃靜功所現瞥歇塵勞正屬人爲並非天德勿作聖解礙正知見若向一念未生前去囫地一聲徹悟本來面目則位天地育萬物所謂峻極發育優優大哉禮儀三伯威儀三千山野每示人儒者不從聖經入則應從顏曾思孟入否則認識爲心爲入世矜持善人速

成小利則可去達道大成内聖外王之學大有徑庭此後若到一切俱無境界須如前示將知無的亦無却如木如石木石知見亦不立行亦然坐亦然自然悟去

荅顏賡先居士問

塵勞中知有大事因緣足徵般若因深珷持十念法門當先萬緣放下執持名號一心不亂若有念起須看念從何來看徹念頭起處則親見自己真面目一口吸盡西江水龐公去人豈遠哉見得自己真面目則見得阿彌陀佛真面目攜西方來東土也得掇東土入西方也得禪淨一致宗教俱圓豈不真大丈夫所爲哉祝望祝望

像讚

磬山先老和尚

潛磬谷幷汾苦寒遷報恩楊岐冰雪生平不肯人慣用白雲入磨房之機印證小厮兒誰是普化震臺山之鐸沿流不止問如何見過於斯許嗣他

又

山僧事先師未久即獲入室自後愈近愈遠如天之不可階愈入愈深如海之不可汲惟此不能自已者先師嘗掀髯曰類巳後代兒孫切莫造次

自讚

未出芙蓉城通身佛法旣入磬山室滿面慚惶十餘年前拈條白棒欲人人得知好惡十餘年後目睹雲霄一任人七顛八倒龜毛拂子欲流傳未入門前分付了㖞離婁公輸難分白皂

又

者漢浙東浙西有湖南湖北有三台五臺有四海八荒有有處共見共聞秪有一處人不聞見他日好爲人點眼

又

若道是潛子未曾著此色衣若道不是潛子他人無此麤眉更有些子相似等閒兀坐無爲

阿彌陀佛像讚

我識阿彌陀塵塵剎剎現藕華如車輪頂門豁眼看

觀音大士像讚

虗空昨夜呵呵笑笑我分身萬象中欲識虗空真面目看取寒蹊楊栁風

又

一根圓通萬德炳著欲圓種智惟稱大士

又

未展楮揮墨前觀世音大士彌滿虗空出入一切人眉毛眼睛鼻孔唇舌乃至八萬四千毛孔中東涌西没及乎展楮揮墨却走入一楮一墨中去了也求見大士者切忌觸途成滯向文彩未彰以前薦取方有喫棒分杲日一輪當午現無勞鐘鼓報新晴

達磨祖師像讚

萬里來一葦別五番毒九年壁有此體裁不愁無人立雪

大覺普濟能仁玉琳琇國師語録卷第六

音釋

餑蒲没切盆入聲麩餑也

裨蒲靡切音皮

貅思留切音修

大覺普濟能仁玉琳琇國師語錄卷第七

嗣法門人行岳編

詩偈

贈履坦禪人兼報天一居士

嵒立三峰勢挿天嶺門雖闢白雲連飛鴻傳得人間信石壁難依過別川

入磬山

隱居風範依然在說法堂前任草生莫謂門庭能閒寂從來此道少人行

示退菴重子住敔山

澄江有山孰多僻敔山兩灣蒼翠積澄江有水孰多情敔山前後敔水平當年一身澹如水夜隨明月過深林化山擬作推蓬室扁舟乘興堪深入汝今爲我先去住菴傍閒地多栽芋忘世情懷爾我同茅鑣鐵钁振先風得人不在門如市猶憶當年面壁翁

贈禪人

見道誰修道忘山好住山雪深巖屋老百衲一身閒

又

重巖之下茅屋耽耽有幽人兮雪立氷餐

又

好山如畫畫如山紅葉村村杖笠閒看到桃華成一笑再來雲外訪柴關

守塔懷古

多年黃葉類形骸此日徘徊誰偶諧麻衣草履食接氣象骨崖前呼再來

咏懷

千峰絕頂尖頭屋草薦柴牀火一爐三十

年中無一事諸方何處覔潛夫

靜夜思

枝枝葉葉月踈踈客客風誰共蹋流水倚杖石橋東

題壁

星高月曉松雨滿衣西岡危坐嗒然忘歸

偶題

月浸千山冷風鳴萬木清一聲村外犬客路有人行

山居

荒凉苔壁寺孤冷草堂人雨後舒長望庭泥虎迹新

烹泉

廣修供養事如何百沸清泉上佛陀早色爭妍排闥入鶯啼古木梵音多

對鏡 華山蘭若

對鏡吾非昔捫懷志自新何林一枝別蔭我雪霜身

冬日有懷 荆山旅堂

空階栢子落饑鳥入門來千尺危巖下梅花幾樹開

望臺山

荒濶三千路高閒一萬人當年冰畔石遲我未歸身

舟居 三却竹林

澹蕩寒煙古木孤懸雪浪輕帆只在尋常行處杳然萬壑千峀

又

一葉千谿水三盃六月霜逢人不舞棹高卧對斜陽

冬歸草堂

潛形餐栢實放目看梅花何處忘機客同來濯古畬

濟寧道中

臨溪茅屋臨簷樹雞犬依依水國村虞夏平成風化永江南江北共林園

讀白樂天詩懷扣氷 舟次東昌

池上有小舟舟中虛胡牀我心久忘世愧未使世忘

甲馬營夜泊

水上舟如織人間事若蕉無爲與無欲誰共我逍遥

節食

寄形天地間飲食唯接氣翛然等個人明此澹泊意

龍淵南塢坐月

松樹三長四短石臺七高八低坐來夕陽在樹歸去月落峰西

晝寢

譬如木偶人鼓歌索亦住山僧動與靜請問諸露柱

荆溪道中招友

正是千山紅葉時摩挲石壁好題詩百年嚼蠟能多味分取松根帶露葵

高祖寢堂題壁

牀頭懸瀑布塔頂長苔衣一住不復入高寒到乃知

示衆

萬里晴空誰共三春花柳爭遊王孫醉眠芳草何似潄石枕流

我有蓮舟一葉沙城芥刧全收高歌匝壺
擊破童稚出沒洪流

山居

胸中無一事終日坐閒閒睡起摩挲腹山
間與水間

高步

登山造極步自此始有懷君子行遠本邇

促都監立還山

山中有佳月宜人終夜看山中有好風解
衣可盤桓泉鳴千嶂寂松靜一濤寒永日
鳥相喚清秋蟲自紈解聽紫芝之曲喬木在
層巒活埋與斷壁千古仰金蘭時哉石梁
雉雪飲且霞餐

普請口占

年來漸覺精神復老去偏知日月閒飽飯
安眠無一事椎鳴隨衆看秋山

枕流臺題石

山中流水寂無聲枯木生花別有春若箇
到來知解絕紅爐分取萬年氷

庚戌二月磬山題壁

面目分明徧界親偏於此地受恩深三更
月下低徊立恍是當年侍拂巾

磬山揮麈臺先録法濟十咏之一有此名

松根時獨坐花雨不從栽憶昔別峰侍無
言聲似雷

庚戌題壁三首

本是矜矜自了僧飽餐安寢別無能酬恩
報祖雄明哲斗室焚香懷古人
一盋霜華半榻雲無求無喜亦無嗔三更
對月開扉坐慚愧焚香侍立人

卧倚青山飯白雲鷄聲鳥語共晨昏空庭
有隙栽蘭蕙緘户無蹊入怨恩

捲簾

尋常入望驚殊絶何意全身住此中傳語
巖棲木石侶時時放眼識雲松

獨樂園雨後二首

一谿銀鳳玉龍騰想見霜華此得名步到
上方忘藥石勞他從者請頻頻

枕流石上枕流臺到者教君悔晚來白鷺
羣飛千㵎雪洪鐘大扣萬山雷

巡寮至大義閣癸丑燈前

花滿寒庭月滿林巡寮未半欲三更到門
且莫掀簾入愛此樓前布水聲

邘江贈虎公至契

交道江河下於公見古人素心千里月青
目一山晴

楚州題壁

澹黄微緑拂疏風到處垂楊適我慵覓得
小舠瓜子大一帆漂渺水雲中

旅堂

愛梛無如我摩挲玩歲年旅堂忘岑寂一
樹適垂軒

開窓

風聲雨聲聲聲入耳花色草色色色幽妍

山居

竹户風清江入簉道吾一到至今傳逢場
竿木時思曳戀此華亭雪滿船菴名船子

示淳徒病中

接氣三盂粥消閒一縷香石牀黄葉襯何
處得嚴霜

天目雙清莊

兩峰清拍肩雙豁寒共語中有一徑清昔人此還舉

金沙顧龍山留題宿處絶句

不問江南與江北枯藜爲友笠爲菴龍山半日登臨足又踢春風去去憨

言志

客夢秋山遠閒情黃葉深脚麻松下石過嶺覓禽音

題壁

栢庭霜夜月蘚屋夕陽風峇寂非人境犬聲東舍東

廣武題壁

松崖罷聽得梅而樂孤立月庭旅影落落

藕塘題壁

踢徧秋林步步霜麻衣草屨自清狂逢人樹側低徊立惆悵千峰華政黃

大雄山居

臨海渾無地滑豁却有郤蘿菴在空碧鐘動月爲門

懷靜涵老居士

落落松根石蒼苔没欲平江風吹木葉寒月漾波清

懷五玉弟

江流清日夜今古葉聲乾高卧石牕下一燈相對寒

絶糧

山空水碧千指壁立摩掌布毛縫衣炊食

壬辰歸報恩

本是金峰苦行身芒鞵短拄舞還新漫教

杞棘藩吾室掯㸃泥丸光印人水滿蒲谿
流夜月風生菊徑静芳辰好來和我紫芝
曲大小石頭正法輪

高齋對月

嗒焉忘言徙倚夜半皎皎毛髮月明九面

禪者請書

有一僊兮驢布被裏入被尋伊滿頭尿矢

又

扶起法堂拆却佛殿昔許爾聞今便眼見

又

方寸之樹生石柱底放華一葉覆徧大地

荅老母

若欲我度親別無法可度死盡世間心當
下同佛祖

江上十方菴慈氏芟染

修行在行不在説萬事應須猛割截者回
似斬一握絲一斬一切俱了畢頂上圓光
含十虚從今更不重埋沒非是山僧輕度
親十載先師曾記剪刹那具足丈夫儀法
名通光號悟徹不向他人行處行管教步
步邁華國 通光先磬山親題法名

和示峰子

山月滿檐諸子侍立面黄者黄面黒者黒
或撥爐灰或研墨汁眼明手快善知時節
擬索枯腸青藜三十

題壁

此偈贈一切人不能收取須還山僧
萬年氷上久安居却向紅爐放雪飛到處
逢人不相識瘦拳高枕自忘機

對鏡 有引

向侍先馨山聞潙山荒寂有願四句體胖曳杖往住二十年於玆矣適浴室臨鏡因有此偈

不是潙山舊住僧年來四十骨稜稜金峰峰下堪鋤石待個英靈剔祖燈

自擬

有芝東巖東風兩石爲屋蒿壁平莫攀龍山高可逐

江上法願菴

到處耕荒翻石笋今來坐月友寒烟半間老屋安親膝五合香粳努力煎

草堂月

喬林花滿地晴瀨月當天題石貽來哲應同徹曉禪

代草堂老人示徒

雲開山突突霜重栢蒼蒼倚徙閒庭寂寒籬菊晚香

圍爐得月峯

三長兩短此坐彼立當年有叟盆池款客

西樓題壁

架月峰前獨坐時寶峰塔在翠烟西有言枕筆吟難就山水蒼茫客自知

中臺書竹

翠幢之下或坐或立惟有一間長年眼碧

杖底松風

疑立海上峰春潮夜來急笑聲落層崖誰人和月拾

寄羽明居士

信宿金峰頂喜分半芋香荆溪一葦便拂袖意蒼茫

草堂晝眠

飯罷松根一榻清波濤萬頃屋頭聲年來滄海扁舟志起立千巖鳥碎鳴

夏夜露坐

星隨夕茈湧月爲殘經留寒暑不到處松根六月秋

掃徑

掃出緑雲徑送來銜日山黄花紅葉際杖笠道人閒

早飡罷

明月入窓三尺雪松風拂簟一天濤夜來有客中庭立不負嵩山折葦勞

大雄面壁巖夜坐將赴磬山請

愛此一牀月長年卧掩關先師案欲了破雪問家山

梅軒題柱

此君澹似我我冷此君知風雨應嫌癖落花坐不移

贈豫章齊居士

解學死心禪世居山谷里春風歸去來湘江流不已

松濤

松濤堆裏來松濤堆裏住北山松濤潤南山松濤聚境潤勞亦潤境聚閒亦聚不緣恩未酬誰肯舍此去

示衆 大士誕舟次下相

萬頃清風透碧紗西來一筏濟人賒同舟莫自拖泥水放下空拳指指斜

歸草堂

幻影歸草堂如臨秋水碧慈幃吾所依松

竹吾所宅蕉葉入欄櫳濃翠濕床席

芟松

愛山尤愛月芟竹亦芟松此夜西窓坐清

光到曉風

旅堂雜咏

老松一萬樹新竹百千竿題遍琅玕碧寒

濤枕上看

山居

無念常趺坐多閒時手書海棠開爛熳曳

屐步庭除

雪齋歌懷徐韋五

世間少得休心容我學休心休未能何意

賢覩有吾子雪齋遥對兩閒人

溪上吟

望見青山眼便開前生疑此坐禪來千巖

絶壁知題石拂蘚披雲榻取回

乙巳五月十有七日

未敢登山侍祖燈傍溪縛屋欲安僧大忘

身世人來此看取懸崖千丈冰

丙午題壁

情忘若草木志定素冰霜客悟芭蕉法恭

同絶較量

秉燭踏雪

愛雪尋廊步臨軒坐擁爐萬年冰畔客習

氣未全除

洗澗

洗澗水深石出栽溪月冷風高兩堂聊蔽

風雨看取種竹栽桃

夜坐

山影界天碧燈光在竹末誰來千仞巖伴

我坐晨夕

千丈巖西宓即事

枕間懸瀑布几上疊千山絶學忘機客耳流齒石間

對百合花懐延陵公

獨許空生親見聞滿前香色任縱横人人不昧翁真面父子依依亘古今

西方菴題壁

寤寐泉聲三十年今來到處聽潺湲居山我不嫌風雨張葢看雲布水懸

樵谿

樵出溪溪水坐平石石峰芒鞋徧四海應念此山中

龍鬚禮祖

禮取龍鬚大徹堂祖翁面目絶遮藏人來何處尋蹤跡庭滿六年枕上霜

既望夜叅後

滿堂明月光誰蹋太白霜坐客亦輕擲題詩破夜香

有懐

淡紅淺碧八九樹江村茆屋兩三間草履麻衣食接氣客到平分一味閑

新秋

新秋設藥石檄櫳款羣賢苦澁眸雙烱坐深月滿筵

仰止閣題壁

卧聽松風起啜茗粥短歌鼓腹庶幾知足

辛亥重九後一日示相隨諸子兼懐下常住是年山邑饑

登高三日雨夜來誰有詩兩堂木石侶束

篋歌紫芝

荒園

翠竹兩竿梅一樹梅開竹孕鳥懷春荒園
曳杖日無事揀點生生此性情

雄峰有懷

千峰深處三間屋石壁誰人先養松半芊
平分慰饑渴十年雪卧放疎慵

無能

我是無能者人知我不能海天容浩蕩籬
落任紛更莊笑蠻和觸諧稱鯤化鵬綱宗
絲九咼若箇振家聲

虀粥

肺腸久與君相洽一旦相逢似故人正脉
危微識法懼他年帶篋與君親
佛事

在明禪人火

生也不道死也不道咄哉古人未明向上
一竅報恩則不然在明老衲昨日死今日
撞來對衆燒

亡僧起龕

昔日七賢女游屍陁林一女指屍曰屍在
者裏人向甚麽處去一女曰作麽作麽諸
姊諦觀各各契悟師倚杖云者一隊死了
嬛好與一爐燒却靈利衲僧别有轉身一
路舉杖指云髑髏踍跳上三十三天東海
鯉魚打一棒雨似盆傾

悼八十三黙真老衲

汝年頗不少汝死頗安好如何連夕來我
心痛徹曉念汝度凶荒屈指可過了不虞
麥甫黄倏爾音容杳苦樂未易空死生未

易妙未證虛空心重來明此道我哭有餘
哀宿有好懐抱

自覺尊火尊柴頭一生擇木三遷勤普爲衆臨寂撥置後事顧持藥師名號數日泊然坐脫

生知所止死知所歸豈無俊士於茲徘徊
咄哉行尊庶不虛爲出世之人

隱菴顯火顯園頭勤樸十年如一日歲饑禾麥而園蔬獨豐一衆賴之

隱菴顯老園頭十年爲衆荷鍤不休惟是
歸家一路幾番盤躃門頭吾今助汝一炬
黃華白菜處處自繇

印潭八塔

即此物非他物取不得捨不得青山以爲
宅

奠無障開闍黎

一靈皮袋皮袋一靈即此皮袋無障真身
杯茶盂飯聊盡衆心嗚呼尚饗

奠志一達侍者老成衣鉢

行達行達汝解四大空我今爲汝說真空
瀼茶傾三奠香爇一爐

洞如着德火

性空三昧火自焚實相身今日是我洞如
老瀼兄向火燄裏轉大瀼輪令大地情與
無情俱證究竟堅固大定現前大衆異口
一音同誦首楞嚴王咒

奠雲標岫侍司

泥多佛大水長船高葉落歸根知已力來
年仔細發春條

岸侍司火老成衣鉢

雲開岸侍司諦信真空理四大各有歸斯

人無去住無佛處作佛蓮華生碓嘴

奠岸回老衲

者漢生亦如是死亦如是吾許汝如是與汝一杯茶

嘯岳月監院掩龕

荷衆廿年來歲繞數千指頗多素心人澹永首肯爾掀眉絶衆緣清光滿大地師雙手掩龕云多少死於句下不能入道的阿師只作墻壁話會遂轉身設奠

月監院火

萬仭峰頭撒手時千華競放月明枝以炬繞龕云東西南北溈山火堪愛風顛胡亂吹

奠寂菴洽子

漚雲吾久視來去汝無拘汝有利生願重來讀舊書

奠月岸彼老衲

撻去撻來善終善始月岸彼老衲吾不弔汝而慶汝纖纖雲淨夜光寒更莫遲疑落二三拾得瀑華橋上笑絶塵千古髯無雙

爲南澗和尚火

香水湛然滿浴此無垢人吾兄徹始終火裏洗箇澡

爲澹齋化主嚴土善上座火

嚴土土嚴寂善善寂萬善巳圓善可嘉嘉善告寂寂不寂再來重理舊絲綸嶺梅香透千江雪

鎮知屋火

師秉炬云者火從汝十餘年真實心中流出將來光天燭地去也遂投炬適大雨師

歸方丈問衆兩從何來一僧云大家一身濕師云是何言歟復云新遷化上座爲汝等說乾曝曝禪也不知

量空寬都監火

師舉炬云盡大地是寬上座一隻眼寬上座面前觸目菩提腦後圓光光萬丈山僧更爲爾錦上鋪花便擲炬

智周足副寺火

足副寺生如幻死如幻發心如幻出塵如幻辦道如幻進業如幻甘澹泊如幻忘勤勞如幻始終一德至死不變如幻更有一種如幻舉揚待汝重來秉炬云臨行助汝般若燄照徹人間與天上

爲織造馬護瀘火

舉炬云昔年相見無相見今日相違未始違欲識馬公真面目火裏蓮開大十圍

雜著

東語西話

開了兩片皮只是粥飯鑵當世有與麼人山僧禮他三拜

顛仙謡

憎愛胸中盡是非眼底空泥牛入海後聚散問漚風

書溈山語

行脚高士須向聲色裡睡眠聲色裡坐卧始得山谷云東坡文字語言歷刦贊揚有不能盡吾於溈山亦云戊子春二日荆邸書

題雪竇頌古

野鴨子知何許馬祖見來相共語話盡雲

山水月情依然不會還飛去却把住道道頌出雪竇真能於法自在匪夷所思如清光匝地猶舟夜塘以盡所欲言而妙此却把住道道以不完題而妙盡所欲言如千雷並吼易不完題如千日並照難偶閲之直欲擊碎唾壺

草堂書壁

日中一食樹下一宿世尊模範如是一語不投折蘆渡江少林九年終日面壁鼻祖標格何如

荆山旅堂紀事

丁亥十一月朔著新絮襖飽領本菴香飯飯餘展足熟睡皆行脚經年未曾有晝睡起一趺晚晴快人遺景在屋庭東大樹茂緑未衰殊映日溢目忽憶十五年前得先師烏峰竹齋瞌睡起書愡浣壁時復憶甲戌秋先師遷吳興報恩是日結冬破屋敗垣炊巾滿谷羣賢卧草眠霜氷骨老人支枯藤指點磚頭瓦礫爲諸人闡最上機余時獨處江干野色無垠天光連水曾和老人寄示偈云師闢山頭宇吾撐水上門脚仝蹋實地眼獨空叢林小兒無繩尺曠蕩之言不謂至今多人成誦昨便鴻南去拈句寄重監院高歌天地外穩卧雪霜中他日憶此更作何狀

書巖子紙

大雄道人廿年來炊氷煮雪接納諸方能三十夏不憚寒苦者敢保出他人一頭地巖子能否

叅禪悟難既悟巳忘悟難且道忘悟的人

何如巖子道看

此事極平易極欺人等閒看得平易者此最受人欺者也戒之哉多見人在殼漏子裡譚葢天葢地之道徒自欺耳葢天葢地者能把殼漏子作塗毒鼓撾

書楚紙

近年少至性衲子葢稍有見處不能出頭天外全體受用多以名利熏心學文字語言還知但患不成佛不怕佛不解說法麼筆此蜆子和尚卓立紙末

三師說

吾有三師父師母師師師父師生我眼師師開我眼母師護我眼父師身示無常此生我眼者也師師了我生死此開我眼者也母師勗我證果此護我眼者也三師皆有大因緣使我悚然省豁然開惻然痛吾何修而得此三善知識師也噫吾於荆溪磬山開此眼於江上氷關忘此眼於吳興草堂保此眼不知何年得真不負三師也有客躡而問曰忘矣何用保爲曰此非汝所知也保矣更俟何年不負師曰此非汝所知也待汝證果地涅槃與汝共報難報之恩可也雖然父師母師出離之緣皆賴師師師乎師乎粉骨碎身未足酧將此身心奉塵刹潛子苫次草述時乙未九月戊戌

西樓聞雪

潛子早失太山之仰不獲徧任兩序列職壬辰夏報恩乏住持供先老人方丈重歸

侍室首修殿公務攝客司諸禪極不安潛子有餘樂也向志夙夜守塔每爲事奪適寓監院寮後軒篝燈正當寶峰塔下漏下三十刻聞雪起立不禁清絶向於磬山有生平徼幸處千古快心時之句此際是第二番境界時壬辰十一月癸巳手書所用破硯猶是二十年前記室舊物并記

報恩旅堂閒書

近日學者有二病一等弄聰明習外學一等守愚抱拙般若不清楚二者皆不可與言道不識一丁者必如六祖方可不撥文字者必須遠同西天龍樹馬鳴近同永明明教始得無過

題壁

本學古人莫視流俗閱趙州語録自勵

跋趙州三佛話

金佛不度爐木佛不度火泥佛不度水眞佛内裏坐南嶽磨磚江西監醬不是過也又云非四十年不雜用心者不知斯言簡盡

題藥師日課語

予辭恳絶塵不暇披覽偶入藏閱藥師如來本願功德不覺手額失聲願人人入如來願海也或問何於此經驚歎如是告之曰予見世人順境淪溺者不一富貴可畏甚于貧賤今此如來使人所求如願遂從此永不退道直至菩提則欲於王臣長者一切人中作同事攝不乗如來願航何從濟乎大凡修持須量已量法直心直行誠能厭惡三界堅志往生則專依阿彌陀經

收攝六根淨念相繼所謂執持名號一心不亂决定往生此先自利而後利人者之所謂也若於現前富貴功名未能忘情男女飲食之欲未知深厭則往生法門未易深信即信矣身修淨土而心戀娑婆果何益乎則求其不離欲鈎而成佛智處於順境不致淪胥者固無如修持藥師願海者之殊勝難思也癸巳之夏山居不寧偶奉親歸養江上晏如程君以刻成藥師日課見示此出人意表是經流傳已久編成日課未之聞也乃得之吾江之善士為之助喜信能修持久久不懈知不獨富貴功名轉女成男離危廸吉如如意珠隨願成就即得於一切成就處直至菩提永無退轉何幸如之人間亦有揚州鶴但泛如來功德船

錄餘杭道中詩

舉目千子刺淚流若為問路白雲頭大人君子今何在長歎一聲天地秋餘杭道中不知誰書此詩於壁題曰行脚紀事非目擊其中人者不知此詩之悲也

書禹門先師翁詩後

五峰雲頂古文殊盡日跏趺總笑余半點苦寒禁不得躊躇未了又躊躇此禹門師翁臺山卜居詩也師翁證處穩密超脫故微言澹語中煞有吼意琇生也晚何幸目聽洪音

跋古德語

諸佛未出世人人鼻孔撩天出世後為甚麼杳無消息三十棒寄打雪竇斯言函以

卞玉綴以隋珠供於百寶浮屠之上當夜
夜放千道奇光光中時現二龍發大音聲
金聲玉振千佛萬祖于其音中示生音中
涅槃已丑中秋日手記

跋大慧頌古

相體裁衣量水打碓毫髮不差且居門外
昨夜三更月到牕話後人逐塊亂頌無論
蹉過南泉趙州還曾夢見大慧乎兩牕偶
書

書月祖偈

自笑當年盡模則幾番紅了幾番黒如今
謝主老還鄉那管生平得未得今人輕易
敢稱笑巖後裔余略舉此偈示之請莫造
次

船子菴雜記

中秋前後臥鋤雲堂泉聲山色爭勝月出
當門日亦如之旦夕令人應接不暇數日
來倦忘寢饑忘食病廢藥終夜大啟户牖
以納之早則堅臥不起金峰僧走候謂之
曰爲我寄語重維那道人近得二入室弟
子清超絶倫僧曰二子爲誰曰皆受馬箠
箕記荊來日面佛月面佛僧擬議筆以付
之曰可并示峰書狀

潛子傳贊

潛子不知何如人自得法先礬山力以大
法爲巳任嗣住報恩數載雖百廢並舉未
嘗一事營心數千指日環擁叅請未嘗有
一元字脚與人其許入室者愈臻玄奥愈
爽然自失久追隨者多忘身爲道高年碩
德之侶主法不讓人情時有以認昭昭靈

靈爲得本以識神空爲末後無疑者明辯其爲狼跋其胡載疐其尾復有死於棒下以心如牆壁爲明道眼等者直斥其爲將成九仞之山未進一簣之土皆苦其盲引衆盲非好辯也人不知而不愠其志潛值世危亂其時潛布袋和尚贈以偈曰一鉢千家飯孤身萬里遊青目睹人少問路白雲頭其行潛遂稱潛子贊曰 汝何人斯其三代之直歟抑乘願而來續垂絕之脈者歟人徒描汝之形像汝只瞠目而熟視其潛子歟

書先賢偈

十方同聚會箇箇學無爲此是選佛場心空及第歸禪人看公案多不透脫爲書此偈若曰此老僧之常談吾未如之何也已

書示月庭邇

江國春風吹不起鷓鴣啼在深林裏乳峰老人三十二相八十種好見此老一光者百千諸佛同時現前透此老一言勝透一大藏教咄山僧未免向佛頭上淋漓墨汁

書屏

栢樹子幾時成佛虛空落地時成佛虛空幾時落地栢樹子成佛時落地善財參後誰相訪樓閣門開竟日開

跋保寧勇禪師頌古

煉得通紅打一鎚迥遭無數火星飛十成好箇金剛鑽攤向門前賣與誰夜坐偶憶此頌不惟枯木頭陀通身毛孔皆笑直教大地山河草木昆蟲悉皆起舞

偶言

東坡云醉時是醒時語吾於今之言未生前者亦云

跋古

成株大樹蓋覆天下人去汝師黄檗非干我事引者風顛漢叅堂去百丈云一句子百味具足知言哉

大覺普濟能仁玉琳琇國師語録卷第七

音釋

閴（苦臭切。俱入聲。寂静也）邗（河干切。音寒。地名）崒（秦醉切。音萃）

櫚（移廉切。音炎。步廊）

勑封大覺普濟能仁國師塔銘

洪惟

世祖皇帝聖德顯道彰于遐邇深仁厚澤洽
于幽明妙智圓通與如來心印爲一嘗
命訪僧伽之行解圓證者與論向上宗旨於
時有大禪師奉
詔入京曰玉琳琇公葢天隱磬山之子而
臨濟三十一世孫也師諱通琇號玉琳
常州江陰人族姓楊氏父芳母繆氏皆
與般若有大因縁師之生也母夢大士
携童子自牖入寤而生師墮地敏悟夙
成能語輙誦佛號坐常跏趺十五閲語
録絫誰字疑情大發寢食俱廢晝夜徬
徨室中因觸翻溺器有省遂蟬蛻萬縁
決意究竟大事時磬山修禪師方弘化
荆溪爐鞲正赤師直造其席依止受具
戒爲侍者進則决疑請益立雪不移退
則宴默凝神危坐達旦必欲見道乃已
一日于一口吸盡西江水下瞥見馬祖
用處不覺身心慶快曰佛法落吾手矣
自此遇勘辨發語縱横自如當機不讓
無何辭歸省母磬山寄囑徵信曰善自
護持勿輕洩也師既歸江陰葢韜晦日
放曠雲水間偶乘月泛小舟舉頭頓忘
迷悟如虛空玲瓏不可湊泊急就證天
隱於武康之報恩叩擊之次迎刃不留
至掀案而出隱知其透關歎曰此吾宗
獅子兒也隱示寂遺命令師主法席師
不從避之凌霄峰絶頂時天龍業已推
出雖欲埋名煙壑而衆莫之許師不得

已起應之開法筵之日黑白環遶者萬指莫不霑被化雨隨根沃潤而去丙戌過大雄樂其山川幽寂就荒煙蔓草葺茆爲屋有終焉之志然聲光外流遂擅者益衆期年復成叢席是時天童方唱道東南其機鋒迅利諸方無能抗者惟師以法門猶子後先角立應機接物如疾雷破山龍泉出匣非眞實證悟者不能窺其縱奪之妙以故年甚少出世最早而握機行令卷舒自由聞者莫不欽服焉

順治戊戌

世祖皇帝聞師名遣使

詔師已亥春師應

詔赴闕見

上於外朝慰勞優渥即

命近侍送居萬善殿不時臨訪道要一日問如何用工師曰端拱無爲又問如何是大師云光被四表格於上下又問孔顏樂處師云憂心悄悄

皇情大悅

命近侍傳語恨相見之晚焉

特賜號曰大覺禪師名香法衣之錫殆無虛日尋以毋未塟懇乞還山

詔許之出内府金錢助之襄事師受賜歸以十九飯僧放生而以其一助營塔費凡畚土運石一一皆身自爲之庚子秋復

詔至京禮遇尤渥進號大覺普濟能仁國師至臘月世尊成道日

命於京師阜城門外慈壽寺爲千五百僧說
菩薩大戒又
命作工夫說刊行之次年
世祖皇帝升遐師領大弟子作佛事七晝夜
畢辭還山
欽命遣官護送其寵榮稠疊近代無與同者
師雖遭際昌辰然性恬于榮利無毫髮
矜重意既歸如野鶴孤雲無所留礙會
於潛天目師子正宗禪寺歲久隤廢郡
人順天少京兆岵瞻戴君謂非師無以
舉揚宗風光輝祖席率衆延師居之遠
邇學徒聞風奔赴堂序殆不能容於頹
垣敗壁中一彈指間金輝碧明樓殿上
挿雲際而未嘗見其有所作爲善權之
請師雖勉強一赴然旋思歸老舊林亦
未嘗久留也天性至孝十二歲即喪父
得法後別構草堂于報恩之側奉母居
之躬進飲饍母歿斷食禪定者七日行
道不離殯次者三年先是師之父振陵
翁與受雲棲大戒深味禪悅臨終染衣
自度謂師兄弟不讀書即當出家母氏
亦受磬山記莂晚年離俗依師得悟世
號大慈老人葢非積慶之家不能生此
大士而師具全戒孝友陳睦州大慧杲
之風豈非契經所謂五因緣中真友者
耶晚年慈心益切不憚跋涉之勞意將
窮搜泉石接引縛禪物外而不與塵世
接者嘗歎曰趙州八十行脚彼何人哉
乙卯春遂屏給侍飄然常往因觸熱渡
江止於淮安清江浦之慈雲庵索浴趺

坐説偈而逝時康熙乙卯八月十日也壽六十有二臘四十三弟子奉龕歸天目全身塔於東塢菴之後隴師凡六坐道場七會説法解結發覆妙具善巧雖沉迷重障一遭鉗鎚罥索無不斷絶焦芽小草一棠溉灌身心無不光潤得法弟子二十餘人皆能傳燈續命接席分輝者也師廣額豐頤平頂大耳面白玉色目光炯炯射人宴坐如臨大衆故見者不威而攝一生不蓄私財即纖細供養亦不輕受嘗過青縣有苦行僧負斗麸設供隨舟行者數日師憐其誠爲説法要即揮之使去終不納也每檀施至輒教以持歸放贖生命同於攝受雖膺紫衣之寵而服用不及恒僧既悟逸格之禪復教人兼修淨業五會弟子從師持藥師琉璃光如來名號得度者至不可筭數皆謂師從彼世界應化來此方云余昔從

内廷間立法席之後親覩師據獅子座舉明正法發轟雷掣電之機雖老參宿學罔知所措既而閉關習静龍象萃處一室而户外不聞人聲至於廣厦細旃從容

詔對語巧意圓窮極實際能助

九重增長法喜一時貴近無不亟香問道師於弘法外不發一言其善慧深厚如此是以緇素四衆罔不傾心馴至名德上

聞于

天寵被鴻名

龍光赫奕則師豈非乘夙世願輪隨助

聖人敷揚大化者乎謂之優曇鉢花千年一
現良不誣也銘曰
西來妙旨　五燈分繼　震動鏗鍧
厥惟臨濟　國師嗣法　三十一傳
金輪御曆　佛日中天　兠率親升
演説般若　光燭大千　聲施九野
應機而出　乘願以來　心光内發
樓閣門開　西江一吸　劈面全體
布袋打失　凡情盡死　扁舟夜汎
水月明融　直入無見　爍破虛空
六坐道場　大施正令　凡聖皈依
天龍恭敬　顯號榮名　自
天之祐　開士何心　白雲出岫
天目高峰　上摩穹碧　師錫振飛
祖庭生色　寶臺珠網　彈指立成
隨順世間　何經何營　蘧廬終宿
曳杖江口　起滅空幻　我尚不有
坐脱淮上　遊戲自如　死生者誰
隱現在吾　六十二年　悄然無事
居士勒銘　僅有半字
康熈乙丑仲夏
賜進士出身光禄大夫禮部尚書保和殿大
學士加三級宛平王熈薰沐拜撰

明道正覺茆溪森禪師語錄

嗣法門人超德等編

清刻龍藏佛說法變相圖

明道正覺茆溪森禪師語録目録

佛事

雜著

塔銘附

明道正覺茆溪森禪師語録卷上

嗣法門人超德等編

上堂

結制陞座問答畢師云放下布袋快活無四閒看猢猻偷喫生鐵阿呵呵的的的問甚生前面目誰論梨花笑日齋堂有粥有飯禪和要喫便喫喫即不無飽後作麼生夜行莫踏白下座

解制陞座問正法眼藏即不問今朝解制句如何師云穿山鼻孔破僧禮拜師大笑云雖然和盤托出却是大叚不同瑯琊禪師道本來無一物厭殺天下人直饒便分明坐在糞坑裏作麼生是透脱一路妙音觀世音梵音海潮音衆兄弟朝看東南暮看西北近世雙笛從羌侁飯不及壺食下座

報恩元旦秉拂僧問古德道清光照眼尚迷家明白轉身猶墮位且止請問報恩意作麼生師云數點梅花報曉春進云恁麼則月明簾外家風古寶鏡堂前瑞氣新師云且站過問靈山記莂則不問今朝分座事如何師云孤鴻嚦嚦進云龍象雲臻乞慈再示師云野鶴穿雲進云點開碧眼水到渠成畢竟恩歸何地師云不許物外安身進云恁麼則水接長天遠春光徧界新師云廵照去問物有新舊柱杖子還有新舊也無師云老鴉亂叫進云今古頓超圓智體何山松柏不青青師云截斷葛藤進云謝師答話師云今日且放過問幾點梅花送春來那裏來師云人笑你進云數聲

爆竹催臘去那裏去師云羞也不識進云去來且止卉木咸新又作麼生師云轉見轉見進云一天佳氣萬象騰輝師云望烟尋食地一僧出呈數珠云這箇依舊一百八請師點出新鮮句師云光寒星斗少進云不會師云切忌五更初又進云不會師便打進云從今更不疑師云錯認焇皮家問舉足動步則不問新年接新令句作麼生師云貴貨易土僧禮拜師云今日行森承老人命爲衆敷揚適纔一問一答秖恐錯會數點梅花報曉春一聲爆竹催殘臘不許物外安身誰論老鵶亂叫嗟嗟多少人望烟尋食地錯認焇皮家呵呵光寒星斗少切忌五更初咄孤鴻嚦嚦野鶴穿雲新年新令貴貨易土衆兄弟六橋近日水仙花十字街頭鐵拐李卓柱杖云珍重

上堂問答畢師乃云行脚須具眼衆禪要識句大衆識得句也未適纔答僧云是柱不見柱咦非柱亦不見柱既然是非都去了因甚又説是非裏薦取汝等諸人作麼生薦莫是雲日能催曉風光不惜年麼莫錯會好幸逢征客盡歸在落花前切忌顢頇儱侗去所以古德云至道無難唯嫌揀擇桃花紅李花白誰道融融只一色諸禪德瞥不瞥一夜東風吹散枝頭殘雪會麼老祖殿前梵王宫闕雙峰燈放九天風月燕子語黃鶯鳴誰道關關只一聲不透祖師關棙子空認山河作眼睛咄冷的冷熱的熱粥鍋西邊底莓苔裏石碣良久喝一喝云歇如今是什麼時節師大笑曳杖下

座
兩序請陞座師竪拂云一羣子上來一羣子下去殘夢五更鐘落花三月雨合掌低頭換步時進前退後翻身處有利有害人無遠慮歸到故鄉還似客布穀催耕鳴別樹叉手句可惜許一切數句非數句打一拂云去下座問學人道眼不明未審什麼碍師云幾時立春僧云昨日二十三師云怪我作麼
小年上堂師曰諸禪德適纔問短草含金臘請師法雨施又問今晚小年盡鐘中無皷響還知答第三要金呉溪上樹麼寂歷歷煒煌煌一入荒郊便夕陽私通車馬時句前句後切須防浪跡莫言難問訊誰論殿角露堂堂咄語路處滅遊人多在客僧房流通千古者不是五通光第一要第二要大開寶藏火裡氷霜打一拂曰樓閣門開也善財童子在何方好笑開路神挺身丈八長切忌破錢買破紙過後始思量喝一喝
結制上堂乃曰大雄新開爐鞴鎔盡金銀銅鐵那管你寒風起白露垂天邊客子濕征衣諸禪契知不知蝦蟇練橋人下棋昌化縣人織絲大雄山結制長老上堂說的是甚麼東西五七三十五三九二十七呵呵富陽縣人賣木蜜卓柱杖下座
老祖開爐上堂僧問雙峰插漢截斷衆流不落古今請師別唱師曰又是新聞曰祗如未出方丈法雨已降神通妙用耶法爾如然耶師曰天不高地不遠曰一杖撥開

千澗月三盂収盡五湖烟師曰近火先焦問老祖孤危關山險阻實可悲哀乞慈方便師曰這場大富貴憑人心所願問千年鑪鞴今始開人天共聽無生曲如何是無生曲師曰當官莫近前問輕風拂月寶華開如何是寶華中事師曰白馬紫金鞍曰考皷擊鐘師登寶座意旨如何師曰且莫顛倒亂僧禮拜師乃曰適纔新聞普告衆賢誰道關山險峻截斷衆流天不髙地不遠這場大富貴憑人心所願卓杖云切忌未生前你又如何看好笑顛倒者闖破餿粥礶且莫悶且莫亂白馬紫金鞍騎出萬人看咄現成公案下座

老祖開池上堂乃曰萬仞雙峰存古寺祖風千歳復重新春日好趂良辰開池待月蓄金鱗風暖竹隨松影舞紫雲端裏黒龍吟須着力莫因循同心振起舊家聲咦莫錯聽下座

開中山上堂師竪拂曰諸上士到這裏莫懈怠萬物因人成勝槩竹開三徑候賢行中山深邃無塵礙屐齒脱心暢快怪石松關如有待四顧山光接水光别是壺中閒世界箇中無處不清凉老祖心傳千古外溪一帶雲靉靆大好家風在拂一拂下座

臘八上堂師拈柱杖曰前山纔解松根雪石臺又挂梅梢月説向諸禪人醒醒開眼聽明星現時世尊悟道明星幾時不現一僧出師便打僧茫然師笑曰世尊不覆藏達磨不慎初洞庭湖鄱陽湖説甚麼梅放鴈聲孤誰論錦上又花鋪呆禪客九江人

愛學姑蘇姑蘇城外閶門市家家年到貼神符老祖山頭真好笑兩堂賢聖嘴蠻粗

下座

起華嚴期上堂師卓杖曰華嚴法界相一切若空花咦也難話南無觀世音菩薩嶺樹江雲別路賒大衆未到故鄉都是客文殊師利法王子忽聞鄉語似還家普賢老大士虧了你過辛苦鏡裏明朝鬢有華善財童子落日流紅浪龍女哥哥因甚長江徙白沙請問毘盧遮那佛昔日趙州懸足井中叫曰相救相救南泉呼曰一二三四五是甚麼道理良久云圓照今朝總說破日近長安遠日遠長安近下座

開龍溪上堂師竪拂子曰蕩蕩乎表表地梁橫棟直法法全彰喝一喝有天有地來幾個眼睛活一僧擬出復縮退師笑曰一任襟懷倒峽越樣生機到這裏只得退身三步是則是茆溪也不擔板今日八字打開拂一拂復大笑曰南面北風涼下座

欽賜歸圓照結制上堂拈香祝

聖畢師曰今日開爐用報

皇恩竪拂子曰大衆三五一十五把定繩頭數翻來覆去看鄉談因甚吐兩歇鐘聲催日暮天溪汎影隔平渡露露崑崙奴着鐵褌空裏走亂飛舞生叫喊老師父放出臨濟大龍抽出雲門一顧妙妙拿倒猢猻鎚作醋良久曰住了且看甚麼主顧拋拂子

下座

元宵解制上堂問答畢師大笑云禪和子知不知燈影裏馬如飛處處人搥牛皷皮

普天樂笑話兒遍地孩兒眼搭癡咄咄老頭子自已家風不説起喜喜雨打風吹破窓無紙好似人間措大詩下座

香林禪師誕衆耆舊請上堂問答畢乃云九日雨微晴香風出桂林鐵樹開花時碧雲天黃花地金將火裏試還曾透出一字也無天寒日短一不得向二不得開白露收殘月霜風散曉霞一杈一搭時登高風落帽老祖能識人林坳多敗葉卓杖云千里何明又卓云清機歷掌去不到去來不到來誰不錯會黃鶴斷磯頭人多悲客路擲杖下座

小叅上衆入室師拈杖云摩訶般若波羅蜜明如日黑如漆異解多途商量非一卓柱杖云急若人信受奉行一生叅學事畢昔日殃崛摩羅尊者持鉢至一長者家其家婦人正值產難子母未分長者曰瞿曇弟子汝爲至聖當有何法能免產難尊者曰我乍入道未知此法待問世尊却來相報及返具事白佛佛告殃崛速往報言我從賢聖法來未曾殺生殃崛奉佛語疾往告之其婦得聞當時分娩師云從古至今拈提者極多錯會者不少龍溪今晚索性與你點出天蒼蒼野茫茫風吹草見牛羊禪和子會也未不會再説一遍水溢天開堤花落滿龍溪鳧隨潮落去日上綺霞低衆作禮師擲柱杖便起

小叅師拂一拂曰歌以盡言舞以盡意至簡至易九月初一咄逢人不得錯舉便下

座

小叅僧問如何是世尊不說說師曰爛柯山上半盤棊曰如何是迦葉不聞聞師曰東隣人殺牛曰如何是向上關棙子師曰蝦蟇水上真書出曰還許學人進步也無師曰蚯蚓泥中草寫之曰謝和尚指示師曰西隣人瀹祭僧禮拜師良久曰抱景者咸扣懷響者必彈或因枝以振葉或沿波以討源咄胡家車裏老倉官世尊不說說爛柯山上半盤棊關棙子是甚的蝦蟇水上真書出蚯蚓泥中草寫之東隣人殺牛西隣人瀹祭

佛誕靈山法華會衆居士請小叅師召大衆蝴蝶夢中蝴蝶舞杜鵑花裡杜鵑啼今朝四月初八老僧親到靈山錢塘山水交呈道趣鳥語花香互露真機直下逍遥超然自在古人云單明自已不悟目前此人有眼無足若悟目前不明自已此人有足無眼據此二人十二時中常有一物藴在胸次胸次不安觸途成滯祖不云乎執之失度必入邪路放之自然體無去住菩薩子老作家濯足西湖水水底清見沙遊人欣日晴笑指雙峰霞此語且置試問諸人還見法華會上諸佛菩薩大放光明麼下座

小叅師云涫涫紛紛孰知其形世出世間誰不錯認設有人云天溪又作麼生向他道你真精靈

小叅師舉德山因嵒頭來叅山纔見便下禪床作抽坐具勢頭曰這箇且置或遇心

境一如底人來向伊道箇甚麼免被諸方檢責山曰猶較昔日三步在別作箇主人公來頭便喝山默然頭曰塞却者老漢咽喉也拂袖便出潙山聞舉曰巖公雖得便宜爭奈掩耳偷鈴師曰諸禪者難難西北五臺山東南虎牢關魚枕蕉一舉十分當覆盞誰能蜩蜣濁穢之中拾得命施之理與萬物遷徙而不自失者呵呵香爐紫烟生一綫天風吹落荻花灘

小參師竪拂曰耕夫習牛則獷獵夫習虎則勇漁夫習水則沉戰夫習馬則健大衆習底作麼生打一拂曰大寒在四九啞子捧鬼首臘月二十四店前粘倒酉

重陽早參師云今朝九月九猢猻上樹賽觔斗右轉左左轉右好手手中呈好手呵呵天溪長老不唧嵧

早參師云水中鹽味色裏膠青咄將謂明星是眼睛通身有口向誰説挽盡天河洗鐵丁

六月十九早參師云路上紅塵起江中白浪飛拈柱杖云觀音菩薩來也有眼者近前無眼者退後一僧出作禮畢擬歸位師打云與麼不得得與麼良久卓柱杖云禮拜歸位真堪笑與麼不得得與麼曼拏羅指地爲泉胡大頭鎚破鐵山若也知去龍行虎步如或懵懂世尊陞座默然阿難遣出比丘左右顧云半山廟三天竺遂以杖一齊打散

冬至早參師云冷地裏夢見一獃和尚曰昨夜三更子癸時楓杉隔塢問松枝滿天

飛雪來何處寒梅低首笑嘻嘻他又大叫云老祖老祖如今是什麼時節大衆說看傍僧擬答師便打僧復出問生擒猛虎活捉獰龍人來時如何師云官法如爐進云忽遇透網金鱗又作麼生師云謹慎火燭進云驅耕夫牛奪饑人食未是向上鉗鎚如何是向上鉗鎚師叱云揚州客僧擬議師云大衆歸堂

四月八日早參師云從古相傳釋迦佛今日降生不知是否說與諸人檢點看南康府裏星子縣黃梅縣外義豐城這便是森長老見處良久云知客在否衆答在復云内外大衆今早都念課誦麼衆云念師便入卧室

早參云保寧勇和尚道有手脚無背面既無背面如何有手脚明眼人看不見若看不見何以爲明眼人天左旋地右轉正當恁麼時諸禪在那裏安身立命西風一陣來落葉兩三片恰恰恰遶村捉鵝鴨

早參云大衆道眼若明纔脫窠臼接物應機如鐘待扣咦千萬關山道分明南與北觸目古人思時憑最高閣錯自知老祖癡見笑水潦鶴昔有牛頭會下僧參破竈墮和尚遶一匝出去公案會麼良久曰新月娟娟夜寒風静山㘞斗起來搔首雪裏梅花瘦好個霜天閙却三臺手君知否古人去後思念濃如酒說與行脚人左掌中書右

早參云霽霞散曉雪猶明枯木挂殘星霜花重遏雲裹冷西望陽關誰故人咄貼秤

麻三斤心共馬蹄輕打一拂曰金剛腦後鐵釘深
師誕早叅云圓照老凍膿不中用勞無功五十五年成底事十千八百五更鐘也有好處學得箇秘密真言今日母難之辰告報大衆唵啞吽
早叅師云香烟帶雨飄和緲不見明星出現寂寂竹窓天已曉試問諸禪知此否枉自空煩惱倒不如枯梅枝上翻寒鳥噗且把茶頻澆着今朝臘八何似前宵
早叅云徧地黄花秋容老最是東籬好趣紅輪躡屐急登高任西風冉冉吹衣帽却有一件緊要脚下踏不實仰面便蹉倒
早叅云圓照家風無異於人面修原而帶流水倚郊甸而枕平皐築蝸室於竹林搆環堵於桑陌雖然如是可使莊周觀魚而忘可使逸少祓禊而祥可使太白泳月而狂秪有一般告報衲僧家不可使飽後而貪凉見笑誌公和尚
早叅云肯即未脱根塵不肯則永沉生死因何道直饒句下承當猶是瞌睡漢雄雄之尊近之不得怎麽又道如火與火將謂一合相了不可得麽盡道不隔毫釐時流遠𨓜往往如斯莫是貴人多忘耶立不見立行不見行良馬高飛天外去阿難依舊世尊前識去就者下語看
早叅云易之失失於鬼樂之失失於淫詩之失失於愚書之失失於忮春秋之失失於眥且道禪之失失於甚麽誰不知今日是九月初一諸禪德一向恁麽去雨打無

聲鼓子花若不恁麽時眼底瞳人吹觱篥不恁麽却恁麽作福不如還舊債恁麽却不恁麽明朝後日悔之不及拂一拂

佛誕早叅師云悉達哥實欠老指天指地如何好教壞世人鬬百草亂尋討鬬罷可憐生狼籍無人掃咄今朝四月八因甚不學尖新偈頌却恁麽胡說亂道驀云有了

山東蚊子廣西獦蚤

早叅云頽貌年年異世途局局奇盡爲浮生累其如高尚遲大衆肯自新者愚有得事智有遺道市井諸法有可隨者禪學諸俗有可非者善諸所在雖卑屈而世不能賤惡諸所在雖隆盛而世不能貴呵呵好笑村獦獠且碾鳳團消舊夢春王今早入東郊咦說什麽着衣食飯量家道

早叅云衲僧家發言吐氣直須脫俗理要深而遠大旨要切而明著句要練而顯喻有意無意間逗露本地風光使人見聞有所感悟方極其妙大衆觸石而出膚寸而合不崇朝而遍雨乎天下者泰山之雲諸禪覺華定自在王如來如何念

早叅云金堤北去通沙磧梅堰南來接井陘衆禪卿日出樓陰整整風暖烟消人靜蚤起自搔頭閒掃門前荒徑清淨清淨秖剩數枝竹影知音者道看書記問上東門外人無數爲何道青絹扇子足風凉師曰捉蛇看七寸曰雪埋深夜月陸地慣行舟師曰五服内犯重罪問石火莫及電光罔通從上諸聖以何爲人師曰七月算頭九月算尾曰無人過價打與三百其實難道

師曰落地錢四六分
早衆云虗空有體須親證定慧無門莫妄
修収収竹枝謾寫當年恨星曉寒聲葉葉
秋張打油李打油公子城今無食客霸王
宫已變荒邱慇懃爲謝渭濱叟空坐磯邊
白了頭休南有睦州北有趙州
早衆師云天曉也水上人家漠漠池塘十
里蛙鬥臨壩踈籬曲曲紫薇花諸禪者隔
河梱樹上無數白烏鵶
早衆云人行野色分烏㘞溪光曙因甚吳
江造齋堂却來杭州天龍謝土莫是日出
小舟横依依天外渡麽良久曰若然説得
不差明年再來下顩
冬至早衆云天寒草木踈日出照平野物
情自索寞冬色正瀟灑罷罷大衆曹溪六
祖是盧行者唐明嵩和尚在雪地裏因甚
麽被首山念祖打
早衆云夢覺朔風大落枝擊虗乇鏗鏘玉
磬音隱隱迭高下咄咄西來的旨是何語
話罷罷大雅小雅之乎者也三千年前字
經三寫三千年後烏焉成馬
早衆云一葉放春流孤窗來鳥語報道馬
回子甕裡捉老鼠妙湛總持不動尊在那
裏十字街四隅頭東西南北一年曆春夏
秋冬八個節大衆記得前歲黄州火發麽
不知打破多少酒甕
早衆云大哉宗旨也萬世皆宗焉而邪禪
弗信耳若是真正佛祖必然師之然亦何
常師之有唯眼所師以佛祖之眼受佛祖
之訓得佛祖宗旨矣邪禪不知其由也其

唯祖師乎俗眼不明故先聖恐後人隨邪而速正之所以宗旨立也擇而不僻順而不苟直而有法其正法唯眼明今之禪者非昔之禪也競離外學而取名焉名爲參禪其跡謫其乘流之弊不得已借稱宗門故正眼沒而名實散矣臨濟先祖云大凡演唱宗乘一句中須具三玄門一玄門須具三要語有權有實有殺有活有縱有奪有照有用有賓有主大衆第一玄人前切莫亂椎村第二玄不相干處却相干第三玄翻轉面皮不是寃第一要莫與胡孫鬬巧妙第二要捉虎拿龍須得竅第三要韓獹野干憑他跳諸知識三玄三要作麼生溪南溪北淡烟横曉風吹斷沙禽夢人在綠楊堤上行

早參云大衆一快不足以成善積快而爲德一慫不足以成非積慫而成恨千載之積譽百世之積毀向什麼處見釋迦老子今朝八月初一眼睛豈是金州漆

早參云衲僧家脫盡習套正眼方明正眼明而佛法自可愛可喜可從可師故妙用者出活機句到者顯妙用活機莫若妙用妙用在於語脉語脉生於妙用是故因語以識用用生於體故因用以明體意以句發用以言著故語者所以明用得用而忘句用者所以明意得意而忘言者大宗匠也是故學死句者非得妙用能妙用者須得活機是故妙用生於活機而得受用焉則所得者乃非實法也句生於用而得句焉則所得者乃非死句也所以忘句乃能

活機活句乃能妙用得意在忘用得用在忘句故發用以盡意現顯以明妙是故編類方爲妙用合道方爲活機若眼不精明邪見彌深縱復僥倖而道無可取蓋死句忘活機之由也脫死句而得活機者遺詞命意雖無心學古而有心學古者不能到也意高句老故不知其然而然矣大衆圓照眉毛還在麼咄咄咄

安居早參師云大衆山高尋雲溪肆無景南無慈力王佛南無紅燄帝幢王佛南無善遊步功德佛小事之成不若大事之糜隣隣阡陌多農家無寸泥誰道秀木扶踈衆草齊妙妙叮的哩叮的哩

元旦早參師打一拂云大樹大皮裹小樹小皮纏古往今來者歡喜成風顛喫飯湯燒速香開得眼來天地光噢俗氣不除呵呵不妨不妨有大神呪有大明呪有無上呪什麼呪新年新歲而今而後入俗隨俗入鄉隨鄉一卷子程子曰一卷天地玄黃一味順朱填墨不用向下向上所以問新年佛法答他紫雲瑞雪降重重問前三三後三三答他梵王宮殿隱晴空大衆玉童端拱雙尖上石船峰在碧波中年初一駕長虹任從天上醉春風知衆在否衆應在師云有功無功莫使肚空齋堂排齋佛殿上供

早參云窮春秋演河圖不如載茗一車差差低枝窺簷似含笑臨水小郵三四家舉頭紅日近回首白雲杳咄什麼說話

早參云未曾動脚禪和瞞你一絲不得及

平踏遍十方七尺单前爲何又看茗幕星不見十箇有五雙說今日是小年又遇立春曽知紫雲峰頭故事麼湖天儼似水谿山雪後凋咄咄

早叅云悲歌久去耳風韻今何如荒院夕流眄古道行人踈大衆雲天一片髙談抗冷氊笑寒暖世間人面且休分皂白儘隨他冷淡因緣因甚道社蘭苦不長蕭艾苦不殘

早叅云溪頭鳥聲呼曉雨淡烟鎖斷村前路呵呵圜照門前看天不見天看地不見地諸禪者誰道眉毛是八字

早叅彈指云剥剥剥誰錯誰不錯語不傳於軒輶地不被乎正朔樂樂樂珠玉碌碌瓦礫确确知藏問近奉山門請水上挂燈毬是何宗旨師云是你没造化進云待有即向和尚道師云前面走的麻子笑你

元旦早叅問答畢乃云老祖山頭春至臘完送客偶出戸看雲還倚門說甚麼未生前咄草蕪沒平野你要知今日事麼木落見前村諸禪人仔細聽老祖病多識藥性憑你說殘臘新春年新月新日日新三家村裏舞魁星竹裏聲清急薦取莫將餿話厭人聽雞未鳴風最冷梅花無數落山城拍桌云無花果不結無枝果不成大笑下座

早叅云夢寒孤渚雪茶響一鑪風若作世諦會日出楚歌聲若作佛法會風生漢人陣畢竟作麼生大衆細聽

早叅云宗乘演唱均一句也今人隨其言

見其句不見脉古人會其意見其脉不逐句祖師明其旨不滯意不滯句一通皆通不執之即妙執之即不妙妙見乞兒與美酒以免破屋之咎咦心眼精明透徹宗旨者若碗若盂若瓶若壺若甕若盎皆能建天地兆龜數著破尾文石皆能告吉凶是知萬物天地成理一物包焉物物皆包之各各不相借會麽風急啼鶯未了雨來戰蟻方酣真是真非安在人間北看成南

客僧問古帆未挂時因甚道後園驢喫草師云夜長進云從門入者不是家珍作麽生師云脚冷僧作禮師云顧水自憐湖水碧高吟贏得四山青

早叅云四十二字妙陀羅泗州大聖那姓何老禪客武功太白去天三百孤雲兩角去天一握山水險阻黄金子午蛇盤烏隴勢與天通吽吽芇溪見處不瞞諸公

四月八早叅云今日聖誕良辰洛伽石蚪曰黄鸝莫作藏身處一入柳緜遣不開漢陽江應曰楚雲一夜真堪賦華頂峰道佛國何年入望來泰安山問天下英雄今孰是陳摶谷答犬聲空自聚如雷老祖各供白水一盃淡薄淡薄莫怪莫怪侍者出禮拜師便打客僧問少室山前無異路因甚又道差別智難明師云噯哪人無廉恥不若狗彘進云鬧市裡打静槌西方日出卯師云苦哉撞在這個網裏

早叅云終年說法一字無終年學道仍狂夫諸禪者你在老祖何所圖漁樵耕讀非有心帝車侯服非有意因甚道理安於獨

善勢便於兼濟盧舍佛言千佛諦聽汝先言金剛種子有十心若佛子信者一切行以信爲首咦江上始知山色好時倚層雲望笑臺爲何又曰十七十八道着即瞎

解制早叅云大衆今日甚麽時候竪拂云結如芭蕉葉解如楊柳枝看看六月盡百舌你何爲若道須臾之間無忘其爲賢者必困其性百步之内無忘其爲容者必累其形咄且去茆溪口似鼻孔擲拂下座

早叅云盡道今朝是冬至爲甚麽須菩提涕淚悲泣迦葉尊者只管冷笑大衆記得麽孟子見梁惠王僧問易開終始口難保歲寒心和尚又作麽生師云千世不修生在貴州進云荆三汴四作麽生師云貞節祠南石判官進云舉則易答則難如何到得和尚田地師云麻城鹽客識闍黎

起七早叅云夫出世至此時笑啼俱不敢論道於末劫邪正遞相嘲古亦有之蔡中郎以反舌爲蝦蟇淮南子以砌蛩爲蟣蝝高子明以乾鵲爲蟋蟀文人誤謬自古爲然何獨於今禪者比聞有讀維摩經至舍利弗問天女曰何不轉女身女曰我從二十年來求女人相了不可得當何所轉即時天女以神通力變舍利弗令如天女女自化身如舍利弗乃問言何以不轉女身舍利弗以天女相而答言我今不知云何轉面而變爲女身今時有錯解者曰與倩女離魂一般又有云不過弄鬼眼睛也又有云者是如來禪又有云不合三玄三要宗旨又有云與念佛者誰不相似又有云

不是巖頭末後句又有云豈有男身變女人之理又有云恰是竹篦子相似大衆南風靜兮北風興吹不了兮紙錢灰冷吹不了兮古戍烟横吹不了兮酒旗葉葉江邊影吹不了兮野燒痕青吹不了兮人悲客路斜陽艇吹不了兮鬼哭沙場夜雨燐更有一般吹不了子規啼月血徹腥咄咄山茗滿斟魑魅舞百場三萬六千丁

早參云白紙書屏風客來且與讀咄甚麼曲草裏跳蚤毒攪得睡不熟

早參召衆云今日是甚麼日衆無對師大笑云人之生也直

早參僧問赤土畫簸箕便米跳不出是也未師云閣黎生得好耳朶僧作禮師云何所見而來何所聞而去水底看紅輪清波無透路喝一喝云曲有誤周郎顧

早參云蘇子美讀漢書以此下酒百斗不足多老祖瞌睡似夢非夢忽聞云船上不漏針爲何枕頭沒處尋茲請大衆判斷若道復讐者不折鏌干雖有忮心者不怨飄瓦不勞拈出

早參云見善修然必以自存見不善愀然必以自省善在身介然必以自好不善在身菑然必以自惡行森昨夜夢遇老演祖勝如得美官栖栖無聊中握手意便歡再三細問家風這樣清淡爲何不學化緣

早參云亂石堆頭泛破航急流溪畔柳初長歌欸乃濯滄浪四山遶座元章米雪居孫皆非妙筆一目連天蝦蟇阜狗兒堆畫是佳圖還有一般快活邇來公令嚴禁不

許開場放賭知藏禮拜起喝一喝師大笑進云面前骨堆高三尺莫是三九二十七麼師云接客喜送官愁進云華光寺主手脚長師云你好似停喪赴考僧問如何是有相身中無相身師云費錢因事急進云入市能長笑歸家着短衣時作麼生師云郎中尋韮菜進云橋翁賽南神日午點金燈師云慳不得師叔賣茶地問學人肉有千斤智無銖兩時如何師云你生得好眼睛進云寧可截舌不犯國諱師云咄者様種草進云忙中怎得作閒人師云正好沿街呌

冬至早叅云數九不到九風引鐘聲喚客留正欲徘徊思往事紛紛霜葉下長流大衆真淨文禪師歸宗寺裏冬至日何故披禪衣燒柏子香面南看北斗你道洪覺範禪師在那裏走

早叅云毘富山頭豆花醬露濕四天之下蟻隊出頹垣依報之土正報之身黃雞時啄黍白屋曉炊烟世無災害祖師無所施其德上下和睦衲僧無所立其功今日蘭盆勝會爲何王涅槃罵太歲柴房寮主問廣則一線道狹則一寸半意旨如何師云問維那給假進云如何是不傷物義底句子師云你師兄幾個徒弟知衆問罪性本空未審和尚教學人向什麼處懺悔師云扛竈撞石磨進云弄罷影戲回來别賽時作麼生師云你却做得倍堂進云波斯不學漢語師云你爲何鼻孔頭出冷水

大雪早叅云水似青銅鏡山如碧玉城厨

寒面減色吟罷滴餘聲咦忽燒銀遍野種玉成田白初粘草舍茅簷好似瑶池宫殿天天空庖恰早炊爨烟遲瓊英亂灑晨光碎敲氷煑瀹茗香園蔬脆一盞 齏飯僧歡喜人間尚有餅無米行脚詩僧得句時貧家何限凄凉淚衲子品格第一要除葛藤

僧讀經姑置之案頭何如

早叅云大衆破除煩惱五更鐘鼓木魚聲因甚又道白鶴飛來迎赤壁東坡到處便

西湖咦廣濟縣二十四都李大戶物故

早叅云弄月嘲風此曲秖應天上有茅齋竹院不知誰是地行仙桃花流水白雲深處個中事作麽生

早叅云富貴福兮人所難必不足恨獨恨無販沽之能負擔之力俛仰之態爲世絶物大衆諸方生意何如呵呵黄連山和尚道的

早叅云撫心自惜觸物生感禪和子春風天上來滿城紅與紫如何朝暮間飄落如流水維那問兩度上名未審落在那裏師云將直袋盛着進云塵中人自老天際月常明師云多費閒錢雲水堂寮主問水出高原即不問竹竿頭上禮西方意作麽生師云兩個聾子講得好不熱閙進云邛州多出九節杖悔攜書劔謁將軍師云𠰷做一段極希罕的新聞

早叅云禪者禪者前觀音後勢至大市以質小市以劑咄往往如斯

明道正覺苆溪森禪師語録卷上

音釋

懵懂（上莫紅切音蒙下多動切音董懵懂心亂貌）獃（魚開切艾平聲癡獃）獰（奴登切）蝸（古華切音瓜）獦（居曷切音葛）輶（于求切）确（轄覺切音學）噯耶（上於蓋切音愛下似嗟切音邪聲也）蠛蠓（上彌列切音滅下母總切蒙上聲蠛蠓小飛蟲）

明道正覺茆溪森禪師語録卷中

嗣法門人超德等編

小叅下

晚叅師云萬法歸一一歸何處呵呵學人也有趣和尚也有趣拂一拂歸卧室

晚叅師云山門前得底句禪堂裏商量去進到方丈不必再舉何也天溪不肯辜負汝

晚叅師云竹窓夜啓月明霜大高鴻入雲鼠兒穿磨大衆行住坐卧且道是箇什麼良久大笑云癩頭回子騎駱駝

室中晚叅問答畢師乃云阿逸多笑甚麼蛇穿耗子窟普化摇鈴過鳴呼小子脚板踏破癢瘡近火血沾衣傷鹽傷醋陳年貨有人道慈翁老有茶請喫茶無茶滚水好咄漢仙琴高騎赤鯉羲之寫字換鵞兒良久云歸堂去

雪夜晚叅師云喫苦茶說淡話誰管佛法不佛法馮夷剪破龍溪練枯柳梅花處處春噴月下涷痕生緑井隔窓玉片飛無影樹枝風息轉迎寒寒人如鳥棲未安日短夜長誰先覺熒熒殘燭鳴鳴角咄咄黃龍三關香嚴獨脚

小年晚叅衆集師舉柱杖云是我不是衆茫然師擲下歸卧室

晚叅師云反一無跡庸非常乎因二以濟能無彰焉諸禪者浦樓低晚照拍案云切忌夕陽前

晚叅云癡不癡癖不癖擊節歌離騷湘靈招不得狂風吹落花花落風無跡大衆為

甚麼石灰山上寫個會衆拿賊

晩叅云衆知識最好是元宵普家家樂鳴花鼓石橋水畔遊人處醉漢隔溪顛笑語燈隨遠浪泛如星雲散平堤似柳絮真有趣恁般去月明風暖凍泥開紛紛踏碎環瑶路阿呵呵截斷聖凡門戸前山巖崖裏猢猻倒上樹

晩叅云大衆與麼來者寒聲聽不斷不與麼來者又見晩烟横總不與麼來者遠樹渾無色清風滿袖生喝一喝

晩叅云上樓月在野下樓月在樓葉與雲俱落霜仍枝上浮大衆西來離海岸東去是何州切忌切忌平地起深溝

晩叅云天溪一片月萬戸擣衣聲便恁麼去旱地遭釘不恁麼去有眼如盲畢竟作麼生三脚驢兒弄蹄行錚錚秋入銀屏夢不成

晩叅云昔日西漢士論以經術爲内學辭賦雜説爲外學李彦之時方尚辭文及以章句爲内學經書爲外學邇來吾宗亦然你看唐時西天大耳三藏因誦華嚴經入法界品得他心通肅宗皇帝請南陽忠國師試驗公案有僧舉問玄沙沙曰汝道前兩度曾見國師麼玄沙意在那裏莫是學人不姓黄耶有僧舉問趙州大耳三藏第三度不見國師未審國師在甚麼處州曰在三藏鼻孔上且道鼻孔上是國師不是大衆壽星龜鶴鹿又云今人喜模倣圓悟大慧中峰三尊宿咦繪雪者不能繪其清繪月者不能繪其明繪花者不能繪其馨

繪泉者不能繪其聲還識國師玄沙趙州麼怪石岑崟當路幽篁深不見天此路若逢醉客應在萬仞峰前

晚叅云出家兒父母不供甘旨大事又不了明所爲何事古人道行脚叅禪只圖見性即今上人性在甚麼處見得自性方脫生死眼光落地時作麼生脫脫得生死便知去處四大分散時向什麼處去同此荒村破落正好着力囊也空鉢也空窮則變變則通不然雨打青燈寺風吹白石牛蛇不踏着尾萬年無轉頭喝一喝

貼單晚叅僧問釣魚船上顯家風可是西來祖師意否師曰盡道上座會打支查曰量材補職伏惟尚饗師曰荳腐店裏亦罵你曰利動君子師曰如何敢怪巡照乃曰今日本是平常日若作平常看去便是俗人見識因甚呢只爲汝眉毛蓋着眼睛所以錯過祖師有件事告報諸人每夜裏一覺夢醒伸脚時好個出奇句子

晚叅云避暑竹林凉風透樹潮聲到門明月在戶燕子歸巢狗兒當路大衆一期華嚴經唱得好字毋

晚叅師云江平秋萬里人靜夜初更彷彿寒烟外長洲落鴈聲諸禪德曠古乾坤觀不盡海昌塔上錯分明

晚叅云衲僧家吐露本地風光有縱有奪似斷似續而心地靈徹有如秋色秋聲不知何起不知何止非妙悟人不能辨始可人前當機維那問貧兒抱子渡恩愛競隨流還有佛法大意也無師曰燒菴婆子是

那裏人曰古渡秋風寒颯颯黃花紅蓼滿江灣師曰演武亭有件新聞問不居正位玉殿苔生可是異類中行履否師曰上座身邊想是經錢作怪曰無名不挂體棒上不成龍底作麼生安排師曰弄出事來纔知苦典座問在家只言爲客易爲什麼臨川又覺取魚難師曰再有誰似你曰這一番不虛行脚也師曰說的就是

晚叅云萬賤之直不能挽一貴之曲咄咄草舍三山隅銀河一水通多少人錯會立近晚風迷蛺蝶坐臨南浦亂芙蓉吽吽秋聲蟲語外夜氣稻香中

晚叅云開口時便成增語不開口時便成剩語孫阿竪鹽官今夜聲不是當年譜諸大衆莫與麼去可惜許

晚叅執事白云明晨解制求和尚說法師曰說什麼法近水天難夜高原晚易風衲僧家量腹而食度形而衣容身而遊隨意而行餘天下而不貪委萬物而不取處大廓之宇樂無極之野咄正朝夕者視北辰正是非者視古人拈槌竪拂又作麼生此去有人問鹽官近日事憑你喚鐘作甕

晚叅云富莫富於常知足貴莫貴於能脫俗貧莫貧於無見識賤莫賤於少骨力的今晚五月三日微風開夕眺奔雲帶梁越滑躂波斯翻着襪喝一喝

除夜小叅云今晚是除夕除却除却盡除却且道除却箇什麼莫是一年三百六十日千妖百怪魑魅魍魎邪魔外道麼不說不說再不說有個妙處不可說驀打一拂

晚叅衆集師大笑曰特地一場愁良久曰不須愁比鬱單越南贍部洲以拂子劃畫曰千年田地八百主切忌人前又馬牛吽吽民事因甚官酬

中秋晚叅云如何是般若體如何是般若用萬里關河遥比望無邊風趣入秋來說甚麼箭穿楊柳李廣陷番錯過雲峰悅和尚故人尺素年年隔薄暮清砧處處催大衆戕着山脚下有件事極古怪

除夕小叅云拆不拆單不單檢盡曆頭冬又殘不指白牛賺大衆破衲蒙頭看遠山添老大轉癡頑五彩神荼滿世間咄辣離番蘗蘗打鼓祭東關

晚叅云彌勒放下布袋迦葉難陀生者以壽死者以葬城郭以固三軍以强千金之子不倚衡古人曰汝等諸人盡是噇酒糟漢與麼行脚何處有今日衆禪契欲不出納以湮其源空堂幽幽有桔有莞松下圍棋松子每隨棋子落當得麽知藏擬作禮師連棒打出問承聞和尚有偈西溪之西畢竟是甚麼所在師曰你這癩子曰學人普天之下都走過總不曾見有個人師曰廣濟院去

晚叅師曰梅蒸過蘋風起修竹畔桑林裏莎雞喚醒南窓睡諸禪者切忌切忌夢繞吴峰翠醒來時喫冷水

晚叅云無今無古有甜有苦靜坐底靜坐亂舞底亂舞三十三天盡皺着四海龍王笑痛肚好好大衆抽衣聽打鼓

晚叅云縮却頸伸出手昔日世尊拈花今

晚外揚家醜今年是壬寅去歲是辛丑天寒人寒時月下牛如狗老虎吼爬當走道甚麼雲綻綻路相同湖南有湖北有山東茄山西韮咄草裏猢猻打筋斗

乞米歸晚叅師云瓶鉢凝霜成玉鉢雞冠綴露變珠冠夕日頹時游鱗跳躍秋月凉宵澄瑩朗徹且道牛頭沒馬頭回時作麼生

晚叅云名世法語妙不在多驚人活句流聲甚遠近世以古人死套子教人哀哉如見鳥將來張羅以待之得鳥者羅之一目也若常爲一目之羅則無時得鳥矣如被甲者以備矢之至若使人必知所集則懸一扎而已萬事不可前窺萬物不可定慮故先德爲人無窠臼如鮫之爲魚其子既育驚必歸母還入其腹小則如之大則不復咄多少人道秦人失鹿天下共逐

晚叅云今日前明日後白牛背上金毛吼大衆因甚麼一步三回首莫是客馬思歸嘶路口否實劍折作鎌悲歌刈霜韮誰適與謀於天之右咄馬郎舅南陽忠國師低頭作揖高拱手

晚叅云從上來關棙子轉向人前卓卓有根有據使人見之不敢謂向上無來歷而詆先德爲奇怪也如僧問睦州請師講經州云買帽相頭大衆會麼案山欲暮溪邊雲裡雲藏樹漁艇橫斜沙觜露流年度風光已向松梢吐遠村四望知何處行客往來無意緒急歸去故園正在寒梅渚

晚叅云宵燈熒熒夜雨瀧瀧商風衝衝壁

蟲薨薨心之懷矣惟其永繫逢人則誦無人則涕諸賢契寒則寒熱則熱雞足家風何者是懷古思深兩行淚那堪更說聽猿時

晚叅問答畢師良久曰禪和子叢菊吐藥寒露依依燈燭輝煌白雲滿地雲門云蝦蟆鑽你鼻孔毒蛇穿你眼睛且向葛藤裏薦取知也未桐葉落葵花謝憑你禮拜了歸位去面前鴻鴈過屋後雉雞啼知恩者少負恩者多

晚叅云從上諸祖建立宗旨圓應無方以其無方之應故應無不適猶若水也水則源泉混混晝夜不竭既似力者盈科後行既似持平者循嶽赴下不遺小間既似察者循溪谷而不迷奏萬里而必至既似智者障防山而能清淨既似知命者不清而入潔清而出既似善化者赴千仞之壑石而不疑既似勇者感德而生失之則死既似有德者所以汾陽昭祖云夫說法者須具十智同真若不具十智司真邪正不辯大衆識汾陽祖師麼十智同真虎露牙別峰相見暮飛沙細看月明風遠近須知是石是梅花喝一喝

晚叅云衆禪德日短讀書少夜長轉側多不可不可如何如何但知其一不知其他只知暴虎不知馮河鹿生三年其角乃墮

晚叅云諸禪德一語不能踐萬卷徒空虛試問目前人何如天地初展手云是何言歟

晚叅云年不過五月不過五天堂底樂地

獄底苦初三十一看橫鼻直大開了眼底因甚麼脚踏實地時又看不得若道急則佩韋緩則佩絃争奈山頭玉樹生寒水裏錦紋成織

晚叅云紅不成雪白不成血等閒一事不分明苦使從頭皆曲折咦不曲折大黄體挂穿山甲天官之大者不名所生人官之大者不名所職禪和子喫喫

晚叅云爐瀹千年液樹留太古青咄也未定足所踐者遠然待所不踐而後能行心所知者遍然待所不知而後能明老竄兵山寒雲鎖石擲火夜飛星

除夕維那恭白云今日歲暮大衆乞和尚説法師云一年三百六十日什麼處去了衆無對師喝云青龍頭上出米石

七月十四晚叅師云萬物欣交得江山閒自知説甚麼終日嗥而嗌不嗄終日視而目不瞚終日握而手不倪我憶南湖秋西山暮雲起擊le桌云大衆幾時自恣知客問菩提心作麼生發師云煩惱進云學人不知落處師云歡喜進云明知向上事學人因甚麼不會師云十言十當

晚叅云先進於禮樂後進於禮樂十方虚空築着磕着只有一事可疑畫蛇如何不畫脚還有一件可笑老祖不識水潦鶴

晚叅云居則具一日之積到則不黙作家不啐啄啐啄同時失青天似水無魚月鈎空釣千里草何青青十日卜不得生惺惺惺日午打三更者舊問古人道柳色黄金嫩梨花白雪香請問和尚還具賓主句也

無師云出門踏着屎進云不長不短不粗不細遇見冤家作對頭時作麼生師云爲何走到陳朝奉店裏僧喝師云這裏不曾燒神福且出去

晚𠫭云言人之美評彼之過者智不可及明不可見諸禪德螃蠏入罾恰似蜘蛛結網燈蛾撲火渾如蛺蝶穿花如何季世事反近結繩初莫是隱然示來者此意即焚書麼三千威儀門二百五十隨衆喫誰道證得虛空時無是無非法着舊問請問和尚大方無外大圓無内爲何杏山不種莧菜師云睡熟吹土應三年進云一言易出駟馬難追師云者裡豈好打睡鋪

晚𠫭師良久云諸大德我已說清淨法竟是中清淨否是中清淨否是事如是持餘紙半幅留與五百年後人跋尾僧出作禮畢擬歸位師連打三棒維那問烏龜入水即不問相逢不相識時如何師云分明是個駱駝進云但念水草餘無所知師云口裏氣閘不得進云拈却貓兒會上樹未審落花流水歸何處師云但聞人賣子不聞人賣爺

晚𠫭云誰令白日晚坐使遠山青山何爲兮高高水奚爲兮深深塢西冷垂虹亭龍拖急雨長橋過帶累老祖聽事不真

晚𠫭云佛法興衰皆有必至之理人特昧耳不見道聘賢以珪問士以璧召僧以瑗絶人以玦反絶以環大衆白鶴峰烏龍潭仰山道底會麼僧問平地上死人無數過得荆棘林是好手紫雲山堂前因何草

長丈二師云你去年一病幾個月進云銀香臺上種蘿蔔大開佛殿門阿誰在内阿誰在外師云當初喫冷物起的麼進云新羅人迷路滿目是青山時如何師云那個所在最疼痛進云日出東方月落西恰似兩重公案師云你有年的人想是着嚇生病僧禮拜師云迷路人苦郵亭長亭短亭滿目是山青不覺底大風斗雨鹿蹄兒跎蹬跎蹬穿山徑東方日西方星兩兩三三牧童詠黄花兒遍地生踈籬邉半啓扃帆飛京口渡砧響石頭城説什麼銀香臺上生蘿蔔樹下猩猩弄眼睛典座問未從齋戒得不向佛邉求和尚爲何教人發菩提心師云伍其良也笑張伯義也笑進云不困今日幾錯招愆師云江南矮子

晚叅問異類中行紹隆聖種底向甚麼處行履師云那有此理進云耳聽不聞眼看不見七手八脚三頭兩面師云莫進當舖進云香嚴悟處不在擊竹俱胝得處不在指頭未審在什麼處師云快去叫菜頭來知藏問當初未欲成相别恐悮同叅一首詩可是到家句否師云快快搶行李進云旣是聖僧爲何頭上有漏師云幾更時候起火進云雄鶯生花師云神明鑒察知藏擬議師喝云未明三八九難透祖師關好笑頭上日輪誰不見南無佛陀耶把臂上高山山頭妙竅徃追不及來不有年老天誰言黄野歸來晚今在羅浮作地仙侍者問城中青史樓雲外高僧塔去此之外請師指示師云江西錫箔進云可是下文看

註脚師云衢州阡張進云日出卯用處不須生善巧師云周脚夫發黃病
晚叅云鍾山之玉寒嶺之松比之瑞珉榆柳無殊及其燒以爐炭三日而色不改處以積氷終歲而枝葉不凋咄日月所照舟車所載富歲子弟所賴你看面前案山且道多少大
起七晚叅云大衆木若稼纔害怕何也呢不見楊岐會祖云百丈開田說大義是何言歟楊岐兩日種禾亦有奇特語達磨大師無當門齒且道意在甚麽處禪和子山頭日日風和雨行人歸來石應語情盡橋名折柳橋任多離恨絮條條良久云唐朝崔皓寫翎毛
坐七完除夕晚叅云年窮月盡了衲衣下事作麽生衆禪者代地燕京北荊湘百粵南休妄想莫卜卦不是山間不似野月在傍邊星在下這話且罷畢竟如何是衲衣下事僧答不契師笑曰阿難是佛侍者雲水堂寮主問每日三條線長年一衲衣還有別傳事也無師云泥鬆墻倒進云娘生臂子短乇鉢使人持師云前功俱廢
大雪晚叅云明明向你道錯過也不知苦哉佛陀耶何處尋蹤跡大衆朝寒不能起夜寒不能睡夢裡見湖山幾點雪中翠喜喜洗面觸着鼻子
冬至晚叅云大衆先德眼目越洪寧之蕩蕩追玄漠之造化跨五三其無偶邈卓立而獨奇看却今時羽族盛與毛羣並起上蔽雲穹下被阜藪一塵纔動大地全收咦

晚來初雪霽烟火隔林微一徑牛羊入孤村桑柘稀玄鳥冬至之日祀於高禖以請子諸禪者知也未知客出問道著不著孤雲野鶴是何語話師云你是那裏戶籍進云山舍一年冬事辦得閒誰管竹竿低師云有管隊在麼

晚叅云僧家無累以世界爲影柱上觀先哲深原道德下考市流乃足以羞禪和子凭欄莫與禽魚共水底月明誰得知咦有趣有趣熱熬猢猻賣俏俐

晚叅問答畢乃云洋洋乎盈耳哉作者七人知也未玉環擊碎令人惜妙手良工修不得鎮江客雙峰山外衣衫赤帝釋宮中飛檀特

晚叅云今古應無墜分明在目前因甚又有客愁緐似雨鄉路草芊芊知道了回首壠頭樹似接古塘烟蛙鼓螢燈蚯蚓笛鶯歌蝶舞鷓鴣天蒼天蒼天

晚叅云生余人間世夫豈不猶人若少松柏共除非天地親良久云咄咄破衲數十年白髮四五寸經書不記卷熱睡不記頓

示衆

示衆師云一二三四五六七風響槐凉似人跡泉落不歸山東流更西出咦不聞正旨則志不弘不明向上凡心不息溪谷被緐霜孤兒當門泣嗟嗟近世禪道俱以門庭爲宗乘結構之端何熱亂之婉而多風也至於說法皆以套古作見解有如鶴唳空山猿啼斷岸使人深入迷魂隊裏渺於天外奇峰令人莫測呵呵

示衆云佛祖以衆生之耳目爲視聽衆生之心爲心端坐而自化居成而不有斯可以謂得正法也諸賢契思於正法道不遠人念靜而衆生自清不疑而衆生自信不私而衆生自公賤珍則衆生去貪徹侈則衆生從儉用實則衆生不僞崇讓則衆生不爭始得人心和平衆生淳質樂其生保其道優游大德以慰老僧厚望

天台歸示衆云下烟蘿過西澗晴空落落潭底漫漫紐半列三成羣和響拈一去七雨後鳩鳴會也會也百歲老人入漆甕

先老和尚誕日示衆云連城之璧瘞影荊山夜光之珠潛輝鬱浦玉無翼而飛珠無脛而行揚聲於章華之臺炫燿於綺羅之堂衲子有脛豈可汩沒至殆蠧才於幽岫腐智於紫華耶行森今日燒香供養先老人酬恩報德大衆要當絕塵寰豈是肴平素

示衆云若說一個自己懡儸若說兩個大衆懡儸若說三個人天懡儸若說四五六七八個十方三世無處蹲坐諸禪德你道慈翁有過有過

示衆云四海和平之福只在隨緣一生牽惹之勞皆因好事古宿與徒同坐徒聞車馬聲出觀宿喝曰汝非我徒也大衆箇箇難拋妄念人人怕老其身與誰兩兩爭輸贏恁地不知安分喫卜筭從來不准憑天自有前程筭來懞懂勝聰明落得無愁無悶若過望便千般未圓若安分便于今十全且喜安閒清健向這壁把茶盃拈向那

壁把草鞋安

示衆云一切衆生皆有佛性一切衆生皆無佛性諸禪者苐溪平生愚鄙無他好獨好五家語脉好明古人宗旨不好掩目害後賢而性復踈懶不能歛散取名圜轉滑稽以遊市井苟非從佛法相視鮮不對面失之所以云流水韶華東山日上西溪月斜看彌勒樓閣壺中洞苑別有平沙惜於今紅塵白浪天涯回首處衰柳啼鴉歎溈嶠堂前穿簾燕子今在誰家

普說

普說云今時語錄動使四六長篇或拈頌詩文百十首自矜多才不知意皆人人盜襲之意句皆人人套古之句特東補西湊矯强成篇耳了無半語一字發己心眼開人性靈雖多亦奚以為上代宗匠遺一則機緣明透親切使人見之直下廓開正眼豈曰少乎多為少善不如精一鼯鼠五能不成正術徒耀其狂狷狡猾虛炫猖猗耳大衆莫學賣弄率多游談妄自矜誇失道德之大體尚糠粃之薄俗萬輩之中一不足取縱合時務玷汙先聖然人非不知特知之而不改耳或互相奸私而取印證趣世炎凉不懼僣忒專恃外護聲勢越加彰惡此乃僥倖之徒不足以語也諸禪子欲明先祖正眼而不以已之所弊者速改猶註本草解參同而不知自病之深痼哀哉

普說云大衆今日小年好個消息風霜氷雪刻露清秀以山色言之四時之變亦多矣而惟經風霜氷雪之餘則有一種奇韻

淡淡漠漠超於艷冶濃麗之外而若溫和盎盎百花獻巧爭妍者不可勝數惟梅花獨於風霜氷雪之中以標格韻致爲萬卉冠而世人徒知萬物華於溫燠之餘殊不知長養於寒沍之時者爲尤奇也由此觀之衲僧若處豐厚安居飽食毫不沾風霜氷雪之氣縱有所成去凡品不遠惟夫叅叩於迫搒困衡之極有志衲僧往往淬礪磨鍊琢成法器何者叅究震撼之後靈機逼極而通正眼開焉乃至續佛慧命學問皆由此出而況世緣詩文乎今者大雄諸禪盡是久叅遍歷叢林發憤窮極苦志欲學古人爲法真切迥出埃壒有如葉落見山古梅舒蘂老僧每觀羣禪而喜之私念此非經風霜氷雪之餘有以銷磨其習氣而然歟先祖有言能推食與人者必能忍饑者也賜之車馬而辭者不畏徒步者也若畏饑而憚步者欲法道與其吝爲之悋爲之不亦多乎而今諸子知法道之難爲者也必無難法道興矣老僧以此期諸子焉

拈頌

僧舉毗婆尸佛偈師拈曰坐深梅氣斷還續柳眼開時枯榦秃寒皃猶傍南塘宿速速蛇珠在口鱉珠在足魚珠在眼蚌珠在腹毗婆尸佛毗婆尸佛

知客舉南泉斬貓公案師拈曰月上起日日上起時作寒作熱太歲不利一刀兩段斬却貓兒彈指一下百無禁忌

僧舉洞山初日五臺山頂雲蒸飯佛殿堦

前狗尿天剎竿頭上煎䭔子三個猢猻夜簸錢石霜云風吹石臼曾哮吼泥揑夜叉空裏走趯翻海月亂波生驚起土星犯南斗道吾真云三面狸奴脚踏月兩頭白牯手拿烟戴冠碧兎立庭柏脫殼烏龜飛上天保寧勇云一與佛祖為師一驗衲僧眼目一與天下人作榜樣師拈曰江東村個個出來稱大官四五月間天大旱掀起方巾舐粥盤

僧舉南泉示衆三十年來牧一頭水牯牛公案師拈曰和和和東西幾何南北幾何歸去歸去免風免雨耕耨以時實我倉庚

書記舉雪峰於法堂前坐衆集峰指柱杖云這個為中下根人僧問忽遇上上根人來時如何峰拈起柱杖雲門云我不似雪峰打破狠籍僧問未審和尚如何門便打師拈曰雪峰拈起柱杖雲門問着便打慈翁即不然忽遇上上人來時如何但云去汝非其人

老和尚舉僧問資福古人拈椎竪拂意旨如何資福曰古人與麼那僧復問拈椎竪拂意旨如何福便喝出師頌曰鰲身映天黑魚目射江紅鄉樹扶桑外主人孤島中

黃龍三關頌曰人人有個生緣國清寺裏豐干日裡隨緣作夢夜來騎虎看山

我手何似佛手拾得放下䓀𦳀串頭茄子帶糟寒山呵呵拍手

我脚何似驢脚踢起天昏地黑雖然用處無多也勝寶應四喝

侍者舉雲門初參睦州州搊住云速道速

道門擬議州拓開云秦時轒轢鑽師頌云
秦時轒轢鑽莫道無希罕如今古廟前好
似延賓館
老和尚舉寶壽開堂三聖推出一僧壽便
打聖云恁麼爲人非但瞎却這僧眼瞎却
鎮州一城人眼去在壽便歸方丈師頌云
轔轔車甲馬蕭蕭路上行人弓在腰四顧
寥寥雲影斷一輪紅日正昭昭

法語

示徒云衲僧家心無着於是非行不違於
道德氣静心空不存矜尚體亮意達不繫
於欲矜尚不存則能超名相任佛法心空
氣静則能審得失調萬物萬物調大道無
違也名相超是非無着也故衲僧以心空
爲主調物次之衆生以匿情乃墮以違道
乃苦匿情違道故受沉淪古德曰吾無已
吾又何患所以先祖用心不滯於情而後
行不離於道而立法活脫無依廓達靈明
澄然忘賢而與法具恍然任心而與道合
儻然無染事與理融吾徒勉之

示邦寗周護法法名超鳳春池拾礫者懷
寶覓前程唐人懌不出火把照魚行漁翁
穩睡潭深且清周之至德朝陽鳳鳴玉翽
荆岫寒光動劒出豐城紫氣横映高飛良
馬因鞭影歸去來兮見太平

示徒云道不屬修不屬不修然而行解相
應名之曰祖上僧忘名中僧立名下僧竊
名忘名者體道合德享人天之福祐立名
者修身慎行懽榮觀之達顯竊名者辱貌
深奸揚浮華之俗態足之所履不過數寸

然而咫尺之逺顛隳於崖岸拱抱之梁沉溺於川谷者爲其立無正地衲子學道抑亦如之

示徒云凡説法須從胸中流出先有眼目而後發之宗旨則縱奪自如不落常套若就事説理承言接語一有留滯雖甚工巧終屬死格

示侍者云衲子懷佛祖志處末世未遇知音而獨往獨來胸中一段不可對人説幷無人知之苦心釀成孤憤無倫骨氣令人想見俯仰叢林以名世自居始得稱行脚見釁官來然後或隱或顯更須知時識變逆順同根惡善共域逆境所倚反而爲順順境所伏還慮成逆惡境所現或能爲吉善境所降恐回成凶逆順善惡難以類推見不善而修德則惡反爲祥見善而不修德即善還成惡故境風警衲僧市刑警俗子境風不能勝智眼則惡反成善市刑不能勝道德則逆轉爲順故所謂有逆必懼懼必生敬敬則有順順必有喜喜必生驕驕則有逆是以祖師榮至不生喜愈敬慎以檢誡其身辱來不爲慽愈修謹以爲務唯論道論禪用意用句若斷若續似顯似微古人作用宗旨直須透頂透底不可輕易放過思之思之

示形山寶上座云全提格外獨步機先諸佛慧命相繼聯漣形山寶子重加意焉所以云三方鼎峙九有未艾聖賢拯救之秋衲子樹功之會我今付汝正法眼藏汝其光大囑囑

題墨竹示楊超祖云米公石陶君菊周子愛蓮何似竹坡仙曾有言無此令人俗心空節勁質直如玉

示徒云衲子行脚毋友不如已者雪峰得巖頭始於鼇山成道黄龍不遇雲峰那能復見石霜是以浮山遠天衣懷同黍蘖縣敦篤爲法其誓信以固惜夫近世代木有鳥鳴微刺谷風有棄余薄怨而論者諄諄疾淺薄寧懷攜貳惡俗黨寧絶交遊不見瑯琊覺芭蕉泉慎人交已審已交人出世則無暴集客處静則無邪僻賓原其所以來則知其所以去見其所以始則知其所以終如死心新靈源清友道交信善則久要不忘惡則忠告善誨否則止而無自辱如道吾智雲巖晟不爲可棄行不患人遺已躬自厚而薄責於人求諸已而不求諸人如保福展明招謙非禪不言非法不親交遊以戒會友以道噫嘻邇來刺薄者博而濫斷交者真而孤與其不獲已而矯世寧將從夫孤何也朝涉溪猶淺暮涉溪忽深水猶如此變安可測人心

示天鏡前上座云慧命相繼始於正悟而終於宗旨繁文不與焉後賢雖有根本而不加之明眼則必惑毋謂拈頌易學旨脉難識世皆知浸水及物則生其所不及則死不知日月之所照功莫大焉禪流受法蔭甚遠不識其由來可乎吾徒識之

示徒云心如虚空界示等虚空法法無差等願有大小器有寬隘量有巨細任有輕重所取未可舛乖萬碩巨鼎不可滿以盂

水一鈞纖鐘豈可容於湧流十抱良木不可蓋以茆茨榛棘蒺藜豈可負於宮殿小非大所任大非小所載重非輕所制輕非重所用以大任小必有枉分之失以小容大必有輕溢之危以重處輕必然傷折以輕載重必致壓覆鵾鵬一振横厲寥廓背負青天足蹴浮雲有六翮之奇資也海驪神驟騰飛萬里絶塵掣電有迅雷奮發之力耳今以燕雀慕冲天速疾犬羊學追日飛步知其必不能及奔蜂不能化藿蠋越鷄不能伏鵠卵何也蓋神龍能變化故能乘雲驅霧佛祖能利生故能承道立法雲霧雖容蟻蚓不能昇法道雖同無眼不能行智小不可以謀大願狹不可以處廣以小處大必危以狹處廣必敗願小而承大謂之濫願大而任小謂之降而其失也寧降毋濫是以佛祖量才而授承量承而授法則師無虚授徒無虚承故無危累之憂衲僧為法智眼可不慎諸

示宗漢朱護法云曹溪水向西流一片月生海幾多人上樓火可冷氷可熱艷紫烏能混朱色優波趜多丈室盈籌不已而已多少人摸索不得

示松雲明上座云四時常青歳寒不改豈非松乎萬化千變出沒大虚豈非雲乎此乃上古風韻也子其有可尚矣履立標格應如松之堅剛濟物利生須似雲之布澤以布澤之雲培堅剛之松則其賓主互換當何如也以布澤之利生用履立之標格則其奪境奪人轟雷掣電宜何如哉夫松

者以慧命爲根以道眼爲株以綱宗爲枝以向上爲葉雲者以因時爲權以妙容爲實以収放爲照以變化爲用豈世間所謂松之爲松雲之爲雲也歟明上座思之昜之

示徒云日月至明而浮雲蔽河水至清而沙土穢性源至静而嗜慾害故先佛不貴顯達比丘而貴知愧僧也若由富貴與禪者貧賤時吾恐其惑亂若由貧賤與禪者富貴時吾恐其驕邪唯有謹慎比丘富貴而眼不明則慚愧貧賤而眼不明則慚愧在得師友之功吾信斯矣蓬生麻中不扶自直白沙在泥與之俱黑是故衲僧擇友而交譬舟車然相濟而行已先則援彼先則推行則爲友負無席則寢其趾若富貴而迷不如貧賤而悟生以辱不如死以榮故古德爲法忘軀不隱其短不知則問不能則學取之王也

示徒云世事熟者不逆人情人情通而不通正法外矣正法通而不通道眼亂矣道眼通而不通料揀雜矣佛法明眼爲貴眼明旨的而道方顯續佛慧命宗乘之所以建法者三一曰眼二曰戒三曰志眼以爲本戒以行諸志以成諸衲僧必不得已守一於玆眼以爲主衲僧所以擇法者有四誠其心正其智實其德定其旨心誠則諸佛應之況諸衆生智正則人天順之況於萬物德實則功立旨定則不亂古德所謂禪者徹悟今人所謂禪者邪解先德有言適東而西轅錯矣

示豁庵文上座云但凡說法於時套最近口耳最熟者須極力出脫莫學邪禪爭習死句須知宗旨語脈自性生機盡而有餘久而更新者當深扣之若習古人陳語以此相尚便爲俗禪然而亦有離而上者不可知也蓋佛法正脈不盡絶於天地間也無一切趣下之理

示徒云禪以靜興以雜衰法以正安以邪亂古今常論世所共知然而衰禪亂法繼踵不絶者豈是時無明眼尊宿耶誠若法道不行耳十步之間有茂草城市山林有宗匠曹溪有二桂汾陽有六人今以宗門盛行衲子繁庶叢林豐隆知識紛紜而師無智眼徒無正悟非世之無賢皆因接之乖實志道者少與遂俗者多儔朋黨用私背實趨華印證者不辯質幹不審村行虛造聲譽妄生毛羽濫於許可止取熱鬧覽察其狀則德倖大衲詳覈厥能則鮮及中根而乃虛張髙譽彌蔽瑕疵以相光耀嗟乎佛祖慧命至此窮極師家之唱若聲學者之和如響長短大小清濁邪正皆從師眼故先祖接人以短取長慎於料揀令使授受必覈以實若其眼邪勿强衣飭出處語默須辯根器則雲門趙州德山臨濟何慮不企踵而致耶

示徒云理無常是事無常非先日所用今或置諸今日所棄後或所取投隙抵時應事無方在乎明眼若欲眼明在乎力參世皆知以衣愈寒莫知以勤愈賤故先宗大德立志于勤苦以見自性末劫衲僧倘能

砥礪其材自誠其明覩俗生慚徹證本源觀始終諸端覧無外諸境逍遥乎無方之内彷徉乎塵埃之表卓然獨立超然絶俗追踪上古友賢前哲籌策邪正以識禍福窮搜本末設義立度死有遺法生有芳名此皆衲子之所當行然而莫肯爲者淪漫懈墜縱情故也蓋勤者立身之大本也儀狀齊等而眼明者勝質性同倫而勤者者成是故砥礪琢磨可以利金勤苦參究可以厲心大凡衲僧欲深察法旨以垂芳名未有不從參究克苦而成者如水積成川蛟龍生土積成山豫樟長勤積成功榮達至千金珍裘非一狐而成臺廟諸椽非一木而支歷劫心垢非一日而能淨盡是以先祖勤苦參究其行可法其立可法其坐可法其顔貌辭氣可法者此也

示德文殊云道行惟讓臨事惟平立身惟清清則無欲平則不曲讓則無諍三者備然後可以説法衲僧盡悲願行道德而不化者縁時未至也衆生莫不欲安佛祖順而安之莫不欲善佛祖教而善之篤以大義固其心導以清淨和其氣宣佛弘恩大其化施仁行惠莫用威刑視佛與羣生如觀已體則衆生愛之如父母出世爲人豈細事哉德子勉之

示徒云上古師僧行脚時品高韻逸氣静神閑而意致幽深語味不盡故稱僧中絶倫季世堪嗟學游談而稱悟道及乎付法住持施施佛祖容貌匃匃市井汙行多方營求威利威利至則隨積敗德僭尤者何

也不能知恥知過而附集者不正恣情縱慾則異佐者邪羣故法道存亡於是乎在諦審先宗哲匠高蹈獨往以法自任身寄五濁波流心越三界之表道全于内遺物于外豈與俗輩競門庭而飾佞世媚容耶如上林喋喋齒梟春蜩夏蠅聒耳德業不足以相涉聰明不足以相資蓋魔外黨隊見稱波旬迦葉苦行謂爲法王則衲僧不在於聲色也今叢林稜稜知識茀茀誰念祖宗正法傷哉人入豺狐狼伍方思獅子智明處於不德惡族始信高操不渝㖟法道凌遲須當竹柏其行雖歲寒而無改哉然卓援確爾不移莫逢轉以循俗莫易志以趨流然而任法道者不能免羣惡不生憎不能使魔外不侵害故苦且難而多貧順世情者樂且易而皆富是以俗流莫不委此而就彼秉操孤立者志定計決勸沮不能回知足知止憂患不能入困頓而彌堅窮獨而不悔嗚呼處此末運可謂長吟甚於痛哭

示明宇王護法法名超麟人間麟兒出天上見文星正當與廢時菜園墻倒晴須築莫待廬穿漏始醒南北兮三拎五儜進前兩步轉脚千扃呵呵揚眉鷂子過照顧自家珍

示雲子驤維那雲從龍風從虎聖人作萬物覩天王峰上祖峰高放下身心三四五

示雪安映上座月映千江持竿獨釣烟波靜晚風初定一隻船兒正撐出溪灣細閱楊岐景開雪徑雙峰庭前與子安心竟

明道正覺茆溪森禪師語録卷中

音釋

癩落蓋切音賴　癖匹亦切　崟魚音切音吟　荼同都切　鼕徒紅切音同鼓聲　桔古祿切音谷　爬蒲巴切音杷　瑩縈定切　鮫居肴切　刈倪製切音藝劓也　詆典禮切音邸訶也　薨呼宏切音轟薨薨飛聲　馮蒲平切音平　淪弋灼切音藥　嘷胡刀切　嗌伊昔切音抑哽咽也　嗄所嫁切沙去聲　瞋輸慎切音舜　玦居月切　瓀而宜切輭平聲　珉彌鄰切音民石之美者　骫骳上烏賄切音委下部比切皮上聲骫骳屈曲也　舐上紙切時上聲以舌取食物也　蹠之石切音職　騕伊鳥切音杳　蠋神六切音熟　鳨林直切音力鳥似鳧而小　喋徒協切甜入聲

明道正覺茚溪森禪師語錄卷下

嗣法門人超德等編

機緣

僧問如何是鳥道玄路師云白雲飛起紅葉落進云文武兼濟人來時如何施設師云不許飲酒食肉進云邪法難扶時如何師云豈有此理進云如何是正法眼師云早晚也進云何以爲之大機師云米進云何以爲之大用師云時進云異類中如何行得師云斗有大小秤有輕重進云疑情未息時如何師云魚勞尾赤人勞頭白

同參問首座親見老人是否師云是參云還有奇特事也無師云扣氷人少崇福人多

僧入室請師決疑師云鬼谷老爺不在家僧云豈無方便師云歸去門前自打尾

僧問如何是清淨法身師云普請擔泥僧云因甚學人不會師云有直歲在僧云如何是超佛越祖之談師云依教奉行

僧云牛頭橫說竪說不知有關棙子如何是關棙子師云止僧擬議師云去

僧問如何是妙唱不干舌師云罕遇知音

僧云如何是死蛇驚出草師云照顧性命

僧云如何是鐵鋸舞三臺師云呆鴨聞雷

僧云如何是解針枯骨吟師云切忌寐語

僧問終日紛紛擾擾如何是不動尊師云天晴快走僧擬進語師云換手搥胸

僧問四方八面來時如何師云門前石馬脚撩天

僧問羚羊挂角時如何師云引我笑

僧問一等是水因甚海鹹河淡師云莫失溺

僧請益云不假半寸繩如何出得深井人師云賴遇天溪進云大似失便宜師云看你顛倒進云乞師方便師云大聖緊那羅王菩薩

僧問如何是玄中玄師云日長夜短

僧問佛心無處不慈悲觀音大士因甚不去高麗國師云謝汝饅頭湯餅

遊山歸問僧塗毒鼓聞者皆喪因甚擊者不死僧下語不契師示偈云山上鴟夷又買舟清風明月幾時休欲知進退存亡事只問歸來鄭化州

僧問昔日趙州勘破臺山婆子畢竟在甚麼處師云天開河進云學人不知落處師云齋堂東邊進云乞師慈悲直說師云趙州兩隻眼婆子一條舌五臺山上去舊路鎖莫歇

僧問如何是先照後用師云臨濟來也僧擬議師便喝僧云如何是先用後照師搊住云道道僧茲然師遂托開僧云如何是照用同時師掌云非驢所堪僧云如何是照用不同時師云不知痛癢漢僧喝師云再喝看僧又喝師便打

僧問如何是無相涅槃師云五里亭十里鋪僧云因甚學人不會師云驢前馬後

僧問如何是雲門顧鑑咦師展手云那僧擬議師云了僧再問師云去

僧問劈面來時如何師隨聲便掌

僧問如何是大雄山底佛法師云白額當

途坐僧云還有方便也無師云闍黎莫夜行

僧問如何是西來祖意師云南人瘦北人肥

僧問諸佛出身處且置如何是和尚安身立命處師云你却跳得好僧喝師云爲什麼僧擬議師打退

僧問因甚不點路燈師云一任瞎闖

僧問入門便喝便打意作麼生師云祖師在你背後

僧問不慕千聖不重巳靈時如何師云你五戒也不持僧云古人到者裏爲甚不肯住師劃一畫僧喝師云好喝僧擬議師便打

僧問金鎻斷後時作麼生師云腦門着地

僧問堆堆坐禪圖箇什麼師掩鼻云出去

僧茫然師云走來僧近前師云三黄丸好

僧問從上宗乘如何接續師云日東上月西下僧云與麼則人人有分也師云知章騎馬似乘船

同衆問如何是首座家風師云没蘺沒壁

衆云忽遇賊來時作麼生師云憑你摸索

僧問畢竟如何是佛師云撞不破便燒

僧問如何是梵音相師云鋪堂不細行

僧問箭鋒相拄時如何師云過者邊立僧喝師便笑僧擬議師云大好箭鋒相拄

僧問作麼生轉得自巳歸山河大地去師云昨夜好秋雨

僧問如何是和尚爲人處師云獃子獃子

進云不落古今句作麼生道師云官久必

富進云七佛未出世時向甚處行履師云
疑人莫用
僧入室請益心經云揭諦揭諦意旨如何
師云孔子産山東文才今古通大夫天下
有白屋出三公僧云學人不知落處師云
自衛返魯
僧問一人發真歸元十方虛空悉皆消殞
爲什麼方丈後泥挑不盡師云鬼喫饅饅
頭
僧問既是報恩人因甚不識金車山師云
看你打之遶僧喝師云有甚了期僧擬議
師云還怪得我麼便打
僧問山河大地還有過也無師云鈌嘴打
鑼
僧問乍起乍滅時如何師云不是鬼燈便
是螢火
僧問如何是觀音三昧師云夜來孩子哭
僧云如何是文殊三昧師云日裏踢繡毬
僧云如何是普賢三昧師云包公廟裡失
毡包
僧問心佛俱忘時如何師云誰與麼道僧
擬議師喝出
僧問浩浩塵中如何辨主師云飯裏沙多
僧云謝師指示師云莫亂嚼
僧問無夢無想時主人公在什麼處師云
大衆笑你
師問僧仙鄉那裏僧荅合浦縣師云明珠
拈出看僧無對師云想是新戒
師問座主金剛且止喚什麼作經主擬議
師便笑主問如何是經師召云法師主應

諾師云好個座主主指茶鍾云者裏有趙州也無師云匙挑不上

師問一切葛藤敲門瓦子如今門開也瓦子在什麼處僧茫然師云可惜七間僧堂

僧問一字不着畫是什麼字師云鼻大心無毒

僧問未生之前即不問如何是趙州勘破婆子處師云飯飽弄筋進云某甲即不然師云要屙那邊去僧無語師云急歸堂

僧問如何是有柱杖子與柱杖子師云伶俐好僧云如何是無柱杖子奪柱杖子師云懵懂漢

僧問目前蕩盡時如何師云更夢見什麼

僧作禮師問汝名什麼僧云南山師云南山起雲爲甚北山下雨僧無對師云春無三日晴

僧問百尺竿頭進步時如何師云三月三僧云學人不知落處師云起席不謝坐僧云從今得箇安樂地師云義塚淚痕多

師問僧抑而爲之可謂貴人多忘擬向那邊施設僧無對師問傍僧若也鑑不出落地作金聲你道作麼生僧擬作禮師便打

師遊牛首時路逢一道者者彈指一下問云是何宗旨師云老鼠喫鹽者云如何是藏鋒句子師云東西南北者云如何是事藏鋒師云隔岸醉人多者云如何是理藏鋒師云滿江野鴨子者云如何是事理俱藏鋒師云水裏船船裏水者云如何是事理俱不藏鋒師云上底上下底下者便作禮

僧問萬法歸一即不問畢竟一歸何處師云昨日典座來今朝柴頭去

僧問髑髏粉碎時如何師云僧排夏臘俗列耆年

僧問供養百千諸佛不如供養一無心道人諸佛有何過無心道人有何德師云打皷轉船頭

僧問王索仙陀婆意作麼生師云聽事不真僧云古人點鐵成金乞師直捷指示師云淮北皷

師問打稲僧禾熟不臨場且置作麼生耕人田不種僧無對師云賀家湖上天華寺

僧問不是風動不是旛動是什麼動師云禪和走入漆桶僧云和尚作麼生師云茆溪號做慈翁

僧問樹凋葉落時如何師云大好從頭起僧云體露金風又作麼生師云歌於斯哭於斯僧喝師云汝命何短僧擬議師打退

僧問至道無難唯嫌揀擇是否師云雙陸盤開大喝彩進云如何是至道師云不差不差進云學人今日得遇和尚師云禪客昨晚在那裏歇

僧問如何是大通智勝佛師云古家橋下進云爲什麼佛法不現前師云臨平腐乾

入室僧問臨濟的的意作麼生師云官打現在進云學人不識宗旨時如何師云我是天溪主人進云道眼如何得明師云禮防君子進云乞師方便師云你問什麼僧罔然師云近前來僧近前師大笑云金風落落洗芳菲瘦盡千峰鴈始飛南海一波

長不定西山半面莫疑非

僧問燕子善談實相如何是　相師云韓獹韓獹

僧問撩起便行時如何師云泥作頭

僧問如何是古佛心師云橋流紅樹僧云如何是物不遷師云葉泛霜波

僧問禪客相逢祇彈指此心能有幾人知如何是此心師云闍黎鼻頭黑

僧問如何是道師云好日多同僧云如何是道中人師云再過一家

僧問作麼生是禪師云日裏不點燈

僧問牛頭未見四祖時如何師云初七清明僧云見後如何師云念二穀雨

僧問上木下鐵意旨如何師云逢凶化吉

僧擬議師大笑僧再問師云近日工夫太殺閙

師問僧無根樹子作麼生種僧無對師云巡山稍暇

僧請益舉玄沙問光侍者打鐵船也未光無對請師代師云今日好風問進門一句作麼生道師云猢猻騎鱉背問既是大雄山因甚麼又道雲覆庵師云你是瓶窪來的僧云是師云扣氷去

黴天連雨師落堂云大衆因甚麼迷癡許久不睛衆無對師云知之爲知之不知爲不知天上雷公吽地下走蟛蜞呵呵好場熱亂以柱杖畫云湄衆茫然師喝云聾牛瞎驢一齊打散

解制師問僧云秋風清秋月明百城烟水任君行只有一事撞見勝熱婆羅門時莫

道在者裏起程何故呪彭良久云你道老
祖意在甚麼處
師問僧語是謗默是誑語默向上有事在
什麽事呵呵不到死牛邊不欠死牛錢我
與麽道你又作麽生
僧問如何是學人親切處師云火燒烏龜
進云如何是本身盧舍那師云受戒也未
僧云如何是清淨法身師云鬬打相爭
僧問如何是大通智勝佛師云東廊西廊
僧云爲甚十劫坐道場師云看你顛僧云
作麽生佛法不現前師笑云酒鬼子僧云
何故不得成佛道師咄云癡蟲
師問柴頭無根樹子斫斷也未頭無對次
早云昨夜看無根樹子聞鑼聲忽然斷去
師指花云因甚麽唤作海棠頭擬議師便

掌
僧問清淨本然云何忽生山河大地師云
你尋衣單麽進云學人請問佛法師云天
旱棉花少
僧呈懷州牛食禾頌師笑云蠻婆哈醋嘴
三尺村老聞酸面百摺引得乞兒聳膊寒
儼然一幅吳生筆
師遊五臺宿顯通寺寺前見一貧婆頭纏
紅布髮插山花鵰翎身披雜色襖子左足
花履右脚黄鞋目光射人手提竹籃籃中
諸物俱有口嚼石子師問婆在此何爲婆
云乞我一文師云年多少婆云六十四師
云有家主公麽婆云徧地都是師大笑婆
睁目視師師便打婆便喝師又打婆攜籃
作舞而去師遊中臺回婆仍在路嚼石子

見師便笑口稱南無佛南無佛師問婆生緣何處婆云太原師云幾時到者裏婆云今日六月二十七師云識得你也婆合掌云大通佛大通佛便作禮提籃而去師云幾不問過

僧問東隣田舍翁八字不着人畢竟如何說師云你肚裏有無數草稿曰免教名字落人齒甘作村中百拙僧師云看你翻來覆去好難過

僧問世界與麼濶因甚麼鐘聲披七條師曰張黑牙煮牛腿曰法海無邊舌頭有限如何到得底師曰赭山人罵天熱

送亡僧歸僧問亡僧遷化向什麼處去師召曰闍黎僧應諾師曰那裡來僧茫然師曰再打皷

僧問有時拈在千峰頂劃斷秋雲不放高和尚肯放學人一線道也未師曰包袱如何者樣濕曰未歸客思故鄉誰是未歸客何處是故鄉師曰一角水淋淋的

游蕪湖僧問如何是本來面目師指漁舟僧茫然師便掌良久云會麼江水生江月起青簾白舫江風駛江頭老翁披短簑獨泛江心羨魚美大張一網羅羣魚羣魚勇出江心裏勇者傷於鈎貪者傷於餌起者如浮瓜落者如沉李入者困而怒出者躍而喜大者三尺五尺長小者七寸八寸止老翁一縱仍一擒網大魚多莫能紀須臾捲盡千頃雪勢及馮夷也披靡禪和子本來面目在那裡

僧問不是見聞生滅法葉落歸根露遠山

時如何師曰一五一十曰不脱麻衣拳作枕幾生夢在緑蘿庵師曰山下人盡知你做事

僧問和尚還肯接下下機否師曰木蘭色茄花色曰偏天偏地刀鎗甚處迴避好師曰上包也得散賣也得

客僧問如何是清淨伽藍師曰東司街西曰如何是伽藍中人師曰高聲呌看曰拈一放一未爲好手如何是好手師曰孫行者

僧問狗子有佛性也無師曰碓搗東西曰古人云不可更向道是鹽意在於何師曰這私販

僧問是即龍女成佛不是即善星生陷去此之外乞師指示師曰曾與柴頭有甚冤曰無目不盡眉爲何又道夜叉屈膝眼睛黑師曰濕草鞋莫放蒲團上曰八花毬子裹不用繡紅旗師曰巡照説你粗糙

僧問雖然截斷天下衲僧舌頭分明只道得一半如何是十足句子師曰六月裏還蓋綿被那曰也只理長即就師曰原來打擺子

僧問此事楞嚴常露布而今忘却來時路乞師指示師云肉麻進云鍾馗醉裏唱揚州大家拍手上高樓師云難消菩薩

僧問無着菩薩發一念心清淨爲何不見真文殊師云再去單下摸一陣看進云惺惺直言惺惺歷歷直言歷歷師云只恐是破瓶破缸進云障蔽魔王一千年覓金剛齊菩薩起處不得未審在何處住師云你

今早曾進廚房麽
僧問演若何曾認影善財不往南方甚麽意旨師云莫怕進云可是紅爐爆出鐵烏龜麽師云牛屎進云大風吹落楞伽山時如何師云捧起看

垂問

師垂問云祖師西來籬邉山菜帶泥挑溢味新鮮好諸增上慢者聞必不敬信侍者答云甘草甜黄連苦師云向去莫言今日事觀音自在放毫光誰不忍者説答深山藏猛虎師云風燈動夜幃大棒打老鼠爲什麽窓敲碎玉聲偏細答明月堂前風冷淡師云太平時節桑麻話不用兵符佩絳紗錯過也答雲從龍風從虎師云蛟翻波作雪鼉吼氣蒸雲金色頭陀供麥飯還知否答曲不藏直師云畢陵伽呵叱河神梅花倒影插人頭是否答樓閣裏善財師云一鈎新月魚呑影雙峰雲外暝是何病答碧波生水面師云月上女出城舍利弗入城布袋和尚何故如今笑不止答辰屬龍卯屬兎師云東西南北水灑不着潑墨飛毫莫浪題你能搆得麽答雨過看長虹師云禪和子親舍每疑雲外近長安翻覺日邉遥呢侍者答不羿師遂遣出

師垂問云三世諸佛因甚不知有僧答不羿師曰記得江西鐵樹官麽曰記得師曰黧奴白牯却知有僧茫然師曰大好河南歸德府僧求開示師曰清晨寺裏鐘黄昏祭鬼鼓吾欲觀於轉附朝儛

師垂問云不思而得不勉而中因甚又道

不是苦心人不知
師問僧云我也不識好惡帶累你不是好人黄河三千年幾度清僧答不昇師云金堤溢伯雪
師落堂垂問云放之事分收之理至如何是無賔主句又問還知雨雪霏霏雀勞利麽唤五代長連城又作麽生會

書問

復友人叅禪學佛祖不必言妙在學佛祖而宛然佛祖尤妙在不獨禪宛然佛祖而德品亦宛然佛祖蓋禪從德品中光揚惟德品去佛祖不遠故所謂禪與佛祖相近若學佛祖不知德品爲何如動以狂放字句求佛祖胡可得耶比來老師大衲所謂欲進前而不御遥聞聲而相思麟鳳擬麐鷄珠玉較礫石白日垂其照青眸寫其形故凡操千曲而後知聲觀萬尤而後識器知音同道歡然共懌流鄭眩人無或失聽聊紓鄙悃讙復

復彤山寶西堂老僧受用唯山林耳草衣木食安步勝車無過爲貴不復知有人間欲樂此老僧習氣也吾徒謂其得計否乎來書云佛法通即世法通老僧謂之不然道不同不相爲謀亦各從其志也富貴如可求雖執鞭之士吾亦爲之如不可求從吾所好歲寒然後知松柏之後凋舉世汙濁清士乃見何也其重若彼其輕若此老僧常笑幻影浮沉真同蕉鹿人生結果不異網蛛千里之駿未遑大馳然龍媒蹀躞人自垂青亦不必向飛嘶也山中踈篁萬

竿峰頂奇松舒翠怪石舞躍龍淵無底案頭尊宿古録舉目師友不離此標此趣恐亦造化所慳吾徒不見衡山四絶天獨靳其餘乎千萬爲道自重臨紙遠念不次

復戴岵瞻護法公坐視綱頹如此不一挽之可乎夫護法有以名節相砥礪者有以佛法相切磋者有以見地相許與者至於披瀝襟期陶寫性靈膠漆自投芝蘭契合則始於見地之許與而切磋佛法砥礪名節實該之焉兹非有光風霽月之卓識青天白日之眼目則握手秦越可槩以語之耶願大作家如黄山谷始不負先師之囑託也

答禪者衲僧願力立綱宗擇法眼一切是非毀譽得失因乎道不因乎情庶幾所樹當下解脱不則感感然是昧子闖寶藏顧安能識吾寶也世間衆生遇弱則敬同境則爭此六道因果也至如聲聞縁覺辟支十地雖能説法如雲如雨而不能績佛慧命者由有執心故惟佛與祖神化如龍隱顯莫測方能普利羣迷龍雖處于涔蹄局中未嘗不沂鱗濯羽能大能小龍之爲龍一神至此况佛祖乎古人演易首以龍德配大人易者無所往也在于善藏其用如來説法應無所住惟貴静默夫翠不藏毛魚不隱鱗尚能殺身况衲僧乎是故大道不道大德不德大才不才大節不節道者導也有導則滯滯則碍故衲僧有以道招謗者德者得也如人得物則矜矜則人見而畏故衲僧有以德招謗者才者財也如

人有財盜欲刦之故衲僧有以才招謗者節者高也氣高則折身高則危行高則蹶故衲僧有以高節招謗者世間禍患莫大于私巳顯現而據執于局執之爲執其伏甚細其禍甚大古來宗匠能脫于世者方能說法利生情執不盡而欲利生者譬如有人自縛其手欲解彼縛終不能得執見不脫禍身壞法且莫自保況能利益人天乎自利利他者如同舟遇風衆人同心何地不可行何亂不可涉哉古德悟道者得心空非空境界也空執心也執心在則見空境亦礙何也有可得而見也執心盡則居惡境亦空何也無可得而見也是故佛祖出世親不得踈不得譽不得毀不得尚無有福何有於禍處世利物微矣微矣呵呵清溪一棹柴床一覺這滋味誰知道天公自古無分曉倒做癡聾偏是好世上誰人忙得了數日猛熱殆不堪幸病朽稍閒適在荒壠避暑來僧迫書草草以復隣庵相見均此道意

答禪友接來翰知寶刹錢米山積院事川湧然而折腰趨豪門低首見護法拱手道左望塵遥拜屏息車下不敢高聲泥沙在衣風塵撲面衲僧之志亦盡矣臨風念友中心若結先德云南陽忠國師三詔竟不赴遂使唐肅宗愈重於佛祖然我望南陽雲泥雖異路回首思古人媿汗下如雨豈可爲一身法門同受汚萬古長江水惡名洗不去呵呵釣竿頭上容漁隱少風波處便安身還笑那着甚羊裘嚴子陵老祖峰

頭雪霽清境但有荒崖怪石修竹古木日毀苦茗睡起曳杖放脚不知遠近亦曠然真趣與棒喝談禪未見議優劣也臨楮馳切不盡

復居士書行森和南聞風日久恨愚衲多病多故不得面晤請教承翰勤懇甚慰懷仰接示此公纂刻拈頌捧讀增歎然拈古者辯眼目頌古者顯法道拈而不正則眼亂于實頌而不切則道失其真道之失由于順情而害法眼之亂在乎棄目而信耳耳目雖異宗旨顯明顯明而拈妄不可以稱拈宗旨而頌迂未得以言頌頌迂拈妄則佛法亂矣是以先祖玄要真旨不可雜以邪解料揀語脉不可欺以虗文賔主誠分不可罔以混統故眼正以擇法則真假易辯明眼以驗人則邪正難瞞若名實顛倒便可歎惜先宗大匠廓徹亮於聞前智鑒出於意表不被世情眩惑不以名色易眼不没纖芥之善不掩螢螙之光呵呵黄河古道金堤阜青草新陂水拍天社燕城烏渾不解飛鳴只在土塘邊茲因浙僧遊山故輙附奉答草率不盡

讃偈

世尊出山相

頭髼鬆鼻突兀膝拄腮皮裹骨見之曰佛咄咄

水月觀音大士

一蒲青草上四面白雲飛盡日無言說巖花落滿衣野店風濤驚泊岸西峰月上善財歸

窑變觀音像讚

滿頭滿面落索離離披披衣着猛火堆裏出手出脚你棒的豈不是如意寶輪麼多少人看破銅鐶石角合掌云也怪他不得

布袋和尚讚

頭大頭無角肚大肚無槖盡道是奉化縣老官不知說得着不着放下布袋等個人手裏把柄破木杓噁

達磨祖師贊

怒目咬齒何苦如此而今用師不着有理也是無理西天東土一般各各自有所以祖師祖師請起請起

千歲寶掌和尚像讚（老祖常住請題）

懷悲願露古顏孤筇直過萬重關竿頭風月灘灘別足底烟霞處處閒稱幽興惟此山鷲回龍夢出潺湲奇石蟠松無限意雙峰絶頂許誰攀

自讚（梅源德首座請）

者漢毫無長處惟聞先聖遺言如飲甘露曰不强無違不勞無功不忠無親不信無復不恭無禮此五者終身行之或云旣傳臨濟正宗因甚不行棒行喝烹佛煉祖作此三家村裡老儒語耶慈翁曰是是問取懿山德子

又（超同請）

踏碎暮雲披破衲衝開朝露握茶條饑投古寺暮歇崩窑雷霤無剩跡如何有影留休休且與丹青共唱酬

雁宕山過夏示徒

踏破草鞋坐消白日北海天麻南台烏藥

嚼得破者急須吐却吞不下者翻成毒藥

示滇源禪人

水至柔而能攻堅故一其内美哉渢渢乎經始綿綿滂沱淮海子宜自勉

示明鏡

本來無一物何處惹塵埃六祖好語話幾人不錯會

天目秋夜禮祖塔

凉月侵衣紅葉鮮杖藜幾度塔松前寒鴉數點棲枯杪一陣西風霜滿天

頌世尊拈花迦葉微笑

是處江湖有釣簑相逢猶更問如何橫吹黃鶴樓前笛直是廬山採菊歌

頌汾陽十智同真示僧

當軒竹珮因風響遶徑梧陰帶月奢曾識桃源仙子面豈緣流水覓胡麻

宿黃梅小石口五祖送六祖灘

夕陽樓外淡烟籠野渡舟橫草接空望斷嶺南人不見九江月冷水溶溶

宿四祖塔前

破額山窓紙泣風鳥聲月下遶青桐夜寒古殿鷄鳴蚤曳杖仍登最上峰

宿黃梅東禪寺

樸面蓬塵擬蔽天東禪槽廠若爲傳應庵華祖三生室耕者南田又北田

秋日掃龍池傳祖塔

塔上雙虹適偶期焚香誰識獨悲思池當夕照半添色句與秋山兩鬬奇龍出無心三汲浪鶴鳴有意九皐岐若非吾祖何來此雨細風斜歸去遲

禮磬山師翁塔宿海會寺

遊罷荆溪過上方笑看歸鳥磨斜陽千盤石徑雲承屐一室松風月滿床既破浮生塵外夢寧躭長夜定中香分明塔下鐘清韵多少時人歎渺茫

佛事

天目掃高祖塔

緑犀海外分離坎金毛崖畔甲丁庚三四四三三四四四三三四四三三西方庵上鐵蛇鑚入金剛眼東塢峰下巖前石虎抱兒眠恭惟老祖珍重萬福行森到此瞻之仰之萬年松拂日百怪石騰溪不一而一不二而二

掃笑巖祖塔

師拈香云孤逈逈露堂堂紅柹落雪梅香

一洲魚嵛市千樹木奴荒多少人到者裏錯過祖師何以故終日河隍談法要無人塔影又斜陽便作禮

爲澹齋禪者起龕

恁麼恁麼時至花先覺不恁麼不恁麼陰晴鳥自知澹齋上座金車山上梅浮白幽溪响雪待君歸

爲聞聞聰禪人火

潮聲隱隱自歸宗别壑沉沉起暮風望裏青眼濶孤飛天外鴻聰上座行矣霜花白重來枸杞紅

掃虎邱隆祖塔

師拈香云寧從落落勿碌碌始信睡虎藏深谷試劍池邊花自閙點頭石上雲團簇息當六月風方勁名在千秋日正昱一瓣

心香告祖前數聲長歎離山麓

雜著

自箴

詩云無易由言耳屬于垣事以密成語以泄敗聰明深察而近於死者好議人者也博辨廣大而危其身者發人之惡者也孔子惡稱人之惡者阮嗣宗口不論人過亂之所生也則言語以爲階吉人之辭寡言以簡爲貴言簡而意盡者至言也少言氣完而夢寐亦安君子絕交不出惡言少皐氏有不才子崇飾惡言天下之民爲之窮奇人而不仁疾之已甚亂也汝唯不矜天下莫與汝爭能矜已能喪厥功齊桓公葵邱之會微有振矜而叛者九國人有滿於意而不覺形於詞色者則其所養可知矣人好直言必及於禍言切直則不用而身危剛腸疾惡不避嫌疑謂之大失狃於能直者所發多敝惡言不出於口忿言不反於身好盡言以招人過國武子所以見殺於齊也出言有時而不敢盡保身之道也往哲提命猶在一堂不次書之以清座右嗟乎金人三緘實惟我師

示病人多逐苦境

莫莫莫病是衆生之良藥我在俗時一病幾死正迷悶中忽聞鼓吹始知病源不從他有遂決志出家云鼓角分明破毒針驀然劄斷愛情心死去活來真好笑石頭土塊盡知音語諸人識病因大家割捨夢中身咄咄不作維摩詰文殊何處尋

山中四儀

山中行春鳥逢人自喚名芝蘭滿谷藏深草無限禪和努眼睛
山中住結夏安居雲水聚施主雖然個也無竹石松風時共遇
山中坐燕去雁來歷亂過梧桐葉落一天秋雙峰月上僧功課
山中卧被絮前冬脚踢破夜寒無數箇翻身牀頭老鼠如旋磨

明道正覺茆溪森禪師語録卷下

音釋

黴謨杯切音枚　膊伯各切音博　馗渠爲切音逵　儛與舞同　麏規雲切音均鹿屬　蹀徒協切音疊　踥七接切音妾　涔鋤林切音岑　渢符咸切音凡渢渢中庸之聲　緘古咸切音兼

塔銘

天地有不可磨滅之道古今有不可磨滅之人道與人合然後能使天地不變古今不變而人愈不可磨滅也從來道法不一闡道法者不一未有舍光明心地能別求本來面目者則凡千支百派不至於涓滴歸海而不已吾圓照慈翁和尚其北濵之歸墟也哉師諱行森號茆溪生博羅黎氏器宇神奇性情天放甫壯聞鐘有省輙師歸宗無何依雪嶠信公窮極隱秘公示寂始恭大覺大覺一見竒之旋命分座師接機如鵬劈海鶻摩霄活啄生吞命根立斷叢林咸以茆鐵棒稱之戊子冬受諸護法請手闢龍溪直如達磨蘆渡大破洪荒爲千古兒孫開正法眼藏豈徒效面壁故態已哉師後遊五臺上山遇一貧婆口嚼石子望師稱大通佛師與語似識似禪亦異

事也師歸龍溪
上親書勅賜圓照禪寺
命杭織造同所司易龍溪額師既歸
上猶降御書等嗚呼
世祖於師始終恩遇夫亦金身兆夢亘古以來之僅見者師後浮沉人間何翅朱門蓬戶軒冕泥塗正如化世界爲沙盆納須彌於芥子山海珍奇人天色相都擲最上層非非想天而師之心地本自光明如日月如星辰歷歷可數非有一形定在者師之錫飛不一地如老祖鹽官諸處要皆化城息影最後主大雄閱春丁巳攜寶子輩漫遊吳山指華巖曰此中修篁奇石可以臥數江飆吾將老於畫圖中乎優游至六月二十四驀曰早晚吾行矣諸子請留曰三日可及期集諸子曰慈翁老六十四年倔强遭瘟七顛八倒開口便罵人無事尋煩惱今朝収拾去了妙妙人人道你大清國裏見
天子萬善殿中說禪道呵呵總是一場好笑
諸子數問後事師不答但大書龕封云茚溪老茚溪老到這裡還有什麼不了咄封却遂擲筆含笑而化時異香遠徹緇素競奔七日掩龕餘香猶烈諸子侍龕至庚申佛成道之後三日塔於圓照之右脇焉師世壽六十有四僧臘二十有六九坐道場有語録若干卷嗣法自懿山德形山寶谿庵文子公然芾山彥天鏡前雪安映松雲明霞川英五山乾秋濤光環山珍雨山恩天麟瑞隆道祖石幢際洪惠貴卓羣玉曉

山會山堂闢半山吉宇庵文續那藏雲嶠宏外其隨機寄印名跡莫稽姑置以俟再攷云適吾里文殊懿山德公繼席圓照走人抱狀請銘余門外人也豈能悉師高深不過摘德公行狀大槩如此此亦見天地有不可磨滅之人生不遽生生不徒生生不多生生而必頂天立地超古絶今以闡揚道法然則慈翁和尚比濱之歸墟也哉

銘曰

橫拿老棒　打開天地　百代之師
睛點活龍　龍飛在天　赫赫丹墀
喝正宗風　擒來佛祖　立地成之
毫光燭宇　霜氣摩霄　在此須眉
金精玉彩　磷磨百折　亘古如斯

賜進士出身四川道監察御史楚桃源羅人琮拜撰

弘覺禪師語録

嗣法門人顯權等編

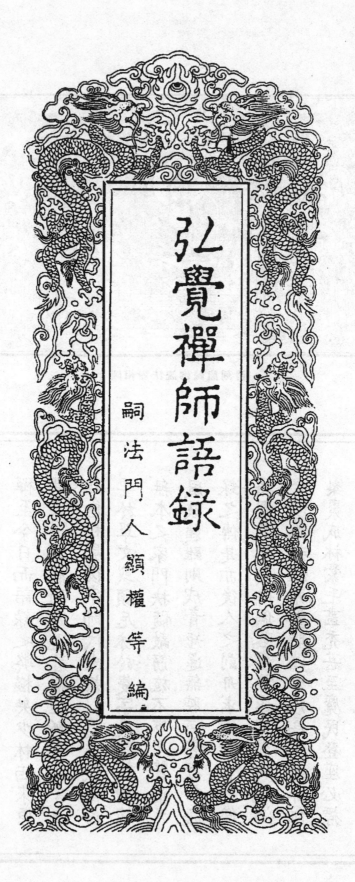

清刻龍藏佛說法變相圖

弘覺禪師語録序

雲棲弟子大周金之俊譔

禪至今日而語録之獘極矣少林西來原無文字曹谿南邁迺著壇經漸有語言總非色相厥後宗師代出接引隨機或傳心要於單文或顯尼珠於隻字提關啓鑰演無本之家門扶髓敲筋施不方之醫藥天風鼓籟雖則成音短篴無腔何嘗有曲語録之傳是亦後人之刻舟求劍學者之借指觀月耳奈何偶落塵詮遂成習尚說法者以爲非録弗貴聽法者以爲無録非師梨棗成林豪毛畫禿甚至魔民登座必標叩擊之機緣狐子白椎盡號支那之撰述淺則虎皮羊質画依樣之葫蘆深則馬角龜毛駕脫空之鬼魅向枯椿而尋兔指岐

路以覓驢杜譔雷同支離影響忝宗門之話柄壞初祖之家風以斯爲禪何如無語以是爲語何如無録不有眞師一咶孰過埜狐亂鳴此弘覺禪師之語録所以不可已也禪師栽松宿世折竹今生早服儒冠窺孔顔之樂處中咨心要洞佛祖之禪源紹㳂天童容雲重布揚容古路㳂兩徧施提令正而萬國從風當機圓而諸天頫首

我

世祖先皇帝金輪御世慧日中天訪道覺民不憚崆峒之拜求人善世寧惟功德之諮

特屏

萬機

親發十問如鍼入芥似乳投酥覺寶山開

徽文電耀馬駒騰高足每承龍象褒揚猊座顯眞王迴異澤犴威德是以綱維三界震動十方臨濟中興徑山再世棒頭有眼爍開障日之翳雲口角藏鋒截斷迷津之罥網鏡妖而窮摎蔿孔衛道而罔避棘薣三要三玄指歸有在五宗五葉滙合斯眞夫以言止言則妄言者廢以録正録斯僭録者銷茲帙之刻非沃沸之氷泉息喧之毒鼓哉其染指大乘係心宗鏡慨正法之衰濫仰振起之得人目擊道存意消言下趙閲道偶然撞彩遇佛慧而開頂門裴居士當下知音禮選師而空心蘊平陽箭過始覺鋒寒良馬鞭垂方知影痛須識千機萬句不是吾師脣吻邊事便疑家書户刺未免世間門面中語矣斯録具在天何言哉

天童弘覺忞禪師語録序

昔有客問張安道孔孟以後誰爲命世聖賢安道歷舉南嶽馬祖諸師謂儒門澹泊收拾不住無盡居士聞之撫几擊節歎爲達人高論余嘗逆溯嵩少自華分五葉以來若牛頭融若丹霞然若風穴之魁奇慈明之雋拔更若佛果之有覺華嚴妙喜之有西禪需皆以書生問道方外舍縫掖而方袍弃選官而選佛其初既已對儒林幟折羣彥角後乃痛念生死慷慨落髮徧參哲匠紹續祖燈安道之語斯焉茲信夫宣聖以菩薩地爲世間師內祕外見隱實施權故所示言教微開其端引而不發至大雄氏道廣被真丹乃暢厥本懷初祖汎海而來的示心宗更復盡底掀翻直說直用而如來出世大事因緣始無遺憾故當世精奇特達之士罔不歸宿於此如水投巨壑萬派聲消而我儒宗末流習爲訓詁漢宋諸賢各守師說麤者徒箋象數精者復耽理解先聖微意泯闕不傳沿及近世則鼓弄詞華竟爲貿易青紫之具此高人傑士所以鄙弃而不欲道也山翁大師以嶺嶠英儒頓技世網最初發心已超然有將相不爲之概而討論章句纏綿理解之習亦已破其藩壁而弃其筌蹄矣金鱗躍漢天馬追風信非儒門所能收拾者是以一出而鬀染開先服勤太白洎入塵垂手接物利生沛爾言滿天下道鼓江湖盛德高行人稱黄檗古佛卽遊戲翰墨亦一代宗工直與明教寂音並驅爭先至於據本分一著號令人天指麾佛祖如茲録之豹露一斑者有時韻出青霄有時鼓搗

塗毒有時山窮水盡別轉旂槍有時雷卷風馳斬新日月師王哮吼香象失威到此若佛若儒總是崖州萬里說禪說道並須到退三千就使黄面老子碧眼胡僧尚且收拾不住何獨儒門云爾哉冰菴道人與歷塗污亦是平地骨堆無風起浪喫老漢痛棒有分諸方鐵額銅頭更當別具眼腦始得鹿城門弟子

張立廉拜題

天童弘覺忞禪師語錄序

駿佳初閱禪籍見從上諸祖每以法器爲重默識而預期之竊疑曰此事阿誰無分奚問器爲及觀諸大老如丹霞以應舉選官大洪以垂髫上第正覺以進士馳聲而曹山慈明晦堂佛果皆以書生擅名當世又如汾陽圓通白雲華嚴霶源佛印或童穉神智或博極羣籍或翰墨精妙是皆能立譚取卿相者而寶絡雖美象王弗顧金籠誠艷鵬翅弗貪此其器固有超越於卿相之上者矣所以入此宗門氣吞佛祖漚眎大千曾區區之毀譽得失利養名聞足以稍嬰其念乎古人法器之說然後信其不誣矣駿佳於近代得山翁大師爲師髫年譽望煩矚公輔乃年踰志學即弃掌中之富貴室家完美頓斷千劫之愛纏此非所謂器越卿相之上與丹霞諸公把臂於九天之際者乎是以嚴霜震雷如黄檗師登其堂吞佛殺祖如天童師入其室駿久遊天童老人門下每從衆中一望見輒神聳意肅曰古所謂法器者非斯人歟殆老人化太師繼其席宗風大振衲子奔湊一時叢林公論謂事事追蹤古人眞足師範人天而雅量

厚德不可殫述焉泓罷之足重不於此益徵哉佛果有云吾禪如大海必以大海受之正此意也雖然駿叟有進焉今之以池沼受海水者不足道矣苟以江河受海水者是僅得師說之一二而不能具體者也即以大海受大海者猶是智與師齊減師半德者也惟叟有賡於大海者以受之乃謂之智過於師方堪傳受蓋必授受之際恒有餘地存焉乃能通權達變善繼善述以成克家之子如其不然洞山所謂全肯則孤負先師忝矣駿佳觀老人直截貞實斬盡支葉師固得其旨矣然古人緜密之機用玄奥之綱宗又不啻如寶鏡當臺胡漢俱見也老人氣宇如王上下獨尊師固繼其道矣然虛懷推潛德之同參坦衷埽濟洞之町畦又不啻如惠風披拂徧界皆春也老人不辭筆削之勞以衛道不避好辨之迹以荷泓門師固已擔其任矣然謗書絕不寓目筆舌化於無諍又不啻如水天一碧浪靜風恬也是正所謂善繼也善述也爲天童克家之子也苟非其器寬有餘地則烏守師說不知變猶之飽饕珍味不能化孰知珍味之能殺人哉具參方眼者請讀大師語録則自知之誠無俟駿之贅也平原傭衲駿佳拜題

詔書

皇帝敕諭朕惟善政導民期適蕩平之路仁風扇物統歸化育之中仰千聖之徽猷遡百王之遺軌理無分於三教道豈外於一心故佛演法門立闡揚之大旨祖標禪理

示默契之眞宗皆所以迴脫疑情頓開覺性惟瞽豁之一脈儼雞足之上乘暨臨濟之三玄允象王之法乳慧雨普施於一切宗風常勝於五燈緣衍法之獨隆斯傳衣之最衆朕撫臨寰宇心切牖民期與四海蒼生共臻覺路必使明心而見性方能易惡而至中時覽經文間常參究績圓頓交融之旨必行解相應之人聞爾禪僧道忞臨濟正傳宗門法器戒行清峻不染六欲之塵道眼圓明能空四諦之妄風規早著解脫有年憫結習之牽纏揭單傳之要渺是用特遣僧籙司右闡教淨行禪僧法璽齎敕前往召爾來京欲闡玄風竚聞高論爾其洗盆就道持錫遄征無耽潫隱之清用慰遠延之切於戲弘宣大道復淳古之休風廣度迷情躋含生於壽域欽承朕命式賁爾宗欽哉故諭

順治十六年閏三月　日

敕書

皇帝敕諭朕惟佛會拈華玅心傳於迦葉禪行面壁宗旨付於神光六葉既敷千華競秀蔭法雲於眞際火宅晨涼耀慧日於康衢重昏夜曉以至瞚目揚眉擎拳舉指類皆合宗門之玅諦得教外之靈機誠非他學可知亦豈意生所及眷言道行冀覿高蹤實悟眞如必先玄覺咨爾禪僧道忞嗣法天童傳宗臨濟克證無生之旨機自圓明允通向上之關悟稱諦當朕爰稽載籍祈會性眞閒覽玄文淡嘉玅義故時於聽政之暇詢爾以法道之微迺名言之不繁

克隨機而得解玄關幽鍵感即能通遥源濬波酌之不竭傳一燈於種智了萬法於眞空廣量出於凡心元明踰於宿學引之於有高謝四流推之於無俯弘六度信乎凡之可以詣聖洵哉惟覺所以悟迷非同測海窺天固以登堂入室堪主法門之席允稱禪衆之尊是用封爾爲弘覺禪師錫之敕印於戲慈周萬有大身徧於十方利濟四生本覺超乎三世俾舉代咸登仁壽之域在隨方而啓般若之門其益懋爾勤修庶弘開夫正梵式承嘉命丕闡宗風欽哉故諭

順治十七年四月　日

賛

憶自黄巖嗣席天童踞先覺堂卓卓孤峰楔以楔出毒以毒攻蛇吞鼈鼻虎齩大蟲正令全提孰敢嬰鋒出語成詠百折不窮佛果衙官大慧附庸糠粃之導往來愚衷國難以來蹤跡西東兄遊天外余戲圜中世出世間皆大英雄不負先師舊衲蒙茸眉毛結共鼻孔氣通嚮豁正脉臨濟眞宗是木上座亦號山翁

法弟通表黄毓祺頓首賛

天童開堂疏

恭惟天童堂頭山翁大和尚出身東粤異暬豁之目不識丁奮迹儒衣勝丹霞之語猶帶腐頰從人望嗣主天童點末後光明炤地炤天千丈法幢高竪了見成公案打風打雨一條拄杖横拈時居仲春月維望日向者娑羅雙樹俄成古佛儼然示見雙趺茲焉太白孤峰聿布新條豈曰浪鳴孤掌敬拂寶華王座

佇聆塗毒鼓聲績等曷勝翹跂之至崇禎十六年二月十五日兵部職方司郎中孫嘉績右率寧紹蘇常四郡護法士紳等七十三人仝疏

同門疏

伏以嶺南無佛性三十五葉衣盂恰值乎其人濟北持虎須七百餘年戈甲重新於此日先和尚坐通玄峰頂密雲彌布大千新堂頭入太白院中一雨普滋羣品破沙盆赤手扶起奚啻密菴傑之繼應菴華木上座劈面提持不數東嵒日之承西嵒慧祺衣裳異色根本同條雖難比三聖瞎驢撩寶壽之瞋點破鎮州人眼猶庶幾郭家俗漢酬白雲之乳敬拈五祖爐香所願恆順輿情不虛來請法王登法座寰中奉斬新之敕寧假五帝三王師子踞師床天外咕無畏之音盡埽千妖百怪頂門著楔掀翻先覺堂從上古錐腦後加鎚烹煅震旦國見前英物謹疏崇禎十六年二月十五日毗陵江上黃毓祺疏

大能仁開堂疏

伏以嵩山金秀於鷲嶺五葉敷一乘之華濟流逆遡於曹源一喝破三玄之奧宗風爰來於漠北大法尤振於嶺南後五百而重逢實千載之希遘恭惟山翁大和尚迹踵庾嶺乳滴曹谿德光耀舍那之身戒香馥毗盧之頂飽黃檗之藥味殺活同時秉太白之金鎚外魔罨膽唯此能仁古剎首稱於越名藍四水检環百晦圭算臥龍北拱吐戒珠而呈祥文雉南翔投寶林以獻瑞茲當久廢而復建須仗大人之宏規幸霧錫飛出天台快慈航頻

臨越水從此烹煉凡聖洗腸餤之青蔶號令人天加蜃樓以梁棟倚天慧劒芟狐莫化吹毛帀地紅輪陰霾立消見睍雹炎中主賓互換龍象未免迷津鋒刃上炤用同施佛祖亦須乞命元寵等碑嶄白字道塊青松散分沓芊之齋冀醒牡丹之夢眞儀有象呼來壁上高僧法句驚人喚出缾中鵞子則麈尾揮魯陽之戟明返崦嵫而師音咕奮地之雷春回沙界矣

順治六年十月十五日越州會元寵等疏

道場山開堂疏

伏以虎窟山深歲久腥風猶觸鼻龍池澤遠春三雷雨恰當頭劇腐爛葛藤鐘在縣而扣隨大小提斬新正令咎挂劒而血濺梵天山霹攝戒皈心祖席整開生面恭惟山翁大和尚猊座下嶺南佛種濟北宗風脫樊籠謙八股六經大夫事匪將相能爲趨上乘度四生九類老婆心爲含生徹困授法印於密雲之室人驚師咕攃珍珠於布水之臺戸頌迦音固已合霧蠢以能仁徧遐邇而廣潤何止金水流其異味涼風襲於摩提而已哉睠茲南麓實古道場天荒石破於唐年薪盡火傳於歷代星移物換鼓寂鐘沈翠微岳石空遺聽法之蹤瑤席清波猶記坐禪之景今則地萌芝艸天命羆羊兆大法之中興屽眞人之至止焼等暖姝末學款啓凡夫情逐境而成緣徘徊火宅事與理而俱障偪仄迷方雖窺天之管間依稀光景之中肰培井之鼃終望洋涯涘之外詎曲士不可語於道在先生將善移我情伏願江海無擇細流樓閣頓還舊觀

千季暗室充生一炬之紅一夜春風香散千
林之錦彩雲景裏休將羅扇頻遮多子𡊮冉
再見金襴圍繞布髮掩泥慶際優曇之瑞揚
眉瞬目快吞栗棘之蓬異口同音引領合掌
謹啓
順治八季二月廿一日吳興費景烷等疏

天童弘覺忞禪師語録目録

天童弘覺忞禪師語録卷第一

嗣法門人顯權等編

住明州太白山天童禪寺語録

師於崇禎壬午冬。卽天童堂上受請越明年二月朔有七日衆請主院事

據室此乃從上烹佛煆祖繩尺後昆之所故據斯室者千聖總教齊立下風一切與他緇門著地猶是見成途轍更若全機縢拓時密不通風密不通風處全機縢拓亦是時人功斡今此二途作麼生爲人好卓拄杖云黑漆棒開三要印爍迦眼出透金塵

癸未二月十五日寧紹蘇常諸郡護法檀越暨同門合山大衆船請開堂

拈疏把住上大人顯揚丘乙已全憑者道眞言若是箇拈頭識尾底直得毛錐未動弄便可知禮也何須文彩全彰後依樣化三千雖肰如是手執夜明符幾箇知天曉便請表白宣過

法衣佛佛授手祖祖相傳莫不以此表信人天敷宣法化所以歛衣攝坐雞足峰冤有頭對盧老持歸大庾嶺計較未成今則明眼作證委拄山僧相次脫珍著弊辭青嶂戴角披毛入鬧籃去也正當恁麼時如何施設卽得掀翻海嶽求知已撥動乾坤見大平

法座看看須彌燈王如來已爲諸人騎露柱入燈籠穿過髑髏直下發明脚跟大事了也果若不因心念無涉見聞一回覷透則舉足下足莫非道場弄佛後佛初無二致便好掀倒曲彔喝散諸人山僧也只得低頭歸方丈有分其或未肰醬裏著鹽君不信鋪華錦上

太堆生便陞
拈香此一瓣香至高無上至厚無垠爇向爐
中端爲今上皇帝祝延聖壽萬歲萬歲萬萬
歲伏願堯仁廣被萬方履戴地天舜德恆明
八表就仰雲日次拈云此瓣香敲唱則君臣
道合挨拶則賓主歷肰奉爲扗廷多士闔國
公孫遠近檀那見歬護法伏願忠勤婧於天
子道德簡扗帝心壽嶽嵩高福源川至不忘
靈山付屬無昧般若正因復拈云此瓣香廿
載風霜十秊參侍骨露猶遭暗箭皮穿尚啐
獰拳毒恨滿懷一朝拈出端爲供養卽此堂
上密雲先師大和尚用酬法乳之恩歛衣敷
座古南和尚白椎云法筵龍象衆當觀第一
義師云北鬱單越人打鼓東勝神洲爲宣揚
一槌擊碎無生堀徧界明明絕覆藏還有識
乾眼明知音善曲者麼出來與山僧拄杖子
相見（問答不錄）乃云古殿洞開明同杲日玲瓏八
面寬若太虛風送寶鐸聲搖夢回家園春曉
一一脚跟下重重樓閣門太殺見成十分受
用因甚諸人到此排身不進入作無門蓋緣
執吝情存尚留觀聽以致零星家寶自昧衣
珠苟能上無攀仰下絕己躬一肩擔荷將來
赤手提持得厺則事出當肰究同本得何勞
三登九上一任七縱八橫便見大地全收十
方坐斷肰後奮金剛杵見自扗身向虎穴魔
宮爲人作主坐浮幢王剎轉大法輪直得如
明鏡當臺千妖百怪莫能逃其影質春風帀
地三艸二木咸悉賴其栽培正當恁麼時貨
鋪初開斬新條令一句作麼生道但願東風
齊著力一時吹入我門來起身云道忞向緣

薄福自揣無能業遯迹岳阿潦藏愚拙不意人天眼滅法社中虛謏當諸位法兄則又固爲辭讓所以古南和尚靈鷲大師與諸同門季昆在郡檀越一時把住驢腳生按牛頭必欲道忞繼席先人高陞此座潦媿恩光過溢況當象駕簇臨令則祝聖開堂爲衆演法一期佛事幸已云周敬回以上善緣用培巨嶽邊土伏願一人有慶萬國咸寧在筵羣公觸目證無生之旨見肯知識普天建最勝之幢有煩久立伏惟珍重復踞座云昔日臨濟大師至滹沱河側住一小院名曰臨濟座下亦有三百來衆一日謂普化克符曰我欲於此建立黃檗宗旨你二人須成褫我二人珍重下去三日後普化上來三日肯和尚道甚麼臨濟拈棒便打三日後克符上來和尚三日肯因甚打普化濟亦打師云一賓一主一挨一拶生鐵鑄就純鋼打成建立黃檗宗旨發明從上心髓須是者般漢但惱二人珍重下去臨濟不與當下剿絕致令後人向三日肯三日後弄精魂今日山僧路見不平不免爲伊剿絕去也諸仁者山僧亦欲於此建立天童宗旨敢問諸仁作麼生成褫山僧好爲復珍重下去邪爲復三日後上來邪爲復從東過西邪爲復默然良久邪爲復拂袖出堂邪爲復繞座三匝作女人拜邪爲復揚眉瞬目豎指擎拳邪爲復掀倒法座喝散大衆邪上來做處總不出弄精魂畢竟作麼出隻手眼共山僧建立宗旨還會麼鶴有九皐難翥翼馬無千里謾追風白椎云諦觀法王法法王法如是師卓拄杖下座

次日上堂秉爲檀越追嚴目擊道存鋒鋩不佗頭頭顯露物物全彰猶是因高就下曲爲今時況復言中取則句裏呈機舉古明今拈三㪚兩大似鄭州出曹門何異南轅而北轍殊不知當人腳跟下立地一著子如天普蓋似地普擎抽一機則千機頓赴展一目則萬目畢張透聲透色絕遮攔亙古亙今無處所還生死得伊麼還染汙得伊麼還榮枯得伊麼還推遷得伊麼總有德山棒如雨點也則打他不著臨濟喝似雷奔也則無伊下口處更說甚麼百問雲興千疇餅瀉一毫端際出見無盡身雲一舉步間遊歷無邊國土正是泥裏洗土塊蝦跳不出斗諸仁者從上既有如此廣大門風穩密田地何不推他阿爺向後放出渠儂一頭與麼直截承當然正恁麼時接續流通一句作麼生道天高羣象正海濶百川朝

上堂多說不如少說少說不如不說山僧恁麼告報爲是說邪不是說邪若道是說且道卽今說箇甚麼若道不說爭柰牙齒敲磕脣皮㪚弄何諸仁者若向者裏透脫分曉便見塵說刹說熾然說無間歇是處是彌勒無門無善財所以山僧一條拄杖子有時撑天拄地有時塞壑填溝塞壑填溝處不妨撑天拄地撑天拄地時不妨塞壑填溝你諸人鼻孔尋常與山僧拄杖子相拄行時住時乃至坐臥語默動靜營爲莫不與山僧拄杖子相拄卓拄杖云還見麼栖縩誰曳千條玉二月春風似剪刀

蕪湖吉祥寺四衆舍衣請上堂問如何是

見在佛師云師姑元是女人做如何是過去佛師云且退後一邊著如何是未來佛師云驢年夢見拄僧擬進語師便喝乃云千佛大裟衣吉祥處持來密劄無差互重重錦縫開釋迦身不異慈氏體合裁慶贊因齋會曇華擁寶臺提起衣云此是施主舍底衣作麼生是裟莫是柔和忍辱割截依持麼莫是五五二十五條裟數分明麼莫是各各四長一短開合變化麼若恁麼隨聲逐色認名著相正是靈龜負圖自取喪身之實畢竟作麼生是裟卓拄杖云鴛鴦繡出從君看不把金鍼度與人

上堂春山正明媚春水碧潭潭出谷鶯聲碎巢梁燕語甜此四句中有一句是權有一句是實有一句是照有一句是用諸人於此緇素得出許伊親見臨濟三玄要句汾陽十智同眞於此不明以拄杖卓一下云兩段不同收歸上科便下座

佛誕上堂世尊初生艸本不勞拈出一手指天一手指地賣弄小孩兒周行七步腳跟未點地拄目顧四方望空啓告天上天下唯我獨尊因供奴款雲門一棒打殺貪他香餌著他鉤天童恁麼判斷雖則相席打令猶是大嚼對屠門肰既慶贊因齋何妨借華獻佛乃召云大衆世尊初生拈向一邊祗如雲門一棒且道打得他殺打他不殺若打得他殺西天東土瓦解冰消豈有今朝與麼事若打他不殺山僧不免更下毒手去也抴拄杖下座大衆一時走散

結夏上堂十五日以前動若行雲寬廓非外

十五日以後止猶谷神寂寥非内正當十五日黄閣簾垂紫羅帳合内既不放出外亦不放入活卓卓峭巍巍進則鐵壁當胷退則銀山塞面不進不退頭上火發脚底煙生正當恁麼時石女夢回木人起舞即且置祇如艮連牀上枕子踍跳上梵天築著憍陳如鼻孔搊諦神惡發將大圓覺伽藍一摑粉碎是汝諸人身心平等性智更向甚麼處安居好於此見得倜儻分明從茀熱惱化爲清凉其或未然敢保來朝熱如昨日參

舉隆慶潤禪師立僧上堂三季不蜚蜚衝天三季不鳴鳴驚人此世間瑰異之夫積厚流光之道也圖南六月息禹躍千雷送此蠢動殊能之物遵養時變之道也若約衲僧家高高山頂立深深海底行猶扗格式中間直饒

掌擎日月天背負須彌盧未是超方作者須知過量漢是伊尋常時横身佛祖頂𩕳頭運足萬機不到處一向封疆把定梵王求索無門設若牆壍打開管教眞風徧界從他洗清佛日佛日恆清爲我光賛宗猷宗猷遠振所以道大人具大見大智得大用煩惱海中爲雨露無明山上起雲雷即且置祇如即今分座接納一句作麼生道萬國醉心嘗大鼎一釣須連十二鼇復有一偈萬煅爐中鐵蒺藜孤標甘自混塵泥等閒拔置高幢上無限天魔悉卻威

上堂舉高原普禪師爲人入室久第心空老象龍蕺林光賛對吾宗何如興化親三聖大似玄沙和雪峰奪食饑人神暇豫驅牛耕户度從容南山今放出眞虎蹋殺無邊裴大蟲

端午上堂問人間此日划龍舟鼉鼓聲聲競碧流林下道人無別事請師顯露箇宗綠師震拂子進云恁麽則覿面無私去也師云剌瞎汝眼乃云不用靈符羡禁方橫身當宇宙堂堂土地坐斷難開口始顯天童別有長

晚參此事貴狂眼明眼明則手快手快則著著有出身之路山僧記得先師住今天童時一晚爲衆挂牌入室有一禪和子全身鎧仗武藝超倫纔跨門來卽云不用拈掇請師便棒擬賣箇破綻攛倒弄人殊不知先師是箇久經行陣老戰沙場底看他高坐旃鼓之下不慌不忙祇丢出箇絆馬索子云爲甚麽聻絆倒了也果然無語便與生擒活捉雖然者僧可謂將成九仞之山尚虧一簣之土所以祇有先鋒且無殿後若是山僧待先師云爲甚麽聻但向道橫趨金殿過定惹御爐香散保先師拄杖子兩手分付乃名云大衆此間莫有恁麽師僧麽不妨出來與山增互相激揚看一者暴巳所長二者增藂林氣燄三者顯天童家風今昝不墜有麽一僧纔出師約住云汝非敵手下間師僧卻有長處何不出來俱無語師云一總是箇蝦蟇衣下客以拄杖趕退又僧出云兩堂結制有幾人善和尚意旨師云嗄僧擬再問師便打復云有麽有麽衆不出乃喝一喝云橫身當宇宙誰是出頭人

晚參僧問昨日晚參蒙和尚指示此事貴狂眼明手快其甲向者裏會取因甚不能透徹師云今日縣中放告僧禮拜師云看你把髻投衙僧拂坐具師云誣告加三等越訴笞五

十僧無語師喝退問釋迦老子與達磨老子相去多少師以拂子劃一劃云總過不得者裏進云達磨老子面壁九載作何事師云你那裏得者消息來進云少室山前風過耳而今正有弄潮人師云者念言語漢便打出乃舉雲菴示衆洞山門下八凹九凸交交加加屈屈曲曲崎崎嶇嶇巢巢屼屼水雲掩映煙嵐重疊觀者遊者十人九人舉步便迷卻路頭也其中莫有不迷者麼乃喝云且道洞山路頭在甚麼處師云新豐古道將謂坦平元來有許多之遶爭似天童者裏從明州城出了江東門便是張斌橋從張斌橋趁船只四十里到了小白河從小白河頭起步兩行夾道青松一條甎街直進不上廿里便是古三解脫門者裏轉過彎抹箇角便見樓閣參差綠疎青鎖分分明明軒軒豁豁有甚麼迷惑處乃召云大衆既不迷惑因甚諸人進不得天童門見不得其中人且道利害在甚麼處喝一喝云參罷各各歸堂喫茶

晚參問古鏡未磨時如何師云玲瓏邑寺舊傳燈磨後如何師云法堂佛殿長相對此去漢陽不遠響師云罕逢穿耳客多見刻舟人黃鶴樓前鸚鵡洲又作麼生師云姹女已歸霄漢去瘂郎猶自火邊蹲僧禮拜云謝師指示師打云打破鏡來好相見乃云法堂上擊鼓肅肅雍雍齊上來僧堂裏打鐘鼕鼕雜雜俱下去即者上來與下去不識其中何大意有者道妙性圓明離諸名相有者道如鐘在簴有扣必鳴有者道腳頭腳底妙用縱横又有者道築著磕著全彰正體若恁麼解會做

他座主奴也未得何况祖師門下客既不恁麼會又作麼生會驀拈拄杖云拄杖子你合會得自云爭底會不得你既會得何不爲我揭示諸人自云諾卓拄杖下座

上堂師子咍時芳艸緑喝一喝云師子咍也豎起拂子云豈不是芳艸緑象王回顧落華紅左右顧睞云象王回顧也擲下拂子云豈不是落華紅諸仁者若向者裏大開夢眼信得及去則百城烟水一步全收法界高流剎那參徧其或未然起身云流水落華隨我去夕陽芳艸動人愁

晚參舉扇子云雲門大師道扇子跨跳上三十三天築著帝釋鼻孔東海鯉魚打一棒雨似盆傾千岳長和尚云扇子跨跳入一十八重地獄築著閻羅王鼻孔閻羅王惡發道你喫了見成粥飯晝夜鼓兩片皮妄譚般若合喫我手中鐵棒被山僧一喝卻入扇子裏去也諸人還見麼若見拈取扇子來不見炎炎暑天用箇甚麼師云一人高出雲天一人深入地府簡點將來二俱不了乃以扇子擊香几云扇子跨跳入你諸人毛孔裏去築著普賢菩薩鼻孔正值普賢菩薩乘六牙白象王坐真金妙寶蓮華師子之座與十方同行諸大開士歬後圍繞說海印旋陀羅尼無量陀羅尼門以爲眷屬普賢菩薩亦不惡發但輕輕拈起扇子云諸仁者此非小緣所謂有世界以光明爲佛事有世界以香飯爲佛事有世界以音聲爲佛事復有世界以文字語言爲佛事又有世界以扇子爲佛事遂將扇子一揮但見豎颸忽作徧界清涼諸大開士各

各默肰悟道正恁麼時你諸人還覺寒毛卓豎也未若也覺闔闢卷舒盡枉我縱橫收放豈由人若也不覺莫怪鹽官索取犀牛扇子參

晚參舉睦州禪師一日因秀才相訪次州問先輩蘊何事業才云弟子會二十四家書州以拄杖空中點一點云會麼才罔措州云又道會二十四家書永字八法也不識師云睦州一點出自偶爾成文秀才罔措已是字義炳肰只爲少秊順朱頑了兼之舊本頗有錯簡山僧不免爲諸人頌出二十四家書會盡空中一點便苠肰休苠肰從來小生八九子大人乙巳化三千

晚參昨晚舉唱蓋爲孔門弟子指蹤簡點將來未暘他碧眼胡僧今晚不免將阿字法門盡情爲諸人華擘一上起身卓立云者箇喚作丨字屈右手舒左臂云者箇喚作丩字復伸右手云者箇喚作十字展兩腳云者箇喚作大字收足垂手云者箇喚作个字復捻兩拳云者箇喚作小字叉手云者箇喚作中字復據座云者箇喚作甚麼笑殺旁觀還有解笑者麼山僧更爲頌出不是乾三連亦非坤六斷善知衆藝門吾道一以貫

上堂今辰曙色未分之際四天門王來白山僧道昨宵欽奉帝釋大天令敕統領天宮地府水陸空行諸部神王到閻浮提巡歷人間其有不孝父母師長不敬沙門婆羅門貪瞋嫉妬毀聖謗賢十惡不善之徒與夫山魈水怪木石精靈凡爲民生厭害者重則打入阿波波地獄阿吒吒地獄輕則隨宜發放所作

已竟只有禪和子底瞌睡弟子神通小道力輕微實是柰何不下無以上白帝釋大天山僧向道若論禪和子底瞌睡山僧亦不柰何他道和尚是大善知識豈無方便山僧道有箇方便只要他冷地裏發一寒噤瞥肰打箇噴嚏始得衆中莫有打過噴嚏者麼以拄杖擊香几云囫衆舉首師云三十年後

晚參舉拂子云看看文殊普賢扗山僧拂子頭上口喃喃道一切智智清淨無二無二分又云觀身實相觀佛亦肰乃喝一喝云不是山僧喝住打葛藤謾你諸人有甚了期復云者兩箇漢甚生頑賴一人以智慧遊履十方一人以萬行莊嚴法界心麤往往築著磕著剛肰不怕他人笑怪所以扗日月燈明佛時喚作妙光法師扗我娑婆世界東震旦國西峨眉北五臺喚作文殊普賢扗天台國清喚作寒山拾得且道扗天童寺裏喚作甚麼擠鄒云可憐不遇閭邱亂饒舌豐干也是閒

中夏上堂纔見安居適肰中夏九旬之光陰過半老我之晷運密移水牯牛芳艸渡頭尋不見寒山子蘆華月下覓無蹤晝長饑有餘夜短睡不足攢眉獨坐點如臨濟白拈攥面蒼蠅大似三腳驢子彌增汗衫鶻臭苦殺無位眞人若乃菡萏送香新篁曳玉凉生殿閣時來南面之熏風鼉鼓方唐閒奏清商之逸響善哉大有爲發機誰信禪流都不會驀忽出箇衲僧來道長老長老你恁麼攢簇得佳不妨是篇黃絹幼婦外甥齏臼天童但向他道白雲道底

晚參上堂彌勒眞彌勒分身千百億既分身

千百億則山河大地不可不是彌勒日月星辰不可不是彌勒風柯月渚不可不是彌勒黄華翠竹不可不是彌勒見卉大衆不可不是彌勒拈拄杖云拄杖子不可不是彌勒山僧不可不是彌勒如是則見山不是山見水不是水見僧不是僧見俗不是俗見男不是男見女不是女所謂一道平等浩肰大均肰既都是彌勒了喚甚麼作山僧喚甚麼作拄杖子喚甚麼作見卉諸人以至喚甚麼作日月星辰山河大地不若山河大地依舊是山河大地日月星辰依舊是日月星辰以至見山依舊是山見水依舊是水見僧依舊是僧見俗依舊是俗見男依舊是男見女依舊是女所謂是汯住汯位世間相常住肰既山河大地日月星辰乃至僧俗男女都依舊去了又且如何是彌勒分底身卓拄杖三下喝兩喝云不見道時時示時人時人自不識復喝一喝

晩參示衆舉五祖演和尚云四五百石麥二三千石稻好箇休糧方者婆不得妙千噐長和尚云管取有錢常住不無演祖若是將無作有拔貧作富還我無明老漢始得米不蓄一粒菜不栽一莖任渠徃來者喫得飽膨脝師云千噐貧而諂五祖富而驕不肖山僧忝爲後裔終不敢邯鄲學他唐步何故天童一切出自檀施常住無半晦磽确之田要討四五百石麥二三千石稻何異道姑問渠丈夫比丘尼索他兒子况山僧行脚二十餘季所見數員知識不是乾剥剥地便是硬糾糾地亦無甚長處到山僧所以將無作有誠爲不

可即拔貧作富要且不能肰則一旦居此巍峩丈室將甚麽爲見前兄弟塞方來口還會麽眞金終不和沙賣烈日灌瓜著甚由大抵還他肌骨好不搽紅粉也風流

晚參荆山之璞希世名珍肰卞和抱之而三遭刖足趙氏得之而價重連城豈後先白璧分瑕瑜抑芊羸識鑑有濁清故識則傾國難醻不識則分文莫直乃鞠躳作獻玉勢云還識麽良久起坐云來朝更獻楚王看

立秋兼謝雨上堂三伏火雲中秋風動寥泬香岔十里荷衣擣千家月歷歷清秋令明明朱夏節夏秋曷以分智者善甄別大衆者裏合下得甚麽語與此時相應㕘良久乃合掌云易見龍王大易見龍王甘露連注龍王毘踈其梨那龍王會麽山中無六月一雨便成秋

晚參舉東山演和尚云古者道釋迦彌勒猶是他奴且道他是阿誰便下座師云大小東山只知有已不知有人把將常住果子私自受用若是天童即不肰釋迦彌勒猶是他奴且道他是阿誰高聲名云大衆今晚小盡二十九普請大家喫茶㕘

梵月化士囘山上堂舉拂子云若喚作拂子月色帶重輪若不喚作拂子髑髏前見鬼者裏得挨開一綫㕘便能攪長河爲酥酪變大地作黃金玉轉玄樞星馳佛祖坐一丢七豎四橫三長育羣萌梯航萬有若挨不開收拂子云向道是龍剛不信果肰奪得錦標囘

上堂問釋迦老子來時和尚如何接待師云教他入地三尺進云忽有箇頂天立地底衲

僧出來又作麽生師云左之右之進云恁麽則好手手中呈好手紅心心裏中紅心師云十萬八千乃云酸餡雞冠鬬莫休幾多淴戰未封侯人漸老又經秋等閒白卻少年頭還有不逐寒暑遷流者麽待山僧試說看躊躇云一時想不出來作麽生好良久云是了是了記得陳季曆日裏道是月也涼風至白露降寒蟬鳴鷹乃祭鳥天地始肅禾乃登也好箇消息且道好扭甚麽處始見太平霜月白而今又見碧山黄

因事上堂山潑潭廣浩無涯何似禹門太白家豹隱伏師髭髿象兮龍兮厲齒牙焦尾隊隊生矯翼叟有孟峰龍鼻蛇蛇拏喝一喝云解弄若無宗一手且向中達椽兔罝復舉僧問雪峰古澗寒泉時如何峰云瞪目不見底飲者如何峰云不從口入趙州聞得云不可從鼻孔裏入也僧卻問州古澗寒泉時如何州云苦飲者如何州云死我演祖和尚云若有人問五祖古澗寒泉時如何即向伊道水飲者如何但云當下止渴或有箇人出來問道與贊谿水是一是二我即向伊道分支列派縱横自扭低處澆田高處潑菜師云天童即不肰有問古澗寒泉時如何但云浸爛鼻孔飲者如何穿過髑髏設若有箇知氣息底問道與龍池水是同是别但向伊道谿澗豈能留得住終歸大海作波濤

解夏兼中元普度上堂問把住牢關即不問放行一路事如何師云與你一緉艸鞵進云恁麽則人人慶戴無涯箇箇恩歸有地師云未到你扭進云地軸天關隨念轉密移一步

不蹯踏師云萬里到崖州問如何是天童境師云二十里松行欲盡青山捧出梵王宮如何是境中人師云閒移拄杖松根立笑問客從何處來進云人境已蒙師指示向上宗乘事若何師云看脚下乃云九旬驗罷蠟人冰馬面牛頭亦喜欣開鋤閤啓天閽放出無毛鐵鷂子翻身突破萬重雲還有恁麽衲僧麽不妨許伊横肩拄杖獨步大方祇是前途有人問你夏在甚處切忌向道在天童者裏何故驚嶺不生閒艸木萬年松在祝融峯震威一喝復以拂子上指云好菩薩天中來下指云好菩薩地中來指右邊云好菩薩人中來指左邊云好菩薩羊中來擿下拂子云好菩薩且道從甚麽處來大地動搖迎勢至寶華彌滿送觀音

上堂罨時光藤林荒圖人意滯肌尫堪嗟太日顔如玉卻歎來時鬢似霜驀拈拄杖云唯有山僧木上座稜稜橛橛昂昂藏藏生又榮枯只麽如常他又誰管你今朝初八來日重陽大衆生則榮死則枯作麽生説箇如常底道理金風凋盡千林葉別有黄華送晚香

上堂天童寺裏開爐以虛空爲爐牀四大部洲爲爐脚須彌盧爲火筯七金山爲炭團其餘森羅萬象日月星辰赤縣神洲山川人物爲引火黄葉且道火種聻以拄杖劃一劃云饒爾向者裏薦得透脱分曉及乎施用未有其方也則是箇守死善道要得發燄聯輝正未可在當恁麽時發燄聯輝一句作麽生道喝一喝云八萬四千非鳳毛三十三人入虎穴

晚叅天肰寒則向火無端浩浩開爐有底榾柮頻沗祇得煥氣相接多欲爐頭熱鬧詎免廣打埜梩何似天童者裏清寥寥没可把赤骨力絕安排從他六户風吹不偺月明簾子直饒寒灰發燄叓抽爂後焦桐那管窮漢變作殭蠶正要鴨兒凍得紫匾何故如此不見道否不極泰不來臘既盡春自囘阿呵呵霜包憋破老黄梅擗鄰云到者裏方信道透骨馨香不用栽好大哥

因事上堂舉福源珙和尚云鴆毛毒未是毒算來不似人心毒三伏熱未是熱思量不出人心熱阿修羅王常好罵天善星比丘偏要謗佛道高一尺魔高一丈你之伎俩有盡我之不采無窮師云閉口渶藏舌安身處處牢還他石屋老人爭柰猶有者箇扭若是天童即不肰眞金須用火試美玉必資沙石瑩磨不遇盤根錯節無以顯利器非善没漁人無以遊三十仭呂梁之洪波所以障蔽魔王禮拜金剛齊菩薩我佛萬德莊嚴成就賴有提婆達多

晚參臨濟大師有三句第一句下薦得堪與佛祖爲師第二句下薦得堪與人天爲師第三句下薦得自救不了請問見非諸人阿你扭那一句中出來道看若道得是山僧與你證據若道得不是未有參學眼扭良久云恁麼則山僧自收取去也卓拄杖喝一喝歸方丈

晚參天童門下不許交頭接耳說東道西衆竦立師左右顧睬云纔恁麼誡敕你口喃喃作甚麼衆罔措師拽拄杖一時趕散

上堂僧問未有世界先有此性世界壞時此性不壞未審以何三昧得不壞去師云犂星没水生骨進云世界壞時此性拄甚麼處安身立命師云冬不寒臘後看問虛空粉碎甚麼處安衆星師云昨夜三更半石人鬪禮拜乃云天童有時啐啄同時有時盲枷瞎棒有時奪人奪境有時自納敗缺你擬向那一頭見天童好你纔擬見時鼻孔早落天童手裏不擬見時爭奈錯過自己何見與不見二俱有過到者裏又作麼生免得要會麼慇懃禮拜明州市問取泰山石敢當

至節上堂一陽來復驀豎拄杖云君子道長羣陰剝盡卓一下云小人道消橫按拄杖云且喜拄杖子坐斷兩頭不拄裏許何故爲伊一向橐籥乾坤妙司造化所謂生也由得伊殺也由得伊揑聚也由得伊裂開也由得伊鼎新南嶽天台革故阿閦妙喜莫不一切總由得伊且道拄杖子踞甚麼菩薩乘修甚麼寂滅行便能如是得大安樂得大壽命得大總持三昧蓋爲伊無佛法身心道理乃名云大衆莫是無佛法身心道理便當得麼一九二九三九四九五九盡日始逢春靑頭大有霜雪拄摘拄杖下座

天童弘覺忞禪師語録卷第一

音釋

蜚匪微切音非與飛通　凹凸上於交切音吆窊也下徒結切音迭高也土窪曰凹土高曰凸　嵲倪結切音孽山高貌　屼五忽切音兀秃山貌　尪烏光切同尢羸弱也與尫同

天童弘覺忞禪師語録卷第二

嗣法門人顯權等編

住明州太白山天童禪寺語録

爲新戒付衣上堂昨晚南嶽與匡廬兩山爭論佛法一山道南嶽讓和尚乃曹谿嫡子一山道青原思大師實寶林正宗一山道廬陵米價傳千古一山道輒鏡磨穿古佛心互相競爭不已羅浮山聞得出來約住云莫爭莫爭饒你青原思大師南嶽讓和尚少不得從我嶺南者裏厺山僧驀頭與羅浮山一棒天台合掌道善哉和尚打者一棒不妨透頂透底喝快殺人山僧遂與震威一喝咄縮頭去於是四山各各懡㦬而退拈起袈裟角云還見麼自從盧老收歸後須信人人總有之

上堂昨日佛法太殺有只是牙齒痛今朝牙齒幸平復思量無甚佛法可說就中有箇衲僧出來道天童天童你得恁麼潑狼潑賴佛法豈枉牙齒上敲磕況敢有無之邪山僧不妨借水獻華便將今日尼本慈設底細齋請你喫了仍濃煎金字品茶熱炙兩手奉上何故如此但願你自信得及肯恁麼作得主省郤山僧多少心力

晚參舉西天祖師云父母非我親誰是至親者諸佛非我道誰是最道者雲蓋本云父母非我親無有不親者諸佛非我道無有不道者祖師得第一句雲蓋得第二句有人忝得一句許伊鼎足三分千岳和尚云父母非我親我亦非親者諸佛非我道道亦非我者祖師也不得第一句雲蓋也不得第二句無明碎身如微塵何止頭破作七分師云天童則

不然父母非我親無我無親者諸佛非我道無我無道者三分鼎足許他前輩古人若是中心對子還屬天童在不見道家無二主國無二王若有二主二王莫道頭破作七分直饒碎身如微塵也則未免是箇客作漢

因雪上堂學道須求妙悟參禪定要打徹打得徹寒木枉握兮全機可笑秋水横按兮半提可滅打不徹好象箇甚麼好象大雪紛紛下烏盆變白盆忽然紅日出還依舊是烏盆

上堂問四大本空五蘊非有坐斷乾坤如何是諸佛出身處師云此問何來進云平地風波起師云老雅沒紫進云因甚如此師云又遭大衆笑怪進云笑箇甚麼師云笑你韓獹逐塊乃云釋迦老子道作是思惟時十方佛皆見古德道纔入思惟便成膭淴且道名字既同因甚麼有利有害紅粉易施端正女無錢難做好兒郎

晚參舉趙州到百丈丈問甚處來州云南泉來丈云南泉有何言句示人州云有時道未得之人亦須峭肰厺丈叱之州容愕肰丈云大好峭肰州作舞而出師云賊是小人智過君子肰二人賊漢之中有一人正賊有一人艸賊還有定當得出者麼若定當得出也許你是箇賊漢若定當不出看你諸人今晚箇箇著賊厺也

上堂問臨濟家風即不問父母未生前事是如何師云看看臘月盡進云恁麼則五九盡日又逢春也師云燈籠緣壁上天台進云龍虎慶嵐日人誇得意時師云是何言歟乃云德山入門便棒飯飽弄筯臨濟入門便喝饑

不擇貪從上爲人一句作麽生道喝一喝云不可總作野狐精見解㕘也

上堂天童三八陞座朔望祝聖拈香其餘晚參示衆一依大智典章兩序後先問訊東西作禮燈王蒙堂詣座翹勤燒香請法趨旁上首白椎警覺師僧問話躋蹌陳白事意方竟拂子據款宣揚大衆陳白宣揚理應長老分上事拂子有何德能卻許他出一頭地舉拂子云還會麽復放下云撈得渠儂鬬子透大千無處不歸降

聖節上堂聖諦第一義能出萬宗至尊貴至悠久至博厚至高明佛祖因兹圓成人天由其發見故此義當陽野老謳謌家邦寧帖此義虧危乾坤陡變世界崢嶸所以違之則求沉有海奉之則立致康衢設若拈出之時直得天魔外道拱手歸降千聖萬靈擎拳擁衛正當恁麽時知恩報恩一句作麽生道長將日月爲天眼指出須彌作壽山

春朝雪下上堂古者道一塵起大地收便有人道一葉落天下秋今則山僧不妨道一華開萬國春春則且置華蘂拈拄杖云不得道碓紫生華風苒鐵尌開華昨夜六出飛華今朝尌結銀華大似瑤艸琪華錦上鋪華且道畢竟是甚麽華擿拄杖云切莫眼華

除夜小參一年三百六十日今夜是最後一日四千三百二十時今夜是最後一時三萬六千刻今夜是最後一刻叢林舊例保杜常規少不得口勞舌費一上所以九峰則道同歲老人分夜燈北禪則道烹露地白牛分歲敢問諸方還免得說理說事說窮說通說苦

說樂說新說故也無惟有天童到此直下眼如鼻孔口似眉毛何故點胷云你若此中穩當不妨蒙頭衲被今宵過愛日來朝春漸長若此中未穩臘月三十日是甚麼時候尚有工夫與你說閒話扗不勞久立各自歸堂

上堂舉一不得舉二放過一著落在第二乾峰恁麼說話大似釘椿搖櫓抱橋柱洗澡忒殺無轉智若是天童舉一不妨舉二放過一著橫三豎四昨日有人從天台來卻往徑山叅呼直歲新年頭已過第三日了也今朝好普請且道天童意扗于何良久云春風景裏乾坤大無限江山開畫圖

晚叅舉盤山云向上一路千聖不傳師云抱贓叫屈作麼慈明云向上一路千聖不肰師云且莫詐明頭大慧云向上一路熱盌鳴聲師云合眼跳黃河千嵒云向上一路扗你腳底師云接竹點青天先和尚云向上一路蹋破艸鞋師云猢猻倒上對大衆者五員善知識被山僧一時領過了也畢竟作麼生是向上一路拈拄杖起座云歸堂喫茶

上堂過厺諸如來斯門已成就揮拄杖云站過者邊著見扗諸菩薩今各入圓明卓一下云百雜碎了也未來修學人當依如是法收拄杖云且莫妄想好三世所有若聖若賢若佛若祖總被山僧拄杖子穿卻鼻孔祇如拄杖子鼻孔還有人穿得麼擿下拄杖下座

晚叅今晚上元十四人間最勝良宵處處笙謌鼎沸邨邨火對高燒天童別有家風暗坐一似墨澆鐵蛇任橫古路彩鳳從舞丹霄不見僧問香林如何是室內一盌燈林云三人

證龜成鼈恕中云三人證龜成鼈一口各含一舌當機不辨來風喫水也須彷噎老香林能列挐眞燈照世都吹滅雖肰吹滅就中有箇好處且道好在那裏待諸人暗地裏東撈西摸忽被箇露柱撞翻自肰知得正當恁麼時如何擦手那邊千聖外塵塵剎剎放毫光

復舉僧問嵒頭浩浩塵中如何辨主頭云銅沙羅裏滿盛油密菴和尚云嵒頭扳貧做富要且不能設若有人問靈隱浩浩塵中如何辨主便對他道日輪正卓午喝一喝師云嵒頭理上偏枯傑祖事上不足不肖兒孫隨例看孔著楔有問浩浩塵中如何辨主但云白面郎敲金鐙過紅妝人揭繡簾看請簡點與他古人是同是別

老僧慈慧請上堂兼謝海陵衆檀齋雲門大師道終朝喫飯不曾齩破一粒米鎮府大王問趙州云和尚年尊有幾箇齒在州云只有一箇牙大王云爭喫得物州云雖肰一箇下下齩著趙州下下齩著雲門一粒不曾齩破且道不曾齩破底是下下齩著底是者裏須具透關眼始得若不具透關眼蘓州菱部伯藕沒價數有地頭作麼生知得他來處諦當要識透關眼麼推倒門莾大案山腰纏騎鶴上揚州

晚參舉巖頭値沙汰後在鄂州渚邊作渡子兩岸各挂一版有過渡者打版一下頭曰阿誰或曰要過那邊去頭卽舞棹迎之一日因一婆抱一孩兒來乃問呈橈舞棹卽不問且道婆手中兒甚處得來頭便打婆云婆生七子六箇不遇知音祇者一箇也不消得便拋

向水中師云奇怪者老婆雖是女流卻有衲僧氣槩看他兩兩作家相見顯發箇事如擊石火閃電光相似如今衲僧總情解摶量道抛兒奇特錯過了也殊不知婆子下水抱人岀頭逆風擺枕一箇滑頭一箇肰簡點將來二俱不了若是天童待他抛下孩兒叜與一橈打落教他母子俱歿不惟塞斷今時露布且與者老婆增氣名大衆岀頭幸肰放過天童者裏放過不可驀拈拄杖云且道山僧手中拄杖從甚處得來衆舉首師擲下拄杖衆眼目定動師云嶮

晚參值董殿元至舉僧問雪竇古人道有讀書人到來意旨如何竇云且拄門外立學云請師相見竇云任是顏回亦不通師云雪竇雖是真實相爲太殺不近人情若是天童讀書人到來時如何道之以德請師相見齊之以禮畢竟意旨如何相逢相見呵呵笑叜有春風春又春

涅槃陞座不見十力空如幻雖見非見如盲睹分別取相不見佛畢竟離著乃能見驀拈拄杖云看看釋迦老子拄山僧拄杖頭上降神處胎示見受生出家學道降魔波旬成最正覺轉妙法輪度脫不可說不可說佛剎微塵數衆生乘時于其中間作大佛事放大光明震動無邊諸世界網見你諸人分別取相卻往俱尸那城入般涅槃去也下座同到佛殿拈香上食以展餘思

大悲生日陞座二月家家觀世音鷓鴣啼徧綠楊陰圓通門啓江南北底事茫茫烟水尋不須尋拈拄杖卓一下喝一喝云觀世音菩

薩來也因甚將錢買糊餅放下手郤是饅頭還會麼不因紫陌華開早爭得黃鸝下翠岑

追嚴上堂幾番白又幾番紅半寄支頭半逐風華落華開春自老故園常抂月明中所以道羣靈一源假名爲佛體竭形消而不滅金流樸散而嘗存如斯薦得非但今辰尹氏薦嚴故夫王公元配陳氏乘斯善利應念超越便可與一切人同死同生同得同失同暗同明同殺同活動無遺照舉必全眞非一非名離他離自男身入定女身起女身入定天身起天身入定佛身起佛身入定外道起置㳒界于一塵而此塵不隘促僧祇爲一念而此念非延隨心造作變見無方廓佛祖之妙靈開人天之正眼祇抂尋常動用中叓不假于他術正當恁麼時薦嚴一句作麼生道西方剎見毫端裏徧界全彰淨妙身

晚叅舉不顧卽差互豎拂子云山僧舉也諸仁者還免得顧也未擬思量何劫悟昨日三月十三來朝暮春十五思量箇甚麼旣不思量理合悟去因甚只麼眼瞎矓地如今山僧叓不避諸方簡責直下盡情爲你剖露也要大家瞥地好撞手云普請喫茶去

化主周徧髻珠請上堂盡道沙裏無油誰知麥中有麪等閒做造千般一一錄人轉變所以道百千㳒門同歸方寸河沙妙德總抂心源一切戒門定門慧門神通變化皆悉具足淨贏贏絕承當峭巍巍無空缺圓裹十虛周徧㳒界有時十字街頭垂手郤抂千峯頂上橫身一月普見一切水有時千峯頂上橫身郤抂十字街頭垂手一切水月一月攝出各

各懷中至寶晃人人髻上明珠直得頫仰之間稲麻黍稷無一物不是真如折旋之内咳唾掉臂無一法不爲妙用掴須彌踍跳上非非想天且置撮大地如粟米粒抛在面前你諸人作麼吞噉得喝一喝劈歷一聲春浪裏化龍魚早攫雲還

施主寄貲修供兼請上堂諸供養中法供養最爲竪拂云唵蘇嚧蘇嚧娑囉蘇嚧娑訶供養已陳加持已畢見前大衆還飽足也未善來諸仁者不是盲瞑無識定然飽足既然飽足則知法無異味既知法無異味則於施於受兩無所著既於施於受兩無所著則達磨不來東土二祖不往西天處處珠翻荷蓋却却火吐榴餅拋占波國與毘耶離城鬬額非爲分外攪長河爲酥酪化酥酪作長河豈是强爲正當恁麼時千里同風卽置且道彼此如何通信相見又無事不來還憶君

佛誕上堂金團未揀人間江南從來秋熱鬼宿尚歧天上塞北一向春寒及至五淨雨華九龍灑水便有佛有衆生有迷有悟有縛有脱有涅槃可證有煩惱可除清淨本源翻成毒海茫茫之者帀地普天香水洗蕩不清雲門棒打不殺如今要得葛藤剗絶所謂既從地倒還從地起除非明取他生緣始得且道釋迦老子卽今生緣在甚麼處光陰倏忽催人老嫩緑騣騣已過牆

結夏兼建護國道場上堂心王不妄動六國一時通罷拈三尺劒休弄一張弓盡謂古人坐籌帷幄決勝千里殊不知止動彌動轉見紛紜大衆要得家寧邦帖直須識取心王面

目則殺生護生權衡在已如王秉劒更不繇他統十方泫界爲一伽藍搏三世古今爲一念際翶遊檀特莫宿羅浮也得扇子踍跳上三十三天觸著帝釋鼻孔東海鯉魚打一棒雨似盆傾也得不見道身心安居平等性智如是則佛恩皇恩一時頓報正當恁麽時如何紅霞穿碧落白日遶須彌

尼行賢請上堂兼謝南嶽道舊見訪喫粥了也洗鉢盂公當時便有人直下大悟且道悟底事作麽生若向者裏打破漆桶可謂撞着道伴交肩過一生參學事畢然後方好向者牀子上說大脫空話近日西天打殺一門僧多寶寺弄金剛因甚倒地他適來也有權也有實也有照也有用及乎山僧將手向伊面弄横兩横郤公不得似者般瞎漢不打更待何時其或未然山僧不惜老婆舌頭且爲你小脫空頌出付與賢明智者裁不須巧說更安排師姑定是女人做思大天然南嶽來

晚參舉興化到雲居問權借一問以爲景艸時如何如是三度舉話雲居無語興化云情知和尚道不得且禮三拜雲居一日上堂云我二十秊前興化問我當時機思遲鈍道不得爲他還個問頭奇特不敢孤他如今秖消個何必後有僧舉似興化化云雲居二十秊秖道得個何必若是興化卽不然不消個不必師云雲居放憨興化廝賴雖則極力互相激揚爭奈只作得個賓中主作不得主中主若是天童如今有個衲僧恁麽問但云好繞若擬議劈脊打出不唯使他差異禪和無開口處且顯宗師家有三玄戈甲照用同時底

手眼

天中節上堂適見朱明啓候又驚午日重逢善財采底藥頭乖溌寡効白雲荓驅符使歲久罔靈誰知天童別有殺人活人底不用雄黄燒酒艾虎桃人無煩扣齒捻拳噀水作法單單只用者條黑㮶栗任是他方妖魅此土迦羅赤口毒舌瘟神疫鬼卓一下云雲零星散公也直得普天下歲稔時豐鄉堡間家祥戶吉黑㮶栗既有如是威神如是作用且道是師承有據爲復自性宗通復卓一下云莫怪渠儂多意氣皆乖曾奪錦標回

晚參舉仰山坐次大禪佛參翹一足云西天二十八祖亦如是唐土六祖亦如是和尚亦如是某甲亦如是仰山下禪牀打四藤條雪竇顯云藤條未到打折因甚麼只與四下須是個斬釘截鐵漢始得師云者渾圇吞棗漢你要知者四藤條落處麼一藤條打他西天二十八祖亦如是一藤條打他東土六祖亦如是一藤條打他和尚亦如是一藤條打他某甲亦如是諸仁者還肯山僧恁麼判斷也無若肯不惟薶沒仰山何處有他大禪佛若不肯爭奈渾圇吞棗者裏也須是個斬釘截鐵漢始得

晚參松直棘曲鵠白烏玄大盡三十小盡二十九是人知有祇如背後有人喚你你便回首且道明得甚麼邊事布衲肚皮寬金剛手版濶

上堂烎雲門掣電之機金鞭手握奮臨濟奔雷之用寶劒眷縣獨步神州橫行赤縣則不無伊還出得大明天地也未所以宏光日月

自古高明正統乾坤從來廣大如今不用如何若何只要諸人臨危不悚見義勇爲莫駐中道化城力還普天寶所果能如是非但烏窠船子拱手歸降直得臨濟德山全身遠害正當恁麼時堯階永泰舜世隆平則且置秖如保太定功一句作麼生道橫按鏌鎁全正令太平寰宇斬癡頑

晚參古者道離心意識參絕凡聖路學請問諸人心意識作麼生離又且如何是絕凡聖底路烏龜頭點須彌柱瞪眼大蟲看水磨

立秋上堂若人散亂心入于塔廟中一稱南無佛皆已成佛道且道以何爲驗良久云片葉飄庭際西風萬里秋

解夏小參洞山萬里無寸艸石霜出門便是艸更有一個直得不出門亦是艸漫漫地者一隊漢怪力亂神只知一重厺一重一步高一步及乎輥到牛角鐵裏和自己動彈不得今晚山僧不免爲伊撥轉天關打開籬落貴要諸人個個濶行坦道免蹈者輩險僻之途還肯恁麼承當麼卓拄杖一下云而今四海清如鏡行人莫與路爲仇

上堂朱明九十已隨波夏末秋初事若何十艸未泯千萬里出門正有大諵謁厺空野鶴翱空外住應麢羊挂薜蘿莫謂欄棬今解郤最防雙角入平莎

中秋上堂問昔有僧問老和尚如何是明中暗尚云南海波斯晝洗面此理如何師云也無此理也無如何進云所謂日午打三更師云正是闍黎見處進云者僧又問如何是暗中明尚云東邨王老夜摩肩又作麼生師云

開眼也著合眼也著進云面南看北斗師云非汝境界進云且道是甚麼人境界師打云會麼進云情知和尚有此一機師云如何是此機僧便喝師又打進云者僧道明暗相參幾何尚云分身兩處看意旨如何師云過者邊著進云卽今不問明不問暗未審如何衹對師云裂破舌頭進云正所謂父作子述人天欽仰師云莫謗他好進云明暗蒙師覩指示應時及節作麼生師云汝且向明暗裏會取僧云切莫壓良爲賤便禮拜師乃云開池不待月池成月自來舉拂云月來也若是池成之者便知者月落處旣知落處則妙體全彰孤光獨露一挨一拶一卷一舒不用計較思量著著是者個出見雖然猶是林老師二十年前曾恁麼底且道卽今底又作麼生桂魄一輪圓此夜普天帀地大明中

晩參鸕鷀鳥守空池魚從脚底過鸕鷀總不知驀召云大衆衆舉首師云歸堂喫茶

上堂我今爲汝保任此事終不虛也豈不是釋迦老子底話因甚又道深固幽遠無人能到可見取他別人語話終無自由分莫是一向拍盲不取便當得麼爭奈舌頭被他牙齒礙卻畢竟作麼生得自由參拈拄杖云須知海嶽歸明主未信乾坤別有天卓一下下座

上堂拈拄杖橫按云有時一喝如金剛王寶劒卓一下云有時一喝如踞地師子移拄杖過東復移向西云有時一喝如探竿影艸擿下拄杖云有時一喝不作一喝用霸利漢若向者裏著得一隻眼臨濟老子不直半文錢其或未然莫怪海門風浪緊干戈元是太平

基

上堂悟了須遇人始得若不遇人衹是一個無尾猢猻纔弄出人便笑灼肰灼肰衹如悟了又遇人底且作麽生無限風流嬾賣弄閒攜好月過滄洲

開爐上堂天地爲爐造化爲工陰陽爲炭萬物爲銅且道鑄個甚麽卽得待你過了今季十月十一月十二月來季正月十一十二十三十四十五元宵燈節候那時爲你說破

上堂良久顧眎大衆云淨潔地上豈可𢱢土𢱢沙便起坐復問衆云好話還有進得語者麽有僧出云淨潔亦是病和尚因甚護惜他師云願你永劫染汙進云某甲只如此未審和尚如何師云山僧於諸染淨而得自在

祈嗣請上堂金剛正體流出萬端佛祖賴以胚胎聖凡由其誕育所謂無名名之父無色色之母爲造化之根源作天地之大祖㐫吞萬象氣絕諸塵衹要個漢與麽克紹將來則瓜瓞攸緜眞風永繼譬如一燈然百千燈明終無盡其或參不眞參悟非實悟假託有身名他人子何殊漢魏之後宮不異諸呂之失筞終歸腐爛必至天亾大衆衹如金剛正體本無變易因甚卻要孕信懷疑著意祈求還委悉麽不得春風華不開華開須借春風力

晚參龍女於一彈指頃疾往南方無垢世界成等正覺且道與禪門立地成佛是同是別若道是同此人眼目未開若道是別此人窮劫流浪永無成佛之期見箇大衆爲山僧說道理看

至節小參天寒人寒大家拄者裏日南長至

不出十二時靈利漢聞與麼道便飛騰將去有甚麼限其或意封崢嶸心華未綻亟須晝夜研窮淡究力索坐教冰河發燄石筍抽條肰後一是一二是二三是三四是四五是五六是六七是七九九還他八十一若只依稀越國彷佛揚州莫道洞山撥退界泉慈明貼牓僧堂也大難消遣拈復舉雪竇示衆云三分光陰二早過靈臺一點不揩磨貪生逐日區區去喚不回頭爭奈何雪竇老子可謂痛下瞑眩爲人徹骨其餘泛泛之徒不枉論量設若喚得回頭底又且如何朝打三千暮打八百何故如此冬至寒食剛百五一重雪了一重霜

上堂冬至月頭賣被買牛冬至月尾賣牛買被惟我衲僧家賤亦不賣貴亦不求未有天地世界早有者頭水牯牛身毛彼彼無雜角跳對對完周只要諸人繩頭緊捏善自調柔待等春歸上苑綠暗芳洲那時放出耕翻大地坐享有秋又何必魯雲此日書瑞魏雀當季呈麻管取汗邪滿車甌窶滿篝囉囉哩哩家家唱昇平之樂飽齁齁地個個免求乞饑虛之憂是則固是且道水牯牛鼻孔即今在甚麼處叱叱者畜主五歲來尚使不得跳下一齊打散

祈嗣上堂舉古德云接物利生絕妙外甥終是不肖他家自有兒孫將來應用恰好智海逸拈云諸禪德還會麼菜園牆倒晴方築房坫籬穿雨過修院宇滿時隨分整兒孫大小盡風流師云疏也疏了鈔也鈔了秖是不知兒孫來處如今大衆要會麼乃舉起拂子云

一回舉著一回新斧斫難開父子思感應道交衆不爽騰騰任運起家門擿拂子下座

容鄉張廣文遷望江尹入山話別上堂經中道譬如暗中寶無燈不能見佛法無人說雖慧不能了既然如是因甚維摩杜口毘耶尼父息言魯國還薦麼好事不須頻話會留將和氣煥丹田

除夕小參三十六旬囟祠之會七十二候休沐之辰年窮月窮日窮時窮還有窮不盡者麼自有一雙窮相手倒用横拈不借人復舉趙州四佛話云久向趙州古佛得與麼鼻孔即當若是天童金佛不度爐木佛不度火泥佛不度水眞佛灘已如臘月扇子颺下屋壁角頭了也且道天童用個甚麼今宵殘臘盡來日賀新年

歲朝祝聖陞座拈香皇圖叟運千祥集慶遇臣僧剛五十願見黄河百度清贊揚聖壽何終極乃云一二三四五六七辰巳午未申酉戌從頭直數到驢年究竟依舊跳不出寄語東邨西舍南隴北郭趙大錢二孫三李四伯謾說歲朝把筆休云萬事大吉須知今年年是公年年端的日日還他是好日

普請栽松上堂若論此事如種對相似揀擇欲精下手須確根空其條直坎貴其寬容然後時之以雨暘資之以風露則自然由拱把以至合抱由合抱以至蔭覆人天雖然者邊底從你種祇如那邊底又作麼生栽驀召大衆衆舉首師云根生也復說偈曰怪來禪社日凋傷四望喬林卒就荒幹折薪樵知法弱根摧匠石占魔强幽棲鳥出無高託天外鶴

歸失故翔欲起山門千載色請栽大對作陰
涼
因雪上堂問大地渾然玉琢成蚪支盡是銀
華結正恁麼時還有祖師西來意也無師云
無僧云因甚卻無師云無你出頭處僧喝師
便打乃云彤雲密布帀地普天六出紛飛塡
溝塞壑於斯時也寒山無計埽除拾得徒勞
把帚見箇諸人看卽有分灼然打并不去然
則天霽日出雲物解駁豈復有哉所以道愚
人除境不忘心智者忘心不除境除境故九
烏躲盡一翳猶存忘心則大地平沈諸緣自
寂祇如心境俱忘底又作麼生拔簔側立千
峰外引水澆蔬五老箇
上堂哀哀三歎蓼莪章罔極無能一報償至
竟吾門眞孝大迴光直薦本爺孃灼然欲報
至恩須是親見本生爺孃則於一切時如龍
得水無一念落虛於一切處似虎靠山無絲
豪走作縱橫收放全彰本地風光出沒卷舒
獨露金剛正體便能不動塵際坐寶王刹不
動舌頭轉大法輪俾人人達本生緣使各各
知恩有地所以道輪轉三界中恩愛不能舍
棄恩入無爲眞是報恩者大衆祇如山僧近
日有人從嶺南來報道生身慈母已於辛巳
冬朔遷化了也且道卽今作麼生與本生爺
孃相見山色翠穠春雨歇北堂萱艸倚蘭開
復云良哉我母淑且賢夷考生平動可鐫婦
德固然閒四教母儀端不媿三遷菴居室欲
千朝掩耳順心期一徹玄事佛精勤三十載
蓮胎不託定生天雖然水漲船高泥多佛大
下座同到大雄寶殿頂禮千佛洪名用助山

僧少報劬勞之德

晚參旋收黃葉燒青煙竹榻和衣半夜眠粥後放參三下鼓誰能更話祖師禪古人尋常略露些子風規直是七穿八穴肰有等依樣畫猫兒底往往墮狂無疑必死之地今夜山僧不免教他移身換步別作生涯乃云參究如同鑽燧煙盡空忘食夜忘眠等閑鑽發金剛燄燒盡人間藥汞禪就中有個出來道天童恁麼說話喚作死馬醫卽得山僧要問你實頭處若不實頭劈脊打折驢腰不放狂參

歸元禪人請上堂兼謝常熟衆信齋歸元無二路方便有多譚三藏十二部千七百則葛藤悉是方便之譚作麼生是歸元底路拈拄杖山僧爲你當頭點出擊禪牀云若能直下知歸則一一壁立千仞處處常光見前身口意不可思議身口意業亦不可思議如是則一香一華如海一滴味攝百川不可思議乃至功不唐勞如塵纔舉大地全收亦不可思議況復割重捐私辨所難辨正當恁麼時如何千祥如霧集萬善若雲臻

天童弘覺忞禪師語録卷第二

音釋

噎（一結切音咽飯窒也）　臝（同裸露形體也）　鑯（將廉切音尖銳也）　篝（居候切音鉤負物籠也）　鐫（遵全切音鋑鑴也又鑿也）　汞（虎孔切音嗊本作澒丹砂所化爲水銀也）

天童弘覺忞禪師語録卷第三

嗣法門人顯權等編

住明州太白山天童禪寺語録

搴王孫陽江誕日請上堂無相光中有相身緣會即彰金剛體報金剛壽籌思迷亂惟彼過量人灼有過量見所以塵劫來事了知只在如今故能以本大願力莊嚴受生藏本非色心示見色心本非天人示見天人本無出離道示求出離法爲含生恢壽域共佛祖歡真風乃至一爲無量無量爲一大中見小小中見大跂禾莖爲粟柄易短壽作長年直如壯士展臂不借他力以拂子劃一劃正當今日雙陸盤中如何喝采彈指頓空塵點劫普門熾見宰官身

尼性恆送到嵌珠繡佛法衣上堂形山有寶誰能祕衣內明珠縫縫開肯向已躬親薦取不煩千里遠持來提起衣云正當恁麼時諸人還薦也未若也薦得則華添錦上天童愈見光鮮設或未薦則逢場作戲卻輸山僧獨弄去也遂作舞下座

涅槃先期率財上堂云何得長壽金剛不壞身釋迦老子於塵點劫前以無量神通大願海無邊方便智慧海難思難說出生功德諸波羅密海成就紫磨金色之身及至唱滅雙林摩胷告衆依舊今日則有明日則無且作麼生定當總爲戰爭收拾得卻因謌舞破除休

陞座陽春布德澤萬物生光輝桑冉冉以奮條麥旆旆而揚秀雙窺簾幕憐舊燕之歸巢百囀高支眷新鶯之出谷可謂普天淑氣帀

地芳時無端釋迦老子唱涅槃之音不意雙樹一朝變雲鶴之色直得波旬起舞慶喜慘顏痛人心脾攪人腸肚如今山僧不免藏冥運於即化回鷲峰於當年普令諸人親見靈山一會儼然未散還信得及麼卓拄杖一下云榔標迸開天地眼一簾化日自遲遲

大悲生辰匡唯化士歸自西江更爲檀越追嚴請上堂淨法界身本無出沒大悲願力示見受生所以香至王宮纔降迹鷹巢朱氏早梯來泗州大聖揚州見更有金沙妙麗才赦苦示面然分身張蛤蜊千臂毋陀錯出青蓮千眼洞明何止攪長河爲酥酪變大地作黃金直得如日普照如月普臨如太和之釀物如簫管之諧音有求必應無感不通猶是大悲示見底事作麼生是淨法界身一口西江通吸盡春風兩岸綠莎齊

祖師會上堂兼謝檀越七旬齋問世尊拈華迦葉微笑未審笑箇甚麼師云春至百華開爛熳進云既是菩提本無樹因甚一華開五葉師云家家門前火把子進云恁麼則萬古碧潭空界月再三撈摝始應知師云更須抖卻眼中塵乃云萬古碧潭空界月獨耀無私家家火把拄門前流光靡間然則靈山未拈出誰辦衣珠直得飲光親破顏始彰髻寶由是真風徧布大用繁興或針投鉢內或甎作鏡磨或拽脫鼻頭或喝聾雙耳或橫揮白棒或衮亞青鋒師師授手的的相承單鑿頂門正眼不歷掌上清機所以有時恁麼有時不恁麼有時不恁麼中卻恁麼有時恁麼中卻不恁麼不慕諸聖不重己靈假饒纔生下地

時便作師子呞尚欲一棒打殺貴圖天下太平更説甚麼千歲支那誇勝遊從心七十不踰矩大衆祖師門下據箇甚麼道理便乃氣宇如王良久云眼空四海渾無物大坐當軒孰敢窺

晚參江月照松風吹永夜清宵何所爲畢竟水須朝海去到頭雲定覓山歸

追嚴請上堂混去來絶對待神機剖出威音外牛頭沒馬面回鐵圍山嶽盡衝開所以道處生死流驪珠獨耀於滄海踞涅槃岸桂輪孤朗於碧天如是則人人頂門上飛大寳光箇箇赤肉團壁立千仞況復眉間有劍肘後有符底正好把定封疆一切當頭截斷直得淨贏贏盡大地是真實人體清寥寥總剎海爲大解脱場動靜一源往復無間任他長安甚閙須知我國晏然敢問大衆只如監軍柱中憲且道即今在甚麼處下定神州三白寨倒騎鐵馬上須彌

上堂維那白椎法筵龍象衆當觀第一義師云若是龍象決不錯怪山僧便下座

晚參舉子胡云三十年餘住子胡二時粥飯氣力麤無事上山行一轉借問時人會也無妙喜云不得作佛法商量不得作世法解會你諸人還會麼師云既不得作世法解會又不得作佛法商量合作麼生會但辦肯心決不相賺

上堂祖師道真性心地藏無頭又無尾應緣而化物方便呼爲智既方便呼爲智且道畢竟喚作甚麼良久云聞名不如見面卓拄杖下座

高巡撫宅請上堂風蕃有句函蓋乾坤擬議纔生白雲萬里就中須是箇同得同失同死同生底著著有出身之機頭頭有超情之見方可奉寰中之敕秉閫外之權斗柄自垂霹樞獨運直得碧油風冷誰敢當鋒犯令不見道舉目頓令三界靜振鈴還使八荒歸祇如轉功就位共樂昇平一句作麼生道四海浪平龍睡穩九天雲淨鶴飛高

一衲容薦師妙明請上堂鎖夢關空愚人知其失筞吹光割水智者愍其勞辛然而多有劃地為牢往往甘自囚執所以墮在區宇蓋緣未達其源殊不知當人衣綫下各有奇特事利似吹毛堅如鐵壁非但六處絆惹不住魔外入作無門直饒百千臨濟驅萬雷為喝無量德山東虛空為棒也則動他豪芒不得卓拄杖一下云正當恁麼時打破從上牢關放出無位真人一句作麼生道一僧出衆便喝師云恁麼那僧罔措師云自投羅網乃云萬象之中常獨露妙蓮華國見全身（明杜汝因問）

結夏小參琅邪點出五般病好肉剜成瘡西院商量兩箇錯倚勢以欺人天童者裏則不然也昏鐘此夜參布袋來朝結不驅萬象譚不走風雷舌半千雲水衆高流普請歸堂各安歇大衆歸堂安歇還當得也無鷓鴣徒自守空池瓮裏何曾走卻鼈

上堂以大圓覺為我伽藍上窮忩香幢下極平等性猶有餘地在身心安居直得似秋潭月景靜夜鐘聲隨扣擊以無虧觸波瀾而不散亦是生死岸頭事平等性智三世諸佛及法界衆生盡是摩訶般若光光未發時尚無

佛無衆生消息是你諸人作麽生行履合他古轍去家家門靠赫日月太平不用將軍威

請古南和尚引座上堂敲唱雙行須資作者主賓互換要是當人將格外以提持舉逸羣之號令則何止全鋒敵勝同死同生直得一言之下截斷千江一句之中星馳佛祖一切法門無盡海同會一法道場中交光相羅如寶絲網所以道法王法力超羣生常以法財施一切乂積淨業稱無量導衆以寂故稽首古南和尚葢其人也幸垂光賁一衆同瞻願震雷音啟茲懞昧復有一偈諸方多是落靠三古路憑誰共指南交撞石人相耳語千秋佳話振名藍

晚參有智若聞則能信解喝一喝云從門入者不是家珍無智疑悔則爲永失顩眎左右云鼻孔依靠搭上脣釋迦老子拗直作曲詌他閻閻被山僧靠倒了也是你諸人皮下還有血麽復喝一喝下座

曬藏經上堂有大經卷量等三千大千世界書寫三千大千世界中事無不周備然而藏在一微塵中三千大千世界中人莫能獲其利用此日人天霧集海衆雲臻山僧不免爲諸人作大方便出此經看拈拄杖擊香凡一下云微塵破也衆咸舉首師云大經卷出也揮拄杖云各各下堂曬眼去

請雪竇和尚引座上堂我本無心有所希求今此法王大寶不期而至然則非常之遇豈不千載一時因甚又道從門入者不是家珍要會麽打麪還他州土麥唱詞須是帝鄉人復云佛果老祖有言近來諸方盡成窠堀五

祖下我與佛鑑佛眼三人結社參禪如今早見遍逗出來佛鑑下有一種作狗子吽鵓鴿鳴取笑人佛眼下有一種覷燈籠露柱指東畫西如眼見鬼一般當時早有恁麼說話在先師下同輩參禪底若論遍逗出來如今又豈少邪所以山僧尋常向兄弟道我者裏不比諸方任你千般施設萬般伎倆到天童門下一點也用不得只要你一言諦當如披雲霧見青天出黯夜中坐白日裏不被他謾始得雖然爐鞴之所鈍鐵猶多良醫之門病夫更甚幸逢明眼真大導師更冀方便痛與發藥

上堂僧問芥子納須彌爲是須彌小爲復芥子大師云滿堂盡是十方僧僧罔措師便打乃云百丈得大機黄檗得大用更有一人且道得箇甚麼喝一喝云迥超今古格不共汝同盤卓拄杖下座

晚參春遊芳草地夏賞緑荷池桂菊香殘後剛唫白雪詩諸仁者我觀三千大千世界無有芥子許而非菩薩舍身命處過去諸佛子已學已解已行已成未來諸佛子當學當解當行當成見在諸佛子一僧出班立座前師拈拄杖云不得動著僧方擬開口師便打云動著三十棒復問僧云見在諸佛子因甚麼不許動著僧無對師乃云猛虎不餐几上肉紅爐豈鑄囊中錐擲拄杖下座

乙酉秋設華嚴無遮會爲祈天下太平陞座釋迦已過去彌勒猶未來正當今日華藏界中甚麼人爲主還有知源達委者麼正緣未達所以迷宗一迷其宗則情生智隔影認頭

迷執謬解而外道門開邊邪網密役妄念而
凡途業起生死波横由是十軍擾擾六賊芒
芒真空變爲縁慮之場實際翻成名相之境
然覺天絶點雲中之皓月恆明塵内有經兩
後之青山長在百草頭上正堪薦取老僧鬧
市叢中何妨識取天子儻能直下知歸親證
自家境界則念念而靈山出世步步而兜率
下生坐法菩提場水鳥樹林溥見色身三昧
升普光明殿山河大地同轉根本法輪不見
道華藏世界所有塵一一塵中見法界寶光
化佛如雲集此是如來刹自在大衆刹既自
在刹中人又作麽生兵革化爲農器用溥天
齊唱萬年歡

秋日免參上堂秋風起兮白雲飛草木黄落
兮鴈南歸蘭有秀兮菊有芳懷佳人兮不能
忘英雄世主爲國思賢對境悲訶不忘欲見
况我沙門釋子爲一大事因縁哉雖然纔落
思惟便成賸法若是天童無邊刹境自他不
隔於毫端十世古今始終不離於當念大衆
要識佳人面孔麽拈拄杖起座云大抵還他
肌骨好不搽紅粉也風流大衆下堂師歸方
丈

祈嗣保安請上堂以拂子打○云造化之本
復、云生育之源若識此本此源非但今辰
齋主功不浪施便能統法海以爲家總含靈
而顧復栽培佛祖誕育聖賢等菩薩之身雲
難稱難説同雪山之藥樹無盡無窮如是則
力士金剛常相侍衛誰得其便而乘非人其
或未然家因積善生諸慶坐看熊羆叶夢來

結夏小參僧問古鏡未磨時如何師云也不

較多磨後如何師云看你悉向甚處去此去漢陽不遠齊師云知音須是地頭人黃鶴樓萋鸚鵡洲又作麼生師云且過者邊著乃舉世尊因自恣日文殊三處度夏迦葉欲白椎擯出才拈椎乃見百千萬億文殊迦葉盡其神力椎不能舉世尊遂問迦葉汝擬擯那箇文殊迦葉無對師云迦葉白椎可謂一夜落華雨文殊散體不妨滿城流水香若是釋迦老子隨邪逐惡正是只知錐頭利不見鑿頭方也好一椎擯出何故從前汗馬無人識只要重論蓋代功更爲諸人須出種粟開畲一夏芒法身千百億分張彎弓解射藍田虎猿臂誰誇李廣長

自恣滿散上堂護生須是殺殺盡始安居即今護生已竟敢問諸人還殺盡也未若也未盡天童更與錦囊一計只要諸人自勿躲跟不見道大丈夫秉慧劍般若鋒兮金剛燄非但能摧外道心早曾落却天魔膽天魔膽既落外道心復摧則四海晏清十方寧謐在在國王水土頭頭本地風光法界全真是處是彌勒塵塵佛刹無門無善財故得福城未出參見文殊毛孔不離功齊徧吉八難頓超於十地一期克證乎多生正當恁麼時因圓果滿一句作麼生道離兮高挂狼煙息萬姓謳謌樂太平

請首座上堂舉雲門道平地上死人無數過得荊棘林是好手時有僧云恁麼則堂中第一座有長處去也門云蘇嚕蘇嚕師云雲門慣使艨艟者僧亦善觀風色簡點將來未免平地上自生荊棘若是天童堂中第一座有

長處諸方久已知名今日推向人前不消念箇蘇嚕娑訶已是普同供養其有欲過荊棘林者請各努力與他挨拶看

晚參今夜總教諸人徹底悟去還肯與麼承當麼良久云且莫壓良爲賤

陳道媪請上堂亭亭獨出青芙蕖濁水還曾惹得無大抵玉容天賦者雕鐫不費越常徒

展袈裟云大衆還見玉容天賦者麼若見則瞎不見則當面錯過畢竟如何不因柳毅傳書信何緣得到洞庭湖

晚參舉殃崛產難因緣云者樁公案古今尊宿由之瞥地者甚多如大慧杲因閱華嚴經至菩薩登第八地時打失布袋明得湛堂說底方便者是也錯會者亦不少如近代據曲彔木牀以鐵爐步自盲底謂瞿曇一把爛茅柴觸著婦人眼豁開者是也今夜山僧不惜眉毛更爲批判一上貴圖諸人眼正乃云世尊遺萃兼婕贈殃崛擔泉帶月歸產婦雲在嶺頭閒不徹長者水流澗底太芒生案內有犯四人一一爲諸兄弟依律發放了也且道生下底孩兒作麼生理論分付沒眼村翁一任鑽龜打瓦

晚參淺聞深悟深聞不悟祇如觀世音菩薩從聞思修入三摩地是深邪淺邪良久云三千劍客徒施勇獨許莊周建太平

因事拂衣至郡當道士紳攀追入山請陞座郡將醫來白雲高舉民衣帝褫三峽仍回良以物外行藏初無固必況復靈山佛法付屬王臣既闔國以追攀理無堅而故拒白滿重圜之月霄宇何高青還不翳之天丘陵自出

正當恁麼時宗乗一唱三藏絶詮即且置祇如尅殄魔氛紀綱重整一句作麼生道横按拄杖云且放過一著

晚參舉清平參翠微問如何是西來的的大意微曰待無人即向你道平良久曰無人也請師説微下禪牀引平入竹園平又曰無人也請和尚説微指竹曰者竿得與麼長那箇得與麼短平遂悟玄旨師云清平向翠微未屙已前薦得已是第二頭若竹園裏悟得底直是第八首畢竟作麼生是玄旨顧眎大衆云咦泊合打破蔡州

天寧寺萬宗請上堂天得一以清地得一以寧山得一以高水得一以深日月得一以恆明侯王得一以爲天下貞含靈抱識得一以各正性命衲僧得一而心心作佛念念證真山僧得一而穿過從上鼻孔剿絶諸人命根大衆前是山後是海左是榑桑右是嵎谷一在甚麼處要見麼竪拂子萬派皆歸海千山必仰宗

臘八上堂古者道臘八喫雞羹纔疑毗便生谿邊楊柳影不礙釣舟行又有道臘八喫紅糟蕻林意氣豪酣酣沈醉倒更不惹風騷自謂大悟不拘於小節是則固是爭奈前來過梯與賊後者未免掩耳偷鈴天童要且不然臘八喫香齋腹充自解懷天然成見事何用苦安排

請座元維那上堂孤掌豈易於浪鳴妙舞恆誇乎徧拍所以陰凉大對賴元座以培成法戰奇勛因克賓而共竪故必劈嶽巨靈之手方堪操縱鉗鎚苟非通權達變之夫何以甄

陶佛祖不見趙州會下二僧相推不肯作第一座主事白州州云總教他作第二座主事云第一座教誰作州云裝香著主事云裝香了也州云戒香定香解脱香應菴老祖云趙州下者一椎不妨驚羣動衆仔細簡點將來也是泥裏洗土塊薦福門下不用相推第一座也有人第二座也有人第三座也有人雖然不免從頭註過第一座鐵頟銅頭覷不破第二座陽春白雪無人和第三座真實身心同達磨且道天童門下又作麼生十八灘高黃海濶攪將酥酪潤焦枯

開爐上堂九月上煖蕭十月爐生火節臘載清規禮數從來箇世亂逢百凶忠直恆受既誰云林下士亦乃遭轗軻旋復整頹綱不覺三冬過灰冷炭壑無方來盡㷅㸐因念雪庭人斷臂求乃可屋角愛梅杳子寒徹骨麼熳室共商量沒者閒功課一二佛達磨三則是元和餘甚監達卯歸堂且打坐

除夜小參臘月三十日到來了也臨渴纔方掘井知你作手脚不辦定也甘赴死門有分何不打併在前做教氷枯雪老一朝臘盡驀地春回便見日麗風和天高地迥活計頭頭見生涯色色齊從此立國興家不守寒嵒異草縱使梯山航海亦非途路波吒所以道窮則變變則通豈不慶快平生參學事畢雖然須知更有箇漢耕人田不種禾熟不臨場年不辭歲不受你道是誰生緣無甲子一鉢貯春秋

歲旦上堂完圞日月依舊乾坤呼昨日爲今年不得喚今朝作去歲不成明明昔行履未

改舊時人迷悟爭何處宛如今古陳要會麼驀地省得大年朝便是正月初一日

晚參人人自有光明在看時不見暗昏昏山僧爲你諸人挑剔看擊禪牀一下云開眼也著合眼也著

元宵上堂燈籠玲瓏衲子露柱俏措禪和自古交肩從來合伴無端昨夜日月燈明佛降見閻浮愍世愚暗爲轉法輪名大明慧炬照廣宣伽陀靄光獨耀迥脫根塵燈籠欻然心華發明照十方刹日月燈明即與授記汝於來世當得作佛號曰千光燄眼多陀阿伽度阿羅訶三藐三佛陀燈籠稽首作禮露柱呵呵大笑咄哉懵懂非我同流大衆燈籠受決露柱不甘爲是一闡提人爲復別有道理你若未會山僧有箇古頌引來與你旁瞥金烏玉兎兩相輝照破威音未兆時若謂青霄別有路木人依舊皺雙眉

上堂白椎竟一僧纔出作禮師云記取適來維那者話頭便下座

祥符寺主請上堂供養百千諸佛不如供養一無心道人無心道人甚功百千諸佛何過若向者裏識機宜明休咎方可權衡佛祖抑揚當時何故爲伊尺中有準盤上有星建立一切諸法也得破除一切諸法也得然而雖則念念破除不妨心心建立雖則心心建立卻即念念破除如是則趁他百千諸佛及無心道人入牛欄馬廐中要且覓業性如芥子許不可得誰更拈斤斂兩較量功德於有無輕重之間其或未然太平誰道都無象和氣兆祥定有符

晚參一塵一佛國一葉一釋迦山僧到此已是插足不入是你諸人心麤膽大全不照顧成何道理高聲云看脚下

中春上堂佛滅天人憂瘁日芳菲此際又重臨黄金妙相春冰泮白玉明豪曉漢◯嶽色青瀓正法眼谿華燦發涅槃心◯◯薦得東風裏何用拘尸郭畔尋復畫◯云還薦麽一片白雲横谷口幾多歸鳥盡迷巢

上堂衆集驀拈拄杖擿下云不得動著舌頭向者裏道一句看衆黙然師云死去十分便下座侍者向前拾起度師師接得便打

鎮旦伯王鳴謙請上堂妙智無方十虛由其融攝霧機有作法界資以化裁堅如持刹風烈似金剛鋏千聖莫能比擬自餘誰敢當鋒只要箇漢於中巽巽纂承心心奉重妙運天輪地軸密羅武緯文經則可謂得大總持具王三昧如是而蘇途四海立見四海同春如是而把定封疆説甚波旬魑魅要且達磨西來也無插足分不見道拈起也乾回坤轉應須束手歸降放下也草偃風行必合全身遠害總之敕奉宸中威行閫外故得卷舒自在收放同時報君親育黎元昌厥後福有求而必應災無悔而不消正當恁麽時原始要終一句作麽生道拂牛劍豎兵威洗日月咸瞻耀聖明

晚參舉密師伯與洞山在餅舖密於地上畫一圓相謂洞山云把將去山云拈將來後來保寧勇云非但二人提不起盡大地人亦提不起師召衆云諸人還提得起麽良乆云也須是箇踞地師子始得若是山僧待他道拈

將來便與一掌者一掌有生復有死有利亦有害

上堂古人道九旬禁足魚遊網三月安居鳥入籠生殺盡時蠶作繭如何透得者三重天童今夏因兵荒歲儉故不安居亦不禁足既不安居禁足則無生殺可商量既無生殺可商量則無三重可透脫既無三重可透脫則人人活卓卓赤體無依各各峭巍巍行往自在然有一事秖如圓覺伽藍豎窮三際橫徧十方敢問諸人作麼生出得若出不得莫道布你口山僧不曾結却好參

祈雨上堂舉劉禹端公上雲居謝雨問弘覺云雨從何來弘覺云從端公問處來端公遂禮三拜歡喜而退行數步弘覺召云端公端公回首弘覺云問從何來端公無語歸家三日而死師云雲居問殺端公眉毛落却大半端公遭問脫去說話終不借人舌頭即今有問天童但向道合取口然則作麼生得他雨下但辦肯心決不相賺

檀越陷翌亡歸請上堂問死中得活時如何師云今日天晴進云毛吞巨海芥納須彌時如何師云頂門更著金剛眼進云踢倒珊瑚對見出夜明珠師云退身三步看進云大衆證明師云拄杖子未放你在便打乃云天上人間獨步未是作家魔宮虎穴橫身始稱好手若是過量人提持過量事操縱過量機發揮過量用任是乾坤倒覆大海翻騰草木叢林悉化為刀槍劍看也則動他一毫不得所以道我若向刀山刀山自崩裂我若向鑊湯鑊湯自枯竭履尊則榮處潛必謏無險不夷

無往不覆可以滅諸殃可以集衆福可以爲人起死回生可以與他解黏去縛全因本地風光不假神通造作猶是此人麻滓麴末邊事畢竟如何是他真實得力處待你死了活來向你道

晚參千華競發百鳥啼春是向上句諸佛出世知識垂慈是向下句作麼生是二途不涉底句良久云金剛倒地一堆泥

天童弘覺忞禪師語録卷第三

音釋

蛤蜊 上葛合切音鴿下良脂切音棃蛤蜊蟲名海蚌也 矖眼 上所賣切音曬下朗宕切音浪矖眼暴乾物也 謖 所六切音縮起也 滓 壯士切音第澱也又汁滓也

天童弘覺忞禪師語錄卷第四

嗣法門人顯權等編

住明州慈谿五磊山霧峰禪寺語錄

三門樓閣門一指彈美宗廟富千官秖如大士彌勒因甚卻從外至不因漁父引爭得見波濤

佛殿無人接得無人識得展坐具云因我得禮汝撞頭磕額乾坤窄

據室打斷臨濟驢腰猶是尋常爐鞴拶折雲門馬腳未稱本色鉗鎚新霧峰到此又且如何舉令以手約云住住三箇孩兒抱華鼓莫來攔我毬門路

檀越疏詞傾屈宋句壓馬班珠林杲杲玉封珊珊勾引春風上画欄

山門疏拄君曰制拄國曰令拄使臣曰符信拄山僧曰甚麼佛祖聽權衡人天齊乞命

忞座身高一丈六尺以一丈六尺爲寶座身高八萬四千由旬以八萬四千由旬爲寶座身量如虛空以虛空爲寶座乃至肘芥塵毛莫不其量正等見道新霧峰者裏高多少超步毘盧頭頂上十方世界見全身

上堂上首白椎云忞筵龍象衆當觀第一義師云當觀第一義佛祖難迴避莫有共相證明者出衆相見僧問霧峰古寺今日重新臨濟家風兩同露布過量人來未審如何相接師云幽門迸裂進云恁麼則腳跟點地去也師云未必心頭似口頭進云龍生金鳳子衝破碧琉璃師云且放過一著問身似菩提樹心如明鏡臺菩提卽不問如何是鏡子師云當陽無避處進云只如古鏡未磨時如何師

云大家拄者裏進云磨後又如何師云看脚下進云恁麼則頭頭上明物物上顯去也師云分明覿面更無眞爭奈迷頭還認影進云不可壓良爲賤師云禮拜了退僧歸位師乃云三世同眞際時不踰乎刹那一月印千江影詎偏於衆水其奈通人正寡局士還多挖布袋者立老長街入西山者往而不返遂使一眞法界隨罷量以區分古帝山河恣英雄而割據人懷偏安之見俗匙大同之風驀拈拄杖云卻是山僧拄杖子獨能分身兩處散體十方不破一斧而混一華戎不缺一斨而允宅四海穆穆焉皇皇焉閒攜天童盋盂時過霧峰喫飯於中不作自見不作他見不作去想不作住想不作下山敎化想不作目睹雲霄想如空於境無所分別又於國土平等

隨入正當恁麼時畢竟如何卓一下云解拈天下任横行高振風規有何極但某學疎才淺涼德菲躳三季承乏天童媿無寸補今之霧峰濫受得不回皇尚賴本邑衆姓諸檀本山亂嘗二士力爲弘護許以退耕聊赴時節因緣詎云開堂爲國所以中謙不敢再三伏願人人寶所同歸似童子登樓而不異宛爾霧山再見類仙人執手以無差國運偕法運齊昌慧天與堯天共耀復舉僧問百丈如何是奇特事丈云獨坐大雄峰天童淨云大衆不得動著且教坐殺者漢師云百丈解坐不解起天童解起不解坐何似山僧今日與見荊一衆同踞大雄峯頂行底坐底總不教你一任諸人自作活計設有問如何是奇特事但與劈脊便棒何故使八極頂目者不自爭

衝遇斯人今駕御昂栴復白椎云諦觀法王法法王法如是師卓拄杖下座

當晚小參山僧往日久矣知聞山海之交有一霧峰古刹岧嶢天外頓落羣岡朕欲於中分明曉了路之高低山之峻嶮峰巒回合竹樹參差則莫若今朝籃輿親到一回也當知此事不在言說貴乎親到亦復如是驀忽有箇漢冷笑一聲摳衣出衆扼腕立地道長老將謂你來自大白名山必開應菴甘露必新宏智條章元來得與麼絮你宛不知此事亘饒三世諸佛歷代祖師天下老和尚也則跳他不出說甚到與不到邪山僧嘘嘘畢竟上座是說到底敢問作麼生是親到底歸堂喫茶復舉外道問佛不問有言不問無言世尊良久外道云世尊大慈大悲開我迷雲令我得入雪竇顯云迷雲既開決定見佛還許他同參也無若共相委知則天下宗師幷爲外道伴侶如各非印證則東土衲僧不如西天外道師云山僧今夜不惜眉毛要斷者樁公案拈拄杖云七十二棒翻成一百五十雪竇領取五十外道領取五十世尊領取五十自云新霧峰鞏收拄杖鑾尸貊狄分諸國盡扛吾皇化育中

亂普聞請上堂六門無鑰晝夜常開一道神光貫通今古如是則非但鑑普見亦普非但見普聞亦普聞見既普則法爾恒朕法既恒朕則月渚煙林時吐廣長之舌霞峯霧沚常譚少室之心不見道溪山嶮嵒人迹罕到處還有佛法也無石頭大底大小底小以拂子畫一畫云正當今日又作麼生昨夜清風生

八極今朝流水漲芳谿

上堂山寺寒燈乞遠郵幾囘獨狗吠黄昏法霄今已騰龍象依舊南開古殿門是知風有魯齊變之自我道無今古弘之狂人苟能卽凡心而證聖心則我猶昔人非昔人矣覬其邁征無荒日月珍重

請通玄奇禪師上堂别峯不意卻親遭力索無因見妙高豈是當頭多隱諱從來正打貴旁敲不見昔日丹霞訪忠國師問侍者國師在否者曰在卽在祇是不見客霞曰大深遠生者曰非但上座佛眼亦覷不見霞曰龍生龍子鳳生鳳兒國師睡起侍者以告國師乃打侍者三十棒遣出院丹霞聞得歎曰不謬為南陽國師豈非丹霞旁敲故顯國師正打因顯國師正打始知褁無隱諱既知褁無隱諱自肰大用見芳霜威凜凜肰後方可祖印高提吹毛横按剿絶今時露布發揮從上家風激揚敲唱雙行驀劄主賔互換主賔互換也雲迷大壄霧鎖長空敲唱雙行也韻出青霄風生滿座直得山河大地盡作琴聲草木藂林順方低向正當恁麼時作麼生是褁無隱諱底事卓拄杖云要會麼下座同申勸請通玄和尚普為諸仁分明指出

示衆舉須菩提持盌維摩詰家滿盛香飯云汝能謗於佛毀於法不入衆數乃可取食須菩提不知是義置盌而去道場辯云當時若有箇倒拈蝎尾逆捋虎須攞手出荊棘林纔見他恁麼道但云賢賢易色事父母能竭其力事君能致其身與朋友交言而有信直饒淨名老人也須倒退三千里師云道場雖善

就下平高截長補短爭奈出爾反爾一似犖縣茶餅不如當時輕輕向道將謂汝是箇俗漢管取淨名一坐不起香飯滿盔持歸諸人還見道場落處麼要聽山僧一頌鴻門會啓燕豪英赤帝纔遭亞父傾誰信子房陰有策一親項伯漢功成

追嚴請上堂假借四大以爲身心本無生因境有大衆心既無生身復假借且道生死從甚麼處起爲從天邪爲從地邪爲從父邪母邪五蘊六入十二處十八界二十五有邪如是反覆推窮忽然如夢斯覺方知二十五有不可得十二處十八界不可得五蘊六入不可得天地父母不可得身不可得心不可得生亦不可得死亦不可得正當恁麼時如何風吹碧落浮雲盡月上青山玉一團復有一頌本惺薦母超生死我話死生當自惺迷太本頭成想象惺來法界露全形長空自古何虧復曉霧有時散亭打破画屏歸繡戶慈闈端的未開扃

授權懷二上座衣拂上堂法無可傳非傳曷定宗旨心無可印惟印斯揀正邪悟不由師道寧存已故論靈山家法父業恆子承受遡雞足眞規兄芳亦弟襲所以三呈白紙象骨證其同風一點青睛川顏久以備彩況勔勷有素表裏無瑕贈以兎角杖頭貴鑿人天頂眼授以龜毛拂子圖參佛祖寃讐遂拈杖舉拂云大衆正當恁麼時廣宣流布毋令斷絕一句又作麼生道潛行密用須珍護撥發靈芽徧界春

示衆趙州轉藏有請謁一帀行來功巳多堪

笑尤遭婆子摘問君全藏叓如何莫是喝一喝麼莫是拍一拍麼莫是盡力揮案一下麼莫是再起身行一帀麼也只轉得半藏若論全藏三世諸佛歷代宗師固是目瞪口呿假令過未見在十法界中若聖若凡若有情若無情皆悉示見成佛一一佛復見十法界微塵數身一一身復見十法界微塵數頭一一頭復見十法界微塵數口一一口復見十法界微塵數舌一一舌復出十法界微塵數音聲一一音聲復宣十法界微塵數妙義一一妙義復經十法界微塵數劫而爲演說或正說或旁說或直說或曲說或讚說或毀說或譬喻說或妙伽陀說乃至十法界中所有微塵一一微塵復有十法界微塵數諸佛充滿其中所見身頭口舌音聲妙義劫數言說亦復如是也只轉得半藏畢竟作麼生轉得全藏去良久云請各各歸堂喫茶

辭霽峰赴雲門廣潤上堂知雄守雌知白守黑智固囿乎情封達則兼善天下窮則獨善其身慈亦隘乎弘被惟我衲僧家要且不肰未有長行而不住未有長住而不行欲益無所益欲爲無所爲空作舟航況十方剎海目并觀本無心於彼此大千同一眞如性豈有象於去來但山僧利衆之珍匡徒寡德而台之廣潤越之雲門三請益堅應難推託今則雲帆將挂誠恐四衆失依特命權公座元繼席開法伏望衆慈勸請叓煩道力助勤要期慧日以常縣庶幾宗風而不替其有參隨上士未免跋涉兩途希念百城煙水之勞無忘爲法捐軀之志則在此在彼莫不咸空若住

若行均爲道用正當臨岐一句又且如何分付各趂風雲勢爲霖徧九垓

住越州雲門寺語錄

陞座無上寶華王座人人寸步不離我且逢場而作戲何事毘邪之遠移遂陞云把竿直上任公臺十轄絲綸次第開千尺金鱗誰負命揚鬐傻請鼓波來是日無問答者乃云言發非聲色前不物貴當人之自會豈問荅之能詮故會則事同一家於事同一家中傻爾著倒未免沈寒水臥荒陂不會則萬別千差於萬別千差處一皷皷斷卻能起風雷爲霖雨所以道平地上死人無數過得荊棘林是好手若欲建立宗旨叓須撥轉天關臨濟喝德山棒拈放一邊俱胝指雪峰毬抛向一處以至睦州擔版趙州喫茶雲門扇子踍跳風穴師子髭髟東之高閣不攀舊日支條別行生機一路方可隨處作主不妨遇緣卽宗奮袖裏金鎚開留中六合或時兔角横挑日月或時龜毛倒縛虛空事同一家卻乃萬別千差萬別千差卻乃事同一家戢玄機於未兆藏冥運於卽化則且置正當今日萬里垂鉤羅龍打鳳一句又作麼生道生涯只扗絲綸上一釣須連十二鼇復舉仰山問霧鷺閒寂寂無言時如何聆聽閒云無縫塔前多雨水師云仰山問旣有宗霧鷺荅亦攸同固肰箭鋒相拄心眼無差衹如當山堂頭和尚前月掩息方文已寂寂以無言今朝山僧爲勸後事緇白同請攝院將堵波而崋崒設有問無縫塔前因甚卻多雨水合荅他甚麼語卽得卓拄杖云萬派皆歸海千山必仰宗下座

惟善禪人薦師澂清菴請上堂佛性八處出見祇如包胎未具時合作麼生般若五藴皆空卽今清音歷耳者又是甚麼所以眞常流注恆今古而恆肰智鑑無依迥孤明以獨運去來旣爾絶迹奺生何處安排要之緣會卽彰如天忽雲緣盡則滅似漚還海況戒德朗其玉潤心珠湛若淵澂者哉大衆且道圜逝澂公二三季來又向甚麼處去也銜霄鶴已出銀籠萬頃秋光連漢碧

晚參攪酥酪醍醐爲一味蓋因杓柄覊通鎔缾盤釵釧爲一金自是爐頭神妙雲門者裏爐頭固不肩杓柄亦不拈單單爲諸人出隻手驀伸手云因甚喚作手衆屏息無語師呵呵大笑起坐云不見道雖有一雙窮相手未曾低揖等閒人卓拄杖歸方丈

開爐立知浴請上堂兼爲檀越追嚴三世諸佛向火燄上轉大法輪鏤氷無琢玉之譚火燄爲三世諸佛說法三世諸佛立地聽結草乖道人之意殊不知盡空法界往古來今都盧是箇火燄於中覔甚麼佛覔甚麼法輪覔甚麼說者聽者況復聖凡迷悟生奺輪廻不見道火爐濶一尺世界濶一尺火爐濶一丈世界濶一丈如是則頭頭顯露非他露物物全彰無別彰日炙風吹無非當人出身之候封凋葉落悉是歸根得旨之時肰則雲門寺裏今朝結制開爐復爲何事良久云若不入水爭見長人

到顯聖衆請上堂旃檀林内必長旃檀師子堀中應多師子況先湛和尚之䓗席森森玉立之道場山僧到來瞻仰有分豈敢於此抑

揚當時嘗記德山一日謂嵒頭曰我者裏有兩僧入山多時你厺看他怎生頭遂將一斧厺見兩人扗菴內坐乃拈起斧曰道得也一下斧道不得也一下斧二人殊不顧頭擲下斧曰作家作家遂喝一喝云當時若下得者一喝洞山門下愈見光輝頭歸似山山曰你道他如何頭曰洞山門下不道全無德山門下未夢見扗又喝一喝云當時若下得者一喝德山門下不至寂寥大衆者兩喝中有一喝如金剛王寶劒有一喝如踞地師子若人緇素得出許伊具超聻山三種滲漏若緇素不出復喝一喝云驀穿平地爲荷葉笱過東家作竹林卓拄杖下座

晚叅山僧未出方丈以苒拈拂子擊香几云只者琳子巳爲諸人潑譚實相了也及乎厺鼓三通山僧據坐此間未免話作兩橛還有爲山僧救義者麼不妨出來通箇消息良久起座云山僧今夜失利

荆門厺主請上堂亮座主潑入西山知過必改周金剛爇燒疏鈔見義勇爲所以道參禪人須猛烈點著心頭時早暫橫按吹毛白似霜是佛是魔當頭截苗稼無侵尚涉功眼中誰貴黄金屑從苒寶惜盡掀翻萬里冰崖寒敎徹別別打刀須是邠州鐵

先大師禹侍者歸自淮海禮龕請上堂舉漸源與侍道吾往檀越家弔慰師云白虎入星宮源撫棺曰生邪夗邪師云作麼作麼吾曰生也不道夗也不道師云突出難辦源曰爲甚麼不道師云猿猴探水月吾曰不道不道師云心眞語自直歸自中路源曰和尚今日

須爲其甲道若不道打和尚厺也師云蒼天中叓忝冤苦吾曰打卽任打道卽不道師云鐵作面皮源便打師云好心不得好報吾歸院曰汝亟離此去恐知事得知不便師云放教冷來看源乃禮辭隱於邨院經三秊後師云路遙知馬力忽聞童子念觀音經師云時來風送滕王閣至應以比丘身得度者即見比丘身師云相隨來也忽然有省師云鈍根阿師遂爇香遙禮曰信知先師言不虛發自是我不會卻怨先師師云今古由來悔恨多大衆山僧與麼評論座下高賢諒無不曉了者祇如應以比丘身得度者卽見比丘身與他生也不道死也不道有甚交涉與侍者卻乃悟去還會麼常因送客處憶得別家時

長至小參舉僧問石門照一陽纔啓天地咸知依時及節事如何照云午夜燈光連夕照照後如何茶煙香篆一時清師云山僧卽不然有問一陽纔啓天地咸知依時及節事如何但向道長至來朝賀昏鐘此夜參參後如何大衆歸單打坐兩序寢堂茶湯

晚參一句語須具三玄門一玄門須具三要有權有實有照有用卽許你等諸人穿鑿祇如大用見前不存軌則又作麼生會他古人衆竦立師打筋斗歸方丈

過六度菴僧道元請上堂開示兼薦二親非法不說法法說無非法一法印森羅寧有法不法如是則南鄰犬吠無非般若眞宗北舍雞鳴悉是西來祖意峰山疊疊晝夜宣揚鏡水滔滔古今流衍便恁領略得去猶是景響音聞況復山僧鼓兩片皮掉三寸舌諸人言

中取則句下承當是謂沃水增冰究竟於理何益大衆若欲道妙湙臻見元洞徹直須上無攀仰下絶已躳向包胎未具已前薦取一靈眞性朕後天上人間不妨東涌西沒生與一切人同生而生無生相死與一切人同死而死絶死緣津梁萬有爲架六度之橋提挈四生直抵無爲之岸正當恁麽時且道薦嚴一句又作麽生道妙體金剛無變易穢邦樂土總堂皇

檀越延生請上堂問一靈眞性不假包胎生又生箇甚麽師云一輪紅日到天心進云莫不是俗路經過麽師云是闍黎見處進云未生時眞性在甚麽處師云看脚下僧喝師便打進云若非透過金剛眼空敎垂髮白如絲師又打問大徹底人本脫生死因甚命根不斷師云正要闍黎疑著大修行人當遵佛制因甚不守毘尼師云山僧得自由佛祖公案只是一箇道理因甚有明與不明師云穿過鼻孔杲日當空因甚被片雲遮卻師擊拂子云還見麽人人有箇景子寸步不離因甚蹋不著師云過者邊立盡大地是箇火坑得何三昧不被燒卻師云照顧眉毛進云謝師荅話師云識甚好惡問一氣不言含有象萬靈何處謝無私如何是無私一句師云天長地久進云未兆已前師指示覿面相逢事若何師云眼睛突出進云恁麽則人人鼻孔遼天箇箇脚跟蹋地去也師云賺殺闍黎僧喝一喝歸衆師云壁千倚勢乃云身從無相中受生猶如幻出諸形象幻人心識本來無辠福皆空無所住毘婆尸佛恁麽說話於唱教門

中卽得若是衲僧門下舉必全眞動無遺照一見一切見一聞一切聞一明一切明一用一切用諸知見盡身心性離直下惟有金剛正體巍巍堂堂全體與麼來煒煒煌煌全體與麼厺妙圓超卓全體與麼十二時中折旋頫仰所作所爲勝因妙果如金搏金似水洗水皆悉不虛乃至改禾莖爲粟柄易短壽作長季尚未動著衲僧向上一竅拄且道衲僧據甚麼道理拈拄杖云且聽山僧拄杖子要唱微妙伽陀無根霧木自條肰直透威音那畔箇三際尚資分朕兆四時何浛得推遷炛吞萬象頭頭見氣絶諸塵浛浛圜曠大劫全收一念八千誰羡大椿季卓拄杖下座

追嚴上堂問一雨普滋直令後化先亾箇箇脫皮換骨見箇還有脫皮換骨者麼師云只你擔帶得多進云金剛不壞之體作麼生換師云也須斬作兩段進云又脫箇甚麼師云看你抖擻不下進云厺住不隨風力轉驢胎馬腹自稱尊師云非汝境界進云是甚麼人境界師云高著眼乃云非心非佛絶智絶愚豎窮三際橫徧十虛今朝臘盡來日春初本無間斷寧有代除因甚如此金剛王體自如如要聽一偈風吹不動天邊月雪壓難摧澗底松刹海三千沈後夜妙高山色自孤聳

陳仕祿因妻產亾請上堂超薦大死方纔大活大活應須大死既到大死大活了便恁麼厺自救卽得若欲提殺人刀用活人劍要須將大死大活底斬爲三段直得淨羸羸絶承當內不見有已霧赤灑灑沒可把外不見有諸聖肰後倒握魔王印逆執六師旛呼煩惱

作圓常叱涅槃爲罥網天下奴不得底活人用活法而奴之天下活不得底奴漢用殺法而活之一一與他乾回坤轉海立山奔佛祖潛蹤日月俱黑不見道子啐母啄子覺母㲉母子俱亾應緣不鍇同道唱和妙云獨覺正當恁麼時如何百艸頭邊藏不得春風景裏見全身

薦親請上堂無毛鐵鷂過新羅十景神駒秦若何拈卻髑髏歬見底春風歲歲綠庭莎

晚參舉慈明示衆云一切賢聖皆以無爲法而有差別案山扗歬主山扗後且道無爲法扗甚麼處良久云向下文長付扗來日應菴和尚云天童也著一隻眼一切賢聖皆以無爲法而有差別東勝神洲西牛賀洲南瞻部洲北鬱單越到處恣來不如扗此師云山僧也著一隻眼一切賢聖皆以無爲法而有差別翻身躍倒劒門關大地山河無寸土

天童弘覺忞禪師語錄卷第四

音釋

枿 同櫱餘也斬而復生曰枿 呿 去伽切音佉張口貌 鬐 渠伊切音耆魚脊也 勷 如羊切音儴劻勷 罥 扃縣切音睊縮也 啐啄 上倉夬切音嘬啗也下竹角切音涿鳥啄也通作噣

天童弘覺忞禪師語録卷第五

嗣法門人顯權等編

住台州府寧海縣廣潤禪寺語録

山門五九四十五太陽來入戶風雲從萬物覩烈燄爐中彩鳳飛華鍼眼裏金鵬度

佛殿不著佛求不著法求不著僧求用禮作麽木人夜織石女抛梭

伽藍我提綱君挈目帝座當年尚感通護持何用山僧屬

祖堂八萬四千非鳳毛三十三人入虎穴參到山僧復何爲攙虎頭收虎尾

據室開潑天門戶接四海玄徒未論騎虎豊干便是寒山拾得燒火底與他燒火掃地底與他掃地必若攙令而行銀地菩薩金地佛方廣五百應眞大士總是門外漢拶折脚脛有分在何故金烏吸盡天邊露玉兔敲殘海上霜

小參僧問五磊峰頭獨覩霄漢雙梅谿上重整家風正當龍象交參扶竪綱宗一句請師垂示師云黃河清出聖人進云三頓烏藤黃檗要旨因甚臨濟入門用喝師云倒接無根樹進云一條紙燭信老真機因甚德山入門用棒師云橫挑海底燈進云秪如千棒打不著萬喝施不到底又如何分付師云砧基道者田厙奴兒進云不因今日問錯過目前機師云只今也不少僧喝師便打進云碧海濤聲千古振瑞雲山色萬年青師云閒言語乃云去年始脫天童耙今日重牽廣潤犂分應業緣須報償敢辭帶水又拕泥大衆衲僧家羅籠不肯住呼喚不回頭孤迥迥尋常氣宇

如王峭巍巍一等面皮似鐵因甚到此被人牽拽得上高落低不見道順是菩提復舉大慧杲初住徑山開堂於明慶寺下座次少卿馮公揖問曰和尚常言不作者蟲豸因甚今日敗闕慧曰盡大地是箇杲上座你作麽生見馮擬議慧便掌師云馮濟川可謂運斤有法其奈斵堊無功若是山僧盡大地是箇杲上座你作麽生見但云恁麽則世界總被和尚占卻待他動靜隨後便喝豈不增色寀僚正當今日有問山僧又對他甚麽即得雲綻家家月春來樹樹華

施主請上堂舉龍牙云天下名山到因腳辛苦年深與襪著而今老大不能行手裏把柄破木杓東山演祖云白雲即不然腳也不能著草鞵手也不能把木杓端坐受供養施主常安樂師云慚愧山僧又復不然到徧名山天盡角無端老被住持縛院門倒塌應重修著卻草鞵仍把杓且道與麽時還有報答施主底道理也無滄海畊翻定有秋鐵餕餡煮黃金鑊

皆然化士請上堂兼爲檀越薦室道本無横徑入者必從緣塵塵盡三昧法法總皆然普化常時摇鐸盤山一向行塵不離猪肉案頭能使泥牛通身換骨只在墨車幕下頓令石女平地登仙推倒嘉州大象放出文殊普賢一亙晴空萬古千波兢涌函前落華莫謂難重上破鏡休驚不再圓獵獵風蒲朱夏節鴬鶯還睡緑池蓮

宗僧統率諸山請上堂七金五嶽仰須彌以爲宗萬派千流趨溟渤而至止釋梵爲諸天

之所敬金輪奔八極以無傾祇如山河大地日月星辰四聖六凡三宗百氏之學又統承箇甚麽豎拂子云於此明得則機機頓赴何難揑聚浮幢輕擲大千於方外法法圓融不徒放開芥子閒納華藏於孔中要且三世諸佛歷代祖師天下老和尚喝一喝云不消一喝瓦解氷消於此不明擲下云真人十八界元空三十一人同姓呂分散遊山各占山三十一人又同處

城東法安霧峰諸山請上堂常嘑賤賣心肝因般若以東請善財劬勞烟水為知識而南詢雖皆重法輕生其奈忘家失業殊不知光吞萬象人人有衣裏明珠貴踰娑婆各各韞懷中至寶千霧一致何用穿通萬古常如非從人得所以達磨不來東土曹谿白浪滔天二祖不往流沙少室清風帀地大衆祇如恁麽會即從畢竟列葉分燈是誰聯芳續燄良久云假饒千載聞名不如一回見面卓拄杖下座

念孩曹居士請上堂問古寺建三門千載一人成事業敢問事業如何成師云天無私覆進云霧峰環勝地先朝後代濟蒼生畢竟蒼生如何濟師云地無私載進云拈卻成除卻濟還許學人直入也無師云你須知恩始得進云不登絕頂爭見天空師云可惜許進云過在甚麽處師云未知恩在進云作家宗師天然猶在師云莫亂搽糊乃云止止不須說我法妙難思釋迦老子太殺抑人揚已無以穢食置於寶器維摩大士未免屈已扶人簡點將來二俱不了何故不見道夫說法者當

如法說法無有我離我垢故法無衆生離衆生垢故離衆生垢故故目前無闍棃離我垢故故座上無山僧座上無山僧故心行處滅目前無闍棃故言語道斷言語道斷故咳唾掉臂無非祖意西來心行處滅故治世語言資生業等皆與實相不相違背如是則攪長河爲酥酪不動腕頭變大地作黃金豈勞施設一一胷襟流出與我蓋天蓋地塵塵普見色身物物全彰大用正恁麼時如何空生無意嵒中坐不禁天華動地來

晚參擬心時被擬心魔縛非擬心時被非擬心魔縛非非擬心時被非非擬心魔縛敢問大衆作麼生得不縛去莫是極妙窮玄置心一處得麼莫是一回入草去驀鼻拽將回得麼莫是家親作祟識得不爲冤得麼莫是析旃檀片片皆香全身坐斷佛魔頭得麼莫是休去歇去冷啾啾地去古廟香爐去一條白練去得麼莫是是句亦剗非句亦剗譬如擲劒揮空莫論及之與不及得麼莫是饑來喫飯困來打眠隨緣消舊業且莫造新殃得麼莫是衲被蒙頭萬事休此時山僧都不會得麼莫是轉轆轆地纔恁麼便不恁麼得麼上來做處不出作止任滅四病全在三縛之中除此別有便請道看若道得始有語話分若道不得大事爲你不得小事各自支當珍重

晚參舉七祖南嶽讓入室弟子六人各印可曰汝等六人同證吾身各契其一一人得吾眉善威儀一人得吾眼善顧盻一人得吾耳善聽理一人得吾鼻善知氣一人得吾舌善譚說一人得吾心善古今師云者老和尚籠

語不少當時山僧若在便與他掀倒禪牀拽下脚來爛搥一頓了然後問他六人你者一隊漢皮下還有血也無是你以前還曾欠少眼眉耳鼻舌心也無因甚卻從人得今既得了他人底自巳底又安向甚處亦與他爛搥一頓豈不風清一世免得遞代相沿將箇東瓜印子印破他人面門大衆前來老漢總不唧嚁你等合知向背卻來者裏覔箇甚麽山僧今夜若不據令而行亦未免遭人貶剝拈拄杖下座一時打散

晚參由根有利鈍故證有疾徐從上根器總作四種斷一頓中頓如靈山會上廣額屠兒放下屠刀云我是千佛一數又黃檗和尚因百丈舉再參因緣便明得馬祖大機之用者是也臨濟云山僧往日曾向毘尼中留心亦曾於教乘中尋討後來知是救世藥方表顯之說遂乃一時抛卻即訪道參禪後遇大善知識方乃道眼分明始識得天下老和尚辨其邪正非是孃生下便會還是體究磨鍊一朝自省則漸中頓也溈山云如今初心雖從緣得一念頓悟自理猶有無始曠劫習氣未能頓淨須教渠淨除見業流識即是修也不可別有法教渠修行趣向則頓中漸也所謂漸中漸者即緣覺聲聞及權乘菩薩皆從三無數劫修六度萬行方得成佛者是也更有一人不涉頓不涉漸你道作何面目良久云歸堂喫茶

晚參真如凡聖皆是夢言佛及衆生並爲增語或有人出來問盤山老漢但向伊道不因紫陌華開早爭得黃鸝下柳條五祖云更有

問四面老韲自云諾惺惺著師云更有問廣潤老韲劈脊與他便棒又云少神作麽入新僧堂上堂問廣潤寺裏新建禪堂入之者箇箇眉毛廝結出之者人人鼻孔遼天更有一人也不出也不入勞煩和尚重拈出師云淮南道士著真紅進云千江有水千江月萬里無雲萬里天師云塞北佳人巧畫眉進云人平不語水平不流師云咭嘹舌頭三千里進云恁麽則擺手出長安去也師云不出不入話作麽生進云也知和尚師云你知箇甚麽僧歸衆師云脚跟下猶少一頓問望州烏石與僧堂未到相逢已舉揚廣潤僧堂今日就堂中箇事可商量如何是堂中事師云獨掌不浪鳴兩掌鳴㘞㘞進云如是則人人頭上放光箇箇脚跟露彩師云青蘿緣嶽頂不與白雲齊進云頭頭垂示處仔細好生觀師云高著眼僧喝師云好一喝僧擬議師便喝僧連喝兩喝師復喝云再韲僧掩耳師云了乃云浪鳴非孤掌兩掌鳴有之青蘿緣嶽頂終遜白雲齊一斧斫成象骨槽三文娶得𪇰公妻囉囉哩哩囉哩新神更著師婆賽古廟重遭措大題且恁朝弋清風莫釣雲霓羸得華谿松徑上扶笻閒聽野猿嚎爭奈山門頭兩箇大漢努目竪眉卻道百丈大智以前㽞居穴處人人自律百丈大智以後高堂廣厦人人自廢東廂下白鶴大帝與元弼真君默默地商量諸方善知識解垂萬里鈎善布縵天網安似我者裏堂頭一似𢿨米揚穅底簸箕三𢿨四𢿨瑞雲路相次絶也説甚麽麟鳳諧諧魚龍緝緝山僧被他搔著痒處不覺

手之舞之足之蹈之呵呵大笑笑到明朝後日又後日乃左右顧睬云此衆無支葉唯有諸貞實

密老和尚諱日上堂問長庚曉景絶蹤攀出死入生了不干曩布家風師再矣爲誰擧櫂別波瀾師云金雞解銜一粒粟供養十方羅漢僧進云恁麽則可謂雲從龍風從虎師云你還知南嶽讓和尚降誕白氣應於玄象在安康之野麽進云真風直得來無已千古傳持信有由師云杓卜聽虛聲進云親見和尚去也師云見即瞎僧便喝師云驢鳴頭伏地馬叫口朝天僧以手點胷云者聻師云情知你亂做進云不得歷良爲賤師云輕饒送出三門外乃云太白霧峰兼廣潤三方六度爲燒香不因澹嚼家風久誰信菜根滋味長雖

然也是山東人喫棗子福州人嗜荔枝各自說好處若論者老子道充寰宇德被天人幾微而振達磨直指之宗自隱而章臨濟欲湮之旨起闗嶺垂秋之門祚譬如大龍宮殿水出倍前而潮汐爲之不失其候發同學未耀之光華尤彼日天子照明世間而七金五嶽因之高顯而殊出然則此日今時燒楓香餅香黃熟香兜樓婆畢力迦旃檀沉水之香而修設伊蒲塞供者殆將極江南窮塞北則又何止嘗千嘗萬而與之較豐論嗇邪然而卻有并渠列下自謂不如我道真者豈寸有所長尺有所短乎抑智有所不知識有所未逮乎慢山峻乎見刺深乎殊不知者老子頑如陝府鐵牛器似嘉州大象贊固不動毀又何傷所可恨者不審銅棺著趺是甚魔境見前

卻哀赤肉團上人人壁立千仞乃隱於陰入之阬覆自蔀蔀之下由是心憤憤口悱悱直欲拳倒涅槃城趯翻三眼國上與佛祖結生寃家下共波旬作死頭對那在泰山使者馬面牛頭就是閻羅王聞之害怕鬼子母見說攢眉帝釋摇頭修羅膽戰大衆是渠恁麽名彩惹既所獲辠愆還有赦放時日也無不到虚空撲落地也須滄海化爲塵

晚參舉雲門到灌谿有僧舉灌谿語云十方無壁落四面亦無門淨臝臝赤灑灑沒可把問雲門作麽生門云與麽道即易也大難出僧云上座不肯和尚與麽道那門云你適來恁麽舉那僧云是門云你驢年夢見灌谿僧云某甲話在門云十方無壁落四面亦無門你道大梵天王與帝釋商量箇甚麽事僧云豈干他事門喝云逐隊喫飯漢師云大凡舉話須知話之起倒者僧既不是弄潮手空將鼻孔與人扭捏作麽廣潤見處也要與諸人共知拈拄杖云看看望海鐵動也跨跳上瑞雲峰頂壓著諸人頂門是你還解廻避也無良久云十方無壁落四面亦無門淨臝臝赤灑灑沒可把甚處去也拋拄杖一時打散

晚參舉雲蓋智禪師云大衆昨日登山看釣魚步行騎馬失卻驢有人拾得駱駝去重賞千金一也無若向者裏薦得不著還草鞵錢師云據山僧看來草鞵錢即不著還尚有寒暑還流在欲得不爲寒暑之所遷流更聽山僧一偈少年上樹日幾回老大傷嗟氣力穨烏白采經三五日腿酸不覺步難撞

上堂涉水登山造瑞雲孜孜爲法意何勤誰

知廣潤元無法只麽朝曦又夕曛有箇多知漢從旁不甘抗聲出來道然則晝但晝夜但夜僧但僧俗但俗香臺但香臺拂子但拂子玄關既爾罔闢迷子何以知歸豈不孤他諸上善人來意山僧卻有箇推託處乃徃古過極無央世有佛出見號釋迦牟尼時今釋迦老子為廣熾陶師於其法中始發無上道心從此以後得值七萬五千諸佛承事供養乃至經歷二大阿僧祇劫所供養承事諸佛無有量已過量皆不與授阿耨多羅三藐三菩提記至最後然燈如來始與授記爾於來世當得作佛號釋迦牟尼何故以悟無所有法故大衆既無有法且道釋迦老子據箇甚麽道理便道天上天下唯我獨尊驀拈拄杖云孤根自有擎天勢不比尋常曲彔支卓一卓下座

開爐上堂地爐無火客囊空雪似楊華落歲窮拾得斷麻穿壞衲不知身在寂寥中古人雖則與麽滴水滴凍箇點將來猶落今時爭似廣潤者裏黑漆爐開正法眼真燈般若火相須爇薪不斷從來歘無位真人樂有餘是則固是祇如初三十一中九下七七九六十三九九八十一朝徃西天暮歸唐土一馬生三寅石牛攔古路又作麽生商量若商量不下更須冷灰裏與我爆出黃金豆來始得

上堂舉梁山道南來者與你三十棒北來者與你三十棒然雖與麽未當宗乘後來琅玡和尚道梁山好一片真金將作頑鐵賣卻琅玡即不然南來者與你三十棒北來者與你三十棒從教天下貶剝師云琅玡雖不將金

作鐵賣其奈自不說價要人還錢廣潤又則不然南來者與你三十棒北來者與你三十棒棒頭有眼明如日要識真金火裏看

晚參舉汾陽拈拄杖示衆曰三世諸佛在者裏爲汝諸人無孔竅遂走向山僧拄杖裏去強生節目淨因成曰汾陽與麽示徒大似擔雪塡井菊若無人山僧今日爲汝諸人出氣拈起拄杖曰三世諸佛不敢強生節目卻向山僧拄杖裏走出向諸人道我不敢輕於汝等汝等皆當作佛師云呼來遣去許他二老死蛇活弄然雖如是向上一竅未曾動著山僧今日爲諸人提掇去也拈起拄杖曰若識得者箇三世諸佛被諸人穿卻鼻孔若也未識諸人鼻孔被三世諸佛穿卻擲下拄杖云是箇甚麽

晚參舉無用全拈長沙示衆云百尺竿頭坐底人雖然得入未爲真百尺竿頭須進步十方世界見全身大慧先師道要見長沙麽更進一步保寧則不然要識長沙麽更退一步畢竟如何換骨洗腸重整頓通身是眼更須參師云二大老一脚前一脚後簡點將來未得歇在大衆要識長沙麽直須倒卻竿子始得爲甚如此打破淨缾無一事杜鵑啼在落華支

晚參此事不可有心求銅砂鑼裏滿盛油不可無心得波斯彎弓面轉黑不可語言造流蘇帳曉春雞報不可寂默通石人打鼓韻鼕鼕然則畢竟作麽生得與此事相應去免得胡猜亂猜乃云庭前露柱久懷胎生下孩兒頗俊哉未解語言先作賦一操直取狀元來

祈嗣請上堂問聞風自遠特趨來兆叶熊羆法爾開一句了然超百億瓜綿何用弗高禖龍唫霧起天垂蓋虎嘯風生瑞應槐父子不傳真妙訣請師點出暘人懷師云但願闍黎行好事自有天公降吉祥進云恁麼則人人沾恩去也師云他後不得孤負山僧僧一喝師云稱子敲鍼作釣鈎僧擬進語師便喝乃云嘉州大象慣放癡憨陝府鐵牛長眠霜月日面佛月面佛徒看王須如華曹家女垂頭妻不解生男育女拈拄杖云惟有者條拄杖子先天爲心祖見在作津梁臨濟蒿支點著蔭森大地嵩山業竈敲來佩響天人長育盡犖萌誕生皆貴亂其奈年代深遠拄杖子偶然失照被般杜撰巡官將去江外打墼榸便見兔縱狐橫鳳衰麐遠如今要得雞足蘭孫再茂少林桂子重芳震威一喝云七星衮暎風生處四海還歸舊主人復高聲喚云主人公惺惺著卓拄杖下座

天童弘覺忞禪師語録卷第五

音釋

垩　遏各切音惡色土也
宩　此宰切音採宩寮官也
穨　徒回切音魋通作頹又與隤同病也
曦　虛宜切音曦日色也
鼕　徒冬切音彤鼕鼕鼓聲也
榸　椿皆切音[齒來]枯木根出

天童弘覺忞禪師語録卷第六

嗣法門人顯權等編

住台州府寧海縣廣潤禪寺語録

長至小參舉慈明冬日牓僧堂作此字亖二一三儿聑𠕇其下註曰若人識得不離四威儀中首座見曰和尚今日放參明闍而笑師曰首座胷中藏日月慈明掌上握乾坤則置祇如拈卻下頭註脚作麽生知他字義分明聽取山僧一頌霧符一道賽書雲瑞應堂萁已絶氛四海文明風不動醉眠贏得日麥曛吳江沈君謨薦母請上堂萊衣舞罷錦堂空三載形儀想象中葉落風冷山骨露幾人於此見秋容蓋爲心塵固壅智日難開雲去雲來誰識長空之自在漚生漚滅那知溼性之恆如況乎之狖誓靡他清霜嚴峻節口碑深鐫道路之石何須寶煥天章蓮幕早結上生之縁豈慮雲菴玉對大衆與麽話會喚作看樓打樓莫望衲僧門下過打折脚有分在且道衲僧門下又作麽生佛祖位中留不住夜深吹笛過蘆彎

晚參有佛處不得住無佛處急走過趙州老子非但八十猶行脚叟饒走到百二十歲也未得歇脚在大衆還有爲渠作主者麽出來解嘲看良久云恁麽則山僧偕手行拳去也

自幼持齋身已老見人無力下禪牀

晚參舉欽山因僧問如何是和尚家風山云錦繡銀香囊風吹滿路香㽞頭聞得令僧去云傳語十八子好好事潘郎師云邃老不昧洞上之宗巖公無違德山之子簡點將來一人尤挂本來衣一人尚行心處路未出瞥山

四禁在若是山僧如何是和尚家風似玉珍不御如簧語帶悲遂顧睬左右云卽今莫有傳語底麼衆默然乃云血染杜鵑春又過爲君那惜損蛾眉

詣南禪人請上堂一則三三則七生兒石女老黄梅無角鐵牛眠少室信不及切須疑煞膽蟾光沈碧漢拍天滄海淩須彌疑得大悟方湊袢夏雲欺千嶂碧零秋風動萬家砧趁疑悟越玄關善財去後無消息樓閣門開竟日閒以拂子畫一畫云正當詣南參請時又作麼生但辨肯心決不相賺

晚參星輝午夜髑髏穿透霧山燭滅昏宵智眼宏開德嶠然則風雨晦冥之夕不少而證道爲誰明星有爛之辰何多而契眞無一故知因明啓悟而悟者非本諸明卽暗開通而通者詎關乎暗大衆祇如去卻明除卻暗又作麼生是諸人開通的眼良久云歸堂喫茶去

除夜小參諸仁者臘月三十日到來也廣潤寺裏且恁市果山蔬爐熏茗盌師友道契話故譚新若論閭閻編戶大有公賦勾追私租敦逼命寄枯魚之肆身縣貸子之家天涯流落而蛉蝂則父母望穿老眼獄戶長淪而淹抑則妻孥痛斷柔腸蓋一季之內悲情苦況畢輳今宵故也所以古人喻爾我眼光落地時謂之臘月三十日到來者正以此陰未謝彼陰方生從荐所作業緣苦境一時俱見則其慞惶怕怖較之人間臘月三十日又何啻或相十百或相千萬或相倍蓰而無算哉呵呵大笑云然則豈無高門巨室卿宰侯王之

家仰事無所虧俯蓄無所慽綺羅筵上錦繡闤中鶴餤高燒龍膏湧剔金縷煙嫋嫋玉漏度遲遲促管緐絃低謌緩版雕觴霞泛醉袂雲飛者耶復呵呵大笑云好大哥何不與我了辦在苒也得恁麼一回快樂去不見古有老宿上堂衆集定乃起身作舞曰諸人會我意不衆曰不會宿曰山僧不舍道法而見凡夫事後來復有老宿亦上堂作舞顧衆曰諸人會我意不諸人無對宿曰清貧常樂奇怪諸禪德古人適得些子便爾神珠玩弄㫄若無人受用則是受用爭奈落在世諦中若是山僧遂起身作舞曰諸人還會我意不良久云龍袖拂開全體見象王行處絶狐蹤行者出衆白云奉堂頭和尚命兩班勤舊即就寢堂獻湯師卓拄杖歸方丈

上堂晝金夜玉秋潦冬涸凍徹冰崖芳生杜若風瀏瀏楊柳池塘雨輕輕梨華院落正紫煙南陌麗日千門許你諸人七穿八穴築著磕著又作麼生得一句截流萬機寢削瓊支璧月嘗如耿兔見杳曆天耶榆錢輕薄飛絮亂投簾幙喝一喝云推倒仫盧虱吒陰陽何處拘約

晚參紅滿支緑滿支宿雨懨懨睡起遲閒庭華景移左右顧眎云洎被打破蔡州數歸期憶歸期夢見雖多相見稀相逢知幾時驀下座擒住一僧云你一向甚處去來僧擬議師拓開歸方丈

大悲生日印宗化士從霧峰過廣潤納疏小參化門舒卷邀難同得妙須憑識自宗一印千差無別共大悲月見碧潭中所以心有心

宗法有法印挈其印則寶鏡當軒達其宗則化母在握化母在握則應不因心而應同八萬四千母陀羅臂寶鏡當軒則明不待照而明同八萬四千清淨寶目明同八萬四千清淨寶目則辦魔直辦佛界之魔揀異直揀同中之異應同八萬四千母陀羅臂則驅耕夫之牛端令苗稼滋盛奪饑人之食必使永絶饑虛驅耕奪食而苗稼滋盛永絶饑虛則何難將山河大地堆作黃金該有情無情俾成正覺辦魔揀異直辦佛界之魔揀同中之異則豈如黃羅子經玄中記説夫自稱天地父母神者必是貓狸野獸自稱將軍神者必是熊熊虎豹而已哉海印彰時森羅畢印則置且道即今印文落在甚麼處舉拂子云好大衆燕子呢喃景色乍長春晝睹園林萬華如繡海棠經雨胭脂透栁展宮眉翠拂行人首喝一喝復舉藥山令供養主抄化甘行者問甚處來曰藥山來來作麼曰教化還將得藥來麼曰行者有甚麼病甘遂舍銀兩錠意山中有人此物卻還無人即休主便歸納疏山問子歸何速曰問佛法相當得銀兩錠山令舉其語主舉已山曰速送還他子著賊了也主便送還甘曰原來有人遂添銀施之師曰甘贄將鰕釣鼈化主貪餌忘鉤藥山亾羊而後補牢得失未免相半同安顯云早知行者恁麼問終不道藥山來雖有入地之謀且無衝天之計廣潤若作供養主當時與他一喝便行管取大小行者疑著半生太大衆廣潤者一喝爲是荅他語邪奪他機邪與他相見邪爲復別有道理邪請簡點看若簡點不出

向道莫行山下路果聞猿叫斷腸聲下座
晚參舉石室善道禪師一夕同仰山玩月山
指月問者箇月尖時圓相向甚麼處去圓時
尖相又向甚麼處去石室云尖時圓相隱圓
時尖相在雲門別云尖時圓相在圓時無尖
相道吾云尖時亦不尖圓時亦不圓師云據
三尊宿語愜仰山即得愜山僧意未在請諸
人別下一語看一僧云逢尖即尖遇圓即圓
師不肯又一僧出以袖轉身作圓相師直打
出參堂乃自別云尖時圓相尖圓時尖相圓
晚參勝思惟梵天問不退轉天子云天子我
常於此佛國土不曾見汝天子云梵天我亦
不曾於此國土不曾見我有汝有我展轉難
見畢竟如何見得分明參新筍看成堂下竹
落華都上燕巢泥

虞山梅里王紹林六十請上堂大盡三十日
小盡二十九月鏡通書四月是小萬吉通書
四月又大盡訝清曆無準殊不知月之大小
歲之餘閏悉是名言妄想若約當人各各歷
歷孤明者著子何止包天括地籠古絡今正
使不可言說諸佛刹皆悉碎末爲微塵一塵
中刹不可說如一一切皆如是此不可說諸
佛刹一念碎塵不可說念念所碎悉皆朕盡
不可說劫恆爾此塵爲刹不可說此刹爲塵
說更難以不可說算數參算諸刹塵數可知
以此諸塵數諸劫說彼壽命倍難窮何況此
方一二三四五六七八九十百千萬億兆京
秭垓壤溝澗正載之參所能會稽者邪以無
性故得性自在以無命故得命自在以命自
在故修短任物以性自在故真俗隨緣且置

正當自艾而耆自耆而耋作麼生薦得者著子親切免爲大盡小盡之所推遷舉拂子云還見麼厺秊梅今歲栁顏色馨香仍舊擿拂子下座

晚參大通智勝佛十劫坐道場佛㳒不見歬不能成佛道甕裏何曾走卻鼈廣額屠兒放下屠刀云我是千佛一數不是性燥漢大集會上有魔王語佛云瞿曇我待一切衆生成佛盡衆生界空無有衆生名字我乃發菩提心捏目生華作麼三箇漢既未足觀况諸人莫有過渠一頭地者麼出來試說行履看衆默肰乃云恁麼則山僧不免放行洞山麻三斤厺也七寶画牛頭黃金爲點額春晴二三月農人皆取則寒食好新正鐵錢三四百何故不見道鴻鵠一舉千里飛鑽雲鷂子與天齊鳳凰不是凡間鳥爲瑞爲祥自有時珍重

耿兵憲請上堂分巡寧紹台兵備副使耿公應衡以今朝六月六日乃其父九一徵君忌辰特齎貲入寺修供仍命山僧陞於此座舉揚般若用資先考覺靈山僧卽也不敢土上加泥若夫生當聖作物覩之朝親際風虎雲龍之盛探釋以知儒達生而知命有如徵君芳躅誠山僧所樂道者大衆還知楚黃有耿氏三先生也未見歬諸人想也未知山僧打初行腳時首造商麻則聞諸無念和尚者甚詳乃知皇明隆萬間性學復明於荊楚者由三先生爲之唱也三先生者長曰天台大司農也季曰叔臺少司馬也次卽徵君父曰仲臺則以布衣爲名儒宿學者之宗蓋其得無師智自肰智固是大司農少司馬所自遜未

達一問者徵君幼過先生之庭長入司農之室孝友義讓急人樂施一本自性成肰於學無所不窺因再躓春闈度不用卽鋭意林泉多從方外老衲遊日誦金剛經自課山僧比見秦内史行狀及兵憲侍楊紀聞當徵君疾革時僧俗有來省者與之問荅類機鋒踔厲卓有楊李風諸仁者徵君是塵勞中人本渠得力拄甚麼處一僧纔出禮拜起師便打云大衆見麼卽此物非他物峭巍巍兮無空缺活卓卓兮絶倚依佛祖因之出生眞常資以流注不如不異非色非心離自離他無拄不拄若是夙有靈根底於此放卻身命便見全消卽息全息卽消全有卽空全空卽有遂能不動眞際撒體浮幢有時示眞纖塵不立或復見俗萬化斯張出而月印寒潭沒則星沈曉漢乃至美流芳繼璧合珠聯皆玄感夫風雲非貧緣以要約蓋彼方空得器一忝來眇沙界於纖漚類聖賢於電拂又何生外榮枯之足論哉大衆正當恁麼時且道九一徵君畢竟居何位次還委悉麼卓拄杖一下云大用塵塵見勝身刹刹彰更有一偈掣開金鎖玉麒麟趨步玄淵自絶塵不作修文天上客詎方獨醒汨羅人存畱君子知家學忝輓生民見至仁爲問餘光何耿耿桂輪千載景常新

耿兵憲馮總鎮唐郡侯洎合府尊官迎師至郡就請天寧寺陞座問昰谷遠離國門親踐旣爾入廛垂手必當祖印高提向上宗乘請師直指師云萬人遐仰處紅日到天心進云清風吹玉管幾箇是知音師云大唐天子只

三人進云寒山逢拾得把手上高峰師云黄河三千年一度清進云記得風穴在郢州官衙陞座云祖師心印狀似鐵牛之機去即印住住即印破意旨如何師云不是知音者徒勞話歲寒進云盧陂既有鐵牛之機因甚一籌莫展師云根境未空玄路在臨岐終自泣亾羊進云忽然被盧陂掀倒禪牀喝散大衆又作麼生師云你試施設看進云今日人天普集凡聖交參箇箇有鐵牛之機人人有祖師之印即是印即是不印即是師打云且道賞你罸你進云一種沒弦琴唯師彈得妙師云五彩画虚空僧禮拜師乃云握閫外威權殺人須用活人之劒據寰中令敕活人貴得殺人之刀若但能殺而不能生便見髑髏滿地縱使能活而不能殺未免荊棘參天就中須是頂門眼正掌上機圓句裏明人言前定旨方可鋤見山之嶮屼鏟意地之根株直得千差一照而等平萬化皆如而絶對干戈不動躋聖世於黄虞象魏無懸返淳風於太素正當恁麼時坐享太平則固是畢竟承誰恩力秖奉一人天地貴從教諸道自分權復舉風穴因兵亂避地郢州牧主李使君晉設大會請就官衙陞座云祖師心印狀似鐵牛之機去即印住住即印破秖如不去不住底且道印即是不印即是時有盧陂長老出問某甲有鐵牛之機請師不搭印穴云慣釣鯨鯢澄巨浸却嗟蛙步輾泥沙陂佇思穴喝云長老何不進語陂擬議穴打一拂子云長老還記得話頭麼試舉看陂擬開口穴又打一拂子牧主云信知佛法與王法一般穴云使

君見箇甚麼道理牧主云當斷不斷反招其亂穴便下座師云風穴據令牧主知歸可謂龍驤虎驟鳳翥鸞翔旦暮一時千秋或遇祇如盧陂落節且道過在甚麼處諸人若未委悉更聽山僧頌出大人知見不尋常大用緐興絶忖量經濟有權衡佛祖太平無象見陶唐已將化育同天溥誰信耕漁别有鄉心境尚存玄妙路臨岐終自泣亾羊久立尊官伏惟珍重下座

金剛會衆居士請上堂質逾金剛體空劫石魚行肉肆巍巍堂堂搢笏陛階緐緐密密風吹不入雨打不溼迅電非光疾霄非急浮幢手捏成太華只一劈福德越虚空乾坤無等匹人天贊仰莫能窮三世諸佛有口只堪挂壁顧眎左右云呵呵呵是甚麼卓拄杖喝一喝下座

上堂森羅及萬象一㳒之所印乃喝一喝云一㳒山僧已揭示了也只如森羅萬象諸人又作麼生印若也印得方顯一㳒之妙覊其或未肰懷寶荆山徒自泣玉復喝一喝下座

浩肰直歲化大鍋同上堂問窮音神竭躓袈裟不隔纖豪萬里睽廣潤清光圓更普指蹤那待杖頭衰諸餘卽不問如何是清光普照一句師云天高地厚日月長明進云恁麼則㳒令無私人天有賴師云烏龜水底趁遊魚進云但得爪牙利清風帀地來師云祇恐不是玉進云卽今頑鐵鑄成釜人人獲飽餐且道恩歸何地師画（廿）進云竹疎烟補密梅瘦雪黍肥師云未在更道僧喝師云一釣便上進云和尚鼻過師云山僧牽邁乃以拂子画

(水)云圓陀陀(四)光爍爍(尾)周萬方〇韻一致所以眞俗音入而體本無生凡聖均資而神非有作玩無邊變弄行平等大慈富不多渠一瓢貧不虧伊半杓日用隨諸百姓令煖職唯自知蓋雖浩肰質稟乾剛而爐鞴親承智者雖富矣霧鍾萬有而甄陶不廢先規故能忘智忘機五熱炙身而恬若絶滲絶漏西江一口以常吞大衆正當今日因圓果滿要且如何但願東風齊著力一時吹入我門來

赴越州大能仁寺過蜀阜訪三宜禪師衆請上堂彩雲景裏神仙現手把紅羅扇遮面直須著眼看仙人莫看仙人手中扇屭袈裟角云者是彩雲景舉拂子云者是紅羅扇作麼生是仙人面青邪黄邪赤邪白邪諸仁者若向者裏著得隻眼親見一回便見人人壁立萬仞各各常光見前非但山僧藏身無地要且不被堂頭老子舌頭謾而今諸方見他尋常東倒西擂隨處譚經演教便道他少叢林懸羊頭賣狗肉殊不知他好象箇南屏山下西子湖相似有時水光瀲灩有時山色空濛有時風皺紋漣有時金波乍涌有時霞帔半抹有時翠黛全遮你向甚麼處看他你纔擬看時他卻將黑豆子換卻你眼睛你不擬看時他卻將斷貫索穿卻你鼻孔諸仁者不要看他直須自看忽肰看透自巳立地處方知渠儂立地處知得渠儂立地處方知山僧立地處知得山僧立地處方知拄杖子立地處拈拄杖云知諸人立地處則易要知拄杖子立地處則難且道拄杖子立地在甚麼處卓一下云盤根直透威音外佛祖還他步後塵

過寓山祁理孫爲父忠敏公請對靈小參季超居士問身騎箕尾氣壯山河正是生死岸邊事如何是出生死一句師云横身三界外獨脱萬機壽進云莫便是忠敏亾弟安身立命處麼師拈拄杖云忠敏且置拄杖子安身立命在甚麼處進云恁麼則不但亾弟一人蒙師點出本命元辰一切忠臣義士俱裂破孃生鼻孔矣師卓一下云更須重下鍼錐進云刧外風吹君國恨寂光照破首陽心師云猶較些子乃云蜃氣吹江夜正昏挑燈抱義赴蛟門九重車馬千羣入萬里河山一寓存白手無繩牽日月赤衷有血灑乾坤投身直欲長虹化俯首鯨波一歃吞唯我衲僧家要且不肰奮迅來時海嶽昏一聲霹靂透千門死生夢破隨高下今古情亾任廢存兎角杖頭挑日月龜毛拂子拄乾坤眼蔣萬事流雲過佛祖横將一口吞肰雖如是癡人面前説不得夢話何故苟無殺身成仁之節槩豈能脱死以趨生必有懸崖撒手之風標自不貪生而害義大衆設有如是風標復有如是節槩底人又教他作麼生履踐卽得煩惱海中爲雨露無明山上起雲雷

天童弘覺忞禪師語録卷第六

音釋

黶 益涉切音魘魘姿也　懨 衣鹽切音俺通作懕懨懨安也　耄 莫報切音帽與耄同惛忘也九十曰耄　鼃 烏瓜切音哇與哇同蝦蟇屬一作畫　擂 盧對切音類與擸同研物也

天童弘覺忞禪師語錄卷第七

嗣法門人顯權等編

住越州大能仁寺語錄

三門大解脫門不落方便撥動霹樞千回百轉喝一喝遂入

佛殿不來相而來不見相而見珠圓有脚走晶盤月午無心當桂殿

據室龍蛇混雜分緇素凡聖交參定是非那論人天與佛祖卓拄杖一下云總教齊向此中歸

小參人人衣綫下各有坐具地生佛未彰早已開闢虛空壞爛湛爾獨存辟之乎大能仁一巨剎當許玄度舍宅爲寺之日而此地不加增洎呂相國改寺爲宅之時而此地不加滅肰雖無有增減而燈明金殿燭與夫華笑玉樓人不大相懸隔耶向非德公長者呂氏亢宗盡底掀翻揮千金而不吝和盤掇轉化火宅爲清凉則金屋長貯阿嬌碧池半流香膩而山僧與諸人又安得經行坐臥燕默禪思於此中也肰則爾我衣綫下地雖則富有萬德蕩無纖塵而七情擾擾六賊紛紛苟不直下親自識取常自守護勤自修葺力自莊嚴則如能仁之廢爲民業者幾希求其頭頭皆寶所觸處有風光又安可得者不見東山演祖和尚道山前一片閑田地叉手丁寧問祖翁幾度賣來還自買爲憐松竹引清風清風徐引松竹交加受用則是天肰受用畢竟如何得一肩承紹去萬古碧潭空界月再三撈摝始應知

晚參舉洛浦示衆云孫臏收舖去也有卜者

出來時有僧出曰請師卜浦曰你家爺奴滋眼代僧拊掌三下大慧拈云者僧沒興奴卻爺又被別人拊掌信知既不單行福無雙至師云大慧老人鎔下名言要知者僧正是因旣致福第恨不解卽慶爲祥能仁門下龍象必定別有長處不妨爲者僧下一轉語看

開爐上堂問乾坤是大冶萬物皆薪炭突出無位人師將何湤煅師云平堆三尺土淺葬一千年進云鼠肝蟲臂從吾適是蜨是周應爲分師云思鄉頻有淚歸路已無津僧云謝師荅話師便打問大開爐韛陶鑄聖凡陶鑄且置不涉有無一句作麽生道師云金剛寶劒當頭截進云此猶是古人建立事未立巳
苒請師叜道師便打僧禮拜云一滴雨霑甘露潤畫斷千峰與萬峰師云猶是强惺惺乃云梅寒透而香飄道窮則變金煅烹而色勝理至自彰所以傳心有湤誰立雪於空庭超證無階孰投身於火聚童子嗟其難再神光悵以莫還驀拈拄杖卓一下云祇如者箇從來不入諸方社火卻乃高超調御孤運風苒紅爐燄裏安禪寒威凜凜淨水缾中澡浴波浪天翻又作麽生六合乾坤懷揣裏飽參何止擅空王

晚參舉雲門大師道一任橫說豎說未是宗門苗裔若據宗門苗裔是甚熱盌鳴三乘十二分教說夢達磨西來說夢若有老宿開堂爲人說湤將利刀殺卻百千萬箇有甚麽過師云眼蓋諸方氣陵一世許他雲門老子簡點將來跛腳阿師說得行不得當時山僧若在座下直出衆苒扼腕立地向他道和尚項

上三百斤鐵枷何不卸卻待他動靜便與揪倒禪牀肰雖如是三乘十二分教說夢達磨西來說夢試問諸人作麼生免得說夢忒拙拄杖跳下座一時打散歸方丈

請化山三和尚引座上堂孟嘗門下珠履三千金谷園中繡繻八百安似我輩衲僧家偺來香飯餉萬聖於同堂三變淨坊集分身於一處是故進一步則震動無邊世界綱退一步則踢斷百億大風輪不進不退則正令當行十方坐斷便饒如是未是衲僧家全體作用在諸人要見全體作用麼舉起拂子云看看空王佛多寶佛威音王佛大通智勝佛四萬同名同號日月燈明佛盡向山僧拂子頭上吹大法蠃擊大法鼓演大法義作大佛事一一佛事周徧法界所謂一毫見神變一切佛同說盡於未來劫莫得其邊際倒握拂子云叉乎山僧倒轉柄來要且三世諸佛歷代祖師卒摸索頭惱不著何况諸人茄子瓠子那裏知得今朝幸遇化山和尚象駕光臨高垂天鑒下座同申勸請普為諸人委曲指示

果園尼請上堂問三頭六臂那吒眼八面玲瓏作者機此猶是尋常之用作麼生是向上關鍵師云幽州江口石人蹲僧擬進語師云鷂子已過新羅國問遇境逢緣即不問如何是一句中具三玄師云秦望峰高碧漢連進云如何是一句中具三要師云鑑湖水接滄溟灝進云三玄三要且置截斷衆流一句作麼生道師便打僧禮拜云且喜天下太平師云消得龍王多少風乃云但覺尉曲彖不解喫果子未免當面成錯過只知喫果子不知

對曲彔亦是渾圇吞棗頭何故江南之橘一也徙淮北而爲枳焉茍不審其地之所宜辯其性之寒溫以之施用得不謬誤者哉驀竪兩拳云大衆祇者兩枚果子同根並蔕色香正等然而有損有益有利有害諸人還辯明得出麼若辯明得出許你隨手拈來可以塞斷佛祖咽喉管教天下老和尚出氣不得其或未然一箇烏梅是本形蜘蛛結網打蜻蜓被我將來摘卻兩邊翅呵呵大笑云好似烏梅銜鐵釘

彌陀生日上堂問掬沙供佛果感輪王今辰設齋感何果位師云紅爐爆出鐵烏龜進云如是則功不浪施也師云闍黎分上又作麼生進云三春果熟菩提對一夜華開滿院香師云猶是閒話會進云還許學人進語不師云許僧喝師便打進云萬古碧潭空界月再三撈摝始應知師云龍頭蛇尾漢問妙用恆沙心空便到家妙用即不問心空一句作麼生師云青山重疊疊流水響潺潺進云如何是到家底句師云側立懸崖處撞頭子細觀進云禮拜和尚去也師云困魚止濼病鳥棲蘆乃云身口意清淨是名佛出世身口意不淨是名佛入滅拈拄杖云拄杖子聞恁麼道引身出衆肯曰說甚淨與不淨某甲從來無身口意業然而不聞有能出之佛與所出之世莫成斷滅去不山僧對他道你豈無某甲拄杖子竪起拄杖云拄杖子不覺聳身高七多羅對躍然大叫曰我會也我會也於是東涌西沒南涌北沒北涌中沒中涌邊沒有時見天或復見人有時見男或復見女有時

見僧或復見俗有時見聲聞或復見緣覺有時見菩薩或復見諸佛乃至化娑婆爲極樂變釋迦文爲無量壽於一毫端見寶王刹坐微塵裏轉大法輪皆不出者箇時節大衆拄杖子蕎來會箇甚麼道理便恁麼得大神變卓一下云蹋得自家田地穩高山平地總西方

魯太史涅如符道人請上堂問法筵龍象衆當觀第一義龍象則不問如何是第一義師豎起拂子進云分明月挂梅華上看到梅華早已遲師云卻怪山僧不得僧画圓相云與者箇相去多少師打云差了者些子進云蹋破澄潭月穿開碧落天師云有甚交涉問爐鞴洪開今已久煆凡煉聖事如何師云萬里雲收盡千峰秀色寒進云荆棘林中曾進步

夜明簾外早翻身師云帀地紅輪都一照誰人敢外大威光進云頓開五位乾坤靜劈破三玄世界平師云俗人面具舞三臺乃云舉手攀南斗回身倚北辰劔挂眉間符懸肘後一言之下埽蕩欃槍一句之中弇安家國直饒恁麼猶是時流舉揞若蹋著向上階梯說甚猛虎項下懸鈴餓鷹爪邊奪食縱使兩曜東行星辰易位乾坤翻覆佛祖潛蹤不妨於中坐臥經行神通遊戲如是則何用高眠太嶽汎宅五湖方將混勞侶以爲儔與諸魔而並作任他磨涅不受磷緇卽且從畢竟如何是此人眞實受用處幾度黑風翻大海未曾聞道釣舟傾

晩參舉大慈示衆云山僧不解答話只是識病時有僧出大慈便歸方丈雪竇拈云大凡

扶豎宗乘須是辦箇得失且大慈識病不荅話時有僧出便歸方丈雪竇識病不荅話或有僧出劈脊便棒諸方識病不荅話有僧出必肰別有長處設有一箇動著大唐天子只三人師云大唐天子只三人雪竇太殺肋胷自點諸方必肰別有長處布帒裏盛錐子不出頭是好手雖肰既巳見義不爲非勇如今山僧亦識病不荅話設有僧出便乃呵呵大笑若是諸方長處座中儘有江南客

舉泉首座立僧上堂茅廬未出先知鼎足三分王氣潛符早定眞人消息況復衲僧家眼光爍破四天下鼻孔中藏師子兒所以把住則四溟無浪月輪孤放開則玉糵未萌金鳳毿若論能仁門下簡點將來猶是艸菴止宿漢欲得眼目人天炊香別供直須蹋翻雲門斗柄倒接霧封支條始得且道能仁門下爲甚如此到江吳地盡隔岸越山多

晚參舉大慧常舉俱胝和尚凡有所問唯豎一指又自賣弄云我拄天龍處得一指頭禪一生受用不盡後來琅玡有頌云俱胝一指報君知朝生鵨子搏天飛若無舉鼎拔山力千里烏騅不易騎乃云俱胝和尚若不得琅玡爲伊出氣幾乎蘿沒了者一指頭禪妙喜既恁麼舉不免隨後也有箇註脚俱胝一指頭喫飯飽方休腰纏十萬貫騎鶴上揚州師云琅玡妙喜只顧盤中喝采不解馬上奪標諸人要知者一指頭落處分明麼叓聽山僧念箇眞言補闕一指頭禪誰不有霧樞妙轉拄天龍巨霺擡手無多子分破華山千萬重

祈嗣小參問天童一箭巳躲能仁能仁一箭

當躰何人師云速退速退進云恁麼則聞名不如親見師云你向甚麼處著眼進云日輪正當午一箭中紅心師便打乃云若論此事如人家生兒子相似奚待囫地一聲之際而後定其嗣息之有無哉果若眞胎結就則自肰眠思不安歆食無味逗過了七月八月九月十月十一月十二月卽極遲亦不出十三四箇月是男是女定有分曉肰必受胎之日母人胎藏潔清體不尩羸方有如斯喜慶之事況復諸人必欲了辦巳事直須發大正信起大疑情不見道信爲道元功德母長養一切諸善法又云大疑大悟小疑小悟不疑不悟旣得眞疑見𦙍則不用如之若何胸次間自有一種不寧之象鯁塞於中行自不知行坐自不知坐乃至廢寢忘餐亦不期肰而肰者矣到得此時驀肰摸落從𦙍礙膺之物方始慶快平生肰後灰心泯智歛啄隨緣葆素含眞如愚若魯忽被龍天一朝推出上報先聖莫報之恩下開後昆未開之眼俾燈燈續燄葉葉聯芳猶如巨姓大家一人發迹本支百世瓜瓞緜緜豈不名爲眞勝丈夫卽今衆中莫有恁麼人麼釣竿斫盡重栽竹不計功程得便休

上堂問臘月青蓮開雪浦雙頭獨結少林春如何是少林春師云試看紅輪日無私照八荒進云兩堂首座同時喝歷肰賓主當時分如何是歷肰賓主師云揭進云與麼則大小臨濟性命落在學人手裏了也師云張果老騎驢入你鼻孔裏你還知麼進云自從舞得三臺後拍拍元來總是謌師云你底性命卻

落拄山僧手中進云不因濯足龍門過爭得清風動地生師云放過卽不可便打乃云鑒壁擬分鄰舍光較量有底短和長厥明誰似雙丸普平等無私照八荒舉拄杖云大衆還見麼卓一下云還聞麼旣爾聞同見普則郭大平等李二平等鄧四平等張三平等僧平等俗平等男平等女平等拄杖子與山河大地晝夜熾然爲諸人說平等法門更教山僧說箇甚麼卽得不如唱箇漁家傲供養諸人乃謾詠云釣笠披雲青嶂曉綠蓑雨細春江渺白鳥飛來風滿櫂收綸了牧童拍手樵清嘯明月太虛同一照浮家汎宅忘昏曉醉眼冷看城市閙煙波老誰能認得閑煩惱

上堂問惡龍出口白虎穿牙如何抵敵生奴師云崑崙著靴空中立進云明月普徧杲日麗天師云十八十九癡人夜走進云霜華滿地點水滴凍如何分別師打云向者裏著眼乃云佛以一音演說法衆生隨類各得解聲聞解人空菩薩解法空二乘解緣生佛祖解向上第一機籌山僧今日亦以一音一者奉爲山主祁鴻孫薦嚴先慈再則爲少微昱禪伯普垂開示乃震威一喝云諸人作麼生解解人空邪法空邪緣生邪向上第一機籌邪若但恁麼解得祇是隨名起見逐相生心未是能仁種艸設若一總瞢無所解則又甘負己靈詎堪持論諸仁者向者裏挨開綫路拶入身來方見天高地厚海濶山長則又何妨逆推甲子倒置陰陽擠排佛祖斥辱三藏諸小兒用驅耕奪食之手起三玄要用之宗隨喝一喝云適來一絡索向甚麼處去也霧露

雲霞時起滅長青自古一般天復喝一喝下
座
追嚴上堂問正法眼藏喚作破沙盆未審破沙盆喚作甚麼師云眼裏須彌拈卻著進云如何是佛三脚驢子弄蹄行衹如三脚驢又喚作甚麼師云有你恁麼癡人進云卽此二途蒙師指薦亾一句若爲生師云萬緣遷變渾閒事青入燒瘢又見春進云鐵牛哨破澄潭月一句無私利有情師云且莫亂叫喚乃云春華秋又菊夜暗晝還明陰陽不涉者何地著遷變水中月鏡裏形今無滅㫺何生悠肰天際片雲橫日昨雲隨風雨散碧天依舊一空青
解冬辭院時闔郡當道宰官護法紳士船詣攀留兼爲敘謝上堂問四水瀠廻金殿碧千峰翠擁越城高如何是能仁境師云吐吞千界月周帀萬人家進云月照冰壺華鋪蜀錦師云喜得闍黎相證明進云煅就精金躍翻爐鞲如何是境中人師云橫拈三尺劒特地斬精靈進云鱗鳳翻騰椎拂下象龍蹴蹋實華蕣卽且置衹如文旆遮留未審和尚𠫭卽是住卽是師云雲散家家月春來處處華進云瞻之仰之師云速禮三拜問洪開爐鞲振宗風道化寰中佐帝功吾祖西來眞消息知音側耳若爲通師云但得雪消𠫭自肰春到來進云恁麼則座中固有僊陀客一句親宣得意時師打云釘根拔卻耳中楔進云白棒無私恩歸有地師云如何是知恩底句子僧舉坐具云也要和尚共相委悉師云你須自委始得問解制時將二月間金鱗隊隊戲波

瀾禹門浪擊三千里燒尾乘雲厺不還畢竟如何施設師云穿銀山透鐵壁進云古者道有佛處不得住無佛處急走過意旨如何師云緊捎艸鞵進云恁麼則竿木隨身厺也師云走殺闍黎進云有意氣時添意氣不風流處也風流師云依舊騰蛇繞足問世尊拈華迦葉微笑能仁解制未審和尚將何佛法示人師云駱駝尾上弔冬瓜進云恁麼則眼界虛明空碧落師云你見箇甚麼道理進云有水皆含月無山不帶雲師云杜撰禪和如麻似粟問春風颼颼徹人寒吹動梅華撲鼻香華香人寒卽不問解制一句請宣揚師云當路遊絲縈醉客進云樓上已吹新歲角聰并猶點舊年燈只如臨濟大師來也和尚又作麼生師云隔華嗁鳥喚行人進云某甲禮拜厺也師云裁衫鎝卻領乃云春風吹大壄物有卉而必芳赫日耀當天處無幽而不燭拈拄杖卓一下云兒復寒光吞萬象一波印森羅大哉洋洋乎發育萬物峻極於天者乎是故內聖得之而木鐸千春外王得之而儀形百辟拄位尊官得之而覃敷至化黼黻皇猷見并檀護得之而壹教修明天眞內葆合堂清衆得之而無生克證諸見頓亾所以或遠或近或厺或不厺聖人之行不同也然卽總而別別則天上人間卽異而同同一大光明藏如是則往也拄裏許復也拄裏許結也拄裏許解也拄裏許卓拄杖起座云因甚山僧不拄裏許且歸邑下座等待月明時

開爐上堂爐頭暈瀾世界函同火種潑薤千生不斷本自孤明歷歷何須百丈橫挑常時

大用現前那拄龍門豎撥頭陀石被莓苔裹擿筆峰遭薜荔纏未爲分外羅漢院裏一季度三箇行者歸宗寺裏參退喫茶蓋是尋常牽東籬補西壁山僧且恁上來牛頭沒馬頭回諸人一等下叅卻謂如蟲禦木太殺減渠威光遂喝一喝云祇如司馬頭陀舉墜狐話問溈山山以手撼門扇三下又作麼生早知燈是火飯熟已多時

受徑山能仁萬壽禪寺請拈護法當山疏示衆云馬師圓相緘來久全幅今朝始啓封以手點一點云點下若開千聖眼德雲何事話重逢其或未然更請維那高聲朗讀且圖別峰相見宣疏畢陞座云徑山堂就能仁上國一話將此際譚不動道場來徧吉未擦煙水已周參還有恁麼人麼出來共相證據僧問秦望山高淩霄峰遠卽今未上徑山先請和尚舉揚若到山中如何埀示師云榑桑赫日當空見今古紅光爍太虛進云恁麼則直截分明一椎兩當師云但見日又夜教人爭少季進云祇如弘宗曜祖一句又作麼生師云天上有星皆拱北人間無水不朝東進云勝地非師重舉令祖關誰揭與人看師云眼裏瞳人吹叫子乃云所以一眞絕待本無心境之分法法圓同寧有自他之間蓋智因情而睽隔體緣想而差殊遂使百億浮幢剛被迷雲普覆妙嚴佛土幾遭豐艸全遮果若坐斷主人公不起第二見則全心卽境全境卽心心境交融自他無礙便能握金成土易地爲天不見道諸佛菩薩有解脫名不可思議若菩薩住是解脫者以須彌之高廣納芥子中

無所增減須彌山王本相如故而四天王忉利諸天不覺不知已之所入惟應度者乃見須彌入芥子中驀豎拄杖召大衆云見麼徑山三千樓閣百萬松杉已向山僧拄杖頭上湛然安住了也且道山僧於中作何佛事卓一下云八十七燈重剔起家聲從此布閻浮崑玉李居士生辰請上堂山僧昨夜夢挾飛鯨遨遊十洲三島邂逅蓬萊山下遇見一夥倦眞各各嚴持鳳脂麟脩瓊漿玉液將賀九天應元雷聲普化天尊壽旦相邀山僧同往大羅天上正當發行之際羣仙互讓不肯山僧曰序齒如何羣仙曰諾遂序得彭祖錢鏗年高八百寶掌和尚年逾千春復有麻姑王遠之流自序接侍以來已見東海三爲桑田由是羣仙景仰僉欲推爲上首唯山僧手中拄杖子横頭不撞直頭不點羣仙曰某等只如此未審尊年多少拄杖子曰有底追風天馬脚蹶潤傻道晝夜一百八有底解凍春氷滑似油又道蘇州有常州有其實不可以智知不可以識識同眞際等法性無性無生無所倚是故有時見長則能演七日以爲一劫有時示短則能促一劫以爲七日有時翻頭作尾則能以過去世回入未來世有時翻尾作頭則能以未來世移置見在世不見道一念普觀無量劫無去無來亦無住當拄杖子説是法時大地一時六種震動所謂動徧動等徧動起徧起等徧起踊徧踊等徧踊震徧震等徧震吼徧吼等徧吼擊徧擊等徧擊和山僧竹匡牀子也響動起來遂爾驚醒大衆山僧作夢且置畢竟拄杖子承誰恩力得壽

命長卓一下云金生麗水玉出崑岡

晚參舉南禪師示衆有一人朝看華嚴莫觀般若晝夜精勤無有暫暇有一人不參禪不論義把箇破席日裏睡如是二人同到黄龍一人有爲一人無爲安下那一箇即是良久云功德天黑暗女有智主人二俱不受師云山僧不比黄龍小家子禪如是二人同到能仁一齊安下何故海濶從魚躍天空任鳥飛

上堂舉璣和尚問僧禪以何爲義僧下語皆不契理僧請益璣璣代云以謗爲義雪堂拈云三世諸佛是謗西天二十八祖是謗唐土六代祖師是謗天下老和尚是謗諸人是謗山僧是謗於中還有不謗者也無譚玄說妙河沙數爭似雙峰謗得親師云若是能仁禪以何爲義以飽爲義任他三世諸佛西天東土歷代祖師天下老和尚諸人與山僧若有纖豪不飽如何歇得馳求之心即今諸人作麼生得飽足去拈拂子擲下云天寒日短兩人共一盌

上堂問雲水蹤踪即不問薦嚴一句請師宣師云霧衣未脫難忘奉孝滿曹山始愛顛進云未審承與居士即今在甚處安身立命師云鐵牛不喫欄邊艸直蹋須彌頂上眠進云與麼則生生同佛智世世契無爲師云南柯十更乃云霧衣未脫奉重難忘孝滿曹山始愛顛酒果若夢破南柯十更天曉則大開眼來尚無能生所生之父母况有存沒去來之消耗其或未然搖拂子云以此振鈴伸召請喝一喝云諦經薦亾霧皆共成佛道

爲新戒付衣盋上堂萬里無片雲青天也須

喫棒寸絲曾不挂尤有赤力渾身若是敵勝
丈夫英靈漢子仗文殊劒持殃崛刀逢佛殺
佛逢祖殺祖逢阿羅漢殺阿羅漢逢父母殺
父母逢自己殺自己翻身跳出虛空背上吒
沙立地肰後與一切人擠破皮可漏子俾伊
薦取未入胞胎時一段風光豈肯著相循名
麻纏紙裹落他今時不見僧問洞山時時勤
拂拭爲甚麼不得他衣盋未審甚麼人合得
山云不入門者僧云祇如不入門者還得也
無山云雖肰如此不得不與他隨卽云直道
本來無一物尤不合得他衣盋你道甚麼人
合得者裏合下得一轉語且道合下甚麼語
好時有一僧連下九十六轉語竝不契山意
末後云直饒將來也無處著山始肯師驀拈
起衣盋云且道者裏合作麼生傳持良久云

自從春色來嵩少三十六峰青到今
成道上堂管窺午夜一星星夢破靈山覺道
成赫日大明光普照迷雲尤自翳雙睛大覺
世尊因感此事所以歎曰奇哉一切衆生皆
具有如來智慧德相但以妄想執著而不自
證得耳諸仁者要知妄想執著麼拍右膝一
下云者裏是要識智慧德相麼拍左膝一下
云者裏是若也如此明得則千歧一致釋迦
成道不先萬古長今諸人證眞不後旣不先
不後也則釋迦卽是諸人諸人卽是釋迦無
二無二分無別無斷故旣無二無二分無別
無斷故又喚甚麼作智慧德相又喚甚麼作
妄想執著箇點將來釋迦老子尤肰夢眼未
開於此不明山僧變爲諸人入如來性起三
昧轉大法輪㕘也卓拄杖一下云下座同詣

大雄寶殿各各嚴整威儀共伸拜賀之忱
受道場山護聖萬壽禪寺請上堂問答日梵
王請佛蓋爲羣生今朝道峰請師當爲何事
師云五九四十五太陽來入户進云紫羅帳
裏承官誥金榜題名天下知師云蒿箭躲須
彌進云四衆沾恩學人禮謝師云你還收得
大食國裏寶刀麼進云大衆證明師云依舊
口銜羊角乃云南朝三百寺十剎勝居蒋雙
徑神龍窟道山列聖淵淼鼓千秋振祖燈奕
世然欲爲置品第軒輊難與縣蒋月禹航令
專人致錦箋相邀國一席言言見諦詮因之
長風便公案玆未圓詎意湖州路弘護叟精
虔請居伏虎岳璧合還珠聯方驗瑤田事一
粥果蒋緣用舍固非我行藏信有天生平頗
達此㕘住恆得便無心雲出岫有景月臨川
但媿駑馬步何以追答贊驀拈拄杖云聊將
拄杖子徹骨爲人宣大衆且道山僧拄杖子
有甚長處卓一下云八千子弟今何在一統
江山屬帝乾
赴道峰過武林金剛菴值菴主生辰衆檀請
陞座慶祝金剛種智圓常陶成佛祖般若霛
光獨耀發見人天發見人天則爲人天而作
父陶成佛祖則與佛祖而爲師既爲佛祖之
師復作人天之父則天上天下惟我獨尊叟
說甚麼七步周行四方目顧全鋒敵勝哮吼
驚羣要且佛祖從哯聲裏祈霛人天就浣盆
邊乞命乃至髑髏明世界恆沙日月光吞眘
骨拄乾坤百億風輪豎透如山願固似海悲
深五欲八風中吒沙歷落地闢金剛之壽域
於一毫端見寶王剎一如壯士展臂不假他

力闡般若之眞風坐微塵裏轉大法輪大似烏王劈海直取龍吞横按拄杖喝一喝云正當今日瑞氣騰空祥雲帀地畢竟是誰風月

荆山璞出連城璧楚澤蓂開萬國春

天童弘覺忞禪師語錄卷第七

音釋

蜻蜓 上倉經切音青下唐丁切音廷蜻蜓蟲名一名蜻蛉 磷 良刄切音吝薄石也 瞢 謨中切木平聲目不明也 黼黻 上匪父切音甫下分物切音弗黼文如斧黻文如兩巳相背 壼 苦本切音悃宮中衖謂之壼

天童弘覺忞禪師語録卷第八

嗣法門人顒權等編

住湖州道場山護聖萬壽禪寺語録

三門門外路有千差門中事共一家打破乾坤無表裏端居寰海定龍虵

佛殿覩身實相觀佛亦然湖山對出空翠浮天

據室難思不二門無量光明室一默該羣宗烏龜鑽敗壁者裏還有敵勝驚羣同生同死者麼喝一喝云千尺鯨噴洪浪來一聲霹靂清飈起

上堂問山山華雨浴春風幽鳥關關繡谷中紅紫鮮姸爭入戶斬新句子乞師通師云萬水千山明脚底進云如是則方外乾坤從此立縱横日月挂壺中師云貪觀天上月失卻手中橈進云還有向上事也無師云你且向下薦取進云莫便是麼師云錯乃云風和日麗萬象昭宣鳥語華香普天同泰諸仁者縱使心通無量時歷劫何曾異今日況復妙峯孤頂鳥道虛玄活計出青霄煙霞登物外石頭大底大小底小明彰古佛之心庭竹一莖兩莖曲三莖四莖衮容闡西來祖意直得譚玄長老伏豹理窮說妙沙門雕龍技盡若果如此全身放下歇卻馳求則可謂道場不動參徧百城樓閣尚扃行周法界諸人參學事畢山僧出世功終其或未然拈拄杖卓一下云我此法印爲欲利益一切世間故說拄所遊方勿妄宣傳靈山三千季外親敕山僧底今日仰仗道峰列祖旁資護法宰官近勞執事高人遠辱諸山大德同臨法會那隱綱宗

特爲諸人宣傳去也擲下拄杖復舉僧問投子如何是一大事因緣子云尹司空與山僧開堂佛果拈云投子古佛叢林中推其得逸羣之辯得㯷實頭道用看其等閑拈掇不妨佛法世法打成一片然雖如是惱其不甚寬廓今日有問天寧如何是一大事因緣卽向他道手握金輪淸四海聖躬彌億萬斯季師云佛果老人眼蓋五天胷羅萬有據其生平施設發一言舉一令直欲上窮圜蓋下透風輪山僧今日非敢抑他威光細簡此語未免録録因人成事若是道峰卽不然有問如何是一大事因緣但向他道數聲黄鳥青山外占斷風光作主人

受萬定甫爲僧上堂問曾閱風光六十番稟師脫白入緇門㯷頭拈卻無遮障放出神光照世昏神光照世卽不問未審緇門中事作麽生入師云三尺龍泉光照膽萬人叢裏奪高標進云全憑箇裏東風力老榦梅香笑轉新師云寥寥天地間獨立望何極進云如是則好將日月爲天眼指出須彌作壽山師云三皇冢上艸離離進云謝師指示師云猢猻趁鷂子進云也諕其甲不得師云媚癡抹𨆰叓郎當乃云藴身千尺雪襯足萬谿雲孤危峭絶家風冷落空踈境界直得將相躋攀不上時賢造詑無由尤屬空生坐處未是迦葉流來拈拄杖卓一下云若欲向者裏明大機顯大用續佛慧命然法明燈苟非藴蓋世奇謀負衝天意氣掌開日月透出龍門手鑠黄河乾脚蹋須彌壞未有語話分便饒默照空劫巳前湛湛一壺風月坐徹威音那畔澄澄

滿目煙光亦是困鳥棲枯蘆未免大蟲看水磨拄肰則初心後學要且如何趨向三尺龍泉光照膽萬人叢裏奪高標

楊嚴泉將軍爲明今禪人進關設齋請上堂問人天聚會龍象交參請問和尚如何是正法眼師云瓮裏石人賣棗團進云如何是第一義師云推倒門前案山著進云一句無私語豁然天地新師云聞言語乃云蘇州有常州有回身倚北辰舉手攀南斗龍牙慣把木杓瞥山愛喫顛酒雪峰輥出三箇木毬子湖立牌教人看狗從上牢關許你諸人七出八没只如水綠山青鳥飛兔走犬吠黄昏雞嘶白晝飯到便開盂水到便濕口又作麽生理論良久云大福德人修大福德人受

竹谿檀越追嚴請上堂大千剎見毫端裏三際時分片念中肯信目前無別法不煩動步出樊籠樊籠既出觸處全真且無娑婆極樂之殊寧有天上人間之異一似如今節届清明春滿大地豈只道場山裏鳥鳴淡對華笑幽邑郎南來竹谿東太濮院舟過横山漾路入三碑鄉無不郁郁楚水平橋墅墅綠莎被岸柳含煙而着翠桃飲露而顯紅所以道處處眞處處眞塵塵盡是本來人眞實說時聲不見正體堂堂没卻身大衆既是堂堂正體因甚没卻身四海五湖皇化裏不知何處有封疆

沙彌納戒上堂以戒爲基址以定爲垣牆以慧爲屋宅且道屋主是誰諸仁者若果明辯無謁見知不忒斯如民有主如國有王方得百職允諧庶事就理蘿圖永受寶籙長膺其

或牛呂叓諸奴郎莫辨則主非眞主王非眞王縱有礪山天塹之雄帶水如湯之固將見太阿倒執宵小秉成亦楚弓從兹亾秦鹿從此失矣况欲乾坤在宥造化生心竿垂玉綫掌躍紅鱗破除由我建立由我若立一塵家國與盛埜老顰慼不立一塵家國喪埜老謳謌於一塵之内神用無方化權莫測者哉諸仁者畢竟屋主是誰還會麼流雲萬事從遷變一道長光耀古今

晚參夜半烏雞誰捉去石女無端遭指註空王令下急搜求惟心便作軍中主雲門長驅潙山隊伍列五位槍旗布三玄弋弩藥山持刀青原荷斧石鞏彎弓禾山打鼓陣排雪嶺長蛇兵屯黃檗飛虎木馬帶毛烹泥牛和角煮賞三軍犒師旅打葛藤分露布截海揚塵横山獻土擊玄關除傲路多少平人受辛苦無邊剎海競紛紛三界聖凡無覓處無覓處還知不昨夜雲收天宇寬依肰帶月唬高對汯昌老子爲隻烏雞大驚小怪勞擾不少道峰者裏雞自司晨犬長守夜任他長安甚鬧且喜我國晏肰只是三春已過孟夏初臨子規夜半啼得血流絮絮叨叨催歸甚切敢問諸人歸向甚麼處去卓拄杖一下云何人死得偷心盡相共鋤雲伴種梅

結夏上堂問爐鞴弘開即不問如何是安禪一句師云剎竿頭上禮西方進云好音歷耳聳聽當肰祇如人人鼻孔遼天各各頂門具眼爲甚麼葛藤滿地師云且喜穿過你髑髏進云鐵鷂衝開凡聖路吹毛截斷是非心祇如臨濟德山畢竟向甚麼處出頭師云騎佛

殿出山門進云恁麼則可謂析料揀於當陽
分主賔於格外師云葛藤窠裏打之遶問狠
烟烽起箇裏無憂當陽一著逈絕遮攔箇裏
無憂卽且置當陽一著事如何師云高著眼
進云恁麼則如龍得水厺也師云未㘞山僧
拄杖拄乃云以大圓覺切忌名邈爲我伽藍
前後三三身心安居囌嚧囌嚧平等性智𡁠
唎𡁠唎畢竟九十日內諸人如何入作熏風
自南來微凉生殿閣
晚參窮往古極來今總含霧盡法界一切聖
種凡流莫不秖在迷裏悟裏無迷無悟裏迷
悟雙忘裏著倒有能透脫此四途始得往不
居生死海復不住涅槃城你道透脫一句作
麼生良久云歸堂喫茶厺
七夕祈嗣請上堂問鷲嶺一支延蔓嵩山五
葉聯芳未審師唱誰家曲宗風嗣阿誰師云
太湖三萬六千頃月拄波心說向誰進云須
是丹山生鸑鷟秖堪師子産狻猊師云逐客
雖皆萬里去悲君已是十季流進云秖如通
並峰頂卧月眠霜太白山前敲骨取髓底老
凍儂卽今拄甚麼處師云埜水瘦時秋潦盡
白雲斷處舊山寒進云畢竟水須朝海厺到
頭雲定覔山歸師云七十二棒且輕恕乃云
節逢牛女渡明河鈿合人間乞巧多可柰七
襄終日裏報章曾是不成何是則天孫之巧
未爲巧也諸仁者還知當人各有至巧處麼
乃以拂子上點云天以之高下點云地以之
厚中點云萬象以之森羅右點云含生於茲
託命左點云萬聖於茲亂霧更以拂子又云
五宗三學並綱要旨乃至百千三昧無量妙

門莫不於玆廣宣而流布是故諸人若是眼親手辨一點知歸底便能豁司造物柄妙握化母樞可以裁成天地輔相陰陽可以鑄古鎔今育凡長聖擿下拂子云秖如者巧從人得耶自心生耶良久云露柱纔生兒善賦一操直取狀元來

解夏小參全不僉心已事畱腰包空自踐林卭千生大夢何時覺九夏炎陰貶眼周布俗打開金鎖結西風吹動鐵牛頭玄關跳出且休問檀信恩膏將底醻良久云少打我少打我復舉僧問雲門秋初夏末肯程忽有人問將何抵對師云七事隨身善舞刀槊門云大衆退後師云南山起雲北山下雨僧云某甲過在甚麼處師云依舊赤身挨劒封門云還我九十日飯錢來師云也是將頭不猛帶累三軍肰則肯程有問畢竟將何抵對朝看東南暮覷西北

解夏兼爲檀越薦嚴上堂問實際理地原無生死今時門頭假有去來生死去來卽不問薦嚴一句願師宣師云秋風吹八極木落露千山進云寶覺炎中掌法旨金蓮界内悟圓音師云且喜上座領話進云恁麼則指南一路智者知疏師云撲倒了也進云不因今日問那得廣流通師云合眼跳黄河問解結卽不問佛祖盡力道不出底和尚作麼生爲人師云道士著黄衾裏坐進云如此則一句逈超今古格萬季仰祝聖明君師云鄉裏人油葫蘆僧一喝師云鼓粥飯氣作麼僧禮拜師便打問九旬禁足三月安居卽不問今朝八字打開天下衲僧還是去卽是住卽是師云

太卽印住住卽印破進云恁麼則風華雪月隨時住南北東西異類行師云望煙尋食地鑽入熏皮家僧擬進語師便喝乃云一霧眞性豈假胞胎識想爲緣致有形累果若諸人從四月十五至今七月十五一期之內痛切如喪考妣急遽如救頭然髑髏裂破孃生面目全彰本有淨羸羸常炎現崋峭巍巍壁立萬仞則自肰動無遺照舉必全眞妙用難思神機莫測金錫振處空華之獄戶頓開寶杖敲時鏡象之蓮邦隨見作無邊如幻佛事度無量如夢衆生尤是敎乘極則之譚作麼生是衲僧親切爲人一句洞岫庭山齊削玉七十二峰青到今

開爐上堂乾坤索肰陡變高岸夷爲平川禾頭生了耳竈底沒了煙饑時饑得眼翻白凍時凍得手攣卷有底沒轉智只管竈廝炒餅廝煎横呑栗棘蓬倒跳金剛圈有底訝郎當誇我能向鑊湯中澡浴爐炭裏安禪劍樹邊經行刀山上打眠蕑悠悠暮悠悠誰解騎駁馬驟高樓踢倒嘉州大象趯翻陝府鐵牛噓噓直饒如是也較山僧一籌何以衲被幪頭萬事休

晚參德山晚參敕不荅話有問話者三十棒若是道峰者裏連咳嗽亦不容有咳嗽者卽時趁出山門良久云諸人既點則不到山僧亦到卽不點拈拄杖打趁云速退速退妨我東行西行

至節請首座上堂冥運未開本無天地玄機既兆遂有陰陽由是清濁殊分高卑定位肰數窮則變物極斯還地有時而傾天有時而

塞陰有時而慘陽有時而伏所貴裁成拄道豈得變理虧方灼肰堂中上座有長處還他過得荆棘林是好手所以我首座生也我首座牧牛也我首座行脚也山門外接首座太蓋待其人而後行以拄杖畫一畫云正當今日秉誰化權遂得羣陰剝盡一陽來復卓一下云寶杖掌開新日月好山多拄太湖中

晚參舉教中道凡夫實謂之有二乘析謂之無緣覺謂之幻有菩薩當體卽空恕中和尚云虎獃大蟲蛇吞鼈鼻師云萬般傚造由人到底無過是麪

晚參舉黃龍心和尚與夏公立極譚肇論論會萬物爲自已情與無情共一體時有狗子臥香桌下龍拈壓尺擊狗子又擊香桌云狗子有情則厺香桌無情自住情與無情如何得成一體公立不能加對龍云纔涉思惟便成勝沴何嘗會萬物爲自已哉霧嵒憾禪師云黃龍老漢傷慈不少夏公立如入寶山空手而回諸人要會萬物爲自已情與無情共一體麼鎚殺有情狗子碎卻無情香桌盡情收拾將來與他一團束縛抛向東大洋海自然灑灑落落雖肰更須知有頂門一竅始得師云柚釘拔楔卽不無霧嵒爭奈傷鋒犯手何如有情狗子仍教他守夜無情香桌且留來支用諸人要會萬物爲自已情與無情共一體麼但將邪擬議思惟底與他一刀兩段則十方空蕩蕩地自肰常光見前渙甚有情無情與你爲礙爲緣若是頂門一竅且聽拄杖子爲你著力擊香桌一下下座

苦行隱山請上堂問華座嚴敷萬象稽首洪

鐘四震海衆翘勤當陽一句請師披宣師云卷簾當白晝移榻對青山進云恁麼則一音演説法隨類各得解去也師云燈籠撫掌露柱揚眉進云世尊未離兜率已降王宫未出母胎度人已畢後於百萬衆前拈華歙光破顏微笑是何意旨師云馬無千里謾追風進云師紘一鼓狐音絶龍光纔躲斗牛寒師云休將閒學解埋没祖師心進云欲展九萬摩霄翼須是滄溟魚化龍師云切忌退水藏鱗乃云把斷立關横截鳥道猶是敗軍之將那更因風鼓浪退水藏鱗豈堪透脱龍門諸仁者必欲揚舲火聚中丢馬盋盂裏不眠生死海不臥涅槃城與六師而爲徒同勞侶以手作直須棚頭綫斷脚下無私始得且道誰是恁麼漢十字街頭石敢當嘯月唫風吹尺八

晚參見見之時見非是見見猶離見見不能及大衆會麼楚王渡江得萍實大如斗赤如日剖而食之甛如蜜參

晚參考鐘鐘鳴伐鼓鼓響何事頑皮擊不穿迷雲長自生靄障霾障消迷雲豁萬里晴空阿剌剌三九籬頭觱栗吹覻音勢至横該抹喝一喝

上堂問經霜葉落池邊對甦客聲來竹裏鵶莫是道峰境麼師云醉把杭州作汴州進云閒來幽徑尋梅蕚獨坐雄峰翫雪華莫是境中人麼師云騎牛逐青艸背卻少年翁進云祇如今日陞堂四衆雲集爲人一句作麼生道師云但願來年蠶麥熟羅睺羅兒與一文進云與麼則竹木逢春滋夜雨魚龍變化起雲雷師云猢猻趁蛺蜨九步作一歇問空王

未據毘盧位第一義諦悉周聞最初已再卽
不問王登寶座是如何師云北斗掛須彌進
云秖如昨夜帝釋無㷔今朝日月交輝是誰
舉令師云無孔鐵鎚當面擲乃云六戶無關
鑰西風徹骨寒家家門首路一一透長安大
衆外布施象馬七珍内布施頭目髓腦今日
山僧盡情爲諸人舍施了也其有饑瘡未䏝
欲壑難塡底道峰更倩拄杖子化作三十三
天王爲盧至長者破慳著拈拄杖卓一下云
那貴殊祥生九穗好看比屋盡黃金
心月禪人請上堂大都鼻孔大頭乖覿面也
須見一回太歲遠遺心月偈今朝心月不期
來所以道月在水中撈不上徒勞戳破水中
天夜深山寺開門睡月自飛來在面再猶且
遺人簡點以爲用盡自已心笑破他人口況
復霧山話轉谿指天下老和尚說黃道黑則
又何異硃砂画白月掉棒天邊遥打月邪䏝
則畢竟如何是眞月以拂子画圓相云古往
今來分晝夜森羅萬象大光中
立春示衆春風春載入春郊春蹋春芳春事
饒春日釀春春最麗春謌春鼓鬧春宵大衆
昨日迎春牛今朝歡春酒一季春事盡都來
了散問諸人卽今春在甚麼處顧䀡左右云
無風荷葉動決定有魚行
除歲上堂問竹爆春先節梅開臘後支今歲
今宵盡明季明日來未審是神通也法爾也
師云一切勸君都放下管教明取火林宗進
云舒金栁眼窺新日遞翠山眉識舊人師云
依稀越國彷彿揚州進云古人烹宰露地白
牛道峰放出雲間師子還有優劣也無師云

若到諸方切莫錯舉進云但得脚跟紅綫斷五湖煙景任悠游師云且信爾一半乃云循照遺眞山河突兀緣情動慮今古周遮若能全機寢削當體不生則何煩促百千萬億刧爲一念攝無邊香水海於毫端要且大地平沈迴絶同異後先際斷誰爲乘除方外無可參之知識人亦宥怱目前無可證之法門信從何立嬾安直得罷牧還家船子未免收綸不餌如或未肰來日大年朝又復從頭起

薦嚴請上堂問玄沙悟道父得生天孝子追嚴翘登何所師云黄粱夢斷後竺國一華敷進云恁麼則日輪當午卓偏界不曾藏師云千聖不知何處去倚天長劍逼人寒進云記得洞山云三更初夜月明前莫怪相逢不相識隱隱猶懷舊日嫌何以爲正中偏師云波斯踢雪過輪圍進云失曉老婆逢古鏡分明覿面更無他休更迷頭還認景何以爲偏中正師云背鏡獮猴覰深井進云無中有路出塵埃但能不觸當今諱也勝前朝斷舌才何以爲正中來師云碧池蓮向火中開進云兩刄交鋒不須避好手還同火裏蓮宛肰自有衝天志何以爲兼中至師打云還識山僧拄杖子麼僧便喝師又打進云不落有無誰敢和人人盡欲出常流折合還歸炭裏坐何以爲兼中到師卓拄杖一下云突出古皇未兆前進云也知和尚舌頭無骨師云放你三十棒問霧炎湛寂體全彰日用明明不覆藏欲證無生無滅旨除非親見本爺孃且道那箇是葉居士底本爺孃師云當堂慵正坐那赳兩頭機進云恁麼則鶯啼燕語皆相似休論

卉三與後三師云非爲分外進云但得一天風月在春來依舊百華香師云念得叓好乃云虎丘山勢從来峻碧浪湖波自笞滚日昨江天曾未𢾾無端節候譲侵尋始見氷凝瀑澗又經香散梅林遠岫出雲還催薄暮細風吹雨時弄輕陰贏得目卉烟華似織况乃耳畔好鳥如琴諸仁者管甚北里豪家謌又哭羨誰十丈蓮敷八德瀞阿呵呵萬緣遷變渾閒事一道常光耀古今

栁昇宇請上堂春風輕春晝明赫日光昇寰宇清那叓蘭顋吐舌栁眼舒睛苔錢擦開三片四片鶯梭織動十聲五聲大龍堅固法身休說千峰盤曲趙州西来祖意謾将庭柏指呈喝一喝云自是不歸歸便得五湖煙景有誰爭

謝檀越送藏經入山上堂燕子滚譚實相黃華盡顯眞如釋迦老子四十九季偏圓半滿枉自口滂舌沸不見道一代時教秖是切腳未審切那箇字若是道峰說甚盃羅孃七字又八字劈脊與他便棒若知棒頭落處管教徹底徹塵頓破大千經卷全彰無法不該無機不攝用時活卓卓立處峭巍巍直得胸目揚眉無非般若流衍咳唾掉臂悉是妙智光通然後建法幢立宗旨發揮玄賾不從印版打來光闡大猷一一脅褀流出直下如師子王髭鬆地哮吼一聲俾他人人壁立萬仭各各常光見卉大衆道峰與麼舉揚諸人還信得及麼若也諦信不及皆然化士化得松江衆信請來方筞藏經有函有帙有疏有科一任月夕華朝明牕淨几鑽穿故紙看透牛皮

太

天童弘覺忞禪師語錄卷第八

音釋

顰蹙上毗賓切音貧下子六切音蹴顰蹙憂愁不樂之狀也　摻疏爲切音蒐與搜同求也索也　攃桑葛切與撒同散之也一曰放也　賾士革切音責謂幽深難見

天童弘覺忞禪師語錄卷第九

嗣法門人顯權等編

住山東青州府大覺寺語錄

山門解脫霧扃無鎖鑰六門晝夜鎮開張歸元一處成休復下足無非大覺場

佛殿佛者覺義杖林山下竹筋鞭三脚驢子弄蹄行麻三斤殿裏底大者如兄小者如弟且道是甚麼義一劈華山成兩路萬秊流水不知春

據室白雲生按下碓觜使開華客至無禮儀蒿湯便當茶肰雖如是賣金終不和與沙

上堂闡佛祖向上宗猷鋒亾佛祖廓人天頂門正眼照失人天不見道窮諸玄辯若一豪置於太虛竭世樞機似一滴投於巨壑如是則西乾四七唐土二三方在夢中歷代宗師天下老和尚寐語不了大覺門下莫有超越格量者麼出來共相唱和問濟北宗風則不問斬新條令事如何師云白雲在天丘陵自出進云恁麼則堯風訶八表舜日壯乾坤師云賴得闍黎相證明問大千俱捏碎祖令合當行正恁麼時如何師云金鎚影動寶劒光寒進云箇箇頂門具眼去也師云一鎚粉碎進云秖如佛祖界空衆生路盡又作麼生師云雲自帝鄉去水歸東海流進云撩手懸崖上分身萬象中師云還他識盡髑髏人進云某甲禮拜有分師云切忌錯承當問撾鼓升堂即不問如何是大覺境師云下方城郭近鐘磬接笙謌如何是境中人師云陣雲橫海上拔劒攪龍門進云人境已蒙師指示向上宗乘事若何師云待有向上人來即道僧遂

喝師云老僧被你一喝僧擬進語師便喝進云恁麼則回首一天雲斂處碧空皓月照青州師云棺材裏眨眼問三千里外騰雲至四衆人并聽祖風畢竟和尚有何分付師便打進云大覺雲堂裏洪波千丈渺師云且過者邊著進云某甲從來不隨人轉換師云怎奈刺惱入膠盆乃云如今事不獲已曲順時機便見雷動中天雲行雨施春回寒谷水流華開於無佛處示佛於無祖處現祖於無爲處運爲於無法處演法有賓有主有唱有疇問則雲興荅則缾瀉貴使人人親見釋迦老子從來鼻直各各知他達磨大師一向眼橫任渠德山棒頭歘發不作奇特商量臨濟喝下尤生不作深機解會大衆既不恁麼又且如何商量解會即得喝一喝云待山門并北洋河水倒流卻向你道

上堂問潑天門啓選佛場開祖印高提人天乞命潑天門啓則且置高提祖印事如何師便喝進云祇如臨濟大師道大凡演唱宗乘一句中須具三玄門一玄門須具三要還許學人請益也無師云一人傳虛萬人傳實如何是一句中具三玄師云一鑑晴空星斗懸如何是一玄中具三要師云寶王剎内分堂與如何是第一玄師云石上横開十丈蓮如何是第二玄師云大蟲舌上打鞦韆如何是第三玄師云兩頭白牯手拏烟如何是第一要師云萬別千差都一照如何是第二要師云佛殿階并開矢窖如何是第三要師云烏自嘑春華自笑如是則轉豁正脈重通濟北家風再振師云三臺須是大家催進云分明

一句無私語顯發須憑過量人師云無人處斫額望你僧禮拜問臨濟三玄纔剖露汾陽十智請宣揚師云理管多季曆日作麼不容華劈如何是十智同眞師云萬象森羅海印中本來無物如何是一同一質師云是鑛皆鐵鑄事無一向如何是二同大事師云日食三餐夜眠一宿不求伴侶如何是三總同參師云虛空合掌大地和南不屬愚賢如何是四同眞智師云巢知風穴知雨摑破虛空如何是五同徧普師云春至百華開爛熳掀翻大地如何是六同具足師云相鼠信有皮誰謂雀無角既是人人具足如何是七同得失師云谷暖風和林寒澗肅不覆戈矛如何是八同生殺師云羅什吞鍼誌公敢鴿不動咽喉如何是九同音吼師云木鷄號夜半芻狗吠天明鐵壁銀山如何是十同得入師云東西南北趙州門與甚麼人同得入師云寒山忽卻來時路拾得相將攜手歸與誰同音吼師云象王迴顧師子頻呻作麼生同生殺師云文殊逼佛曾施劒一點墨成兩處龍何物同得失師云魚行水濁鳥飛毛落那箇同具足師云江上清風山間明月何物同徧普師云家家門前火把子何人同眞智師云拋兒婆子遇巖頭孰與總同參師云善財拄杖初祖皮鞴那箇同大事師云大地一時俱火發何物同一質師云焦甎打著連底凍進云恁麼則一種沒絃琴惟師彈得妙師云說甚沒絃琴上曲直是倚天長劒逼人寒進云碧玉盤中珠宛轉琉璃殿上月徘徊師云看腳下僧拂袖歸位乃云照魔軍之窟穴還他寶鏡

當軒伐異見之稠林必也霧蛇在握所以臨濟揭三玄以刊法印汾陽標十智而定綱宗總之暗抽衲僧腦後之橫骨發揮從上本有之風光如剖石蜜中邊皆甜似析瓊枝寸寸是玉使不遭亾羊而泣路受惑染而悲絲如適來昇體二書記恁麼問山僧與麼荅諸人還知落處也未若也知得便可與臨濟大師汾陽老子同得同失同暗同明同死同生同出同沒同一眼見同一耳聞同一舌譚同一手捉其或未然面目現在各請當陽薦取喝一喝下座

結夏小參問有卷有舒法無定相能殺能活遇緣即宗浮山九帶請師直截舉揚師云劒爲不平離寶匣從君打瓦復鑽龜進云少室峰前不容話會威音那畔杳無消息作麼生是佛正法眼藏帶師云腦後神光耀十虛進云世尊四十九季三百餘會未曾譚著一字作麼生是佛法藏帶師云鐵樹華開劫外春進云聲色不到語路難詮如何是理貫帶師云萬派皆歸海千山必仰宗進云日月照臨不到天地覆載不及如何是事貫帶師云般若黃華顯眞如燕子譚進云截斷衆流不通凡聖如何是理事縱橫帶師云是水皆含月無山不帶雲進云未離兜率已降王宮未出毋胎度人已畢作麼生是屈曲垂帶師云祇爲愚騃嗁不止遂將黃葉作金錢進云言前薦得猶是滯殼迷封句下精通未免觸途狂見如何是妙叶兼帶師云水流東澗朝西澗雲起南巒雨北巒進云雞足入定嵩山面壁陸地波濤晴空霹靂如何是金鍼雙鎖帶師

云泣露千般艸验風一樣松進云直須旨外明宗莫向言中取則作麼生是平懷常實帶師云家門豐儉隨時用田地優悠信步移進云叓有一帶請和尚當陽拈出師云何不當陽問將來進云簷聲不斷歬旬雨電影還連後夜雷師云你作麼生采聽進云千峰勢到嶽邊止萬派聲歸海上消師云夜來黑漆屛風上細讀盧仝月蝕詩問學人單刀直入和尚如何相待師云山僧退身有分進云陷虎之機休拈出誰人肯向此中行師云靑猿一一居林叫白鳥雙雙避弋飛你爲甚知而故犯進云雲從龍風從虎師云且緩緩著進云師子吼時芳艸綠象王回顧落華紅師云山僧甚怕與麼差異衆生進云恁麼則學人也退身有分師云不消一句問光臨海岱恢弘濟北宗猷道變魯齊密闡西來祖意濟北宗猷即不問西來祖意是如何師云靑州城北洋水東流進云恁麼則半杯酒餉三軍醉一箭橫穿石虎溪師云蠟人向火進云夜半穿雲去行從鳥道歸師云迮殺闍黎進云某甲禮拜和尚去也師云不禮拜叓待何時乃云朱明已居聖制當遵法霧山千載之訏謨立大覺斬新之䂓則豈可猷他驢事未去馬事到來只得拆將西障補東籬飽諸人以金牛大飯歆諸人以趙老釅茶馬師鹽醬不豐朝朝與汝喫噉靑州布衫雖重日日與汝提撕驀呼大衆山僧與麼爲諸人諸人又作麼生自爲即得月中丹桂連根拔海底驪龍把角牽復舉五祖演和尚示衆結夏無可供養大衆設一家燕管顧諸人乃舉手云囉邏招

囉邏搖囉邏送莫怪空疎伏惟珍重師云演祖老人極是禮數周全爭奈破費常住不少今夜大覺寺中別無甚家燕管顧諸人故不須招不須搖亦不須送只據諸人應分底盋裏飯桶裏水日逐牽補得過便了肰則山僧爲人一句又作麼生鄭州梨青州棗萬物無過出處好

上堂刻期取證掘地覓天更或沈唫千生蹉過還有一蹋潙門開兩扇者麼出來通箇消息問三月安居九旬禁足斬新條令卽不問當陽一句事如何師云高著眼進云恁麼則人人壁立萬仞箇箇眼蓋乾坤去也師云火後一莖韮進云龍得水時增意氣虎逢山勢長威獰師云背負乾薪遭壄火進云㫺日僧問投子如何是一大事因緣子云尹司空與山僧開堂今日張相國請和尚開堂如何是一大事因緣師云與諸人脫卻籠頭卸卻背馱進云學人則不肰師云你又作麼生進云盲無慧目憐河北獨揭清光照海東師云不妨許你引得著進云大家齊唱囉邏哩是何曲調萬季歡師云又被風吹別調中問爐鞴洪開煆煉五湖衲子法幢肇建活埋四海英靈祇如訶佛罵祖底來和尚作麼生與他相見師云待我上山斫棒來進云恁麼則劈破虛空兮風搏妙翅蹋翻滄海兮雷送游龍師云狐非師子類燈非日月明進云把住放行全在我縱橫殺活更由誰師云你作麼生殺活準僧擬議師云掣電之機徒勞佇思問大開潑天爐鞴結卻萬象舌頭只如兩儀未兆已前結不到底一著子作麼生道師云千鈞

之弩不爲鼷鼠而發機進云破曙山河呈舊面披風艸木獻新容與他相去多少師云初三十一中九下七進云與麼則燈籠舉拍露柱與謌師云蝦蟆跨跳上天蚯蚓驀過東海進云祇如羅籠不肯住呼喚不回頭底人到來和尚與他結即得不結即得師云分付田厙奴進云刹竿頭上風車子旋轉感音出九重師云沒殺冢頭蒿僧舉坐具云好看太白峰頭月閃爍青齊萬古寒師云休將時憲新須朔尤例陳季舊曆推進云也須舉過師云舉過即得問布漫天之網子打鳳羅龍以圜覺爲伽藍護生禁足從上古錐蠟人爲驗和尚者裏作麼生施設師云施設且置如何是圜覺伽藍進云含元殿裏不問長安師云殿主爲誰進云請和尚高著眼師云放汝三十棒乃舉起拄杖云看看山僧拄杖頭上横開寶刹畢集羣宗就中請得毘盧遮那如來爲堂頭和尚盧舍那如來爲都監寺釋迦如來爲化主文殊師利菩薩爲首座彌勒菩薩爲維那觀世音菩薩爲書記得大勢菩薩爲副寺普賢菩薩爲典座藥王菩薩爲知藏藥上菩薩爲典客無邊身菩薩爲直歲寂根菩薩爲知殿勇施菩薩爲知浴慧上菩薩爲侍者薩陀波崙菩薩爲寮元地藏菩薩爲堂主善財菩薩爲參頭總十方三世盡空法界若凡若聖咸皆普入圜覺伽藍之内各各安居平等性智之中於是毘盧遮那如來爲衆演法曰護生須是殺殺盡始安居會得箇中意鐵船水上浮文殊師利菩薩爲秉拂小參曰十方同聚會箇箇學無爲此是選佛場心空及

第歸乃名云大衆如斯諦信得及太郎今便與諸聖同參將來次補毘盧遮那如來爲大和尚其或尚留觀聽稍涉遲疑則諸人自諸人拄杖子自拄杖子依舊太聖時遥正法將滅九十日內切須自著精彩好久立珍重

天中節兼立座元上堂屈子沈湘日人間競渡秋浪華翻白雪鼉鼓震江流還有飛舸奪錦者麼出衆呈橈看問家家縣艾虎處處競龍舟如何是應時及節一句師云今朝正是大端午進云盡見榴華紅似火幾人相憶弔靈均師云你試謌一曲看僧作拈香勢云今日與和尚燒香師云也不勞得進云不是和尚好與一喝師云情知伎倆只如此問葵榴初放蒲劍新抽節候調和時殷物阜猶是端拱無爲邊事如何是開鑿人天一句師便打

進云不因今日舉餘日定難逢師云你須痛領者一棒進云熏風自南來殿閣生微凉又作麼生師云正是闍黎放身命處進云濟北一宗從此振黄河今日又逢清師云你還放得身命也未問歷盡谿山不記程艸鞵脫落腳頭輕臨機一句無私語調入陽春韻轉新秖如臨濟大師四料揀還許學人問也無師云逐句念來與你商量如何是奪人不奪境師云長安有月千門閉如何是奪境不奪人師云沙塞無音獨鴈還如何是人境俱奪師云饗卻燕支擒谷蠡如何是人境俱不奪師云玉門雖設未曾關進云人境已蒙師指示當陽一句事如何師云徒勞側耳僧擬進語師便喝乃云孤忠未見諭君王抱憤尤甘沒楚湘火宅正炎迷出路寸心那得不回皇有

般漢道三界若空華四生如夢幻本無能出
之人亦無所出之處只要了空達幻覺夢而
已山僧道善哉夢作麽生覺幻作麽生達空
作麽生了齊著力莫央庠截如飛之箭浪舞
跨海之龍舫高標奪得霧山錦方信男兒當
自彊喝一喝復舉文殊一日命善財采藥曰
是藥者采將來善財徧觀大地無不是藥卻
來白曰無有不是藥者殊曰是藥者采將來
善財遂於地上拈一莖艸度與文殊文殊接
得呈起示衆曰此藥能殺人亦能活人師云
有效藥非霧無病方乃聖善財熱謗文殊文
殊熱謗善財即置豎拂子云只者一莖艸利
害在甚麽處便能殺人亦能活人要識源達
委麽問取堂中第一座
晚參問德山晚參不荅話問話者三十棒未

審大覺門下還許學人問也無師云今夜爲
你放開一線道進云鼓聲纔罷大衆雲臻卽
且置只如未出方丈前請師一句師云金風
吹玉管那箇是知音進云流水高山無限意
鄗欽傷宮仙石還師云穆陵關上望錢唐問
一大藏教古人喚作拭不淨底故紙千七百
則公案和尚又作麽生師云范公泉製白丸
藥進云牽枝引蔓轉見不堪師云胡人歃乳
反怪良醫進云一天雲氣淨萬里月光輝師
云牽枝引蔓轉見不堪問主賓玄要驗蛇龍
直入單刀識濟宗祇如轉洞門下因甚卻立
正偏五位師云月船不杞東西岸始信篙人
用意良如何是正中偏師云宮仗排來細柳
前如何是偏中正師云皓月光沉龍尌頂如
何是正中來師云劫外優曇火裏開如何是

兼中至師云熱鐵飛輪誰敢抵如何是兼中到師云海底泥牛絶消耗僧打圓相云者箇還有偏正也無師以手畫一畫進云饒他劈破華山勢萬象全歸一鑑中師云依舊跳他偏正不出乃云子在齊聞韶三月不知肉味曰不圖爲樂之至於斯也可惜孔夫子生居衰周之世若在今日過我青齊山僧與他舞般若之干奏無生之曲管取者老兒忘味千生醉神曠劫蓋不知天之高地之厚海之濶山之遥也衆中莫有樂聞斯曲者麼乃拍手長謌風蒲獵獵弄輕柔欲立青蜓不自由五月臨平山下路藕華無數滿汀洲

上堂問五宗舉揚諸方各說異同明眼宗師請示其中的旨師云中書堂裏事釋擔問樵人進云釋擔樵人問且置中書堂裏事如何師云佇聽金門宣大赦來朝天子拜南郊進云恁麼則闔國周聞恩沾一衆太也師云黄河清一度知是幾千秊驅霹靂喝走閃電機如何是臨濟宗師云萬國一鞘空鹿足千王飛攫寂無蹤正偏互攝妙叶弘通如何是曹洞宗師云大海龍王行雨潤遮身頭上數重雲拈弄南山鼈鼻虵拓一字機關如何是雲門宗師云生鐵蒺藜當面擲琉璃阬塹繞身栽父子唱和卽體卽用如何是潙仰宗師云眉毛罅裏積山嶽鼻孔中藏獅子兒唯心唯識眼聽耳觀如何是法眼宗師云十二處忘閒影相三千界放淨光明進云可謂等閒拈出還丹粒燒盡人間藥汞禪師云敢問如何是還丹一粒僧便喝師打云燒盡人間藥汞禪問發明向上必也在窟金毛分析諸譌須

憑㳒王座上雲門大師道盡乾坤大地無纖豪過患猶是轉句如何是無纖豪過患底消息師云少年曾決龍蛇陣不見一色始爲半提如何是不見一色底消息師云老大還聽稚子謌進云且道無纖豪過患與不見一色相厺多少師云分身兩處看僧云更有一問不勞和尚荅出學人禮拜厺也師云貓兒嘐彩鳳問鼉音繞震覩座高登人天普集則不問杲日當空事若何師云峭巍巍活卓卓進云水流風動無非般若正音鵲噪鴉鳴總該西來的意因甚又道三賢未達十聖難知師云動念卽乖擬思卽錯進云如何是此宗師云萬里天邊飛隻鶚進云與麼則水歸大海波濤靜雲到蒼梧氣象閑師云壁上画棋盤進云是何言歟師云你由自不知那乃云峭巍巍活卓卓最現成極寥廓動念卽乖擬思卽錯踢斷天台石橋拈卻趙州略彴喝一喝云四方八面絕遮攔萬里天邊飛隻鶚

安丘諸山請上堂問擊鼓陞堂卽不問因齋慶贊事如何師云端坐受供養施主長安樂進云恁麼則㳒施財施等無差別秖如臨濟大師有四喝還許學人請益也無師云水底撈明月如何是一喝如金剛王寶劒師云人王三寸鐵徧地是刀槍如何是一喝如踞地獅子師云金毛忽變西風裏五嶽蒼黄四海秋如何是一喝如探竿影艸師云驗人骨出洞徹膏肓如何是一喝不作一喝用師云化裁天地有形外舒卷風雲變態中進云既肰如是臨濟大師面目現在因甚和尚此間不許下喝師云似我者死學我者拙進云可謂

赤心片片救時弊罕見知恩解報疇師云且喜上座領話問自從蹋著轉轆路了知生死不相干秖如學人蹋著青州路時如何師云滿酌范公泉一盞與君萬病悉回春乃云一句當天萬機寢削一塵透脫千界光輝所以諸佛威儀進止諸所作爲無非佛事是故或有佛土以佛光明而作佛事有以諸菩薩而作佛事有以佛所化人而作佛事有以菩提樹而作佛事有以佛衣服卧具而作佛事有以飯食而作佛事有以園林臺觀而作佛事有以三十二相八十隨形好而作佛事有以佛身而作佛事有以虚空而作佛事衆生因以此緣得入律行有以夢幻影響鏡中象水中月熱中燄如是等喻而作佛事有以音聲語言文字而作佛事或有清淨佛土寂寞無言無說無示無識無作無爲而作佛事大衆秖如大覺門下又復以何因緣而作佛事舉起拄杖云指點風光明本地大千何處不安丘

晚參問向上一路即不問濟宗三句請師宣師云黄葉休遮眼青雲自有陰進云如何是第一句師云臘月梅華透雪開如何是第二句師云似火山榴長映日如何是第三句師云霜風吹老雁來紅進云百千三昧從茲露滿座風生透體凉師云斫額望摶桑問攙該豎抹盡落時機把住放行總成窠窟如何是不涉廉纖句師云臨淄路出鎮青門進云秖如德山入門便棒臨濟入門便喝畢竟成得甚麼邊事師云此去燕京十二程進云二大老與麼提持還有優劣也無師云優則總優

劣則總劣進云未審和尚卽今莫別有爲人處麽師云有進云如何是和尚爲人處師便喝僧云也好與一喝師云頭上喫棒口裏喃喃乃云仰之彌高是大神呪鑽之彌堅是大明呪瞻之在前是無上呪忽焉在後是無等等呪慚媿現前諸兄弟你輩禪和家參禪學道還曾如者俗漢子恁麽冥搜力索一回也未據山僧看來只不合當時孔夫子與他博甚麽文約甚麽禮未免摘葉尋枝打向別處流轉所以終於卓爾末從而末繇極乎透頂透底者此也若是山僧與他牢關把斷水泄不通直下敎伊如狗見熱油鐺相似要舐舐不來要捨捨不得豈不别有生涯大衆正當恁麽時畢竟作麽生擲手還家好暫時自肯絶追尋歷劫何曾異今日

上堂問學人上來早不著便未審和尚如何相爲師云寒蟬抱枯木泣盡不回頭進云偃蹇眞龍寧藏困水師云格進云者一句時人知有幽後新機請師拈出師便喝進云與麽則某甲得自在去也師云脚跟下更與三十進云和尚眉毛還在麽師云被闍黎帶累不少乃舉同安因僧問如何是和尚家風安云金鷄抱子歸霄漢玉兔懷胎向紫微僧云客來將何祗待安云金果早朝猿摘去玉華晚後鳳銜來大慧云同安家風不妨奇特徑山要且不肰有問如何是和尚家風但向他道齋時一盋和羅飯禪道是非總不知客來將何祗待蒸餅不拓師云同安十分奇怪大慧一味尋常從上家風只恁麽達磨一宗埽土而盡大覺門下又復不肰有問如何是和尚

家風爛研巴豆三千顆瀉卻諸方五味禪客來將何衹待換骨洗腸重整頓通身是眼要須參

請諸禪補書大藏上堂問以字不成八字不是未審是甚麼字師云看取下頭註脚進云衹如五祖道盋羅孃還荅得相稱也無師云也相稱也不相稱進云趙州爲婆子轉藏只轉得半藏未審那半藏作麼生轉師云山僧今日親爲你輩上堂僧擬進語師便喝進云恁麼則碧玉盤中珠宛轉琉璃殿上月徘徊師云夢裏惺惺問世尊說法四十九秊譚經三百餘會乃至末後拈華因甚又道未曾說著一字師云雨過谿光澹進云古德又云一大藏教也衹是箇之字衹如卽今聲鐘伐鼓節拍相疇又作麼生師云雲開嶽色新進云天上有星皆拱北人間無水不朝東師云三要三點唱巴謌進云明眼宗師天然迥別師云速禮三拜著問摩尼珠人不識如來藏裏親收得如何是摩尼珠師云須彌南畔吠琉璃進云那裏是如來藏師云看脚下衹如收得底又是甚麼人師云打破漆桶來與你相見旣是收得因甚卻又不識師云面壁清名思達磨諸侯九合笑齊桓請和尚打開寶藏傾出摩尼師卓拄杖云你還聞麼進云恁麼則人人頂門上飛大寶光各各脚跟下縱橫十字師云土上加泥又一重問馬祖上堂百丈卷席未審明甚麼邊事師云閻浮對拄海南邊進云卽今和尚上堂學人掀倒禪牀喝散大衆時如何師云衹恐不是玉進云輕輕躡足龍門過惹得清風動地來師云猩猩著

艸輳問六祖大師道我有一物無頭無尾未審是甚麼物師云高著眼進云旣是無頭無尾因甚石霜又道初機未覯大事先須識取頭其尾自至師云絆殺葛藤椿如何是頭師云根盤空劫外如何是尾師云葉覆五須彌有頭無尾時如何師云孤根不爲蔭有尾無頭時如何師云青蘿緣嶽頂終遜白雲齊直得頭尾相稱時如何師云更須斲削將來進云一株大尌承栽出覆庇三千及大千師云易開終始口難保歲寒心乃云三轉㳒輪於大千其輪本來常清淨天人得道此爲證三寶於是與世間三寶旣與乾坤夷廓天人得道萬類昭蘇是故照燭昏衢㳒爲明炬津梁險道㳒爲輿橋高登彼岸㳒爲舟航眼目人天㳒爲開鑿諸仁者㳒利無窮贊揚莫盡則

匱祇如威音那畔空劫已前未有三寶名字之時佛在㳒先邪㳒在佛先邪若㳒在佛先誰爲宣說之人若佛在㳒先尚昧進修之路者裏得迸開隻眼親見佛法根源則㳒自本來㳒非從佛而流布佛自本來佛非因㳒而褫成非因㳒而褫成則未離兜率早降王宮未出母胎度人已畢非從佛而流布則始從光耀土終至跋提河如是二時間未曾說一字恁麼則周金剛將青龍疏鈔一炬焚燒小釋迦目大般涅槃盡皆魔說復有何過其或未肰一毫頭上重宣出月指從教萬古標

晚參天雨雹災也春秋蓋常大書特書之矣肰古今卒莫原其所自世俗相傳龍過挾冰下降爲雹日者沂水有鄉民爲神攝往空中與羊令騎使散雹馬久而寒僵手莫能屢呼

神告困神曰你但持羊兩角則手溫矣依之果肰其人是日直馳至淮安境上歸言其事如此又有一人途次遇雹忽聞空中有聲曰汝等散雹須照顧張不量家麥地不得亂擲其人趨避至一家門首適有長者接款爲述所聞則長者卽張不量也其人訝曰君名不良何因致祐神天長者曰此愚老𧷤號也人有偕貸於我者出則量之入則不計焉故鄉人以此呼我耳洎踪田疇果狼籍滿原壄而張氏之麥獨無恙焉二事驗之則龍過挾冰之說不大有譊譌也邪說到此間驀忽有箇禪和子抗聲出衆曰善法堂前寶王座上人天大善知識奈何不宣揚佛法而肆譚世俗見聞之事山僧被此一問不勝慚懼雖肰幸有結末句子可以解嘲良久云信知法法須親證費盡搏量總不眞

立秋上堂問昨夜一葉落今朝萬里秋如何是葉落歸根底事師云挂壁梭飛秋蜺骨滄溟老蚌盡懷胎進云葉已落矣根旣歸矣向上事如何吐露師云風敲月戸三秋冷雨打菲堂六月寒進云不拘時令一句又作麽生道師云騎牛上三十三天進云輕風搖萬戸日午桂輪寒師云出穴兔遭窅問樹凋葉落卽不問體露金風事若何師云兔老冰盤秋露泣烏寒玉樹曉風淒進云祇如肇法師道生死交謝寒暑迭遷有物流動人之常情如何是物不遷師云巖房雨過昏烟靜卧聽涼風到竹林進云作麽生是應時納祐一句師云朝立秋冷颼颼進云有意氣時添意氣不風流處也風流師云餿飯泥茶爐乃云秋風

涼秋夜長未歸客思故鄉有底道自是不歸歸便得五湖煙景有誰爭是則固是爭奈諸人從無始世來一向蛉蛢三有波迸四生寧曰入春纔七日離家已二季哉蓋亦歸路迷千嶂勞生閱百洲矣乃高聲名衆云苟非驀地喚回霜夜夢舉頭唯見月當空直下洞明劫外風光親自耕鑿祖爺田地便饒翺遊妙喜暮覲彌陀一念之間周行剎海一食之頃徧至十方也秖是虛隨夢幻枉逐風塵要望達他故鄉何異白雲萬里正當今日歸鄉一句畢竟如何驀唱青山綠水依然枉黃葉西風又一秋

晚參上堂問本源未委必無水乳之分正眼若明始有金鍮之辨舉揚宗旨須是作家巖頭六括乞爲指陳師云巖頭無此語莫謗巖頭好進云爭奈天下盡知聞師云貪尋古調單于曲蹉過胡笳一韻長進云如何是胡笳一韻師云甲巳之季丙作首畢竟如何是就毛括塵師云斷際曾訶古應眞如何是就皮括毛師云洞山好佛只是無光如何是就肉括皮師云諦當悟霧雲玄沙保未徹如何是就骨括肉師云七子知音曾不遇一齊抛向大江流如何是就髓括骨師云德山未會末後句依然活太只三季秖如髓又如何括師云貴圖天下樂昇平一棒瞿曇也打殺進云且道者一著子還受括也無師云寒蟬雖脫殼終是抱枯枝進云雨散雲收山嶽靜珊瑚枝上挂金鉤師云爭奈者一著子何進云龍蛇易辨衲子難謾師云灼然灼然問日曙消殘雪風來又覺寒一天雲霧散唯向遠山看

曹山三墮有冀汯檀師云執持千里鈔林下道人悲混迹同塵山下路一犂風雨度殘春如何是類墮師云佛祖位中留不住披毛戴角出人前子規嗁落三更月桃李依稀似故園如何是墮墮師云華棚巷中呈舞戲九衢乘醉臥樓臺當軒黯黯無秦鏡散髮齊眉下翠岑如何是尊貴墮師云寶殿苔生渠不坐區區在欲熾肰禪進云不因大地雷聲發春色那知萬戶同師云驢脣先生且非泗洲大聖乃云兩岸蘆華一葉舟涼風潑夜月如鉤絲綸千尺慵抛放歸到家山卽便休佛眼老人雖則兩催樵子還家風送漁舟到岸爭奈親從宣德門前過猶問行人覓汴州大覺者裏卽不肰扁舟到處是家山棹轉蘆華雪幾彎風月一天常似笞釣乾滄海不須還

晚參問達磨西來直指人心見性成佛見性成佛則不問當陽直指事如何師打云棒頭有眼明如日進云懸崖撒手自肯承當教學人承當箇甚麼師喝云要識眞金火裏看進云風馳塞北知師久道震江南果不虛師云端坐看魚焚香祭獺乃橫按拄杖喝一喝云臨濟爲汝喝得頭眩德山爲汝棒得手麻底事春光狼藉盡達磨端自過流沙蓋爲雕文喪德誰知玉本無瑕阿哪哪差不差杯到手中還奪卻那來忝足得成蛇畢意如之何也各自歸堂喫茶

上堂問諸方魚目混珠大覺披沙揀金汾陽三種師子一一請師指陳師云我若指陳你須百雜碎進云爲衆竭力禍出私門師云煬帝開汴河作麼生是超宗異目者師云一聲

哮吼時祖父母皆罨僧便喝師云橫抱嬰孩擬彰皇簡進云忽被學人掀倒禪牀又作麼生師云齷齷齘齘有幾人莽莽鹵鹵河沙數作麼生是齊肴共躅者師云龍生金鳳子衝破碧琉璃進云恁麼則足堪承紹去也師云且待風生插翅看作麼生是影響音聞者師云索馬其如郤奉璽進云因甚亦列師子種中師云假名阿練若衲衣拄空閒進云和尚鼻孔可謂與汾陽老祖同一出氣師云你向甚處見山僧鼻孔進云早被學人穿卻了也師云汾陽老祖底聱進云捏住將來沒半邊師云石銜精衛塡滄海土運愚公徙太行乃云佛子住此地則是佛受用經行及坐臥常在於其中蓦喚維那西序頭首都在者裏麼云在東序知事都在者裏麼云在各寮雜職都在者裏麼云在兩堂大衆都在者裏麼云在大衆既都在者裏山僧豈可說東道西丟作諸人不如排排坐唱新歌我打鼓你打鑼引聲長謳云白格尌頭魚扇子高山把火拾田螺囉囉哩哩哩囉好大哥復云歌後如何大家靜處薩婆訶

天童弘覺忞禪師語錄卷第九

音釋

尙 書掌切音賞戶耳也

鞦韆 上雌由切音秋下親然切音遷鞦韆繩戲也北方戲以習輕趫者也

厙 式夜切音舍姓也

榑 馮無切音扶榑桑神木日所出

餿 疎鳩切音搜按同飯壞也

天童弘覺忞禪師語錄卷第十

嗣法門人顯權等編

住山東青州府大覺寺語錄

上堂問須彌爲炭大地爲爐將太虛空煉成干將一柄和尚向甚處廻避師云闍黎還提掇得及麼進云不遇張華鑑徒肰拂斗光師云井底撐船捉月天進云此同躍入重淵太廓洗塵氛作雨霖師云三十秊後看問大通智勝佛十劫坐道場佛法不現前不得成佛道如何是大通智勝佛師云老君頭戴褚皮冠進云既是大通智勝佛爲甚麼不得成佛道師云古鏡不磨還自照進云成佛又作麼生師云澹煙和露溼秋光進云成與未成時如何師云前不搆邨後不迭店問舉一明三目機銖兩如何是函蓋乾坤句師云普把斷要津不通凡聖如何是截斷衆流句師云劄放過一著落在第二如何是隨波逐浪句師云點進云三句已蒙師指示同弦別調事如何師云釋迦老子一頭霜乃云觀於海者難爲水遊於聖人之門者難爲言是甚麼言不見道是以聲名洋溢乎中國施及蠻貊舟車所至人力所通天之所覆地之所載日月所照霜露所隊凡有血氣者莫不尊親到者境界說甚麼五霸者三王之罪人也直得天皇地皇人皇未足以言聖伏羲神農黃帝堯舜不足以言仁莫是三教聖人足以當此麼我問李老君因甚老於柱下史我問尼丘父因甚厄於陳蔡之閒我問世雄釋迦尊因甚提婆大惡人推山損佛趾肰則除此之外更復阿誰山僧今日不惜眉毛爲諸人當陽顯示

來也拈拄杖云大德教化移拄杖過東復移向西云小德川流卓一下云此天地之所以爲大也

晚參問少林分皮分髓臨濟立主立賓分皮分髓即不問立主立賓事若何師云秦漢旌旂度沙漠唐虞黼黻拱巖廊進云列秀千峰迎黛色蕭疎萬木露秋光如何是賓中賓師云尼父絕糧厄在陳進云自攜餅來沽邨酒卻著衫來作主人如何是賓中主師云高祖殿前樊噲怒進云閒持經卷倚松立笑問客從何處來如何是主中賓師云老子騎牛出函谷進云橫按鏌鎁全正令太平寰宇斬癡頑如何是主中主師云請觀今日之域中竟是誰家之天下進云恁麼則天上有星皆拱北人間無水不朝東師云須彌當面作屏風進云三尺龍泉光照膽萬人叢裏奪高標師云多少三家邨裏漢怴怴樹上捉鮎魚問踢翻教海踢倒禪關漢到來和尚如何當鋒師云山僧眼裏何曾見進云浪汲初昇雲雷相送師云來千去萬進云打雨敲風太穿雲臥月眠師云嵩山道士許明頭乃云你禮拜我合掌你作揖我唱偌得他人一牛還他人一馬彼彼箭鋒相値明明豪忽無差卻乃計較思量隔來何啻天涯不思量業識怴馨香透骨無人薦又逐薰風入壄塘肰則如何即是大事爲你不得小事各自支當

解夏上堂問昨日風生月上突出難辨今朝月下風清千差普照摧殘落木即且置俊鷂穿雲事若何師云山僧答你者話不得你自答看僧擬議師云好箇俊鷂穿卻鼻孔了也

進云把住也海晏河清放行也蛟騰鳳起未審和尚即今把住是放行是師云你自打魚磬念陀羅尼經作麼進云恁麼則直入千峰萬峰去也師云悉殺闍黎有日在復云還有作家戰將麼衆不出乃云鋤得一片畬下得一籮種此仰山之一夏不空過也日中一食夜後一寢此潙山之一夏不空過也大覺六十日夏今朝倏爾告終敢問作麼生是諸人一夏不空過底事若道日食夜寢落在潙山圈繢裏若道鋤畬下種落在仰山圈繢裏若道參禪學道落在時流圈繢裏若道總不恁麼又落在山僧圈繢裏跳得者四種圈繢出了別有生涯許你是箇灑灑地衲僧何故爲伊炙脂帽子已除鶻臭布衫已脫鶻臭布衫已脫則手眼通身炙脂帽子已除則神光萬里神光萬里手眼通身也則寒木在握兮全機可笑秋水橫按兮半提可滅更說甚去如孤雲出岫住則壁鶴翹松要且百億大風輪三寸龜毛豎透無邊香水海半尋兔角橫挑可中有恁麼漢肽後不妨喚他上來同炊無米飯共歃不溼羹溫研朝夕摧拉雪霜他後成一株大樹陰凉天下也未可知若是牛迹自多利名在念之徒乃扣齒三下噀水書符捏拳作訣云萬霧千聖千聖萬霧金錢寶馬火速登程急急如律令敕

壽光四衆請上堂問揮倚天之寶劍外道魂亡奮踞地之金毛壁干腦裂陳爛葛藤即且置斬新條令請師提師云土宿夜遊南贍部泥牛脚下火星飛進云濟北宗風今再振轡谿萬派悉歸源師云大洋海底排班立進云

陣雲橫海上拔劍攪龍門師云誰是恁麼人進云玉笛橫吹天地動未曾逢著箇知音師云我道巨鼇能俯首笑君沙際弄鰝竿進云今日學人小出大遇師云聽曉樵人逐鴈羣乃云帀座天人撥不開香風冪冪砌雲臺空生無意喦中坐也有天華動地來若是大小南泉便道王老師修行不得力被他鬼神覰破須知大覺門下從不修行著腳亦未嘗教人修行既不修行又怕他鬼神覰破箇甚麼既不怕他鬼神覰破則一任人天交接兩得相見你有滔天伎倆決定侵欺我底不得我有無量光明要且映奪你底不來既彼此不相侵奪則一道平等浩肰大均座上無山僧目前無闍黎誰爲先覺誰爲後覺如是則又點胷點肋稱楊稱鄭作麼胡言漢語說黃道白作麼雖肰現前緇素或三百五百里到此間豈可徒肰拈拄杖擿下云看看畢竟是箇甚麼

諸城五蓮山當山大衆請上堂佛法僧贊僧興隆不待夕末世日澆漓肝膽胡越隔況乃風馬牛遙遙天一陌北海距琅玡天短六程窄上有五蓮山衆盈三二百博飯種新畬手不專古册把本自修行童心尤未革日昨齋來金要皆勤苦獲助我買僧田餘者充香積我念世間人所重惟財帛粟紅貫朽腐錙銖慳且慉誰割巳所有與人廣田宅誰減盤中餐與人潤焦膈此事絕無今僅有或在昝感之歎中宵餘聲猶喈喈翰來請法檀忻肰登此席伽陀廣演宣不覺遂狼藉信肰獨難鳴兩鳴斯摑摑奉告齊東俗此即眞標格人人

肯事持佛日定輝赫佛日既輝赫矣法輪豈可不大轉哉乃高聲召云大衆請各各助山僧轉法輪著良久云恁麼則赤脚人趕兔著靴人食肉去也卓拄杖下座

開爐上堂問答曰達法禪師於一毫端上現寶王刹今朝和尚坐微塵裏轉大法輪就中奇特一句請師舉唱師云萬仞巖前書壽字進云鐵華生碓觜徧界發馨香師云更上雲門山頂看進云正當象龍畢集選佛場開未審選甚麼人作佛師云胡張三黑李四進云祇如渠儂還入者保社也無師云你走向甚麼處去進云萬象不來渠獨語教誰拍手上高峰師云閑言語進云且放過一著師云自領出去問爐鞴弘開鐵額銅頭焦有分法筵高啓三賢十聖入無門正恁麼時天下人性命盡在和尚手裏還許學人轉身吐氣也無師云側跳上山巔進云金鞭擊斷那吒背王筋撐開虎眼睛師云猫兒打筋斗進云河北重提諸祖令寰中千古歎嘉聲師云水底弄傀儡進云學人禮拜去也師便打進云知恩有分師云此去西天路迢迢十萬餘乃云開潑天之巨爐然般若之智火摧殘峻峭銷鑠玄微所以大覺今朝作拈香勢云南無三滿哆沒馱喃奉告八部龍天願與現前大衆舉三世十方之内盡空法界之中若聖若凡若佛若祖若塵勞生死法若解脱涅槃法一切與我束作一團悉付猛火了然後將趙州老人答夅行脚南方時火爐頭有箇無賓主底句拈來與諸人商量看大衆既是無賓主向

又且如何商量昨夜三更半石人闘禮拜

上堂問西來祖意固非理事能該古德綱宗須偺言詮後顯五位君臣乞師剖析師云大覺一位也無進云九重深密全尊貴赫赫威光振九垓如何是君師云三皇難並哲進云蹌蹌鵠立黃金闕武緯文經輔帝堯如何是臣師云十亂遜忠良進云雖朕不坐靈明殿萬國衣冠沐至仁如何是君視臣師云無私天鑒照羣工進云金雞抱子歸霄漢玉兔懷胎向紫微如何是臣向君師云有素葵心傾白日進云一體同仁忘至化謳歌鼓腹樂昇平如何是君臣道合師云終古明良喜氣賡進云可謂妙唱非干三寸舌解鍼枯骨作龍唫師云季咸曾相壺丘子乃云驅山塞海也尋常到處文明始是王但見皇風成一片不知何處有封疆是故君子之道本諸身徵諸庶民考諸三王而不謬建諸天地而不悖質諸鬼神而無疑百世以俟聖人而不惑且道憑箇甚麽得與麽地拈拄杖卓一下云一氣不言含有象萬靈何處謝無私

晚參問朕兆未分先露布言詮纔立已乖張分明坐斷千差路五位功勳乞舉揚師云曾問幾人來進云即今問和尚師云病客巧聞牀下蟻癡人彊覷棘端猴進云宿酒乍醒金鴨冷海棠枝上月猶明如何是向師云青山有約常當户進云白玉階前金鳳舞黃金殿上玉雞鳴如何是奉師云流水無心自入池進云打破魔王山鬼窟碧潭深處釣鯨鼇如何是功師云雲散月明誰點綴進云湛水無風江月迥長空散盡暮天霞如何是其功師云天容海色本澄清進云兩頭截斷無依倚

心泫雙忘始得玄如何是功功師云石人蹋斷海山雲進云木人把版雲中拍一曲涼州恰二更師云不勞重說偈言問自從少室燈分後各展宗猷振祖風奪境奪人即不問立功立位請師通師云空中求鳥迹進云錦鱗觸撥波心月收取絲綸上古灘如何是轉功就位師云玉鞭金馬閒終日明月清風富一生龍向洞中銜雨出鳥從華裏帶香飛如何是轉位就功師云錦串老漁懷舊市飄飄一葉浪頭行無影樹頭春色曉金雞嚦枉不萌枝如何是功位齊施師云雨過龍庭苔蘚潤夜央金殿燭初紅天地尚空秦日月山河不見漢君臣如何是功位俱隱師云頭戴華巾離少室手攜席帽出長安進云謝師答話師云青州紙貴乃云古者道一二三四五任君顛倒數露柱與燈籠何曾成佛祖訝郎當又恁麼太也若是大覺一二三四五任君顛倒數露柱與燈籠卻嫌成佛祖不見道空生不解巖中坐春暖桃華樹樹紅漏泄天機無覓處都緣露柱挂燈籠燈籠燈籠卻有古風露柱露柱善解提舉一旦師姑是女人大悟堂中喫茶太是則固是畢竟燈籠露柱見何道理嫌他佛祖不做良久云誰肯眞鍮叓博金

上堂問官不容鍼私通車馬高峰六問請師不吝師云孟浪俗詞論馬角進云尚論何妨見古人師云故山西望三千里往事回思二十年大徹底人本脫生死因甚命根不斷師云黃葉落時風骨露水邊依舊石欄斑佛祖公案只是一箇道理因甚有明與不明師云兢向海門遙悵望四溟飄渺七金寒大修行

人當遵佛行因甚不守毘尼師云散髮夷猶忘管帶太平無事酒顛人杲日當空無所不照因甚被片雲遮卻師云人間但見浮雲白天外常看列岫橫人人有箇影子寸步不離因甚蹋不著師云誰知修水千山碧盡入秋風一瘦藜盡大地是箇火阬得何三昧不被燒卻師云不見一漚即如來是則名爲觀自在進云恁麼則高峰問處雲輿和尚答來缾瀉師云何如獨坐虛牕下華落華開自有時問贊天地之化育妙有栽成運消長之靈樞翕和萬物正當尋梅客醉蹋雪人歸如何是和尚接人句師云山色雲門青未了進云恁麼則明月鋪霄漢山川勢自分師云谿聲洱水古流東進云一氣不言含有象萬靈何處謝無私師云知恩者少負恩者多僧擬議師便喝問古鏡臺弃子轉身而就父夜明簾外臣退位以朝君洞上宗乘乞師磬答師云罕逢穿耳客多見刻舟人進云如何是穿耳客師云西天一隻蓬蒿箭攪動支那百萬兵進云恁麼則學人今朝奪角衝關去也師云雖作蒼鷹拏鷲鼻鴨爲金翅捉獰龍進云如何是誕生王子師云深宮未出靑星耀萬國同歌少海風進云堪憶九龍初沐處東西一步一華開師云亦是傳語者進云如何是朝生王子師云功高燮理超羣嶽德配乾坤遜一人進云天上王麟來瑞世堪作人間將相才師云望窮海表天還遠進云如何是末生王子師云十載磨穿金石硯一朝身到鳳凰池進云霞光捧日登天上彤彩乘風入殿簷師云傾盡葵心日逾高進云如何是化生王子

師云力幹河山同帶礪旁分帝化奏膚功進云一自凱歌歸丕國英雄贏得作清時師云飛鳥盡良弓藏進云如何是内生王子師云金輪不用常飛舉九有截肰在宥中進云古殿無人空寂寞夜深唯有月虛明師正身云大坐當軒孰敢窺進云祇如誕生王有父如何是誕生王子父師云徒有欽聞誰識面指揮佛祖少窺鞭進云白雪陽春齊唱出令人千古和應難師云不於句下證無生卻向言中尋尺寸進云和尚不得壓良爲賤師云也不虧著你乃左右顧視云諸人幸自文不加點山僧何用棘句鉤章便下座

上堂問毒以毒攻是故境人俱奪楔以楔出何妨照用齊施臨濟向上家風願爲當陽拈出師云靈龜無卦兆空殼不須鑽進云若是孫臏鋪何妨問者過師云爭奈凶多而吉少進云於心無諂曲涉世任風波師云家祀重罨苦嗟君不慘顏進云一夜南風移斗柄明繭烟柳不關春如何是先炤後用師云勘過了打安南已得煙塵息塞北將軍唱凱回如何是先用後照師云喫棒了聽款忽雷迸出驚天地華嶽三峰倒卓空如何是照用同時師云有情有理俱三段任是蚩尤也喪魂風送斷雲歸嶺丕月和流水過橋來如何是照用不同時師云滅竈孫臏鏡有策馬陵道上灰龐涓進云忽有箇漢出來道和尚與麼答話未恰古人意在又作麼生抵對師云陰影門中翻魍魎蚍蜉把住大風輪進云龍沮解布千般計韓信能施堰水功師云因甚被漢王郎其臥内奪卻兵符進云肰雖如是收趙

破齊誰成帝業師云天地有心歸道德山河無力爲英雄僧乃禮拜問清篇帶月來霜夜妙語先春發病顔如何是臘盡回春句師云霹靂過頭猶瞌睡乃云三月開爐九旬將半韶光荏苒已事云何良久云有箇卲康節先生易數名一撮金極其靈驗山僧卽將云何二字拆開爲諸人推占看内卦云字以手書云一二三四五乃巽爲風也外卦何字畫云一二三四五六七乃艮爲山也五七得一十二畫用六餘六乃山風蠱卦之第六爻也叓爲諸人推詳其辭看辭曰深淵魚可釣幽林鳥可弋但辦久長心不用生疑惑上卦上卦著力著力便下座

上堂問彼自無瘡勿傷之也因甚曹山卻立三種滲漏師云草荒人變色法久弊多端進云靈龜負圖自取喪身之兆作麽生免得見滲漏太師云識乾枯木絶龍唫鳳縈金網擬趣霄漢以何期作麽生免得情滲漏太師云無毛鐵鷂過新羅語不離窠臼焉能出蓋纏作麽生免得語滲漏太師云風吹石臼念摩訶進云可謂滿酌范公泉一盞人天萬病悉回春師云爭柰鑪鞴之所鈍鐵尤多良醫之門病夫叓甚進云昔日靈山今朝和尚師云風清月白無雲夜休認文星作斗牛學僧問涅槃心易曉差别智難明如何是差别智師云蜀僧藉萓廣僧獦獠如何是涅槃心師云旋風不左轉進云靈山密囑迦葉親聞因甚涅槃心卻易曉師云一蹋鴻門開兩扇遠山鬬插送青來進云一塵透脱千界光輝因甚差别智卻難明師云到門水接江瀨汐屈曲

溝通數版橋進云粉骨碎身未足醻一句了肰趒百億師云老鼠入飯瓮乃云君子於役不知其期曷至哉雞棲於塒日之夕矣牛羊下來君子於役如之何勿思拈起拄杖云休思休思來也來也擲下云作麼生與他相見衆默肰乃高聲唱云不見時准備著千言萬語及至相逢半句也無

上堂問毘耶杜口已涉繁詞摩竭掩室早落廉纖請和尚放一線道使學人得伸請益師云道士捧漏卮如何是句到意不到師云觸途狂見礙如何是意到句不到師云滯㲉迷封多如何是意句俱到師云棒頭敲發喝下光生如何是意句俱不到師云眼見如盲口說如啞進云可謂師子滴乳迸散十斛驢乳師云看你怎解冰消有分在乃云肅肅兔罝椓之丁丁赳赳武夫公侯干城化行俗美賢才衆多雖罝兔之埜人而其才之可用尤如此況我祖師門下盡是掌擘日月背負須彌婢眎聲聞奴呼菩薩底過量漢奚有於謀王定霸論道經邦之士哉卽今衆中莫有揮戈佛日克壯玄猷者麼何不出來與我作金雞報曉一聲使他七十二城千門萬戸一一蘧肰如夢斯覺豈不光揚宗祖也耶有麼有麼一僧才出師打云比擬張麟卻逢玄鼈便下座

晚參問萬有胷藏眞武庫添財誰得富爲羣知師大施曾無吝三種然燈願欲聞師云采得百華成蜜後爲誰辛苦爲誰甜進云將此身心奉塵剎是則名爲報佛恩師云白日只陪人事過青春那得再來時進云往來三有

界不任五行中師屈指推算云計羅星在命太歲復臨身不是人打殺定朕打殺人進云靈山授記未至如此師云山僧卽日爲你起蓋涅槃堂進云恁麼則因圓三界外果滿十方知公也師云一送荒郊裏千峰永不回進云樂郊樂郊誰之永號師云幽城無白日深閉不知愁如何是然燈前師云長庚到曉空陪月如何是然燈後師云夜半波斯入市廛如何是正然燈師云太歲今年合在心進云非但某甲抑俾大衆聞所未聞師云大衆且置你聞處作麼生進云三八二十四四八三十二師云相逢話盡壺中事重把仙書仔細看進云祇爲某甲看得慣師云再斯可矣乃云世尊拈華御溝紅葉題情句迦葉微笑浪作偷香竊玉人當時大覺若在便將出幾釣

白雲老祖買油糍喫底大光錢雇了道林寺裏起造潭州城五千間寨屋底一百名夫卽就靈鷲山并深深穵箇大院等閒推下一齊埋卻免見西天四七東土二三遞代相傳謂是實相無相微妙法門則又何異猢猻戴紙帽祇成得一場笑具諸仁者你若是箇眞正出格底丈夫漢胡蜂蠆上挨肩直入鸑鷟牙根僧路徑行那裏魍魎魑倚他門户傍他牆便乃擺動精神直向那黃頭老兒華未拈動抖擻道者顏未破時直下承紹將來管取大小佛祖齊立下風有分在大衆正恁麼時你道承紹箇甚麼喝一喝下座

立春上堂問東君節令不相饒萬壑千峰雪盡消陽氣發生無硬土庭前石筍又抽條爲復是神通妙用爲復是法爾如朕師云回雁

一聲春夢斷始知身世悟南柯進云野老不知堯舜力鼕鼕打鼓賀新春師云爲復是神通妙用爲復是泆爾如肰進云提來劒氣干牛斗洗蕩塵氛建太平師云將軍固有嘉聲在不得封侯也是閒進云韓信不逢眞漢主至今猶自拄行間師云你曾見幾人来進云眞金自有眞金價終不和沙賣與人師云欲窮風月三千界好化天人百億軀乃云休言水土北來憨紅杏長開月二三但願東風齊著力不單春色拄江南大衆五九盡日又逢春了也轉盼之間桃紅柳綠白牡丹紅芍藥文宫果頻婆果開徧園林有日拄第不審諸人心華幾時發明若也未得發明山僧昝季行脚拄黄麻傳得諸葛武侯與曹操鏖兵赤壁時因呉將周公瑾欲用火攻爲渠偺轉東南風底祭法不免舉行一上上天皇皇下土茲茲即有山東青州府益都縣大覺禪寺住持某乙一心虔請司風使者主風神王盤中有鏁壺中有漿沈醉東風願東風火速發揚胡盧胡盧即今東風巳到待渠試爲諸人著力看拽拄杖下座一時打散歸方丈

除夜小參問古德因僧問歲盡年窮時如何德云東邨王老夜燒錢意作麼生師云你有問我即答進云即今問和尚歲盡季窮時如何又作麼生答他師云家家燕歡處處笙歌進云最好太平無一事儘敎樵唱滿江邨師云爭奈千門無壽藥一鏡有愁縣進云對玉山人雖老矣見恆河性故依肰師云卻被閻羅王捉著了也進云若不同牀睡焉知被底穿師云業鏡臺前添一鬼艸根從此鎖骷髏

僧打一筋斗便出師云見怪不怪其怪自壞乃云牛烹露地送殘季破費家私整汰筵何似東邨王老伯依時及節夜燒錢所以大覺者裏料水打碓看突生煙進前八百退後三千拄杖時常靠壁袈裟懶搭半肩一切教伊從空放下自然超勝平地登仙風月怎懷那管銀臺不變榮枯見慣一任白鼠推遷逗到今宵祇贏得一雙青眼兩袖空拳媿無少汰爲人傳獨喜逍逍遥遥毋意毋必落落魄魄半風半顛一似門前泥力士不將閒事挂心田然則臘月三十日到來也如何斡旋東風吹綻千林玉依舊庭華笑檻前

歲旦上堂元正啓祚萬物咸新恭惟首座大衆各各道體起居萬福驀撫掌呵呵大笑云好笑好笑笑得人肚腸筋欲斷你道山僧笑箇甚麽昨夜四更頭大禹王成湯王周武王相其拜賀新正因即雲門山頂大昊昊天王闕之宮酒半酣間武王起身勸飲行箇令子以新正即景席上生風爲號勝者免飲負者罰酒於是載言曰天開於子地闢於丑人生於寅周正建子天統也商正建丑地統也夏正建寅人統也三才者天爲首地次之人又次之商王負夏禹王大負當飲青州從事三大甌飛觥欲舉湯王曰寡人不應受罰易曰乾在坤上曰否坤在乾上曰泰然則周王固欲否而不欲泰乎夏禹王曰寡人亦不應受罰書曰天降下民作之君作之師夏正建寅所以便民事也是故顏淵問爲邦子曰行夏之時不覺語高聲喧驚醒了山洞裏石陳摶底睡起來打箇呵欠矢口明唫曰洞裏無雲

別有天桃華如錦栁如烟仙家不會論冬夏
石爛松枯又一季三后聞之無著慚惶處亟
命車駕司回輦而去爾等諸人還曾得知也
未喝一喝云除卻華山陳處士誰人不帶是
非行

晚參問澄澄滿目烟光秀湛湛壺中日月長
象舞龍蟠𪍿座下明安三句請敷揚師云貪
觀天上月失卻手中橈進云古渡無人霜月
冷蘆華風靜鷺鷥眠如何是平常無生句師
云風吹不動天邊月進云鵰弓已挂狼烟息
一片皇風四百州如何是玄妙無私句師云
岳陽船子洞庭波進云水上東山行不住火
中木馬夜嘶鳴如何是體妙無盡句師云化
龍杖子吞乾坤進云不因欒布作爭得見韓
光師云海東東海望新羅進云四海浪平龍
睡穩九天雲靜鶴飛高師云毘邪離城正作
鬧狂又一僧才出師便喝僧禮拜起師云揭
卻天覊蓋你還覺有𡿺門也未僧無語師云
風魂雪魄太難招乃云勝日尋芳泗水濱門
外打之遶作麼無邊光景一時新且莫眼華
好等閒識得東風面與我拈出一星兒看萬
紫千紅總是春躲虎不眞徒勞沒羽又爭知
太陽門下日日三秋明月堂前時時九夏唱
無生之雅曲譚玄妙之眞宗驅萬象作參徒
列森羅爲聽衆頑石輾敎入海壁梭喚起成
龍直得澄澄滿目烟光水上東山行不住湛
湛一壺風月火中木馬夜嘶鳴尤是循途漸
進之階未見奔逸絕塵之步且道大覺門下
又作麼生拈拄杖起座云芳艸渡頭輕舉足
等閒身在杏華邨

因事上堂轉谿流非止水一滴忽來千波競
起沒頭浸卻普天人幾箇得知身在裏喝一
喝云倒嶽傾湫作雨霖化龍豈是等閑鯉
晚參問古佛堂中曾無異說流通句內誠有
多譚香嚴三焰佇聽雷音師云可憐夜半虛
靠席不問蒼生問鬼神進云舉古爲明從上
事那同神鬼等譏訶師云依他人作解附木
即精靈進云不依他作解時如何師云忽驚
鄉樹出漸識路人多進云恁麼則到家消息
在齋唱太平調太也師云過後五日看如何
是本來焰師云青天謾自誇澄湛爍破還他
一鑑中如何是常焰師云風靜碧潭雲去後
秋空那倩水磨礲如何是寂焰師云澄艷自
來炎瑟瑟衝撞還聽佩琤琤進云離卻三照
外請師再道師云速離三照問將來進云學
人若問只恐黃河倒決師云禹力不到處河
聲流向西進云可謂禪高太白月行出祖師
碑師云莫謗山僧好進云如有所謦者其必
有所試矣喚作謗得麼師云老僧齋罷關門
睡不管波濤四面生進云棋逢敵手難藏拙
琴遇知音正好彈師云揚意不逢撫凌雲而
自惜進云鍾期旣遇奏流水以何漸師云一
曲兩曲無人會雨過夜塘秋水深進云還許
學人吹彈聲調別轉旂槍也無師便喝進云
萬里鴻溝歸漢後八千人恨一聲謌師云不
到烏江畔知君未肯休乃舉唐人贈商山隱
僧詩云商嶺東西路欲分兩間茅屋一谿雲
師言耳重知師意人是人非不欲聞可謂善
於涉世討盡便宜但只恁麼太未免繫駒伏
鼠外寂中搖且聽山僧爲伊別轉一路看幻

身幻世謗區分等是浮空天際雲勘破是聲非有自千差歷耳總圓聞

元宵上堂問二由一有一亦莫守元宵十五大月當天因甚家家高燒火樹師云多處添些子進云如何是大覺一枝燈師云明暗雙雙底時節進云如何是霧山一枝燈師云四生六道一光中進云如何是威音那畔一枝燈師云毘嵐風括愈棱嶒進云如何是現前大衆一枝燈師云家家門前火把子進云恁麼則是處是彌勒無門無善財汾陽五問句還許學人進問也無師云好山勝画徒能說來往如梭爲底忙進云僧他拍版與門椎我且逢場而作戲師曰玉匣記邪會眞記邪進云學人不打者鼓笛師云前言何在如何是入門句師云看脚下如何是門裏句師云大座當軒孰敢窺如何是當門句師云倚天長劍逼人寒如何是出門句師云問路白雲多逢人青眼少如何是門外句師云切忌打之遶進云前頭答得是後頭答得不是師云心華不審誰開滚鼓打南天北地聞進云與麼說話達磨一宗那到今日師云如何是達磨一宗僧便喝師便打僧便掀倒禪牀師云且放過一著乃云月生十五前日望光彩圓月生十五後日畏光彩瘦不見夜月光一樽成暗酒匣中有青鏡光短不照空欲爲補月光自慚非良工大衆堯天災禹平治古人闕今人備山僧非敢自誇良工好手今夜竊承現前大衆威光之力不免爲古人補此夜月光去也以拂子旋轉數币作走馬燈云請大衆一齊高著眼擲下拂子云千古萬古常光輝

何止人間一夜看

晚參問心月孤圓光吞萬象光非照境境亦非存未審古人憑何道理而立三種生師云任你顛倒所欲南斗七北斗八進云顛倒想滅時如何師云萬緣器盡泥中土四海澄清月狂天進云與麼則恩深轉無語懷抱自分明師云你不會直須博學之審問之進云又是從頭起師云學而第一進云學人道箇鄉黨第十又作麼生師云只知負笈攻文那解六韜三略如何是相生師云犀因翫月紋生角如何是想生師云杯疑弓影卻成蛇如何是流注生師云野火燒不盡春風吹又生進云專為流通師云逢人不得錯舉進云怎敢錯舉師云你作麼生舉進云如是我聞師云信受奉行乃云迷時迷卻悟底幾度木蘭舟上望不知元是此華身悟時悟卻迷底留得寒牕無夜月三更依舊照茅堂正當迷悟雙忘蔥嶺罷詢熊耳夢雪庭休話少林春不見道明明無悟深悟深卻迷人長伸兩腳睡無偽亦無眞雖然實卽得若不實他後大有著你諸人處莫言山僧今日不道

天童弘覺忞禪師語錄卷第十

音釋

畬 詩車切音奢火種也

冪 莫狄切音覓冪冪煙貌

蠱 公五切音古卦名蠱者事也巽下艮上曰蠱

役 營隻切音疫同役使役也

麕 規倫切音顯麞也

觥 姑橫切音嘓平聲角爵也

天童弘覺忞禪師語録卷第十一

嗣法門人顯權等編

再住明州天童山弘法禪寺語録

古三解脱門十方無壁落四面亦無門者裏排身入作等閒坐斷乾坤

佛殿報化非眞佛亦非説法者阿你大衆畢竟誰眞誰説展坐具云須知遠烟浪別有好商量

據室閉門打睡接上上機中下之流入圜鑊地若待豎拂敲牀總是睦州道底喝一喝八棒對十三數來未到你

上堂滲天門户開張千聖仰攀不及廣大家風浩浩含霧依蔭何窮所以從上先德莫不於茲長育羣萌王有三界爍成佛祖流出萬宗其柰草菴止宿人多門外周遊者衆遂使弘規罔紹大業就荒衆中莫有法王眞子克咸厥家者麼出衆相見問法雷初震人天高太白之風慧日重昇遠近闢光明之域四衆臨筵願聞開示師云南北山相封東西有路分進云偶從五鳳樓前過兩袖攜來御苑香師云與我盡情拋卻著進云道峰不出先業有顛蹶之虞甬水還來咨人失瞻依之望作麼生得不偏厺師云風清三佛地月朗萬魁山進云恁麼則焰功雖不立應會未嘗虛師云收進云古人道我逢人則不出出即便爲人又有道我逢人則出出即不爲人且道還有優劣也無師云一點水墨兩處成龍進云還許學人與古人共相證明麼師云未易輕相許諾進云來朝更獻楚王看師云切忌重遭則足問當央坐鎮此山阿道化人問歲月

多歷徧天涯曾不動重光祖域事如何師云皓月正當户清風尤拄林進云可謂還鄉曲調非今古太白燈傳晝夜輝師云依舊㳘堂㭊草漢一丈拄進云一種沒絃琴上曲請師方便發巖音師云山僧誓不開第二門頭接人進云與麼則人天沾雨露四衆沐恩波厺也師云大有園林枯槁者又一僧出師拈拄杖便打復喝一喝云須知海嶽歸明主未信乾坤别有天卓拄杖下座

開爐上堂廣僧微知客問青齊擦網吳越張弓打鳳羅龍則不問斬新條令事如何師云六祖大師本姓盧進云如是則嵩少一燈全賴渠儂厺也師云塔曰元和霧照進云萬山皆拱北五嶽盡朝宗師云門外有客來好生款接厺進云笞季義興開山天童侍座今日和尚爐鞴重開還有不受煅煉者麼師云任是太白親來管教爛額焦頭進云可謂生鐵鑄成金彈子遣破當人箇面門師云許你是箇孟八郎漢問還丹一粒藥汞禪點著銷鎔只如透過金剛圈吞卻栗棘蓬底漢到來和尚如何接待師云敷點飛龍馬金鞭掣電揮進云恁麼則烈燄光中分瑞色濟宗一派又番新師云重把千金買馬骨僧拂坐具云鎮鄉三尺從爐躍那容蚊蚋拄其中師打云便是長飛彩鳳也不容僧便喝師又打僧云今日且放過和尚師云生受生受問昝日世尊三轉㳘輪與和尚今日重開爐鞴相厺多少師云今古歷朕進云霧山説㳘四十九季未曾説著一字今日天童上堂又作麼生師云你見山僧説箇甚麼進云大冶洪爐烹佛烹

祖只如無面目漢又作麽生煆煉師云百雜碎進云画龍不點眼點眼則飛騰去時如何師云怎奈尢肰困死水進云向上宗乘卽不問應時及節句請師速道來師云天童今日開爐進云謝師荅話師云逢人不得錯舉乃云佛法無多子久長難得人山僧昔枉兹山以不辦久長之念住凡四周寒暑散席他往東住天台南住於越西住吴興北住青齊已經十有一載無端遭人抑逼還復歸領住持則嵒頭雲老室内氷冷正當今日開爐作麽生得接談連輝去拱手云着力全在諸弟兄

晚參舉天龍和尚上堂云大衆莫待老僧上來便上來下去便下去各有華藏性海具足功德無礙光明各各參取好師云天龍只知華藏性海具足功德不知上來下去總是無礙光明大衆既是無礙光明因甚諸人只恁上來下去鵝王擇乳素非鴨類

除夜小參流光易邁老死難期始見春芳載吐又是臘月三十日了也諸仁者作麽生與我作箇道理免爲三界二十五有之所籠罩陰陽七十二候之所推遷有般漢亦自傷苦晝短便杜田道飛光飛光勸你一杯酒吾不識青天高黄地厚惟見月寒日煖來煎人壽食熊則肥食蛙則瘦神君何在太乙安有天東有若木下置銜龍燭吾將斬龍足嚼龍肉使之朝不得回夜不得伏自肰老者不死少者不哭此所謂不知天地者剛道有乾坤之說是也大衆乾坤尚且不有日月雙丸更向甚麽處回薄況復能煎人壽如斯倒見既昧山河大地生起之因又惑真常自性迥爲寒

暑銷爍豈非迷倒中倍生迷倒諸仁者如今要得免離此患正不必餌黃金吞白玉亦不必羨他任公子雲中騎碧驢肯信卽今說法聽法歷歷孤明者著子從本以來未曾昏晦貫通今古無有間肰便直下峭巍巍活卓卓如頓著一座須彌山相似一真一切真更不起第二念落他聲色見聞則無常生死自不相干又何慮劉徹茂陵多滯骨嬴政梓棺費鮑魚之爲患乎哉不見溈山問道吾甚麼處來吾曰看病來溈曰有幾人病吾曰有病者有不病者溈曰不病者莫是智頭陀麼吾曰病與不病總不干他事速道速道溈曰道得也與他沒交涉病苦既爾當知生老死苦亦復肰也諸仁者是他古人因甚得與麼超肰獨脫卓拄杖起座云意氣不從天地得英雄豈藉四時催

追嚴請上堂問父子上山各自努力因甚玄沙悟道其父超昇師云雲有出山勢一子出家九族生天爲甚目連證果母尚沉淪師云水無投澗聲進云恁麼則孝子追嚴當爲何事師云石虎嵓前嘯木人對下聽僧一喝師便打僧禮拜師云藏頭露牙終非好手乃云假借四大以爲身海棠經雨又忝春心本無生因境有八角磨盤空裏走前境若無心亦無碧潭空浸玉蟾蜍罪福如幻起亦滅大冶紅爐飛片雪所以古德因僧問四大從何而有德曰湛水無波漚因風擊僧曰漚滅歸水時如何德曰不渾不濁魚龍任躍大衆不渾不濁澂空鑒覺魚龍任躍擎頭戴角衝倒鐵圍踹平劒閣無明山上起雲靄浩浩清風生

寥廓祇如今日石振林居士所薦二親又作麼生揚林二月囀新鶯松渚千年歸舊鶴

解冬上堂問把斷要津即不問放行一句事如何師云你且住住又何妨進云春風吹户牖杖笠撥烟霞有人擬奉師去還得不違師意也無師云老鼠口銜牛尾走進云行道不因門户峻立言宛爾泰嵩高師云緩步從直道未行先起塵進云古人道我若一向舉揚宗旨法堂前草深一丈從上諸聖未審將何示人師云草深一丈即且置向上宗旨若爲論進云今日被和尚一問直得倒退三千里師云何不速禮三拜進云向上之機幸已聞命末後一言未承教誨師云緊俏草鞋著進云若不上來伸一問焉知全露法王機師云重疊關山路僧禮拜云者回非是遥招手親見江陵夢裏人師云醒來依舊月輪高問結制時把定繩頭解制時放開布袋把住放開是一是二師云露柱騎佛殿出山門僧堂走入廚庫裏僧一喝師云者一喝著在甚麼處僧無語師便打乃云霧雲見底大家同二月桃華狂處紅健羨不須從外覓故園大有好芳叢驀豎拄杖云看看墻下云擬著眼落千差一片何人得流經十萬家

中春請上堂如來唱滅日施主慶生朝開落同玆際榮枯豈兩條所以道淨法界身本無出沒大悲願力示現受生雖復示生而生本如夢如幻雖即示滅而滅本如影如化滅本如影如化則諸佛即非諸佛生本如夢如幻則衆生即非衆生衆生即非衆生則喚諸人即是釋迦亦得諸佛即非諸佛則喚釋迦即

是諸人亦得諸人與釋迦無二無二分無別無斷故肰則正當今日中秋又且如何是慶生一句了知生滅元無性永證金剛不壞身
謝進士宅請上堂誰擅寰中真富貴難同春色到林泉輕烟處處流芳甸黃鳥聲聲闡妙詮九九寒消窮漢舞三三日麗百華妍人間得意逢玆景應是多生種福田
張大總戎請上堂五日風十日雨麰麥有秋狼烟不舉海既晏河復清野老熙熙賞勝農夫澤澤其耕山僧將謂太古之風如此郤肰今日親樂四海昇平大衆當爾之際爲是寔中德布爲復閫外威行卓拄杖云囘瀾一柱擎天外永奠皇家億萬春
善修禪人請上堂灋性徧拄一切處一切衆生及國土三世悉拄無有餘亦無形相可分別豎起拄杖云且道者箇是灋性不是灋性若道是灋性爭奈拄杖子何若道非灋性爭奈徧拄一切處何鐵眼銅睛漢向者裏一覷覷透便見全佛即心全心即佛全身即土全土即身塵塵爾剎剎爾無一灋不是眞乘無一物不爲妙用抽一機則千機萬機頓赴拈一境則千境萬境齊彰要說甚麼一字三關五位七棒九帶十六題直饒一句中具三玄門一玄門具三要分五教於喝下同十智於一真猶是門庭建立之譚卓拄杖云要定衲僧眼腦向上要有一竅
結夏小參久默斯要不務速說天童寺裏來朝結夏今夜小參要言不煩直下爲諸人宣說去也參須真參悟須實悟閻羅大王不怕多語復云古者道識得一萬事畢舉起拄杖

云諸人還識者箇麽顯諸仁藏諸用鼓萬物而不與聖人同憂盛德大業至矣哉卓一下下座

上堂以大圓覺爲我伽藍身心安居平等性智光剃頭淨洗盋應普請搬柴米不趂纖毫修學心一超直入如來地諸人肯恁麽信得及去是謂心心踏菩薩乘念念修寂滅行其或未肰不覺日又夜教人怎少秊也須著些精彩好

雪鑑明知藏送大悊鼓進山上堂多子塔前曾無異說曹谿路上豈有多譚所以通身是口惟宣不二之宗震世洪音不闢非時之句靜而善應感而遂通何止衆論推爲先聲人天有所矜式直饒三世諸佛也須聽令而行歷代祖師不敢攙前豎義正當今日聿來方外高鎭天童又且如何喝一喝云揭地一聲千嶂曉威名從此塞寰中

上堂舉南臺因僧問離地四指爲甚麽卻有魚紋臺曰有聖量枉僧曰此量爲甚麽人施臺曰不爲聖人師頌曰松柏千秊青不入時人意牡丹一日紅滿城公子醉老瞿曇能衒倩千輻輪紋別樣妝紅羅扇掩仙人面咄急須著眼看仙人莫看仙人手中扇

請上堂不知命無以爲君子是故僧問趙州壽秊多少州云常州有韓退之問大顛春秋多少顛云晝夜一百八二大老可謂春秋高闊天下之義理多矣明於生人之大故雖肰不能使他文公與者僧當下悟去猶是躲的不真徒勞箭筈今日天童爲檀越延生陞座有問施主壽秊多少但向道須彌頂上禁金

隈管教他知得本命元辰落地處何故乖乖
五月藹華漾時有香風散白蘋
晚參日可冷月可熱衆魔不能壞眞說山僧
有一句子非但衆魔任是三世諸佛歷代宗
師天下老和尚縱以要說之辭折以無礙之
辯敲佅移易一絲豪不得你道是那一句子
良久云日出東方夜落西
上堂朱夏方臨天中節屆家家艾虎高懸戶
戶蒲輭密挂莫不瘟神疫鬼借以潛消赤口
毒舌資而化解唯我天童者裏四周籬落盡
情八字打開一錫禪流放教十分瀟灑百忌
無拘千殃不介爲甚如此家無白澤之圖詎
有如是妖怪
晚參虛空裏還有釘得橛者麼一僧繞出禮
拜師打云且釘者一橛著便下座歸方丈
上堂大凡演唱宗乘須是一句中具三玄門
一玄門具三要有權有實有照有用汝等諸
人作麼生會若也未會山僧爲你下箇註脚
上古結繩而治後世聖人易之以書契百官
而察萬民而治蓋取諸夬
解夏小參幾片白雲橫谷口數聲寒鴈起滄
洲今人苦憶寒山子紅葉斷崖何處秋舉起
拂子云寒山子來也拄山僧拂子頭上口喃
喃道泣露千般草唫風一樣松諸人若也信
得及太天童今日解夏苟或未肰休趁五湖
秋景好按雲且宿碧峰頭復舉雲門問僧秋
初夏末不觸平常道將一句來僧無對自云
初三十一中九下七霧喦琇禪師拈云曾爲
浪子偏憐客自愛貪杯惜醉人師云南石老
漢鐳下名言說甚曾爲浪子偏憐客直是秦

時轉轢鑽頭尖若是天童又且一不肰一則三三則七牧羊海畔女貞華拒馬河邊望夫石石擊赤赤土畫簸箕從教眼瞎瞌

溈山遺僧埽塔天童請上堂洪波白浪雪山排霄骨先師安在哉當地把鍬能著力不勞擔夯陟崔嵬何故誠謂高山在望景行可行不見我先師密和尚崛興末運振起先宗鎧仗莊嚴備周三玄戈甲根株披揀力鋤異見稠林直使千差萬别之夫咸趨至正大中之域故得瞥豁正脈既塞而弘通少室真燈將昏而再曜即今衆中莫有羽毛相似氣味相同溺時仔肩繩其祖武者麼乃喚溈山耑使向前云爲我持語勗勉慧山長老

成道張大總戎請上堂我佛世尊從久遠劫來求道利生是行必修無功不積窮神極慮竭智盡能所以有時一生之内通達無量法門一念之間獲得無邊三昧肰而不名成最正覺不稱一切知者見者如世專城宿將幹不庭方非不敵王所愾肰而烽火猶傳太平未致者以四海九有未獲有截故也至此臘月八夜忽睹明星顯現徹證自家境界則無一民而非王民無尺土而非王土故得銷鋒鑄鐻放牛歸馬干戈息而天下平矣正當恁麼時如何從前汗馬無人識祇要重論蓋代功

除夜小參欲得不招無間獄莫謗如來正法輪大衆正當今日玉櫬梅題青含栟眼户户桃符新換家家爆竹聲喧且道是臘月三十日不是臘月三十日若道是臘月三十日即墮常從倒見謗若道不是臘月三十日即墮

理事相違謗諸仁者要得不謗會須槃發毘摩質多羅阿修羅王瞋心運動師子王光明那羅延神力舉起打地和尚旋風椎子將身心世界猛地一擊直得乾天隕落后土崩亾當爾之時謗道驢脣先生新舊歲君手忙脚亂罔知攸措就中有無量執金剛神身衆神足行神道場神主城神主地神主山神主林神主藥神主稼神主水神主河神主海神主火神主風神主空神主方神主夜神主晝神以至日天子月天子三十二天王大自在天王衆各有佛剎微塵數一齊滅迹消聲然後遊步於法界未彰之始監觀於覺華未綻之先目前空蕩蕩地虛豁豁地亦無人亦無佛到此方可逆推甲子倒數陰陽有時翻尾作頭則不妨移置未來世於莊嚴劫中而不爲前有時翻頭作尾則不妨回置過去世於星宿劫中而不爲後建立由我破除由我道是亦得道非亦得不見道我爲法王於法自在苟不如是舉心卽錯動念卽乖謗正法輪未有了日復舉僧問古德歲盡年窮時如何德云東鄰王老夜燒錢師云看他先輩等閒吐露些子最平常卻是十成孤峻極孤峻不妨最是平常今夜得閒試爲諸人領出鄰詞社舞樂堯年那管人間歲月遷佛法不存立妙解拈來祇在口脣邊

上堂問殃崛摩羅持盋至一長者門其家婦人正值產難如何理論師云解究須仗對頭人進云因甚殃崛卻云我作入道未諳此事師云誠實之言自不欺進云世尊道我從賢聖法來未曾殺生意作麼生師云既因地倒

還從地起進云殃崛持語報長者家其婦當時分娩又且如何師云待你囫地眼開時即向你道進云恁麼則玉笛一聲鄰夢醒大地山河盡解顔師云又被風吹別調中進云祇如今日檀越設齋和尚高陞猊座如何是利生一句師云大家扛者裏進云日輪當午焰大地悉光輝師云燭油更著溼燈心進云大衆證明學人禮謝忝也師云抑逼大衆作麼乃云於一毫端百千億那由他國微塵數如是無量諸如來於中安住說妙法況我衲僧門下動容揚古路眴目露真機風柯月渚竝可傳心烟島雲林咸提妙旨自是諸人不了目肯用諸緣慮以致心境紛紜萬有差別今日山僧既承諸檀般勤勸請豈可到此被蓋囊藏祇得勦絕葛藤掀翻露布直下爲諸人的的提持去也拽拄杖下座

鷲巖祈福請上堂一句了朕頓超百億一言透脫千界光輝洞明空劫以前徹見未生之始說甚長江無間斷聚沫任風飄直得華藏毘盧晾同黄葉人間天上何處安排故能橫身三界內出沒四生中觀斷岸駕慈航接漩澴之迷流登無爲之覺路頓使普天之下萬善雲臻率土之濱千祥霧集家騰桂馥戶襲蘭芳是則固是祇如適來了底是那一句透底是那一言得與麼神用無方妙需莫測聻喝一喝云聊聞智者猛提取莫待天明失卻頭

為新戒付衣盋上堂知得者般事便休更嫌何處不風流丹霞掩耳西江忝高道江陵止不遊苟不如是徹見自性心地戒源直饒身

共錫聲離鳥外迹同雲影過人間不名超方上士縱曰青草不生行道迹白雲常護坐禪扉亦是伎死禪和所以道唯佛一人持淨戒其餘悉名破戒者如是則聲聞破戒緣覺破戒三賢破戒十聖破戒諸人到此作麼生得不破厺拈起袈裟角云龍袖拂開全體現象王行處絕狐蹤

四月八日田少傅入山設供上堂三箭天山曾底定干戈中立太平基殺人不眨將軍眼作佛成仙衹片時所以無邊刹海中一切諸如來名稱普聞者釋尊爲第一以其能堅勇精進克證菩提故也大衆衹者一事人人本具各各不無因甚渠儂纔生下地便作師吼諸人到此衹麼星眼隨人轉朱脣向乳開畢竟利害在甚麼處卓拄杖云非常人辦非常事不是其人建立難

上堂一坐龍池十五秋潑天浪接禹門流綿包栗棘垂香餌玉折金圈作鈎鉤無限錦鱗來海澤不時雷火震山丘利生願滿無餘事依舊藏身入斗牛大衆身藏北斗佛眼難窺影散多千容光必照朕則法雨既停於此土慈雲又布於他方見前諸人諒已不言而喻矣衹如巖頭道我雖與雪峰同條生不與同條死要識末後句衹者是今日山僧與龍池和尚同生不同死固是公案現成就中末後句又且如何論量要識麼今晨明初守約二專使特將龍池和尚遺命設齋供養諸人

受法超嵩乳和尚遺書上堂問淮河坐斷幾經秋萬里烟波一釣收明月蘆華人厺後正偏不落請師籌師云鐵船無底蹋翻厺依舊

東山水上行進云藏身北斗無消息夜半正明事若何師云石女夜登機寗室無人埽進云衹如昨夜潙山僧今朝水牯牛邨邨農事急拽耙幾時休師云山僧住持事繁進云一句無私該宇宙甬東淮北盡沾恩師云一回歃水一回噎一度西風一度愁乃云道被江淮化行海岱一言出口革面易心千里聞風投誠皈向故能使趨邪徑者登正見之康衢糾愛纒者破無明之業網手握空中妙印明紹洞上宗傳戶結香火良緣郤疑泗州應迹莫知其始孰詰其終譬如種種幻事作諸化人化本不生今豈有滅肰則因甚一幅遺書猝至夜來不勝淒其諸人還委悉麼鬱州春盡鶯華老草木從玆不倩芳

結夏小參沈舟破釜焚廬舍持三日糧示軍士必死無一還心故能破秦救趙長驅入關況復衲僧家積刼大事因緣了辦一期之内又作麼生著力好護生須是殺殺盡始安居會得箇中意鐵船水上浮參

晚參好兒不用爺田地好女不穿孃嫁衣你道好衲僧還受師家控勒也無喝一喝云良馬不知何處厺阿難依舊世尊拈

晚參三世諸佛不如你歷代祖師不如你天下老和尚不如你山僧不如你是你有恁麼長處因甚衹麼眼睶瞌地多向洞庭秋草岸楚天空濶不知歸

九日為德嵒禪人上堂真說非言真聞絕聽言聽既絕則生滅滅已寂滅見前生滅滅已寂滅見前則法界全真三際平等法界全真三際平等則過厺有佛坐於道場吹大法蠡

擊大泫鼓演大泫義不妨現狂未來一切國土同見同聞未現有佛坐於道場吹大泫蠃擊大泫鼓演大泫義不妨過去一切國土同見同聞聞見旣同三世則又何妨德呰禪人日𢎞請泫今萠死後爲渠宣揚大衆宣揚則不無畢竟是何章句一句明明該萬象重陽

九日菊華新

開爐上堂滅郤無明千尺燄發生智火徹天紅凡情聖解都燒盡猶落時流功幹中所以道大道絶同任向西東石火莫及電光罔通然則山僧到此如何爲人諸人到此又作麼生入作將謂少林消息斷撇柴日上聿旂峰

歲朝拈香上堂兼謝吳興檀越祈嗣齋歲旦恭逢二八秋山呼不用祝龍樓太平業已徵嘉運頌戴堯天溢九州乃舉拂子云歲朝把筆萬事大吉然則書寫甚麼伽陀卽得記得古諺有云歲朝宣黒四邊天大雪紛紛是旱秊最喜立春晴一日農夫不用力耕田山僧不免依韻奉賀以拂子作書勢云從來豐歉不由天種下靈苗定有秊會見道芽生道果廣收不盡祖翁田大衆當知祖翁田地三災不到四運靡遷風月無邊不輸天子之賦雨暘莫受豈虞旱潦之侵是故論其原隰維均也則萬聖欽承千靈共託論其地道敏對也則信根一植立燦心華此祖翁田地所以出生廣大利樂難思者也以拂子畫一畫云正當今日呈祥彩鳳來丹穴瑞世玉麐降九天且道是何感名摘拂子云須信有情來下種斷然因地果還生

中春上堂兼謝千聚桂輪二禪齋如來正涅

槃永斷於生死若人至心聽則受無量樂默肰良久云大衆若向者裏諦聽得徹去則無有涅槃佛無有佛涅槃其或未肰波旬方起舞慶喜正椎賀諸人還覺其顙有泚未更聽一偈昔日純陀今二禪供陳最後受金仙三春雨露何曾間二月烟華又復妍鶴對終譚猶枉耳靈山一會尚儼肰化城踢倒無疆界普請同登寂滅船

請上堂有㳒可說名野干鳴無㳒可說名師子吼師子旣吼羣狐竄匿華劈要玄破除格則明明明明黑黑黑黑般若無知逢磨不識若將實㳒綴於人土亦難消況羨食肰則今晨宋王二士遠從關中建業入山請㳒爲伊說箇甚底卽得拈拄杖卓一下復喝兩喝云唱謌須是帝鄉人打㲂還須州土麥

結夏小參衹是舊時人不改舊時行履處因甚畫地爲牢刻期取證九十日內苦要諸人內心無喘心如牆壁直待囫地一聲方名罷參解制畢竟成得甚麼邊事諸人若道不得山僧不免引箇現成偈子與你解說到得心空及第秋倒騎驢子上揚州餓餐渴飲無餘事大丈夫兒合自由復舉先密老和尚示衆禹門今日結制須要衆兄弟一議不用衆兄弟參禪不用衆兄弟會理單單不許瞌睡若也瞌睡一棒打出骨髓莫言不道師云天童來朝結制也與現前兄弟一議參禪會理底一任參禪會理惺惺瞌睡底一任惺惺瞌睡單單二時粥飯不許皷破常住粒米若也皷破粒米敢保閻羅老子索取飯錢打你入阿鼻莫言有甚碑記好

上堂兼謝若乾寧故宿諸徒埽塔齋久隱化士問廣布漫天網子收盡四海英霧不入羅籠底人到來又且如何施設師云放你三十棒進云剖出無瑕方是玉画成有足卽非蛇師云誠哉是言也進云解下虎鈴驚大地殺活縱横得自由師云如何是你得自由處進云横身倒卧無他事三世如來共枕眠師云昨夜釋迦老子徹底是甚夢進云知音不用頻頻舉師云要爲我分衛一回始得乃云氷凝蠟骨徒程有作之功雪護鵝翎自著無繩之縛爭似天童者裏五病不分正因絶口杳忽管帯索爾虚閒只要諸人直下拈卻炙脂帽子脱卻鶻臭布衫作箇灑灑落落底漢便是酒肆淫房三處度夏也得朝到西天暮歸唐土亦得西川看競渡天津橋上看弄猢猻總得不見道以大圓覺爲我伽藍且道於中還有生滅去來之見也無北山地下南山雨五嶺雲分太白雲

開爐上堂兼爲亾僧追嚴誰信死了難重活須信活人死要難拚得全心俱器卻紅爐燄裏結氷寒不見善財童子旣受勝熱婆羅門教巳卽上刀山自投火聚未到中間卽得菩薩善住三昧纔觸火燄又得菩薩寂静樂神通三昧諸仁者大丈夫漢當爐不避猛火何不放舍身命肰後再穌起來與我瑑烹金玉陶鑄萬霧説甚火燄爲三世諸佛説法要且三世諸佛性命總在諸人手裏教伊生也則薩怛舒光教伊死也則河沙匿耀正當今日秪如亾僧恐仙死了燒了還活得也未萬里神光圓頂後菩提觸目露堂堂

至節小參洞山掇退菓桌弄假象眞慈明貼榜僧堂弄眞成假天童一味風還太古道合清虛假固不妝眞亦不弄何故君子小人俱瞰遣陰陽消長阿誰安復舉疎山因僧問如何是冬來意山云京中出大黄師云妙達機宜善爲通變不道無他疎山老漢簡點將來未免違時失候然則畢竟如何是冬來意抗聲云大衆謹防壁火燒山

上堂歇即菩提覺生迷亂萬化紜紜吾道一貫冬冬至寒食一百五上元定是正月半

晚參舉風穴因僧問如何是一稱南無佛皆已成佛道穴云燈連鳳翅當空焰月映蛾眉顰面看師云風穴雖則眉鬚不惜赤膽爲人爭奈清風披拂難破者僧迷雲若是天童卓拄杖云爭似山僧棒下親

久隱化士還山上堂兼瞰常熟衆信齋心自本來心本心非有法有法有本心非心非本法叵耐釋迦老子舌頭無骨昨日說定法今日說不定法天童者裏尸居儼龍見淵默彷雷聲定固不說以法無同相故不定亦不說以法無異相故然則尋常日用如何爲人端坐受供養施主常安樂揚化有英賢門風自寥廓

四月八日田藩侯祈嗣請上堂一聲囫地便吒沙震動西乾億萬家百祟千殃消影響殊祥異瑞獻休嘉焰明燭世光逾日哭踊波旬亂似麻毒手不施秦轆轢幾多病眼又黍沙豈非黄面負滔天之妙略故能恐嚇人天跛師蘊入地之神謀遂爾憑陵佛祖然則正當今日有勝丈夫統御虎賁三千保茲南天半

壁可以決勝千里外可以殺人不展眸因甚
不施毒手叓奉香齋意枉於何生子當如孫
仲謀英雄大抵相憐恤
金閶徐鼎元昆弟爲母六旬請上堂轉盼齡
齡成暮齒俄驚青鬢化蒼顚人生壽命非金
石住世何由得永秊衆中莫有超過此限者
麼拈拄杖云看看木上座因齋慶讚爲諸人
挽長繩繫白日烹大藥駐朱顏去也擲下云
對玉山人雖老矣見恒河性尚依然
孝子田象坤象乾爲父藩侯明宇公請師對
霽小參功著旂常位列侯沙場血戰幾勞憂
鵰弓此日弢鈐閣百事無千萬慮休果若君
侯如斯了辦撩手無依可謂全鋒敵勝力破
重圍灼然立地成佛底奇男子還他殺人不
貶眼底大將軍則又何嫌統百萬貔貅震揭
天鼉鼓斬將搴旗追亾逐北于中躰必洞胷
刀刀見血無非焰用同時之候要覔箇業性
如芥子許且不可得況復爲冤爲結爲對爲
讎苟或未然且聽山僧木上座爲君侯化作
天大將軍身入師子奮迅三昧顯示無生法
忍㕘也擊香几一下云蟠桃擊碎見仁兮脱
體何曾有寸絲急薦取莫遲疑一自凱歌歸
國後英雄嬴得作清時
天使至名師上京問道師乃捧敕賚詣法
堂示衆云一封丹詔下林泉千載名藍瑞
色鮮浩蕩
皇恩何以報蘿圖願祝萬斯秊大衆解向者
裏知恩報恩則世出世間罄無餘事其或
未然山僧不免重宣此義而說偈言去也
遂陞座拈香云此一瓣香至尊無上至貴

難名當陽拈出爇向爐中端爲祝延
今上皇帝聖躬萬歲萬歲萬萬歲伏願智周
天下心顧民巖明四目達四聰湯德彌新
風以時雨維若堯天永泰福海弘深千輻
之飛輪遠舉壽山高峙萬秊之玉燭常調
復拈云此一瓣香奉爲玉京天使抂座尊
官伏願惠民勸民威能戡亂功著凌烟之
閣名垂青史之中生生受記靈山處處金
湯佛法歛衣趺坐乃云有大陀羅尼門明
踰日月光量同真法界烈似金剛硋堅如
持刹風是故名爲正句亦曰居頂亦曰頂
王三昧卽者頂自其昧之自含生也則腦
途成滯其章之自諸聖也則徧界光通不
見祖師道國王長壽天下太平直得外道
六師亾鋒結舌歛氣吞聲默無言説豈非
天人羣生類皆承此恩力者耶大衆既承
此恩合作麼生祇受龍袖拂開千聖眼金
毛師子奮全威喝一喝卓拄杖下座

天童弘覺忞禪師語録卷第十一

音釋

袨熒絹切音縣好衣也一作袧　筈古活切音括箭受弦處　䁯瞸上得合切音答大垂目貌下修支切音鴟與眵同目傷眥也　鐻臼許切音巨與簴同鐘鼓之柎也

天童弘覺忞禪師語録卷第十二

嗣法門人顯權等編

廣録

若論此事如黑夜裏穿鍼相似穿得著者瞥朕便透那費纖豪氣力不見古者道者一片田地分付來多少時也我立地待你搆厺又云不用呵氣即今搆取好他豈教你今朝三明日四者邊那邊經冬過夏三二十季蒲團上如水浸石頭相似所以山僧尋常道要紹續從上來事須是宿有靈骨一劈兩開底最省心力又且他時爲人垂手處自肰不傷鋒犯手瞎學者眼若是三搭不回底便見七蹊八蹺不甘自退屈作流俗阿師便打入骨董傍廣學知解漁獵見聞以當平生已自不唧嚁了復撞著曲彔牀上箇瞎老師見你識得箇之乎者也便心中暗喜以爲護得我家籬壁便百計牢籠鳩你結社學習如蒙童先生教你先做頌古起手次第以至小叅上堂示衆者一套弄得熟了便驀頭印可極力扶持出世來爲人美則甚美爭奈象龍不可致雨騰蛇乘霧終爲土灰久久露出尾巴自肰不好看甚至利名心起我見山高被他境界風吹得來七顛八倒初猶生滅行心終則謗佛謗法不分皁白一例胡柴由是取笑明眼帶累宗圖好大衆寧向鑊湯爐炭裏煮煠一徧切忌隨他者般羣隊別造地獄著你太固知此事貴在當人有慷慨決烈之志不論歲月久漸功夫生熟道我淹貫叢林你看臨濟大師初在黃檗會下話也不解問被人攙掇上太苦惱子一連喫了六十大棒打得一似塊

鐵猶問人道是有過無過幸而大愚不惜口業爲伊點破便乃鷹揚搏擊如猛虎插翅相似德山和尚初聞禪宗有直指人心見性成佛之說方且心憤憤口悱悱夯著青龍疏鈔出蜀擬埽滅南方魔子用報佛恩他又何曾信得此事及迨至澧陽路上被箇婆子一問直得口似盤磔猶肰倔強到了龍潭尚道潭又不清龍又不見幾時有你法座上老古錐拄他着底夜來侍立被他龍潭紙燭一吹眼光打失纔方信服肰後燒卻青龍疏鈔橫揮白棒任是佛祖到來也近傍他不得亮座主亦是蜀中人解講三十二本經論他又曉得你禪宗甚麼麻三斤乾矢橛於江西講經次來見開元寺裏老宿宿卽馬大師也宿問見說座主解講經是否主云不敢宿云將甚麼講主云將心講宿云心如工伎兒意如和伎者爭解講得主云莫是虛空講得麼宿云卻是虛空講得主拂袖便行尚肰不肯老宿拄宿名座主主回首宿云是甚麼主便開悟定上座初參臨濟問如何是佛法大意濟下牀擒住定擬議濟與一掌定佇思傍僧曰定上座何不禮拜定方作禮忽肰大悟高亭簡禪師初叅德山隔江問訊德山以手招之忽肰開悟乃橫趨而去更不回顧你看他快利不瞎屢生要作祖師門下客須是上來恁麼性燥漢始得者裏還有恁麼性燥漢麼卓拄杖一下云速到庫司覓取鐵爐冒了頭皮來山僧手裏請棒喫你道旣是恁麼漢了因甚卻要棒喫會麼禹力不到處河聲流向西喝一喝下座

有時驀舉手云因甚麽喚作手一衆下語師悉按過乃抗聲云者箇便是生死根本者箇便是禪髓說甚如來禪祖師禪你一向㕘底麻三斤乾矢橛狗子無佛性庭前柏樹子便是者箇道理瞎屢生先德在叢林中聞人一言過㕘不得直下坐卧不安飲食無味定然打教徹㕘你何不恁麽猛著精彩仔細揣看是箇甚麽道理大丈夫漢平白地受人折挫不生慚愧也㦲殺皮下無血我問你尋常開單展盋屙屎放尿動止坐立一一天真靈妙因甚被人舉手一問便見七華八裂且道利害在甚麽處蓋爲你猢猻子活坐在鑑覺裏見人舉起便向舉起處作道理見人放下便向放下處作解會如適來禪客道請和尚放下著山僧袖手云我如今放下了也你又作麽生卻又㕘不得又有道和尚莫謗某甲好山僧道五箇指頭四箇叉明明舉向你看幾曾謗你來如斯之類總是強作主宰未曾爆地折㘞地斷被箇猢猻子斂弄得來不自由不自在如今叢林更有一般可笑遇三八朔望㕘座上老師或垂語或問答有底申一拳豎一指喝一喝又有底作禮歸位拂袖出堂引他首山龍袖拂開全體見香嚴動容揚古路先和尚情與無情煥然等見爲證蒼天蒼天首山香嚴先和尚有甚麽辠報你帶累他眉鬚墮落癡人你得恁麽不識好惡認他昭昭靈靈驢前馬後底作麽你千生萬劫被他蓋覆得一似黑漆桶相似有大神通光明藏不能發見正是者箇作殃作祟所以永嘉道損法財滅功德莫不由茲心意識長沙道學

道之人不識真祇爲從前認識神又古德垂格外機示險絕句莫不爲你鞫治者箇你無始時來被他牽上天堂牽下地獄使得來七顛八倒逗到今朝猶自不猒惡瞎屢生何不拌舍一刀把者猢猻子斬爲三段然了得活來露出脚跟下一段本地風光自然如千日並焰舉起便知落處那要你卜度思量縱有百千諸佛差異魔王儘渠神力做來也則謗你一點不得蓋爲你知得他落處如人在暗夜中聞或有響動未免恐嚇若在青天白日裏有甚麼惑亂得你到者田地華藏世界海所有諸世界網是你牀榻塵沙法門無量妙義是你坐具尼師壇文殊普賢是你侍者釋迦彌勒是你拄杖拂子喚甚麼作佛喚甚麼作祖喚甚麼作禪道喚甚麼作天堂地獄你莫見山僧恁麼道少間又道一切都無了苦哉苦哉不如都莫開口好免相帶累珍重

古德有言參須眞參悟須實悟好大衆你尋常横擔拄杖出入叢林到處經冬過夏悟即不問你作麼生是你眞參底事莫是將一則無義味話頭貼在額角上茶裏飯裏舉覺提撕畢竟要討箇分曉是眞參麼莫是十二時中高閣蒲團豎起鐵脊骨梁舌拄上齶目不睬瞋一人與千萬人敵相似是真參麼我且問你祇如達磨未西來諸祖未出世還有者些葛藤也未僧堂裏許你起模画樣至於前廊後架語言祇對珍重不審時大小二事急遽造次時普請挖柴登高陟險爬腳不穩時還著得力也未既著力不得又無者些葛藤則你叅底猶如水上葫蘆龜毛兔角全是虛

妄何有眞實諸仁者到此須是箇過量人出格漢子方有語話分不見趙州和尚云十二時中許你一時外學時有僧便問許一時外學未審學甚麼州云學佛學法慚媿佛法尚是外學其餘那十一箇時辰畢竟學箇甚麼即得你還知我此門風廣大道出尋常麼若據三乘十二分教修行則行解見證一一各有階梯或經十劫百劫千萬億劫以至三無數劫其中有證四果聲聞者有證辟支緣覺者有證信住行向地等地後妙圓佛果者安似此門一超直入全因即果全果即因無欠無餘絶理絶事莫道聲聞緣覺釋迦彌勒猶是他奴所以道既到此地黄河爲酥酪須彌爲飯食大地爲坐具帝釋梵王執侍巾缾維摩爲侍者文殊普賢埽牀搢被等妙二覺隨驢把馬横身天外出沒人間提格外之宗行逸羣之令豈不是大丈夫應當學底事諸兄弟你還願樂麼還希冀麼雖然若據衲僧分上猶是平實商量未曾動著他脚底下一莖毛在且道衲僧分上又且如何衆無語師卓拄杖起坐云少信根人終無了日

古者道結夏得五日了也寒山子作麼生又有道結夏得十日了也水牯牛作麼生又有道結夏得十一日了也燈籠露柱作麼生如今山僧則道結夏得半月餘日了也本分事作麼生諸兄弟不可艸艸即者本分事大有話會在你還知麼三世諸佛若無本分事如何成等正覺轉妙法輪十方菩薩若無本分事如何淨佛國土成就衆生聲聞緣覺學無學人若無本分事如何證得三明六通及八

解脫欲色無色二十八天若無本分事如何報獲莊嚴勝妙覺彌地獄旁生薜荔多阿須倫等若無本分事如何隨其業緣苦樂好醜種種不同國王王子百官大臣長者居士若無本分事如何典司民牧上恭下敬諸子百家工巧技藝若無本分事如何治世語言資生業等皆與實相不相違背天地若無本分事如何覆載日月若無本分事如何炤臨四時八節昆蟲艸木若無本分事如何暑往寒來秋收冬藏衲僧若無本分事如何橫肩拄杖出入保社歷代祖師天下老和尚若無本分事如何提持向上一著流通正法眼藏山僧若無本分事如何坐大寶坊號令人天驅耕夫之牛奪饑人之食諸兄弟說卽一任橫說豎說畢竟作麼生是本分事我且問你本分事與燈籠露柱水牯牛寒山子是同是別若道是同則寒山子自寒山子水牯牛自水牯牛燈籠露柱自燈籠露柱作麼生說箇同底道理若道是別古人又恁麼垂示豈可徒肰者裏也須親見始得不可一向掠虛也無利益如今叢林弟兄有兩種人與本分事特地相違有底不信自己一件奇特大事總道某甲乍入叢林工夫做未純熟念頭尚多間雜又有坐者牀子底教他日久月深打成一片自肰相應去若果如是則是箇揑合得底又豈成本分事耶有底不肯眞參實究秖將長連牀上學得底見人道著則便進前退後豎指擎拳以爲覿體全彰處處是者箇出見似則固似爭奈說時則有不說時則無作意時則有不作意時則無舉覺時則見前不舉

覺時則不見毋縱肰一切處都見毋了一切處明明歷歷爭柰猶有箇明明歷歷一切處見毋底在古人謂究不透脫極是大病又云被正知見礙卻神通究明不得見毋如今要免此患須是與他本分事一念相應去則自肰頭頭無取捨處處勿張乖何故以無第二件事無第二箇人故所以大論云一念成道則古今見盡新故都忘還同過去萬億千劫不可說劫佛一時成等正覺亦與未來不可說劫佛一時成等正覺又云一念相應即一念成佛一日相應即一日成佛雖肰相應不相應成與不成若在本分事中據實而論猶是春華秋葉乍榮乍落底道理故成也與他無交涉不成也與他無交涉畢竟作麼生得交涉去山僧到此已說得舌頭卷了也請各歸堂喫茶

佛法下衰無過今日南來北去師僧問著十人九箇胡統亂統編撰將來茲無本據如晨朝新到參山僧問他鄉貫那裏渠云福建山僧道漳泉福建頭匾如扇秖可聞名不可見面且道過在甚麼處以袖一拂山僧直打出方丈又毋日有一僧亦從福建來山僧問渠近日溫州兵馬稍隘子作麼生得過云某甲從小路間行而至山僧道堂堂大道不行因甚卻由偏僻之途亦以袖一拂呵呵福建傳來底禪頭大都如此瞎漢雲月是同谿山各別你還知從上古錐是一箇印子印下西天四七東土二三所有言句則一向如布帛粟菽及至南嶽青原之後五宗間出以來則鎚破印文獨輸機用反如鐵釘飯木札羹著口

不得何也蓋爲人根有淳誠巧僞之別若波浪相似則陸沈無限所以道承言須會宗勿自立規矩大丈夫隔牆見角便知是牛隔山見煙便知是火猶是本色撘版未有超宗異目之見抵死將箇業識癡團來剳副作麼此等病在打初行腳無眞實要了辦生死底念頭又則師承不諦所以學處不玄互相鈍置遞相沿襲弄出明眼人肯羸得一場笑具諸仁者要參廣潤者裏底禪佛之一字不得絓著更有一法過於涅槃我說如夢如幻況復諸方學得底從肯所見所聞所知所習所解所會底盡情與我東作一團直上葛洪鐵上望空一掉掉在大洋海底然後靜聽山僧指攝可中有透不過底句則貼貼地直下自看第一不得將心待悟用意搏量何故佛法本自現成從來具足饑則餐渴則飲宿則栖飛則鳴物物天眞頭頭露妙然卻觸途成滯者蓋由心意識之故若心意識一念不生則十方法界一時崩倒永嘉所謂亦無人亦無佛大千沙界海中漚一切聖賢如電拂唯有常光現前逼塞太虛而已何法爲通何法爲礙而著著不有出身之路耶山僧今夜奉勸諸仁者得人身難出家學道難旣爾我身心得在般若中各自著精彩好盡一生去但是往哲所譏訶者則畏猶鴆毒是先賢所歎美者則依而行之如此則雖無宿福定之後憂儻有箇倔強漢硬道丈夫自有衝天志不向如來行處行則山僧但問他畢竟如何是如來行處良久云了乃卓拄杖歸方丈

要得此事相應直須脫落一番諸仁者作麼

生得脱落去山僧與你箇比方説海人虎傳載昝一僧戲披虎皮於山徑間有見而怖走遺其橐囊者輙取之皮忽著身遂成虎不敢歸寺而心歷歷肰人也漸饑不得已食狐兔犬羊既而捕得人將食馬肰之僧也大悔恨恨極悲號舉身自擲皮忽墮地還復人體諸仁者須是恁麼感傷痛切一回始有脱落分若只央央庠庠參不眞參悟不實悟饒你説得天花亂墜暗地裏有人與你打算正恐不止一箇虎皮將見獐皮鹿皮麂皮豹皮牛皮馬皮豬皮狗皮鵝皮鴨皮一切水陸空居飛禽走獸之皮總有分在既福惟人各自著便

珍重

晚參示衆汾陽惆悵諸多閒神埜鬼故以一壺酒一盤肉一陌紙錢盡情打發了去看來今日閒神埜鬼更是不同三五成羣四七作隊來如驟雨去似飄風長時走北奔南誰實尋師問道在處經冬度夏唯圖取性過時緇田培一簣以無功鐵圍陷百刑而有苦於乎哀哉維今之閒神埜鬼不尚有舊山僧到此只得寶炬啓髙筵薦爾滯魄金繩開覺路導爾遊魂魂兮好歸來食我家園果你道天童爲甚如此嗟爾在途經日久不堪惆悵祇堪

憐

念生死苦發菩提心從上若佛若祖未有不發菩提心而能超越生死瀑流者菩提此翻爲道以道爲心故謂之發菩提心也諸仁者道有人我勝劣也無道有是非諍嫉也無道有貪瞋邪曲也無道有揀擇取舍也無道有作止任滅也無請諸人各自簡點從朝至暮

有若干思惟合乎道念若干言論合乎道話若干行持合乎道行若干施爲合乎道用合則誠爲善美如其不合則業報昭然大有著你諸人處在莫言山僧今日不道

諸天放逸忉利天王與夜摩天主剛強切責教誡諄諄復見無常變壞之事冀其驚心惕慮然而樂事偏多纔始回頭早已忘失肯念矣如今諸方禪和子要是可笑擔囊挈盋到處叢林祇圖飽食安眠而已山僧者裏也不剛強切責你也不神通誑嚇你祇問你已躬下事還得相應也未你莫趁驢脣馬嘴你纔眼目定動早不相應了也既不相應如何折合良久云自有無情閻老子暗中打算不相饒

一晚偕堂衆坐香畢謂衆曰警策全賴堂司開發幸有座元山僧到此作甚麼乃舉僧問洞山如何是善知識眼山云紙撚無油後來演和尚云洞山老漢不是無祇是太險設問四面如何是善知識眼祇向伊道瞎何故且要相稱師曰天童者裏燈燭煇煌心眼相炤道瞎也不相稱道是紙撚無油也不相稱設有問如何是善知識眼又作麼生但向他道窄何故起身云看你者些打瞌睡底不得

法語

示諸山長老

禪門一事超越聖凡格量非智所知非識所識非五時八教之所能詮非十聖三賢之所敢擬然而悟入之者初不假方便不涉功勛不歷階級祇從具縛凡夫無明見行中頓得元初句子便與三世諸佛同一眼見同一耳

聞同一心知同一口説乃至抽一機則千機萬機頓赴拈一境則千境萬境全彰不見德山於龍潭吹滅紙燭處薦得些子便道窮諸玄辨若一毫置於太虛竭世樞機似一滴投於巨壑者裏若不是箇漢如何入作得來如何承紹得去如何擔荷得起或是箇漢了也入作得復承紹得亦擔荷得祇是不遇明眼大宗師與他痛錐痛劄去其祕蓄令渠泊在平地上則有騎驢不肯下之病百尺竿頭一坐坐住動是矜玄會誇妙解久久遂有一種慢魔入其心腑因而吾我見起勝負橫心雖是善因而招惡果此莫大之愆也到得不患此病時或悲輕願劣不發四無量心棄舍同人樂獨寂靜往往以知希爲我貴褊隘爲孤高亦是已朽之屍法海中所不宿者然則千萬人中求其堪能垂手入廛隨緣化導祇一箇半箇而已語云有非常之事必賴非常之人有非常之人始辨非常之事豈不信哉先和尚於銅棺山頂脱然契證一如雪山午夜忽睹明星相似盡空法界淨贏贏赤灑灑無遮藏醜拙處故拈條白棒凡有來者徹骨徹髓爲伊卻不合道箇佛覺情與無情煥然等見引得多少癡男女輩樁定著牢抱著以爲寶祕知見棒也是煥然等見喝也是煥然等見拂袖出堂也是煥然等見以至徵拈代別保社中偈頌俱用覿體全彰堂皇歷落底字面合他方是從上來源嫡派每每被人撥著則不是喝便是拂袖出堂此風江外近來極盛故凡垂手之際若不使天回玉壘轉作長安俾伊別立生涯卽者先師悟處早是陷

人阬穽矣瞥谿波浪如相似無限平人被陸沈尚慎旃哉

今時人做功夫乍肰歇卻塵勞忘想纔得箇輕安處便自以爲大了事底人擬欲罷參及至世緣黏著一似磁石吸鐵依肰擺撲不脫蓋爲根蔕不厚福力淺薄在若是宿有靈骨底一踢到底和者汪洋大海倒翻轉來庶稱宗門種艸

凡未有入頭底人切忌教渠修行以彼自無眼故輕易動足常患有顛蹶之虞古人所謂如賤使貴者是也若果有悟入處則不妨水漲船高泥多佛大慧華開敷正好頤藥分披堅固四攝行成就三十七品助道法富有資糧以便利益羣生如大海吞納衆流無有猒足之期此乃文殊普賢大人事業也多見時流初入叢林抑或勤渠事衆稍有一知半見則一味高眠飽食而已譚及行門則鄙爲小家子禪彼直波句攝持耳遠行地菩薩初登第八不動地時念務俱息十方如來同聲勸請倍發勇猛較著所行日劫相倍故有揚帆到海一日千里之喻釋迦老子示生入滅無非利益羣迷卽今見在十方國土於念念中以如幻法門接如夢衆生無有已時也豈眞不能口吞佛祖而以雲霄目睬爲諦哉

旣稱善知識代揚佛化津濟四生居肰一佛出世矣則當依佛大慈與佛大悲等佛大喜同佛大舍誘掖方來開發未悟拔人之苦與人以樂安爲護世譏嫌故超肰於名聞利養之外使凡在見聞隨喜之下莫不增益道念發菩提心設若有人於我爲作障難爲作衰

損爲作破壞待我以橫逆被我以惡聲加我以一切訕謗毀辱不可言說不可忍受之事尚當還惡就已歸美於他如東山演祖在海會磨房故事行之斯善矣然更須大發悲願願將來於彼隨逐不舍或爲師友或爲眷屬或爲奴婢丞使拔其我慢除其憎嫉消其怨嫌令彼翻然悔悟而後已如此存心庶與善知識三字稍名實相副耳

師嚴而後所學之道尊況衲僧家打鳳羅龍烹金琢玉豈容饕餮其間添昌以規矩嚴難住成單丁汾陽一陌紙錢打發許多閒神埜鬼風穴首山皆遠方小剎臨濟不上百十來僧然而天下添道獨首推馬寧專在門庭熱鬧千指萬指圍繞而後謂之旺化邪荆棘滿叢林而柟樟則寡植矣鷄鳴犬吠相聞逢乎四境而祥麐威鳳則罕聆其響矣出家人最忌好門庭熱鬧一有此心勢必放開綫路遷就方來由是拔茅連茹而庸妄斗筲亦得彙征以進則我添豈不殆哉舟峰慶老有言臨濟七傳而得石霜圓圓之子一爲積翠南一爲楊岐會南之設施如坐四達之衢聚差珍百物而鬻之遺簪墜珥隨所探焉駸駸末流冒其氏者未可以一二數也會乃如玉人之治璠璵珷玞廢矣故其子孫皆光明炤人克世其家他日有把茅蓋頭尤宜以此爲龜鑑

示冰弇張居士

第一句薦得堪與佛祖爲師第二句薦得堪與人天爲師第三句薦得自救不了臨濟老漢極力提持要人透頂透底明取向上者著子然不合築垣分隔太虛賺他逐塊癡人妄

意渟沱門下有如是差别諸法不知據實而論所謂無句之句祇是一句拄薦之者有差姝不等耳如或其人根性微劣願力不堅影響音聞得少爲足則自救不了者也如或其人知明見諦發意渟誠行解相應入道穩實則堪與人天爲師者也如或其人志意恢弘見超識卓一蹋到底更不周遮則堪與佛祖爲師者也是故學道之士當高遠其志特達其懷硬赳赳地牢籠不肯住呼喚不回頭始有語話分不見石頭道寧可永刧受沈淪不向千聖求解脱彼又焉肯潦艸從事甘以小歇場駐足哉伊尹用世之士也方其襏襫耒耜風雨有莘之日卽欲致君澤民俾爲堯舜之君民及出而阿衡也功業爛然與往志不爽分寸況學佛之徒而不發津梁萬有之願乎既發此願則六度萬行應時具足蓋我既欲惠利羣生豈於身命財顧有所慳悋與則施度滿也我既欲引導羣生而成熟之豈於身口意顧有所違戾於刀割香塗顧有所不等眎與則戒度忍度滿也推而至於禪進般若亦莫不皆然此雜華所謂一發心時卽成等正覺善財所以從文殊刱發菩提卒一生而圓曠刧之果也學者不可不鏡諸此而發廣大心焉

朝聞道夕死可矣孔子未嘗不策發諸門人然子夏入見聖道而說出見紛華美麗而亦說者何也由未知不聞道者之不可死有若干耳唯佛以一大事因緣故出見於世其爲人警覺也直曰迷之則生死始悟之則輪回息夫輪回息則永超諸有受無量殊勝妙樂

生死始則浮沈三界受無邊種種苦惱苟有心識使非土木偶人將恐聞如是告誡必有食不下咽者矣紛華美麗之云哉故曰參禪無別訣只要生死切當知生死二字乃三伏暑炎時一杓澆背冷水有入頭無入頭總用得他著

寶眼主城神以三十心城教善財童子其一曰應守護心城謂不貪一切生死境界故夫色聲香味觸法凡可以嬰吾寧者皆生死境界也知爲生死境界卒反顧留連而不能忍情於一割雖豪傑之士有所不免誰廿百萬家財悉沈襄水日賣笊籬以自營生哉但願空諸所有愼勿實諸所無許他龐老子是眞實丈夫在家學道流應當私淑諸人

冰蘗居士生居華屋幼掇科名一上公車更不再上從茲矢心祖道密叩已躬十有餘稔矣癸巳春迎予婁江過鹿城之安禪蘗日夕相從每與徵詰不爽玄旨因授拂一枝貴其如田何二士之廣布流傳耳臨別出紙乞語書此數段詞雖不豐肤至人一言良馬一鞭舉一隅而三隅可反顧力行何如烏庸贅哉

示又黄孫居士

參禪一事非同教義之家漁獵見聞廣求知解偺他居積爲已資糧葢一切神通光明本自具足從上先德與天下老和尚秖向當人衣綫下襬剝出來便道竆諸玄辯若一豪置於太虚竭世樞機似一滴投於巨壑使非親見本地風光有如是廣大如是妙霧又安能眼葢乾坤口吞佛祖得大自在受用無邊也邪慚媿你我共有此等神通光明反爲見聞

覺知之所隱沒不能覩體見觧巳是大可愍傷況復悠悠三界生死夢長苟不直下豁然披襟一笑縱饒尊居九五位極天王而後報升沉還轉隨業正未知稅駕之所所以古人目爲生不知來處謂之生大死不知去處謂之死大諦觀十方三世之中更無有事大於此者此之謂生死事大也然含生迷倒昧而罔知今居士能發深省痛念塵勞中人有此一件大事則可謂不於一佛二佛三四五佛而種善根巳於百千萬億佛所種諸善根矣第不審何因何緣獨求決於未嘗謀面之山僧其誤聽人言邪抑聞風而慕說邪總之不必計論記得雪峰有言望州亭與你相見了也烏石嶺與你相見了也僧堂前與你相見了也正當今日千里之外山僧亦與居士相見了也且道就中作麼生是你我相見底事合掌擎拳固爲不可接足頂禮要且無端莫是展卷披讀筆墨淋漓麼莫是眼横鼻直面目見在麼莫是春華秋月千里同風麼莫是霧山一會儼然未散麼莫是無邊刹境自他不隔於毫端麼皆名見聞覺知隱覆神通光明不得見觧者除此之外别露一機來許居士眼蓋乾坤口吞佛祖其或未然萬古碧潭空界月再三撈摝始應知參

天童弘覺忞禪師語録卷第十二

音釋

夯 呼講切夯上聲人用力以堅舉物　擗 匹歷切音霹析也擘開也　絓 古書切音卦與挂同懸也　黮 與甚同桑實也　麐 離珍切同麟牝麒也　襏襫 上末切音撥下施隻切音釋襏襫雨衣也

天童弘覺忞禪師語錄卷第十三

嗣法門人顯權等編

示衆垂代

上堂眞如凡聖皆是夢言佛及涅槃竝爲增語山僧一冬萬善殿又且舉揚箇甚麼無對代云只有好風來席上更無閑語落人間

上堂譬如天王賜與華屋雖有大宅要假門入衆中莫有識門者麼一僧云從信而入師云你還信得及也未無語代云一念不生諸見盡無勞彈指便開局

上堂縱使心通無量時歷刼何曾異今日且道如何是今日事一僧云大家在者裏一僧云松枝滴露寒一僧云養雞意在五更頭師喝退乃代云塞北風塵經載靜江南華木四時榮

晩參長安甚鬧我國晏然如何是我國無語代云寶輪宮殿幡雲起帝網山河焰日明

晩參朝廷爲你費盡氣力你道費箇甚麼氣力衆下語不契代云釜内香齋長時不缺

晩參達磨西歸爲甚留下一隻鞵子在嵩山代云要假兒孫脚下行

上堂白蒼蔔華露滴滴碧芯芻艸雨濛濛田地更無塵一點是何人合住其中衆無對代云若是陶淵明攢眉便歸去

上堂荊棘林中下脚恆易月明簾外轉身猶難明眼緇流到此如何作活代云衲被蒙頭萬事休此時山僧都不會

晩參四海晏清猶是階下漢正當六國紛爭干戈擾攘時又合作麼生代云隨處不妨時作主遇緣何礙卽爲宗

晚參欲造天童境須過天童關欲入天童室須升天童堂關已過矣堂已升矣作麼生是其中人代云捺落迦行無間行金剛杵打鐵山摧

晚參厺秊貧未是貧今秊貧始是貧厺秊貧無卓錐之地今秊貧連錐也無大衆既無地又無錐且道尋常用箇甚麼代云風流契此腰間佩俏措提婆毳上鍼

晚參蝦蟇踍跳上天蚯蚓驀過東海卽不問諸人西天那爛陀寺裏金剛因甚倒地代云全身放下

晚參勿於中路事空王策杖還須達本鄉既達本鄉方可承事於尊堂既得承事於尊堂方可紹隆乎家業既得紹隆乎家業然後稼穡桑麻陶河釣澤春耕夏作不失其宜然則畢竟如何是諸人本鄉代云萬秊松徑雪深覆一帶峰巒雲更遮

上堂見聞不脫如水中月所以擾擾匆匆嘗時未獲自在設若忘緣絕慮杜智塞聰又墮無色界中轉見病深難拔折合將來如何得當代云一竿遲日松梢挂鳥啼華又笑春風

上堂雲從龍風從虎拈起拄杖云拄杖子從甚麼代云佛祖賴提攜何人堪合伴

上堂永嘉道建法幢立宗旨明明佛敕曹谿是佛滅二千秊因甚卻教曹谿代云埜色更無山隔斷天光直與水相通

晚參乾坤之內宇宙之間中有一寶祕在形山有形山則從臘月三十日打破蔡州拈卻髑髏且道寶在甚麼處代云嘗憶江南春雨後鷓鴣啼徧綠楊陰

晚參我眞文殊無是文殊若有是者則二文殊爲甚迦葉白椎欲擯乃見百千萬億文殊代云一月普見一切水一切水月一月攝

上堂拈拂子云從上先德爲甚單傳者箇代云能爲萬象主不逐四時凋

上堂知事少時煩惱少因甚常嘑賣心肝而學般若無對代云人貧智斷或云識人多處是非多因甚善財南詢五十三代云癩兒好牽伴

上堂斫卻月中桂清光倍更多且道是誰下得者一斧代云輸與丹霄獨步人

有時云兩輪交互焔因甚遲疾不同倫僧云各自有時節師不肯代云問取驢脣先生進云者漢卽今在甚麼處師云常行日月二天靑

上堂盡十方世界是沙門一隻眼且道盋盂匙鐼向甚處著代云申脚在緉脚裏

有時云山僧與諸上座水米無交因甚鬧熒將來代云對高招風

上堂菩提本無對因甚一華開五葉代云一點水墨兩處成龍或云旣是佛法無多子因甚卻有三玄三要四喝四料揀四賓主四焔用代云家無白澤之圖必無如是妖怪又云爲你不薦或云空生大覺中如海一漚發因甚堂中人不見堂外事代云某甲從來不眼華

有時云動則起生死之本靜則醉昏沈之鄉動靜雙泯卽落空亾動靜雙收顢頇佛性正當恁麼時是你諸人作麼生出得代云某甲無侍者祗對和尚

上堂釋迦彌勒猶是他奴且道釋迦彌勒有甚伎倆不如他代云貴亂天生得多才豈足羣

上堂猿抱子歸青嶂後鳥銜華落碧嵒前法眼云我三十年只作境會旣不作境會且道作麼生會代云某甲無容身之地

上堂龍女一彈指頃成等正覺大通智勝佛因甚十劫坐道場不得成佛道代云三冬煖似火九夏冷如冰

上堂朝陞堂暮入室棒如雨點喝似雷奔要玄備具焰用全彰庭前柏尌子因甚麼不撞頭代云美食不中飽人飡又云知音不用頻頻舉逢者須知暗裏驚或云朝陞堂莫入室大喻三千小喻八百庭前柏尌子尚自不撞頭芭蕉因甚聞雷開葵華因甚隨日轉書記云負命者上鉤來維那云苦瓠連根苦甜瓜徹蔕甜師代云旣不入愼家之門

上堂鮎魚上竹竿一日一千里祇如三脚驢子弄蹄行且道日行幾里代云囘旋常在使君前

有時云覓心無處得心安因甚卻在鄭縣調心代云栁絮隨風自西自東

有時云土梟猛虎殘忍等於性成一則敬母一則乳餔其子時如何代云逆行順行天莫測

上堂百川異流同一水性因甚麼海鹹河淡代云曹谿波浪如相似無限平人被陸沈

有時云畜聞成過誤阿難常被佛訶文殊揀選圜通因甚獨推耳根第一有僧云通身是病通身藥師深肯之

上堂卉三三後三三古人道了也西天畢盋
岦中且道幾人坐夏代云細筒牀曆看又云
上間僧少下間僧多又云和尚莫到西天麼
有時云結夏安居護生守蠟圖箇甚麼代云
譬似閒
有時云一言截斷千江口萬仞峰頭始得玄
萬仞峰頭且置如何是一言讓侍者震威一
喝師云咦
上堂盋盂裏忝馬劒刃上藏身蓋是衲僧尋
常行履驀忽被他捉著時如何徹維那云不
是冤家不聚頭師笑云山僧又不肰將謂無
人證明
上堂眼若不睡諸夢自除作麼生是諸人不
睡底眼首座云兩手撥不開師頷之
上堂至道無難惟嫌揀擇四禪八定卽沒你
分教你向沸屎泥犂中你還忿麼無對代云
不辭向忿卻請和尚批文復云他請批文作
麼生對他自云喈卉謹候著復代但連聲喏
喏
上堂不是妙峰孤頂亦非鐵圍山間日月威
光焰燭不及且道過在甚麼處代云別是一
壺春
上堂古聖絶安排至今無處所爲甚北斗裏
藏身代云折合還歸炭裏坐
上堂太平不用將軍威正當天崩地陷時如
何代云一人有慶兆民賴之或云我王庫內
無如是刀作麼生是王庫寶刀代云盡大地
人無回避處又云千聖提不起或云千聖提
不起因甚王子將得忿代云雲從龍風從虎
有時云秤錘生鐵鑄師姑女人做敨問虛空

將甚麼鑄造代云誰名虛空者

上堂佛身充滿於㳒界普見一切羣生歬㳒界是一佛身遍同如何得一多相容去代云如千百億日焰閻浮

有時云前廊頭後架裏東語西話靡間夕朝及至山僧問著因甚口似盤礫代云和尚歬不欲造次又云嬾共和尚葛藤或云不共葛藤因甚卻打代云事無一向

上堂㳒界不容身因甚摸索他不著一僧云渠儂無背面一僧云贓物見在師不肯乃代云金不博金水不洗水或云金不博金水不洗水因甚再三撈摝始應知一僧云不是一番寒徹骨爭得梅華撲鼻香師不肯代云自倒還自起

上堂古者道終日相逢長背面終朝背面卻相逢敢問相逢如何背面背面因甚相逢代云正體堂堂沒卻身

上堂父母未生歬諸人向甚麼處行履代云舉手攀南斗回身倚北辰又云不離闤闠中要且無人識

上堂儒典道回也其心三月不違仁不違且置作麼生是仁代云千季桃核裏

晚參如來不出世亦無有涅槃且道無憂樹下拘尸城畔是何消息代云病眼見空華

有時云三春多雨水如今因甚乾燥燥地代云時分不相應僧云如何得相應去師云三日後看取

有時云如天普蓋似地普擎因甚三要印開朱點窄僧云一粒粟中藏世界師云衹如者一粒粟尋常安向甚處僧云徧界不曾藏師

不肯乃代云拈來放厺叓由誰

上堂末後句卽不問諸人最初句試道看代云開宗明義章第一

有時云不許夜行投明須到憑箇甚麼得與麼提疾代云斷頭船子下揚州

上堂便是猶借句擬思隔萬山是你尋常合作麼生用心自代云穿衣喫飯有甚麼難

晩參目司眎耳司聽鼻可通氣口堪喫飯眉毛一籌莫展因甚居於衆竅之上代云論道經邦臣宰事萬秊天子不封侯

有時云山河大地不礙眼光且道于闐國王作何面目代云眼橫兼鼻直

有時云夜裏暗雙陸賽彩若為生代云六方骰子滿盤紅

晩參古者道心心不亭念念不住若能不亭處亭念處無念自合無生之理無生之理且置祇如不亭處作麼生亭念處作麼生得無念厺代云風力扶帆行不櫂笛聲邀月下滄洲

上堂日可冷月可熱衆魔不能壞眞說敢問大衆作麼生是眞說代云黒豆好合醬

晩參直得地搖六震天雨四華祖師門下千里萬里祇如祖師門下合作麼生代云百鳥不來春又過不知誰是住菴人

有時云頭戴華巾離少室手攜席帽出長安且道此人具甚麼眼晵代云丈夫自有衝天志不向如來行處行或云不向如來行處行畢竟行處作麼生代云金鎖玄關留不住行於異類且輪迴

或云丈夫自有衝天志不向如來行處行知

你諸人超方越格祇如如來行處又如何代云横身三界外獨脱萬機荷又云鸞翔鳳翥非殊品象轉龍蟠豈足倫

上堂舉一明三目機銖兩是你衲僧家尋常伎倆只如陝府鐵牛且道重多少衆下語不契自代云息見則輕如鴻毛分别則重若泰山

晚參古者道擬著則垛生招箭不擬著則三千里外敢問諸人作麽生動履得免斯過自代云追風木馬絲無絆背角泥牛痛下鞭

上堂達磨不來東土二祖不往西天斷臂雪庭人云何得悟去代云華糝枯木豆爆冷灰

上堂久餐應換骨一服卽通神是何靈方妙劑代云青州出好白丸藥又云喫茶去

晚參上堂春種一粒穀秋收萬顆子四海沒閒田農夫猶餓死且道過在甚麽處深侍者云從門入者不是家珍師頷之乃自代云從貧傭賃不守父財有時云從貧傭賃不守父財設若守去還得飽足也未代云擔帶卽跉跰辛苦復云直得不擔帶時如何一僧云家無二主師不肯乃代云無家可坐無世可興

晚參竹一夏而凌霄封十季而始長為是根莖有異為復地力不均諸人試說道理看衆答不契乃代云心空頓證漸見難圓

晚參古者道摩尼殿有四角一角常露作麽生是常露底一角衆答不契乃代云者僧得與麽長那僧得與麽短

晚參問衆心若不異萬法一如如何是諸人不異底心一僧云縱肰一夜風吹去只在蘆華淺水邊一僧云古廟石香爐乃代荷僧云

後園翠竹撼清風別後僧云泰山石敢當問衆只恐爲僧心不了爲僧心了總輸僧作麼生是諸人了底心一僧云從他滄海變桑田師云退後著一僧云劈破華山千萬重師云費力不少一僧云殘軀雖是江南客不向人前唱鷓鴣師云藏頭縮尾漢大侍者云衲被蒙頭萬事休這大此時都不會師云山僧卽不然夢裏不知誰是我覺來新月拄梅華

因事垂代

因雪上堂待等雪消去自然春到來立春三日了也因甚雪湯湯地一僧出云不勞和尚重舉師喝退乃代云摩竭陀國親行此令新晴月上秋空皎然數禪隨師徘徊松陰因顧衆云今時智眼濁如認昨宵雲霧底作本來天便仰面云試看卽今底還有僧云卽今底亦不是本來天師云如何是本來天無對代云大家在者裏

因雷災問衆皇天震怒迅雷斯發因甚卻擊他露柱無對代云大用現前不存軌則又云打草驚蛇

因牌膀問衆山僧連日緊閉方丈門爲甚麼扃猶不止洽侍者云雖行摩竭令全露少林春師深喜之

因鵓鳩鳴問衆鵓鳩因甚對上高噱一僧云時節若至其理自彰一僧云吾常于此切師不肯乃代云激揚箇事

因直僧坐香不到設問巡人他夜時如何無對代云爲衆竭力慨出私門

師同僧車水次指桔槔問僧是渠爲甚麼一撥便轉僧掮師背一下師不肯代云機不停

師廊下見僧問甚處來云後架來師云後架裏還有人爲你說佛㳂麼無對代云恰值和尚不在又問者老凍儂甚處厺也復無對代云某甲歸堂厺

普請搬柴次師放下柴問僧我底沒你大你底欠我長除卻長短大小道將一句來僧云悉憑和尚裁度師不肯代云大家共著力

一晚同衆坐香指面前露柱云者箇礙塞殺我倩你們爲我拈卻衆下語皆不契師代云某甲今日困

衆僧侍立次師驀拈拄杖卓一下云你等合喫山僧手中拄杖一僧出作禮云過在甚麼處師云也大可憐生俱無對乃代云和尚得與麼老婆心切

又衆侍立次有僧禮拜師問衆云他禮拜我合掌成得甚麼道理無對代云得人一牛還人一馬

供龍池次問衆今日設齋供養龍池和尚且道龍池和尚還來也無無對代云某甲裝香和尚禮拜又云賴有和尚證明

火頭禮拜師因問頭你火作麼生燒無對代云冷竈著把熱竈著把

祖堂拈香次問衆祇者一羹一飯一甌清茶還供徧得列祖麼代云一華開處萬家春

普茶次問衆雖無旨酒式歆庶幾雖無嘉殽式食庶幾雖無德與汝式謌且舞主家如此殷勤賓家若爲報荅代云祇有好風來席上叓無閒語落人間

普請搬柴至一山隈師驀回首問衆正恁麼時跳出一隻黃斑虎來且作麼生一僧云哭

身失命了也師云苦哉你命何短無語乃指僧云大衆看者畜生踍跳不得也代著語云皈依佛法僧

普請後山搬柴師問衆搬柴還有佛法道理也無僧云有師云如何是搬柴底佛法道理無對代云擔底擔夯底夯又云一肩挨不過兩肩傻至家

進堂僧禮拜行者喝參師問僧堂中幾人坐臥無語乃代云若不是某甲洎錯祇對和尚

行者奉湯餅次師云常住爲誰藥石者云犒請打油者師云我卻不曾打油來者無對代云偏身綺羅者不是養蠶人

送亾僧回問衆薪盡火滅後且道亾僧枉甚麼處一僧云只枉此山中雲深不知處師爲首肯

喫糖次拈糖云山僧祇供養尋常瞌睡底不供養深夜坐禪僧代云和尚也是量才補職

一晩侍者請師落堂師以一紙書燈籠云適才侍者請山僧落堂山僧特遣燈籠著來爲諸人說話明首座送還云大衆深謝和尚法施師代云欽蒙慈誨罔不祇承次日入堂問衆昨晩山僧遣燈籠來曾爲諸人說甚麼話代但打露柱云何不祇對和尚又云露柱當知

師一日牽驢巡堂一帀命衆下語衆下語已仍以艸一束抛向衆著衆不能答乃代著語云寶御珍裝尤尚棄誰能歷劫傍他門代後語但作驢鳴

天童弘覺忞禪師語錄卷第十三

音釋

鮎　奴兼切音拈鯷也鮎別名鯷

闤闠　上胡關切音還下胡對切音潰闤闠市門

骰　徒侯切音頭骰子博陸釆具

糝　桑感切音慘以米和羹也

桔橰　上古屑切音結下姑勞切音高桔橰井上轆轤也

天童弘覺忞禪師語録卷第十四

嗣法門人顯權等編

舉古垂代

晚叅舉臨濟至京行化到一家門首曰家常

叅盃有婆曰太無猒生濟曰飯也未曾得何

言太無猒生婆便閉卻門師曰好大衆臨濟

老子得黄蘗大機之用生平逢佛殺佛遇祖

殺祖直下如白拈賊相似因甚被箇婆子折

倒還有扶持得他起底麽出來下一轉語看

若下得諦當許你他日向孤峰頂上豎立吾

道去在若下語未有主宗風埽地盡矣有麽

有麽速速出來僧下語師皆不肯乃自代云

臭老婆我識得你了也將下座復云此猶是

門外話作麽生得門開與他婆子相見衆無

對拈拄杖一時打散

晚叅舉夾山上堂我二十年住此山未曾舉

著宗門中事有僧問承和尚有言二十年住

此山未曾舉著宗門中事是不山曰是僧便

掀倒禪牀山休去至明日普請掘一阬令侍

者請昨日僧至曰老僧二十年説無義語今

日請上座打殺老僧薶向阬裏便請便請若

不打殺老僧上座自著打殺薶在阬中始得

其僧歸堂束裝潛去師云見可而進知難而

退固是衲僧當事爭奈龍頭蛇尾何大衆者

裏合下得箇甚麽語免他夾山薶卻無對乃

代云乞兒見小利

晚叅舉僧問龍牙二鼠侵藤時如何牙云須

知有隱身處始得如何是隱身處牙云還見

儂家麽師云既曰隱身必無蹤迹儂家若見

面目斯彰作麽生道得遮炤同時句代云萬

象之中當獨露無因即次問行纏

晚叅舉密老和尚住天童日有居士問世間以何爲尊答云唯汝獨尊士禮拜密和尚云忽肰劈歷打你又作麽生士無語師云先師與麽提持可謂掣開金殿鎖撞動玉樓鐘爭奈者俗漢醉鄉夢長撼呼不覺如今座中盡是久叅禪客不妨出來下一轉語貴圖先師公案衆黙肰乃代云恩大難酬

一晚舉龐居士訪大梅常問久嚮大梅未審梅子熟也未常曰熟也你向甚麽處下口士云百雜碎常伸手曰還我核子來當時居士無語今夜得閒没事敢煩大衆代答一語貴塞大梅口且爲龎公出氣悟侍者云巳颺下糞塲堆頭了也師深肯之

舉雲門問僧甚處來云江西來門云江西一隊老漢寐語住也未僧無語代云卻煩和尚齒頰又云江西老宿也曾道及和尚

舉深明二上座因聞僧問法眼如何是色眼竪拂子或云雞冠花或云貼肉汗衫二師特特而去遂問承和尚有三種色語是不眼云是深云鷂子過新羅便歸衆代法眼云少年曾決龍蛇陣老大還聽稺子歌其時李後主在座下不肯乃白法眼云來晨爲置茶筵寡人請此二人重新問話代云割雞焉用牛刀明日李主置茶筵乃備綵帛一箱劒一口語二師云今日請上座重新問話若問得是奉賞雜彩若問不是只賜一劒法眼於是陞座深乃出問今日奉勅問話師還許也無眼云許深云鷂子過新羅便捧彩而去代云宋郊渡蟻日毛寶放龜時衆一時散法燈作維那

不肯乃打鐘集衆僧堂前勘辨問云承聞二上座在雲門會下多時有甚麽奇特因緣舉一兩則來商量看深云古人道白鷺下田千點雪黄鸝上樹一枝華維那作麽生商量法燈擬議深乃打一坐具便歸衆代法燈云不易上座念得來

舉東禪嶽問僧甚處來云黄檗來嶽云黄檗有何言句云某甲到者裏一時忘卻嶽云上座豈不是黄檗來云是嶽云又道忘卻僧擬議嶽喝出別是語云賊是小人代後語云和尚適來問甚麽

舉龜峰光因舊住相訪光問頃年有一則公案與你商量不下如今作麽生云未入門已舉似和尚了也光云者裏又作麽生云不可頭上更安頭光以手畫一畫云者裏且置你爲甚麽蹋斷天台石橋住無語代賴有和尚證明

舉保寧英因僧問山河大地不作眼見耳聞時如何英云只恐不與麽云便與麽時如何英云山高水深僧無語代和尚猶有者箇在

舉三祖會因僧問如何是第一義諦會云百雜碎云褒禪一會不異靈山會云將棄箕掃帚來代幸有讓王節何爭洗耳清

舉天益元因僧問如何是禪元云入籠入檻僧拊掌元云跳得出是好手僧擬議元云了代和尚在裏許來多少時

舉水菴一室中垂示語問衆西天鬍子因甚没髭鬚小師本體應聲曰文不加點師叱之磬侍者云金不博金師亦叱之乃代云巨嶽難爲土

舉洞山虔凡有新到先令搬柴三轉然後叅堂有一僧不肯問曰三轉内即不問三轉外如何虔曰鐵輪天子寰中旨僧無對虔便打令去代云埜老無心戴帝尭

舉乾峰問僧甚麽處來曰天台峰曰見説石橋作兩段是不曰和尚甚麽處得者消息來峰曰將謂華頂峰前客元來平田莊裏人代云和尚甚年到彼問

舉玄沙因文桶頭下山沙問幾時歸曰得三五日沙曰歸時有無底桶將一擔來文無對代云不辭將來恐和尚用他不著

舉洞山行脚時會一官人曰三祖信心銘弟子擬註山曰纔有是非紛肰失心作麽生註代云比來抛甎何期引玉

舉報恩慧明禪師住天台白沙菴時有朋彦上座博學强記來訪次敵論宗乘明曰言多去道遠矣今有事借問只如從上諸聖及諸先德還有不悟者也無朋彦曰若是諸聖先德豈有不悟者哉明曰一人發真歸源十方虚空悉皆消殞今天台山嶷肰如何得消殞去朋彦不知所措代云依經解義三世佛寃

又云某甲也疑和尚

舉南泉山下有一菴主人謂曰近日南泉和尚出世何不去禮見主曰非但南泉直饒千佛出世我亦不去泉聞乃令趙州去勘州去便設拜主不顧州從西過東又從東過西主亦不顧州曰艸賊大敗遂拋下簾子便歸舉似泉泉曰我從來疑著者漢次日泉與沙彌携茶一缾盞三隻到庵擲向地上乃曰昨日底昨日底主曰昨日底是甚麽泉於沙彌背

上拍一下曰賺我來賺我來拂袖便回師云前來趙州且置末後南泉道昨日底昨日底別合下得甚麼語免得簡責一僧云者野狐精師甚喜之

舉華林覺禪師因夾山問遠聞和尚念觀音是不覺曰肰山曰騎卻頭時如何覺曰出頭即從汝騎不出頭騎箇甚麼山無對代當時但與他三拜

舉天童密老和尚有士大夫自撰禪門口訣詣尚請正展卷指一實字問曰此字如何解說士擬議云卻解說不出尚曰恁麼則虛言了也其人面熱不能答當時合下得甚語免他道是虛言有僧云他道了也師云同阬無異土又有僧云險師不肯乃代云待老和尚脚跟點地即說

舉真歇了一日入廚看煮麪次行人纔舉忽桶底脫麪潑地上衆皆失聲曰可惜許了曰桶底脫自合歡喜爲甚麼卻煩惱典座曰和尚即得了曰灼肰可惜許一桶麪乃云你諸人爲典座代一語看一僧云放他三十棒師云自領出去一僧云狼藉滿地師云可惜許一桶麪一僧云和尚即得師云兩箇無孔鐵鎚儉侍者云某甲當時若在但以兩手作捧麪勢看他作麼去就師與一掌儉沈吟師云看你作麼生去就心侍者云某甲只管看師云灼然你看即有分心禮拜云請和尚代語師云元來和尚在此心云貓師云者畜生

舉古者道摩尼寶殿四角有一角常露露底即不問你作麼生是那不露底一僧出禮拜了立師云者箇猶是露底云烏龜水底深藏

六師云你又探頭作麼云和尚是甚麼心行師云是山僧心行僧無語一僧云某甲道不得師云道不得卻有分付處只是你漆桶未破在乃代云寧可截舌不犯國諱

舉古者道一切賢聖皆以無爲法而有差別則以無爲法爲極則憑何而有差別秖如差別是過不是過若道是過一切聖賢悉皆有過若不是過決定喚甚麼作差別代云如月印千江

舉趙州示衆云南方來者即與下載北方來者即與裝載則從設若總不恁麼來者又作麼生代云喫茶去

舉古者道肯重不得全卸卻方爲妙既是卸卻方爲妙因甚曹谿屬南嶽汝既如是善自護持代云無須鎖子兩頭搖

舉古者云書頭教孃勤作息書尾教孃莫瞌睡中間事作麼生代云祇許佳人獨自知

舉古者道無手人能行拳無舌人解言語忽然無手人打無舌人無舌人道箇甚麼僧云我嘗於此切師不肯代云阿哪阿哪

舉隆慶閑室中垂問祖師心印篆作何文代云擣卻皮可漏子看諸佛本源深之多少代云問取拄杖子十二時中上來下去開單展盋此是五蘊敗壞之身那箇是清淨法身代云金剛脚下鐵崑崙不用指東畫西實地上道將一句來代云早晨喫白粥如今又覺饑十二時中穿衣喫飯且道承甚麼人恩力代云吾嘗於此切魚行水濁鳥飛毛落亮座主一入西山因甚窅無消息代云還出得大唐天地也未

舉大隨問僧向甚麽處去僧云西山住菴去曰我向東山喚你你便來得麽云不肰曰你住菴未得當時合下甚語免遭大隨簡點有僧云徧界不曾藏師不肯代但進前問訊云不審和尚有辱慈念

舉古者道是處是彌勒無門無善財因甚琉璃殿上卻無知識代云潋潭不許蒼龍蟠

舉雪竇示衆二龍爭珠有爪牙者不得師云既有爪牙因甚不得一僧入方丈道從門入者不是家珍師深喜之至來日晚叅畢命其僧近前如法舉昨宵語供養大衆著僧繞舉師以杖揮退云蕉鹿已成經宿夢枯株尚守舊山畾

舉僧問龍牙終日區區如何頓息牙云如孝子喪父母始得師云好擲者裏合下得一轉語諸人試道看一僧云不是一番寒徹骨爭得梅花噴鼻香師云若恁麽正在區區如何頓息去乃代云靈衣未脱難忘奉孝滿曹山始愛顛

舉洞山因雲居作務誤剗殺蚯蚓山云者箇擲雲居云他不死山曰二祖往鄴州又作麽生雲居無對師代云將此身心奉塵剎

舉太陽問僧那裏來曰洪山陽曰先師在麽曰在陽曰者箇猶是侍者僧無對師代云不遇中郎鑑還同野舍薪又云來朝更獻楚王看

舉雲居常令侍者送袴與一住菴道者者曰自有嬢生袴竟不受雲居復令侍者去問嬢未生時著箇甚麽道者無對後遷化有舍利持似雲居居曰直饒燒得八斛四斗不如當

時下得一轉語好師代道者云全超不借借
又云正恁麽時還有將來分也無
舉玄沙在雪峰時光侍者謂沙曰師叔若學
得禪某甲打鐵船下海去沙住後問光曰打
得鐵船也未光無對法眼代云和尚終不恁
麽法燈代云請和尚下船玄覺代云貧兒思
舊債師舉畢顧衆曰上來者一隊老古錐各
納敗缺了你諸人莫别有見處麽請更代一
語看瑞寮元云不因樵子徑爭到葛洪家師
爲破顔
舉古者道雞見便鬬犬見便齩殿上鴟吻終
日相對因甚麽不瞋僧云大智若愚師不肯
代云你若無心我也休
舉韶山見白頭因問莫是多口白頭因麽云
不敢山云有多少口云徧身是山云大小二
事向甚處屙云向韶山口裏屙山云有韶山
口即從無韶山口又作麽生因無語師代云
無韶山口一事也無
舉悟空禪師問座主云講甚麽經云法華經
空云有説法華經處我見寶塔當爲證明座
主講倩甚麽人證明主無對雪竇代云私通
車馬師云我意不欲雪竇與麽道諸人更代
一語看一僧云自有燈籠露柱在師云山僧
亦未肯上座與麽道乃代云將謂和尚忘卻
晚叅舉魯祖凡見僧來叅即面壁而坐南泉
至亦面壁而坐泉遂於背上拍一掌祖云是
誰泉云普願祖云作甚麽泉云也是尋常大
慧拈云垂鉤四海只釣獰龍格外玄機爲尋
知巳南泉雖則善機宜明休咎要且不知魯
祖落處如今衆中莫有知得落處者麽切忌

向鬼窟裏卜度師云山僧者裏不問諸人落處且道鬼窟裏作麽生商量有道得恰好者與他青州七斤布衫一件儅書記出衆云請和尚離卻鬼窟裏問來某甲即道師遂與之
晚叅舉道吾見南泉泉問闍黎名甚麽吾曰宗智泉曰智不到處作麽生宗吾曰切忌道著泉曰灼肰道著即頭角生師云今晚有人向者裏下得一轉語山僧與他龍牙韈著咸知藏出云寧可截舌不犯國諱師遂與之復云肰雖如是語少藏鋒若是山僧又且不肰乃自代云某甲今晚定不得和尚韈著
舉雪峰辭洞山山問子甚處去云歸嶺中去山云當時從甚麽路出云從飛猿嶺出山曰今回向甚麽路去云從飛猿嶺去山曰有一人不從飛猿去子還識麽云不識山曰爲甚不識云他無面目山曰子既不識爭知無面目峰無對代云三更垂下夜明簾
舉佛印與學徒入室次適東坡至前印曰此間無坐榻居士來作甚麽坡曰暫借佛印四大爲坐榻印曰山僧有一問若道得即請坐道不得即輸腰間玉帶坡曰便請印曰山僧四大本空五藴非有居士向甚麽處坐坡無語代云和尚衲衣重多少
晚叅舉海岸黄居士司理杭州時請石車石雨二禪師齋次士問兩石相磕時如何車云一碾粉碎雨云只可自怡説不堪持贈君師云一人暴虎馮河自傷已命一人聽事不真喚鐘作甕各與三十拄杖了肰後問諸大衆作麽生道得一句與他二尊宿增氣衆下語不契乃別云聲光徹天

室中垂代

問僧認著依脫還不是瑞嵒因甚喚主人公

代云碓擣東南磨推西北

問僧萬法歸一一歸何處無對代云大海若不納百川應倒流

問僧作何行業底人通身紅爛僧云喫官酒卧官街師笑云紅即巳紅爛即未爛

一日問衆合眼許你跳黃河設若開眼時作麽生過無對時有僧問師合眼跳黃河時如何師云無人孟浪過你設若開眼時作麽生過師展手云了又有僧問如前師云今朝霧起答後語云日出後看取復有問如前師云露柱撞翻燈籠答後語云聖僧歸堂打坐

有時云旣是雲門六不收因甚又道北斗裏藏身

有時云髑髏無識道眼精明漢因甚仰面不見天低頭不見地

有時云拄杖拂子隨我者隨之東南羅漢天王碓住者死住西北去住不隨風力轉無傷物義若爲宣

有時云本來無位次不用强安排山門因甚在前佛殿因甚在後

有時云十方同聚會箇箇學無爲因甚無爲無事人尤是金鎻難

天童弘覺忞禪師語錄卷第十四

音釋

薶 與埋同藏也

噴 普悶切音湓吒也鼓鼻也

鴟 常支切音匙鵄鵂也鵄鵂鶹別名

磕 丘蓋切音慨兩石相擊聲

髑髏 上杜骨切音獨下即侯切音樓頂顱謂之髑髏

天童弘覺忞禪師語録卷第十五

嗣法門人顯權等編

對衆機緣

僧參師問那裏來云山西來師云你來時過太行山不云不曾師云怎麼到得者裏無語

僧參師問高駕何來云徽州來師云來時過錢唐江麼云過師云錢唐江水深多少僧擬議師喝出

僧參展坐具師拈拄杖僧收坐具師便打僧喝師又打僧又喝師又打僧復喝師擿下拄杖云不打者死蝦蟇僧無語師云了復擬開口師云且坐喫茶

新到參師問那裏來云博山來師云拄彼幾時云再夏師云博山和尚鼻孔長多少僧擬議師云不信道

數僧新到師問那裏來云海上來師云曾見觀音大士麼云見師云寺前見寺後見無語

一僧云某甲心見師云若人識得心大地無寸土驀拈拄杖卓一下云你還覺心痛也未復無語師云擬謾山僧

僧參師問那裏來云河南師云我不問河南問你那裏來僧擬議師揖坐僧乃問達磨西來意旨如何師云你從河南來

僧參師問那裏來云金粟來師云前日有一人從者裏去你還曾逢也未云不曾逢師云參堂去

僧參師問那裏來云永嘉來師云永嘉大師近日還道及山僧不云某甲乍入道不知師云山僧罪過

僧參人事件件數云此是金華底供養和尚

師驀竪拳云且道者箇是那裏底僧擬議師云且坐喫茶火問僧進云和尚除此外還有麽師擿下拄杖僧拾安舊處師便掌

僧參師問何方聖者甚處覊祇僧云某甲北京人師云李闖打破燕都時你向甚處蹲坐僧云離京久矣師云抛家棄宅著甚來由僧無語

僧參師問那裏來云揚州來師曰腰纏十萬貫騎鶴上揚州且道據箇甚麽道理云某甲卽不肰師云你試呈懵袋看僧擬議師云瓜州賣瓜客僧無語師喝出

僧參師云大德何來云揚州來師云洋子江與錢唐江孰深孰淺云某甲不知師云蹋破艸鞵著甚來由僧擬進語師拈捧趁出

湖州僧參求開示師云你將甚麽過錢唐江僧云不會師云荒地未曾鋤

僧參師問那裏來云佛日來師云春日温夏日熱且道佛日如何僧擬議師便喝

僧參師問那裏來云宜興來師云長橋下蛟周處斬後近日如何僧罔措師笑云參堂去

僧參師云那裏來云弁山來師云伏虎岀前卽不問你未上百歩𠡠道將一句來云某甲初參師云你參乾矢橛耶麻三斤耶云參父母未生前師云父母未生前還有甚麽事麽僧擬議師喝出

二僧參師云太湖三萬六千頃且道山前碧浪湖多少濶一僧打一圓相師顧第二僧云他旣漆桶亂做你又作麽生僧禮拜師云同阬無異土前僧云且莫厭良爲賤師云抱贓叫屈作麽僧無語師叱出

師嘗垂語末後句即不問諸人如何是最初句有僧呈偈最初一句子寥廓絶躋攀鳥跡空中見魚蹤水底攤不墮悄朕揚古路桂輪孤朗碧天寒師云如今卻問你末後句又作麼生僧無語師云可知禮也

福建僧參師問漳泉福建頭匾如扇只可聞名不可見面過狂甚麼處僧云臨濟棒喝執散當鋒師便喝僧無語師叱出

僧參師問那裏人云常州師云藕州人瘂常州人打爺瘂即且置因甚打爺僧云某甲今日從市上來師喝出至晚舉前話命衆代語一僧云知恩報恩一僧云得人一牛還人一馬又一僧云家富小兒嬌師不肯乃自代云棒下無生忍臨機不見師

問僧師子堀中無異獸你是狐狼埜干來者裏作麼僧擬進語師云嘰早見臊氣熏人無語師喝退又問一僧你還夢見臨濟大師麼僧云某甲五年前不作是夢矣師云恁麼則衲衣狂空間假名阿練若太也僧擬議師便打又如前問一僧僧趨前云今日親見和尚師云你道山僧生緣甚麼處僧云劉師云臨濟大師來也僧擬議師云元來不是連棒打趁又問一僧你甚處安單僧云前堂左邊師云你枕子昨夜被人移過東海新羅太也因甚向琉球國裏東摸西摸無語師喝退

衆侍立次一僧擬出問話師起身云待我方便來爲你逐一置答師回衆猶環立師云元來一隊死漢直拈棒趁出

行者禮拜師問今日幾位客到者云三兩位師云你將甚麼管待渠者擬議師喝出

衆侍立次師以拄杖攛面前云道道一僧喝了出師云一鈎便上一僧云覿面相呈師云錯認定盤星一僧拾來安舊處師云者僧到靈利僧禮拜退至晚師喚其僧至室中問據你適纔做處不道無見你那裏得者三昧來僧擬議師云元來掠虛拄劈脊打出又衆禮拜了侍立師默然不顧有僧咳嗽師云者裏不許咳嗽衆無語師云既轉身通氣不得拄者裏立作甚麼以拄杖一齊打散

師一晚至僧堂云還有開得隻眼底麼試出來通箇消息看一僧纔出作禮師打云早被我攙沙拄你眼裏了也

一日舉倩女離魂話問衆兩女合爲一媳婦祇如未合已前且道那箇是眞倩女有一化士出衆云隨身處處安師休去至次日粥罷命士近前今日有四人居士從永嘉來道你責卻常住三包米你好好依實供通著士愕然師云不勞再勘拈棒趁退

僧入室師問你出僧堂少了你及至方丈方丈又多了你作麼生道得均平去僧云月印水中天師云中間有箇破綻處你還簡點得出麼無語師乃上堂集衆舉似復如前問衆首座云水竭天枯時如何師笑云卻怪山僧不得

僧侍立次師問二龍爭珠因甚有爪牙者不得云本來成見事何用苦追求師云如何是本來成見事僧擬議師云何用苦追求師復顧僧云成見事你既不會如何是不成見底事云某甲不用者閑家具師云豪釐有差天地縣隔何不道某甲沒者閑家具僧乃禮拜

祁季超見師後作吾見謌呈師曰吾見泰峯拔地九千仞頫睬大地羣生如蝟蠕乾坤桀氣誰與準吾見龍門犇濤何壯哉一瀉千里萬里無有涯黄河之源天上來吾見嚴霜凛雪摧百卉柔支婑葉一時死歲功終始賴有此吾見瞿唐八月波濤翻灔澦一推居其間力砥滔滔障狂瀾師覽竟顧趍曰居士見底不是山僧曰不是和尚是那箇師曰山僧不承當紙上底超乃禮拜

僧問和尚門庭高峻弟子未敢造次願垂方便師云我門庭有多少高僧擬議師云者門外漢

僧問弟子愚癡如何見得本來面目太師云見得底不是你本來面目僧禮拜師云你還覺頂門重麼僧擬議師喝出

王通相持高峯六問乞師置答師接得云此乃高峯置得底你既將他問來問何不與他同來士無語師直打出

問不與萬法爲侶者是甚麼人師云穿過髑髏底如水無筋骨能勝萬斛舟時如何師云看脚下僧禮拜師便打

問如何是某甲本來面目師便打僧卻退師云來來你有幾箇面目僧沈唫師云元來是枚無面目漢僧禮拜師云且莫錯承當

問如何是某甲安身立命處師云三條椽下七尺單前云死了燒了又向甚麼處安身立命師云恰好

問弟子行行可了得生死不師云你行底是甚麼行僧云推礱踏碓師云你還知碓觜生華麼僧無語師云恁麼卻了生死不得

問人人本有箇箇圓成因甚麽不能直下薦取師云爲你眼中有物

問某甲看箇萬法歸一不會其中意旨師云你拄那一堂云東禪堂師云歸堂去

問眼光落地時拄甚麽處安身立命師云七星版上僧禮拜師云忝著一場愁

僧問如何是天童境師云無你站立處如何是境中人師與一掌云還見麽如何是人中意師推開云速退速退妨我東行西行

問某甲參箇父母未生前底話見今穿衣喫飯明明歷歷因甚不會師云多了箇穿衣喫飯明明歷歷云乞和尚分明曉示師云者箇是桌子那箇是牕棱有甚麽不分曉僧擬議師喝出

問諸緣併盡一念不生還了得生死麽師云不得云作麽生了得師云生也生也

僧問萬里程途即不問到家一句作麽生師云鐵蛇横古路進云與麽則得大安隱去也師云性命也不顧

俗士問四大潰散未審此性向甚處去了師召士前士趨立師云甚處去也又問棒喝不若語句令人可參師笑云喝不作喝用你作麽生會士惘然師卻問你道語句從那裏出士躡前問師師乃彈指示之

問昨晚承師舉話某甲聽不諦乞師再舉師云你甚處去來云拄者裏師云因甚要我舉話無語劈脊打出

躡碓次僧問如何是祖師西來意師云山僧今日輪牌打米云向上還有事也無師云下下著力云碓底打脱時如何師云大家靜處

薩婆訶

問將何所務卽不落功勛師云你從正位中來偏位中來僧云某甲若來卽不落偏正師云你還知有誕生王子父麽云知師云作麽生是誕生王子父僧進前叉手師云恁麽來者猶是誕生王子作麽生是誕生王子父無語師便打

附火次僧問古鏡未磨時如何師云大家揑者裏磨後如何師云火炙胷前煖風吹背後寒

僧請益鉠崛摩羅産難因緣師云識取鉤頭意莫認定盤星

問如何是般若體師云無星秤子兩頭鐵如何是般若用師云半斤還你是八兩

問和尚拂子因甚著賊師云鬼弄鐘馗筆

問道人家風寸絲不挂因甚和尚有許多長物師云大封大皮裹小封小皮纏

問萬法歸一如何是一師云適來禮拜底云一歸何處師喝云且拕者死屍去

問纔涉思惟便成賸法思惟有甚麽過師驀推出手爐云你試思惟看僧擬議師云纔涉思惟便成賸法

問斷橋流水誰人能過師云看脚下進云祇如截斷衆流又作麽生師云你揑那一邊僧喝師便打

問如何是同生不同死師云白首如新如何是同死不同生師云傾蓋如故如何是同生復同死師云伯牙與子期不是閒相識如何是生死俱不同師云君向瀟湘我向秦僧禮拜云向後作麽生師便打

問春至人間無硬土因甚枯木不生華師云意氣不從天地得英雄豈藉四時推
問枯株流水時如何師云乾不盡灰飛烟滅後又作麽生師云待你活來向你道
問如何是承言者喪滯句者迷師云不快漆桶更是阿誰僧擬議師云承言者喪滯句者迷
問如何是某甲安身立命處師云霧峯寺裏云不會師云僧堂佛殿并山門
問達磨西來因甚不立文字師云問取達磨云還許學人說道理也無師云許云金屑雖貴落眼成翳師云若是達磨眼睛著得幾百億須彌山
俗士問弟子終日狂夢何日得惺師云我者裏惺亦著不得夢自何來云爭奈即今見夢何師與一推云惺惺著
問問著便打是何道理師云你且禮拜著僧禮拜師云是何道理
問不是心不是佛不是物畢竟是箇甚麽師云山僧也疑他僧禮拜云謝師答話師便打
僧一喝師展手云再讚僧擬議師便喝
問如何是祖師西來意師云端陽過了十日
問釋迦佛是誰師云山僧是林十四郎
問如何是佛師云如何不是佛云和尚莫是麽師云錯認不少
問如何是某甲本參師云乾矢橛云恁麽則馨香徧界厺也師云又卻囫圇吞棗
問萬法歸一一歸何處師便掌師云畢竟一歸何處師復掌僧禮拜師云鯨吞海水盡露出珊瑚枝

庫子求開示師云莫偷常住果子喫云某甲不會師意師云不會且囫圇吞卻

問一口氣不來向甚麼處安身立命師云流水如有意和雲過別山僧云請師再垂方便師便喝

問萬法歸一一歸何處師云波斯人鬧市

居士問巍巍堂堂來時如何師云一擊粉碎士禮拜師便掌

問躍翻華藏世界推倒百億須彌時如何師云你置能仁於何地僧云榑桑日出一輪紅師云忽被烏雲罩卻又作麼生僧無語師連棒打出

問父母未生前本來面目弟子看不透參不明請師方便師云且喜你眼正云畢竟如何師便起去

僧問眼橫鼻直時如何師便打云老漢不得艸艸打人師云今朝艸艸打著箇漢僧禮拜師云是你艸艸我艸艸僧一喝師云卻是你艸艸僧擬議師直打出方丈

有居士見師喜甚曰難得見和尚師云山僧常在闤闠中因甚難見士無語

問臨濟以三句接人和尚者裏作麼生師云山僧者裏不見有人云設有出格漢子來時如何師云待有卽接僧便喝師云山僧被你一喝僧擬議師便喝

問某甲嘗看無字話頭若道是有違他趙州若道是無一切蠢動含靈皆有佛性爭得無去師云山僧到此一籌莫展云某甲不會師云你也伎倆全消云畢竟如何師云三十棒自領出去云過在甚麼處師云蒼天蒼天

問如何是大用見前師厲聲云㕘你不是者般脚手僧懡㦬而退

問趙州無字公案作麼生會師云寒雁一聲情念斷云畢竟意旨如何師云霜鐘動纔我山摧

居士問古人念念抂定慧爲是悟前事悟後事師云待你悟了向你道忽聞牆外買菜聲師云且道此人抂定慧外抂定慧裏云定慧裏師云以何爲驗云驗抂聞中師云還我適纔問頭來云非非想天㕘也師打云因甚卻抂者裏士無語

問譬如琴瑟箜篌雖有妙音若無妙指終不能發妙音即不問如何是妙指師云一舉四十九云一著不到處滿盤皆是空祇如黑白未分已前一著落抂甚麼處師云試看髑髏前云欲爲天下奇男子須讀人間未有書如何是未有書師云短箋數十丈段句兩三言云景之美者人曰似画画之佳者人曰似眞未審以何爲正師云拔卻眼中釘

問結制也無風起浪解制也掘地覓天不結不解又抂火水裏浸殺畢竟如何得相應㕘師云鈍置殺人一人欲出長安出不得一人欲入長安入不得設或二人相逢作何話會師云面面相覷一場癡賊來須打客來須待賊客一齊來打即是待即是師云分付田庫奴慈烏反餔鴟梟啖母未審是同是別師云翻手作雲覆手雨斬首灰形不無以損生金丹玉液不無以養生且道肇法師具甚麼眼師云屋破見青天從門入者不是家珍爲甚麼世尊覩明星而證果靈雲見桃華而悟道

師云撞著從苐自家底
問眞金不怕火因甚入火則鎔師云隨順世緣無絓礙一切衆生皆順孝道因甚土梟食母師云若不揮夠漁父棲巢白雲出在青山裏因甚青山卻被白雲遮師云青出於藍青於藍
因結夏藏主設六語問衆懇師代答師云逐一問將來主云九旬結制画地爲牢且道以何爲界師云上窮圜蓋下風輪衲僧應用無非本地風光因甚閒結制而求入堂師云竿木隨身逢場作戲盋囊高挂七尺單苐未審九十日内將甚麼喫飯師云千聖共傳無底盋師家垂手電掣雷轟且道如何湊泊師云當仁不讓豈存師有迷有悟盡落今時不涉迷悟道一句來師云我若道錢唐江須倒流太直饒道得出身句祖師門下正好喫棒如何免得此過師云你還知有口吞佛祖漢麼
問千尺彌勒爲甚坐在一尺龕中師云山色翠含明鏡裏又云佛身無爲不墮諸數法華經道若人有福曾供養佛維摩則道其施汝者不名福田合作麼生師云福州橄欖兩頭鐵法身無相如何又道青青翠竹總是法身師云仁者見仁智者智
問軍中號令以金鼓爲耳目衲僧號令將何爲耳目師云且過者邉著方以類聚物以羣分因甚伯牙撫琴而牧馬仰秣瓠巴鼓瑟而遊魚出聽師云春歸大地無硬土大地之物一土所生因甚柚在江南爲橘在江北爲枳師云汝聽觀音行善應諸方所江南無限好猶道不如歸好卽不問歸意如何師云三徑

就荒松菊在大浸稽天而不溺大旱金石流土山焦而不熱且道此人出身路在甚麼處師云不離當處嘗湛然不離當處嘗湛然祇如月映千江是離不離師云守眞志滿逐物意移

問古人云佛法在著衣喫飯處爲甚麼雲門又道終朝喫飯不曾齩破一粒米終日穿衣不曾挂著一縷絲師云不因楊得意爭識馬相如保寧勇云有手脚無背面明眼人看不見旣是明眼人因甚看不見師云萬里神光連頂沒

問笞日獼猴偶披坐具得生天上祇如見前比丘全身擔荷千佛袈裟未審生在何處師云煩惱海中爲雨露無明山上起雲雷律中又云出佛身血皐祀七遮千佛出世不通懺悔祇如調達推山壓佛因甚世尊見生度他師云打刀須是邠州鐵

問日月無私照因甚不鑑覆盆之下師云自緣根力淺休怨太陽偏德雲常在妙高峯因甚別峯相見師云覩體難存照從緣始識渠大修行人爲甚煩惱不除師云苦瓜連根苦甜瓜徹蔕甜五虎攢羊如何救得師打云痛與一頓百忌饑

問四大本空五蘊非有爭奈卽今見在何師云莫妄想露柱懷胎爲復是男是女師云問取燈籠

問冬至一陽生因甚天道愈寒師云活人須用殺人刀大用見前不存軌則爲甚方木不透圓竅師云白雪陽春和者稀相看兩不厭祇有敬亭山且道敬亭山具甚麼眼師云萬

古常青碧毒鼓當軒擊者為甚不死師云為渠絶後再穌來

問大道無向背因甚有者邊那邊師云盞子撲落地碟子成七片但莫憎愛洞然明白明白底因甚不知有師云月似彎弓少雨多風圓同太虛無欠無餘因甚少處減些子多處添些子師云志公刀尺妙有神

問鯤化鵬眼狂魚化龍鱗狂生而化死何狂師云北邙山下臥千年饑者易為食渴者易為飲藥山化主因甚不受甘贄錠金師云蠱毒之家水莫嘗鼻垂眼下人人盡知有因甚看不見師云祇為太近前三三後三三數目分明無著因甚罔措師云他較上座郤知慚愧

居士問和尚未來時人人心中有箇和尚和尚正坐時人人目中有箇和尚和尚退方丈時人人背後有箇和尚不審那裏是法身說法師云穿透髑髏猶自不知不立四喝不行三棒如何示學人師云風前有句超調御著者邊則遺那邊執那邊則欠者邊如何得兩不相傷直進無上法師云分身兩處看不狂明白裏行不狂黑暗裏坐時如何師云為鬼為蜮則不可得卽今正受一句如何示學人師云千鈞之弩不為鼷鼠而發機月光透波面春色滿支頭時如何師云猶是弄精魂漢末後句若無何為兜率要張無盡透過方許師云莫謗兜率好泥牛入海無蹤迹石虎嵒前絶景形時如何師云烏龜水底潑藏六其甲不問問時乞慈悲垂示師云三十棒自領出法和尚說思大和尚猶少機關還容弟子

爲思大作主麽師云萬絲牽大象

問人人自有光明在爲甚看時不見暗昏昏師云刀不自割纔涉思惟便成賸法祇如思惟有甚麽過師云貪觀天上月失却手中橈毫氂繫念三途業因祇如繫念於佛又作麽生師云功德天黑暗女病爲衆生良藥因甚一切衆生皆爲病灸師云若藥不瞑眩厥疾不瘳

問既是佛塔因甚却被雷劈師云斫却月中桂清光倍更多

問春色滿園關不住一支紅杏出牆來且道承誰恩力師云時節若至其理自彰三世諸佛歷代祖師昨夜墮地獄未審和尚如何相救師云既從地倒還從地起蓋天蓋地又道客來無被師云要他受用自家底

問明明歷歷盡見冓因甚麽自己無有出身之路師云祇緣身在此山中步步蹋實絲毫不離因甚麽不會師云千聞不如一見暗室中無有一人住因甚麽涌出百寶光明師云問取善財童子去人人有箇鼻頭因甚麽摸不著師云待你打箇噴嚏來向你道不用權衡道場山重多少師云託向山僧手中著

問如何是透法身句師云金雞啄破琉璃殼如何是物不遷師云春來依舊百華香如何是三更不借夜明簾師云石女拋梭機軋軋如何是第一句師云聲消迹絶如何是第二句師云斬釘截鐵如何是第三句師云看孔著楔

錢聖月問都道祇者是祇者是因甚達磨又說箇不識師云無孔鐵鎚當面擿人人鼻孔

邊天箇箇脚跟點地因甚有薦有不薦師云出羣須是英靈漢飯籮邊餓殺大水裏渴殺且道過在甚麼處師云過在不知有佛祖公案秖是一箇道理因甚不許作道理會師云一字入公門九牛拽不出旣是道場山因甚牆壁瓦礫不能說法師云聾人爭得聞又云子期方識伯牙音

師過嵩邊九萬陸居士以十問問師一疑人心平平耳東以佛法戒律則反如猢猻然者加之鞭錘更爾跳梁不伏四十年謹閉心關與魔相對近始稍稍輕便不知大和尚有何拏手能使妄念不來相犯師云眼若不睡諸夢自除一疑信心銘至道無難惟嫌揀擇但莫憎愛洞然明白若不揀擇不知砒礵可喫得麼師云果然見刺通身拔何礙風輪納腹中一疑楞嚴云舍七錢而致王位又云善男子不免墮無間獄夫善男子則不止舍七錢一則致福之易一則解辠之難報施得無不平與師云掩鼻西施蒙不潔惡人齋戒可祈天一疑南泉斬貓歸宗斷蛇到底造辠不造辠若說造辠謗了祖師若說不造辠昧了因果如何得語黙通不犯太師云點石化爲金玉易勸人除卻是非難一疑佛有後人則是佛有夫婦及紅蓮破戒則曰犯了如來婬色戒到底其實如何師云紅粉易妝端正女無錢難做好兒郎一疑楞嚴云觀音有人起某願卽爲成就某功德如統攝鬼神之類後言十種天魔人若思量某事渠卽來現某等情狀此際若認爲大士被魔哄太不可知若認爲魔錯過大士亦不可知將何所適從師云

是佛是魔俱劃卻出頭天外許誰同一疑父母未生已前者箇人來從何處來往從何處去現今畢竟住在何所師云看脚下一疑金剛經云一切有爲法如夢幻泡影凡人做不道之事亦幻夢耳冥司何故加之辠釋迦老子苦苦度他何用師云夢裏明明有六趣覺後空空無大千一疑十聲彌陀即得往生淨土有積惡之人應墮無間獄者處心十聲可生淨土否若說不往是大雄氏相欺若說即往則因果亦虛設矣師云千年暗室一燈能破一疑三生石上話譬如一粒芥子若說未生已經開華結果若說既生尚未布種請道一句來師云休論三生圓澤事得來芥子甚年中

天童弘覺忞禪師語録卷第十五

音釋

磡　苦紺切音勘巖崖之下

𤸷　魚開切音皚癡病

蜎蠕　上縈緣切音娟掉也下乳兗切音輭蝡同動也

馗　渠龜切音逵鍾馗人名

圐圙　上呼骨切音忽下龍春切音侖物完曰圐圙

天童弘覺忞禪師語録卷第十六

嗣法門人顯權等編

頌古

圓覺經居一切時不起妄念於諸妄心亦不息滅住妄想境不加了知於無了知不辨眞實

艸鞵踏徧江南雪歸看廬山石上雲卻笑閒身猶未老尋梅幾度出松門

殃崛摩羅因持盋入城至一長者家值其婦産難子母未分長者云瞿曇弟子汝爲至聖當有何法能免産難殃崛曰我乍入道未知此法當去問佛卻來相報遽返白佛具陳上事佛告曰汝速去說我自從賢聖法來未曾殺生殃崛往告其婦人聞之當時分娩母子平安

瀫江如練月黃昏遠浦漁謌隔水聞此景此時誰切意傷秋客思最勞慬

蕩漾輕舠傍葦葭雙垂玉綫釣金龍時人只見蘆彎白那信蓼灘對岸紅

讓和尚居南嶽時馬祖住傳法院常日坐禪讓知是法器往問曰大德坐禪圖甚麼曰圖作佛讓一日乃取一甎於彼菴前磨曰磨此何爲讓曰磨作鏡曰磨甎豈能成鏡讓曰坐禪豈能成佛曰如何卽是讓曰如牛駕車車不行打車卽是打牛卽是於是悟旨於言下遂印心傳法符西祖識馬駒踏殺天下人之語南宗闡於江西

龍驤驥足困鹽車未遇孫陽尚滯途摧脫繩頭鞭一擿風嘶索索電光驅

馬祖因僧問離四句絕百非請師直指西

來意祖曰我今日勞倦不能爲汝說得問
取智藏去僧去問藏藏曰我今日頭痛不
能爲汝說得問取海兄去僧問海海曰我
到者裏卻不會僧回舉似馬祖祖曰藏頭
白海頭黑

自蹋千峰最上層生涯日拙百無能絕交何
用區區論故舊今看祇一藤

西堂智藏禪師普請次曰因果歷然爭奈
何爭奈何時有僧出以手拓地藏曰作甚
麼曰相救相救藏曰大衆者箇師僧猶較
些子僧拂袖便走藏曰師子身中蟲自食
師子肉

燕趙悲歌士相逢劇孟家寸心言不盡前路
日將衰

鄂州無等禪師初住隨州土門一日謁州
牧王常侍辭退將出門牧召曰和尚州回
顧牧敲柱三下州以手作圓相復三撥之
便行

州牧驟布隨車之雨土門立興動地之需主
賓有禮有樂唱拍能闔能開露柱穿靴來嶽
頂燈籠著帽上天台捴輪撥轉調羹手天上
人間知幾回

興善寬禪師因僧問如何是道寬曰大好
山曰學人問道師何得言好山寬曰汝祇
識好山何曾達道

問道如何答好山倚天長劍逼人寒堪歎髑
髏未器從前底幾多隨焰迷宗還失旨不失
旨澧州水出朗州山四海五湖皇化裏

華林善覺禪師因觀察使裴休相訪問曰
還有侍者不林曰有一兩箇祇是不可見

客裴曰扗甚麼處林乃喚大空小空時二虎自菴後而出裴睹之驚悸林語二虎曰有客且厺二虎哮吼而厺裴問曰作何行業感得如斯林乃良久曰會麼曰不會林曰山僧常念觀音

家珍曾器卻萬境自平洸善應諸方所良哉觀世音覺禪老太嵜嶔化育盡賓方内外道高千古謠薮林

烏臼和尚問僧近離甚處曰定州臼曰定州法道何似者裏曰不別臼曰若不別更轉彼中厺便打僧曰棒頭有眼不得艸艸打人臼曰今日打著一箇也又打三下僧便出厺臼曰屈棒原來有人喫扗曰爭奈杓柄扗和尚手裏臼曰汝若要山僧回與汝僧近前奪棒打臼三下臼曰屈棒屈棒曰有人喫扗臼曰艸艸打著箇漢僧禮拜臼曰卻與麼厺也僧大笑而出臼曰消得恁麼消得恁麼

相逢驀劄展槍旂同死同生作者知疾燄過風風不凝奔流度刃刃無虧休言八極揮斤巧謗説黄泉下探奇敵勝還他師子子爍迦羅眼豈容窺

古寺和尚丹霞來參經宿明旦粥熟行者秖盛一盋與師又盛一盌自喫姝不顧霞霞亦自盛喫者曰五更侵早起更有夜行人霞問古何不教訓行者得恁麼無禮古曰淨地上不要點汙人家男女霞曰洎不問者老漢

出鳳巢離無弱翅宿龍門客豈逡巡莓苔一任松風埽古寺從來不受塵

黑眼和尚因僧問如何是不出世底師眼曰善財拄杖子
百城煙水爲誰參七尺山藤賴指南幾仗拏遊三眼國每憑扶上白華嵐旁姝枉自舒金臂徧吉何勞見妙曇悲智頓圓洪願力門門解脫未開譚
鹽官安國師有涂空禪師到請問經中諸義一一答了卻曰自禪師到來貧道總未作得主人曰請和尚便作主人安曰今日夜也且歸本位安置明日卻來涂空下去到明旦安令沙彌屈涂空禪師涂空到安顧沙彌曰咄者沙彌不了事教屈涂空禪師屈得箇守家堂人涂空無語
不解作客勞煩主人清風常拂掠白月尚掌塵高蹤返憶龐居士往復幾生席上春
南泉曰江西馬祖說卽心是佛王老師不恁麼道不是心不是佛不是物恁麼道還有過麼趙州禮拜而出僧隨問州曰上座禮拜了便出意作麼生曰汝卻問取和尚僧問泉曰適來諗上座意作麼生泉曰他卻領得老僧意旨
百尺珠樓臨峽衷新妝能唱美人車皆言賤妾紅顏好要自狂夫不憶家
百丈因僧問抱璞投師請師一決丈曰昨夜南山虎齩大蟲曰不謬眞詮爲甚不垂方便丈曰掩耳偷鈴漢曰不得中郎鑒還同㸑舍薪丈便打僧曰蒼天蒼天丈曰得與麼多口曰罕遇知音拂袖便出丈曰百丈今日輸卻一半至晚侍者問和尚被者僧不肯了便休丈便打者曰蒼天蒼天丈

曰罕遇知音者禮拜丈曰一狀領過
逢强即弱遇柔即剛你行我立你顛我顛扶
過兮斷橋流水推落兮三十仞之呂梁補苴
造化錯雜陰陽君不見一喝曾聾三日裏雷
音直透大雄岡
百丈問黄檗甚處來檗曰山下采菌子來
丈曰山下有一大蟲汝還見麼檗便作虎
聲丈於腰下取斧作斫勢檗約住便掌丈
至晚上堂曰大衆山下有一大蟲汝等諸
人出入好看老僧今朝親遭一口後潙山
問仰山黄檗虎話子作麼生仰曰和尚如
何潙曰百丈當時便合一斧斫殺因甚麼
到如此仰曰不肰潙曰子作麼生仰曰不
唯騎虎頭亦解把虎尾潙曰寂子甚有險
崖之句

循環天道報無差賊子由來出賊爺世上頻
逢人面虎山中信少佛心蛇
黄檗在南泉普請擇菜次泉問甚麼處去
曰擇菜去泉曰將甚麼擇檗提起刀泉曰
祇解作賓不解作主檗以刀點三下泉曰
大家擇菜去一日曰老僧有牧牛謌請
長老和檗曰某甲自有師在檗辭南泉泉
門送提檗笠曰長老身材没量大笠子太
小生檗曰雖肰如此大千世界總在裏許
泉曰王老師聻檗戴笠便行
遊刃恢恢饒有地目中無復見全牛動絃能
别曲落葉早知秋一笠藏千界一步過閻浮
收虎尾騎虎頭叓嫌何處不風流
趙州因臺山有一婆凡僧問臺山路向甚
麼處去婆曰驀直去僧纔行三五步婆曰

好箇師僧又恁麼太後有僧舉似州州曰待我太爲勘過者婆子明日便太亦如是問婆亦如是答州歸謂衆曰臺山婆子我爲你勘破了也

指路幸有婆子勘破又得趙州衲僧到此無拘束天上人間任我遊

趙州因學人問乍入叢林乞師指示州曰喫粥了也未曰喫粥了也州曰洗盋盂太其僧忽肰省悟

東也撞著西也撞著五鬼臨身藤蛇遶脚

長慶大安禪師初造百丈禮而問曰學人欲求識佛何者即是丈曰大似騎牛覓牛慶曰識得後如何丈曰如人騎牛到家慶曰未審始終如何保任丈曰如牧牛人執杖䀹之不令犯人苗稼慶自兹領旨更不馳求

戴角擎頭古到今綠楊景裏幾浮沈金鞭指處難回互始覺通身煙霧滚自謂唫自控勒撞䏶滿望舊山岳擦手到家人不識

德山叅龍潭因侍立至夜深潭曰子且下太山便珍重揭簾而出卻回曰外面黑潭乃點紙燭度與山山擬接潭即吹滅山便禮拜潭曰子見箇甚麼道理山曰某甲從今更不疑天下老和尚舌頭至次早將生平所負青龍疏鈔堆法堂前執苣曰窮諸玄辨若一毫置於太虛竭世樞機似一滴投於巨壑遂燒卻

燈華吹落目前機四顧山光更有誰妙辨玄樞無處著赤條條地一筇兒

德山入門便棒

入門便棒千了百當作佛法會賞罰論量於乎哀哉伏惟尚饗

霧鷲閒禪師因仰山問寂寂無言如何眎聽閒曰無縫塔靠多雨水

畐塞乾坤內開張日月靠圖圖無縫鑄華雨自蹁躚明明萬象難藏質歷歷何妨眎聽捐一默詞傾三十二通身有口若為宣

著山慧慈禪師因洞山來禮拜次著曰汝已住一方又來者裏作麼曰良作無奈疑何特來見和尚著名良价价應諾著曰是甚麼价無語著曰好箇佛衹是無光燄

虢國夫人承主恩平明騎馬入宮門卻嫌脂粉汙顏色澹埽蛾眉朝至尊

長沙因秀才看千佛名經問沙曰百千諸佛但見其名未審居何國土還化物也無沙曰黃鶴樓崔灝題後秀才還曾題未曰未曾曰得閒題取一篇

一為遷客去長沙西望長安不見家黃鶴樓中吹玉笛江城五月落梅華

臨濟上堂曰赤肉團上有一無位真人常從汝等諸人面門出入未證據者看看時有僧出問如何是無位真人濟下繩牀把住曰道道其僧擬議濟拓開曰無位真人是甚麼乾矢橛便歸方丈

鉤錐齊用轉如環放去收來只等閒無位真人何處去面門依舊髮毛斑

臨濟示衆曰有一人論劫在途中不離家舍有一人論劫離家舍不在途中且道那一人合受人天供養

不屬陰陽生造得那從地上論根苗無須鎖

兩頭搖落魄風流格外標

臨濟將示滅謂衆曰吾滅後不得滅卻吾正法眼藏三聖出曰爭敢滅卻和尚正法眼藏濟曰已後有人問你向他道甚麼聖便喝濟曰誰知吾正法眼藏向者瞎驢邊滅卻

橫開法眼瞎驢邊一喝黄河浪滚天滅卻遭他親授記从來猶自佩三玄

仰山作沙彌時念經聲高乳源和尚咄曰者沙彌念經恰似哭山曰慧寂祇恁麼未審和尚如何源乃顧眎山曰若恁麼與哭何異源便休

朝生俊鶻潑天飛小小沙彌善大機踞地解返師子擲呼嚛那懼象王威齊萬法泯是非

折箸攪海兮滄溟欲竭太阿出匣兮白日潛暉

三聖禪師到道吾吾預知以緋抹額持神仗於門下立聖曰小心祇候吾應諾聖參堂了再上人事吾具威儀方丈内坐聖纔近前吾曰有事相借問得麼聖曰也是適來野狐精便出去

橫行異類誰當抵倒佩三玄有瞎驢沙塞謾悲秋艸色青天常是鬼騎狐

从兵生門歷亂開攙旂奪鼓卷空來單于只為圖生獲倒被騎將胡馬回

谷隱聦因達觀問如何是夜半正明天曉不露聦曰牡丹華下睡貓兒

焰盡體無依功終位亦忘渾然理不昧卓卓事寧彰烟月那知人世改春風依舊上長楊

琅琊示衆曰記得僧問老宿如何是佛宿

曰不封不對大衆會麼若不會重下註脚
厺也不封不對以棘欒
不封不對厠以棘欒乾天爲蓋厚地爲盤聚
斂兮魂魄贊若愚兮一棺日炙風吹無障閉
千古萬古長湯湯
雪峰住菴有二僧到峰見以手拓菴門放
身出曰是甚麼僧亦曰是甚麼峰低頭歸
菴其僧後至嵒頭頭問雪老有何言句僧
舉帯話頭曰雪峰道甚麼僧曰雪峰無語
頭曰噫我悔不當初向伊道有箇末後句
我若向伊道已後天下人不奈雪老何僧
至夏末舉此話請益頭曰汝何不早問僧
曰不敢造次頭曰我雖與雪峰同條生不
與雪峰同條死要識末後句秖者是
是甚麼兮低頭厺龍歸滚洞江天露同條生
死不同倫虎嘯嵒帯海嶽昏末後句若爲論
大雪紛紛下烏盆變白盆
僧問乾峰十方婆伽梵一路涅槃門未審
路頭在甚麼處峰以拄杖劃曰在者裏雲
門拈起扇子曰扇子𨁝跳上三十三天築
著帝釋鼻孔東海鯉魚打一棒雨似盆傾
會麼
乾峰杖雲門扇劈面來機如電三級浪高魚
化龍井底蝦蟇誰解變不解變天童與你開
方便喝一喝云嶮後更叅三尺箭
大隨眞禪師因僧問劫火洞然大千俱壞
未審者箇壞不壞隨曰壞曰恁麼則隨他
厺也隨曰隨他厺僧不肯後到投子舉帯
話子裝香遥禮曰西川古佛出世謂其僧
曰汝速回厺懺悔僧回大隨隨已遷化僧

再至投子子亦遷化
隨他厺他脚底過認他語脈隨他鍇龍舒劒
閣路迢迢腰包斗笠憑誰荷者箇者箇陳滯
貨劫火洞肰何處藏八角磨盤空裏磨
大隨菴側有一龜僧問一切衆生皮裹骨
者箇衆生爲甚骨裹皮隨拈艸屐覆龜背
上
分皮析骨鑒多端負得霧圖自罨殘脫下艸
鞵輕蓋卻從他步步脚頭寬
唐有與祿山謀叛者其人先爲閽守有画
象存焉明皇幸蜀見之怒令侍臣以劒擊
象首其人扗陝西忽頭落
千里腥紅濺御袍碧天雲淨月輪高吾皇自
是無私化天網恢恢豈易逃
僧問轉山魯祖面壁用表何事山以手掩
耳
總作麢羊挂角商誰知魯祖舌頭長箜篌一
撥月華後直得哀聲動洛陽
僧問雲居道膺禪師麢羊挂角時如何膺
曰六六三十六又曰會麼曰不會曰不見
道無蹤迹
麢羊挂角問如何六六報言三十六錦雲重
綺霞簇碧眼胡僧數不足暫時自肯絶追尋
萬里清炎常濫目會也麼休瓦卜君不見香
林解轉洞山語南地竹兮北地木
長生皎肰禪師常訪一菴主款話菴主曰
近有一僧問某甲西來意遂舉拂子不知
還得也無生曰爭敢道得與不得生卻問
菴主此事有人保任如虎頭戴角有人嫌
棄不直一文此事爲甚麼毀譽不同請試

揀出看曰適來出自偶肰爭揀得出生曰
若恁麼此後不得爲人
海中蜜果尌頭心換象抽爻白晝陰弄鬼家
還遭鬼弄機湲自古旣原湲
明拈一日天寒上堂大衆纔集拈曰風頭
稍硬不是你安身立命處且歸煖室商量
便歸方丈大衆隨至立定拈曰纔到煖室
便見瞌睡以拄杖一時趁下
帶雨和雲兼月白春風撩亂華狼藉飄來片
片逐馬蹏惱殺天涯未歸客
湲明二上座在衆時聞僧問㳒眼如何是
色眼豎起拂子或曰雞冠華或曰貼肉汗
衫二人特往請益問曰承聞和尚有三種
色語是不眼曰是湲曰鴿子過新羅便歸
衆時李主在座下不肯乃白㳒眼曰寡人
來日置茶筵請二人重新問話明日茶罷
備雜彩一箱劒一口謂二人曰上座若問
話得是奉賞雜彩一箱若問不是祇賜一
劒㳒眼陞座湲復出問今日奉敕問話師
還許也無眼曰許曰鴿子過新羅捧彩便
行
無聲大海潑天潮灩澦堆邊怒似號慣釣漁
翁閒坐看時人驚殺浪頭高
湲明二上座同行見捕魚忽一魚跳出網
湲曰俊哉一似箇衲僧相似明曰爭奈當
時不入他網湲曰你猶欠悟在明行至三
十里方省
窺藩不入果趦方據鼎其如染指嘗端信網
羅親透者還他頭角自昂藏
韶國師初謁龍牙問雄雄之尊爲甚麼近

不得牙曰如火與火曰忽遇水來又作麼
生牙曰厺汝不會我語
懷寶迷邦何太鎦投珠按劒叓回還春風不
管華開落流水依肰過萬山
韶國師有時謂衆曰大凡言句應須絶滲
漏始得時有僧問如何是絶滲漏底句韶
曰汝口似鼻孔
自古雕文多器德從來白璧貴無疵口似鼻
眼如眉爻象吉凶俱絶兆人天何處問龜蓍
僧問韶國師櫓櫂俱停如何得到彼岸韶
曰慶汝平生
拋家棄宅乏埃塵逐影求頭得不眞停櫓櫂
罷問津萬國風光合共春慶快平生今日裏
頻仰天地一閒身
報慈文遂禪師問僧甚麼處來曰撫州曹
山來文曰幾程到此曰七程文曰行許多
山林谿澗何者是汝自巳曰總是文曰衆
生顛倒認物爲巳曰如何是學人自巳文
曰總是
七程經歷幾林隈是甚物兮恁麼來拔卻頂
門三寸楔從敎鐵鋸舞三臺
永明壽禪師因僧問如何是永明妙旨壽
曰叓添香著曰謝師指示壽曰且喜勿交
涉仍有偈曰欲識永明旨門前一湖水日
焰光明生風吹波浪起
似日臨波千頃碧如風吹水自成文擬心早
巳崖州隔觸處全彰妙絶勛妙絶勛叓何云
門外湖光說向君萬象森羅宗鏡裏一天風
月六橋分
僧問慈明如何是佛明云水出高原

水出高原異衆泉滔滔灌溉劫初田髑髏穿透無人覺空看飛流落檻前

雲居舜初參洞山聰一日如武昌行乞首謁劉公居士士曰老漢有一問如相契即開疏若不契即請還山遂問古鏡未磨時如何舜曰黑似漆磨後如何舜曰焰天焰地士拂袖入宅舜懡㦬即還洞山山問其故舜具言前事山曰你問我我與你道舜理前話山曰此去漢陽不遠進後語曰黃鶴樓前鸚鵡洲舜於言下大悟

楚詞吹起淚沾襟只爲鄉語動客心若道漢川平似鏡樓頭依舊月沈沈

僧問報慈藏嶼禪師情生智隔想變體殊秖如情未生時如何慈曰隔曰情未生時隔箇甚麼慈曰者箇梢郎子未遇人在

情未生時直言隔長江一派連天碧可憐釘椿搖櫓人終日沙頭候風色

僧問開先瑛禪師如何是祖師西來意先曰君山點破洞庭湖

衝開玉浪全身露坐斷銀波秀色寒風落落景團團明月蘆華君自看

南堂靜因五祖垂語曰身之一字也大難說教中道地水火風四大假合據老僧所見亦未是在有人道得老僧大展坐具禮他三拜靜曰某甲道得請和尚拜祖提起坐具靜便趨退祖擲下坐具靜揭簾而出曰賊過後張弓

教中與麼道身字也大難滯殻珠成礫怎緣艸化檀禮他何大意趨退豈顢頇赤肉團邊如壁立百千三昧一毫端

破菴先因道者問猢猻子捉不住時如何菴曰用捉作麼如風吹水自肰成文

聖明天子調玉燭宇宙風清八百州寸刃不施王化徧一人端拱坐龍樓

笑嵒和尚初參絶學聰于關子嶺因洗菜次忽一莖菜藁逐水圜轉捉不著有省攜籃歸遇聰聰便問是甚麼嵒曰一籃菜聰曰何不別道一句嵒曰請師別問來聰休去一日辭聰徧參聰舉拂子曰向者裏道得一句出格可去嵒無對嗣後再參聰一日聰問人人有箇父母子之父母今在何處嵒曰一火焚之聰曰恁麼則子無父母邪嵒曰有則有祇是佛眼覷不見聰曰子見麼嵒曰某亦不見聰曰子何不見嵒曰若見則非眞父母聰曰善哉遂印可

水裏拾來火裏燒出頭天外自逍遙翻思未會機先著有一毫兮是一毫

舉雪峰在洞山作飯頭每晨常到曉色未分時大衆便喫粥山問峰曰你作麼生常候得此箇時節喫粥峰曰瞻星望月山曰忽遇雲霧靉靆又作麼生峰無語代曰謗某甲一點不得

從來一點不遭謗星自高兮月自寒炯炯孤光常獨露和雲帶霧焰人寰

臨濟四料揀

如王秉劒意由王橫按吹毛孰敢當伐皐弔民彰大用山河不改舊封疆（奪人不奪境）

會朝端欲見清明羽檄星馳下鳳城混一三分有二土放牛歸馬樂昇平（奪境不奪人）

那容斛息旁雲臺一扆金輪萬國摧社稷已

隨輿櫬厺秦宮無復子嬰回人境俱奪

端拱無爲化要荒車書玉帛共文章熙熙舜世乾坤大蕩蕩堯天日月長人境俱不奪

總頌

休將知見自迷封百億山河帝網中天上有星皆拱北人間無水不朝東

臨濟示衆曰大凡演唱宗乘一句語須具三玄門一玄門須具三要有權有實有炤有用汝等諸人作麼生會下座

大機大用絶商量信有白拈巧異嘗景艸形祈謗佛祖蟭螟眼欲繡鴛鴦字成蒼頡天空泣書出龍威國豈昌一喝四溟曾倒決果肰滅卻瞎驢旁

臨濟問僧有時一喝如金剛王寶劒有時一喝如踞地獅子有時一喝如探竿影艸有時一喝不作一喝用你作麼生會僧擬議師便喝

同時炤用不同裁變態風雲倏闔開石火光通纔擬議鐵輪早巳驀頭來

四賓主

賓主相逢探拔加攙旂奪鼓辨龍蛇臨機放過當頭著何止鄉關萬里差

四炤用

三玄戈甲倒顛披明暗雙雙孰得知擬杷鋒芒雖奪卻拔山有力若爲施

臨濟應機多用喝會下參徒亦學濟喝濟曰汝等總學我喝我今問汝有一人從東堂出有一人從西堂出兩人齊喝一聲者裏分得賓主麼汝作麼生分得若分不得已後不得學老僧喝

頂顊直下擂砏礚閃電光驅景不存卻把紅
絲牽黑月白拈千古許誰倫
臨濟上堂次兩堂首座相見同時下喝僧
問濟還有賓主也無濟曰賓主歷肰乃名
衆曰要會臨濟賓主句問取堂中二首座
二
自緣有技解屠龍血濺吹毛不染紅賓主歷
肰分喝下三玄從此定綱宗
師子皷人韓獹逐塊賓主歷肰兩彩一賽
汾陽示衆曰夫說法者須具十智同眞若
不具十智同眞邪正不辨緇素不分不能
爲人天眼目決斷是非如鳥飛空而折翼
如箭射的而斷弦弦斷故射不中的翼折
故空不能飛弦壯翼牢空的俱徹作麼生
是十智同眞與諸人一一點出一同一質
二同大事三總同參四同眞智五同徧普
六同具足七同得失八同生殺九同音吼
十同得入還有點得出底麼不吝慈悲試
出來道看若點不出未具參學眼在卻須
辨取要識是非面目見在喝一喝下座
碧玉妝成一樹高條條垂下綠絲絛不知細
葉誰裁出二月春風似剪刀
浮山圓鑑示衆曰汾陽有師子句其師子
有三種一超宗異目二齊眉共躅三景響
音聞若超宗異目見過於師可爲種艸方
堪傳授若齊眉共躅見與師齊減師半德
若景響音聞埜干倚勢異類何分所以先
德付屬曰若當相見切須子細窮勘不得
鹵莽恐誤後人之印可也
豹略龍韜妙有權趨師寧復假師傳虎須倒

捋渾閒事鼈鼻生措恣便嬛敵勝果肰全勝
槃輸機還却占機先天生邁種何人共獨許
滹沱得一玄
樓閣門前暫指彈相攜把手入長安瞥肰一
點知歸處那族人呼倒剎竿啐啄同時機不
爽箭鋒拄處景猶寒南山白額眞紋露且待
風生插翅看
央庠座主口譫譫空向他家齋瓮淹撥火覓
漚何日得刻舟求劒枉希覘過江曾卽爲扶
櫂索馬其如卻奉鹽蹢躅擬行師子步誰知
動足落廉纖

總頌

選佛場開立例條辨魔揀異肯輕饒欲鉤牽
令婆須入智谿還將勝熱燒牛過牕楞嫌尾
拄竿趂百尺喉空佻荊山休怪長遭刖葉綴

華聯敗祖轉
雲門示衆曰函蓋乾坤目機銖兩不涉萬
緣作麼生承當衆無對自代曰一鏃破三
關後來德山圓明密禪師遂釐其語爲三
句曰函蓋乾坤句截斷衆流句隨波逐浪
句
函蓋乾坤握斗杓森羅指處象跆跆千峰勢
倒嶽邊止萬派聲歸海上消
截斷衆流句嶮巇那堪霹靂電鞭隨南山雲
起北山雨亞豎摩醯眼亦迷
隨波逐浪擲金鉤浮定有無拄餌頭活卓綸
竿俱上下魚龍次第海江收

總頌

一鏃三關破詎難箭穿紅日景珊珊未能佛
殿輕拈卻莫道身藏斗不寒

洞山五位

正中偏不倚熏風舜殿眠月到上方排夜色

山河還向景中圜

偏中正曉漢依稀開玉鏡山拭秋棱烟靄潑

孤峰欲白重遮暎

正中來無首羣龍見莫猜玉戶推開須蔓手

倒騎鐵鋸舞三臺

兼中至劒豎拂牛誰敢擬一掃風烟六合收

纖毫不動吹毛利

兼中到劫外今時俱絶耗無手人揮木馬鞭

頭頭驀過古皇道

潙山謂仰山曰吾以鏡智爲宗要出三種

生所謂想生相生流注生楞嚴經曰想相

爲塵識情爲垢二俱遠離即汝法眼應時

精明云何不成無上知覺想生即能思之

心雜亂相生即所思之境歷然微細流注

俱爲塵垢若能淨盡方得自在

無風性海涌金波起滅紛紛誰則那推轉搏

桑天外國一輪終古焰娑婆

蛇知無別即繩知瞥爾情生境遂岐市地東

風如識面千紅萬紫總芳姿

約不後兮推不前天風吹斷又還連早知須

性剖無比何用渾家著力牽

總頌

心生諸相相生心境智爲緣似磨頻傀儡棚

頭繩忽斷十方世界現全身

潙仰圓相

信手拋將似簸箕來風貴在辨當時主賓欲

得同明暗且待迦羅眼作眉

法眼宗旨　毘盧頂上　迦葉門前

烜赫毘盧頂上機塵沙佛祖匙能窺大鵬飛入蟭螟眼挨落天邊白兎兒流通迦葉門苒事大地山河共譒揚常憶江南三月裏鷓鴣啼處百華香

天童弘覺忞禪師語錄卷第十六

音釋

譒 補過切波去聲敷也與播同

衺 徐嗟切音斜不正也通作斜

麢 郎丁切音靈麢羊也麢角有圓蹙繞文夜則懸角木上以防患

鼾 侯肝切音翰臥息也

佻 田聊切音條獨行貌

天童弘覺忞禪師語錄卷第十七

嗣法門人顯權等編

贊

歷傳祖圖贊

始祖釋迦牟尼佛

貴買無數僧祇賤賣一時拈出盡底家私纍揚誰知常住僧物乃有百萬癡瘂猶道渠儂是佛不是佛正法眼藏廣流通一切聖賢如電拂

第一祖摩訶迦葉尊者

事佛在後覺法在先三昧同鑣調御出入諸禪織然從來鶉衣百結一向盋盂朝天多子曾分座雞足久留連底事問身歸未得無端一笑風靑

第二祖阿難陀尊者

七佛儀彰傳水罷刹竿倒卻慧聞幢翻身驀過空王界山海誰憐繫馬椿

第三祖商那和修尊者

化艸逢生日胎衣變九條青林縣佛記香乳自空飄示以龍奮迅因之折慢幢大慈力無上筆舌豈能描

第四祖優波毱多尊者

玉麈橫拈時一埽紛紛華雨來何早五印風馳翻偃倒聲浩浩頻黍石室籌如艸春色屋頭誰戶少殷勤末授無師道心印確然非瑑造眞明導波旬嫉妒從茲甕

第五祖提多迦尊者

出家不爲身心師子驀頭便擿趦步支離衆八千同入早遇梵天席通眞量今慧趦方金日灼然耀大荒

第六祖彌遮迦尊者

來自心往無向一鎚擊碎虛空藏闤闠人中識大乘傳衣觸器捴何曠真過量蹭蹬傴階泣路岐指彈六刧曽趍上

第七祖婆須密尊者

徉狂糞蜣人間世慈定方趨又出來盋鐼遭他安柄了虛空謗把棘華栽

第八祖佛陀難提尊者

髻生瑞彩腹流光智焰如空豈有方衆角半千人頓獲起家何似獨譽祥可怪宗傳跛叉吃叜鐃一偈費商量

第九祖伏䭾密多尊者

癡癡瘂瘂故故杜杜推開父母嫌他佛祖立定脚跟𡾟定牙春光不管流年蹔行七步何錯誤袈裟忝得一身多回頭恁卻來時路

第十祖脅尊者

勞生豈畏出頭難枉處春風枉處閒白首閱人阿堵裏祥光帀座徙移間明珠自顯馱香象精進非干攝息頑欲識渠儂端的處黒華貓子面門斑

第十一祖富那夜奢尊者

神機旁礴言鋒如槊倒將鐵鋸舞三臺解卻天馬頭一角來往俱非佛亦不著變大地作黃金決洪流潤枯涸覺華紛紛桂子落

第十二祖馬鳴大士

衣被含生僅一端紛紛異見孰摧殘當臺舉起軒轅鏡萬古蚩尤惡舊顏

第十三祖迦毘摩羅大士

賺海偷天技自神頂門一撥惡家珍三千異論流雲散五百同乘合雨臻力卻王宮嫌近

勢親探虎穴遠求人只今象教仰明德荷戴
潑奚獨子忞

第十四祖龍樹大士

生知大達詼諧閎肆豎功勝無上之幢落修
羅天外之臂説法辨魔揀異爲人入泥入水
龍山千載月輪孤閻浮夜夜清輝裏

第十五祖迦那提婆大士

傳得龍山格外宗五天何止辨推雄圓輪識
體知無相對耳明因驗有從旛動巴連人結
舌詞傾百論座生風鴛鴦繡出金鍼度千古
令人話莫窮

第十六祖羅睺羅多大士

義證無我道自尊驗人骨出不師存天酥酡
飡并甘露凡聖都來與一餐乾坤吞萬象弇
金河撈得鐵崑崙

第十七祖僧伽難提大士

玉出崑岡金生麗水過厺莊嚴劫如來驀地
撞翻十二寶落迦童子盡力扶起古殿月冷
風高鴟吻務牙劈齒不因五百生苒業鏡自
難逃誰信娑羅對王佛是你

第十八祖伽耶舍多大士

舌頭恠得利銛鋘生小逢人擅作家齡叶機
空眞有百鍛圜內外洞無瑕風鈴擺斷黃金
索心地迴開鐵對華一自燈傳高躅後黃梅
路上事如麻

第十九祖鳩摩羅多大士

轆轤天上下波劫吞閻浮貪他從來著他底
無端惹得許閑愁東風吹戸牖一釣上金鉤
今後春光行有脚瓊華開徧古揚州

第二十祖闍夜多大士

開明之度智慧淵冲客舍無生途聽了到家
天外指彈中奮逸翮鼓清風徹揚大海起蒼
龍臨行不捏些兒怪誰道顰眉效隱峰
第二十一祖婆修盤頭大士
可是眞燈繼瑣㦸如師芳躅請推挺應眞固
避居懷日智者曾親七劫㪅何知衰颯穿瑩
琇便把鸞膠續斷絃激發俄頃成大慧良駒
自古一揮鞭
第二十二祖摩拏羅大士
鼓腹無鉤萬象騰紛紛宿慧總餘能不因半
偈擘羣鶴定作神通傳上僧
第二十三祖鶴勒那大士
千身分大內九白坐林隈龍宮七出八沒紫
殿日降月徊幻惑拘羅神直頭罵教倒驚羣
師子子驀鼻拽將回獨惜羽毛成隊忿不知
何日得歸來請下一轉語爲祖師出氣看
第二十四祖師子尊者
難兄難弟古攸艱龍子何如師子嫺機侶桔
椽終曲喻智方流水少窺斑虢涔迹陷揮肱
授合浦珠亾嗁手還輿到陽關時一唱悲風
千古動龍顏
第二十五祖婆舍斯多尊者
劒出龍淵珠潛寶浦逢别者而開拳遇知音
而即付風行迦勝兮固黙論之斯摧艸偃南
天兮奈霧通之正妒及乎毒中之而靡傷衣
焚之而如故肰後師子之眞嗣方明密多之
祥慶始遇嗟乎道之難行也擷芳芷於㪅修
兮恍予心兮日睹雖不周於今之人兮亦執
鞭兮予慕
第二十六祖不如密多尊者

霧興天朕降迹來其如智眼絶纖埃誕生不墮今時貴綠蘚從封古殿臺氣貫嚴城磯正兆空飄金鎖夢初回閒思近事籌往事枉甞真宗不易恢

第二十七祖般若多羅尊者

挂𨈏由來顯妙傳衣珠默示若爲甄一竿釣上龍門客萬古支那受旣延

第二十八祖菩提達磨尊者

竺乾埽土又東華擬混閻浮共一家布鼓鳳凰臺岌業衝風楊子浪交加方思嫩住傳儂種坐看寒梅釀雪華皮髓可憐剛俵了依朕跣足過流沙

第二十九祖慧可尊者

自拌爲汝儂捐軀放下元來一物無早信心宗傳不得何須換卻舊頭顱

第三十祖僧燦尊者

汝僧悟得一刀休山谷猶傳燦赤頭皐性不知何處厺岧嶢天柱自千秋

第三十一祖道信尊者

腳下無私得大自枉坐斷雙峰天書不來愛翹墍鶴松可原驚散銜華鳥叵耐猶廝賴不甘奻卻儂虀藏强出人弄生捏怪

第三十二祖弘忍尊者

身弄身後不多爭白髮猶能復稱嬰矗矗青松長自老滔滔濁港幾時清有人和得完圖句許見祖師看一莖速道速道

第三十三祖慧能尊者

七百黃梅一偈降倒將九水入盂囊東流鼓作西流派天下轡谿沸似湯

第三十四世南嶽懷讓禪師

五葉分披果欲成高支結得最寧馨金雞謗
訝縣姝域涂器先徵動帝庭蹋斷曹源無一
滴卷歸南嶽趣滄溟堂堂大用平拈出怪甚
兒孫越格行

第三十五世馬祖道一禪師

日月佛爲面虎眼睬耽耽爲翫清谿景幾回
宿艸菴牛頭沒馬頭還風卷輪蹏過海南無
限英霧遭蹋殺愁雲漠漠至今猶自鎖精藍

第三十六世百丈懷海禪師

鼻遭扭得脫耳遭喝又聾渾身無著摸任意
擿西東哭笑顛翻師子堀杖槌撥動墅狐宫
與禮樂啓禪䉾崱崱屶屶肅肅雍雍要有驚
人奇特事巍巍坐鎮大雄峰

第三十七世黄檗希運禪師

偉貌堂堂額有珠那堪悟處大庸麤縣機動
陷南泉虎倒用時掀百丈須一任牛頭横豎
説不奇梢子卻能浮大中帝面頻揮掌裴相
國名輒便呼八十四人劉列下噇酒糟漢擬
何須家風幸是當季別總似而今早滅胡

第三十八世臨濟義玄禪師

鐵棒打不欻業風吹又生白拈僥似賊淡險
過如阬劉言佛法無多子卻有三玄要主賓
趯得用攫便行分明黑漆炎生桶幾許精靈
鬼共爭

第三十九世興化存奬禪師

受冤大覺誠難雪中毒滹沱要莫當古廟中
嚲欺墅鬼紫羅帳合繡鴛鴦梁山頌子醻旻
德屈項鞭屍戰涂場莫道雲居曾靠倒髻珠
親手下君王

第四十世南院慧顒禪師

胸中無一物著著毬機變千仞孤危赤肉團
堂堂壁立恣揮揎薝蔔林鬼厭箭老鵶沒柴
報君知餓虎投嵒許誰薦阿呵呵只合黃面
浙西人棒下無生師不見

第四十一世風穴延沼禪師

錦繡腸生腷焦銅矢拄腰殺人不眨眼一箭
落雙鵰物義無傷底開心兼劈腹潑潭魚隱
者湯盪火加燒蘆陂鐵印當頭搭鏡水鱌輪
列漢飄七載單丁風穴寺行藏何止擅孤標

第四十二世首山省念禪師

出胣恣華念平毬廣慧眞間行收艸賊好手
不張名一言截斷千江口濟北遭風莫敢傾
欲定大仰來果再日輪午後驗全身

第四十三世汾陽善昭禪師

龍袖拂開展御牌山河席卷到交州禹門點
下千千客大罷誸成上上流正道三玄恢祖
域邪宗一句破蚩尤栝盤鷲地驚狼藉半陌
錢燒萬鬼愁

第四十四世石霜楚圓禪師

柴柴崖崖瀟瀟灑灑閒闖楊李宮牆輕躍汾
州爐鞴扶搖九萬負翳空翼而等若鴻毛雲
濤際天接濟北流而愈加澎湃南公叱咤亾
魂諲老喑嗚挫敗手鑠黃河乾腳蹋須彌壞
一劒當軒踞坐時烽煙六合收沆瀣

第四十五世楊岐方會禪師

監寺兒孫徧界能禪不說渠儂無端揑定慈
明老禿鷲地拓開同參九峰方信金圈栗棘
難奈始知三腳驢兒碩兒雲迷大壄霧鎖長
空奮迅灼肰龍自拄其餘消得幾多風

第四十六世白雲守端禪師

覷破春風笑裏刀山河徹底沒谿橋瓊樓玉
殿蓬茅見今古白雲響皴瀨
第四十七世五祖法演禪師
咄哉川藞苴無口非啞有舌胡利潦倒沒狀
郵夫一味小兒子戲參圜鑑識圜鑑手段平
常師白雲嫌白雲語言重遲只合皖水作眼
皖山作鼻與他七出八沒橫三豎四輥繡毬
唱巴謌夢拄杖敎禪理石擊尺咦喜美磨盤
生八角旋轉麥風起
第四十八世昭覺克勤禪師
夢同時一聲雞千山俱落焰得意處四句偈
萬派悉歸源風濤生舌底劈歷丞齦根白雲
宗等閒滅郤碧嵒集特地瀾翻肴間寶劒起
妙喜炊中之活袖裏金鎚醒太平悟後之昏
雕鐫諸子卵翼同門盡道東山家業大誰知
陰翊賴渠恩
第四十九世虎邱紹隆禪師
行脚僧睡於菟蹋躢廣南蠻肉醉川圜悟刮
地腥風吹建炎紛紛衆角如蠅聚盡刊落何
知數遼空搏得天麒麐雄雄坐斷雲嵒路
第五十世天童曇華禪師
門啓甘露道震梅衡敵三脚驢風覷十分潑
刺擘瞌睡虎頭角數倍崢嶸橫揮雪刃埽蕩
攙槍佛受椵兮祖受烹邪舍塔中敲鐵磬天
台鴈蕩絕人行越格量出謂情虛空背上白
毛生
第五十一世天童咸傑禪師
投機以句廓徹頂門唱脫空謌白格討頭魚
扇子捏人痛處等閒佛祖黯消魂風馳七刹
響徹九閽口似乞兒席帒鼻如歉歲塵甑人

言匡僧再世我道蒺藜重蕃黄金骨鎖中峰塔破沙盆注萬谿源

第五十二世臥龍祖先禪師

風行水上木落秋山一菴破壞四壁倒坍削梓慶鐻弄宜僚丸如太阿之落膊似神珠之丞盤寶劒從渠開獄底龍光斗躲畐人寒

第五十三世徑山師範禪師

矗矗苴苴崎崎嶇嶇一似邛州磁盌端如遂府盋盂卻知四明六縣解道奉化八都蓋爲從前曾聞些臭猢猻氣息到底辨得王獦獠李麻鬍若將二十年徑山浛宣大內衣賜金縷與夫再新桀構積有豐儲底以爲盡渠能事不孤老胡彈指一下云唵蜜怛哩智蜜怛哩孤何異瞎眼波斯念梵書哉

第五十四世仰山祖欽禪師

生鐵鑄面具黄金壘脊胸萬里青湘寒燄發千年罫柏對華開赤手掌佛鑑潑天門戶單絲釣普明衝浪鯨能袖藏風雨舌卷雲雷碧玉盤中珠宛轉琉璃殿上月徘徊

第五十五世高峰原妙禪師

萬里血戰空拳破壘眥毛鋳裏積山嶽鼻孔中藏師子兒烹大爐鞴下惡鉗鎚排逢磨不是祖阬諸佛陷泥犂斷岸無路天階登梯拔地千尋嵒壁立西峰高厭五山低

第五十六世中峰明本禪師

流泉迸裂智水湍洄炊闗佗佗一蹋兩開新篁簸屋頭春色寒景掃萬里飛埃處處喧傳古佛心心荷擔如來河目嵌海口馬頷頰魚頤生鐵蒺藜當面擿琉璃阬塹遠身裁

第五十七世千嵒元長禪師

虛空撲地一聲號突出千嵒萬仞高趺坐龍山三十載閻浮下睬空牢牢風颯颯雨騷騷噴噫青蓮香徧界通身毛孔笑如濤

第五十八世萬峰時蔚禪師

達蓬燕坐鄧尉開山諸家門庭勘徧一喝納敗龍灣炏福錦弅陷獸大湖香餌垂綸墜火葛藤燒不盡是非從此謡人寰

第五十九世寶藏持禪師

接得滹沱的骨傳徽音親口自爺宣行言何用嗟遺逸面目如今已儼肰

第六十世東明昱禪師

虛空一棒打破東明日涌榑桑爪牙莫怪生獰甚脊骨從來似鐵剟䪊向安谿夳溪雲自蜿藏春色滿園關不住半嶙黃獨噴天香

第六十一世海舟永慈禪師西川成都余氏子住建康東山開翼善禪寺碑塔具存

坐斷秦淮百二州龍踏信是馬駒流無端古道輕凌躐惹得西風笑點頭搏取東山開梵宇倒傾三峽泛慈舟囍苴不是蘇瘂子休認文星作斗牛

第六十二世寶峰智瑄禪師

高峰展旂石頭下寨倒用鐵牛之機何止坐觀成敗二水中分白鷺洲三山半落青天外

第六十三世天奇瑞禪師

鬼窟裏頭全身跳出九十六種濶步橫行越樣生機彌宇宙滔天活路乭雲霆瑪瑙階白玉屏紫羅帳裏擦珠珍塞北江南弘大化風流獨占許誰鄰

第六十四世絶學聰禪師

一關把定古山河三尺龍泉焰膽磨無限飛

鴻鶩不度華山突屼太行峨

第六十五世月心德寶禪師

幾投大覺道契無聞曲翻韶陽之調絃奏師子之筋倒嶽傾湫萬人氣索持綱挈紐千聖一緝廓禪天以再耀洗佛日以無氛頭挨周嶺雪衣挂楚山雲烈餤爐中飛彩鳳頂顱囟裹擂矽礈夫是之謂大明國裏天童忞三葉之顯祖有元天子普應國師十世之嫡孫也

第六十六世龍池正傳禪師

燈華爆斷肴支骨修羅拓出夜叉頭萬方普焰而乍明乍昧一笠半遮而全放全收把任公之鈎移夜壑之舟化變鯤鵬犇悟後修潑天浪接禹門濤終古源源不斷流

第六十七世天童圜悟禪師

壞那伽定明格外宗奪人天正命之食滅從上瞎驢之蹤截斷衆流如太華之倒地函蓋乾坤似寶鏡之交融旱雷忽震後夜霜鐘肅肅金風吹大壄山山對色露秋容於乎小子何命之禪之髓兮僧之龍

天童弘覺忞禪師語錄卷第十七

音釋

薧 苦浩切音考乾魚　蚩 充之切音蚩蚩尤人名　諓 則前切音箋巧言也

揎 荀緣切音宣與拴同鈎衣出臂也　䕢苴 上呂下切音砢下側下切音鮓

䕢苴泥不熟貌　囟 思晉切音信顖同頭會腦蓋也

天童弘覺忞禪師語録卷第十八

嗣法門人顯權等編

偈

次答實宰吳澧撫

天眞本有心何地容生死分別念即乖生死基於此認得心亦識賊返誤爲子心若不生時一目青與紫法法盡圓通物物皆霛活白牯古彌陀黧奴老悉達向外擬逢渠有求苦非樂親躋死心堂無人亦無佛

示許道人病中乞偈

大患爲有身有身衆苦攢偶爾暫違和百骸已不安况復火風散痛徹摧脾肝問身曷由始險墮生死湍身實無知覺欲海心龍蟠心依境緣起境復自心刊窟心起滅處探索無倪端乃知心如幻四大誰主官身心性既離苦蕩雪春殘佛子欲免苦請作如是觀

示界實禪人

八旬後住觀音院想來不爲身心便普同入骨意何如清衆難忘一地居趙老英公咸傑出千秋保社誰與匹緣成道德在叢林生死猶肰不二心造道伊余多恇怯倍知根性猶日劫友以岳頭馬祖師未免獎藉費支持介爾子立一隅方敢望玄圖再啓疆祇博偷安嬴日夕嘉言善行從何摭知新謾道常溫故孤陋恐忘當日步衆中須知有識者烹金自古賴良冶心塵易壅幾時休休待霜華點鬢稠霜鬢猥言難事衆燒香換水皆神用不知老至孰云哉纔及積齡可百灰祖域法窟莫等閒尚虧一簣未成山見山忘道笞人識見道忘山何所歸

上勅門人本昇久居山東開發四衆仍賜
所居大覺院爲法慶寺命侍臣出帑金
五百兩俾歸住持勛以勉之
祖風揚北海帝勅狂而船炳煥奎章揭霈霧
德施隆大移齊魯俗浚鑿智愚瞳勿謂欽承
小厥聲天語諆
上畨門人本月本晢狂京開法爲存太思
之念也臨行覘訓二子
宸慮何覃厚風雲藉爾征因憐舐犢意遂屢
及烏情奮志疇先德殫船報聖明毋爲耽晏
逸鎩羽負生平
次答五雲蕭使君諱瑄
法孤不自起仗境乃方生君拍雲中版我吹
水底笙敲空偏有響擊木故無聲拈郤東坡
意試將眼一聽

趙道人五十乞偈書以示之
大海無長潤虛空有壞季妙體金剛固慧身
劫石堅銀臺曽不變白鼠自推遷春秋何足
論好識未生前
上問孔顔樂處答云一箇閒人天地間因
成四韻
孔顔樂處意何長自得吾眞萬慮忘一箇閒
身天地内半瓢風月枕肱傍階前秋艸橫千
古眉底青眸貫百王春雨乍滋霜又落笑看
人世電飛光
題海虞行虛禪人血書華嚴經總四部茲藏清涼山
者
眞法供須身命疇紅蓮舌剖大經流法門無
盡毛端揭海墨難書一滴收金色吐吞華藏
畫紫毫掩映百城秋懷來五頂三千里珍重

天龍護似胼

題古董楚文錦上人血書雜華大典

善巧何煩破一塵經王剖出扛當人重畨覺帝真元命細瀝孃生泡沫身軸軸紫霞允飲日行行古錦象涵春天龍眎等無憂塔長此雨華滿赤董

禮辭寶祖塔畨别守塔潭湘禪人

南望故山北望祠心縣祖寢叆凄其園陵幸藉長居守墓木猶煩力護持縱直𦼮虞須保愛莫因枯澹便依違秋霜作降蘆華白鴈足音書好寄知

送明朔禪人歸國清

箇事由來無欠剩情生不覺地天縣萬緣寢削誰爲我一句截流自造玄拌得身心如鐵石從他滄海變桑田冷灰爆出黃金豆方是子行運泰秊

示衆 三首

四十秊來忝作頻涌泉何事我何倫步如未穩行空卻心若有差道豈鄰好趁打頭猛烈志免爲末後負恩人閻浮一念須千返話到心酸淚漬巾

謾云寶位授凡庸尊貴由來不涉功扛𣪘迦陵音早異雇除客作見何掌未憐落魄生華膴還訝白衣郤拜封珍重禪流休鈍置祗園大有箵時風

生死路頭險且紗幾人生死路逍遥未能桶子連籂落難保霧龜帶𣪘鼈意馬休韁須叉夙心猿罷跳擲何韜骷髏恐待墜蒿沒吹斷西風恨不消

示庭雪禪人

拌得亡身失命來翻空倒擊虎關開天如有蓋雙眉拄地若無垠一望該咳唾潤飛甘露雨嘯豋響落破山霄頫覾下宇茫茫者躑躅玄途實可哀

子寅韋太守所奉佛堂忽金光煥發連夕異香不散述詰所由書以示之

盡空沷界不容身今古輝騰豈有辰堅密情封塵内體風光鐕過劫荷春香流餘發非孤起機感道交自我神舉足欠申裹相裹寂光何止共爲鄰

曰至詹居士生辰卽其母諱日也存没之感倍於發明有懷因其乞言慰之以偈

子策麒麐天降日母攀蓮萷寶階登死生何意波相避哀樂還如電忽乘殃崛刀頭能立卓文殊劒下自飛騰金雞唬破長宵夢笑倒霧山五百僧

募修雪大師藏眞塔

殃害叢林五十季今朝且喜脚梢天龍宮掩骨難藏迹碧落揚灰尚有蹤何處黃金充一國遠他臘月産青蓮要圖答曰疎山話特報諸方上上贒

分衞

朱門肯易訒贒褭青嶂難將白水熬千礎共攢成巨構衆流合滙起洪濤金山莫貺頻頻鑿福嶶須看疊疊高但媿我無能消受幾同短髪爲君搔

警衆十絶

識浪津津潤苦芽目前不了事千差何如抵死忘生去𢷬手懸崖卻到家

穩坐家堂始靜寧長安雖樂總玲塀脚頭只

有些兒路千劫還君一度行
業累多生不計餘白㲉骨積億迷盧傷心最
是天涯恨那得臨岐又上途
滄溟無底謾投鍼一失人身倍莫尋不是舉
頭天外客難教明月下危岑
無常殺鬼狂逡巡不住流光豈待人顧佇才
生千萬劫擬從何日出沈淪
斷常阬塹世羣栽誰下金剛種子來知有巳
霧休更負優曇直教火中開
閻君不貴百王書茫志徒肰泣蠹魚乾慧信
知難敵業祖園叉早好耕鋤
寂寂華陰月轉廊幾回坐盡瓦爐香翻思波
迸迷途日乾著風霜曉夕忙
歲月磨礱選佛場那堪骨瘁更精七三途一
報俄千劫細數從前苦孰長

到得心空叉第秋倒騎驢子上揚州饑餐渴
飲無餘事大丈夫兒合自由

偶成

快雨悲風一樣聲情因念別慘舒成道人不
作紅塵夢長爲青山卧石屏

拄杖續句

古猶棱棱道者裁嘗擕羅漢入天台滄溟折
箸還同攪穿盡魚龍𡿺後顒
古猶棱棱道者裁嘗擕羅漢入天台潛行妙
有機先著佛祖還他步後咳
古猶棱棱道者裁嘗擕羅漢入天台葛藤鏈
斷今時驀古路還君向上衕

夢中作頌忘後二句續以補之

生機劈破玉團圞手把琵琶月下彈響遏廣
陵清散曲幾多夢斷曉春寒

贈徹崖歇西堂

大歇還從大徹來是誰掩息便如灰寒崖徹教冰華發佇聽驚天動地雷

贈天嶽晝書記

手有摩尼能雨寶家無儋石未嫌貧理彰必自緣時至一日還傾百斛珍

爲晳都寺易字山曉口占以贈

監寺兒孫將徧地祖翁拄笞有嘉聲嗣音傑作金雞唱破曙河山盡曉明

贈雪渠慧侍者

雪庭宵立老栽松古道有行孰問蹤尚羨眞如劉子和巾缾廿載事彌恭

贈普慈印心二天使

宸衷耆道邁壽王奉御每監内道場不爲聖神求滋匠勞勞誰問越山長

對御譚禪妙有鋒語當箭拄卻從容恩波湛湛沐偏厚常拄君王顧鑒中

贈别山普應禪師

金錫半生縣帝闕師名兩度受皇恩祇將鼻孔閒聲息日轉眞經百億番

贈憨璞聰孫明覺禪師

延平劒氣干牛斗那更磨礱拄帝旁殺活從伊顛倒用當鋒不犯一豪芒

贈玄水杲孫禪師

禹門浪裏擊頭角衝破長天萬里風騰踴試行師子步無端弄入帝王宮

贈維宇錢居士

三十秊來探祖風隨方叩擊徧禪叢相疇一片邗溝月歸揭清光炤海東

贈靜香周觀察

選宮選佛總馳求活計季來一筆勾畱下太
湖三萬頃波光日夜接天流

贈涅如符上人 有序

符上人即清海魯太史也落髮從予遊繼
納庚寅臘八之戒四衆欽其德風口占爲
贈蓋欲上人秉四弘誓盡未來際導利人
天耳

羅衣截作紫方袍佛日扶將舜日高世出世
間洪擔子荷擔須是大英豪

贈石衲㙮道人 有序

卷亂頻經般憂屢積使尋常有一於此萬
難自解矣而道人即俗明眞風韻如昨不
改爲不可企及耳短章賦贈志嘉亦志慨
也

家國淚黍兒女恨秋風秋雨總傷神是誰衣
破渾無結石衲從來不受塵

贈鄴襄沈居士

焚香阿閣日垂簾三藏承恩許貫淹塵內有
經親剖出何須破句讀楞嚴

贈湘南徐居士

長侍君王賜澡修聞思故赦罕餘畱從參活
潑玲瓏句不看諸方死話頭

贈敦若王居士

千季骨董分眞贋萬歲臺耑日進陳一一拈
來親舉似誰言珍寶數他人

贈御用監承之楊居士

聖慮淵浚詎易探宸衷獨許智臣諳知君自
是儽陀客索馬何曾卻奉盥

贈印生

當空一搭彩文披未說風行閫外時妙應千

差與萬别曾無死句得能奇

贈織工

機活全因手眼明一絲纔動彩文成經綸誰
實康天下衣被含生郤媿卿

寄翠嵒古雪喆禪師

天童滋乳潤閻浮若箇知恩解報疇颯颯千
林秋色真真風何意扇南州
亮公洞裏曾招隱不學孤蹤厺莫追輓得西
山將落日回光人盡豁雙眉
幸似岷峩親濯錦何妨川廣說同風媿非佛
日能分炤盞裏馬欣蹋落紅

寄香城習耆德

不下西山代幾更世人那得見香城溪橋蹋
倒尋常事爲問神珠色若生

寄佛塔亭主僧

善財彈指登樓閣論劫何如子在中留得長
汀風月好謗勞彌勒下天宮

寄星樓董居士

越州居士董星樓索語吳興將底疇一句當
天須會取碧梧葉已墜新秋

寄奉化盛卿周居士

昝日摩訶今盛卿長汀里內羡同生不知誰
見真彌勒八字眉均眼上橫

送友慈恆公之淮海舊隱

友安含識特與慈夢眼纔開笑爲誰竅透一
身無活業釣乾滄海不須歸

送霞屋應維那之越州綱維大能仁寺

赤貧八載苦相依此厺艱難倍昝時勁操自
來標雪後高風千古尚楊岐

送際門禪人行乞孤山

有緣那論七三郵象兔由來力用存抂堀居肰能出堀英聲落落起家門

送能儒漢輪二禪人行乞

成家端的賴時贒好去穿雲入市廛出火黃金明有價須逢别者始開拳

等箇人兒古路頭横拕布帒豈閒遊綠楊景裏風烟潤珍重溈山水牯牛

送思報生禪人歸粤分衞

大樸無文老實禪威儀動止本天肰五羊歸去申驢脚普化揺鈴豈是顛

送若谷禪人歸西泠舊隱三首

一宿瞥豁覺已遲三旬太白叟何疑果能直下空心眼華塢梅開六月枝

休傷老大嘆無能脅祖積齡始墮僧高豎進幢堅似鐵心空終紹别傳燈

明明箇事不囊藏良驥窺鞭早入荒身抂道場如未薦問誰擇火井拈香

送子岸源知客歸香城省師二首

一見馬師去不還清風終古敵人寰相從七載非朝夕歸去西山莫等閒

師老因歸章水潯吾衰白髮久相侵此行何處重相見目對青山有碧岑

送潛暉德知殿歸豫章

天童六稔二周邗念子親依耐歲寒别我休嗟相去遠青峰月上大家看

送介菴寧禪人歸南海

還鄉休唱竹枝詞調出無生韻好委蹋蹋謌揚歸故國揖將三界永言辭

次答坦公張司空

圓應無方動合覘機先勘破者些兒經綸不

費銓經手碧月潭穿宣故爲
太白家風別有規師王返擿教師兒一聲咶
器祖爺魄奮迅何人敢冒爲

次答念尼王海憲
大衆還須求大活到忘衆活絕疎親等閒痛
下爲人手微骨何妨血棒頻

次答搴玉孫居士
鳥道誰堪展手行放身命處卽無生月沈景
盡虛空露舉首方知眼自明

次答春山董居士
春山呈徧舍那身入眼何人見最親擬欲撞
睥天地遠風毋謁道寄當人

示方膺鼎侍者
折脚鐺提春又春雲岀不識藥山眞大人有
問青州相切忌涅槃後有陳

示頂相關主
浮幢王剎一瀌盧築塹徒勞隔太虛勘得趙
州關棙破依肰東壁挂葫蘆

示心月禪人
新戒誰言不會禪拈香擇火事昭肰袈裟雖
未多時著心月應知自古圓

示德開禪人
家寶遺忘還拾礫人人點過了胡塗誰知日
用分明甚是馬何曾喚作驢

示爾明常禪人
從來學道貴英流拈起吹毛佛祖愁坦步獨
行空劫外目毋何況得爲儔

示大西天超士上人
嵩山缺齒老胡僧梵語唐言會未曾一自安
心人去後千家門戶燿眞燈

示禪者
我禪一似海弘滲入作方知非丈尋坎井自
多空老大幾人向若少沈陰
示頓智行者
貪行索卽奉相空共曰僊陀也費詞何似目
機銖兩者和南合掌見眞規
示增一比丘尼
鉛華洗盡入精藍放下蒲團著意參落卻目
芔閒景象桂輪午夜印寒潭
示彌勒菴尼超塵
晝夜分身千百億拈香擇火禮空王目芔鐕
過眞彌勒下足誰知大道場
指彈聲裏閣門開渀會塵塵入善財一禮徧
周無盡禮龍華何事待將來
門對華街柳巷芔紛紛車馬雜人喧了知擛
落非他物到耳還成秘密言
示公瓛明居士善翻滿藏文字
羅什臨場翻不出未形文彩義昭肰當陽薦
得無私句剗斷霧峰鐵舌禪
示嵇位張居士
休將眞際雜頑虛活潑霧通動自如佛祖位
中尤不住大千何地得安渠
示慶肰石居士
霧山覰透一毛星彈指無勞覺道成共有常
光能顯現慶肰何止快生平
示超慈姚居士
學道先須識自心識心萬境自平沈境沈念
絕諸緣後片月孤圓古共今
示崑石馮居士
由來此事如崑石白璧無瑕美在中道韞當

人能剖析輝光觸處顯家風
示而南叟居士
葫蘆藤絆葫蘆倒誰把諸緣一埽空高道只
餘龎老子笊籬留得擁清風
示傳眞戴雲江
多君掌上有胚胎無限羣生筆底來爲欲囘
光人共薦眼眉不惱要重裁
雲卿豈亦戴嵩流須得山翁者一頭鼻孔雙
雙無縫鋳短繩何處著牽抽
爿身瓔珞後馬驢幻化何人得似渠妙手未
施誰象狀箇中面目好分疎
無學禪人掩關乞偈示之
千日爲期戶自封肯將容易度春風等閒坐
斷金烏足後夜青山血點紅
蒼野禪人乞語歸婁書此以示
園林二月如鋪錦華底流鶯舌要饒不昧見
聞能倜儻歸家那得有途遙
自自禪人以扇乞偈書此
山水文章富有身卷舒自自豈由人霧蹤莫
怪鹽官索好看清風下載生
澹天行天玉子咸子見韓子蘧五居士乞
偈示之
休論松聲與水聲到頭人事遜天行尋支摘
葉譚玄妙笑殺春風華底鶯
崑岡難禁炎炎火何似衣珠六不收紫陌芳
衢輕撥動時看輥輥走盤遊
八還七處苦追尋欲辨來風事轉沈肯信萬
般元自己光渝千界月咸臨
了了見兮歷歷聞目前何法得逃君無端就
裏生知見衮抹青天一片雲

盧公見過蘧知非枉聖與賢道豈違箭輓石
輩能自躲千將不動破重圍
雪竇萃章抜禪人因病得力依山僧山家
十事作頌數十首寄呈其意偈以復之
病到頭來始切衷研機不較力田農一同耕
出黃金窖攢簇由來信莫從
沈寧宇著淨土發願文徧索諸方序首爲
之題此
曾聞作福畏奔波乞序紛紛事亦多欲得西
方眞境現莫教片念挂娑婆
爲又黃孫居士錫名本彰因示以偈
曠大劫來事本彰隨聲逐色自遮藏返躬省
得生前面孫廣何曾是又黃
春日施主入山飯僧乞偈示之
遠移香積飽江湖處處春風唱鷓鴣媿我空
山何以贈來時好道去還如
龍與勝念便雲從朝發鹿城莫道峰善利此
行如有問滿船歸去載淸風
遊方圖爲鏡心上人題
心鏡輝騰歛大千識心何處有山川浮幢王
刹光中現蹋徧歸來步未遷
爲新鐘發聲說偈
大冶煆成眞法器那堪高躡聳人天聲光自
此長輝赫佇聽洪音徧大千
靜香周觀察扶櫬還南道遇剡城即乞爲
母邱氏太恭人對靈說偈
大千沙界一毫端咫尺家山到豈難薦得目
前無異路何妨天上與人間
施主虔請上堂辭之以偈
虛空有口難宣說寂爾無言事獨彰寒鴈一

聲天際喉山山樹色抹秋霜

華陽梅居士祈嗣乞偈

紹來空劫好家門歷盡三災故業存因底支
拏渾不費般般承受有兒孫

孝子張國禎乞偈薦母

畫正方中夜又冥長青玉宇自亭亭霽光一
道輝今古就裏何從覔死生

國璋贊寧贊侯三居士乞偈薦親

那吒骨肉析爲親說法直彰本有身四大分
時親不見碧天雲散露高旻

從孃生後賦今身孃未生時是甚人達已不
從孃處得薦孃直下證無生

君球曹居士薦室乞偈示之

生死茫茫沒了期出生入死箇爲誰當軒識
取無遮護雲動青霄目不移

蔚起茅居士有西河嚣子之哀因其乞語
偈以示之

幻海休觀泡沫身死生不禁往來頻見聞若
解超聲色劫外須知別有春

心生種種業差殊夢裏雖彰覺後無一念頓
空諸見謝不勞彈指旱華枯

一期之内連寂數僧賦警諸禪

千人去後一無回長見松根長土堆昨送去
人人又送送人人得幾徘徊

題白團扇

宛如秋月影團團動著清風透體寒八萬毛
頭開孔竅雪庭誰覔心安

獨鼕鼓

圓音獨震自心空豈比樗材捏合同天老鼕
林教禁出高縣千古警羣蒙

角黍

艸衣胡裹赤身貧能療饑虛閭國人利衆不辭湯火赴出頭端必待名辰

募修臨濟玄祖澄霽之塔

毒流禪社既兒孫千尺埋藏恐躲跟一旦黄泉仍掘出都天太歲又臨門

化石砌

慳貪垢積地崢嶸一捨山河似掌平他日寶街今日砌募千非是湧相成

化修艸菴

智者須求無漏福植因如是果隨來艸菴卸下琉璃瓦付與覽明自體裁

化藏經

塵内人人有大經鶯嘑燕語萬家春爲纏慳憎無由剖空郤如來藏自神

化僧田

八百主耕千歲田何如種福最牢堅勝緣結得僧無數有力憑誰可負還

化鐘

一模脱出始風流滯貨休嫌次第收欲啟蟄閘長夜夢大家扶上萬人頭

化大鍋

轉生作熟尋常事要喫要屙天下同幸是君家有樣子何妨我口濶嚨空

化浴頭

體塵不洗罄肰空十六人欣妙觸同寶海還期香水注心華開徧玉芙蓉

化禪帳

撲面攢膚衆受殃驅除難仗八金剛空門事事仰檀信安樂禪流定有方請諸上善人爲

山僧下一轉語看

化柴山

無米難炊薪亦肰翹翹何處乏林泉青山只解磨今古畱下與君植福田

化柴

炊火誰言不再然爨光一點萬家傳岭柴頭上還將出公案須憑智者圜

化賑獄

無告竆民古聖先那堪幽閉倍顛連饑腸欲其愁腸斷仁者於斯豈愸肰

化燈油

日月威光時有竟代明終古孰長恆願舒鑑地輝天手剔起人間照夜燈家堂暗坐佛堪憐謌把多心費綺筵何似昜乾還覺照一燈化作萬燈然

募單供衆

不持莖粒接諸方此事何人可共商信有毘耶離長者相隨唱拍自鏗鏘

長生鹽

鼎鼐中和必若調誰能忘味盡聞韶永濡禪社君何吝一滴滄溟足莫轁

化茶

等閒拈出本尋常七盌風生渴乏忘甘露門開無壅塞管教熱惱出清涼

分衛

爲號空門徹底空今秊竆甚去秊竆竆阬莫道難填塞消得龍王多少風

千倉萬庾由春種徒望秋成豈有秊檀度勸修無別意貴君福報勝諸天

募修東山慈瑄二祖墖偈

窣堵波崙長綠苔李潑代逺轉疑猜祖燈天
欲翻眞炤依舊艸窠輥出來
滿地兒孫仗祖爺迷蹤幾度問天涯東山一
旦開生面荊棘能容雯互遮
芳蕺不艷諱言功濟北由來迥不同徹底掀
翻重揭露長教松竹引清風

大童弘覺忞禪師語錄卷十八

音釋

恇怯上曲王切音匡恐也下乞業切音㾀畏也
訌呼公切音烘訌訌大聲
紗一笑切邀去聲紗𡯁小貌又於喬切音邀義同
𩹉兹消切音焦灼𩹉卜
兆而徐刃切音
焦也
𤇾火餘也

天童弘覺忞禪師語錄卷第十九

嗣法門人顯權等編

佛事

師在匡山黃嵒寺先和尚赴音至縣眞展哀擧眞云有緣佛出世無緣佛涅槃今朝又見泰山崩圻泰海枯乾忞也衆中莫有扶持得起者麼山僧不免當陽展示也要大家覷面同觀遂展眞云還見麼一把柳絲收不得和煙搭在玉闌干

百丈忌拈香與禮樂定禪寂煥乎其有文章顯大機施大用偉哉諸宗首出然則刓方爲圓不如散華爲樸所以壄鴨未飛騰山雲嘗自在大雄獨踞坐海月沸如瀾由是棒喝交加白拈徧界直得音天之下鼠肝蟲臂悉化爲劒盾刀槍率土之濱艸衣木食悉變爲尊俎玉帛毒流一世殃及兒孫今日山僧爐熏上爇薀藻陳思還出得他範圍也未炷香云金雞飛上玉闌干自有嘉聲繼賢哲

百丈忌八角車輪飛上天高山千古仰時賢無生曲子季季唱流水悲風動莫絃大衆還聞麼遂燒香展拜

密老和尚諱日拈香巴陵下三轉語三家者以雍徹楊岐作女人拜季氏八佾舞於庭新天童者裏卽不然不蹈先德故常亦不循他諸方舊例何故報德幸無禪五味醻恩那在一爐香

密老和尚忌鶴鳴在陰其子和之師翁唱先師和先師唱山僧和唱旣彌高和者益寡所以在先師當日對師翁則曰若據某甲扶佛泰任他○○○○○都來總與三十棒莫道

分明爲賞罰雖然極力扶持爭奈令行一半若也盡令直饒先師師翁未免鼻孔齊穿卻投向爐熏一炷燒顧大衆云然則供養什麼人卽得炷香云將此深心奉塵剎是則名爲報佛恩

密老和尚忌一季一度燒香日歲歲今朝七夕同幾見彩雲翻白雨誰睨銀漢變秋虹碧梧瑟瑟金風裏丹嶂稜稜莫靄中打破髑髏并見解乾坤畐塞老天童

密老和尚忌半肯半不肯劒挂眉間光炯炯焉敢違背他分明眼裏又黍沙一炷心香一盞茶貴圖此話行天下若謂佛法道德難忘白晝青天且莫閑眠作夜

密老和尚忌以大地爲爐熏拈白雲爲沈速列山爲饌錯海爲餚事上有餘爭奈理上不足奉金牛飯獻趙州茶覷下楊岐金剛圈会進東山鐵酸餡理上有餘爭奈事上不足左申五指爪掌以右手拓呈高聲作梵韻唱云不如吽字涌出妙香華燈塗果天母供養我師大和尚斂手云何故不見道鄭州梨青州棗萬物無過出處好

密老和尚忌盡空法界入圓輪誰識吾師此日身擬向寂光常土覓已同門外汎遊人爍迦羅覷難容眼障蔽魔伺枉費神八爇爐香知甚據霧山無手掩空生

密老和尚忌通玄答日元非去茗水今朝豈是來不去不來誰薦的一爐香散古凿臺

密老和尚忌去秋燭剪邢溝月今歲茶烹老范泉太白峰高常拄望歸眞誰道十三年大衆還信得及麼若信不及時颼颼栴檀爐内

爇披襟試驗髑髏冄

密老和尚忌向上一路千聖不傳迦葉三昧不自靈山得來所以釋迦三昧歡炎不知阿難三昧不自雞足傳來所以歡炎三昧慶喜不知乃至山僧三昧不自天童得來所以先師三昧山僧不知旣彼彼不相知各各不相到舉香云且道者瓣香燒來一十五秋端爲何事插下云香嚴道底香嚴道底

密老和尚忌悟得瞥谿本來無一物臨濟離相離名之旨便爾佛來也打祖來也打一味天空地空人空我空碎盡有爲之窟宅隱蔽邪慢之魔宮所以魔梵修羅嫉若眼中毒刺恨如夙世冤家卽不肖忝到此亦公道難泯也則半肯半不肯任何故肯則肯伊克紹先宗力爭祖命不肯則爲伊乏大人之相多好辯之稱舉香云朕則者一瓣香因甚爲渠拈出插下云選佛若無如是眼假饒千載亦奚爲

大覺開山達法訣禪師忌出無佛之境土當大法之中衰一緉芒鞵撩盡百城煙水半尋竹杖敲開幾處雲扉窺玲瓏之半竅見吾道之玄微神欽其德虎伏其威號呼則天人協贊指顧而金碧交輝龍門萬仞承開鑿坐令金鱗掠漢飛而目儼朕鞭社裏昔人那道此特非大衆旣無今非昔是之分則無生滅去來之相旣無生滅去來之相又作者場特地作麽歡泉水貴地脈百世今秋永爲規則

金粟石車乘和尚忌道起禪鞭口衆歌先師公案了還多衛霄鶴自雲歸後徒見嵒松長薜蘿舉香云朕則者一瓣香今日爲誰拈出

實鐸搖空春晝永功高千載應難磨便燒

埽北都笑喦寶祖塔黃金骨鎖玉玲瓏鐵棘門栽不計重佛眼難窺吾祖意兒孫若散妄流通拈香云即此用離此用蟭螟眼裏繡鴛鴦烈燄爐中飛彩鳳便燒

埽禹門幻有傳祖塔高縣一笠覆乾坤手決滹沱漲禹門寶篆音天終古藝起家輩輩有兒孫朕則不肖道忝到此重拈一瓣爲是仁義道中爲復一場特地萬派千流無別潤貴從地脈見眞源

埽海會天隱修和尚塔金車錫卓千山震石磬聲騰百怪藏穴產霧鶵皆鸞鷟霧披玄豹變文章風規素著眞師叔宇宙名喧媿姪行三拜塔頭疇夙志不須把火焰雲堂朕雖如是吾叔道德高崇豈某贊揚可盡祇如八華毬上今日叟繡紅旂者要與天下有眼𡷨底衲僧敦其本委其源正其知廓其見使信有我家大法紀綱拄嗅豈是無端閒話會典刑備具一爐香

埽萬如微和尚塔先師善繼人之志吾兄善述人之事坐建東南大法幢寶輪宮殿盤雲起四衆同欽天龍共喜日午當空塔影圓景仰千載何窮已

奠積翠唯一潤禪師紫電晃省間之耀青蓮散毛孔之香氣陵一世眼蓋諸方只爲探頭太過幾回頓蹶龍驤懷干將以莫試鳴長鋏而歎傷休歎傷伯牙曲奏鍾期聽山自高兮水自長

挂鐘版迥無依倚處立卓縱橫窮絕機宜中翕張變態化裁妙天朕之矩矱動寂露法王

之根苗所以把住則烈日霜飛四溟無水渫放行則寒冰燄發大地忽陽和正當今日權衡佛祖高聳人天卽置斬新條行新令一句又作麼生道遂擊一下云劈歴一聲喧宇宙心華開徧少林春

挂鐘版峭巍巍活卓卓離微通不犯焰用一時行何止寂感無差對揚有準直得翕張造化雹卷星馳舒慘陰陽龍奔虎驟猶是長生路上流布將來若向朕兆未分之際薦得渠儂落處便可與佛祖爲師人天作範横拈倒用何妨日午打三叓玉振金春一任玄關開祖域其或尚涉遲疑未免受渠曲折去也擊一下云正令已行邊塞靜端居寰海定龍蛇

沙彌鬀落恆沙劫種出家因優盋今開火内莖髮斷青絲除愛結虛空背上白毛生驅象

駕請長纓一舉九天雲外步等閒踢倒法王城

付衣柔和忍辱不虛褫消瘦青蓮衆患離名字六師曾未曉佛同稟受祖同持勤加護攝威儀虛空壘作紅蓮座火聚開爲白蕅池

沙彌鬀落金刀剪斷無明髮露出孃生舊頂門莫謂毀形虛事褫人天何處不稱尊

付衣袈裟著體豈尋常誓鎧全披好自將寶杖一揮三界靜髻珠親解汝中王

沙彌鬀落何似生遮天鶻萬重雲只一突是渠因甚得與麼活卓卓地直下一刀俱斬斷叓無豪髮可容畱

付衣入斯室著斯衣量才補職如是因如是果汝爾當朕祇如信受奉行時合作麼生橫身三界外獨脫萬機前

沙彌鬚落僧寶誰云滄海珠盡虛空界濟無餘德鉼甘露應常滿名稱方空勝丈夫

付衣錦衣公子休誇富天上六銖未足多一縷龍免金翅難好教慈覆徧娑婆

沙彌鬚落平步青霄汗湧行蓮華火内競頭生脫塵俗不多爭祇恐爲僧心不了爲僧心了總輸僧

付衣千生未易聞名字一旦通身服九條青嶂外何逍遙三尺龍泉光焰膽萬人皷裏奪高標

沙彌鬚落出家初不爲身心大法全肩力荷承千里誰云方舉步雲程十萬快飛鵬

付衣大士胎衣變九條多生法御應常調今韜三事全披得好作人天正法橋

尼本肰鬚落後猊纔出崛威猛蕩寰區獨跨大方步豈爲格量拘肰而舍金輪之寶位子夜踰城脫珍御之龍衣青山斷髮何以佛佛道同乎還會麼要作人天真榜樣信肰脫俗是良謨

付衣歸卷金襴法淡藏定水涯爲標千聖格所以待龍華況復割煩惱而得消瘦之名離染著而被青蓮之號服之者忍辱增進持之者功德無邊可不頂戴遵奉也邪提起衣云還見麼莖縷蘸乾生死海何人出得者袈裟

小佛事

爲雲門堂頭雪嶠大師封龕拘尸那畔掩金容淚灑閻浮血染虹誰信碧霄雲散後長天萬里霽秋空恭惟當山堂頭大和尚西河師子長沙大蟲一鏃破雲門三關全身佩浮山九帶攘生鼻孔打失秦望山中空劫眉毛拾

得禹門浪裏便爾訶佛罵祖拄處爲祥爲殃長時擽風擽顛知他是凡是聖舌頭控爐鞲藥汞禪點著銷鎔口角擿金梭揩苒艸織成錦繡本望長縣慧焰何期遽斂春光庭栢慘鶴對之容四衆見奢華之色今則雲龕既入玉戶空局金色頭陀合知端的搖鈴普化謗說神通喝一喝云體露金風須著眼身藏北斗許誰看

起龕來本自心往非有向步步絕行蹤通身無景象放開一綫道則從伊若不放開說甚南天台北五臺雙徑匡廬與鴈宕便鐃打一筋斗過華藏莊嚴世界海那邊更那邊卓拄杖云又何曾離得者裏無陰陽地上所以我堂頭老人不動道場入大寂滅三昧海一坐百二十日爲諸人真實提唱直得三世諸佛默然靜聽萬象森羅曲躬稽顙梵王帝釋主風神主空神主晝神主夜神身衆神執金剛神散華供養那容天魔外道之徒潛窺而側望然則摩竭令嚴誰敢關通但諸比丘比丘尼優婆塞優婆夷於吽不應山苒成就一鋪功德須大師點眼因行不妨掉臂請大師且出方丈

入塔以拄杖指塔戶云大衆還知者段因緣也未若也未知山僧不免偺婆帔子拜婆秊厺也須爾頂上鐵爲龕内有空王月一函莫謂秋光淨如練佛來相見也垂簾且道當山堂頭和尚到此又作麽生珊瑚支支撐著月千古萬古衆同瞻

鹽梅鼎禪師秉苣者漢與山僧㳒門爲昆季入道固多秊性燥實無比初於金粟得名晚

乃天童得地馬師鹽醬條嘗便道梅子熟丞好歹逢人卽出不管出卽不爲所以不上一季半載院子住了三次四次甚有長篇短句伽陀與夫尋常戲笑怒罵欬唾掉臂點肋點㬰自負無非祖師西來大意三十季後指望此話大行誰知鐵面閻羅請符卒至今日見成公案旣落山僧手中且道山僧又且如何處置乃云十載江南山共水春寒秋熱大家委擡到今朝水盡頭卻好同生不同死撒手別無可奉君提起火苣云賴有末後者句子打送寂光三昧中天下誰雯奈何你攛下便燒

天童林壄和尚入塔㩉碎虛空閒景象一菴卓卓露當陽衙華鳥自難尋迹孰謂將身北斗藏所以道善知識者以形骸爲幻泡以生死爲郵傳其來也月印江波其去也雲收嶽面唯我法兄林和尚夙因溌厚願力弘堅出德嶠之戶門渾身是膽下川勤之三峽就地生波食到口邊奪回洞山果子不住迷悟超朕獨步大方故能横身十字街頭珠回玉轉垂手千峰頂上斗換星移揮七尺山藤那分凡聖布漫天羅綱打盡魚龍一朝闃爾告終蓋爲化緣將畢今則塔從地涌項合峰尖依常寂以歸眞散慈雲而分布且道還有奇特事也無千古玲瓏嵒下寺一龕長焰萬季燈白可學公禪師入龕赤身貧已十分極病骨無緣更拄笻撒手獨跨方外步大千何處覓行蹤此蓋我友白可禪師生平學道有如是氣槩故有如是英標有如是冷落空疎忘名忘世故有如是逍遙獨脫自由自在祇如卽

今轉功就位全身奉重一句作麼生道古佛
堂前留不住牢關把斷據寰中
清菴激禪師秉苣坐脫先師意未投其如㩗
手等輕漚長安古道行人少陝府今看灌鐵
牛恭惟某師定海波激戒珠川媚生緣陝右
而化被秦淮道出臺山而途無曲徑餐煙水
饒有百城飽風霜足經萬里身同天外之鶴
迹類秋空之雲有時坐地看揚州鶴忽乘風
來海上既到水盡山窮處早知移身換步時
所以人天莫測蹤由魔外罔窺涯際雖然末
後有一句子直須山僧拈出始得擲下火苣
云水底火發燒虛空蕀林盡作師子吼
入塔藏身處沒蹤迹挂角羚羊何處覓沒蹤
迹處莫藏身無影對頭華正新本非藏絕迹
蹤密移一步看飛龍昨夜虛空揣出骨還他
塞卻太虛空
五磊堂頭權長老起龕玉殿未爲尊珠樓何
足貴突破萬重關不住青霄內以拄杖指云
蓋是者漢一生擔版死不回頭者也所以鬧
裏抽身於嚮順聲和之日急流勇退於風行
艸偃之時闔國人追不再來千峰萬峰直入
羚羊角挂難尋迹南辰北斗披袪打成一片
皇封捏聚團圞世界立罷夜明簾外因退位
以翰君焰空古鏡臺前爲轉身而就父無影
對頭舞鳳不萌支上櫟華卽從伊畢竟公案
如何結絕擊龕一下云驚起泥牛吼夜月倒
緣蘿壁上天台
舉火千將獄底炎衝斗一出豐城萬怪降天
寶人間留不住空遺寒景冩澄江子不諱父
德師豈譽從贊恐孤芳之不著將青史其遂

湮唯我權公長老智足超宗仁能纘緒初臻覺岸高陞太白之堂末到牢關濺入山僧之室閒吸西江水涓滴無餘直接濟北流滔天有浪支葉廉纖不帶駒𨂻全彰本色之人偷心豪髮靡容鍼錐痛下時流之疾一衲披十周寒暑牛逐飛雲三門絶今世塵囂平堆古蹤所以人天四衆欣戴眞慈雲水方來雅推善導何意德生魔色豈期天罨孚船苦海波心遽爾頓停慈櫂琉璃地上無端撥轉夜船雲遮一帶峰巒巢迷歸鳥雪覆千灣蘆湮岸失行舟正當今日指窮於爲薪火傳而不盡一句又作麼生道分形散體周諸國爲瑞爲祥徧九陔

安骨鯨吞水盡露珊瑚掌起支支桂景孤剎海三千澄後夜法身端坐大毘盧白雲斷處家山劫壺空中世界日月雙丸回薄無由正焰菊臨虛閒六戶開張不受森圍翠繞簾垂黄閣迴帳合紫羅寒最妙最玄先聖獨推此位非偏非正諸佛罕處其中安下骨龕云且道者漢以何功能儼然高踞雪鬢霜眉從火出堂堂終不落今時

高原普禪師封龕水出高原四河流潤珠沈滄海玉彩潛輝恭惟炎相堂頭和尚獨角祥麐横行海上分太白燈傳餘燄自矜肘後有符悟通玄不是人間那拄案頭無敕所以棲雲十載眞風普扇於姚江炎相九旬法雨菊施乎越境方囊錐之露穎遽寶鍔其斂鋒五湖煙景誰爭不讓先期尅定千里家山必達要知到岸非舟大衆正當恁麼時且道堂頭和尚還有去來出沒之相也無掩龕云一片

白雲橫谷口幾多歸鳥便迷巢
寶慶南源融禪師起龕春光無際丞闍浮鳥語華香徧界周芳艸那堪彌古岸黄金索斷鐵牛頭總管帶絶拘留信步天南仍地北更嫌何處不風流
秉炬逝者如斯夫眞源常湛寂住菴人不見千嶂圍空碧恭惟當山堂上南兄大禪師來鏡水而波瀲出秦山而月皎千生萬受飽參黄檗之風七穿八穴光徹玲瓏之竅所以紀綱法社則玉應金春晏坐空山亦鳥閒華靜虛空有口寶偈常宣萬象無言直頭自點正擬望隆迦葉豈期遽失空生蘭幃不設誰當軌範人天蕙帳長空不勝怨哀猿鶴大衆正當今日還知此老有一段奇特因緣也未擬下火炬云萬里神光連頂沒大千皎皎一團輪
白雲鹿門西禪師封龕白雲何事愛青山山自龍從雲自閒雲昨曉隨風雨太到頭雲定覓山還大衆於此薦得便知堂上老人沓生本不生今滅何曾滅其或未肰山僧不免爲蛇画足去也恭惟當山鹿門法兄大禪師錫持霧壽杖曲唱白銅鞮實法海之游龍本教壇之義虎盡燔德山疏鈔自知塵内有全經飽參太白獰拳敲道西來無別意觸處生涯成現頭頭撲落非他只將元本契書驗取山荒田地歸導迷途之子還招出岫之雲一向千峰頂上橫身何妨十字街頭垂手有時十字街頭垂手卻向千峰頂上橫身直得浩浩眞風肅清三佛之地亭亭寶月高朗四明之山大衆正當今日櫓櫂俱亭綸竿不展爲是

筏尚應捨爲復疲于津梁掩龕云弈世尚肰
畱敎濯崖梅歲歲散清香
霧章藴禪師起龕水上東山行不住火中木
馬驟清風爲緣鼻斷黄金索八角磨盤任秃
空
封塔青山埋骨始完名人増山香名始馨一
片氷壺秋水骨清風千載起梟亭恭惟同參
霧章藴禪師碧落五雲緇田九穗教入蓮居
之室義學該通禪登太白之堂心宗統貫有
口可吞佛祖誰甘引首低眉凝眸直眎雲霄
且自唫風嘯月語其高則嬾殘是侶論其操
則三角爲朋一喝對兒孫富有僧家之寶半
鐺煮黄獨貧無卓地之錐所以笞牢劫火焚
身何異吹炎割水此日山翁入塔未免鎖夢
闗空肰則合尖一句畢竟如何話會把手相

攜眞歇了同輝寶月焰錢唐
圓通老宿封龕逝多國土賴相成又向何方
展化輪只拄阿閦兼妙喜人天無路問玄津
恭惟圓通老禪宿浤海聖賢隨宜應迹普門
大士方便垂綸住世七十九季將叉迦文之
壽算念周千百億所欲分布佈之多身釣絲
一夜收竿拋盡雲山海月歸鳥幾多迷谷難
尋苔徑華菌俊哉師子之行迥而絕侶卓爾
象王之步誰則爲鄰掩龕云物外乾坤总主
管壺中日月自朝昏
止休淨上座起龕多季賦就還鄉曲欲唱人
苒恐脫空帶血連宵嘑蜀魄歸思不禁上省
峰春太也綠滿薣夾路桃華風雨後馬蹶何
處避殘紅
舉火一念回光父母未生誰是我四楞塌地

眞常獨露本來人況復知止能止知休卽休古廟香爐太一條白練太雖受他家盋盂不叓强安柄杷白醭華平堆口角黄獨飯爛嚼鐺中唯其掩息如灰故能死生若脫但只恁麽太恐守寒嵒異艸青坐著白雲宗不妙山僧到此不免爲你别轉一機欲待横身三界内請參勝熱婆羅門擴下火苣便燒

天童弘覺忞禪師語錄卷第十九

音釋

覘 嵩占切諂平聲窺也視也 闃 苦臭切音覻靜也 陔 柯開切音該與閡通九陔九天也 鍔 逆各切音咢刀刃也 擴 取亂切音爨擲也 苣 臼許切音巨束葦燒

天童弘覺忞禪師語録卷第二十

嗣法門人顯權等編

小佛事

爲南廣石奇和尚封龕㳒橋傾圯㳒輪頽眼滅人天實可哀仰止幸畱芳躅在妙高終古碧崔嵬恭惟當山堂頭奇兄大和尚雲起要江膚寸而八方徧布雨施台嶺沛滂而六宇均沾嘯落摘星臺二十四盤未足方其道峻節支乳峰頂三千丈瀑差可擬其聲高所以四坐名坊鞭笞盡龍象把住則黄金失色五宣大化呼吸動風雷放行則萬象生輝變荆棘爲般若之場責使人人一回汗出而頓現瓊樓坐鋒刃而説無生之㳒要渠各各不越塵勞而直登覺岸撥棹歌亭南浦盖循化迹常儀慈舟檝住中流豈爲逝波難復不見道諸佛不出世亦無涅槃者肰則正當今日設問現前大衆作麽生與堂頭老人相見收卷大千歸一粟蟭螟眼裏蹋芳春

至雪竇起龕霧山槨外示雙趺情專念子熊耳棺中遺隻履死不甘埋爭似我堂頭奇兄和尚荅也出興南廣本無心於彼此今焉歸復乳峰豈有象于去來去來不以象動靜不以心故動若行雲止猶谷神朕兆俱泯匪離朱之可測程途不涉豈造父之能追肰而慈風廣扇化雨滂流一旦赴聞四方莫不哀傷五內今則人天鷩集海衆雲臻共擁玄幢歸眞報土要且轉身一句如何舉唱蹋斷邑聲千丈瀑倒騎鐵馬上須彌

入塔設有一㳒過於涅槃我說如夢如幻況復取準赤霆俗推狐首爲渠歸宿之鄉得不

笑他無位眞人朕雖如是從上若佛若祖若聖若賢莫不從夢幻場中横身爲物示受炎生是故爲欲令其開夢眼出迷途逢幻境了幻心也則爲其建大法幢轉大法輪入大涅槃作大佛事以至寶塔干雲豐碑焰漢無非慈悲願力之所示現且道我堂頭老人還出得者般行戶也未一度高名喧乳竇千秋仰止妙高臺

霞屋應上座起龕示寂郡城迎歸天童復起龕火場也祇解恁麼厺不解恁麼來者五步雖存七步不活既解恁麼來又解恁麼厺還他翱遊西天莫歸唐土漢始得何故脚跟無綫如蓬轉信有渠儂得自由

舉火來如破曉霞厺似凌霄鶴蹋破萬谿霜脚頭空索索此蓋山僧二十季來親見者漢如斯參方問道如斯親近叢林如斯承事師友以至今朝如斯收因結果之不差忒也唯其生平一味樸實頭支葉全不帶剳有千山寒碧捻無半點塵埃所以語文彩則闇而未彰論躬行則信乎有得絶流而跨象王之步施爲動合章程捉兔亦全獅子之威造次無忘箇事軌範幾希音首座風現大似匾頭南故得法社之中千人一舌共説典刑居朕尤抂望江湖之輩異口同歡喜丁未運尚見老成人詎意放厺較危收來太速一朝符至撩起便行朕則明鏡本非臺奚族勤加拂拭通身金鎖骨何須特地雕鏤不離鏤非拂拭攏下火苣云要識眞金火裏看神光頂後明如日

鑒吾鏡禪師起龕幻海漚傾夢裏身夢身誰

滅後誰生鐵船無底蹋翻後依舊東山水上
行
舉火一念纔空萬境忘懷無餘事可商量翻
身更入火光定驚倒霧山老藥王唯我同叅
鑒音鏡公禪師昔聞其語矣今見其人也雖
然苟不當陽點出未免四衆騰疑現前諸人
要如此老生緣出處也未乃云秀毓黄山靈
鍾白嶽禪心秋月皎戒德玉壺氷信承曩劫
殊因蔚爲緇門翹楚所以寶絡不貪香象銀
籠豈囿冥鴻州刻金粟堂前峭搯之天然猶
狂蔓賣天童庫裏剛方之自寶正同若乃隻
手旁施扶起唐宮瑂殿津梁不倦濟乃澈之
沈痾則勲藏太白之山流芳未沫碑豎昭陽
之口頌說何窮况復收因而時至預知果結
而先期了辦親書遺札告别山僧長揖諸從

奄然即化可謂坐脱九峰首座無媿金鴨香
消浩歸布衲如禪不誤同叅一偈者矣正當
今日功圓行滿絶後光前一句又作麽生道
擲下火苣云從教破屋隨紅燄留得莖前翠
拂天
玄玄其公煅骨皮膚脱落露眞常那固將身
北斗藏火後依然還入煅精金要見十分黄
惟我同叅其公禪師蔽林衛霍之臣知識蕭
曹之佐始也受生陽羡歆光之中天降迹縣
知佛日當與少焉脱白龍池耶舍之鹿苑皈
投默計法輪定轉所以二十秊事先師朝挈
盋莫提缾恆隨步武五六處襄法社櫛甚風
沐甚雨歷盡艱辛然則丹山出而毛骨權奇
師窟遊而爪牙鋒利事應乃爾理實當然其
奈智困於天刑神疲於物務兼之風雲未邁

羽翮先摧後先師僅五週趨寂滅將一紀於截泰嶽積而羣峰偃象王亾而象子隨白日不移輪青山常舉足寒崖一歸臥嗟哉春復春今則其從萃章輩潑恐異艸之横生謀遷涅槃之大宅正當移身換步時如何道得越格趨方句放下骨襯云紅爐一點消嵩雪梅放香林第一枝

入塔謑說山前古寺基黄金充國未爲奇箇中欲覓眞歸伏須薦一漚未發時一漚未發時絶豪兼絶釐不踐菩提路誰復涉多岐不挂本來衣安所事資持大衆是則固是提起骨襯云且道者箇作麽生安置好三脚驢兒歸載厺淨含寶月似琉璃

三昧寺自覺元孫起龕臨川偶爾羡鱗虬特傍龍灣下玉鉤天渺渺水悠悠雨笠煙蓑幾度秋絲綸收捲也且任虛舟大衆虛舟旣爾自任且道憑誰撥櫂風力扶帆行不櫂笛聲邀月下滄洲

舉火際天風露冷江湄月逐漁歌唱晚時櫂入蘆華人不見弄灣潑處許誰知唯我厺姪孫自覺元禪師需蛇拄握寶鏡當軒力拄逢緣全趨脩脩故能出頭天界外垂手鬧籃中不動覺場變斥鹵爲瓊樓玉宇宵忘根境拈莖艸作丈六金身憫生時方便利生羡甚腰纏十萬無佛處示現作佛快便鶴跨揚州妙用隱全該不謬東明之子神機恣磅礴無違雙徑之孫正期長此津梁何意厺乃良導廣陵散希音劉奏無生調雅曲早圜痛切湖江風凄海甸卽置只如末後一句又且如何舉唱桂魄一輪沈曉漢寂光三昧徧河沙

瑩維那起龕一踢黃河水斷流山川行到路窮頭驂駿驥服騂驪揮鞭直出青霄外俯眎塵沙界一漚人間天上何處得淹畱

舉火爲法綱紀弼我禪叢心珠水湛戒月光融何井藤之易脆忽華萼以摧風筲來本無自今去豈有從無生曲就也雲雨散長空正當恁麼時敢問大眾要向甚處與瑩維那相見金鴨香銷人定後一椎響落碧霄中

印明都寺封龕法界不容身至眞無相須誰空太虛空突開者一竅蓋因妄有生因生有滅生滅滅已寂滅見前唯我印公都寺以廣大心運無私智力還普天寶所冀轉無上法輪坐此界分我人未免自生拘執然巨澤有乍興之波浪長空無積久之風雲瞥然一念回光自應千差坐斷况復換步趨無爲之岸移身歸寂寞之鄉可謂爭之不足讓之有餘者矣正當恁麼時又且如何塵囂無復來芳徑賸有白雲隔鳴封

起龕衲僧得力句不在南嶽定在天台印都寺你是海州人親從天台來就中得力句還曾拾著也未若也未曾山僧有箇妙法與你東西驀過三千南北倒回十萬乃喝一喝云到頭霜夜月任運落前谿

舉火難侵最是祖爺田九鼠三蛇任穴穿幾度洞然明劫火松風時到竹坡前所以古者道體竭形消而不滅金流朴散而常存此之是也恁麼要說甚麼三十年前河流東三十年後河流西要且世界成與者箇沒交涉世界住與者箇沒交涉世界壞空亦與者箇沒交涉且道者箇是甚麼擲下火苣云劈面來

時親薦得當空寶印搭青天

德山德岳衡知客起龕四大誰爲主勞生一夢中尌凋葉落後赤體露金風喝一喝云秋雨空梁催太燕晴天歸路快飛鴻

舉火折佛殿堂燒佛經敲風打雨一枝藤生平意氣猙獰甚眼活全因箇紙燈衡上座見未曾昝日龍潭今太白後鷹點著總飛騰攏下便燒

與凶僧下火絕後再穌未爲難懸崖撒手眞險墮雖然大地總平沈未免灰活成兩箇不兩箇火裏蝍蟟吞大蟲青山露出千千朶

紹宗禪人火西風昨夜連雲吼驚起淦身藏北斗自是歸根落葉時祖師剗道來無口紹宗紹宗恁麼會得見苐大衆與爾證明若也不會山僧不免爲汝叓出隻手攏下火苣云

金剛正體露堂堂說甚來先與太後

明遠禪人火攢簇不得病難安任是耆婆亦楚酸驀地四棱俱放倒翻身跳出鬼門關雖然如是過得紅爐方好手眼明須是髑髏乾善岐黃之術

海門寺觀化禪人火爲緣觀化栖生肘蝬夢莊周難啓口驀提火苣云即此機輪是化機當陽拈出爲君剖爲君剖休朦朧劈面來時親薦得海門涌出日輪紅患瘍疖而終

知休禪人火生而非生鏡裏形滅而不滅水中月水月鏡形兩踢翻炎天六月飛寒雪休上人瞥不瞥火雲閃閃燒晴空金剛㦛後重叅鐵

西川德全上座入塔錦江春色遊來早天上揚州興叓牽風日經多霜衲破煙華賞徧髑

髏穿葛川月落人歸後遶海塵生鶴返乖喝
一喝云全上座湯齒連依舊家山依舊伴合
同船子卧高天久依本寺圓逝昭陽
際門古侍者火福城東際徧南詢入盡塵沙
解脫門一自炙身人遇後徹頭爛卻死生根
看看山僧今日親行此令㕘也夜來何處火
燒出古人墳
逵本火頭火冷竈著把火熱竈著把火如爾
所作因還爾所得果知因逵本體無生笑殺
嵩山破竈墮
印石禪人起龕末後一句始到牢關把斷要
津不通凡聖設若通㕘又作麼生無毛鷂子
拍天飛八角磨盤空裏走
舉火長連牀上參得底涅槃堂裏用不著涅
槃堂裏參得底正恁麼時用不著畢竟如何
用得著㕘火裏走神龜印文生石上
德鄰禪人火萬德不將來天涯誰共鄰腳跟
紅綫斷處處自由身雖肰如是更有末後一
句不免爲汝直頭點破燄裏寒冰連底結楊
華九月落飛聲
體充禪人火明知生是不生之法因甚卻被
生死之所流轉山僧此際情知爾道力未充
且作死馬醫爲爾助力看紅爐烈燄重添火
烜赫金剛眼自開
隱明禪人入塔不是心不是佛不是物天上
人間幾出沒拈卻髑髏子細看分明一具黃
金骨提起骨視云大衆正當恁麼時還有分
付處也無一吸長鯨四海乾請君更下蒼龍
堀
爾賢禪人火兜率道撥艸瞻風只圖見性卽

令上人性狂甚麽處旣得見性方脫生死眼光落地作麽生脫脫得生死便知去處四大分離向甚麽處去明眼人向者裏下得一轉語許伊縣崖撒手不妨絕後再甦有麽有麽無語乃云恁麽則山僧不免偺贒禪鼻孔爲諸人出氣去也擲下火苣云火後一莖茅鐵蛇鑽不入

逵竟上座入塔甫歲别我時雪頂龎雙眉今朝歸來日通身赤骨䯊八萬四千毛竅隨皮膚以脫落三百六十骨節似薪盡而火傳就中知得本命元辰落處焯然還他究竟大逵之士其或尙涉遲疑不免爲你聊通綫路雲藏無縫襖月上不萌支

了文二化士入塔左提骨襯云此是了禪頭復右提云此是文白足一人募松江一人化常熟種稻不爲麻植豆還得菽因果旣分明無勞問皐福且道卽今疏簿旣銷因收果結後又作麽生好對春風唱鷓鴣辭雲直入亂峰宿

夫上座入塔平地起骨堆諸人還知來處麽正恐未知山僧不免分明說破薙染金粟生緣平江嘉名錫先子保社知自強衆結鹿城負淵上座栲栳庫司太白賣寶禪師生薑一向心肝似雪從來脊骨如劉正當今日皮膚脫落體露眞常又作麽生井底蝦蟇吞卻月碧蓮池畔睡鴛鴦

瑞駝僧火誰云曲不藏直須信活中有死如今死了卻活頂後神光萬里提起火苣云看看我見燈明佛本光瑞如此

鄂州惟凡禪人起龕平地上死人無數過得

荆棘林方是好手大衆祇如荆棘林已過底又作麽生古佛放光畨不住鐵牛無脚也須行

舉火不著凡情僾聖情吳山楚水競崢嶸而今黄鶴樓奔倒鸚鵡洲蒴月正明急著眼好惺惺消息盡時全體見鐵蛇火裏嚼寒冰

入塔少林卽說得皮髓南嶽亦分眼舌心驀過湘南潭又北盡云一國充黄金提起骨襯云天童者裏要且不肰凡聖目蒴齊包裹從教枯骨作龍唫

雪霽爲持法華三一上座起龕歸源無二路方便有多譚所以法華法一乘而說三羊車鹿車牛車名爲三車其實卽你尋常從朝至莫長廊下佛殿蒴東推西拙一露地白牛之大車也不見道譬如以牛駕車車若不行打車卽是打牛卽是良驥窺鞭見景而行固矣祇如卽今車牛頓息三一俱泯時又作麽生

艸枯鷹眼疾雪盡馬蹏輕

恆徹禪人起龕未得徹頭須索討箇入路不得入路過枉全活尚未死既得徹頭須索討箇出路不得出路到底死了未曾活所以道門裏出身易身裏出門難若是脚下無私漢紅綫斷十景神駒過海南五色祥麐步天岸

舉火般若如大火聚四面不可入般若如清凉池四面皆可入可入也沒處厺不可入也沒處厺祇如全身枉裏許底又作麽生撒手那邊千聖外回途堪作火中牛

本具柴頭火美爾出家晚行業多純恪雨落打艸鞵晴乾圖得著職供爨下薪日向青山斫右提鉏斧芟左搓莕繩縛鳥道負將歸高

低盡蹋著三昧堂堂受用身由來本具𣅀明焯無端擔子折今朝慶快平生真灑落何似嵩山破竈墮豈爭普化搖鈴鐸阿呵呵樂不樂火裏蝍蟟吞大蟲萬里天邊飛一鷂

玄宗明者德入塔梵宮刱就奉玄實畱得袈裟掩赤身今日仍抛青嶂外肯將餘長累平人提起骨襯云且道者一落索又作麼生一毫眾穴俱穿透驚倒閻浮主地神

定澂禪人雪中火大定等虛空真澂無湛沕蕩之兮不提淳之兮不溢塞壑填溝往復來頑皮頼骨常貞實風吹兮不入雨灑兮不溼楞嚴究竟未為堅般若金剛喻何及須俶儻勿啾唧火裏追風木馬嘶瑤天一片成瓊霱

長沙僧丐夫火以火苣打○云圓同太虛無欠無餘僧云乞士爾曰丐夫若據本真實佛祖衆都盧包胎曾不假誰敢强名模名模絶出籠羅烈燄光中撩手行岳陽船子洞庭波

僧曇芳火雲白不長白天青自古青羣英銷歇盡一物鎮長霧長霧一物非根非荄雨暘不受霜雪安摧人間何地栽培得石上曇芳透火開

嶺南憨石火者猶豫太鹵莽昨日室中呈我伎倆臘襖今朝忽肰輕颺未望絶後再穌撩手不妨快喝喝一喝云喫報頑石解翻身從教活麵與火葬

希菴尼起龕一番提起一番新固守玄關坐殺人沒北斗出南辰欲看飛龍千界外密移一步是通津大衆祇如推不向前約不退後底又且如何以拄杖擊龕一下云伸出鐵驢三隻脚倒騎玉象趁麒麟

本祐尼火四大分張後諸緣盡捨離涅槃山側望煙艸正萋迷摧殘峻峭銷爍玄微髑髏乾盡孃生眼萬里神光頂後輝

九鐘黃居士掩土卓拄杖云者一片地從本已來體無向背境絕方隅開闢自生佛已荓莊嚴枉威音那畔非三災之可到豈四運之能遷良由田地穩密故名金剛王寶剎亦名無畏師子幢其穩也三世諸佛便欺不得其密也歷代宗師天下老和尚跨越無門令則山僧收將元本契書兩手付與九鐘黃居士便請四稜著地全身放倒歸涅槃之大宅統汝海以爲家更無此界他方誰分客鄉流寓竹松引畔常露本地風光百艸頭邊全彰腳跟大事直得如月臨秋水枉處光輝似雁過長空景沈無迹所以道處處眞處處眞塵塵盡是本來人眞實說時聲不見正體堂堂沒卻身敲問既沒卻身又且如何是堂堂正體漢地不收秦不管倒騎驢子上揚州客故維揚

人力林子佩火生涯白牓度朝曛荷衆常肩百二斤扁擔今朝親折卻逍遙一似海天雲林子佩知也未由汝往因福不修生來日與苦相磕流離波迸幾多般怙恃無人誰覆蓋託蔭林爲倚賴朝斫青山莫負塗通身白汗流滂沛命何慳孤且胞未登三十早天亾豈是皇天眞不惠聽我言休怨懟以火苣打圓相云唯此一事浩肰均富不有餘貧不匱扛汝船無缺壞大威光歡火摩尼雨寶之時珍徧界劫可燒渠無礙不增不減自金剛身太身來常三昧肩上鍬手中耒喝一喝云者回盡付丙丁翁一筆勾銷窮鬼債擲下便燒

雜著

門牓

旃檀林内般若禪菴非伊蘭之所生維祥麐之攸萃但以近代主法者多惡欲行脚者無正因上欲一切人爲其徒下挾所懷來以必償致令泉石多競囂之士山林尟寂寞之賓職此厲階漸不可長今則天童門下一任路絶人荒菽將三轉語試問諸仁者若能善機罷答許伊共住入堂苟不如斯免相累及太白山高聳旃峰長知你搆他不及祇如玲瓏嵒因甚七穿八穴雙鏡橫開青松夾道猶是放行邊事因甚清關界斷把他流水不住洞山麻三斤雲門乾矢橛南山起雲北山下雨即不問你諸人祇如鴟吻因甚皺卻佛殿脊山僧投老翳峰期於遯世完眞而已雖有衲子數輩皆素所隨從旣不領衆匡徒自當謙辭雲水况室廬湫隘淩處屈辱高賢其有爲法忘軀必欲同入保社者請下三語如果相應方許客司延接一日隔江望見資福刹竿便回尚好與三十拄杖祇如上門上戶合喫多少二曰不出戶身徧十方未入門常在屋裏是伊據箇什麼道理三曰諸人知處良遂總知良遂知處諸人不知試問如何是良遂知處

龍門高啓爲騰碧漢之魚爐鞴弘開豈鑄囊錐之鐵偕曰過江即扶櫂利涉同人苟其索馬還奉鹽曷稱智者况新條非同舊例選佛不類選官參差鄉國一言迢遞白雲萬里欲定當家眞種艸須知格外有玄筌鼻孔昂藏固從苗以辨地目機銖兩庶因語而識人果

朕點著知歸寧惜開關延納若或一籌莫展且居門外艸菴三問既陳聲銷迹道道無橫徑因甚立者皆危一人有口道不得姓氏爲誰過枉什麼處盡大地是沙門一隻眼且道杭州觀察使卽今排衙也未

御札

錫杖還山時縈遠念茲覽音問式慰朕思來伻言旋裁書附往竝有欲語者朕每念淞門輒景先哲知雪嶠大師藏塔卓立雲門後學諸方應共瞻仰比聞山界雖分基址漸圮恐季淩人遠夔毀堪虞今特捐五百金重爲修治雖未必足窣波之費朕經朕一爲整葺人必改觀起敬自不敢復行侵侮矣禪師重念儀型久懷崇飾當勉爲經理承朕敬禮尊宿之義以副夙心故茲特屬禪師其悉之

順治十七季四月

天童弘覺忞禪師語録卷第二十

音釋

窅伊鳥切音杳深遠貌　脃此芮切音毳小耎易斷也俗作脆　䯝浪狄切音歷骨病　芟師銜切音衫刈草也　蝍蟟上節力切卽下憐蕭切音遼蝍蟟蟲名　鳶于權切音緣同鳶鷙鳥也

佛說梵網經直解

姚秦三藏法師　鳩摩羅什奉詔譯
明廣陵傳戒後學沙門　寂光直解

清刻龍藏佛說法變相圖

梵網經直解弁言

言炎炎非夸理空空不頑達人信之餘則大笑焉人生以四大偶聚之身生未經禍亂不識存亡輪報之因不發心地光明之藏不繹諸佛菩薩修證之書不逢大善知識登壇開示宗義信者不槩見而笑者接踵固其所也今天下荼苦蔑以加矣流寇擾戮中原芟刈人命如草菅然揆所元來豈不緣信者之乏人而笑者之弘多乎往見名山大刹中高置猊座登演三車伐大鏞樹寶幢侍從儀仗鵠立左右儼然如古王者禮祇承明訓竦聽伏息此其與功令之畫一將毋同然卒不見浮提之人屠刀釋而見性石頷點而傳燈豈有異故則亦解法者之未繩乎法度世者之未遑自度也余年來薦歷兵戎數經憂患兵燹

之慘觸目痛心念此火坑灰刼何繇以甘露楊枝灑之立躋清凉乎會戊寅秋三昧大師廣集大衆説戒長干現智身於華藏騰應質於娑婆於時浮屠九級放大光明香靄薰空梵音動地都人皈依投體者以萬數薦紳先生暨諸文人名士質疑護法以百千數而余爰得拜於風下西來大意拈示娓娓隨叩洪鐘耳聾卻走嗣是千華室結四衆雲來卽素有非笑我法咸相顧咋舌無敢出聲余以是信師之能以自度者度人慈航寶筏具在是矣昔大雄氏爲一切衆生開心地道或頓或漸罔不基命於戒定慧今使人人立愛惟親消除殺蘖玄夷脫剱黄巾賣刀菩提樹下珠光𪾢𪾢無生本來各有安放佛心地黑風鬼國悉是清淨大千安見此五十八戒中固不已合天人眼而並觀齊大小乘而一致歟吾師金策所駐闡法繁殷以夙所釋梵網經簡閱推詳宣揚妙義字櫛句比不牽枝葉頹曰直解爲信之者廣長舌也若夫金剛寶藏性地圓明妙戒法門修證源本亦無所庸解矣

崇禎庚辰春王穀旦之吉

河間范景文敬撰

進大寶華山三代律師著述奏章

大寶華山慧居寺臣僧福聚謹

奏爲恭懇

天恩收錄末學事臣僧山野庸愚仰承

皇上宣暢律宗誠千載罕遇之奇緣使歷

代佛祖增輝億萬緇流載德由是臣

僧念本山第一代臣僧寂光著有梵

網直解四卷二代臣僧讀體著有毗

尼止持十六卷毗尼作持十五卷三

壇正範四卷三代臣僧德基著有毗

尼關要十六卷誠乃戒律之楷模可

爲苾蒭之綱領今蒙

聖恩重修大藏敬降三代著述上懇

天慈收錄末學編入大藏續如來之慧命

作後學之津梁臣僧福聚躬闡

殊恩不勝感格之至謹

奏

雍正十二年五月初二日

上命莊親王同超善自塏等將此書校閲

明白編入大藏

本月十七日

上問莊親王止持五部等書入藏之事

莊親王覆

奏臣同超善自塏商議華山三代所著

戒律堪爲入藏但此内或有删去者

酌量删去明白奏請入藏於本日奏

上諭若有删改者著令福聚代往回南删

改明白送到之日請旨入藏欽此

乾隆元年十二月十八日啓

和碩莊親王

和碩和親王
寶華山住持僧福聚謹
啓爲恭懇
慈恩轉達
天聽事福聚山野庸愚恭逢
聖世宣暢律宗重修大藏於雍正十二年
五月初二日在京請將華山律宗五
部收錄入藏欽奉
世宗憲皇帝俞旨將此書著令福聚帶回南
去刪改明白俟送到之日起旨入藏欽此
欽遵福聚還山焚香恭禱佛前敬述
聖恩詳閱梵網直解四卷毗尼止持十六卷
毗尼作持十五卷毗尼關要十六卷
咸屬戒行之楷模僧人之律典解釋
詳明毋庸增註條分縷細無可減刪

福聚愚昧實不能增損一字惟三壇
正範四卷乃闡揚作持部内未盡精
微存之雖似涉冗繁刪之則作持部
内又少發明恐後學難於領會福聚
回南之時曾將此書留存一分於藏
經館今應否將三壇正範四卷刪除
抑或並存伏候
欽定福聚恭逢
天降佛緣廣敷善願率士僧歸戒律敬懇
慈恩轉呈
天聽一併編入大藏永垂萬世伏乞
王爺恩賜轉
奏謹
啓
總理藏經館事務臣允祿弘晝謹

奏爲請
旨事據寶華山僧人福聚稟稱雍正十二
年五月初二日在京請將華山律宗
五部收錄入藏欽奉
世宗憲皇帝俞旨將此書著令福聚代回南
去删改明白俟送到之日請旨入藏欽此
欽遵福聚還山詳閲梵網直解四卷
毗尼止持十六卷毗尼作持十五卷
毗尼關要十六卷咸屬戒行之楷模
僧人之律典解釋詳明毋庸删減但
三壇正範四卷乃闡揚作持部内未
盡之意今應否删除抑或一併賜入
大藏等語臣等令僧人超盛等詳加
查看得三壇正範四卷其受戒儀軌
與作持部内實屬重複等語查三壇
正範既與做持部内重複應行删去
謹將華山律部五種一併恭呈
御覽伏候
欽定爲此謹
奏請
旨
乾隆二年正月二十六日交奏事太
監王常貴等轉
奏於本月二十八日奉
旨照所奏入藏欽此
於乾隆三年十二月十五日大藏工
竣乾隆四年六月二十六日欽奉
聖旨頒發藏經於乾隆五年五月初七日
江甯織造臣韓四格専誠齎送
龍藏一部計七千二百四十五卷到寺臣

僧福聚欽遵供奉望
闕謝恩今將臣僧所進本山三代律祖著
述七函欽依
頒奉卷次敬謹編刊方策板存寶華律社
用廣流通以此
功德恭爲
今上皇帝祝延
聖受無疆仰願
皇圖鞏固
帝道遐昌
聖日與佛日長明
金輪同法輪齊轉
乾隆五年八月十三日司律寶華第
七世欽命傳戒
賜紫沙門慧居寺住持臣僧福聚恭紀

欽定龍藏梵網直解卷帙字號標目

勞字號一之十

卷一
上之一
弁言至故云不共

卷二
三華光請釋至更廣說之

卷三
二明十行義志

上之二
故云深深心解脱也

卷四
四達心位至二文所説

卷五
四體性爾談地至無二相矣

卷六
下之一
二明心地戒至詞旨切矣

卷七
三正結戒品至可不愼歟

卷八
二説輕溶相至亦復儒是

卷九
下之二
第二十一瞋打報仇戒至尚爲略也

卷十
第四十揀則授戒戒至後跋

佛説梵網經直解卷第一

姚秦三藏法師鳩摩羅什奉　詔譯

明廣陵傳戒後學沙門寂光　直解

菩薩心地品之上

○直解大意五　初釋經題目

二釋譯人名　三釋經品題

四明分科義　五正解經文

○初釋經題目

佛説梵網經此一經之題也得此數字標題即知如來出世説法之本懷洞明全經之大旨矣直解經題有總有别總謂佛指説梵天宫中嚴飾身殿之網羅幢以喻心地法門之戒經别釋有五一明能佛説二明所説義三合明佛説四指喻表法五結歸其名一明能説佛者梵語佛陀華言覺者謂覺身心大幻究竟諸法性相故覺有三義一自覺異凡夫二覺他異二乘三覺滿異菩薩云何自覺異凡夫以凡夫墮煩惱網我見為網為因六根攬諸塵背梵行趣五欲縱三毒輪六道等衆目齊彰不能自覺惟如來從凡夫發心本佛性戒悟自性之真空了惑業之虚妄功成妙智廻脱根塵故異凡夫云何覺他異二乘以二乘愚無明網空見為網則厭生死取涅槃憎三界惡四生惟自寂遠大心等衆目齊彰不能覺他惟如來離色數量證平等智得法性空運無緣慈入魔佛界廣化衆生離苦得樂故異二乘云何覺滿異菩薩以菩薩留識情網愛見為網則起大悲度衆生歷五位修萬行破無明分證理等衆目齊

彰覺未能圓惟如來心色俱離根本智顯五住盡二死亡三覺圓萬德備在天為天中天在聖為聖中聖故異菩薩號曰究竟覺了之佛如來具足十號今舉一號則十號齊彰此佛即娑婆世界說法之教主也二明所說義者說者悅也有自他之别謂佛所證法生佛平等時以四辯應機而說暢悅所懷謂之自悅衆生聞者頓明佛性得受佛戒即入佛位心悅所聞謂之他悅故曰說者悅也三合明佛說者通論說法有五種人謂佛菩薩天仙化人皆能說法言佛說者以心地戒法乃覺皇金口親宣非餘者能說故又法報化佛皆能說法此經屬何佛說按義推之乃依法身根本智起後得智現報身為說法王報身化千釋迦千百億釋迦為聽衆舍那復勑千釋迦千百億釋迦於諸世界為說法主人天凡夫等為聽衆其本佛迹佛隨地隨時隨機所說傳無異詞唯一梵網法門五十八戒百千法門皆此梵網之衆目是知三身應機有異其體本同此梵網經乃三身佛同說也千臂經亦同此義四指喻表法者經云時佛觀諸大梵天王網羅幢因為說無量世界猶如網孔一一世界各各不同别異無量佛教門亦復如是梵網喻也喻無量等法也言大梵天王宫中之網羅幢名因陁羅網唐言天赤珠此網有千重而有千光其光各各相攝不相妨礙緣此天王因中修梵行果感梵天寄位因中修衆德果感梵網莊嚴時佛於彼天說法欲標題

流布一觀此網光色重重有似法門理事互攝之象故以無量網孔喻無量世界喻無量衆生心喻無量佛教門喻無量菩薩差別階級喻無量諸佛受用境界以此一喻而攝多義故從喻立題也經文言世界法門正攝衆生心若無一切心何用一切法擴而推之無量大小橫竪網孔喻無量寬窄仰覆世界而無量世界繇衆生無量心行所成佛説無量大小乘教門無數賢聖差別階級皆隨衆生心垢輕重方便施設如是四聖六凡皆因緣所生之法了無實體繇衆生不了自性故勞一舍那千釋迦千百億釋迦佛出廣長舌橫説竪説塵説剎説熾然説謂之心藏地藏戒藏無量行願藏因果佛性常住藏與奪橫施皆本衆生心不出梵網一喻也若有宿根大力量人一聞此説即秉金剛光明寶戒耀定慧鋒裂諸見網則當下灼見梵網之珠象不同而光光互射世界各別而不壞一眞衆生心異而性本無差業惑紛綸而各無自相聖賢科第等差而總一佛乘我佛教門雖殊而理無二致如是乃至胎卵濕化皆本清淨菩提之心了無妄境而色法心法常無常法一切衆生數量等法與夫空觀假觀中道智理觀行輕重開遮止作持犯無量權巧法門蕩然一空獨露戒光爲自持用又何勞釋迦放光聳接玄通問果行因舍那詳答心地經家據旨立題羅什最後譯傳道影道融書布祖祖授受不絶與今直解發演其義哉雖然戒光圓攝至

理無言當知世尊向無言說中說說而又說而直解向無解中解解而又解者不無歸宿如佛說二字乃果人所具之才辯梵網二字乃因人所具之莊嚴若能回真向俗始知佛佛說梵網以度人若能回因向果始知人人持梵網以成佛所謂因該果海果徹因源如是即以海墨書文不盡題意但撮其要只欲吾人初從凡夫持心地戒中而寄位梵天此天上隣四空下接六凡菩薩居此天中上弘下化積刧修因後成佛果三身圓現亦於此天說梵網經也五結歸其名者世尊所說一大藏時教總名修多羅亦云修妬路素怛覽華言契經上契諸佛之理合道而言下契衆生之機逗根而說故曰契經亦云線言理發於文如線貫花亦若梵網珠像有異絲線貫絡以成譬夫三十心十地十重四十八輕戒法有異絲一佛戒貫攝以成亦云經者徑也如人行正路直抵中堂譬夫持光明金剛寶戒徑成佛道亦云湧泉亦云繩墨此皆隨義立名扣其擊節總不出貫攝常法四字貫者貫串諸法之旨趣攝者攝持所化之機宜常者古今不變法者凡聖同軌上四字所詮之義下一字能詮之文能所合目為題故名佛說梵網經

○二釋譯人名

姚秦三藏法師鳩摩羅什奉　詔譯

姚秦者秦國之主姓姚名興標明代氏揀非符秦時也三藏等者乃譯師之名德三藏即經律論經詮一心常住不變之理律

規三業體淨無為之道論褻是非刋定邪正之規法師即佛法所屬也謂此大師學解三藏以法自師以法師人就德彰名故曰三藏法師鳩摩羅什華言童壽師童年而有耆德故云童壽什者謂善識此方文字知識七佛以來譯經師也奉詔者奉秦王之詔命而翻譯此經故譯者易也易梵國之語成華夏之言華梵並舉合目為題故云鳩摩羅什奉　詔譯

○三釋經品題

菩薩心地品之上

此一經之品題菩薩二字半梵語具云菩提薩埵華言覺有情西域好廣此方喜略惟存菩薩義含提埵乃上弘下化之人也心地二字總有二義一當本經而言心即三十心地即十地二指法而言即是衆生本元心地謂此心地能攝世出世間法故世間法即六凡謂諸天世人修羅地獄餓鬼畜生出世法即四聖謂聲聞緣覺菩薩諸佛凡聖雖殊而此心地原無差别但以迷悟淺深有凡聖次第大小之殊如迷此心地造五逆十惡等因故有地獄如慳貪嫉妬等因故有餓鬼若亂倫理欺罔騙害等因故有畜生如受三皈五戒等因故有人道如眞心作福剛强卒惡等因故感修羅道精修十善習學禪定故生天道聞四諦聲悟入故名聲聞作還滅觀了緣生空故名緣覺智理觀行自利慈悲喜捨利生故名菩薩歷三祇圓萬行空五住破二死故名如來如是四聖六凡之十法界皆本

心地中迷悟差別若能一念不起頓契無生則凡聖迷悟當下銷殞故菩薩悟此心地現自受用而又以此心地教一切衆生現他受用蓋此心地乃一切衆生分上日用尋常六根門頭自受用境界緣無明封蔀不自覺知諸佛所證證此菩薩所修修此衆生所迷亦迷此如來愍念與慈運悲往來三界八千餘返秖為發明一切衆生本有心地唯欲衆生依此心地禀受金剛光明寶戒為本修因故下卷云一切佛本源一切菩薩本源佛性種子一切衆生皆有佛性一切意識色心是情是心皆入佛性戒中當當常有因故當當常住法身所以説衆生受佛戒即入諸佛位佛戒者即衆生心地光明金剛寶戒也世尊初從妙光堂終至首羅宮十處説法次第敷演結歸究竟心藏地藏戒藏無量行願藏因果佛性常住藏總而言之名曰心地法門故命品題曰心地品品者類也衆類相從之義此經大部一百一十二卷六十一品此當第十菩薩心地品此一品之文分為二卷上明菩薩理智觀行修證階級即三十心十地也下明菩薩心地戒法輕重開遮止作持犯即五十八戒也卷有上下之分此卷居上故曰品之上

○四明分科義

凡經皆有序正流通三分序分者序一經之來源彰説法之緣致正宗者明一經之宗旨逗衆生之機宜流通者繼遐芳於萬古俾化導之不絕也序分有通有別通謂

諸經通用以諸經之首皆有如是我聞一時佛住某處與某大衆俱一切經初同有此序故名通序别謂當經發起以諸經縣致各有緣起不同故各别序此經心地品既在大部六十一品中當第十品唯屬正宗通序居首品流通居末品故無如是我聞等句若唯約本品首尾文義之中而分序正流通者一序分從爾時釋迦牟尼佛在第四禪地中起至問此光光為何等相止二正宗分從是時釋迦即擎接此世界衆起至下卷四十八輕止三流通分從諸佛子聽十重四十八輕戒起至於卷終此一經大科之義也

○五正解經文三　初明序起分　二明正宗分　三明流通分

○初明序起分四　初化佛説法　二放光現瑞　三覩光生疑　四玄主集問

○初化佛説法

爾時釋迦牟尼佛在第四禪地中摩醯首羅天王宫與無量大梵天王不可説不可説菩薩衆説蓮華臺藏世界盧舍那佛所説心地法門品

此叙説心地法門品之由致也爾時者即無量天人菩薩大衆集會之時釋迦牟尼佛者標能化之主梵語釋迦牟尼義翻能仁寂默釋迦譜淨飯王云我子釋迦以能仁表姓德寂默顯理致又能仁不住涅槃寂默不住生死又名能忍仁者忍也以聞善不即喜聞惡不即怒能舍忍於善惡故又於無生寂滅忍可忍證故云忍也又名

能儒更有多義文繁不録雖有多義總之隨行隨德以彰名也在第四禪地中者標所住之處以顯法最勝也在者住也謂以如法安住而住所謂應如是住也第者次第謂三界共九地欲界為一地名五趣雜居地色界有四地初禪名離生喜樂地二禪名定生喜樂地三禪名離喜妙樂地四禪名捨念清淨地無色界有四地一空無邊處地二識無邊處地三無所有處地四非非想處地此當色界第四禪捨念清淨地中乃摩醯首羅天王所住之處亦名有頂天又名色究竟天法雲地菩薩多寄住於此處説法摩醯首羅華言大自在又云威靈或云三目此天為三界尊極之至輔行記云色界天王三目八臂騎白牛執白拂有大威力居菩薩住處能知三界雨滴之數統攝大千世界於色界中此天獨尊即統諸大梵天王之主也佛欲顯此心地道戒甚深秘密清淨大法獨尊無上故在此大梵天王宫中内庭而説也與無量等者標聽法之衆顯佛威德也與無量大梵天王者以一四天下有十八梵天百億日月等有百億大梵天王故曰無量大梵天王也不可説不可説菩薩衆者言法會聽衆非是算數所知以表此法惟大根人堪當與説故説蓮華臺藏世界者指受法之處盧舍那佛所説者明授法之人説法有宗傳其本也梵語盧舍那此云淨滿諸惡淨盡衆德悉滿此即圓滿報身佛下卷廣明其義心地法門品者心地品解見上文

法者執持之義門者通達之義謂依法修行直至佛地所謂十方婆伽梵一路涅槃門又圓覺云有大陁羅尼門等故下卷云汝諸佛子轉我所説與一切衆生開心地道次第説我上心地法門品受持讀誦一心而行又千釋迦千百億釋迦受持而去各各放光光中化佛獻華供佛又從定而入復從定而出或次第説或頓圓説葢謂得此門者若隱若顯若出若没隨心開合權實自在故云法門也

〇二放光現瑞

是時釋迦身放慧光所照從此天王宮乃至蓮華臺藏世界

此叙發起之緣也如法華欲説諸佛一乘實相故世尊先從眉間放一道白毫相光光中圓現法界事相生佛始終為發起之緣此經欲説心地希有妙法世尊必現希有瑞應故先身放慧光為開發之緣也此光全身顯露是本有如如智慧果德光明緜戒定力而生然此智光非諸佛獨有一切衆生皆具但以無明執着不能證得故世尊以種種方便放種種光明説種種戒法無非發明人人本有心地戒光若能會得此光非從外來者即獲自已無明窟中戒定慧光與三世諸佛等無差别矣從此天王宮乃至蓮華臺藏世界者示慧光所照之處顯情與無情無非一光所攝盡也

〇三覩光生疑

其中一切世界一切衆生各各相視歡喜快樂而未能知此光光何因何緣皆生疑念無

量天人亦生疑念
此正敘明發問之端也其中一切等者總舉依正二報即指天宮華藏之兩間中凡係佛光所照一切世界所有一切衆生莫不各各相視其光歡喜快樂也類數無量故名一切衆法相生故名衆生此光昔無於此忽覩故各各相視既覩其光必獲饒益故曰歡喜快樂而未能知此光等者實光雖覩塵相未空肉眼凡夫徒被其照故未能知此光因緣豈惟慱地衆生皆生疑念即有身光之無量天人心慧昏蒙於佛身光莫知所出亦生疑念也上敘人天不達佛光因緣之所以竟

○四玄主集問 二 初起定放光　二衆集發問

○初起定放光

爾時衆中玄通華光主菩薩從大莊嚴華光明三昧起以佛神力放金剛白雲色光光照一切世界

爾時者即人天生疑作念之時衆中等者此舉衆明當機也衆有四一當機衆二發起衆三影响衆四結緣衆此菩薩是華藏海會不可說不可說四衆之中當機首領大菩薩衆也佛放此光甚深微妙難解難知非具大智慧者不能曉了惟此菩薩具大行華智慧明妙通達此光之道能為衆中作唱導之主以德彰名故云玄通華光主菩薩從大莊嚴華光三昧起者此明因依果起義大即體大莊嚴即相大華光明即用大乃法報化三身之圓果也又莊嚴

表果華光明表因謂因果齊彰主伴重重義莊嚴法身果海有三一六度萬行二一切智慧三第一義諦其中華乃行華即福德莊嚴光明乃智慧即智慧莊嚴三昧乃正定亦名正受即第一義諦莊嚴此三克備故名大莊嚴此菩薩住是定中即從是定而起又大莊嚴三昧即大定之别名如來妙定有百千萬億恒河沙等三昧總之無量三昧皆從此一三昧流出而一切法身大士咸住此三昧法性土中應緣即現故云從大莊嚴華光明三昧起也菩薩請問大法必仗如來神力加被放光召衆方能發起智問是故以佛神力放金剛白雲色光者正顯心地光明金剛寶戒照用之義言此戒光能破性障故曰金剛淨智如幻故曰白雲色又菩薩在因惟素法身故曰白雲色也光照一切世界者顯此光照處周遍圓融而無障礙又顯聖凡依正總是一光所攝葢釋迦如來身放慧光即舉果以明因今華光主菩薩全身所放白雲色光即因中境界舉因以該果所謂因該果海果徹因源也此菩薩正欲令諸衆生知因識果冀果修因必以本光明金剛寶戒為因地心方證本法身智身功德身之慧果也向下釋迦請問舍那酬答正顯即果即因即因即果因果不二之義

○二衆集發問

是中一切菩薩皆來集會與共同心異口問此光光為何等相

此敘問果明因義也是中等者謂因玄主

放光光照十方世界是十方世界中一切諸大菩薩以此光明皆來集會不約而同法華云尋光共推之亦此義也與共同心者因光悚動同示一疑而問故異口者人各有身口隨身異故問此光光為何等相者即問釋迦如來全身所放慧光之相此光即果中境界前衆生未發菩薩心秖疑因緣故曰何因何緣此諸菩薩是因中人只問果中之事故曰光為何等相何因何緣即下釋迦請問舍那云一切衆生為何因緣得成菩薩十地道等文之案光為何等相即下請問當成佛果為何等相之案此序分竟

○二明正宗分二　初明心地道　二明心地戒

○初明心地道四　初化佛代請　二舍那酬答　三華光請釋　四舍那酬釋

○初化佛代請二　初攝生還本　二正請決疑

○初攝生還本

是時釋迦即擎接此世界大衆還至蓮華臺藏世界百萬億紫金剛光明宫中見盧舍那佛坐百萬億蓮華赫赫光明座上

此敘攝用歸體生佛無差之義是時者即此人天大衆諸菩薩請問之時釋迦是能化之迹佛即擎接此世界大衆者乃所化之生也在上曰擎在下曰接即擎接此光光所照一切世界中生疑集會有根性之大衆也言還至者謂此釋迦與諸菩薩一切衆生元從華藏世界舍那本迹心地戒

中一光流出今復還歸本體故蓮華臺等者即舍那本迹之處蓮華臺藏世界詳在後文億有四億百億千億萬億萬萬億此乃四億中百萬億也紫金剛光明表菩提智境宫中表涅槃理境謂理因智明智繇理發以理冥智以智契理理智圓融法報無礙報化圓融迹本不二故見盧舍那佛者釋迦旋歸本界覿面相覩親見本師法身智身境界回光返照即本來面目自巳舍那不從外得坐百萬億蓮華赫赫光明座上者即舍那所坐之座此座以蓮華者蓮之開敷表權實雙彰義在後詳釋赫赫光明者赫赫即光焰熾勝之貌光明乃智慧照用之相謂智能破惑表如來於因地中以智慧燄燒煩惱薪障惑盡淨智理全彰故感果中報德住此蓮華赫赫光明之座自安安人也俱名百萬億者即千釋迦千百億釋迦光明蓮華圍繞舍那宫座故云百萬億赫赫蓮華光明之座此明三身圓會之相華嚴廣明百萬億相

○二正請決疑

時釋迦及諸大衆一時禮敬盧舍那佛足下已釋迦佛言此世界中地及虚空一切衆生為何因緣得成菩薩十地道當成佛果為何等相如佛性本源品中廣問一切菩薩種子

此釋報化假設問答以顯説法之本旨也時釋迦至釋迦佛言數句敘請法之儀則表三業虔誠也禮佛足身業之誠釋迦佛言口業之誠身口并致意業之誠諸佛請法尚具此儀餘請法者自當尊重也此世

界中者即娑婆世界中也地及虛空者地即人間虛空即天上一切衆生即釋迦如來攝接人間天上一切世界中覩光生疑根熟衆生也為何因緣得成菩薩十地道者因緣即因行道即佛果意謂一切衆生發菩提心返妄歸眞欲修佛道畢竟以何因行方至佛果此第一問即前天人疑何因何緣之意當成佛果為何等相者意謂當成佛果之時畢竟何等境界是第二問即上華光王放光集衆同心異口問此光光為何等相之意請問因緣并何等相向下舍那一一領答詳明此是略問在大部內如佛性本源品中廣問一切菩薩種子佛性即菩提心乃本覺義言此覺體曾未還攺在衆生分中名曰佛性在非衆生分中名曰法性今舉在因故名佛性菩薩種子即因地心也此化佛代問文竟

○二舍那酬答 三 初總答心地　二廣答釋名　三結答問義

○初總答心地 四 初顯示定相　二誡聽思修　三陳自因行　四舉自果相

○初顯示定相

爾時盧舍那佛即大歡喜現虛空光體性本源成佛常住法身三昧示諸大衆

前釋迦身放慧光為發問之端是果中明因次立主身放白雲色光集衆興疑是因中明果今舍那答釋心地之道不在別處就是我與釋迦菩薩衆生若凡若聖若因若果總是一道光明無二無別故將自已一段受用境界滿盤托出示與諸人面前

要令人人直下承當返本還源識得自巳本有光明金剛寳戒菩提涅槃真如佛性圓滿具足無欠無餘故將定光示諸大衆也爾時者即釋迦請問時也即大歡喜者謂宣説此心地法門能令一切衆生永離諸苦得究竟樂正是世尊本懷故大歡喜現虛空光體性者光即本體智光言智體即法身法身本無形相本無來往本無遷改猶若虛空無動無揺萬象森羅於中顯現以智性即色故能現於色然以華光任運若隱若顯不離法身故曰虛空光體性也本源成佛常住法身三昧者如木之有本水之有源一切諸佛一切菩薩修因證果無不依此本源智定為因地心成佛常住法身道果以顯三身圓現一光也示諸大衆者即以此本定光示諸衆生使悟入也

○二誡聽思修

是諸佛子諦聽善思修行

此舍那如來詔告當機法會大衆誡聽勉進思修意也是諸佛子者佛為慈父紹佛曰子諦聽等者即聞思修三慧諦者審也聽者領也謂諸大衆佛子若不審諦誠信而聽則所聞之法心不相應心法既不相應心慧妙行何繇發起故曼殊大士於楞嚴會上獨選耳根圓通為妙耳門所謂此方真教體清淨在音聞欲取三摩提實以聞中入故先誡聽也善思修行者謂善能體會所聞之法如聽而思如思而修也若不如聽而思聽則無益不如思而修思亦

徒勞所謂如人數他寶自無半錢分於法不修行多聞亦如是故復誡思修也必須如是諦聽如是善思如是妙修方契如如實相心地法門光明金剛寶戒

○三陳自因行

我已百阿僧祇劫修行心地以之為因初捨凡夫成等正覺

此舔化佛初問一切衆生為何因緣得成菩薩十地道故報身佛述已過去所修所證為答也阿僧祇華言無數梵語劫波此云分别時節又云時分我已百阿僧祇劫即佛已修因證果之時分長遠也修行是心地即下文所明三十心十地也以之為因者正謂欲得道果無有别法即以此本心地法門而為因也前問中雙請為何因緣答中不言緣者乃因中具有緣義故其義有三一本有光明金剛寶戒乃正因心二依教法起觀修行心地法門是緣因心三無明淨盡眞如理圓究竟無上菩提歸無所得即了因心初捨凡夫即始覺破滅相無明百阿僧祇劫修行三十心即漸次覺破異相無明修行十地即隨分覺破住相無明成等正覺即究竟覺破生相無明我佛時歷百僧祇方得五住究盡豈今妄誕之人一朝一夕微因微緣小功小行一知半解無明煩惱貪嗔我慢一毫未除而言頓超佛道者也瓔珞經云一切諸佛不經三大阿僧祇劫得成無上正覺無有是處仁王般若亦同此義先悟毘盧性海後行普賢行門旨哉言乎

○四舉自果相二　初總明果相　二別明果相

○初總明果相

號為盧舍那住蓮華臺藏世界海

此蓋第二當成佛果為何等相之問故以已初捨凡夫時修習心地乃至成等正覺以如是等因如是等緣如是等果而成如是等相以答之也言號為者因中自有師佛記莂其名因行未滿只名菩薩覺行既圓成等正覺故號為盧舍那佛也住蓮華臺藏世界海者華藏世界大香水海中有一華臺世界如蓮華形故名蓮華臺藏世界海華嚴經云有二十重華藏世界海皆在無邊妙華大香水海中此世界種乃是毘盧遮那如來往昔於此界中微塵數劫修菩薩行親近微塵數諸佛時所嚴淨今感果住此也而此娑婆世界正當華藏第十三重有十三佛剎微塵數世界圍繞問據華嚴云即是毘盧遮那如來出現之處此經所云盧舍那佛住蓮華臺藏世界海二經何別答毘盧遮那法身也盧舍那報身也法身托報顯報身因法成若非法身無以有報身非報身無以顯法身乃知法報不分三身圓現不即不離非一非異二經不別是故盧舍那佛住蓮華臺藏世界海即毘盧遮那佛住蓮華藏莊嚴世界海也海有十德總而言之淵深廣大包含萬物無德不備無相不現流出一切融攝一切即千釋迦千百億釋迦依報正報無不從此華藏世界盧舍那佛心海中流出此

上二節總答因果二問問何等因即最初悟此心地光明金剛寶戒爲因問何等緣即依法修行三十心十地爲緣問何等果即成等正覺爲果問何等相即依正莊嚴二報爲果相也

○二別明果相二　初從體起用　二攝用歸體

○初從體起用

其臺周徧有千葉一葉一世界爲千世界我化爲千釋迦據千世界後就一葉世界復有百億須彌山百億日月百億四天下百億南閻浮提百億菩薩釋迦坐百億菩提樹下各説汝所問菩提薩埵心地其餘九百九十九釋迦各各現千百億釋迦亦復如是

上總示果相明依正之體此別示果相明依正之用也其臺即大香水海中之一大蓮華華中有一蓮臺臺上有一佛佛即舍那本佛乃正報身佛也臺即舍那所居華臺乃本迹佛身依報國土也其本華臺周徧有千葉圍繞而每一葉爲一世界故成千世界此顯本迹依報又現爲迹佛依報之世界也我化爲千釋迦等者我即舍那自稱揀非權小凡外之我此顯本迹佛身又化迹佛之身現爲迹依界中教主此一一界中佛皆舍那化身故曰我化爲千釋迦據千世界後就一下顯迹依土又化爲迹迹佛身依報國土也言後就一葉等者即千葉中拈最後一葉而例言之此一迹華又現爲百億之華每一一華爲一一世界故有百億世界每一一世界中有一一

須彌山故有百億須彌山梵語須彌此云妙高以衆寶所成出過諸山故每一一須彌山有一一日月繞須彌盧故有百億日月每一一日月一日一夜遊四天下故有百億四天下每一一四天下有一一南閻浮提故有百億南閻浮提梵語閻浮此云勝金以樹流金汁河出金沙故百億菩薩釋迦者此又顯迹佛之身而又現迹迹佛身即千釋迦一一化現百億釋迦爲當機故云百億菩薩釋迦坐百億等此總結顯如來婆心示現受生出家成道轉法輪度衆生義一一釋迦皆示現八相成道二始同時皆不離菩提樹而昇四王忉利乃至梵天皆説舍那所傳心地法門皆放身光鼓動人天故曰坐百億菩提樹下各説汝所問菩提薩埵心地也其餘九百等者上拈千華中一華示現千佛中一佛示現其餘九百九十九釋迦又作云何其一華一佛既如是示現則餘九百九十九釋迦依正亦皆各各示現乃至請問心地法門亦復如是無二無別

○二攝用歸體

千華上佛是吾化身千百億釋迦是千釋迦化身吾以爲本源名爲盧舍那佛

此舍那知凡小不能通達即體之用而謂實有本迹應迹之分故言千百億釋迦是千釋迦之化身千釋迦是舍那之化身也上其臺等是明從體起用即即體之用此明攝用歸體即即用之體正明體不離用用不離體體用不二故曰吾以爲本源名

為盧舍那佛上廣答果相竟

○二廣答因相二 初標牒問詞 二釋心地名

○初標牒問詞

爾時蓮華臺藏座上盧舍那佛廣答告千釋迦千百億釋迦所問心地法品

爾時者當爾發明本迹徧現攝用歸體之時廣答者對上略答而言上只略答我已百劫修行心地又恐法衆不知是何等心地故標牒問詞下詳答之

○二釋心地名四 初釋十住名 二釋十行名 三釋十向名 四釋十地名

○初釋十住名

諸佛當知堅信忍中十發趣心向果一捨心二戒心三忍心四進心五定心六慧心七願心八護心九喜心十頂心

此釋十住心名德位也諸佛當知者謂千釋迦千百億釋迦令為當機故詔告之堅信忍中十發趣心向果者地持經云十住十行名種性住種即種子有發生之義性為性分乃自分不改之義以初住位即中道種成就安住其中無有退失數數增進故名種性住瓔珞經云三賢十地等妙諸菩薩分為六位各具性觀慧堅忍五法每一法隨六位分為六種此十住位於六性中此名習種性習謂習學研習空觀破見思惑故於六觀中此名住觀住即安住謂心會於理名住觀即觀照謂觀察諦審一切諸法緣生性空名觀即修習空觀之理蕩一切法二義合言故名住觀於六慧中

此名聞慧達耳曰聞分別曰慧因聞中道之理而生一切無漏智慧能了一切法離二邊相旋轉聞根故堅信忍中者乃有二義堅者於六堅中此名信堅信即信心堅即堅實謂信一切法皆即眞諦無毀壞故忍者於六忍中此名信忍信即信心忍即安忍謂信一切法皆悉空寂能於空法忍可忍證以二法合言名堅信忍也中者言此堅信忍中有十種人俱發上弘下化廣大之心趣向佛海無能退轉起信論云分別發趣道相者謂一切諸佛所證之道一切菩薩發心修行趣向義故略說發心有三種一信成就發心二解行發心三證發心此信成就發心者依不定聚衆生有熏習善根力故信業果報起厭離心求菩提道得值諸佛親承供養修經萬劫信心成就或佛菩薩教令發心或以大悲願力或因護法因緣能自發心如是信成發心入正定聚畢竟不退名住如來種中正因相應故名信成就發心又發心有三種一者直心正念眞如法故二者深心樂集諸善行故三者悲心欲拔一切苦故如是發心皆得不退故云堅信忍中十發趣心向果何名十心一者捨心捨即施捨無所悔惜之義謂以內法外法一切皆捨通達無爲無相入空三昧故二者戒心戒即戒律護善遮惡之義謂以一切善惡諸法無集無受一切性離一道清淨故三者忍心忍即忍可安忍不動之義謂以無相慧忍入一切空空忍一切法如忍相不可得故四者

進心進即精進趨向無退之義謂以四威儀中登無生山入空入假亦無二相進分善根故五者定心定即禪定不昏不散之義謂以心念寂然滅一切罪生一切善故六者慧心慧即智慧照了無礙之義謂以不可說觀慧智入中道一諦理無明障破皆為慧用故七者願心願即願樂上求下化之義謂初發求心中間修道行滿願足佛果便成故八者護心護即護持善能隄防之義謂以無相護護使諸外道八倒不嬈正信以護根本法體集散不可護故九者喜心喜即歡喜離苦得樂之義謂見他人得樂常生喜悅靜照樂心緣一切法故十者頂心頂即人頂無過於上尊貴之義謂以最上頂智滅無我輪斷除十使不受

六道果住頂三昧正定發行趨道性實不離正信故自此十心圓明空觀成就理性漸顯真諦不立從此解脫趨進行位也瓔珞經云以銅銀金琉璃水晶碼碯之六輪對住行向地等妙之六位以輪對者具有二義一運轉二摧碾謂佛菩薩運轉於大法輪則能摧碾衆生之惑業故因斷惑證真各有淺深次第不同故以六輪對六位也問此十住位以何輪對答以銅寶輪對何故以銅蓋似金色不具金用雖無鐵之塵垢而獨有渣滓在若乃煉磨攻治則能成諸器皿濟用於世謂十住諸菩薩惟修空觀斷見思惑如離塵垢四十二品無明之中十住位人斷前滅相一品異相十品若前異相十品未能斷盡如銅之有渣滓

惑既分斷德亦分顯故能隨體起用隨類現形化諸衆生如器成濟世故以銅寶輪對十住位

○二釋十行名

諸佛當知從是十發趣心入堅法忍中十長養心向果一慈心二悲心三喜心四捨心五施心六好語心七益心八同心九定心十慧心

此釋十行心名德位也此位於六性中此爲性種性謂乃雖證本性眞空而不沉住空理即能分别諸法開化衆生使令入佛道故於六觀中此爲行觀行爲修行以修習假觀行立一切法二義合言故名行觀於六慧中此名思慧思謂審思勝思决定思慧即擇法覺慧以思惟中道理發生無漏智慧開化衆生二義合言故云思慧諸佛當知二句結前入堅法忍中等起後前住云堅信忍此行云堅法忍何也即前所修理法理繇信入信繇理起是故前云堅信此云堅法於六堅中此名法堅謂知諸法皆即俗諦無毀壞故於六忍中此名法忍雖知諸法皆空無所有相而能假立諸法以化衆生於假法中忍可忍證以此二法合言故名堅法忍也此位以前十住眞理深入玄妙菩提妙行依理而起運四無量之心行四攝法饒益衆生長養聖胎成就聖德向佛果海故云十長養心向菩提果何名十長養心一者慈心愛念衆生化被一切能生正性不繇魔教使得樂果故二者悲心愍念衆生以悲空空無相自滅

一切苦與一切衆生平等一樂起大悲故三者喜心慶他得樂空空喜心令諸衆生入正信捨邪見背六道苦故喜四者捨心周給無悋無造無相空法中如虛空自他體性不可得而無生心常修其捨五者施心普惠無惜身施口施意施財施法施教導一切衆生無心行化達理達施一切相現在前行六者好語心所説皆善慈愛語言攝化衆生常行如心發起善根七者利益心勝行化生實智體性廣行智道現行六道不以為患但益人為利八者同心隱同攝化以道性智同空無生法中以無我智同生無二入諸六道身相行業一切事同以入同法三昧九者定心印持無亂以一念靜慧觀空無能擾動了見一切衆生我人種子皆無合散集成起作不可得故十者慧心照徹無礙觀諸邪見結患等縛無決定體性是心入起空空道發無生心自此十心行行無違定慧圓明空假不立以中道智觀增進向位也此位功行於六輪中以銀寶輪對位謂銀體性瑩潔不受塵垢雖經鎔煉性恒不變此十行菩薩惟修假觀以加功用任運分斷中十品異相無明惑業顯發本然清淨之性如銀體瑩潔鎔煉不變故以銀寶輪對十行位也

○三釋十向名

諸佛當知從是十長養心入堅修忍中十金剛心向果一信心二念心三回向心四達心五直心六不退心七大乘心八無相心九慧心十不壞心

此釋十迴向心名德位也迴向心者因前二位所修所證一切智行不墮不退不住空假不立心心迴向眞如平等法界理中名迴向心諸佛當知二句結前入堅修忍中等起後言從是等者繇前十行如苗增長華果敷實將華落果成時更加堅勇其心不被魔外侵損此位於六性中名道種性因修中道通達佛法能起一切衆生菩提道種故於六觀中此名向觀謂向法界眞如實際故於六慧中此名修慧謂修中道理發生無漏智慧故前云堅法忍此云堅修忍者具有二義於六堅中名爲修堅謂修中觀了知諸法皆即中諦無毀壞故於六忍中此名修忍謂即修習中道知一切法事理和融於中道理忍可忍證二義合言名堅修忍此十向位即解行發心也前十住心繇信滿故而入此十向心繇行滿故而入以是菩薩於第一阿僧祇劫將欲滿故即於眞如法中深解現前於是心心實相念念眞如行行圓融修金剛三昧定集一切行法門深入理觀轉更增明入佛果海故云從是十長養心入堅修忍中十金剛心向果也何名十迴向心一者信心但信自心決定成佛永無疑執故二者念心念念不失一切諸佛正智於大乘六念常覺常施一合相故三者迴向心迴即不住向即不退於此無上金剛菩提心心入空而無去來幻化受果深深心解脫故四者達心達即通達照徹無礙內外淸淨空空如如相不可得故五者直心直即正

亘亘照平等入無生智無明神我空於空三界生者結縛而不受故六者不退心不退入凡夫地不起新長養諸邪見常空生心心入不二為不退一道一照故七者大乘心解解一空以一空智智乘行乘任載任用令諸衆生同入佛海故八者無相心即心無相妄想解脱照般若波羅蜜無二相故九者慧心無量法界無集無受生生生煩惱而不縛光明照性入一切法故十者不壞心入魔不壞入佛威神出没自在動大千界於虚空平等地心無二無別故於此十心圓滿二空理顯感諸佛加被得摩頂三昧證入虚空平等總持法門即入十地也此十向位於六輪中以金寶輪對位謂金體貴重濟用極大土埋火煉其色不變此菩薩惟修中道功行加深教化亦廣雖混衆塵不為衆塵所染雖居五欲不為五欲所燒以斷盡後十品異相無明故以金寶輪對十廻向位也此上三賢觀行雖各修一觀乃瓔珞約本分位而言其實三觀圓修即一而三即三而一也

○四釋十地相

諸佛當知從是十金剛心入堅聖忍中十地向果一體性平等地二體性善慧地三體性光明地四體性爾炎地五體性慧照地六體性華光地七體性滿足地八體性佛吼地九體性華嚴地十體性入佛界地

諸佛當知一句標牒舍那對千化佛答説十地名德位也從是一句結前入堅聖忍中等起後前三賢修習聖行功德圓足得

入平等地總持法門自此稱聖故云從是十金剛心入堅聖忍中十地向果問前三賢位名心十聖名曰地者何答三賢位未證眞如非所依處此十聖位乃佛界地為一切所依住一切功德生一切功德故易心名地也此地於六性中性為正覺性謂即正與佛體等無別故於六觀中觀為地觀謂能生萬物因修中道觀理一切佛智功德從此生故於六慧中為無相慧謂正知中道之理惟空無相而能發生一切無漏智慧故言堅聖忍者其義有二於六堅中地上菩薩名為德堅謂修中道觀智破一分無明等障顯發一分眞如三德無能毀壞故名德堅於六忍中此名正忍謂正破無明於中道理忍可忍證故名正忍二義合言故名堅聖忍也此即名證發心謂證眞如法故唯為開導一切衆生不依文字起信廣明已上總明十地義向下別明十地義何名十地一體性平等地謂此菩薩證入諸佛法身平等大慧眞實法門攝受衆生凡所作為其慧平等故二體性善慧地此菩薩善修法身平等大慧清淨明達一切善根故三體性光明地此菩薩證發無邊妙慧光明以三昧解了智能知一切三世諸佛法門入神通光明故四體性爾炎地此菩薩以智慧燄燒煩惱薪以入善權方便教化一切衆生能使見佛體性故五體性慧照地此菩薩以十力智照知善惡有無二性起一切功德行轉不可說不可說法門故六體性華光地此菩薩以

大智行華一時開敷十神通明智品現身示衆種種變化百千萬劫說不可窮盡故七體性滿足地此菩薩具足十八聖人智品於一切國土中隨諸衆生心行示現作佛成道轉法輪故八體性佛吼地此菩薩入法王位三昧其智如佛而以法藥施諸衆生為大法師破壞四魔法身具足說法無畏如大獅子吼故九體性華嚴地此菩薩得佛華嚴善能守護法身以佛威儀如來三昧自在王定王定出入無時於百億四天下一時成佛現無量身口意說無量法門品而能轉諸魔界入佛界轉佛界入魔界於一念中一時示現如是事故十體性入佛界地此菩薩以獲一切種智得入金剛三昧其大慧空空復空如虛空性具足十功德品復有不可說奇妙法門奇妙三昧門陀羅尼門非下地凡夫心識所知惟佛佛無量身心口意可盡其源故自此十地圓滿等入如來妙覺果海此地菩薩功德於六輪中以琉璃寶輪對位以琉璃寶出須彌山一切衆寶皆不能壞此十地菩薩所證真實不為外魔之所動壞故以琉璃寶輪對十地位此十聖地觀行斷證初地斷上品惑證下品智自二地至七地斷中品惑證中品智從八地至十地等斷下品惑證上品智此即轉前五識相應心品成成所作智轉第六識相應心品成妙觀察智轉第七識相應心品成平等性智轉第八識相應心品成大圓鏡智四智圓明三身圓現所謂大圓無垢同時發普照

十方塵刹中以上答釋心地名相竟向下
結答以勸修也
○三結答問意二 初舉法陳因 二作勸
修證
○初舉法陳因
是四十法門品我先為菩薩時修入佛果之
根源
是四十法門品者總舉心地軌則以勸修
也我先為菩薩時者此舉果明因也修入
佛果之根源者此舉因明果也若非勝因
不得勝果若非勝果焉顯勝因舍那自指
根源以為衆生修入榜様
○二作勸修證
如是一切衆生入發趣長養金剛十地證當
成果無為無相大滿常住十力十八不共行
法身智身滿足
此總答前二問以明修證之義如是二字
承上自已成佛根源在斯一切衆生當亦
如我往昔行菩薩道修入發趣長養金剛
十地四十賢聖之行為因地心得證當成
果無為無相大滿常住法身智身滿足相
好無為無相即顯法身大滿常住即顯報
身十力十八不共行即顯化身法報不分
三身圓現是為法身智身滿足以此三身
繇因地中修習心地是以得果證身宗鏡
録云由轉根本之心得證法身根本心者
即第八識謂善惡等法本此出生若迷此
識即為生死悟此識者即得涅槃此識轉
時一時煩惱斷滅已盡得證法身故二轉
依本之心得證報身依本心者即第七識

謂依八識而起如迷此識即起一切愚癡悟此識者即起一切智慧是故此識轉時一切愚癡解脫即證得報身故三轉起事之心得證化身起事心者即第六識謂對六塵而起分別以迷此識即起一切貪瞋癡等惱害衆生悟此識者即修一切戒定慧等品饒益衆生是故此識轉時即證得化身故是以如來出世說諸心地法門無非要令一切衆生斷惡修善轉識成智證三身圓十號故也十力者一知是處非處智力二知過現未來業報智力三知諸禪解脫三昧智力四知諸相勝劣根智力五知種種解智力亦名欲力六知種種界智力亦名性力七知一切至處道智力八知宿命無漏智力九知天眼無礙智力十知永斷諸習氣漏盡智力十八不共法者一身無失二口無失三意無失四無不定心五無異想心六無不知捨心七欲無減八念無減九精進無減十智慧無減十一解脫無減十二解脫知見無減十三身業隨智慧行十四口業隨智慧行十五意業隨智慧行十六知過去無礙十七知現在無礙十八知未來無礙此十八行云不共者以是諸佛自覺聖智境界非權小菩薩所共更非凡夫境界可知故云不共

佛說梵網經直解卷第一

事義

翻譯　謂翻梵天之語成華夏之言譯者易也周禮設四官以達四方之事東曰寄南曰象西曰狄鞮北曰譯今翻西語而云譯者以經傳漢世譯官多事北方兼善西語故易梵言曰譯

五住　謂即五住地煩惱也三界見惑爲一住即見一切住

地三界思惑分爲三住即欲愛住地色愛住地有愛住地也根本無明爲一住即無明住地由此五惑能令衆生住着生死故名住地也△見一切住地者乃三界分別見惑由意識對法塵分別起諸邪見住着三界故△欲愛住地者乃欲界思惑由意根對內我境起貪愛心而於欲界住着生死故△色愛住地者乃色界思惑以諸衆生不了此惑住着色界禪定不能出離故△有愛住地者乃無色界思惑以不了此惑住于禪定不能出離故△無明住地者乃根本無明惑謂諸聲聞緣覺未了此惑沉滯真空住於方便土中大乘菩薩方能除斷由餘惑未盡住實報土故名無明住地也

二死

一分段生死分即分限段即形段謂六道衆生隨其業力所感果報身命身則有長有短命則有壽有夭而皆流轉生死也△二變易生死謂諸聲聞緣覺菩薩雖離三界內分段生死而有方便等土變易生死如初住爲因後住爲果又後住爲因後後住爲果以其因移果易故名變易生死也

海有十德

海以深廣爲名謂佛智海深廣無涯以喩十地菩薩入佛智海十德之相故以十德表之△一次第淵深德△二不受死屍德△三餘水入中皆失本名德△四普同一味德△五無量珍寶悉蘊其中德△六無能至底德△七廣大無量德△八大身所居德△九潮不過限德△十普受大雨無有盈溢德

佛説梵網經直解卷第二

姚秦三藏法師鳩摩羅什奉　詔譯

明廣陵傳戒後學沙門寂光　直解

菩薩心地品之上

○三華光請釋二　初總標報化　二別明當機

○初總標報化

爾時蓮華臺藏世界盧舍那佛赫赫大光明座上千華上佛千百億佛一切世界佛

此總標明體用不分報化無二之義言爾時者即本舍那如來舉因明果勸修時也此之華臺舍那赫赫大光明座千華上佛千百億佛俱巳解見前文言一切世界佛者是千百億化身釋迦如來展轉化化無量無盡智慧如來居一切世界中說法利生以表從心地戒法中出生無量無盡智慧佛也下卷文云微塵菩薩衆由是成正覺者此也

○二別明當機

是座中有一菩薩名華光王大智明菩薩從座而立白盧舍那佛言世尊佛上略開十發趣十長養十金剛十地名相其一一義中未可解了惟願說之惟願說之妙極金剛寶藏一切智門如來百觀品中巳明

此一節文總承前義而來自從是時釋迦身放慧光人天生疑玄通光主放光聚衆請問光相釋迦聲衆至舍那所代前二問請決其疑舍那領答從凡至聖即以心地為因當成佛果果中境界一一發明又恐大衆雖聞心地為因不知是何心地故又

廣開名相為三十心十地既有如是之名如是之相必有如是之義若不發明義趣將使行者莫知趣向執相迷心執事迷理故華光王菩薩請解其義正謂涅槃心易曉差別智難明也是座中有一菩薩者即上千佛座中之果位菩薩也華光王大智明者前云玄通華光主此云華光王大智明正顯此心地戒法門非具大智慧者不能通問所以斷惑證眞必以智慧為首故也從座而立身業之誠白盧舍那佛言口業之誠身口如如心契實相則意業之誠也佛上略開十發趣十長養十金剛十地四十法門名相名相雖多以相求之則名相又為略故云略開名相且略其義尚廣其中一一義趣修斷觀智未曾解了必請詳明故曰惟願說之惟願說之重敘請意以表翹誠之至也言妙極金剛寶藏一切智門者此請正觀乃起方便觀行以期佛果故也妙極即妙覺果海金剛即堅利之智謂若至果海非金剛智不能此智一起諸物不能壞而能壞諸物一切雜染諸惡種子斷盡無餘故云妙極金剛此智具足一切功德故云寶藏能為一切賢聖修斷方便觀智根本故云一切智門如來下引證以明此處文義在大部內如來百觀品中已更詳明矣

○四舍那酬釋四　初釋十住義　二釋十行義　三釋十向義　四釋十地義

○初釋十住義二　初總標牒問　二別解其義

○初總標牒問

爾時盧舍那佛言千佛諦聽汝先言云何義者發趣中

此牒大智明菩薩請釋其義誡聽許説十住進修地位觀行之義

○二別解其義十

○初釋捨心位

若佛子一切捨國土城邑田宅金銀明珠男女己身有為諸物一切捨無為無相我人知見假會合成主者造作我見十二因緣無合無散無受者十二入十八界五陰一切一合相無我我所相假成諸法若内一切法外一切法不捨不受菩薩爾時名如假會觀現前故捨心入空三昧

初釋捨心之義即檀波羅蜜也別經名發心住謂於諸劫之中行十信心不作邪見廣求智慧而行捨心捨有十種總即唯三財法竭盡捨也問心地法門位有四十初明捨心者何也答欲令趣佛道人一切解脱始望無上菩提無餘涅槃若於身心世界不能盡捨縱能修行居然全體凡夫入道何繇以故首示真為生死志求佛道應當漸漸從外捨去以至内捨内外俱捨捨亦復捨如是之人名為肉身菩薩乃可入道自利因此檀度則能廣攝衆生而諸衆生亦易從化若夫三賢位人惟捨二執粗惑還有微細我法二執亦要盡捨方證佛果是故一切菩薩位中必以捨位居先故初明捨心也若佛子者標能修之人堪當大法代佛化導故稱佛子一切捨者標所

修之法理智觀行三輪體空内而根身外而器界一切諸有為相無所顧惜俱能捨之無有追悔故云一切捨也下凡佛子二句做此國土城邑至一切捨一節正明佛子捨心體用觀照之義言國土等者釋上一切捨事以顯空觀門也謂乞寶位即捨國土城邑不作主宰想如乞安養即捨田宅金銀明珠不作貴重想如乞奴婢即捨男女乃至已身不作情愛想盡其所有悉無一毫貪戀但凡有為諸物一切盡捨何以故以滿檀波羅蜜莊嚴無上菩提故也無為無相至不捨不受一節申明一切捨觀之義國土城邑等外物屬於疎分捨之猶易男女已身屬於親分已捨之甚難且已身視男女尤親云何難捨能捨以此菩

薩了達身世一切皆空本來無為無相實無有法悉繇無明不覺展轉現起於是我相人相人我之間情之所知目之所見妄認為實遂爾假借衆緣合會而成主宰稱我稱人千臂經云假會合成立名生者主字念作生字亦可謂即不識緣生如幻執我執人造作我見種種取捨繇是我見造作故受生滅流轉無有休息輪迴不絶十二因緣等者正名假會合成立名生者以二因緣生性空之義十二因緣者葢以無明為因行即為緣行為因識為緣識為因名色為緣名色為因六入為緣六入為因觸為緣觸為因受為緣受為因愛為緣愛為因取為緣取為因有為緣有為因生為緣生為因老死憂悲苦惱為緣所謂因緣和

合虛妄有生因緣別離虛妄名滅故法華云無明至老死皆從生緣有既從因緣有亦從因緣滅也無合無散無受者釋上因緣如幻法體本來靈明絶待之義葢此因緣之法緣會而生法體本來不生以本無生死流轉之法故云無合緣盡而滅法體本來不滅以本無解脫轉流之法故云無散既無生滅合散其中亦無受彼生滅者故云無受者十二入等者上言十二因緣是即總舉三世生滅因果此下別釋現在之法而欲一切衆生在此六根門頭薦取不致向外馳求楞嚴所云輪生死證涅槃皆汝六根故於六根薦取十二入者六根六塵互攝入故亦名十二處謂眼為色入處色為眼入處耳為聲入處聲為耳入處乃至意為法入處法是意入處所謂單根不立獨境不生根境相對自無體性之義十八界者界是分位六根六塵六識分位之疆界也五陰亦名五蘊即色受想行識質礙曰色領納曰受緣慮曰想遷流曰行了別曰識其云陰者以此五種葢覆吾人本有眞性故其云蘊者繇此五種集聚蘊藏而成妄身妄心受無量生死故此五蘊十二入十八界如來於諸經中處處演說為迷心者開心說蘊為迷色者開色說處為俱迷者開蘊說界此之三科五蘊開合之法無非要令一切衆生知此虛幻猶如空華若能於此空華了知是妄則當下永無生死輪轉矣一切一合相者此明菩薩觀智即妄以明眞義謂觀身心世界一切

諸有為法當體全空之性本來無為無相不繇假合而成故曰一切一合相也一合二字正説無為無相之處與上假會合成之合字不同既曰無相又曰一合相者總無相中而妙言之無我我所相者此句總結上義所言五藴十二入十八界等一切有為法既一合相誰有我者推一我相終不可得既無有我誰有我所究一所相終不可得以是故知因緣和合諸法皆是假成是故所言若内一切法五藴身心等若外一切法國邑男女等此内外一切法悉皆空故是以雖捨不見有我為能捨之人亦不見有物為我所捨之法二性空故其中自亦不見有受施者以是三輪體空故云不捨不受菩薩爾時等下結承捨觀之益謂如上三輪空捨菩薩當爾之時是名如假會幻化觀照現在前故而令捨心證入真空三昧正定正受之利益也如假會觀現前故者謂此十住菩薩修習空觀蕩一切法無所有相今既於假法上而修捨心似同假觀故名如假會觀現前也此義千臂經中廣明如是捨心如是捨行是名佛子無相捨心體用觀照也

○二釋戒心位

若佛子戒非非戒無受者十善戒無師説法欺盜乃至邪見無集者慈良清直正實正見捨喜等是十戒體性制止八倒一切性離一道清淨

此釋戒心之義即尸羅波羅蜜也别經云治地住謂乃常隨空心行諸法門以嚴戒

品此戒總有三聚十無盡戒別則三千八萬無量戒也非非戒下至無集者一節正明佛子戒心體用觀照之義千臂經中於此非非戒上有非戒二字言非戒者謂佛子之大戒不同諸小乘人有戒相可持但束其身而於戒性不能究竟明了經云戒性如虛空持者為迷倒惟以菩薩大乘佛戒體如虛空受而無受持而無持乃為非戒而不墮常見故非非戒者謂佛子之大戒又不同諸魔外道分別有無其言有戒即持牛狗等戒望生天上其言無戒即不受戒妄談無戒可持說婬怒癡皆是梵行惡罵捶打無非佛事縱貪嗔癡淫殺盜婬未得言得未證言證疑悞衆生自迷迷人大妄語人師及弟子俱墮惡道以是菩薩

大戒無受而受無戒而戒雖則了知戒性體如虛空本無垢染不妨隨順性戒修行是故云非非戒不同斷滅見也言無受者字牒定佛子於小乘魔外諸所有戒皆不受行故云無受者十善戒者正明佛子大戒謂此菩薩所以不受行諸不善戒者以但自精進奉持三世諸佛所說十無盡藏波羅提木叉清淨妙戒故也言無師說法者千臂經云名無師說法戒此即光明金剛寶戒言十善戒固為諸佛菩薩修行法門乃即一切衆生本體性中各具足者非從師說而有故曰無師說法戒欺盜乃至邪見無集者此明惡戒體空欺謂欺詐盜謂盜竊俱從邪魔外道之戒而言非泛指者乃至二字是超略言謂此惡法之多

不能枚舉假此二言以該婬殺貪嗔癡等諸惡法也邪見即不正惡知見具該六十二種言無集者謂小乘善戒尚且無持無受豈況欺等惡法反可集聚於心耶故云無集者也慈良清亶至是十戒體性一節申明佛子戒心體用之義所云慈者哀愍一切則無殺生之念良者温和善熟則無盜竊之事清者體湛澄潔則無染汚之行亶者正亶無私則無虛誑之語正實者邪妄虛浮盡遣則無沽酒之事正見者絲毫邪僻皆除此一攝三即不說四衆過不自讃毀他不訕謗三寶捨謂能捨而不悋則無慳惜加毀之心喜謂喜而不恚則無嗔心不受悔之意等者統餘法言謂此八者是前十善妙戒之全體性故云是十戒體性制止八倒三句結明佛子戒心體用之益謂此十戒全體本性大用之力即能禁制止絕凡外八種顛倒言八倒者凡夫四倒即無常計常無樂計樂無我計我不淨計淨小乘四倒常計無常樂計無樂我計無我淨計不淨此之八倒總不達如來眞常四德故耳言一切性離者菩薩了達自性本源之戒謂不但惡戒體空即善戒亦體空何以故以屬對待故善惡俱空性於何有其於正戒性離邪戒性離有戒性離無戒性離持戒性離毀戒性離得戒性離失戒性離乃至一切依他徧計顛倒等性俱永遠離故云一切性離一道清淨者謂此顛倒之性既已遠離唯證一道無師所說清淨體性光明金剛寶戒獨露顯現以

不思議業用饒益衆生如是受持方名佛子戒心體用之觀照也

○三釋忍心位

若佛子忍有無相慧體性一切空空忍一切處忍名無生行忍一切處得名如苦忍無量行一一名忍無受無打無刀杖嗔心皆如如無一一諦一相無無相有無有相非非心相緣無緣相立住動止我人縛解一切法如忍相不可得

此釋忍心之義即羼提波羅蜜也別經名修行住謂能修行忍力長養衆善根故忍者謂於逆順諸境安然自如乃即造道之强力也忍有多種此中具六以該一切有無相慧體性至無無相一節正明佛子忍心體用觀照之義有無相慧體性一切空空忍者千臂經云此名無相慧忍有即本有不從外得也無相即如如理慧即如如智謂此菩薩忍心不在事迹之間亦不離事於此不離不即之處本乎無相慧體而起無相大智慧光觀察世出世間一切諸法悉如虚空無有色相無彼無此實無二法惟一體性性淨無物即以無相之能開化無相之所達入一切空空故云有無相慧體性一切空空忍也一切處忍等者千臂經中名曰普願行忍謂一切空空之忍凡一切處無所非忍以一切處所忍之心不見有少法生不見有少法滅以無生滅二俱離故即入無生故云一切處忍名無生行忍也言一切處得名如苦忍者千臂經云名耐勞忍菩薩因契無生行忍更為

法界有情修持三種大忍每被宅人妬害之處不見有苦可忍菩薩達境惟心心不自心因境有心境不自境因心有境心境一空得名如苦忍所謂不因訕謗起寃親何表無生慈忍力也無量行一一名忍者千臂經中名曰無量行忍此即推廣所忍之行總收上一切處能忍心智與夫所忍心法然雖無量行門種種不同是則皆依無相慧體而起照用是故所云無量行一一名為無相慧忍也無受無打無刀杖瞋心皆如如者千臂經中此名安受苦忍申明空上一切處如苦忍之事迹也謂上難忍易瞋之中分明以受刀杖所打菩薩了達三輪體空即其內心而推覔一受相了不可得則無受打之我相故即其外境而推覔一打相本不可得則無打我之人相故即其所中而推刀杖本寂則無所打刀杖之衆生相即其能中而推心本自如則無忍苦瞋心之壽者相故云無受無打無刀杖嗔心也所言皆如如者此句釋上三無字義以顯三輪空寂四相無從故示總相云皆如如也無一一諦一相等者千臂經中名曰諦察法忍此二句義釋明皆如如意問既曰受打刀杖嗔心根境歷然何故又曰無受打刀杖嗔心皆如如耶答所言皆如如者以無相慧體性忍中本無世出世諦眞俗二法故云無一一諦此即不墮常見一相者實相也雖云無二諦相不墮常見惟恐又作斷見理會故揭一相示之不墮斷見十住菩薩作空觀時觀一切

法當體皆空無中無假無不空惟空無相故云一相無無相者此句雙申上義問曰既有一相何名無一一諦既云無一一諦何有一相豈尚有一相可得而云無一一諦耶答曰云一相者即謂無相無相而相相即無相實無一相可得故曰無無相也有無有相至緣無緣相一節展轉釋破外道徧計之性以結忍中無相慧體性之義有無有相者乃總遣所忍之法相不可得非非心相者乃總遣能忍之心相不可得緣無緣相者此乃雙遣能所俱相亦不可得此三句義是緊貼上無字説來發明上無相亦無之義有相者下乘也無有相是所忍之法本空而有此無有相又非真空心相者下乘也非心相是能忍之心本空

而非此非心相又非真空緣相者下乘也無緣相是忍智中本來能所一空而緣此無緣相又非真空惟菩薩能所心境俱空空亦復空方是無相真空實相法忍也立住動止等者總結顯忍心觀智破依他性令證圓成實性也立謂站立住謂安住動即行動止即臥止我乃對人相而稱人乃對我相而舉縛者不空之凡相解者能空之聖相於上有無有相等一切諸相菩薩二六時中四威儀處一一照破於立住動止其相無寂感之分於我於人其相無彼此之分於縛於解其相無聖凡之分諸相既無何有一切法耶忍法既無只有慧體自照自觀以為忍行又何忍相之有哉故曰一切法如忍相不可得所謂不見一法

即如來此則名為觀自在金剛云若有我相人相即非菩薩又千臂經云於一切法悉皆無相了了分明忍性空寂不可得故皆此義也如是行忍是名佛子無相慧忍體性之照用也

○四釋進心位

若佛子若四威儀一切時行伏空假會法性登無生山而見一切有無如有如無天地青黄赤白一切入乃至三寶智性一切信進道空無生無作無慧起空入世諦法亦無二相續空心通達進分善根

此釋進心之義即毘黎耶波羅蜜也別經名生貴住謂生在佛家種性清淨故梵語毘黎耶此云精進謂精而不雜進而不退即前施戒忍三法勤策不怠乃智行無間之功力也若四威儀至亦無二相一節正明佛子進心體用觀照之義四威儀者即行住坐臥四行精進徧諸行故以行字表其象一切時者即二六之時也行伏空者即是空觀假會法性即是假觀登無生山即是中觀三賢菩薩名伏忍位初住位伏空二行位伏假三向位伏中雖分為三是各依本位得名實互融攝一而三三而一菩薩於此行住坐臥四行法門以有威可畏能折伏衆生有儀可表攝受衆生即於此四儀處一切時中進修菩提降伏其心而入於空無法可得如鏡中相無相可得此即行伏空也言假會法性者承上謂雖常入真空觀照諸法一切體性然而假合而成即假而真離真無假此即行伏假也

於假法上當體明真故云假會法性言登無生山者謂此菩薩修無生理最高最顯在塵出塵迥超二邊得無所礙如登山頂高出無礙名登無生山也菩薩既蕩一切法空不見纖法可生復觀一切法假不見毫法可滅以無生滅空假皆真雙伏中道無生故以登山為喻也而見一切有無者申明登無生山之義菩薩於四威儀一切時中思惟真諦之理發生一切無漏智慧了見一切内外四大有無性相諸法性空空無所有故云見一切有無如有如無等者牒定所觀世出世間染淨諸法先觀世間之法以無生心見天地中包羅青黄赤白長短方圓若根若塵有質對待者名一切顯現色若根若塵無質對待者名一切無表色如四禪天定中果色并五根中一分淨色及緣想過未來種種境界現雖對待無可表示雖云無可表示總色像攝一切色相元無實體色法如此心法亦然無有一法不是如來藏心性淨明體故云如有如無一切入也乃至三寶智性等者此觀出世間法也三寶即佛法僧智性即法身般若解脱一切信進道即一切賢聖誠信進修之道空無生無作即三解脱門義謂此菩薩緣觀世出世間真淨體性之理性淨無物故得證入三解脱門也其空解脱門者菩薩觀照一切諸法皆從因緣和合而生其體本空即悟自性真空而不隨因緣生故得解脱也無生解脱門者即無相解脱門也承上既觀諸法一切皆空無

相可得既無有相即悟自性常生而不隨因緣滅故得解脱也無作解脱門者即無願解脱門也菩薩既觀諸法空無有相則無願求既無願求即不造作生死之因以無生死因故即無有果故得解脱解脱即自在義門即通達義以三解脱得至涅槃故云三解脱也無慧者承上所觀諸法既不可得能觀智慧豈可得哉故云無慧起空入世諦法者謂向以觀凡聖有無諸法體空即證入空定矣此空不同聲聞緣覺沉空滯寂之空乃觀實際理中纖塵不立今世門頭一法不捨故雖證於空忍而不住著即從伏空定忍而起入世諦法雖然入眞入俗亦無二相無二相者謂入眞不著眞而入俗不著俗故云無二相續空心通達等此二句者結顯無相精進之心體用觀智之益續空心者乃即從假入空從空入假空假圓融通達無礙以是通達實相心故名續空心通達也進分善根者善根即菩提本妙心爲衆善根本故即此無相心發起種種精進心心相續念念無間分分增進永無退轉趨向佛位故云進分善根千臂經云佛子於四威儀進修菩提之時即得證入一切三寶智性眞淨體性常得現前則得生生値佛見法見僧世世精進學佛威儀於伏空忍之理亦不見四威儀證無生空是以不進而進道也又法句云若起精進心是妄非精進若能心不妄精進無有涯如是精進是名佛子進心體用之觀照也

○五釋定心位

若佛子寂滅無相無相無量行無量心三昧凡夫聖人無不入三昧體性相應一切以定力故我人作者受者一切縛見性是障因緣散風動心不寂而滅空空八倒無緣假靜慧觀一切假會念念寂滅一切三界果罪性皆繇定滅而生一切善

此釋定心之義即禪波羅蜜也別經名具足方便住謂修習無量善根力故寂滅無相無相至空空八倒無緣一節正明佛子定心體用觀照之義寂滅者此標定體梵語禪那此云寂滅即指一心而言亦云靜慮即攀緣如禪亦云寂靜謂根境如如不即不離若鏡現相故云寂滅無相無相此二無相釋寂滅義上無相明能定之心下無相明所定之境以是心境二皆無相故云無相無相無量行無量心三昧者明菩薩動靜一如義繇入定時以無能所二相故能契合無量心行總成三昧此即四威儀中常明禪觀所謂那伽常在定無有不定時也凡夫聖人無不入三昧者此言定體平等不惟聖人入此三昧凡夫亦入此定既爾何故説名凡夫以被一切識情垢染故不自覺亦如衣裏明珠不自覺知貧苦他方終無濟益所謂終日圓覺而未嘗圓覺者凡夫也何以故以體性不相應安能得定菩薩不見一法當情境空心寂智理一如故恒與諸佛體性相應繇證體性三昧則一切時中以聖定力故得照見一切微細我人作者受者之妄惑也我即我

見人即人見作者自心施為即衆生見受者領納好惡堅著不捨即壽者見緣此四見生一切執縛邪見種性皆是障道因緣被此散亂境風鼓動心海隨波逐浪流轉生死無窮無盡無有休息故云一切縛等言不寂而滅者謂此障惑若不假修寂滅觀照三昧正定之力而能滅者終無暫止之日意謂必以寂滅定力故而得此滅故云不寂而滅千臂經云不得寂靜定力而能滅者無有是處空空八倒無緣者承上謂此定力既止我見生滅之因即小乘凡外八倒生滅之緣自空故云八倒無緣假靜慧觀至而生一切善一節結顯定力照用功能之義假靜止動假慧照昏假此二者為觀定慧圓明靜照一切我人假會幻化合成妄想因緣之法念念從此寂滅矣生滅顛倒之念既空則一切三界異熟苦果諸惡罪性亦皆緣此定力而滅苦果罪性既已滅盡則本不生不滅無漏功德智慧亦悉緣此定力而生故云而生一切善也所謂生滅既滅寂滅現前如是修禪是名佛子定心之體用觀照也

○六釋慧心位

若佛子空慧非無緣知體名心分別一切法假名主者與道通同取果行因入聖捨凡滅罪起福縛解盡是體性功用一切見常樂我淨煩惱慧性不明故以慧為首修不可說觀慧入中道一諦其無明障慧非相非來非緣非罪非八倒無生滅慧光明燄為照樂虛方便轉變神通以智體性所為慧用故

此釋慧心之義即般若波羅蜜也別經名正心住成就第六般若法門故梵語般若此云智慧以是智能照境慧能了境於境分明無惑能轉物也空慧非無緣至體性功用一節正明佛子慧心體用觀照之義言空慧非無緣者謂此真空體性本源妙慧非是無緣而生又非即緣而生是即本有空慧靈明知體名之為心不假他緣故也以是真知覺體本無分別而言分別一切法者惟是真心照用不同二乘灰心泯智不緣一切生法亦不同諸凡夫外道分別識心緣假因緣會合而成假名主者假立其名實無主宰雖曰是妄皆即依真而起如水之波依水而有菩薩依般若智照於諸妄心了然無二實與至道通同一味體無差別故曰假名主者與道通同也取果行因等者釋明慧心照用之義謂此菩薩真超佛果惟以本源平等空慧修因地行即可入聖捨凡滅罪起福凡夫以我相分別處處不得解脫故縛聖人無我能以般若智照處處皆得自在故解即此凡聖迷悟縛解菩薩視之盡是體性功用所謂從凡夫中來者用其識心從聖性中來者用其智慧識智元無二體惟在用處有差殊耳一切見至所為慧用故一節申明空慧觀照之益問一切見者凡聖縛解何處差別以凡夫二乘一切倒見皆由不知如來常樂我淨無餘涅槃真如德相是心佛與衆生三無差別平等具足乃於真常真樂真我真淨心上而起倒見故也常者無

暫改動之義性體虛融歷三際而不遷混萬法而不變故名常德樂者安隱寂滅之義離生死逼迫之苦證涅槃寂滅之樂故名樂德我者自在無礙之義外道凡夫强立主宰執之為我乃是妄我若佛所具八自在為我者即是眞我故名我德淨者離垢無染之義諸惑盡除湛然清淨如大圓鏡了無纖翳故名淨德而凡夫人迷而不知反以非常計常常計無常非樂計樂樂計無樂非我計我我計無我不淨計淨淨計無淨是名八倒非常計常者世間一切諸有為法故悉無常虛幻不實執為實有故非樂計樂者世間五欲之樂皆是受苦之因諸凡夫人貪著不捨不求解脫故非我計我者四大假合之身本非有我於此幻色身中强作主宰妄執為我故不淨計淨者自身他身三十六物五種不淨之身本非是淨反生貪著以為是淨故如是四見皆長惑業名為凡夫四榮倒見常計無常者法身常住本無遷改而於如來常住法身之中妄計有變異故樂計無樂者涅槃大樂離諸苦故乃於如來涅槃樂中妄計是苦故我計無我者無生眞我即是眞常不了無我法中佛性眞我於眞我中妄計無我故淨計不淨者體性眞淨離諸垢染不了無染無障之淨乃於如來眞淨法中妄計不淨故如是四見乃二乘人觀察無常苦空無我等法俾煩惱有朽滅不生之義名為四枯倒見比八倒見凡夫之人凡所作為皆是煩惱業力將此慧性障覆

不開不得真實識知用故所謂煩惱慧性不明故名為煩惱無明二障煩惱事障障理無明理障障事其煩惱障者謂此昏煩之法惱亂心神因貪等惑障蔽正道故名煩惱障無明障者謂諸衆生從無始來種種顛倒而於一切法上無所明了名無明障此惑是業識之種子為煩惱之根本以二乘人慧性不明不能斷去此障惟菩薩斷之欲破煩惱必以智慧為首欲破無明必修不可説觀慧為助細審細察智慧德相本來無遷無變是如來常德無生無死是如來樂德無罣無礙是如來我德無障無惑是如來淨德如是種種觀慧相續相連無間無斷方乃證入中道第一義諦智起惑亡即無明惑障頓破而本有慧性頓開向之無明煩惱為障者即障慧性故曰無明障慧今者了知無明障慧當體全空何有形相故曰非相既非形相安有去來故曰非來既無去來則非心所緣故曰非緣若有所緣是為心境不空成顛倒想起惑造業則有生滅因緣之罪法今既非緣亦非罪矣又何八倒生滅之有哉故曰非八倒無生滅此惟菩薩慧光明燄為照為樂虛徹靈通無量方便無障無礙無量轉變種種神通種種妙用皆以平等智為體性一切所為所用無非空慧為用故若不依此平等智體本源空慧以為照用則凡所為所作皆是無明業力使然學者知之當修此慧是名佛子慧心體用之觀照也

○七釋願心位

若佛子願願大求一切求以果行因故願心連願心連相續百劫得佛滅罪求求至心無生空一願觀觀入定照無量見縛以求心故解脱無量妙行以求心成菩提無量功德以求為本初發求心中間修道行滿願故佛果便成觀一諦中道非陰非界非沒生見見非解慧是願體性一切行本源

此釋願心之義即願波羅蜜也別經名不退住入於無生畢竟空界故願者願要乃即發諸大願成佛度生者也願大求至得佛滅罪一節正明佛子願心體用觀照之義願大求者即上求佛果一切求者即下化衆生也以果行因故者釋上發願成佛度生之疑經云自未得度先度人者菩薩發心自覺已圓能覺他者如來應世今先自利次乃利生何以故欲以果地之覺而行因地心故謂凡世出世間有漏無漏善惡因果必有決定誓願如地藏菩薩地獄未空誓不成佛觀音大士度盡衆生方證菩提彌陀如來四十八願願願結云不得是願終不作佛乃至閻羅天子誓願治諸罪人一一隨願而生所以要度衆生先當發願成佛也願心連者承上以果行因之願心故須當念念不忘心心無間相連相續百劫修行難忍能忍難捨能捨外捨國城妻子内捨頭目髓腦乃至無量世界無有如芥子許非是菩薩捨身命處如是心無能所人法雙忘忘亦復忘始能得見本佛滅無量罪故云得佛滅罪求求至心至佛果便成一節申明願心始終因果究竟

之義求求至心者上求字即求佛果下求字即求化衆生至心二字謂求佛果及化衆生之心必須聯續增進乃至大願成就求無所求即以無生空智而契無生空理智理一如一願平等生佛無二故云無生空一願也觀觀入定照者雙明二觀惟顯中道以空觀入假觀故照以假觀入空觀故定如是二觀俱遣空假不立定慧圓融是即照而常定定而常照即此觀觀之照照照之觀是故無量見縛皆以上求下化之大願心平等觀照之定慧力故得解脱即上滅罪之義不惟無量見縛因求心故而得解脱即無量妙行亦以是願求求至心故得成就阿耨菩提即上得佛之義乃至無量恒沙稱性功德亦皆以求心故而

為根本即無生空一願之義言初發下勸必行也如是求心非是空發願樂之心而或不行願樂之行故必初發求心中間修道行滿願足是故佛果便得成就初發求心即始覺也中間修道即漸次覺及隨分覺行滿願故即究竟覺三覺果滿萬德周圓方能得成佛果稱兩足尊觀一諦中道至一切行本源一節此結願心中道觀慧為願體性為一切行本也觀一諦中道者承上謂於佛果位中觀中道一諦之理不見立一切願本無佛道可成本無衆生可度本來無縛無解菩提本具功德本圓本如來藏妙眞如性所以觀五陰非五陰觀十八界非十八界觀生滅非生滅觀諸見非諸見故云見見非解慧是願體性者乃

即華嚴信解行證四法之一菩薩初發願心繇信起解繇解發願繇願起行繇行證果非初解慧無繇能入如是妙慧為一切願心本體一切萬行本源是故發願成佛度生必以無生空一願之中道智解無生空一願之中道理即依此起一切無相妙行而即證佛無相菩提涅槃妙果若他觀他願者即為狂慧即為狂解矣學者知之

○八釋護心位

若佛子護三寶護一切行功德使外道八倒惡邪見不嬈正信滅我縛見縛無生照達二諦觀心現前以護根本無相護護空無作無相以心慧連慧連入無生空道智道皆明光明光護觀入空假分分幻化幻化所起如無如無法體集散不可護觀法亦爾

此釋護心之義即力波羅蜜也別經名童真住謂不生邪倒破菩提心故護者護持不使魔外侵壞菩提心故護三寶至於護根本一節正明佛子護心體用觀照之義三寶即佛法僧佛者覺照義法者執持義僧者和合義此有世間住持三寶有出世間常住三寶有大乘小乘一體別相如是三寶皆一切衆生法身慧命父母良友福田若不護持即法身慧命斷滅一切功德無從而生故當大力護持護三寶者無他即護自己所修六度萬行一切所行功德何名功德即於行門無怠無惰有始有終是名為功無人無我無取無捨是名為德故云功德仁王經云以護佛果護十地行若此使外道不嬈者正明護三寶義外道

有多種凡不達心地道戒向外馳求俱名外道其八倒者即諸凡夫小乘外道妄想倒執此諸倒見不善不正斷佛種故名惡邪見言正信者翻邪名正除疑曰信正其所信名曰正信所謂護功德者正在使諸外道凡小八倒惡邪知見不能嬈我如是護三寶之正信也云何能令惡見不嬈正信亦無他法但滅我縛見縛而信自正葢此顛倒邪見繇依我見而生因執我故則被我縛繇我縛故而起諸見則被見縛我見相縛所信不正所信不正則諸魔外得入魔外一入則壞一切功德一切功德破壞致令佛種法種僧種俱被破壞故護三寶實無別法唯護自行功德則滅我縛見縛我見不生即入無生即以無生理智而起觀照照空即不沉空照有即不滯有空而不空不墮斷見有而不有不墮常見是以不滯空有不墮斷常二諦圓融互攝無礙故云無生照達二諦即此觀心倏然現前以護根本其根本者即正信也以是正信一立直超無上佛果而無障礙一切功德從此生長是故正信而為根本以是護持無有窮盡故云觀心現前以護根本所謂心性不迷即是佛寶心體離念即是法寶於理不違即是僧寶也無相護護至皆明光明光一節申明無生觀照工夫之益葢上以無生智觀照現前以護信根即此能護觀照所護信根一一無相從無相護心中行無相護行故曰無相護護以是無相護護則所護之正信處處解脱以是處

處解脱即證無相眞空以證無相空故而無所造而無所作以無所造作故名為無相故云空無作無相以心慧連等者承上既云入空無作無相之三解脱理慧不同小乘住着解脱即此眞空無作無相之慧心中相續相連無間無斷即得深入無生空道無生智道皆明光明光矣無生空道即是無餘涅槃理果無生智道即是無上菩提智果皆明光明光者智理互照之象繇智契理因理冥智智理如如互發圓照故云明光明光也護觀入空假至觀法亦爾一節乃即結遣觀法以顯無相護心之義言護觀入空假等者承上既以無相護心深入智理即以如理平等大慧光明從護心中而起觀照觀入於空即遣眞相觀入於假即遣俗相空之眞相既遣則空中之分分許多幻化所滅何有假之俗相既遣則假中之分分幻化所起何有以是生即如生滅即如滅生滅皆如故云如無如無法體集散不可護者菩薩既以無生妙慧觀照諸法幻化起滅如無故知諸法緣會而集法體本自不生緣滅而散法體本自不滅既諸法體本無集散則無實法可護故云法體集散不可護也言觀法亦爾者謂所護法體既不可得豈有能護智觀而可存耶故云觀法亦爾是則境智俱遣了不可得如是觀行如是正信方能護持三寶功德是為佛子護心之體用觀照也

○九釋喜心位

若佛子見他人得樂常生喜悦及一切物假

空照寂而不入有為不無寂然大樂無合有受而化有法而見云假法性平等一觀心心行多聞一切佛行功德無相喜智心心生念而靜照樂心緣一切法

此釋喜心之義即方便波羅蜜也别經名法王子住謂從佛正教而生於解當紹佛位故喜者即歡悦義乃快自他得樂之謂見他人得樂至大樂無合一節正明佛子喜心體用觀照之義見他人得樂者即喜境也常生喜悦者即喜心也何謂常生菩薩喜悦之心非因暫有亦非暫無從久遠來發菩提心元為令諸衆生離苦得樂今見得樂之人適其所願故心常生喜悦及一切物者明菩薩喜心廣大之義言不惟見人樂而生喜心并見一切有情物類凡得樂者亦常生喜悦也假空照寂等者正明菩薩三觀圓修以顯無相喜心之義假即假觀空即空觀照即是慧寂即定也菩薩喜心不同凡夫情見之喜亦不同二乘空執之喜二乘自喜得出三界苦惱之患得證三解脫門於菩薩法遊戲神通及見衆生有苦樂時不起悲忻菩薩不然如觀入假時照而常寂而不入有為離此有相故不同凡夫情見之喜如觀入空時寂而常照而不入無為離此無相故不同二乘空見之喜既不空不假不有不無是何等境界即寂然大樂無合此等境界非塵勞衆生所受用事亦非二乘滯寂境界惟是菩薩定慧圓融乃能寂然大樂又能樂及衆生其所樂者二邊不住中道不立故曰

大樂無合也有受而化至心心生念一節申明喜心寂照之義以其無合於有不妨有受而化受即喜心化者不留之意有定力故不被物轉以其無合於無不妨有法而見法即喜境見者透徹之意有慧力故即能轉物故云有受而化有法而見其云假者謂以種種諸境本無實體當體如如法性平等一觀照之法性即法性身諸佛以法為身既觀諸法之相云假復觀諸法之性本真此法性身不隨生滅等虛空界在聖不增處凡不減各各具足是為平等一觀所謂先悟毘盧法界也心心行等者乃復行普賢行門也謂此菩薩雖然智照諸法體性平等而法身理果尚未究竟更當心發大願起大行一心一行皆從多聞一切佛行功德而行是即佛行不落小乘功行所謂盡行諸佛無量道法也無相喜智心心生念此二句者承上菩薩思惟諸佛功德本乎無相以無相智契無相理以為喜心如空合空不相妨礙故云無相喜智即此無相喜智起行長養永永無失不敢怠惰故云心心生念而靜照樂心緣一切法者此二句義結前謂此喜心既以無相常生於念是則在在利生不妨常靜常照即以靜照不二之樂心緣一切已得法樂未得法樂之諸衆生令其同證無相喜中寂然大樂無合之道是為佛子喜心體用之觀照也

○十釋頂心位

若佛子是人最上智滅無我輪見疑身一切

瞋等如頂觀連觀連如頂法界中因果如如一道最勝上如頂如人頂非非身見六十二見五陰生滅神我主人動轉屈伸無受無行可捉縛者是人爾時入內空值道心心衆生不見緣不見非緣住頂三昧寂滅定發行趣道性實我人常見八倒生緣不二法門不受八難幻化果畢竟不受惟一衆生去來坐立修行滅罪除十惡生十善入道正人正智正行菩薩達觀現前不受六道果必不退佛種性中生生入佛家不離正信上十天光品廣說

此釋頂心之義即智波羅蜜也別經名灌頂住謂觀空無相得無生心法水灌頂故是人最上智至可捉縛者一節正明菩薩頂心上智體用觀行破惑義也若佛子是人最上智者先舉能滅之智謂此十住菩薩智超前九位觀智故云最上智也滅無我輪等者次舉所滅惑相顯能滅智用也滅者除也無者空也我即我見凡見皆繇我起故從我滅而無之也輪即車輪具有二義一者法輪謂佛菩薩轉此法輪於衆生心海中摧輾一切煩惱無明令盡無餘得成佛故二者衆生我輪因執我故起貪嗔癡殺盜婬等諸惡業輪流轉三界無休息故菩薩因修頂心智定破除我相將三界十使等煩惱輪去故云滅無我輪見等見身即五利使之二疑嗔即五鈍使之二一切等者該餘惑也如頂觀連觀連如頂此二句者即智觀察連絡無間因諸衆生我慢山高非以高大智慧觀照不能破除

故以頂心妙智作觀而起觀照以此智觀相續不斷始能超出我慢山輪方得明見四聖六凡十法界中因果皆如如一道也是故此智為最上最勝頂智首出庶物如頂之象如山之有頂也如人頂者人身唯頂最尊喻此菩薩頂心觀智高顯而無上也非非身見至可捉縛者此申所破之惑非非二字貫下前一非字是能遣之觀智後一非字乃所遣之惑業言非外道身見可捉可縛亦非六十二種斷常邪見可捉可縛亦非五蘊妄身妄心和合因緣可捉可縛亦非神我主諦動轉屈伸種種計量種種幻相可捉可縛何以故如是諸見皆有受有行可捉可縛云捉縛者即執着義謂凡有執着俱屬生死不能解脱菩薩以是頂心智觀超出一切情見如太虛空無有邊表今盡諸見是則無受無行無可捉縛者矣是人爾時至寂滅定一節乃明菩薩頂心寂定體用觀行破惑證眞之義言是人者即當位之人也爾時二字即當入觀之時謂菩薩人當爾最上頂心智照而入觀行觀外之時空刼諸塵世界因果一道觀内之時空刼五蘊身心内外空時當値空道一切妄想顛倒永不復行心心平等智以度衆生而為進修之念故云心心衆生然雖度生為念而不見有能緣之心所緣之境能緣所緣二性空故是則終日度生無生可度終日説法無法可説不但無能所緣度生之相亦無非能所緣理智之相故云不見緣不見非緣以是心境雙

泯智理全空爾時倏然安住最勝頂心三昧寂滅正定故云住頂三昧寂滅定也發行趣道性實至正智正行一節申明頂心智定破惑證眞起智利生之義謂此智定不同二乘住於空智寂定不肯前進以饒益衆生菩薩雖住智定而不貪着故從此正定中發起慈悲喜捨廣大之心修行妙行趣向佛道是為自利以是所起之道體性眞實不為魔外所侵而即我人四相八倒妄見生滅因緣於此眞實不二法門永無受行滅盡無餘生滅因緣既然無受無行即當八難幻化異熟業果即亦畢竟不受其報八難者地獄餓鬼畜生邊地下賤生不見佛諸根不具生長壽天世智辯聰之八難也葢此八難無而忽有有而忽無

幻化不實菩薩覺破故云八難幻化果畢竟不受所謂因窮而果喪也唯一衆生等者釋上心心衆生之義謂此菩薩雖得解脫不受輪迴而即思惟一切衆生不知是幻現前輪迴是故示現去來坐立於三界中四威儀内示作精進修行衆行集福滅罪種種方便令諸衆生除滅十惡而生十善使入佛道為佛法中正信之人具足正智而起正行故也所言正人等者知因識果滅惡生善反邪皈正即是正人了達善惡體空即具正智是以深明空而不空有而不有起行而修即正行也如是所修自利利他即入佛道為佛眞子菩薩達觀現前至不離正信一節總結頂心智定現身益物之義菩薩通達實相觀無生於現前

雖然往返三界示同凡夫實非業繫故永不受六道果報亦即不退於佛種性中生佛種不退即生生世世入佛法家不離菩提正覺正信如是智觀是爲佛子頂心之體用觀照也上十天光品者乃大部内別品之中更廣說之

佛說梵網經直解卷第二

事義

六十二見 謂於五蘊法上起執我見如執色大我小我在色中色小我大色在我中離色是我即色是我如執色蘊有四我見受想行識各有如是四我見五四成二十見過去二十現在二十未來二十共六十加斷常二根本合六十二見

三十六物 一髮二毛三爪四齒五眵六淚七涎八唾九屎十尿十一垢十二汗已上爲外相十三皮十四膚十五血十六肉十七筋十八脉十九骨二十髓廿一肪廿二膏廿三腦廿四膜已上爲内相廿五肝廿六膽廿七腸廿八胃廿九脾三十腎三十一心三十二肺三十三生臟三十四熟臟三十五赤痰三十六白痰此上爲内含

五種不淨之身 一生處不淨是身爲臭穢不從蓮花生二種子不淨是身種不淨父母邪想有三自性不淨四大不淨聚海水洗不潔四自相不淨常流出不淨如囊盛穢物五究竟不淨諦觀於此身終必歸死處

四滿成佛 一者信滿成佛謂依種性地決定信於諸法不生不滅清淨平等無可生求是爲信滿成佛即文中求求至心無生空一願之義△二者解滿成佛謂依解行地深解法性無造無作不起生死想不起涅槃想心無所怖亦無所欣是爲解滿成佛即文中觀觀入定照無量見縛等義△三者行滿成佛謂依究竟菩薩地能除一切無明諸障菩提行願皆悉具足是爲行滿成佛即文中行滿願故△四者證滿成佛謂依淨心地得無分別寂靜法智及不思議勝妙功德是爲證滿成佛即文中佛果便成觀一諦中道之義於四滿中單舉解慧是願體性者此種性位是信成就發心起行修行故云解慧爲願體性爲一切行本源也

五利使 即身邊邪見見取戒禁取也利即快利之義謂此五種妄惑動念即生造次恒有故使即驅使之義謂諸衆生於此五種妄惑驅役心神流轉三界無有出期二義合言故名五利使也△一身見謂諸衆生於名色五陰十二入十八界中妄計爲身故△二邊見謂即於前身見或執爲斷或執爲常各執一邊故△三邪見謂諸衆生邪心取理撥無因果

斷滅一切善根故△四見取謂諸衆生於非真勝法中謬計涅槃生心取着於邪見中執爲正見故△五戒禁取謂諸外道於非戒中謬計爲戒如雞狗等邪戒以爲真戒取以進行故

五鈍使

即貪嗔癡慢疑也鈍即遲鈍使即役使謂此五種妄惑由推前身見等五種利使而生對利說鈍故名鈍使也△一貪使者謂貪着世間色欲財寶恣縱心情引取而無厭足故△二瞋使者謂衆生於違情境上起諸瞋恚忿怒惱亂自他故△三癡使者謂諸衆生迷心緣境於一切法不能明了故△四慢使者謂諸衆生自恃種姓富貴有德有才輕篾於他故△五疑使者謂諸衆生迷心乖理於諸法猶豫不決不能通達故由此五惑之所驅役流轉三界故名使也

佛說梵網經直解卷第三

姚秦三藏法師鳩摩羅什奉　詔譯

明廣陵傳戒後學沙門寂光　直解

菩薩心地品之上

○二明十行義二 初標牒問辭　二正解其義

○初標牒問辭

盧舍那佛言千佛諦聽汝先問長養十心者

此牒問誠聽許說十行修進地位觀行之義

○二正解其義十

○初釋慈心位

若佛子常行慈心生樂因已於無我智中樂相應觀入法受想行識色等大法中無生無住無滅如幻如化如如無二故一切修行成法輪化被一切能生正信不由魔教亦能使一切衆生得慈樂果非實非善惡果解空體性三昧

此釋慈心之義於四無量心中即慈無量行也別經名歡喜行謂入法界不爲邪動故也常行慈心至得慈樂果一節正明佛子慈無量心體用觀行之義前十住修十度為被自利以能自利後利人也此修十種利它法行饒益衆生又前十住位人發心修行即以檀波羅蜜為首此十行人接物利生以慈為本是故常行慈心慈有三種一者有情緣慈謂佛菩薩觀諸衆生猶如赤子運大慈心而弘濟之令其皆得受安樂故二者觀法緣慈謂諸菩薩觀一切法皆從因緣和合而生了無自性運大慈

心以弘濟之令其皆得受安樂故三者無緣大慈謂諸菩薩無心攀緣一切衆生而於一切衆生自然各各獲利益故菩薩如是恒常修此三種慈心使諸衆生得離苦得樂之因故云常生慈心生樂因已於無我智中樂相應觀者此正釋上三種慈也其無我智即根本智於此智中觀諸衆生實無苦境本來自樂是故自樂樂他皆以此智是所謂相應也入法受想行識色等大法中者釋承樂相應義入即能入觀行法即所入觀法受想行識即心蘊法菩薩繇入觀時以觀五蘊身心四大法中本無生住異滅法相如幻如化一切皆空本來平等以如如無二故所謂照見五蘊皆空度一切苦厄也即有情緣慈義一切修行成法輪者謂此菩薩修行六度萬行無非成就大法自利利它故先修行種種妙行成就無上法輪用以自利而又化被一切衆生能生正信不繇外道邪魔所教既得正信不受魔教是獲離苦得樂之因也即法緣慈義亦能使一切衆生得慈樂果不但令得樂因而已亦能使諸衆生乘此樂因得至無上菩提覺法之樂無餘涅槃寂滅之樂果也即無緣慈義非實非善惡果等者結示觀體照用之義所得慈樂果者非權小實法亦非人天善惡有漏因果是何等果是如如智所解是如如理所空空解之中體性平等之道以此平等體性三昧自樂樂人如是修慈是眞佛子慈無量心之體用觀行也

○二釋悲心位

若佛子以悲空空無相悲緣行道自滅一切苦於一切衆生無量苦中生智不殺生緣不殺法緣不着我緣故常行不殺不盜不婬而一切衆生不惱發菩提心者於空見一切法如實相種性行中生道智心於六親六怨親怨三品中與上樂智上怨緣中九品得樂果空現時自身他一切衆生平等一樂起大悲

此釋悲心之義即悲無量行也別經名饒益行謂常化衆生使得法利故以悲空空無相至發菩提心者一節正明悲無量心體用觀行之義即有情緣悲也言以悲者以大用也上位慈能與樂然而衆生現在苦中必須離苦方能得樂是故佛子恒用悲心令諸衆生離苦得樂故云以悲也其空空無相者上雖恒以悲心實非愛見之悲乃是空空無相大悲無能無所無自無他雖云空空無相而即自然任運以拔諸衆生苦衆生苦為所悲菩薩智為能悲緣所悲之緣發起菩薩悲心而行悲道故云悲緣行道以是所行悲道即自滅一切苦又滅他一切苦故於一切衆生無量苦中生大悲智拔其衆苦令得樂也無量苦者總即凡夫二乘分段變易二生死苦如是諸苦起於三業三業之中惟殺盜婬三為根本以是因緣業果相續故得無量苦也二乘縱離分段難免變易菩薩今以無相悲智緣苦衆生故不為殺生之緣不為殺法之緣此二無緣緣是菩薩不着我相之緣是故常行不殺不盜不婬而使一切衆

生不惱從此發菩提心也此有三義一者菩薩無殺盜婬而諸衆生見之心生歡喜不能瞋惱發菩提心二者菩薩以永無殺盜婬而教一切衆生乃得漸漸受化故使發菩提心三者菩薩既謂無殺盜婬而自他性衆生不生惱害故俱發菩提心如行願云一切衆生而為樹根諸佛菩薩而為花果以大悲水饒益衆生則能成就諸佛菩薩智慧花果菩薩今以大悲緣苦衆生不但不惱而已而復恒與之樂所謂怨親普度悲心廣大故曰一切衆生不惱發菩提心者也於空見下至九品得樂果一節申明悲觀平等觀照之義即法緣悲也上言一切衆生不惱使發菩提心者是以菩薩能於眞空實相理中了見一切根塵諸法皆如實相本無衆生本無煩惱無一衆生不具實相但以自迷而不覺悟故於一切衆生種性行中隨諸種類發起大悲道智之心為諸衆生發明此義令生道種智心修行聖道故於父母兄弟姊妹六親六怨親怨順逆三品之中皆與最上菩提樂智也上怨緣中九品得樂果者怨有上中下三等上等有上中下中下二等各三三三合為九品既於上怨三品緣中皆與上樂智者其餘中下六品亦盡與之樂果故曰九品得樂果也空現時下結承悲觀平等之義即無緣悲也菩薩今令九品衆生俱得樂果者乃繇無相眞空觀照現前之時無論自身眷屬他身眷屬一切衆生俱以平等觀照一樂而起無緣大悲心智拔

一切苦而與樂也如是行悲是名佛子悲無量心之體用觀行也

◎三釋喜心位

若佛子悦喜無生心時種性體相道智空空喜心不着我所出没三世因果無集一切有入空觀行成等喜一切衆生起空入道捨惡知識求善知識示我好道使諸衆生入佛法家法中常起歡喜入佛位中復是諸衆生入正信捨邪見背六道苦故喜

此釋喜心之義即喜無量行也别經名無違逆行謂常修善法謙下恭敬故悦喜無生心時至示我好道一節正明喜無量心體用觀行之義悦喜無生心時者悦以心言喜以事言佛子自喜得住如實空中而亦慶喜一切衆生得住如實空中以是自他離苦得樂其心暢快此悦喜心以從無相處生生即無生無相可得故云無生心也種性體相等者種即種子性即性分體即本體相即相狀道即中道智即觀智謂此菩薩以悦喜無生心發生一切智慧觀察分别十界依正種性體相皆如實相即從如是種性體相理發起道智説法利生應以何法而得度者即以何法而為彼説種種方便令離苦集而修道諦證滅諦理如是道智無能無所心境空寂空空喜心不同凡夫從憎愛諸境而生其心故不着我所也雖然往返三界出没隱顯示同凡夫和光混俗而於三世因果等法本來無集無有罣礙但凡一切有所作為皆入無相真空觀行即此真空觀行成就毋論親

究皆以平等悅喜使入佛道證佛道果永離苦趣所謂四弘誓願未離苦者令離苦諦未安道者令安道諦未得滅者令證滅諦故云觀行成等喜一切衆生此謂喜心平等廣大則成喜無量也所言起空入道者謂即起於所成空觀修假觀行趣入佛道接物利生又不同二乘沉空滯寂安住化城不肯前進故曰起空入道言此所入之道非眞知識不能通達事理是故捨惡知識而求善知識也惡知識者身居邪見斷佛慧命故善知識者知眞本有識妄元無故如此知識求其指點示我好道言好道者即佛道也乃即諸佛所證衆生所迷不生不滅清淨覺道菩薩善修此道以自利即以此道能使衆生入佛法家法中而利他也所言入佛法家者即生如來家不生外道邪見之家入佛法中者謂生如來正法之中不生權小法中也以上明其體用向下結成喜觀之益常起歡喜入佛位中此二句者乃結自利復是諸衆生等者乃結利他也不惟自已墮在佛數而生歡喜又使一切衆生入於正信捨諸邪見生生世世背六道苦所以菩薩常生平等歡喜也如是修喜是名佛子喜無量心之體用觀行也

○四釋捨心位

若佛子常生捨心無造無相空法中如虛空於善惡有見無見罪福二中平等一照非人非我所心而自他體性不可得為大捨及自身肉手足男女國城如幻如化水流燈燄一

切捨而無生心常修其捨

此釋捨心之義即捨無量行也別經名無屈撓行謂行大精進行能令一切得至究竟涅槃故常生捨心至平等一照一節正明捨無量心體用觀行之義從初發心歷無窮劫而行濟度故云常生捨心無造即無能也無相即無所也謂此佛子常生捨心之時是乃生即無生捨亦無捨故曰無造無造則無有相無相則空空即無物以是無造無相空法之中如虛空也言空法中如虛空者釋明常生捨心無造無相之義上文既言常生捨心是即有心可生有法可捨有造作有形相何以皆言無耶葢此真空實相法中心境諸法一切皆空若立一塵即隨限量必也無造生心無相行捨是以頭頭解脱法法無礙故曰空法中如虛空不拒諸象發揮也未發心人於善事起有因果見招福果相於惡事起撥無因果見招罪業相今佛子捨心既如虛空則於善惡二因有無二見罪福二報中平等一照了然無二皆與實相不相違背故心如虛空也非人非我所心至為大捨一節申明捨無量心體用觀行之義非人非我所心者非者空也所心者執情也以是妙智平等一照是故人我二心内外執情當下頓空以是頓空自他體性俱如虛空不可得故如是之捨是為大捨即我空義從此心性俱空之處以及身肉手足之内財寶男女國城之外財寶菩薩觀之總皆如幻如化如水流如燈燄虛假不實故一

切捨即法空義如幻如化喻内外財物不可得也如水流如燈燄喻自他體性不可得也而無生心常修其捨此二句義總結佛子無相捨心以顯三觀圓修之義無生心者乃無造無相無生無滅實相心也即空觀義常修其捨者謂此佛子雖然了知自他體性俱不可得亦不同小乘人不起方便説法度生正乃即此無相心中常生方便修行捨心攝受有情即假觀義二觀不立即中道義所謂應無所住而生其心如是修捨是名佛子捨無量心之體用觀行也

○五釋施心位

若佛子能以施心被一切衆生身施口施意施財施法施教導一切衆生内身外身國城男女田宅皆如如相乃至無念財物受者施者亦内亦外無合無散無心行化達理達施一切相現在行

此釋施心之義即施攝法也别經名無癡亂行謂不為無明所失亂故能以施心至教導一切衆生一節正明施心所攝體用觀行之義言能以施心者即能被之教被一切衆生者即所被之機言身施者以身擔荷執身負役乃至所捨頭目髓腦身肉手足口施者口無雌黄出言善熟乃至歡喜讃歎説誠實語意施者心無嗔恨貪癡嫉妬乃至常懷恭敬現柔和相財施者國城妻子珍寶田園乃至一切資生産業法施者權實方便大小諸乘乃至一切因緣譬喻是也教導一切衆生者上言被一切

衆生是何能被之法耶謂以身口意三輪妙用財法二種被諸衆生隨所樂求令得如意教引開導攝受一切衆生使其解脱永離苦趣故内身外身至達理達施一節申明施心所攝體用觀行之義内身即内五蘊身命外身即外國土眷屬資具也菩薩教導之中雖以權智施心種種施與而必以實智照理了無施相反觀内身外身國城男女田宅等物當體全空皆如如相實無有法可施不但無財物施相乃至無念財物之念心境空也無受者之人無施者之我能所泯也亦無内之身命亦無外之財物以緣生如幻無有合相緣滅如幻無有散相故所以施受内外合散之間實無施心可起無施行可作無衆生可化不妨終日度生無生可度終日説法無法可説故云無心行化此上明空觀下明假觀達理深達施理即達三輪體空達施深達施法因人而用求財施財求法施法二皆不謬故一切相現在行者此總結明三觀圓修之義謂雖無心行化而起化導不妨修即無修無修中修化即無化無化中化不墮斷常不著空有以此施道歷歷明明達理達施一切諸相現在前行如是行施方是佛子施心體用攝受衆生之觀行也

○六釋好語心位

若佛子入體性愛語三昧第一義諦法語義一切實語言皆順一語調和一切衆生心無嗔無諍一切法空智無緣常生愛心行順佛意亦順一切他人以聖法語教諸衆生常行

如心發起善根

此釋好語心之義即愛語攝也別經名善現行謂生生常於佛國土中生故入體性愛語三昧至皆順一語一節正明愛語心所攝體用觀行之義愛語攝者乃是至慈至悲親親切切叮嚀教誡和順語也亦名好語心攝好語攝者即是善好柔軟語也謂此語言非凡小情見偏執之語乃即依如來體性愛語三昧正定之所生故如來有五語一眞語二實語三如語四不誑語五不異語今文具三以該中二第一義諦法語義者是為眞語即以大乘中道了義之談不將不了義語為衆生說故云第一義諦法語義也一切實語言者是為實語不誑語也皆順一語者是為如語不異語也謂此佛子既以第一義諦而生語言故凡發言吐語無不眞實而又事理明了皆順第一義諦之語如是五語為因當感如來果舌之相經云出廣長舌遍覆三千大千世界說誠實言是也調和一切衆生心至亦順一切他人一節申明愛語體用之義調和即上諸語為能調衆生心為所調無瞋即心和無諍即言和一切衆生固多佛子以諸好語調之亦皆心氣平和凡有言出自無所諍何者菩薩了達一切諸法皆空智亦無緣如空谷之答響所以不起佛見不與佛諍不起法見不與法諍不起衆生見不與衆生諍是則一切諸法皆空智亦無緣雖則舉無能所緣相不妨恒與一切衆生自然任運常生慈愛之心如保

赤子使得安隱故云一切法空智無緣常生愛心此其所以能調和衆生心而無嗔無諍也行順佛意者即以愛心上合十方諸佛同一慈力亦順一切他人者即以愛心下合一切衆生同一悲仰所謂無緣慈力赴羣機明月影臨千澗水也以聖法語等者結顯佛子愛語之用謂此愛語乃依如來聖教法語種種方便隨機設化使諸衆生常行如心亦從如如心中發起善根本以自調而亦調和一切衆生如是愛語方是佛子好語心攝受衆生之體用觀行也

○七釋利益心位

若佛子利益心時以實智體性廣行智道集一切明𦦨法門集觀行七財前人得利益故受身命而入利益三昧現一切身一切口一切意而震動大世界一切所為所作他人入法種空種道種中得益得樂現形六道無量苦惱之事不以為患但益人為利

此釋利益心之義即利行攝也别經名無着行謂於我我所一切皆空故利益心時至震動大世界一節正明利益心攝體用觀行之義實智體性即自證之本智廣行智道即利生之權智若乃佛子欲行利益心時必依實智體性方能廣行智道之權智也集一切明𦦨法門等者緊承廣行智道而言明𦦨法門即是種種智慧因緣譬喻無量方便法門所謂開方便門示真實相也集觀行七財者觀行即空假中之單複圓二十五輪觀行法也七財即七聖財

謂信戒聞捨慧慚愧七事此七事中戒攝進慧攝定此上即能被之教前人等者即所益之生也菩薩聚集此教法門為使前人洞曉資藉識路還家無乏中途得至涅槃彼岸之利益故言受身命而入利益等者此申明利行攝之義諸佛菩薩教化衆生必然隱聖現劣和光同塵以同衆生身相事業如影隨形久化方皈使其解脫是故假受四大幻身假受五蘊形命而入利益三昧此即三昧覺法正受意生身也如他經云初地菩薩方得此經七行便具此是圓頓法門故能現一切身現一切口現一切意之三輪也三輪以身為神通輪欲說法時必先現通警動衆生機情令發正信然後說故以口為教誡輪若說正法先以方便開示引導令諸衆生反邪皈正改惡從善然後說故以意為記心輪如說法時必先以意鑑諸衆生根器利鈍然後說故而震動大世界者震乃六種震動即動起涌震吼擊是大世界者化境有大中小三千此舉大千該中小故言此佛子饒益衆生現身口意神通妙用說諸法門使未發心者令其發心已發心者令其增長緐此三輪業用故感大千世界六反震動也一切所為所作至但益人為利一節此申明利益心體用之義法種即聖教法種空種即眞空理種道種即道種性種菩薩一切所為所作無不欲令一切他人發菩提心起大乘信而入如來聖教法種緐法資熏解二空理而入眞空理種緐解空理起

行修行所修善根皆如實際而入金剛道種性種之中得是法益永離苦趣證十地果得是法樂故也現形六道等者上言現一切身口意不知此形於何處現謂即於六道之中現也以六道中有種種苦如天有五衰相現等苦人間有生老病死等苦修羅有瞋心鬬諍等苦地獄有寒酸楚痛等苦鬼神有沉幽愁等苦鳥獸有懷獝狘等苦菩薩雖於六道衆生之中隨類現形而於無量苦惱之事不以為患下結所以衆苦不避者但專饒益法界中人為利耳智道所行智體且空衆生雖化生性無生如是之行方是佛子利益心攝受衆生之體用觀行也

○八釋同心位

若佛子以道性智同空無生法中以無我智同生無二空同源境諸法如相常生常住常滅世法相續流轉無量而能現無量形身色心等業入諸六道一切事同空同無生我同無物而分身散形故入同法三昧

此釋同心之義即同事攝也別經名難得行謂成就難得善根故以道性智至同生無二一節正明同心體用觀行之義以道性智者即菩提道性利生之權智也此智契同眞空無生無滅無相法中智理無二圓融一切故以無我無人之智現身同生無二無我智者即根本智此智即無差別故依此智體乃能同生無二同即能同生即所同言無二者其義有二一者以物我無二相隱同一類種種方便種種神通攝

受衆生無彼此故二者以物我無二體生即無生同即無同皆同於無生空是故同生體無殊故空同源境至一切事同一節申明同心體用之義空同源境者承上既云同生何名無二既是無二又何同生言同生無二者葢謂生我皆本同於無生空理如一切水皆同本源一切根境皆同眞境以是無二眞空理境之中實無人我同異之相故云空同源境諸法如相既一切法皆如實相何有生住滅相本自無生無住無滅無生即無不生無住即無不住無滅即無不滅以無生住滅故所以常生常住常滅也世法等者辯明無生無滅之義問曰既云常生常住常滅云何又有生住滅相之遷流耶答曰繇是衆生不識常生常住常滅之法迷眞逐妄起惑造業隨業受報輪轉三世生死無窮故云世法相續流轉無量菩薩因觀世間衆生隨業受報受無量苦不自覺知故以同體悲智起同事攝而能示現無量形身色心等業入諸六道一切事同應以何身得度者即現何身與諸衆生共處一處種種方便而為說法令得解脱如普門大士隨機赴感隨類現形故云入諸六道一切事同也空同無生等者此總結顯同心體用之義空同無生一句結上同空無生法中之意謂乃空無二空唯一眞空以是無二眞空故能現一切空其所現一切空皆同於無生空故云空同無生我同無物一句結上以無我智同生無二之義謂乃我本無我是故物

即無物無我無物故能物物現形以我同無而無物也而分身散形故入同法三昧者此二句義結上能現無量形身色心等業之文謂得此三昧者方能入諸佛土現諸衆生身相同諸衆生事業因事彰名故名同法三昧如是智定是為佛子同事心攝受衆生之體用觀行也

○九釋定心位

若佛子復從定心觀慧證空心心靜緣於我所法識界色界中而不動轉逆順出没故常入百三昧十禪支以一念智作是見一切我人若内若外衆生種子皆無合散集成起作而不可得

此釋定心之義即勝定行也別經名善法行謂說法授人為成佛軌則故復從定心至十禪支一節正明定心體用觀行之義復從定心者復又也謂前於欲界中所入三昧正定今又復從欲界定心而起入上二界現身益物故也觀者觀察慧者慧照觀慧即能證智空即所證理謂此菩薩以寂定觀慧心而證定中空理其所證空不同二乘寂滅解脱不能觀照根身器界無明種子當體全空菩薩是以證空而不住着空理能於眞空理中心心靜緣於我所法皆悉如幻隨如幻境現如幻身於色界識界中為說如幻法門廣化如幻衆生雖然如是不為色識二界所能動轉不被物轉能轉物也識界即四空天色界即四禪天所云不動轉者謂於上二界中若逆出若順出若逆没若順没以是出入隱顯故

常入百三昧十禪支法種種神通自在無礙不為下界欲惡所染亦不為上二界空禪所拘所謂逆行順行天莫測也華嚴經云童子身中入正定童女身中從定起童女身中入正定童子身中從定起等是也三昧名有無量略則百八今舉百三昧破三界衆生百法相生見故十禪支者一覺二觀三喜四樂五一心六淨七捨八念九慧十不苦不樂此十乃是禪天之定支也以一念智至而不可得一節申明定心觀慧體用心心靜緣之義以一念智作是見者即禪定中一念無礙清淨智慧圓照如實了見一切我人若內根身若外器界衆生異熟業識無明種子皆無合散無集無成無起無作一切皆空俱如幻化了不可得所謂世界本無成住壞空衆生本無生住異滅如是觀者是名菩薩定心出入體用之觀行也問此行位定心觀智破惑與前住位有何差別答大略相似各有淺深不同前住位定破分別之粗惑此行位定破分別之細惑故不同耳

○十釋慧心位

若佛子作慧見心觀諸邪見結患等縛無決定體性順忍空同故非陰非界非入非衆生非一我非因果非三世法慧性起光光一燄明明見虛無受其慧方便生長養心是心入起空空道發無生心上千海眼王品已說心百法明門

此釋慧心之義即勝慧行也別經名眞實行謂二諦非如亦非非相故作慧見心至

三世法一節正明慧心體用觀行之義作慧見心即能照之觀智觀諸邪見等者即所破之惑也作者用也謂此菩薩大用依本所解寂滅理慧而起觀照照見自他妄心及審觀察無明所起諸惡邪見結患等縛如實了知無決定體性也諸邪見者即諸外道執常執斷執一執異種種執着等見言結患等縛者結謂眼與色結等患謂眼色等結使起諸業患致使生死纏縛不得解脱故云結患等縛無決定體性等者謂此等患緜迷藏識現起至七地後修道無間順忍解脱藏識一空轉成無生法忍此等諸患於彼順忍同時寂滅故云無決定體性順忍空同也所以觀五陰非五陰觀十八界非十八界觀十二入非十二入觀衆生非衆生觀一我非一我觀因果非因果觀三世法非三世法一切皆非本如來藏妙眞如性所謂性眞常中求於去來迷悟生死了無所得故非五陰等諸法也慧性起至發無生一節乃結慧心觀照功能以顯不住假觀而證入中道觀也慧性起者緜是無作妙慧見心所起逾發觀慧妙用故云慧性起也言光光一燄者光光即智一燄即慧智能照境慧能了境以智慧燄了緣境空幻也明明見者了了照見之義虛無受者言此慧照體性無障無礙虛徹靈通不受諸受故名虛無受其慧方便等者謂此佛子以般若智照了見無明體空是故心體虛通無礙緜虛通無礙故其慧益以種種巧妙無量方便長養法身

成就慧命不繇他悟為成就故是心入起空空道發無生心如苗增長也是心即本慧心入即證入起即發起空空即是所證人法二空眞理道即中道葢以從前已來所用慧心至此已證二空不惟五蘊等法為空亦無能空五蘊等法於二空理亦無所住以無住故廻向一乘中道法界海中發無生心任駕慈航故也無生心者以不見有毫法生滅故曰無生心惟發此心普載普運同證金剛不壞心故如是悲智雙運是為佛子慧心體用之觀行也此是略說於大部內上千海眼王品中已說此十心百法明門一一廣明不可思議言百法明門者即百八智慧門今言百者舉大數也菩薩將離兠率宣說此法留與諸天以作憶念然後下生亦是初地所證化導法門也

○三釋十向義二　初標牒問詞　二正解其義

○初標牒問詞

盧舍那佛言千佛諦聽汝先言金剛種子有十心

此聖主世尊告當機佛誡聽牒問詳說十廻向心義謂前住行菩薩以起大悲度生必廻住行所修善行向於三處一者所證眞如實際二者所求無上菩提三者所度一切衆生以能廻之心及所廻善行向彼萬類圓滿梵行等入法界故又云廻事向理廻小向大回因向果以事理圓融小大無礙因果不二故又云廻眞向俗回智向

悲以真俗互融智悲不二故此之二法即上三種迴向之義言金剛種子有十心者謂此十迴向心觀智妙行最堅最利一切煩惱所不能壞而能壞諸惑業所以十迴向心名金剛種也

〇二正解其義十

〇初信心位

若佛子信者一切行以信為首衆德根本不起外道邪見心諸見名着結有造業必不受入空無為法中三相無無無生無生無住住無滅滅無有一切法空世諦第一義諦智盡滅異空色空細心心空細心心心空故信信寂滅無體性和合亦無依然主者我人名用三界假我我無得集相故名無相信

此釋信心迴向義也別經云救護衆生離衆生相同向謂以無想心常行六道而入果報受而不受故若佛子標人信者標法一切行至第一義諦智盡一節正明佛子信心體用中道觀智迴向之義言一切行等者謂始從初住終至妙覺時歷三祇修圓萬行一切衆德若非初具正信首立根本必為空有魔外所折以是信力堅忍而後發起種種妙行是以信為能起一切行為所起繇能起之正信發所起之妙行繇所起之妙行證無證之妙果所以信乃入道之源功德之母故云一切行以信為首衆德根本也不起外道邪見心者申明信空諸有為法也外道有九十六種六十二見此外邪見繇無正信乃於無名無相無我理中妄起種種顛倒今既立根本正信

除疑捨執則諸邪見永無所起故云不起外道邪見心也諸見名着者出本邪見之義謂諸凡夫着有外道執常二乘着空外道執斷凡此諸見皆名為着凡有着處正難破除自然結集有漏之因造諸惡業而受惡業之果今此佛子既以正信植衆德本則所起空觀假觀中觀妙三觀門一照即使惑障頓空惑障既空業障從何而有業障尚不可得豈有報障可受故云結有造業必不受也入空無為法中三相無無者申明不受之義上言業障報障必不受者乃佛子信智現前了無能造業者無受報者故全身已入空無為法中不被有為法縛而能了生住滅三相無動無到故云三相無無言無無者三相是所破之無明

無無是能破之觀智所破既無能破亦無也無生無生等者申明信空諸無為法也謂不但三相無無并無有為無為諸法即此無為法中諸無為法亦不可得重言無生等者上無生是空盡有為所證之理下無生即遣上能証無生重空之智言本自無生何假更立無生然後説名無生故云無生無生無生之義如是無住住無滅滅之義亦復如是無有一切法空者承上既有為無為一切諸法本自無有悉皆空寂是則無法可空故空亦不可得此總結遣眞俗二諦之理無所得空故云無有一切法空世諦第一義智盡者此總結遣眞俗二諦之智亦無世諦智能空有為諸法之智第一義智能空無為諸法之智盡者盡

二智也謂不但所空有為無為二諦之理不可得即能空有為無為二諦之智亦盡無餘所謂無智亦無得也滅異空色空至和合亦無依一節申明信心迴向之義滅謂除滅即能滅之觀智異空色空即所滅之色法所謂凡夫執色迷空二乘執空迷色分為兩橛是故十住修空觀破凡夫執色迷空十行修假觀破二乘執空迷色今十迴向菩薩以修法界平等觀智圓照法界俱滅除異空色空有為無為同異見故此於五蘊中而空色蘊所謂色不異空空不異色色即是空空即是色此也細心心空等者此明所滅心蘊之法亦空謂上異空色空二相既空則能滅異空色空細心之心此心亦空故云細心心空又不但細心之心念亦空即空上細心之心其心亦不可得故云細心心空也圓覺經云遠離為幻亦復遠離離遠離幻亦復遠離得無所離即除諸幻即此義也信信寂滅無體性者申明心境俱空智理雙泯之義上信是能信之心智下信是所信之理境以是心境智理二俱寂滅以無體性故云信信寂滅無體性也此寂滅心從無始來不與動對而寂不與生對而滅所謂寂滅性中莫問覓也和合亦無依者承上諸法既無體性是即能信所信以成和合了不可得彼此能所和合依誰而立故曰和合亦無依所謂皮既不存毛將安附也然主者下總結無相信心迴向之義然之一字喚轉文勢謂諸凡夫外道皆從我與人安名

立用以是我人名用之間自為分別為和為合和合之處立我為主以為我有得相我有集相令既佛子所信至於無依是則了知我人名用之相皆是三界假設和合妄立為我主宰其體不實豈無我無法中而有修證可得智聚可集哉故曰我無得集相故是以深信深入無得無集無我智理是名佛子無相信心體用所當回向者也

○二念心位

若佛子作念六念常覺乃至常施第一義諦空無着無解生住滅相不動不到去來而於諸業受者一合相廻向入法界智慧慧相乘乘乘寂滅𧇊𧇊無常光光無無生生不起轉易空道變前轉後變轉化化化轉轉變同時同住𧇊𧇊一相生滅一時已變未變變變化亦得一受亦如是

此釋念心廻向義也別經名不壞回向謂觀一切諸法有受有用念念不住故若佛子作念標定六念至入法界智一節正明佛子念心體用中道觀智廻向之義言作念者作謂起作念謂明記不忘六念等者此申明作念意問言作念者作何等念答謂即念佛念法念僧念戒念天念施之六念也常覺乃至常施此舉首尾二念是超略義該中四也言常覺者即念佛也依涅槃經六念釋之念佛者謂念諸佛十功德品具足十力四無所畏大悲三念常樂我淨是故得稱如來常無變易名大沙門名大法師名大導師乃至婆伽婆是名菩薩

摩訶薩念佛念法者謂念思惟諸佛所可説法最妙最上因是法故能令衆生得現在果惟此正法無有時節法身所見不生不出不住不滅不始不終乃至諸佛所遊居處常不變易是名菩薩摩訶薩念法念僧者謂念諸佛聖僧如法而住受持正法隨順修行不可覩見不可捉持不可破壞無能撓害不可思議一切衆生良祐福田雖為福田無所受也乃至常不變易是名菩薩摩訶薩念僧念戒者謂念諸佛菩薩思惟有戒不破不漏不壞不雜雖無形色而能護持雖無觸對善修方便可得具足無有過咎諸佛讚歎是大方等大涅槃因乃至諸佛妙寶勝幢若住是戒得須陀洹果我亦有分非我所欲何以故不能廣度

衆生故若住是戒則阿耨多羅三藐三菩提我亦有分是我所欲何以故當為衆生廣説妙法而作救護故是名菩薩摩訶薩念戒念天者謂念四天王處乃至非非想處若有信心得四天王處我亦有分若戒多聞布施智慧得四天王乃至非非想處我亦有分然非我所欲何以故四天王處乃至非非想處皆是無常以無常故生老病死以是義故非我所欲譬如幻化誑於愚夫智慧之人所不能惑愚者即是凡夫我則不同凡夫愚人我曾聞有第一義天乃至常不變易以常住故不生不老不病不死我為衆生精勤求於第一義天能令衆生除斷煩惱猶如意樹若我有信乃至有慧則能得是第一義天當為衆生廣分

別說第一義天是名菩薩摩訶薩念天念施者謂念深觀此施是菩提涅槃因諸佛親近我亦如是親近若不惠施不能莊嚴四部之衆施雖不能畢竟斷惑而能除破現在煩惱乃至諸佛菩薩修集是施為涅槃因是名菩薩摩訶薩念施也如是常覺乃至常施雖則名有六念而於第一義空中道理中實無有念可執著者實無有念可解脫者何以故有縛有解皆是生滅無着無解無生無滅以無縛無解故則無生住滅相之念法以無生住滅相之念法故是則本元不動本元不到既本元不動不到則亦無去無來無來則無動相覺其有生無去則無到相覺其有滅如是不動不到無去無來是故無有生住滅之三相作

業受報一切皆空能於諸所作業幷受業者為一合相迴向入法界智也一合相迴向者其為念心無能無所能所無二無縛無解縛解無二無生無滅生滅無二無動無到動到無二無來無去來去無二無業無報業報無二是為一合相迴向也入法界智者入即趣向之義法界即十法界乃一切衆生本有之心一切諸佛所證之理所謂心佛衆生三無差別也智即能證法界平等之智迴二諦理向入法界平等之理迴二諦智向入法界平等之智以法界智契法界理以法界理溜法界智智理圓融無有迹象入法界有三處因諸菩薩根有利鈍行有淺深以所入不同故一者十住初心以利根者能破無明即得證入法

界平等之理得不退轉二者十向終心衆行純熟破除二障故得證入法界平等之理三者初地初心於前行向十功德品具處至於初地初心證入法界三德圓融三身自在是名三處證入法界此是第二終心入法界也慧慧相乘至生滅一時一節申明一合迴向入法界義慧慧相乘即智乘乘寂滅即理由入法界智故轉六念之慧乘入法界之慧乘轉六念之理乘入法界之理乘所謂廣大如法性究竟如虛空窮未來際無有間斷故燄燄無常光光無無此二句者乃即智慧破惑之象燄燄光光即能滅之智慧無常無無即所滅之無明菩薩智慧如火之燄衆生煩惱如薪之燒以智慧燄燒煩惱薪淨盡無餘如火之燄能燒大地草木淨盡無餘又以菩薩智慧如火之光衆生無明如室之暗以智慧光照無明暗無幽不燭菩薩以中道觀第一義空破無明惑無障不除無理不顯也生生不起等者既是燄燄無常光光無無是則生而無生起而不起是以無生無起即轉易空道也言轉易空道者即迴向義轉即轉迴易即易向轉無明易真如轉煩惱易菩提轉生死易涅槃惟其轉易如此是以轉而不轉不轉而轉故能變前轉後等也變前轉後一句即轉滅相無明為不滅相變轉化化一句即轉住相無明為無住相化轉轉變一句即轉生相無明為無生相不云轉異相者正是本位所破故不言也同時同住等者釋承四相相依而有

同一覺故所以歘歘一相生滅一時歘歘一相始本無二同一覺故生滅一時四相平等猶若交蘆相依而立也巳變下等五句此又統結生住異滅四相平等三覺無二言巳變者即過去生滅也言未變者即未來生滅也變變化者即現前生滅也亦得一者例上結之雖云三世迭遷以法界智照之實無動到去來四相平等故云亦得一所謂纔生即有滅不為愚者說也受亦如是者承上既三世所變生滅之法亦得一者是則能覺生滅之心亦得一也故云受亦如是如是念心是乃佛子無相念心之迴向也

○三深心位

若佛子深心者第一義空於實法空智照有實諦業道相續因緣中道名為實諦假名諸法我人主者名為世諦於此二有諦深深入空而無去來幻化受果而無受故深深心解脫

此釋深心迴向義也別經名等一切諸佛迴向謂三世佛法一切時能行故若佛子深心者二句標定第一義空至下深深入空一節正明深心迴向言深心者非對淺而言也乃是最深之深故名深心第一義空者即一眞法界大空之理於實法空智者即一眞法界大空之智以法界智入法界理理智圓融法界無礙即以法界理智而起慧照照有實諦有即俗諦實即眞諦然此眞諦非離俗諦之外別有乃即業道相續無明老死十二因緣於其因緣和合

法中本來不遷不變之道名爲實諦業道即第八賴耶識名爲業相相續即第七末那識名爲相續總該三細六粗之法因緣即三細六粗生滅和合之稱所謂無明不覺生三細境界爲緣長六粗又云業道即身口意所作善惡行業謂此諸業之因致受生死諸業之果道即道路能通之義謂此三道更互相通從煩惱通至業從業通至於苦從苦復通至於煩惱展轉相通生死不絶是爲業道相續和合因緣之法緐是因緣和合假名諸法致使凡夫外道妄計我人執爲主者名爲世諦世諦遷流不實之謂菩薩於此二有諦深深入空二有諦者即上眞俗二諦所言眞諦亦名有諦者何對俗言眞立眞遣俗俱屬對待即非

眞眞故亦名有諦所謂言妄顯諸眞妄眞同二妄也又二有者有即本有眞常不變故亦名有所謂是法住法位世間相常住故又云因緣所生法我説即是空亦名爲假名亦名中道義此也深深入空者申明深心迴向之義承上菩薩以法界智照眞了眞照俗了俗於此二諦了無二法合爲一理深深迴向一眞法界平等大空之理故云深深入空所謂眞不立妄本空有無俱遣不空空者此也而無去來等者此總結承深心迴向之義既於此二有諦深深入空而空理中自無生滅去來幻化受受果報而無受受幻化之果報故是名深深心解脱也又深深心解脱者聲聞修生滅四諦法證人空理名淺解脱緣覺修無生

四諦法證法空理名深解脫菩薩以法界智即觀空假不二眞俗互融深之又深故云深深心解脫也

佛說梵網經直解卷第三

事義

百三昧　大智度論具明百八三昧茲諸百者畧舉大數也△首楞嚴三昧於諸三昧行相悉能分別了知究竟一切魔惱不能破壞故△寶印三昧於一切三昧悉能印證然諸寶中法實爲最故△師子戲三昧於諸三昧出入自在如師子戲能制羣獸故△妙月三昧能除無明黑暗諸法邪見故△月幢相三昧如大將以實幢作月之像見者悉皆順從故△出諸法三昧能令一切三昧出生增長故△觀頂三昧入是三昧徧見諸三昧故△畢法性三昧決定知諸法性而得定相故△畢幢相三昧決定持諸三昧法幢最爲尊勝故△金剛三昧智慧堅固能破諸三昧故△入法印三昧持此法印能入諸法實相故△三昧王安立三昧於諸三昧中安住自在故△放光三昧能放種種光明照諸三昧故△力進三昧於諸三昧得自在力變現度生故△高出三昧諸三昧性從心而出福德智慧悉增長故△必入辯才三昧能辯說一切三昧知衆生語言經論等分別無碍故△釋名字三昧能解諸法三昧名義故△觀方三昧以平等心觀十方衆生皆得度脫故△陀羅尼印三昧持諸三昧印分別諸三昧皆有陀羅尼故△無誑三昧不生愛恚無明邪見於諸三昧都無迷問之事故△攝諸法海三昧能攝三乘諸法故△遍覆虛空三昧或放光明或以音聲充徧無量虛空故△金剛輪三昧持三昧輪入一切法所至無礙故△寶斷三昧持此法寶能斷一切三時煩惱諸垢故△能照三昧以智慧明照了諸法故△不求三昧照諸法如幻於三界愛欲悉斷無求故△無住三昧照諸法念念無常無有住相故△無心三昧心心數法皆悉不行故△淨燈三昧離垢慧燈清淨明發故△無邊明三昧以智慧明普照無邊世界故△能作明三昧如燈入暗無不明了故△普照明三昧如實珠光四邊普照故△堅淨諸三昧清淨堅牢垢法無染故△無垢明三昧離無明愛欲煩惱諸垢明照一切三昧故△歡喜三昧能生無量法歡喜樂故△電光三昧於無始來所失之道還復能得如電光瞥現行者得路故△無盡三昧滅諸法無常等相入不生滅真實之理故△威德三昧有無量威德自在莊嚴故△離盡三昧見諸三昧無有窮盡離一切斷滅之見故△不動三昧知諸法實相寂然不動故△不退三昧住是三昧不退轉故△日燈三昧能照種種法門如日燈破暗

故△月淨三昧慧照圓明如月除瞋故△淨明三昧明照諸法無有障礙故△能作明三昧能與般若智相應於諸三昧門而作光明故△作行三昧能發起先所得諸三昧故△知相三昧見一切三昧中有實智慧之相故△如金剛三昧能破煩惱結使無有遺餘故△心住三昧能攝散心不動轉故△普明三昧神通光明普照諸法故△安立三昧於一切功德善法中安立堅固不動故△寶聚三昧能轉一切國土皆成七寶故△妙法印三昧得諸佛菩薩深妙功德智慧之法印諸三昧故△法等三昧能照衆生諸法悉皆平等故△斷喜三昧厭離苦空無我不淨之相不起樂着之想故△到法項三昧以般若方便之力而到於法山之頂故△能散三昧能與空慧相應而能破散諸法故△分別諸法句三昧能分別諸法語言文句爲衆生說詞無礙故△字等相三昧觀諸字諸語悉皆平等故△離字三昧謂不見字在義中亦不見字在字中故△斷緣三昧於苦樂三受遠離不着心滅緣斷故△不壞三昧了法畢竟空寂戲論不能破無常不能轉故△無種相三昧了法無相而不見諸法種種之相故△無處行三昧於三界火宅菩提涅槃畢竟空寂不依止故△離朦昧三昧於微騎無明等悉皆除盡故△無去三昧不見一切諸法去來之相故△不變異三昧觀一切法不見有變異之相故△度緣三昧於六塵中諸煩惱緣悉皆度脫故

△集諸功德三昧修集一切善根功德初中後夜無休息故△住無心三昧住諸法實相中但隨智慧不隨於心故△淨妙華三昧於諸三昧中開諸功德華自在莊嚴故△覺意三昧令諸三昧變成無漏與七覺相應故△無量辯三昧以無量辯才樂說無礙故△無等等三昧觀一切法皆同佛法與無等等般若波羅蜜相應故△度諸法三昧能入三解脫門超出三界度三乘衆生故△分別諸法三昧能分別善不善有漏無漏有爲無爲等相故△散疑三昧除一切疑網得一切諸法實相故△無住處三昧不見諸法定有住處故△一莊嚴三昧能觀諸法皆以一相智慧莊嚴故△生行三昧觀種種行入住出相皆空不可見故△一行三昧與畢竟空相應更無餘行故△不一行三昧以此三昧熏行餘行故△妙行三昧不見諸三昧二相即是畢竟空相應三昧故△達一切有底三昧以無漏智通達三有乃至非有想非無想之底悉皆令其散壞故△入名語三昧於一切諸法名字語言無不解了故△離音聲字語三昧觀一切法皆無音聲語言常寂滅相故△然炬三昧以智慧炬照一切法無錯無着故△淨相三昧謂能清淨具足莊嚴三十二相及觀諸法總相別相無無相故△破相三昧於諸三昧相無住無着故△一切種妙足三昧能以諸功德種種莊嚴禪定智慧悉皆具足故△不喜苦樂三昧於世間苦樂諸境皆不喜樂故△

無盡相三昧觀一切法不斷不常無壞無盡故△陀羅尼三昧住是三昧則能持諸三昧而聞持等諸陀羅尼皆自然而得故△攝諸邪正相三昧謂於正定邪定不定聚一切衆生都無所棄一心攝取而不見有邪正等相故△滅憎愛三昧於可喜不可喜法中不生愛嗔故△逆順三昧於諸法中逆順自在能破一切邪逆衆生能順一切可化衆生而又不着逆順之相故△淨光三昧於諸三昧光明清淨諸煩惱垢皆不可得故△堅固三昧以與諸法實相智慧相應皆悉堅固故△滿月淨光三昧清涼智光能滅三毒之火故△大莊嚴三昧以七寶香莊嚴恒沙佛國處故△能照一切世間三昧三世間一切諸法皆悉能照故△三昧等三昧觀諸三昧無有淺深與諸法相皆悉平等故△攝一切有諍無諍三昧於一切法不見是法如是不如是於衆生中亦無好醜諍論但隨心行而攝受度脫故△不樂一切住處三昧謂不樂住世間以世間無常故不樂住非世間不着於空故△如住定三昧如即有無不二之義謂知一切法如實相不見有法過此如者故△壞身衰三昧以智慧力分分破壞諸身衰相故△壞語如虛空三昧不見諸三昧語業依聲而有故△離着虛空不樂三昧菩薩修行幾若波羅蜜觀諸法畢竟空不生不滅於此虛空三昧之相亦不染着故

百法明門

具有百八今衆百者畧而言也本行集經云佛寄兜率天作護明菩薩將欲下生時說此留與諸天以作憶念後下生也△百八者所謂正信法明門不破堅牢心故△淨心法明門謂無穢濁故△歡喜法明門△謂安隱心故△愛樂法明門令心清淨故△身行正行法明門身三惡業清淨故△口行淨行法明門斷口四惡故△意行正行法明門斷貪等三毒故△念佛法明門觀佛清淨故△念法法明門觀法清淨故△念僧法明門得道堅牢故△念施法明門不望果報故△念戒法明門一切願具足故△念天法明門修廣大心故△慈法明門隨處善根攝勝故△悲法明門不害衆生故△喜法明門捨一切不喜事故△捨法明門厭離五欲故△無常觀法明門觀三界慾故△苦觀法明門斷一切願故△無我觀法明門不染著我故△寂定法明門不擾亂心意故△慚愧法明門內心寂定故△羞恥法明門能滅外惡故△實法明門不誑天人故△真法明門不誑自身故△行法明門隨順法行故△三皈法明門淨三惡道故△知恩法明門不捨善根故△報恩法明門不欺負他故△不自欺法明門不自譽故△爲衆生法明門不毀呰他故△爲法法明門如法而行故△知時法明門不輕言說故△攝我慢法明門智慧滿足故△不生惡心法明門自護護他故△無障礙法明門心無疑惑故△信解法明門決了第一義故△不淨觀法明門捨慾染心故△不諍鬪法明門斷瞋訟故△

不癡法明門斷發生故△樂法義法明門求法義故△愛法明門得法明相故△求多聞法明門正觀法相故△正方便法明門真正行故△知名色法明門除諸障礙故△除因見法明門得解脫故△無怨親心法明門於怨親中生平等故△除方便法明門知諸苦故△諸大平等法明門斷一切和合法故△諸入法明門修正道故△無生忍法明門證滅諦故△身念處法明門諸法寂靜故△受念處法明門斷一切諸受故△心念處法明門觀心如幻故△法念處法明門智慧無翳故△四正勤法明門斷一切惡成諸善故△四如意足法明門身心輕安故△信根法明門不隨他語故△進根法明門善得諸智故△念根法明門善作諸業故△定根法明門心得清淨故△慧根法明門現見諸法故△信力法明門過諸魔力故△進力法明門謂不退轉故△念力法明門謂不共他故△定力法明門斷一切念故△慧力法明門謂離二邊故△念覺分法明門如諸法智故△擇法覺分法明門照明諸法故△精進覺分法明門謂善知覺故△喜覺分法明門謂得諸定故△除覺分法明門知一切法平等故△捨覺分法明門厭離一切法故△正見法明門得漏盡聖道故△正分別法明門斷一切分別無分別法故△正語法明門斷名字音聲如響故△正業法明門無業無報故△正命法明門除滅一切惡道故△正行法明門謂至彼岸

故△正念法明門不念一切法故△正定法明門無散亂故△菩提心法明門不斷三寶故△依倚決明門不樂小乘故△正信法明門得最勝佛法故△增進法明門成就一切善根法故△檀度法明門教化眾生遠離慳貪故△戒度法明門教化破戒眾生遠離惡道故△忍度法明門教化眾生捨嗔恚慢故△進度法明門教化眾生遠離懈怠故△禪度法明門教化散亂眾生故△智度法明門教化愚癡眾生斷無明黑暗故△方便法明門應機說法故△四攝法法明門普攝眾生故△教化眾生法明門不生疲倦故△攝受正法法明門斷一切眾生諸煩惱故△福聚法明門利益眾生故△修禪法明門滿足十力故△寂定法明門成就如來諸三昧故△慧見法明門大智滿足故△入無礙辯法明門法眼成就故△入一切行法明門佛眼成就故△成就陀羅尼法明門悉能受持佛法故△得無礙辯法明門令一切眾生皆歡喜故△無生法忍法明門謂得受記故△不退轉地法明門具足往昔諸佛法故△從一地至一地智法明門謂灌頂成就一切智乃至得成阿耨多羅三藐三菩提故

九十五種

西域外道有九十五種束為十一宗一數論師計神我諸諦二勝論師計六句義三塗灰師計自在天四章陀師計那羅延天五安荼論師計本際六時散外道計物從時生七方論師計方生人人生天地八路伽耶計色心法

皆極微作九口力論師計虛空為萬物因十宿作論師計苦樂隨業十一無因論師計自作對六麁而言即根本無明之惑在生**三細**也一業相即從真起妄初動之相也然本覺心源離念寂靜因無明故覺成不覺遂成業相二能見相即見初動之相也亦名轉相謂依初動業識轉成能見之相也三境界相即轉相分別初動之境界也亦名現相繇前繇三細而生故轉相則境界妄現也**六麁**名六麁一智相謂依第三境界相不了自心所現妄起分別於染淨境起愛不愛故二相續相謂依前智相分別於愛不愛境生樂生苦覺心起念相續不斷故三執取相謂依前相續緣念苦樂等境心起著故四計名字相謂依前執取分別假名言說之相故五起業相謂依前名字執取生著造種種業故六業繫苦相苦即生死之苦謂依前起業繫縛則有生死逼迫之苦不得自在故